U0902461

Clara Barton
Professional Angel

职业天使克拉拉·巴顿

[美] 伊莉莎白·布朗·普莱尔 著

田丽 张辉 主译

辽宁人民出版社

版权合同登记号图字06-2017年第148号

图书在版编目（CIP）数据

职业天使克拉拉·巴顿/（美）伊莉莎白·布朗·普莱尔著；田丽，张辉主译. —沈阳：辽宁人民出版社，2017.4

书名原文：Clara Barton, Professional Angel

ISBN 978-7-205-09021-0

Ⅰ.①职… Ⅱ.①伊… ②田… ③张… Ⅲ.①传记文学—美国—现代 Ⅳ.①I712.55

中国版本图书馆 CIP 数据核字（2017）第 071899 号

出版发行：辽宁人民出版社

地址：沈阳市和平区十一纬路 25 号　邮编：110003

电话：024-23284321（邮　购）　024-23284324（发行部）

传真：024-23284191（发行部）　024-23284304（办公室）

http://www.lnpph.com.cn

印　　刷：朝阳铁路印务有限公司

幅面尺寸：170mm×240mm

印　　张：27.25

字　　数：410 千字

出版时间：2017 年 4 月第 1 版

印刷时间：2017 年 4 月第 1 次印刷

责任编辑：阎伟萍

装帧设计：留白文化

责任校对：周　健

书　　号：ISBN 978-7-205-09021-0

定　　价：68.00元

编委会

中文版序

红十字运动是人类文明进步的象征，是人类社会发展的必然产物。从亨利·杜南（Jean Henri Dunant）在索尔弗利诺战场上自发组织救助伤兵的救护行动开始，到《索尔弗利诺回忆录》的问世；从五人组成的“伤兵救护国际委员会”，到由红十字国际委员会、红十字会与红新月会国际联合会和各国红十字会组成的世界性运动；从第一部日内瓦公约，到《国际人道法》……红十字运动经历了150多年的风雨洗礼，成为世界性的不可或缺的人道事业。红十字不仅是一种精神，更是一面旗帜，跨越国界、种族、信仰，引领着世界范围内的人道主义活动。

在红十字运动的发展进程中，离不开为此做出卓越贡献的伟大人物，本书的主人公克拉拉·巴顿就是其中之一。克拉拉·巴顿是美国红十字会的创立人，著名的人道主义者。她是一位意志坚强而独立的女性，毕生致力于人道主义事业，她的人道主义思想对美国红十字会乃至国际社会都有重要的影响。克拉拉的事迹，如同一部生动的红十字精神发展史，也是一部人道主义战士的奋斗史。父母的慈善行为对童年克拉拉产生了极大的影响，这是克拉拉人道主义思想的萌芽；1852年，克拉拉开办免费公立学校，这段成功的教师生涯是她独立实施人道主义实践的初步尝试;1861 年，美国南北战争爆发，克拉拉目睹战争的惨状，毅然投身于战地救护行动，被士兵们称为“战地天使”。这些早期经历对其之后成立美国红十字会有着至关重要的影响，也为她在美国红十字会建立以后组织指导救援行动打下了良好的基础。战后，克拉拉承担了寻找失踪军人的任务，更是为她赢得了赞誉。她用实际行动向美国政府及大众宣传了人道主义精神。

1869 年，克拉拉在欧洲期间接触到国际红十字会，并一起参与普法战争的战地救援工作。此后的 12 年里，克拉拉倾己所有，几经艰难，终于在 1881 年创立了美国红十字会，并促使美国政府认可国际红十字会这个中立性组织，签署了曾两次拒绝加入的《日内瓦公约》。这是美国慈善事业发展的一个里程碑，克拉拉的努力可谓推进了美国文明的进程。此后，克拉拉领导美国红十字会参与到国内和国际人道主义援助中，使美国不仅摆脱了“对国际慈善救援事业淡漠”的形象，还成为世界上捐赠最多、志愿者组织最多的国家，美国红十字会受到了国际红十字组织和国际社会的赞誉。这也是克拉拉为国际红十字运动做出的巨大贡献。此外，克拉拉还是成绩显著的女权主义者和美国第一位女性外交家。在妇女没有选举权的时代，她依靠自己的努力建立了令整个国家受惠的美国红十字会，这充分地体现了美国妇女的价值，提高了女性的社会地位。她在教育、外援和黑人人权等方面也取得了令人瞩目的成绩，先后获得过许多国家的奖励。

克拉拉·巴顿的人道主义思想与实践具有鲜明的特点和内涵，是国际红十字文化中重要的一部分。目前，中国对克拉拉的研究非常有限，仅有数篇论文。而国外对她的研究起步较早，本书就是其中较早详述克拉拉人道主义实践的著作之一。我们希望本书的出版有助于人们对克拉拉人道主义思想的研究，有助于中国民众了解克拉拉·巴顿为红十字运动做出的不懈努力与杰出贡献，并从中领略到红十字运动发展的艰辛历程，对红十字精神有更多的感悟，对中国红十字运动的发展给予更多的关注、理解与支持。

本书的翻译是由大学生志愿者、红十字工作者以及高校教师共同完成的。翻译的过程也是他们对红十字人道思想和文化的理解、认同的过程，他们秉承着志愿服务的理念，用行动践行着“人道、博爱、奉献”的红十字精神。本书的中文版得到了中国红十字会总会和美国红十字会的支持，美国红十字会还专为此书做了序，这给了我们很大的鼓舞和激励。

中国红十字会从1904年成立至今已有113年的历史。在新的发展时期，我们依然面临着很多困难与挑战。中国红十字会是党和政府在人道救助领域的重要助手，我们要围绕中心、服务大局，把传播红十字精神与培育践行社会主义核心价值观结合起来，把红十字事业和以改善民生为重点的社会建设结合起来，把红十字事业的发展和人类和平进步事业的推进结合起来，坚定不移地走中国特色红十字事业发展道路，不忘初心，坚守人道理念，继续在人道精神的传播和实践中砥砺前行。同时，也呼吁更多的人参与红十字运动，携手人道，共创和谐友爱的美好社会。

秦国夫

辽宁省红十字会常务副会长

2017年3月30日

Preface for *Clara Barton: Professional Angel*

March 24, 2017

As founder of the American Red Cross, Clara Barton left a lasting imprint on communities across the country and around the world. Her legacy continues to touch the lives of millions, as the organization works to prevent and alleviate human suffering in the face of emergencies.

Clara Barton was already world-renowned when she founded the American Red Cross in 1881. Her service to the troops during the US Civil War, her various other philanthropic activities at home and abroad, and her ratification campaign in the United States for recognition of the 1864 Geneva Convention, made her a genuine American heroine.

A charismatic public figure, Clara Barton spent the early years of her professional life as a schoolteacher in Massachusetts and New Jersey. In 1853 she moved to Washington, D.C., where she worked in the US Patent Office, one of the few women employed at the time by the federal government. Her humanitarian journey began during the Civil War. She earned the title "Angel of the Battlefield" by providing medical supplies, food, nursing care and moral support to the troops. In 1869, she traveled to Europe and learned about the International Red Cross Movement and the Geneva Convention that protects the sick and wounded in warfare. On her return to the United States, she began a vigorous lobbying effort to have the United States become a signatory to the Convention, which finally occurred in 1882. The year before and at the age of 60, Barton established the American Red Cross. For more than two decades, she served as the president of the organization, leading its disaster relief efforts at home and abroad, providing service to the US military in the Spanish-American War, and taking an active part in the suffragette and other social movements of the day.

In 1904 she resigned from the organization, having accomplished enough to satisfy several lifetimes. She passed away in her Glen Echo, Maryland home at the age of 90 in April 1912.

More than 135 years later, Clara Barton's vision of an American Red Cross has thrived, growing into a leading humanitarian global organization—bringing hope, help and promise to those in need.

中国红十字会作为国际红十字运动的成员、红十字会与红新月会国际联合会副主席国，在国际红十字运动中发挥越来越重要的作用。多年来，中国红十字会与美国红十字会有着良好的合作，在辽宁省红十字会翻译出版《职业天使克拉拉·巴顿》一书之际，应中国红十字会邀请，美国红十字会专为此书中文版作序。

序

作为美国红十字会的创始人，克拉拉·巴顿在美国乃至世界都留下了不可磨灭的印迹。对于以预防并减轻人类遭遇灾难时的痛苦为宗旨的组织而言，克拉拉·巴顿留下的精神遗产，还在继续影响着数以百万计的生命。

克拉拉·巴顿 1881 年建立美国红十字会时，已在国际上享有盛名。她在美国内战期间救助士兵，在国内外倡导组织各种慈善活动，呼吁美国国会和政府承认 1864 年的《日内瓦公约》，凡此种种，使她成为名副其实的美国英雄。

克拉拉·巴顿是魅力超凡的公众人物。她早年曾在马萨诸塞州和新泽西州以教书为生。1853 年她来到华盛顿特区，在美国专利局任职员，当时联邦政府雇用的女性职员屈指可数。她的人道之旅是从美国内战开始的，她为官兵送去药品、食物，提供护理并给予道义上的支持，因此获得了“战地天使”的美誉。1869 年，她在欧洲接触到国际红十字运动和战时保护伤病官兵的《日内瓦公约》。回国后，她竭尽全力促成美国成为签约国，1882 年美国政府终于在公约上签字。此前一年，60 岁的克拉拉·巴顿建立了美国红十字会。此后二十几年里，她一直担任美国红十字会的会长，领导实施了国内外的灾难救援工作，为美西战争中的美国官兵提供服务，积极参加妇女选举权运动和其他社会活动。

1904 年，克拉拉·巴顿辞去会长一职，她所获得的成就是普通人用几生的时间也无法取得的。1912 年 4 月，她在马里兰州的格林艾科家中逝世，享年 90 岁。

在 135 年后的今天，克拉拉·巴顿创立的美国红十字会已经壮大起来，成为世界上重要的人道主义组织——为困苦中的人们送去希望、帮助和承诺。

美国红十字会

2017 年 3 月 24 日

序 言

美国的女英雄为数不多，其中克拉拉·巴顿堪称一百多年来慈善领域的翘楚。她早年做过护士，其事迹已经是小姑娘们模仿的典范；内战爆发后，她在战场上的英勇表现已然成为传奇；她创立的美国红十字会更是惠及整个国家。克拉拉还是成绩显著的女权主义者和美国第一位女性外交家。此外，她在教育、外援和黑人人权等方面也取得了令人瞩目的成绩，不过这些事迹较少被人提及，但其价值依然重要。她还是十九世纪众多活动的参与者，她交友广泛，如苏珊·B.安东尼、弗雷德里克·道格拉斯、本杰明·巴特勒和凯泽·威廉等各界名流。

然而，这些辉煌的成就却掩盖了克拉拉神秘而复杂的性格。她的英雄气概被世人称道，但令人惊讶的是，她对童年的记忆却“只有恐惧”。克拉拉在事业上可谓无往而不胜，但使其成功的因素又与薄弱的一环相伴始终，使其无法拥有个人幸福。简言之，克拉拉是一个矛盾体。在这位众人爱戴的女杰身上，的确存在勇敢、同情、坚韧不拔的品质，不过与之相伴的还有无所顾忌、惶恐不安、咄咄逼人和自以为是。克拉拉在其著述中提及她已经战胜了“可怕的逆境”，此时她指的不仅仅是女性在男权主导的维多利亚时代遇到的种种困难，也指她内心深处的痛苦挣扎以及与重度抑郁和精神错乱恐惧症所进行的漫长战斗，这种恐惧的根源正是她对成功的渴望，此外，还指她自己以为做得还不够，在世上没有她的位置。正是从这个角度出发，理解克拉拉性格中幽暗的一面，她那些成功的故事才既令人同情，又引人入胜。

克拉拉在去世前几年曾写道："我的人生好坏参半，好也不及我设想的好，然而生活使然，没法改变，原是不值一提的，却引来了诸多评说。"作为四十几年来无人不知的人物，这自然是她自谦的评价。如同她发布的众多崇高的声明，谦虚但不够坦诚，所以人们猜测克拉拉对自己一生超然的评价，一定顾及了遣词造句的分寸和将来他人的引用。事实上，克拉拉一生都在努力寻求大众的推崇，以此抵消来自家庭的冷漠。不论她的工作对全人类的重要程度如何，也不论她的工作在更大的慈善事业中扮演怎样的角色，对她来说都是有价值的。对此评价，克拉拉自己也不会反对。

克拉拉也承认自己的缺点或人生的失意，但次数不多，并且从未在公开场合提及。她对自己的能力很有信心，但对其他人是否也这么看她却没有把握，所以她很早就暗下决心，要成为公众人物，先要塑造公众形象。至于形象与现实矛盾与否，她倒不大在乎。因此，她起草一系列的声明和信件，精心修改后公开发表，这些文字从理想的角度，描绘了她的性格和成就。克拉拉年轻时所教的学生，要么是不折不扣的无赖，要么是功成名就的学者，一旦没有任何称号，就索性编造。她的那些活动也是掺了水的，目的是证明自己始终处于行动的中心。这些办法多少解除了人们的疑问——一个女人在战争期间跟着军队到底在做些什么？（即使她自己是清白的，也无从证明，人们甚至对此做了最糟糕的猜测。）克拉拉不仅要为自己的事业正名，还要为自己的性格和家庭正名，其实她根本没必要过多谈及家庭。她染了头发（本无可非议），却告诉朋友和公众，她"乌黑亮丽的头发从未变白"。当记者或人口普查员询问时，她通过化妆来隐瞒自己的真实年龄，目的是展现年富力强的形象。克拉拉一次次掩盖哪怕是生活中最微小的细节，这种痴迷足以说明她对自己不够自信和渴望以完美形象示人。

在压力过大时，克拉拉时常渴望把她那些错综复杂的故事向同情她的人倾诉一番，告诉人家她要与不稳定的情绪、性别歧视和家庭丑闻作斗争，凡此种种到底有多么不容易。克拉拉很少向外人提及她真实的生活，但对她的医生却是网开一面，因为她需要与医生结成联盟，共同对抗长期折磨她的神经衰弱。即使世人看到的是大公无私、镇定自若、同情他人的女强人，即使这个女性在她真实生活的周围筑起了高墙，这面墙是如此之高，连最专注的传记作家也要经年累月地削凿才能发现那光鲜外表下面几分真实的面目，但好在她还写了一部细致而坦诚的日记，其中记录了她一次次不足称道的胜利和丑陋的想法，就是日常生活中那些细枝末节。她没有毁掉日记，也没有毁掉那些真实展现她性格的信件。过去有人以为，巴顿小姐认为自己的生活没有意义，如今这十几万件的材料推翻了他们的推测。

克拉拉对批评的愤慨和她半真半假的自述，正是她极度缺乏安全感的表现。这种不安全感一部分来自她不寻常的童年，那时她没有得到父母的关爱，一部分来自她的社会地位：无子女、无配偶、智慧且强势的女性却生在一个只赞美家庭主妇的社会里。克拉拉把自己看作社会中的异类，这么说也许更准确。她偶尔也乐意把自己视为特立独行的人，很享受她作为职业女性先驱者的角色。但是她没有固定的职业，这一定使她感到苦恼，所以她在自以为是的从众与叛逆之间游移不定。她以这种心态周游各地，我行我素，不愿接受那个时代的道德规范，走到哪里，即兴应对。她感到不适应，但不在自己身上找原因，而是痛斥整个社会。每当意志消沉时，她几乎总是指责这个世界充斥着乏味而束缚人的社会标准。她把自杀挂在嘴边，说“舍弃这个充满冲突、斗争和谎言的世界”未尝不是解脱。一边要塑造法则，一边要继续生存，持续的重压有时会击垮她的神经。此时，她会从公众的视线里消失，等到她吸引了足够的关注之后，再继续角逐，争夺赞誉。

克拉拉以自我放逐的方式远离家人和朋友，此后她逐渐依靠自己来获得忠诚和认可。她认为自己是各项工作的不二人选，是理想的管家和真挚的朋友。她从未学会接受批评，在这个枷锁的束缚下，她感受到的不是迫害就是自满的优越感。她认为观察、评论、建议和审查之间彼此毫无区别——审查总是审查员的错。甚至她最亲近的侄子因为要改变她在美西战争期间蹩脚的政策也被她斥为叛徒。她不知道怎么使用权力，不相信还有谁能胜任她的工作。更糟糕的是，她认为其他人也可能成功，进而夺走她的荣誉与权威。这使她难以维系个人和职业上的人际关系。对克拉拉来说，忠诚是工作和生活在其光环下的人们的共同特点。她鼓励并执意要求绝对的忠诚。她最重要的助手甚至称呼她“女王”。

我们都是矛盾的存在，时而信心十足，时而踌躇不前，对新的一天感到忐忑不安。但在克拉拉那里，生活中平凡的起起伏伏均被夸大，她强烈的情感总是需要补偿。如火如荼的事业抵消了她的抑郁情绪，繁忙的工作只有在她精神不济或极度抑郁的时候才会停止。她向媒体宣扬的和谐与安宁是她生活中反复无常的访客。混乱成了克拉拉生活的常态，以至在少有的平静心情来临时，她要继续战斗。等她耐不住寂寞，即使还没有感到魂不守舍的时候，她又要拯救比她更痛苦的灵魂了。她童年时照顾成年的哥哥，前后将近两年，这次被人称道的经历不过是一次预演。这种强烈的情感和艰苦的劳动填补了她十二岁时的空白，让她以为玩乐是在浪费时间。不仅如此，在照顾哥哥大卫的过程中，她发现（她在照顾其他人那里也有同感）自己可以改变他人的生活方向，或者可以减轻他人肉体上的痛苦，这种感悟与她自己的生活形成了鲜明的对照：她既不能减轻自己的痛苦，也不能忘却自己的伤感。

因此，成绩才是克拉拉·巴顿的真实写照。她的身份与她的事业紧密相连，工作对她来说拥有非凡的意义。工作不仅是活动，更是一种信仰。她曾经说过：“没有工作你绝不会认识我，工作已经成为我最好的宗教。”正是在工作的过程中，特别是有压力的工作，敏捷的智慧、无畏的勇气和时机的把握，才能表现得淋漓尽致。工作使她找到了目标，为她的存在、独立和赞誉找到了合理性。只有当工作陷入停顿时，深深的绝望才会找上门来。

世人最感兴趣的是她的工作性质。尽管很多人痴迷于从别人的不幸中获得快感，但是对她来说，只有最高尚的事业才能让人获得成就感。她奋战在人道主义事业的战线上，即使最不友好的世界也不敢对这样一位女性妄言非议。在危急关头她又总是被关注的焦点。她并非全无私心，她渴望看到被她帮助的人眼含热泪、紧握她的双手、不停地向她道谢。她找到了家庭生活中不曾拥有的关爱与崇拜，还有世人的赞美。直至克拉拉八十几岁时，不论哪里发生灾难，哪怕分身乏术，她也要从华盛顿赶过来，亲临现场，因为那里的人需要她、尊敬她。

对克拉拉一生的工作说三道四并不公平。她身上拥有着闪光的品质，透过这些品质，我们不难发现她始终如一的人格。她承受着过度曝光的巨大冲击力而且经常遇到可怕的场面，对此她能镇定自若，表现出无所畏惧的精神。她的家族流淌着慈悲的血液。父亲的激励让她崇尚慈善，她践行着父亲的教诲。她对弱者怀有真挚的同情，并设法弥补他们在物质上乃至尊严上的不足。虽然在重大灾难发生时，她总是积极迅速投入到救援工作中，但是也不会忽略日常生活中任何一次小小的善行，这些善行是其慈善事业的重要组成部分。虽然对她来说，还不能鼓足勇气面对命运的捉弄，但对其他人来说，她是奇迹，是生命的源泉。

克拉拉·巴顿以一种矛盾体存在着：一个畏惧生活的女子却勇于面对世间的疾苦，一个不断进取的人却生怕自己做得不够好，一个深受爱戴的女性却在孤独中死去。克拉拉·巴顿一生取得的成就，其他美国女性无法与其相提并论，所以要从这个角度评价她才是：她勇于反抗社会，却珍视社会的认可；她修复身边人的生活，而她自己的生活却是千疮百孔。

目 录

第 1 章

Chapter 1

1821 年，一个寒冷阴郁的圣诞节，斯蒂芬·巴顿在外面忙碌一天，疲惫不堪地走进家门，在炉火旁坐了下来。巴顿一家居住的马萨诸塞州小镇，还坚守着清教徒时期的简朴传统，斯蒂芬期待着一个平静的夜晚，而不是欢快的节日庆典。他靠在椅子里，伸了伸腿，这时隔壁卧室传来妻子和表妹的说话声，他多少有点儿心烦。忽然声音大了起来，表妹慌慌张张地跑了出来，叫他快去找医生：他的妻子莎拉要生了。巴顿还没歇过来，也没了当初的新鲜感，即将出生的婴儿将是他们的第五个孩子，所以他拖拖拉拉的，还没等到他从外面赶回来，小女儿就降生了。

他们给小女孩取名克拉丽莎·哈罗·巴顿，是按照姑姑的名字取的，而这个名字来自塞缪尔·理查森小说里一位时髦而又浪漫的女主角。尽管名字听上去不太适合中产家庭，长且拗口，但巴顿一家并不在乎。他们喜欢用昵称，就给才出生的婴儿也起了一个。巴顿家的小儿子刚刚放学，严格的新牛津学校圣诞节也照常上课。路上的邻居叫他赶快回家，告诉他说："你家才生了个娃娃。"于是他叫妹妹"娃娃"，并一直叫到她八十几岁。其他人叫她"塔芭莎"或"克拉里"。当然身为家里最小的孩子，她也经常被称为"宝贝儿"。不过更多时候人们就叫她

“克拉拉”，这也是她一生中最常用的名字。她早年在学校一笔一画地写下过“克拉丽莎·H. 巴顿”，等到内战时期她才开始用“克拉拉·H. 巴顿”。在那之后，她索性省去了中间的 H，开始用克拉拉·巴顿这个世人熟知的名字。

克拉拉·巴顿描述她出生时的情景：“家人说他们当时欣喜若狂。”就是充满期待和惊喜，因为早在她出生前，家里就以为不会再有孩子了。斯蒂芬·巴顿和莎拉·斯通在 1804 年仓促成婚，5 个月后他们的第一个女儿多萝西就出生了。1810 年之前，他们又生了两个儿子——斯蒂芬和大卫，以及一个女儿——莎莉。莎莉跟克拉拉的年龄最相近，但也比她大了 11 岁。巴顿一家无论大小，都在期待婴儿的降生，父母为此还特意买了一套蓝柳瓷器和粉白相间的茶具，这对中产家庭来说是相当奢侈的。蓝柳瓷器象征幸福，在家中代代相传，在日后的庆祝活动中也没少使用。

巴顿一家深受新英格兰传统的影响，在他们身上既能看到生活在山区的艰辛和坚持，那种凭双手养活自己的原则，也能看到撑起镇上议会和教会的个人主义理想。他们所居住的牛津小镇位于马萨诸塞州北部，小镇 1821 年建立，与波士顿以西 50 英里的其他乡镇几乎没什么不同的地方，唯一的区别在于当地强大的乡绅阶层和稍显浪漫的历史。作为巴顿家族的祖先，老一代巴顿、勒尼德和斯通家族并不是北牛津小镇最早的胡格诺派定居者，但是他们很早就发现，小镇坐落在水流湍急的法兰西河畔，地理位置蕴藏着无限商机。到了 1713 年，他们已经在镇上的农业和磨坊业中声名鹊起。一个世纪以后，他们当年对小镇的憧憬逐一变成了现实。当时镇上的坡顶板房和尖顶教堂已随处可见，小镇周围是自给自足的农场。锯木厂和磨坊遍布法兰西河两岸，为当地的农业提供了繁荣的副业。一名记者曾这样描述小镇：“大平原上隽秀的村落。”

在漫长的冬夜里，克拉拉坐在炉火旁，聆听她的家族和小镇的历史。巴顿家族在玫瑰战争中扮演过角色，后来才迁到马萨诸塞，开始新的生活。克拉拉听到这里怦然心动，日后忆及当年的情景，那种激动的心情仍然让她无法忘怀。家族中有很多传奇人物值得骄傲：塞缪尔·巴顿，他第一个来到北牛津，在猎巫事件中为一位被诬陷的女子辩护失败，不得已逃离小镇萨勒姆；埃比尼泽·勒尼德，早期成功的实业家，也是马萨诸塞州议会的领袖，他性格坚定，不苟言笑，曾经以各种方式剥削大脚黑奴明果，结果他省吃俭用的传奇生活反倒不那么显眼了；斯蒂芬·巴顿博士，美国独立战争时期浪漫主义革命者、通讯与安全委员会代表、著名的慈善家，他的妻子个性独立，不愿忍受他的强势而选择离开，甚至在1774年开征令人憎恶的茶税后依然烹茶品茗。（克拉拉多年之后对她的一个侄子说："你的祖母为人风趣，语言形象，天资聪颖，每次她讲起她和姐姐巴拉德姨妈开茶话会的故事，我都听不够。她们趁祖父外出或者上楼的时候，就在地下室里煮茶喝，祖父全然不知在他自己'不忠和叛逆'的家里都发生了什么。她们还把毯子挂在地下室的门上，生怕茶香被她们那位忠诚、严格的家长闻到。"）在这些大人物之外，还有很多有趣的人物，有法印战争中的士兵、能干的接生婆，以及参加黑熊摔跤比赛的兄弟们。

那些与家族相关的故事，克拉拉大多是从父亲那里听来的。父亲生于1774年，是革命家斯蒂芬博士的儿子。父亲从小耳濡目染，身边少不了建国初期的英雄人物。年轻时他在"疯子"将军安东尼·韦恩的部队中开始了军旅生涯，他们那支部队曾经在人烟稀少的西北领地与印第安人数次交战。三年来在蛮荒之地度过的饥寒交迫的日日夜夜、建国初期的广袤土地与美好愿景、军旅生活生存法则和冒险精神，都对他的青年时代产生了决定性影响。他经常坚定地谈论曾经的战斗经历，语气充满了忠诚爱国之情。他的女儿克拉拉写道："他一生也没改变军人的作风和喜好。"哪怕到了生命尽头，他仍然沉浸在军事术语和战友情谊的喜悦之中。

身材高挑、目光犀利的斯蒂芬·巴顿回到北牛津小镇后，重操祖业，一边种地，一边经营磨坊。他独往独来，在外人眼中，他一门心思扑在自己的生意上，这也成了巴顿家族后来的处世哲学。斯蒂芬长得仪表堂堂，家族关系清白，所以他顺理成章地成为镇议会的召集人、行政委员、民兵队长，还在1836年做了马萨诸塞州参议院的代表。当地人都认为他为人公正、顽强、机智、正直。他秉持自由开放的政治观点，终身都是民主党人，并且崇拜安德鲁·杰克逊。他在北牛津小镇推行改革，对磨坊业进行机械化改造，提升教育水平，倡导宗教宽容。虽然他的才智推进了技术创新，但思想却极其守旧。他反对跳舞、赌博、饮酒。一个邻居曾经回忆说，他是小镇里最后一个不再把头发绾成辫子的人。

领导权意味着高的社会地位，斯蒂芬·巴顿无疑是中产阶级的代表。克拉拉始终认为她出身“平凡”，生活空间“不大”。巴顿一家的生活虽衣食无忧，但十分简朴。巴顿家的账目显示，家里买糖浆而很少买白糖，买棉布为女士们做衣服，而不买丝绸。斯蒂芬一有机会就挣些小钱，家里的开支基本都通过卖出多余的干草、出租土地和工具以及帮邻居饲养家畜来解决。他像他的父亲一样是个全能工匠，不仅建造了小女儿出生时的房子，还做了很多简单的家具和工具。他的房屋设计精致，室内装修方便舒适，虽远不及祖父家富丽堂皇。谷仓、草场、果园和菜园，这基本就是巴顿家园子的全部。园子里还装点着紫丁香花丛。巴顿上尉非常乐于欢迎镇上的来客到家里参观，对此他从不难为情。

巴顿的民主倾向深受其早年接触过的普救教派的影响。与那些传统的新英格兰教派不同，普救教派的上帝并非高高在上，他们认为上帝鼓励众人信仰他，并引导他们全力寻求救赎——这是人人平等的机会。普救教派具有社会意识，提倡废奴、教育、慈善。斯蒂芬·巴顿年轻时曾参加何西阿·巴鲁在北牛津镇的就职仪式，巴鲁热情奔放，极富影响力，是普救教派的早期领袖。这次经历对巴顿影响至深，使他最终脱离了家族所信奉的浸礼会教派。他不常去做礼拜，克拉拉说她“很少见他去浸礼会教堂做礼拜，但他会常常看家人走进教堂”，他一直致力于建设和修缮教堂的工作，并在克拉拉出生三年后被选为官员。

普救教派教义以及他父亲的善举使得斯蒂芬坚定地投身慈善事业。在 1826 至 1836 年间，他每年为社区穷人捐助 574 美金。1831 年，他独立出资建了一所穷困家庭的收容所。他的这些善举深得北牛津居民的感念，“巴顿家的人从来没有自高自大，”一位曾受惠于斯蒂芬·巴顿的邻居说，“我还清楚地记得我在你家养病，你们细心照顾我这个穷孩子，我一辈子都忘不了。”

斯蒂芬·巴顿把在社区的工作作风也带到了家里，但他妻子并不买账。固执的莎拉·斯通比她的丈夫年轻 10 岁，在克拉拉的记忆中，她的母亲曾经很可能“光彩照人”，但后来她腰肥体圆，毫无姿色。莎拉出生在北牛津的一个朴实和受人敬重的中产家庭。和她的丈夫一样，莎拉从前信仰浸礼会教派，后期转向普救教派。她是一个居家女子，不喜社交，但她对政治和社会话题却颇有见地。19 世纪 30 年代，废奴运动在新英格兰尚未兴起，她就在呈递给美国众议院的反奴请愿书上多次签名。莎拉・巴顿对妇女权利的话题直言不讳。据克拉拉回忆，她的母亲很早就接触了女权主义思想，始终坚信她“从出生就相信女性应该拥有一切自然和正义所赋予她们的特权和地位，……年轻时我听到人们讨论这个话题，竟然会有明智的、理性的人质疑它，真是荒谬可笑”。

巴顿夫妇都有自由主义者的情感，但两个人的性格却迥然不同。克拉拉描述她的父亲是一个“冷静、理性、通情达理、骄傲的正人君子”，她的母亲争强好胜，“精力旺盛，每天三点钟起床，总是一天做完两天的事，容易激动和紧张”。莎拉既聪明又能干，凡是新英格兰家庭主妇应做的家务她一应操持。她的古怪和节俭在镇上是出了名的。她家的媳妇曾向娘家告状，说莎拉给家人吃不新鲜的水果和蔬菜，总是等到食物变质以后才给大家吃。莎拉喜欢在菜箱里翻来翻去，专挑那些烂了一半的菜，再花很长时间切掉变质的部分。她还喜欢烤很多肉末馅饼和苹果馅饼，然后把馅饼都储藏在地窖里。她小心翼翼地保护这些存货，每当有人想吃一张，她就很不乐意。就像那些蔬菜一样，这些馅饼不可避免地开始腐烂，不能再吃。一次，她的儿子小斯蒂芬发怒了，钻进地下室把那些馅饼都扔出去喂了猪。当被母亲质问时，他说只有猪才吃发霉的馅饼。但这次反抗毫无意义。

除了古怪以外，莎拉的脾气也很急躁，不容易被讨好，时不时就声色俱厉地表示不满。一次，她把丈夫送作礼物的铁炉子给拆了，一片片扔进水塘，原因是她觉得这个炉灶不如她的旧火炉实用。每当有事惹她不开心，她就埋怨和咒骂，对身边的人也缺乏耐心，觉得他们总是达不到自己的期望。传闻莎拉死后，她的小孙女被带来瞻仰她的遗容，几分钟后有人问她见没见到祖母。小女孩答道：“见到了。我看见了祖母，她再也不骂人了。”

斯蒂芬和莎拉都个性强烈，他们之间的关系也如暴风骤雨。虽然斯蒂芬在家中说一不二，但莎拉总是极力反对他在家务事中的横加干涉。他们动不动就要吵上一次。一次，莎拉更换寝具累得心情烦躁，就把一个羽绒枕头顺着楼梯扔了下去，一下砸中了丈夫的脸，羽毛散落一地。丈夫怒不可遏。他命令莎拉把羽毛一根根捡起来。她手上在捡羽毛，但嘴里却在“喃喃地咒骂”，于是斯蒂芬扬长而去，走了好几天。“家庭战争”大多以这种方式收场，克拉拉就是在这种环境中长大的。

这对冤家的第一个孩子是多萝西，也叫多莉，她取了姑姑的名字。多莉身材高挑，头发乌黑，是聪明、上进的好学生。妹妹克拉拉出生时，她已经是一名北牛津的教师了。如同她的母亲，多莉脾气大，动不动就发火，但却有足够的耐心绣出精致的花卉，用潇洒、漂亮的字体写出诗歌来。她对克拉拉尤为关心，妹妹婴儿时期的看护工作几乎都是她来完成的。她敏感而博学，渴望接受高等教育，不想在乡村学校上学，但却被迫跟不爱读书的弟弟一起去上课，她总觉得弟弟给家里丢人，为此也曾暗自流泪。晚年的克拉拉还记得姐姐的悉心照顾和她那双“无微不至的手”，并将自己的求知欲也归功于多莉。克拉拉一直认为：“当初要是条件好的话，她一定是家里最有出息的孩子。”

克拉拉 6 岁时，多莉焦虑而敏感的性格导致了一场悲剧。1827 年，多莉精神崩溃，此后再也没能康复。那个年代精神疾病被认为是很丢脸的事情，并且几乎被认为是不治之症。巴顿一家只能将多莉与外界社会隔绝起来，努力控制不让病情发作。多莉有时会变得异常危险，她将自己美丽的刺绣剪成碎片。她最爱的摇椅也被用木条固定起来，生怕她用力过猛把椅子弄散。她的病情不断恶化，家人为控制她的情绪，把她锁在屋子里，窗户上还安装了铁栏杆。她经常砸门，大喊要出去。一次，她逃了出去，在村外的树林深处过了一夜。还有一次，她企图用斧子攻击弟弟大卫的妻子，大卫从附近田野赶回来制住了多莉，才救下了自己的妻子。

巴顿一家始终也不明白多莉为何会发疯，但姐姐的悲剧着实困扰了克拉拉一生，姐姐“那么聪明、博学、前途无量，却这么早就枯萎了”。19 世纪 70 年代后期，克拉拉曾向一名医生透露，她认为姐姐的病是由某种不为人知或无法治疗的月经障碍导致的——这其实是当时普遍存在的医学误解。此后克拉拉又跟一个侄女说，如果多莉能得到合适的教育并在文学领域实现自己的理想，她就不会失去心智，她长期的抑郁和内心的纠结使她越来越痛苦并最终精神崩溃。克拉拉从不公开谈论姐姐发疯的事，只是偶尔私下提及。在其自传《我的童年故事》中，她只讲到姐姐是个“病人”。

在巴顿的兄弟姐妹中，小斯蒂芬的形象显得最高大。克拉拉出生那年他 15 岁，已经过了青春期。他身体强壮，又有运动天分，但像他母亲一样，他容易激动，时不时地发神经。他小时候很难专注下来学习，12 岁还目不识丁。他从来不听父母的劝诫，却在某一天突然决定继续读书。他白天干活，晚上学习，竟然在一年之内超过了镇上的其他学生，“他在数学方面的能力和智慧”更是为人称道。克拉拉还没长大，他就当上了教师。几年后，父亲把家里的磨坊交给儿子们管理，他们成了镇上有名的实业家。克拉拉一天天长大，小斯蒂芬非常有商业头脑，逐渐变成远近闻名的生意人。显然，他的数学能力有时比他从小接触的那种严苛的普救教派道德观更加重要。

传言 S&D 巴顿磨坊多少也进行一些不光彩的交易，但人们越发强烈地感觉到：巴顿上尉的大儿子定将成为小镇的领导者。像父亲一样，他同情镇上的穷人，在组建自己的家庭之后，收容了几个贫困男孩。1825 年至 1840 年间，他凭借自身的影响力开展学制评估，设计修建从北牛津直通诺威奇铁路站点的优质公路，还为镇上修缮了一片新墓地。1834 年至 1837 年间，他被选为镇上的评税员，还同时任两所学校的校委员。小斯蒂芬成天忙他的生意和社会事务，抽不出多少时间和妹妹克拉拉相处，但克拉拉依然记得他耐心地教她算术。她回忆道：“加减乘除分数整数，通通都不神秘了。没有玩具能比得上我的算术石板。”与家里其他孩子相比，小斯蒂芬跟克拉拉相处的时间很短，但他一直是巴顿家中的榜样。家人一方面为他成为镇领导而感到骄傲，一方面也对他做生意的方式不乏质疑。

小斯蒂芬在厂里的合伙人是比他小两岁的弟弟大卫·巴顿。大卫同样拥有巴顿家男人健硕的身材和运动天分。他一点儿都没继承家族的求知欲，不过克拉拉小心翼翼收藏了几张泛黄的写着诗句的纸张，证明大卫曾经试图写诗。诗人没当成，他却成了精力充沛的冒失鬼、英俊的壮小伙儿、“乡下的野牛比尔”。他很爱马，在克拉拉眼中他是个英雄。他像温柔的巨人，给克拉拉讲动物的习性，引领她体会骑马的快乐，并且让她爱上了骑马。她觉得自己像他的“小信徒”和形影不离的伙伴。克拉拉还没长大，他就开始正式在厂里上班。他见证了工厂的蒸蒸日上，但也像他哥哥一样，被冠以奸商的恶名。“大卫后来有没有弥补错误，给德威特上尉补足了粮食？”在大卫开始经营磨坊后的几年里，一个家里的朋友还在向克拉拉打听。“在我看来他多收的还不止 4 夸脱。”但在克拉拉眼里，他的名声从未被玷污，她始终如一地支持他，后来回忆道：“从我记事起，他就是我心中的楷模。”

莎莉·巴顿跟克拉拉的年龄最接近，却对克拉拉的童年影响甚微。她可能不在家居住好一阵子，一张由尼古拉斯学校开具的收据显示，斯蒂芬·巴顿曾经供女儿在寄宿学校学习了至少一年。据说莎莉长了一头金发，是个聪明伶俐的小姑娘，成年后更是落落大方、亲切善良。克拉拉回忆道：“她像夏日清晨一样可人，却比清晨更美好，更有女人味儿。”像姐姐多莉和哥哥小斯蒂芬一样，莎莉也在学校教过书，但时间不长，她也曾在钻研诗歌过程中沉浸于文学的美妙意境。克拉拉认为自己在文学方面的兴趣受到姐姐的熏陶。莎莉和克拉拉一起读沃尔特·司各特的作品，还读遍了当时能看懂的所有英文诗歌。在多莉精神崩溃后，莎莉开始认真地照看克拉拉。在当时不安情绪弥漫的家中，莎莉小心地守护妹妹的兴趣和幸福。

克拉拉·巴顿的家里几乎都是大人，他们个性迥异，她在这种环境成长，始终怀有一种矛盾的情感。她记得一些美好时光的片段，在自传中也用明快的辞藻去描绘那些与哥哥们一起骑马和在郊外玩耍的时光，但对克拉拉来说，童年也是悲伤与寻求认可的痛苦过程。1907 年，她开始写作《我的童年故事》，并纠结于“到底要不要讲述童年的真实故事”。她曾在日记里提及，她并没有“像大多数孩子那样的快乐的童年，我很清楚当时的日子有多艰难”。她对世人也坦言：“在我的幼年生活中，我唯一记得的就是恐惧。”

克拉拉的童年恐惧不仅来自自然环境，如蛇、雷雨、惊马，还源自周遭强烈的矛盾。她在家里得不到持续的关注，因此心生怨恨。她提到，母亲总以为小女儿有其他人照顾，因而“很少施以关怀”，其他家庭成员对她的态度也摇摆不定，要么是悉心呵护，要么是不理不睬。克拉拉时常感到与他们成年人的要紧事相比，她的存在可有可无，自己不过是一张写字板，上面写满了她的老师的性格特点。她的童年变成了一次次尝试，尝试表达自己的需求和想法，尝试摆脱依赖，尝试克服那些命中注定的忽视和嘲弄。

她也感到，家庭其他成员凭借丰富的经验总是能在家庭讨论中占上风，但自己却望尘莫及。她也曾严肃地参与讨论，希望自己的想法有所帮助，但即使在家里年龄最小的其他孩子看来，她的尝试也显得幼稚而可笑。克拉拉渐渐感到家人在她身上开的玩笑已经出格了，她开始难为情，十分厌恶自己总是被当成笑料。家人们会看着克拉拉认真地给大家分糖果，仔细查好人数却没把自己算进去，他们等她最后发现唯独自己没有糖果时那一脸囧态。克拉拉说："这就是家人嘲笑我的日常娱乐活动。"家人还笑话她分不清政治人物的画像，故意让她给人留下幼稚的印象。"为了让他们开心"，克拉拉索性相信总统有教堂那么大，副总统就像谷堆那么大，还是绿色的。当她再长大一点儿以后，大家就开始拿她在哥哥厂里的劳动方式来取乐，说她那上下翻飞、咔哒作响的织布机能因摩擦过热引起火灾。——"那个笑话他们讲了好多年"。克拉拉对此心怀怨恨，以至对家人产生了不信任感，当家人要把她早早送到学校读书时，她都认为动机可疑，以为那可能是因为他们"恶作剧般的好奇心，不过是想看看我在学校会不会出丑"。

面对成年人左右家里的局面，克拉拉最早做出的反应是退缩，用让她感到痛苦的胆怯来掩护自己。她无法预测成人的回应，索性不去接触陌生人，生怕被别人注意或者成为笑料或争论的话题。家庭生活造成了克拉拉的沉默寡言，这种情况又因为她缺乏女孩应有的魅力而加剧。矮小，肥胖，相貌平平，可以增加其面容吸引力的性格也没有形成。克拉拉的母亲也忽略了她的一个优点——一头浓密、有光泽的深棕色头发，还把她的头发剪得过短，露出了女儿宽大的额头和暗黄色的肤色。此外，轻度言语障碍使她口齿不清，这更增加了她的羞怯。克拉拉还记得在学校因为发错音和读错字而经历的羞辱。一次，在古埃及人名上下足了功夫之后，她还是将"托勒密"读成了"坡勒密"。虽然老师喝止了大孩子们的笑声，但克拉拉仍感羞辱难当，眼含泪水走出了教室。

因为过度胆怯，克拉拉总有一种感觉，生怕自己“制造麻烦”。她发现了自己与家人之间的不同，强烈地感到自己要仰仗他们。她总是害怕向家人提出购买衣服和生活必需品的要求。寒冷和手套成为她礼拜天在牛津普救教派教堂祷告的最多记忆，而不是布道坛上的训诫。一次，她在儿童圣诞晚会上得到了一条期盼许久的裙子，她没有礼貌地表示感谢，而是痛哭起来，跑了出去。她回忆说：“我太敏感，不会表达自己的愿望，甚至对父亲也说不出来，哪怕他那么善良慷慨。”克拉拉的胆怯并不是唯一的问题。巴顿夫妇或许因为完全陷于处理他们之间喜怒无常的关系之中，或许是养育他们最小的女儿的方式过于随意，从而忽视了孩子的真正需求。克拉拉的母亲没有特别关注这个羞怯的孩子，认为腼腆、退缩的女儿太麻烦，“不好管”，这种态度更加让克拉拉以为自己是个负担。

克拉拉在学校的经历使她的羞怯感既有所增强又有所缓解。她很快发现她不寻常的智力可以帮助她获得迫切需要的重视，但她又很难融入那些喧哗吵闹的孩子之中。

克拉拉 3 岁开始接受正规教育，这在当时的新英格兰并不少见。即使在这个年龄，她也不是初学者，她已经有了接受教育的基础。事实上，她从记事起就识字了。上学第一天，她因为拼写出 artichoke（洋蓟）这么高级的单词而使老师感到震惊。她最早读过的学校是理查德·斯通创办的。像她父亲一样，斯通也改信普救教。他相信教育可以发掘每个孩子的潜力，他的教育理念吸引了新英格兰各地的学生。如同她读过的其他几所学校一样，这所学校也是一百名学生挤在一两间教室里，教师强调阅读、写作和算术，大部分知识要死记硬背。斯通先生与众不同之处在于，他的教学理念是挑战优秀生。克拉拉被列为他格外关注的学生。她特别提到发现地理学时那种喜悦的心情，因为着迷而“坚持在寒冷的冬天早晨叫醒可怜的姐姐，坐在床上借着烛光，在地图上查找山川、国家、海洋、湖泊”。最早的学校文档还能证明斯通先生对克拉拉进行了爱国、道德和宗教戒律方面的教育，目的是塑造正确的人格。“世界上唯一不变的是死亡。”9 岁的克拉拉把这句话工工整整地抄写在练习本上。这句话的下面是：“控制你的情感”和“通过不断学习才能获得知识”。

理查德·斯通对克拉拉的认知在她与其他老师那里也得到了再现。他们发现这个严肃的女孩勤奋好学，她的求知欲既让人感动又不好应对。另一位老师吕西安·伯利待她以“体贴和友善”，专门为好学的克拉拉开设了一系列高级课程——天文学、古代史和诗歌，以此来满足她的求知欲。在她离开学校很长时间后，伯利先生继续对她的学业表现出浓厚的兴趣，还十分关心她精神和智力的发展。克拉拉后来到牛津学校读书，师从乔纳森·德纳，他们的师生关系也很紧密。克拉拉这样描述他们之间的师生情谊：“没有语言能描述他教学的价值，也没有语言能描述他培养勤奋学生付出的辛苦。”她再次获得学习高难度课程的机会，课外又得到额外的指导。她对此心存感恩，满怀深情地忆起在德纳身边的求学经历：“我对恩师的无限敬意，以及他对学生的谆谆教诲已经成为我终生难忘的记忆。”

克拉拉的家人为她的学识感到骄傲，她也沉浸在赞许之中。她的姐姐们帮助她提升文学品位，与她分享诗歌和喜欢的书籍，而小斯蒂芬则“把我引入神秘的数字世界”。巴顿一家人对克拉拉的鼓励印证了他们崇尚的自由主义，因为当时许多女孩不被允许做学问或从事高水平的学术研究。他们的鼓励使她感到，拥有一技之长才能得到家里家外的认可。其他女孩在塑造传统的女性品格——谦逊与关爱时，克拉拉却发现学术成就和“努力思考”为她赢得了极其渴望的尊重。

求学经历为她提供了成长的空间，也多少减轻了家庭造成的紧张感，但是并没有减轻她走出家庭后的不适。上学的第一天，她发现自己离开了熟悉的家庭环境，“因为身边找不到亲人而被强烈的恐惧感所裹挟”。她使自己慢慢适应，可还是感到与其他学生格格不入，害怕见到新面孔。为减轻她的胆怯，家里送她就读理查德·斯通新成立的寄宿学校。家人的做法对克拉拉而言简直是灾难，因为她依然陷在“怕做错事的恐惧中”不能自拔，始终不能适应。她不愿说话也不愿吃饭。尽管有老师关心，但她最后还是被送回家了。克拉拉对这个插曲感到愤懑，她形容这是“把我抛弃在陌生人中”的决定。克拉拉在同学里年龄较大，她发现大多数学生并不那么用功，他们既肤浅又幼稚。虽然至少有一个同学羡慕她（“她非常勤奋，记忆力惊人”），但也让她感到大多数同学认为她“不可理喻，假装正经”。她关于学校时光的记忆只有老师和课程，没有无忧无虑的嬉戏和同学间的友谊。

克拉拉的学识被认可后，她更加希望体验男性的成就感和追求。在她的童年和成年时期，男性引起了她强烈的认同感。克拉拉在 1907 年提醒自己：“你父亲总说你更像男孩。”她崇拜父亲，儿时最喜欢的记忆是坐在那里，“屏住呼吸”，倾听父亲讲述战争和荒野生存的故事，讲到后来她可以“鹦鹉般”顺口说出英雄人物的名字。故事又变成模拟战斗游戏，战鼓、军旗、刺刀等女孩子手上少见的玩具。克拉拉回忆说：“两军交锋，可怕的遭遇战，……伤亡惨重。”她家中的男人有时间就测试她的力量和勇气：大卫让她在 5 岁之前骑过无马鞍的马，父亲的烈马“比利”提高了她的骑术，练到后来她可以在各种天气中骑马飞驰，把同伴远远地甩在身后。她不喜欢玩偶，喜欢跟在小斯蒂芬和大卫后面找乐子。他们轮流教她，为了让她达到他们的标准，几乎不允许她有任何借口。克拉拉自豪地说：“我必须像男孩一样俯下身子投球或投石头，而且必须命中目标，不能落在我的脚下，让他们傻乎乎地笑我。如果我要钉钉子，每次都要打在钉子上，而不是把板子劈开。如果我要拧螺丝，非一次拧好不可。我必须把绳子打成死结。”

克拉拉七八岁的时候，玩男孩的游戏，与男孩为伴。那时候，父亲把家搬到附近的勒尼德农庄。斯蒂芬·巴顿上尉风度潇洒但做事任性的外甥耶利米·勒尼德不幸死了，留下妻子和四个孩子，农场在他漫长的生病期间也逐渐衰落下来。他们欠下巨债，孩子们都等着要衣服，地里也没多少庄稼。为了保住这一家人将近 300 英亩的土地，巴顿上尉与另一个亲戚合伙买下了农场。勒尼德一家继续住在农场上，克拉拉的家人也搬来同住。勒尼德家的男孩杰里和奥蒂斯与他们的朋友洛维特·辛普森成了克拉拉坚定忠实的朋友。生性不羁的杰里和淘气鬼奥蒂斯为小伙伴们的活动设定了基调，接下来的四年充满了历险和大胆的恶作剧。在描述这个时期的幸福时光时，克拉拉很少提到她的表姐妹。

早在 18 世纪初，勒尼德家的老宅就建成了，要比克拉拉出生时的房子宽敞得多。两层楼高，结实的护墙板，倾斜的屋顶，周围是果园、花园和迷人的附属建筑。新地方总有不少诱人的角落和裂缝让人去探索。一群小伙伴在农场上漫步，他们走过“宽阔美丽的草场”，爬上岩石和树木繁茂的山丘。他们采栗子，钻洞穴，在法兰西河边捕蛇。克拉拉怀着明显的幸福感追忆“那三个诱人的大谷仓…… 还有比这更适合捉迷藏、更适合跳跃和攀登的地方吗？”锯木厂和磨坊也是好玩的地方。孩子们搭乘运原木的车，等锯好的原木被送回时，再迅速跳下来。他们彼此挑战，在磨坊的溪水上走平衡木，他们气喘吁吁地高声喊叫，因为“从脚踏上去到离开的那一刻，杆子始终不停地摇晃”。孩子们一次次尝试他们明知危险的游戏，神奇的是，竟然没有人受伤。

在这段美好时光里，克拉拉开拓了眼界，享受了自由。她逃离了6个代理家长的监视，看不到多莉发疯的可怕场面。克拉拉崇拜奥蒂斯和杰里，他们对她更是赞不绝口，因为她“不比他们跑得慢，骑马更胜一筹”。她喜欢各种各样的小动物，喜欢照顾农场上的鸡、鸭、大猫、小猫，还有她的小狗“纽扣”。就连佣人也喜爱她，宠她，哄她。克拉拉的家人都没这么待过她。事实上，这是她记忆中最幸福的时刻。克拉拉感慨地说：“哦，大山上老宅里那一屋子的欢声笑语。让我们重回过去，哪怕一天，无论付出什么代价我也在所不惜。”

克拉拉身上那根长长的缰绳终究会被拉回去的，这或许无法避免，尤其是疏于管理的父母发现了他们不幸的疏忽。克拉拉经常在草场和房子周围玩耍。一天，她走进仓房，里面正在宰杀牲口。她碰巧看到用人用斧子劈向牛头，敏感的克拉拉吓了一跳，跌倒在地，仿佛自己被砍了一斧子。父亲对用人暴跳如雷，尽管克拉拉勇敢地为他们辩解：“我和农场上的用人处得很好，不能忍受他们受责备。”更糟的是，父母开始质疑她身为小姑娘，风风火火的像个男孩，到底合不合适。父亲禁止她学滑冰，但是滑冰是那几个男伙伴非常喜欢的。她不为父亲所动，趁着夜色悄悄溜出去，外面光滑如镜的冰面映照着璀璨的星光让她如痴如醉。

男孩们在她的腰上系了一条羊毛围巾，为了保持她的平稳前进，一个在前面拉她，另外两个在她左右滑行加以保护。克拉拉回忆说：“我们越滑越快，最后冲向一大片破裂的冰面，锋利的冰碴儿露在外面，我被抛了出去，因为速度太快，我划伤了膝盖。”她伤得很重，没法对父母掩盖真相。一连几个星期，她要忍受孤独和父母失望的表情，这对她而言简直就是惩罚。尽管母亲安慰她说其他女孩子可能也好不到哪儿去，但克拉拉仍然“鄙视自己，吃不下饭，也睡不着觉”。

父母对她的越轨外出产生了明显的矛盾心理，这种情绪有增无减，他们认为她的那些户外活动不安全。于是，母亲开始鼓励她参加适合女孩的活动和游戏。母亲不怕小题大做，找来几个小姑娘，让她们学诗歌，做围裙，谁表现好就奖励一个吻。母亲把农场变成游戏室，教克拉拉生火做饭，或者“在茶碗里做真正的黄油”。母亲还反复劝她与表姐妹埃尔维拉·斯通和邻居南希·费茨交朋友。这显然是矛盾的，过去因为行事风格像男孩子，克拉拉受到赞许，现在却因此受到惩罚。克拉拉不知如何是好了。通过历险、当领导，克拉拉变了个人，她发现自己方方面面的能力不比男孩子差。她努力得到男性拥有的尊重、自由和力量，但她只是偶尔被表扬，更多的时候是被批评。

走入男性世界使她骄傲，那里有她希望得到的认可、友谊和强烈的归属感，可是，家庭与社会对她改变女性角色又不以为然，使她一次次感到沮丧，这种交替出现的骄傲与沮丧构成了克拉拉·巴顿一生永恒的主题。从童年开始，她就骑在篱笆上，成为两个世界的访客，但却不属于任何一方。成年后，她在社会交往中游刃有余，其他男性或女性无法与她相提并论。作为孩子，这种左摇右摆在很大程度上让她感到更加孤独，迫使她继续寻找灵魂栖息的港湾。

克拉拉希望通过劳动在家庭生活中扮演更强大的角色。在一定程度上，这种方式也是她童年里被人接受的、必要的一部分，如同其他农家孩子一样，劳动与玩耍是密不可分的。她在很小的时候就帮大人叫用人吃晚饭，用人把她扛到肩膀上送回房间的路上，她高兴得笑个不停。克拉拉喜爱动物，找来了几头奶牛悉心照料。她回忆说：“我每天晚上都去院子里照看奶牛，手里拎上我的小奶桶，我挤牛奶技艺精湛，终生难忘。”入春以后，她在大人身旁观察如何做肥皂，帮他们搅拌水里的泡泡。照料鸭子、火鸡、羊羔也是她的职责。她把这些生灵视为宠物，如同待她的小狗“纽扣”，它们也是她要照顾的对象。照料动物之类的劳动培养了她的责任感，这种责任感正是新英格兰农场生生不息的源泉。

克拉拉的童年记忆告诉我们，她在少女时代就坚信艰苦劳动的价值。其实这种信念也未必是父母刻意宣扬的，尽管巴顿一家无比勤劳，希望通过艰辛的劳动来实现他们的理想。其实，这种信念遍及新英格兰人生活的方方面面，大家都将其视为颠扑不破的真理。克拉拉崇拜的露西·拉科姆也曾写下少女时代对新英格兰的记忆，据她回忆："'劳动的尊严'也没什么大道理，我们从小就在大人身边劳动，仿佛劳动是一种宗教。不要闲下来，不要指望什么。"与身处恶劣环境的先人相比，19 世纪 20 年代的巴顿一家的生活好像还说得过去，不过他们也要从早忙到晚才能过上舒适的生活。他们可能要从当地的小贩手里购买糖浆和布料，但肥皂和药品却是自己动手做出来的。繁忙的秋收时节，大人孩子的口粮衣服，需要细心照料的牲口，凡此种种把劳动变成了一种仪式和回报。

因此，克拉拉从小就发现，自己要勤奋，要能派上用场，然后才能被人刮目相看，并通过为人服务找到了自身的价值。她在农场和学校以外寻找机会，还真找到了一次：一个油漆工来为勒尼德家粉刷墙壁，他手里的刷子和油漆的香味吸引了克拉拉的注意力。经过她的央求，油漆工同意她试试身手。她热情洋溢地回忆说："他教我用刷子刷墙，调颜料，用油灰堵缝隙，再等油漆晾干。他还教我裁剪纸张，拼缝接缝，再贴到墙上，还要把糨糊拌匀了，就连厨房的椅子也被我涂上了一层漆。"一个月即将结束，油漆工收拾工具，就要离开农场，克拉拉站在一旁"暗自伤心"。油漆工送她一件小纪念品，上面写了"赠与忠实的工人"，但这几个字又怎能补偿她内心的孤独。

她渴望把自己派上用场，下文讲述她在这方面最典型的经历——人们普遍认为这个插曲预示了她未来的职业——克拉拉护理哥哥大卫，经历了漫长而又痛苦的过程。大卫以身手灵活为人称道，他们请他为新盖的谷仓上梁，他压断了一根椽子，跌落下来，因为他双脚触地，好像没有受伤，但他回家后头痛不止，连续低烧。他们请来家庭医生。医生建议先拔火罐，再用水蛭吸血——19 世纪医学专家能开出的标准处方。他确信火罐和水蛭必能清血退热。相反，大卫的身体日渐虚弱，病情依然不见好转。家人这才警觉起来，不知如何是好，11 岁的妹妹克拉拉心里更急。她请求父母让她来护理哥哥。她的双手"逐渐娴熟地摆弄蠕动的水蛭，起初令人恶心的水蛭如同毒蛇"。后来她才轻车熟路，知道怎么清理发炎的水疱，不让哥哥感到疼痛。她的家人"在一边目不转睛地注视这位小护士"，此时她信心大增，连她自己也感到惊讶，自己的出众能力是他们无法替代的。与此同时，她把自己的希望和大卫的需要结合了起来，在将近两年的时间里，从未离开大卫。她还答应大卫由她一人为大卫上药。经过近两年的料理，找遍了方圆20英里之内的医生，直到一位年轻的医生建议尝试“蒸汽疗法”。虽然蒸汽疗法在大卫身上并没发生多大奇迹，但确实起到了一定的疗效，其实真正发挥作用的是长时间的休息、健康的膳食和水蛭的消失。

如释重负的克拉拉同时也感到了失落：“我又自由了，但丢了工作。对我来说，生活似乎因懒散而变得不舒服。”她感到自己的地位和处境发生了变化，于是又退入自我，生怕“引起麻烦”或成了家里可有可无的摆设。她感到自己无用、空虚——她要用后半生才能填满空虚。她在《我的童年故事》里指出：“我并不以为自由之后就该消遣。对我来说，那如同浪费时间。我恨不能马上找一个有用的工作。”

克拉拉找到了中意的工作。她开始帮助姐姐莎莉照看孩子，帮他们干没完没了的家务，还在哥哥的纱厂里工作了一段时间——织布机的“哐哐”声传递出的是新鲜感，她灵巧的双手在经线纬线之间上下翻飞，她享受其中，热情高涨，哪怕家人的冷嘲热讽。不幸的是，十几天时间，厂子就发生了火灾。克拉拉说：“没人比我更难过。”她再次失去了足以让她实现人生价值的工作。

为了打发无聊时光，她希望在家庭之外可以派上用场。后来她结识了不少北方牛津地区的穷人，辅导他们的孩子，帮助贫困母亲不屈服于命运的摆布，告诉父亲哪些家庭最需要经济援助。她十几岁时正值天花泛滥，她和一个邻居女孩照顾了好几个家庭，直到后来她自己也染上了天花。她们拉着病人的手，用湿毛巾冷却他们发烫的额头，给重病不能自己做饭的家庭送去食物。一次，克拉拉“打上灯笼，在黑暗的午夜中领路，让克莱曼斯先生得以埋葬死去的孩子”。那些早年被她帮过的人永远无法忘记她的及时服务和她恰当的行事风格。1876年，托马斯·兰姆问克拉拉：“你不记得我弟弟詹姆斯死后，你来过我家吗？你和我一起回的家，站了一夜，你把他抱在怀里，正要给他喂茶，他死了……你以为我忘了，当时我们穷，穷得很。”她长成少女后，她的满足感大多来自扶危济困。她希望通过个人参与来改变他人的生活，模仿她父亲的助人为乐，享受着施助者的角色。

父母也鼓励她助人为乐。她父亲对帮助穷人更是乐此不疲，从她身上也可以看到父亲的影子。父母相信，通过帮助他人，女儿可以走出自我，哪怕是暂时走出来。（也有这种可能，父母以为对一个走向成熟的少女来说，与其让她模仿哥哥，投球骑马，还不如让她从事护理工作。）不过，父母依然担心这个心思太重的女儿，她怯生生的，从未提要求，还把自己关在房间里，花大量时间阅读《失乐园》或抄写诗歌。护理大卫那两年，克拉拉自己长进不大，非要说有变化的话，那就是她变得更不合群了。年龄虽然一直在增加，但她的身体发育还不成熟。这两年才长了一英寸，到了十三四岁“仍然是一个小个子姑娘”。更麻烦的是，她越长越胖。为了不让自己变成胖子，她“减少进食”。节食使她患上胃病和失眠。她这个年龄的少女，身体正在发育，自我意识明显，难免心神不定，原来就少言寡语的女孩变得更内向了。

再次被困在家里的克拉拉接触的人大多是亲戚和童年时的小伙伴。她的祖母，多萝西·摩尔·巴顿搬过来与儿子同住，安度晚年。克拉拉听说了这个顽强女人的种种奇思妙想和故事。祖母抚养 12 个孩子，经历过一场革命和两场战争，非要在北牛津独立生活，拒绝顺从丈夫的安排，拒绝迁入缅因州的荒野。祖母为人严格、苛刻。她搬过来时，已经双目失明。照料祖母的工作量太大，克拉拉和母亲无法胜任。于是另一个孙女朱莉娅·安·波特就从缅因州赶到新牛津，协助她们照顾老祖母。

朱莉娅是斯蒂芬·巴顿的妹妹帕梅拉的女儿，她为了帮助克拉拉摆脱内向自闭的生活想了不少办法。她身材高挑，长相秀丽，在家里 12 个孩子中排行最小。她个性开朗，还有些桀骜不驯。克拉拉十分敬重这个年长她几岁的小姐姐。她们成了朋友，但还谈不上是无话不说的闺蜜。朱莉娅和克拉拉都热爱骑马，并深得祖母真传。她们与邻居家的女孩埃尔维拉·斯通经常结伴外出。她们一同在乡间快活地驰骋，少女形象全无。一次，她们骑马外出遭遇了暴风雨，马儿受到惊吓，一路驮着她们狂奔到家。克拉拉回忆说：“我们一定成了形象生动的现实版‘复仇三女神’，三人骑马横冲直撞。埃尔维拉和我经过家门，因为雨大，没人发现我们，等我们转了一大圈之后，才把飞奔的马带到了看得见马厩的地方。”骑马的快乐把三个女孩紧紧地联系在一起，在她们幸福的少女记忆里，不仅有欢声笑语，还有九死一生。多年后，克拉拉在致朱莉娅的信中写道：“说到镇上的骑马女孩，我不相信谁的乐趣能赶上你我。”。

与姐妹们的接触、与同龄女孩的玩耍，乃至在厂里的短期工作，提高了克拉拉的社会交往能力。不仅如此，她接触到不少陌生人和新思想，因为父亲好客，思想开明，他的家已然成为演讲者和游客落脚的地方。但总的来说，克拉拉的性格仍然是腼腆的、内向的。每当她失望时，她就跑回房间，独自落泪，而不是找家人说出自己的想法，所以父母还在为她担心。她母亲对这个“不好管”的女儿越来越感到困惑，最后把她当成“不可理喻”的孩子。一次，大家为了一双旧手套不欢而散，后来克拉拉向一位同情她的客人倾诉了自己的烦恼。

这次私下谈话对克拉拉日后的生活产生了重大影响。来客是 L. N. 福勒，他关于颅相学的讲座赢得了不少信众。他和他弟弟为传播这门伪科学出了不少力。所谓的颅相学理论相当肤浅：大脑的不同部位控制人的各种行为。各部位的能力和敏感度——如智力、恋爱、勇气——可能是颅骨高低和头颅外形不同造成的。虽然颅相学的几个假设是错误的，但还没达到江湖骗术的程度。其实，颅相学的众多结论奠定了现代心理学的基础，如心理学也相信，没有两个人或人的反应是相同的。颅相学曾试图发现每个人的特点，指引他找到最适合自己的方向。

后来证明福勒对克拉拉的性格颇有见地。他告诉她的母亲，克拉拉为自己的羞怯比其他人更痛苦，即使她表面上不再羞怯，“敏感的性格也将与她相伴始终”。他也认为她需要工作，需要被人欣赏，同时建议让她承担某种责任，最好从事教学工作。福勒说：“她具备教师的所有素质。”克拉拉对他的说法不以为然。她得了腮腺炎，不得不待在家里，她沮丧地听妈妈向陌生人描述她的性格缺陷。但她必须承认母亲对她的描述是正确的，她也希望得到建议。但是他们的建议把她吓得不轻。在教室里站在孩子面前，每天面对陌生人，没有哥哥的指导，这些都是难以想象的。她在回忆录里没有说明她是如何被说服的，又是如何克服恐惧站上讲台的。最终她还是被说服了，因为来年春天她变成了教师，教室被安排在第九区的旧校舍。

（史国强　李宏鹏译）

第 2 章

Chapter 2

克拉拉站在她家房子里的大石壁炉旁，用惊疑的目光看着集合起来的巴顿全家成员。她问："可是我只有两件又短又旧的裙子，该怎么办呢？"朱莉娅立刻意识到克拉拉说得有理，她的新职业是教师，良好的形象可以增加学生对她的信心和尊重，更何况她长得矮，像个孩子，更需要衣服的装点。屋子的女人们也相信这一点，于是开始帮她加长裙子、扎起头发。大家一阵忙乱，为的是让这名不自信的女教师看上去显高一些、成熟一些。新衣服马上就大功告成了。这是一件时尚的绿外套，克拉拉第一天教学穿的就是它。她一直没舍得将这件衣服送人。

克拉拉初次走上讲台才 18 岁左右。在后来的岁月里，她经常说，她教书时才 15 岁，那是她最早的工作。但她的一名密友在写于 1838 年春天的信里指出，他从未听说她在 18 岁之前教过书。后来，她承认教学前才结束在厂里的工作，当时是1839年，她17岁。克拉拉在其他地方还提到，在第一个夏季教学季开始时，她 16 岁。她现存最早的教学资格证（通过"一名神职人员、一名律师、一名治安官组成的学术委员会考试"后，方可获得）注明的时间为 1839 年。不谈年龄，她还不能得心应手地对待工作，因为她比最大的学生也没大多少。她在家里被当作孩子，除了在哥哥的厂里当过两周的织布工外，没有其他工作经验。克拉拉在描述她的第一批学生时说："我们都是孩子。"

克拉拉在一座破旧的石屋中开始了她的第一堂课。她回忆说："(屋子)又小又旧。"这所学校不分年级。教室里是一排排破旧的书桌，40个好奇的学生挤在里面，最小的才会走路，最大的4个小伙子都快20岁了。在这种暑期学校，学生往往是那些不需要在家干农活的男孩女孩（学校董事会据此认为教学任务会更轻松，支付给那些年轻女教师的薪水也就远远低于冬季学校）。第一天站到讲台上，克拉拉对完成教学任务并不乐观。她发现学生很容易被草坪散发的清香和温暖的微风分散注意力。她还隐约感到几个男生准备试探她。一阵惊慌过后，她发现自己不知道怎么开场才好。手上的东西提醒了她，她翻开圣经。因为太羞怯，她不知道怎么跟学生讲话，索性领他们读"山顶布道"中的文字。她高兴地发现学生们很有趣，也有反应。她还发现，狠狠地瞪一眼，4个大龄男生就服帖了。

埃尔维拉回忆说，克拉拉"教书'顺其自然'"。克拉拉实际上是天生的教育家，她与学生能很快打成一片。她自己好学，也能感染其他人，她敏捷的思维使学生无时无刻不面临挑战。此外，她确信，如果让学生们了解她的期望，他们就会朝目标用功，这将是有效的管理方式。她还通过自己出众的能力赢得学生的尊重。午休时间，男孩们打篮球。克拉拉发现他们的技术太粗糙，便主动加入，凭借自己令人钦佩的投球天分赢了比赛。"我们班的4个大男生很快就明白了，我对他们的运动或他们的花招一点儿也不陌生……他们发现……如果我不同意的话，他们一场也赢不了，这时他们对我崇拜得无以复加。"他们的崇拜从赛场转入教室。克拉拉发现许多普通学校的严厉惩罚根本没有必要。她教过的一名女生证明了这一点，女生带着美好的回忆写信给她："我记得你掂着戒尺走来走去……但不记得你惩罚过任何人。你的尺子是用来做其他事情的。"学期结束时，克拉拉的学校在北牛津因纪律严明被排在第一。这位年轻教师回忆说，在整个学期内没有采取任何处罚措施。她后来写道："那时我也是孩子，还不知道最好的处罚就是不处罚。"

这种获得学生好感、让他们遵规守纪的能力使她在小镇出了大名，很快又有学校聘她当教师。原本克拉拉并不确定要不要继续教书，因为她仍然觉得自己的水平不够。家人对她的进步感到非常高兴，不同意她拒绝邀请。因此在第二个学期结束时，她勉强接受了查尔顿一所学校的教职。查尔顿是毗邻北牛津的一个村庄，学校暑期才上课，但学校的孩子以吵闹闻名，急待管束。

查尔顿离家比较远，克拉拉在教学期间不能继续住在家里。表面上看，对这次离家她表现得比前几次要平静得多。然而，新学期开始前，当父亲把她送到学校时，她承认她的“愉快再见”不过是“生活中普普通通的一句话，与内心的想法毫不相关”。她相信自己已经走到人生转折点，不得不独自寻找自己的路了。想到这里，她更加谨慎，更加纠结，但从教学成功中获得的信心减轻了此前在离别时感到的那种惶恐。当搬进舒适、温馨的住所后，她离家的痛苦得到了抚平。

如同克拉拉见过的众多其他学校，查尔顿的学校也有“一座饱经岁月侵蚀的建筑”。她要教 50 名学生，为此每周能得到约两美元的回报。高级教学在这里派不上用场。学校教的只有单调的初级知识、乘法表，再就是背诵各州州府名称。尽管课程很容易，但是克拉拉并没辜负那份薪水。学校规模不小，但名声很差。她很快发现，学校有一群称王称霸的男生，他们的“领袖”“性格乖戾，不服管教”，团伙的成员不如上一所学校的学生好管理。克拉拉希望用笑容和尊重来感化他们，得到的却是嘲讽和他们之间的眉来眼去。他们确信，这名女教师一定会和其他教师一样，很快就被赶走。

他们在教室里捣乱，克拉拉要找“领袖”的母亲，但结果也不理想。克拉拉没有更好的办法，只能通过激烈的方式来拯救她的学校。一天早上，一个最难缠的男生大摇大摆地晃进教室，不仅骚扰其他学生，还毫无理由地拒绝背诵课文。克拉拉要求他站到前面。当他走过夹道时，克拉拉从桌子上拽出一根长长的鞭子，抽了出去。其他学生惊恐地看着。克拉拉继续抽他，抽得他跪到地上，为自己的行为道歉才罢手。然后她向惊魂未定的学生宣布放学，建议他们在学校附近的草地上野餐。克拉拉自己也为这次事件感到震惊，这是她唯一一次体罚学生。由于印象太深，1908 年她还旧事重提：“多少岁月也没能抹去。”不必多言，暑季学期的所有麻烦就此终结。“我明白了纪律的内涵。就那所学校来说，管理纪律要用上所有的时间——当初一个亲切的微笑就够了。”

由于成功地控制了学校的局面，克拉拉的声誉进一步提高。学校邀请她再教一个学年。近10年来，北牛津及其周边地区的学校反复请她前去执教。但她很少在同一所学校执教两次。虽然她允许大一些的学生在他们学习的科目上有一定的自由空间，但她在课程建设方面还不是改革者。相反，她受到学校相关部门和纪律的束缚。这反倒刺激她去发现每所学校存在的一些独特问题，引导她的学生把精力投入到学习而不是恶作剧上。一旦问题解决、学校工作走向正轨，克拉拉活跃的思维就不再专注于此。因此，她拒绝在查尔顿继续执教。在邻近的小镇西米尔帕里从事短暂的、没有挑战的教学工作后，她再次寻求更具挑战性的职位。因此，当牛津的校董事会请她去执教一个冬季学期时，她感到十分高兴，因为那所学校格外麻烦。但当得知他们提供的薪水仅仅相当于暑期班女教师时，她拒绝了。“我有时候可能乐意白教，”她告诉董事会，“但如果是有偿的，我绝不会做男教师的工作，领比他们少的薪水。”克拉拉越来越足的信心，让她提出了这种大胆的要求，也体现她作为教师的价值。学校董事会收回原先的薪资水平，答应了她的要求。

最初几年，克拉拉的收入与教学上越来越高的认可度相得益彰。她认为自己是严肃的专业教师，不像其他年轻教师那样把教学当成临时驿站，执教结束后转向新职业或结婚成家。她似乎已经把教学当作长期职业。为此她花了很多时间自学，拓展专业知识。此外，她还从莎莉和小斯蒂芬那里积极寻求教学方法和课程安排方面的建议——他们都是称职的教师。父亲和哥哥大卫目睹过不少学校的起起落落，从学校董事会成员的角度给她提供了不少建议。她与以前的导师吕西安长期通信，借此进一步加强和完善自身。导师提醒她尊重每个学生，乃至平时教学的各个方面：“教师是充满责任感的职业，要勤于思考才是。”至于她所请教的师生关系，他明确指出：“如果教师成功地赢得了学生的好感，他可以谨慎地把好感变成他们的学习动力。”

也许是克拉拉接受了吕西安的建议，或是坚持了自己的想法，总之她不仅获得了学生的尊重，还得到了他们的爱戴。她思维敏捷、平易近人、办事公正，所以学生也不必互相嫉妒、彼此争宠。一位仰慕者回忆：“她有那么大的吸引力，每个学生都站在她那边。”穷孩子也能得到平等待遇，有时候格外关注还能改变他们的一生。一个男孩被她从工厂繁重的劳动中抢了回来，从而被发现了数学天赋，他对此永志不忘。不仅如此，她还是一以贯之的人，甚至希望把学生拥为己有。她在自传里提到：“他们是我的，在所有权和利益方面，唯独他们的亲妈才能排在我前面……至今这点也没变。”

学生对她的回报是，他们做到了她提出的“认同、鼓励、信任、自信”，而且做得超出了她的期待。要是他们做不到的话，她觉得自己可能会“崩溃”。学生们灿烂的笑脸，充满了对她的公正和运动技能的仰慕，她感到了那种久违的被接纳与钦佩感。一个学生可能会记起“我们在牛津第九学校一起度过的时光。当初要是能牵上你的裙角——因为你仅有一双手——我该感到多么自豪，和你一起走走，你就会明白我们多么爱你”。在克拉拉的余生中，她收到不少类似的来信。学生对她的忠诚是她源源不断的快乐源泉。她在 80 岁时写道：“我无法理解学生对我始终如一的忠诚。当初他们中大多数人年龄尚小，在他们从事研究的一生里——他们多数是搞研究的——我们接触的那些日子一定是无足轻重的。但令人称奇的是，他们所有人都还记得那几个月，一如既往地珍惜，这份忠诚是一名有抱负的教师得到的最高奖励。”

自尊和存在感提升了克拉拉在社会上的信心。正如 L. N. 福勒所预言的，外面的经历改变了她的内向性格，通过与人们的成功互动，她不再那么羞怯，或至少知道怎么掩饰羞怯。社会经验的增长，在一定程度上与她有意识地挑战社会是密不可分的。此外，她想讨好哥哥大卫，也是部分原因。

克拉拉开始教学后不久，大卫就与朱莉娅·安·波特订了婚，她是克拉拉的表姐，祖母生病期间，就是她过来陪护的。一天，大卫给妹妹发来一封邀请函，希望克拉拉到缅因州以伴娘的身份参加婚礼。她后来写道：“这让我难以置信。”起初她怕丢哥哥的脸，不想去，但在哥哥的一再劝说下还是同意了。让长相平平、又矮又胖的自己站在可爱的朱莉娅身边，还要故作优雅地与亲朋好友打招呼，想到这里她就充满了恐惧。然而，一旦行程定了下来，她就暗下决心，非演好自己的角色不可。克拉拉不太在乎缅因州那边的人怎么看她，她更怕让哥哥失望，失去他的关爱和支持。她回忆道：“我并不为人们怎么看我而感到苦恼……

我只担心我的笨拙可能影响到哥哥，也许会因为我出洋相让他感到丢脸。”最后克拉拉“含泪的决心”战胜了她无力的羞怯。在她教学生涯的重要时期，出现了另一个转折点。她发现既要为自己的行为负责，还要战胜自己的弱点，这种渴望“朝我打开了通向世界的大门”。

对于克拉拉来说，大卫的婚礼是一次难忘的经历。不仅因为她本人在这段时间里增长了阅历，还因为这是她第一次出远门。参加婚礼的人乘船沿新英格兰海岸一路逆流而上，大海的浩瀚和神秘让她感到异常兴奋。她睁大眼睛，遇见了“一个镇的亲戚”，慢慢地开始了解这个地方和家族成员——此前他们还是故事里提到的人物或写在信封上的名字。在她离开的前夕，姐夫韦斯特·瓦塞尔送给她一个摩洛哥皮革封面的签名册。在喝茶交往时，她请新朋友写几行赠言，朋友们在册子上写下了祝福。此时，她不仅克服了自己的社交恐惧，还赢得了缅因州亲戚们的好感。她始终对这本小小的绿色签名册视若珍品，精心保存，这是她克服社交恐惧的实物证据。

旅途中，她了解的世界不断扩大，她的感情世界也在延伸。克拉拉仍然感觉平凡的长相和矮胖的身材是自己的弱点。然而，她头脑聪明，敢于冒险，爱好运动，还是吸引了不少男士的注意。牛津周边的几个小伙子过来拜访她。一个小伙子告诉她，每次看到她，他“都会精神好长时间”。另一个则赞扬她既聪明又爱笑。克拉拉的罗曼史扑朔迷离，对她来说，这毕竟是个人隐私，所以她从来都三缄其口。即使知道“真相”的几个人也说不出所以然来，他们的信息不是互相矛盾，就是子虚乌有，提到的几个男士也对不上号。

克拉拉喜欢杰里·勒尼德的热情洋溢和自由自在，因为熟悉，在他身边也舒服。然而，勒尼德兄弟几个鲁莽的个性长大后仍然没有改变。几宗风险投资和金融交易，给勒尼德兄弟带来了不光彩的利益。杰里好像陷在投机里不能自拔。克拉拉的一个亲戚相信，当时克拉拉很不情愿地发现，杰里的性格不够坚韧，她认为坚定的性格是亲密关系的前提。但克拉拉的一位童年密友还有其他说法。范妮·瓦塞尔说：“杰里长相确实英俊，克拉拉曾经对我说，她不能拥有那个集家族所有外貌优点于一身的男人。”

克拉拉十几岁的时候喜欢和另一个青年在一起，他叫 L. T. 培根（可惜，他的名字无从查找）。他不生活在牛津，但他和克拉拉仍然想方设法约会，他们一起骑马、砸核桃、上山采黑莓。当培根听到克拉拉在学做家务时，非常开心，从这点看出，他是真心爱克拉拉的，“因为这些技能将来都很可能派上用场”。守口如瓶的克拉拉从没讲过他们之间的关系结局如何，但这段轻松的浪漫关系仍有迹可循。培根曾给克拉拉写过一封诗歌般的信。信写在他们初次约会之后，他赞美她“更像我亲爱的姊妹”。他还记得他们“伴着阳光轻松地散步回家，很快到了家里，等接近中午时，舒舒服服地来了一次午睡，没有出格”。

克拉拉执教期间出现的另一名追求者是奥利弗·威廉姆斯。克拉拉曾经在他家借宿一个学期。学期结束后，他们开始书信往来。1849 年的日记表明，他们一起度过了很长时间。在一周之内，她几乎天天都去他那里，仅有一天没去，她日记中说，那是“孤独的一天”。不过，很难说克拉拉对威廉姆斯的兴趣是基于简单的友谊还是更深的爱情。威廉姆斯是克拉拉熟悉的一个女人的私生子，她与他结识并教育他。他以多年不变的爱来回报她。尽管克拉拉喜欢和他相处，但她不相信他们的友谊能变成一生的相依相守。范妮认为，威廉姆斯不是有趣的人，克拉拉认为他不是自己要选的“那种丈夫”。在克拉拉 30 岁前，威廉姆斯带着伤痛离开北牛津，前往加利福尼亚州淘金去了。

当时，与克拉拉年龄和社会地位相仿的大多数女孩都在考虑结婚，婚姻既是她们浪漫爱情的结果，也是她们人生的最终归宿。很多迹象表明，克拉拉也憧憬婚姻将按时光顾。她喜欢男人的陪伴。身为女孩，她喜欢与哥哥、父亲和表兄弟来往。她不是政治女权主义者，承认青年时代从未听说过苏珊·安东尼或伊丽莎白·斯坦顿——但她自己的家庭背景和亲身经历促使她把自己视为国民的一员，与男子分毫不差。家中的男人也对她一视同仁，她和家中的男性一样，性格坚强，不甘人后。相比之下，她的伴侣似乎总处于她的阴影当中。她的一个朋友写道：“对她感兴趣的男人很多，她感兴趣的男人却很少。”然后补充道，“她独立意识太强，而大多数男人更习惯温顺的女性，对她则有点儿敬畏。”男人们崇拜她，她也接受他们的仰慕，但她并不能真正把其中任何一位当作终身伴侣。因为好多男人以居高临下的态度对待女性，她越来越鄙视他们。一个名叫萨姆·希利的人的经历足以证明，克拉拉强烈希望女士也该得到应有的尊重。希利一度关注过埃尔维拉·斯通，二人开始交往，但希利的真正目的是希望被周围的人接纳，并不在乎埃尔维拉这个人。听说希利达到目的后，不再理会埃尔维拉，还当众数落她。克拉拉愤怒了，她写道："可恶的萨姆·希利，今天你在我心目中死了，你永无复活的机会。"这种经历使她确信，很难有一个男人既可以达到她的智力标准，同时又能尊重她的能力和期望了。范妮·瓦塞尔在克拉拉20多岁时与她交往甚密，她证实了克拉拉的结论。她写道："我不认为她曾有触动心灵深处的爱情，克拉拉·巴顿的性格比那些爱上她的男人还要强大，我不认为她认真考虑过嫁给他们任何一个。"

克拉拉的众多感情关系外面还有一层神秘的外衣。在后来的生活中，她间接地提到几次认真的恋情，其中一次不是她结束的，是因为男方在墨西哥战争中阵亡。她从来没有提到过那个男士的名字，但至少给人的印象是，两人已经订婚。克拉拉的日记也表明，她对男人有强烈的情感反应。她之所以没有结婚，至少在早些年间，更多的是因为没有合适的伴侣，而不是为了反抗妇女在婚姻中的从属地位或讨厌男人。

在教学那些年，克拉拉的社交生活并不都是浪漫的。巴顿上尉认识到教学给她带来的情绪负担，为她买了一匹骏马。她经常独自骑上马，自由自在地在树木繁茂的乡村小道上奔驰，以此来摆脱烦恼。偶尔也会和熟人骑马外出。她漫不经心地玩纸牌，动手制作假花或画画。在教学季之间，她有的是空闲时间，写了大量信件（她写信的习惯始终没变），或者和她喜欢的侄子一块儿采栗子。写作也占用了她的时间。她给朋友们写诗（更像打油诗），还把别人的文章剪切后粘贴到一本破旧的学校记录本上。她还要接待来客或外出拜访。她在1849年2月24日的日记写道："卡明斯夫人来访，下午拜访大卫，傍晚赴（邻镇）韦伯斯特。傍晚，E. P. 来访后离开。"

现在再也不能批评克拉拉不通社交了，但她仍然希望把时间花在富有成效的工作上。既不安分也没耐性的她开始想方设法实现自己的价值。她曾为哥哥的纱厂记账，以此来消遣自己的无聊时间。1839 年，纱厂发生火灾，她帮助整理账目，最后他们建造了新式综合厂房。她希望成为家里的好帮手。1838 年，她的祖母去世，在祖母弥留的日子里，克拉拉尽可能地帮母亲照顾祖母。她的姐姐精神崩溃，最后在 1842 年去世，当时克拉拉也在她身边照料。此外，她积极参与普救教会的活动。1844 年前后，一座新教堂即将落成，她参加了募捐活动。如同以往，此时的她心满意足，因为面前有确定的目标。她不无自豪地写道："教会里没人比我们更努力。我们定期举行义卖活动，在公共场所举办，在自己家里举办，四处讨要，除了我们身上的衣服，都捐出去了。我们自己清洗窗户、擦去工人留下的油漆，购买并铺好地毯。"克拉拉还帮助装修牧师住宅，当被选中留在房子里迎接新来的牧师和他年轻的新娘时，她感到十分高兴。

尽管她投身教会工作，但并不说明她拥有深厚的宗教感情。她知道自己的父亲恪守普救教的原则，但她自己并非如此。从童年起，她记忆中的教堂是个严肃的地方，里面"满是高高的厢座和狭窄的座位"，总有一种"不协调的冷飕飕的气氛"，让她从头凉到脚。在那里信仰来之不易，是被"锤炼出来的"。尽管吕西安等朋友反复劝她自我反省，更多地关注宗教信仰，但克拉拉依然对教会的教义漫不经心。她很难将普救教理念的终极快乐与她在周围所看到的贫穷和痛苦联系起来。在这一时期，即使她发生了变化，那也是变得越来越悲观。1843 年，她向一位朋友透露出这种情感，朋友回信说："你向我宣告你的宗教观点发生改变，从希望人类得到终极幸福，变成相信无尽的痛苦，这是真正的变化。"克拉拉从来没有完全放弃信仰，但仍然如她所说，她是"怀有好感的异教徒"。她仍然保持与教会的联系，为她旺盛的精力和出色的能力提供一个发泄的出口。

19 世纪 40 年代，克拉拉与哥哥小斯蒂芬联手完成了一次最有抱负的改革。几年来，各种工厂相继出现，小镇规模增长迅速，人口中心已经转移，凡此种种使旧校址无法适应这些变化。克拉拉已经意识到牛津镇的学校需要重新划分。牛津镇没有大型中心学校，仅有几座破旧的建筑，一年之中有半年空闲，服务对象只有少数学生。克拉拉在其他地区也发现了类似的问题。19 世纪 40 年代初，她在米尔伯里任教，曾说服当地校董事会批准一份报告，报告批评了学生入学率低、没有统一的教材、设施不足、社区对学校关注不够等诸多现象。1844 年，她希望在牛津镇消灭类似的现象，并在校董事会成员小斯蒂芬那里找到了一位志同道合又有能力的伙伴。

几个学期的时间过去了，其间克拉拉和小斯蒂芬苦口婆心地劝大家相信镇上需要一个新的学校体系。然而他们遭到强烈反对。大批牛津居民认为，这种改革会使镇里付出沉重代价，在他们看来，投入教育的钱已经不少了。其他人则关心另一个问题，如果校址变动，他们的孩子就得穿过整个镇子去上学。相对来说，他们更喜欢让孩子就近上学，要是需要孩子们到地里或店里帮忙，可以马上把孩子们找回来。此外，按照克拉拉的原始计划，教育范围应涵盖工人和他们的孩子。作为厂主，小斯蒂芬清楚地意识到，低工资和长工时是工人获得教育的最大障碍，而且，在工人居住区还没有地区性学校。尽管这种情况让克拉拉火冒三丈，但牛津镇没几个居民认为该镇有义务教育那些来自社会底层的人。居民的反对也得到了镇上另外两个人的支持，他们在镇上可谓炙手可热，一个是迪肯・巴特勒，一个是克拉拉自己的父亲，斯蒂芬・巴顿上尉。他们的影响力太大，克拉拉和小斯蒂芬用了一年多的时间才将他们的设想提到镇议会上。

1845 年春天，他们的设想最终提交到镇里。此前克拉拉反复修改演讲底稿，大声疾呼重新划区。一个受欢迎的厂主宣读了讲稿，“当然是作为他自己的提议”。身为女人，克拉拉没法在会上发言。尽管她曾长期执教，受人尊敬，但通过这次经历，她悲伤地认识到，“我什么也不是。”会议气氛紧张，双方都表达了各自的意见，情绪越发激动。赞成重新划区的人焦急地看着仲裁人巴顿上尉，生怕他偏袒对方。不过克拉拉和她哥哥已经在会前拉了票，就在投票前，来自当地工厂的 82 名工人走了进来，把他们的票塞进票箱，支持重新划分学校。

当晚，克拉拉的母亲做了特别晚宴为她庆祝。所有家庭成员聚集在一起，分享胜利的喜悦，弥合意见分裂的家庭。巴顿上尉尽管输给了自己的孩子，但他没有因此表现出不满情绪。克拉拉写道：“我父亲的第一句话是‘为新奇的荒唐事干杯’。”

这是一次回报丰厚的尝试，也是克拉拉为劳苦大众争取权益的第一仗。她发现利他主义也能让人上瘾。她再接再厉，提出建议，协助重新设立校委员会，为扩大后的学区亲自设计了一所学校。她平静地写道："我有充足的机会实现原来的设计，因为我见过的学校格局适合其他任何用途，唯独不适合学校。"（她的设计包括地图、黑板、教学用时钟，以及一个倾斜的中央通道，以此来弥补书桌尺寸的不足，无论是 6 岁的孩子，还是年龄更大的学生，都能让他们舒舒服服地坐在书桌前。几年后，克拉拉自豪地向昔日的学生描述她设计的教室："里里外外，都变了。"）以上教改设想实现后，她又投身于另一项社会公益事业——仍然存有争议的工厂学校的建立与教学。

学校最初建在当地最大的厂区里面。校舍既狭小又黑暗，是一个如口袋般的建筑，唯一的光线是从面向街道的大门口照进来的。为了提供足够的光线阅读，大门必须敞开，从外面传来的噪音让学生无法专心读书，过往的猫狗以及邻里觅食的山羊随时光顾。此外，还有学生的年龄和国籍等问题。克拉拉教了 70 个学生，从 4 岁到 24 岁都有。他们中有美国出生的学生，也有从英国、爱尔兰、法国来的，导致了语言和文化的冲突。为了维持秩序，克拉拉任命班长——当班长在学生中是很高的荣誉——精心分班，照顾每个学生的自尊。通过倡导"自制、讲理、自信、勇气"等作风，她带领学校走向成功。

原来怀疑这种学校教学效果的人惊讶地发现，简陋教室里的学生忙忙碌碌，学习气氛浓厚。"我每天争分夺秒。"克拉拉说，她的班不仅要学"3R"（读、写、算），还要学代数、记账、哲学、化学、古代史和自然史。学校办得如此出色，获得了地区性的声誉。克拉拉认为大声朗读会提高外国学生的语言能力，因此鼓励娱乐性阅读，无论谁能熟练朗读他们最喜欢的作品，她都给予奖励。令她惊讶的是，朗读赛开始那天，很多人都聚集在敞开的大门外。按照原来的设想，朗读不过是一项自发的、实用的练习，最后公众通过阅读发现，学校是大有作为的地方，厂校也因"集体阅读"而广为人知。

然而，等克拉拉成功地完成建立工厂学校的挑战后，她对周而复始的教学越来越不满意，因为她在学季结束后那几个零星的月份里，空闲下来，不知如何是好。她现在快 30 岁了，经历过各种场面，成功地解决了遇到的所有难题。她在无数的小镇和乡村学校治服了所有捣乱的男生，点燃了当地文盲工人的希望，帮助镇里完成了教育改革——当然，对她来说教改是非常必要的。在她心中，将来依然是年复一年的重复劳动。当时除了学校或工厂，其他地方对女性是不开放的，她无法想象从哪里才能找到新的催人上进的工作。克拉拉开始认真考虑离开讲台，再次坐到书桌后面，用她的话来说，找“一所学校，目的是学习知识”。

这不是克拉拉第一次考虑接受高等教育。她不确定高等教育对女性开放的可能性有多大，也不清楚怎样才能进入少数几所接收女性高材生的高等学府。早在1838年，她曾就此请教吕西安，同时向他咨询半工半读的可能性。吕西安向她推荐了两所学校，一所在马萨诸塞州的阿克斯布里奇，一所在附近的查尔斯镇。“年轻女士有机会通过劳动偿付食宿。”她因为钱的问题和犹豫不决拖延下来，那时的想法没有变成现实。10年后，克拉拉再次开始积极地把目光投向大学和学院。现在仅有两所大学接收女性：蒙特霍利约克和奥伯林。克拉拉似乎对蒙特霍利约克丝毫不感兴趣，可能是因为学校离她家太近。她决心走得更远，即使牛津的学校管理不善她也不想顾及。她认真考虑了俄亥俄州的奥伯林，这是一所男女合读的学校。但在她与一个值得信赖的邻居讨论后，她放弃了去那里读书的计划，原因不详。

克拉拉静静地思考自己的未来，没有几个人知道她的计划。她仍然继续参加学校的各种日常活动。当时她为教室供暖燃料不足四处找人，还在犹豫要不要赶走两个捣乱的学生，但在这个时候，她心里考虑最多的还是自己的教育。她兴致勃勃地注视她的哥哥们扩大工厂，把原来厂子变成了“村庄”——两个工厂、五个住宅、谷仓、商店和办公室，但她再也无法像过去那样，把自己视为其中一部分。她的健康状况很好，但心情却很糟，她厌倦了这种“拼死混口饭”的生活。最后在1850年年末，她决定入读克林顿自由学院。学校是普救教会创办的，知名度高，男女合校，校园在纽约的克林顿，离家近200英里。对克拉拉来说，这不仅仅是一次读书的机会，也必将拓宽她的阅历，把她的生活和来自外部的友谊连接起来，对她未来的成长和远大志向会产生重大影响。这些是马萨诸塞州中部那些熟悉的山峦所无法给予的。

（史国强　李洪涛　李宏鹏译）

第 3 章

Chapter 3

1850 年 12 月末的一天，寒风呼啸，克拉拉・巴顿坐在哥哥的雪橇上，他们正赶往伍斯特火车站。她把自己紧紧裹在毛毯里，心却凉得像冰冻的大地。因为她清楚，离开了让她烦恼和压抑的环境，也意味着就此告别带给她舒适与亲切感的家。更糟糕的是，这个时间确实不适合离开牛津。她母亲大半年来一直在生病，事实上是一病不起，看不到一点儿康复的希望。那年秋天，不幸同样降临到她哥哥的身上。哥哥的厂区又着了一次火。大火过后，一片废墟中仅剩一面墙孤零零地立在原地。保险赔偿金远远弥补不了火灾造成的损失，克拉拉为此特别伤心。更让她痛苦的是，她相信有人故意纵火，且十有八九与哥哥的不当交易有关。家里的遭遇让她心烦意乱，离开后虽有所解脱，但又不免伤感。带着这种矛盾的情感，克拉拉踏上开往纽约的火车。

漫长的旅程让人心烦意乱，因多次联络中断和河水结冰，火车无法正点到站。一路上克拉拉连个人影也看不到。她晚年还记得那次漫长又令人不安的旅程是在"沉默中结束的"。等她赶到纽约，时间已经过去了 25 个小时。克拉拉来得太晚，没赶上上午哈德逊河上的客船。她在欧文客栈一直等到晚上，才登上艾萨克・牛顿号。这艘小船想把另一艘船从冰里拖出来，等拖出了对方后，自己却比那艘船更着实地卡在冰里。克拉拉在日记里写道："船身被撞得砰砰作响，上下颠簸，鬼才知道小船要漂向哪个方向。"经过一番忙乱，小船终于脱离冰面，旅客们如释重负，继续朝奥尔巴尼驶去。克拉拉在那里下了船，登上开往尤蒂卡的火车，继续赶往克林顿。

抵达克林顿后，克拉拉好不容易才找到克林顿旅店，这是"一家典型的老式客栈"，店主塞缪尔·伯特勒姆夫妇面向学生出租房间。学校并没有像宣传中所说的那样，在1月的第一个星期一开学，她不免感到失望。尽管学校20年前就已建成，但克拉拉报到那年，学校正在经历结构上和学术上的巨大变革。学校正在为女生部兴建一座名为"怀特女子学院"的大楼，建筑非常雄伟，设有宽大的门廊，门廊下是一根根柱子。等到全部工程完工学生才能正式上课。与此同时，教职人员正在制订教学计划，他们相信该计划"能让学生获得和国内大多数学校学生相等的知识，从而打下坚实的基础"。由于这一系列的变化，学校开学不得不延迟到数周以后。

克拉拉索性把时间花在探索小镇上。作为克林顿文学院和汉密尔顿学院的所在地，克林顿镇弥漫着传统学院那种青春活泼和学术至上的氛围。1850年，全镇人口一半以上是学生。其中，大部分学生来自新英格兰，也有少数来自遥远的加拿大或亚拉巴马州。学生住在小镇周围的公寓里，房间十分简朴，没有进行过大的装修。他们生活节俭，菲洛米耶学社里的讨论就是他们的社交生活。学社在当时还很流行，然而克拉拉却不能融入那一大批年轻人，她唯一感受到的是一月里阴沉沉的气氛。即使那些吸引人的建筑，对她来说也是冷冰冰的。她每天独自在镇上漫步时暗自思忖，离开牛津镇的决定究竟对不对？夜里她给家人写信，内容热情洋溢，从不透露自己的焦虑情绪。

终于等到学校开学，克拉拉感到无比欣慰，因为她的生活再次有了目标。才竣工的教室似乎还是冷飕飕的，仿佛要将她拒之门外，好在让她高兴的是，她发现女生部总管路易丝·巴克是少见的领袖人物，她身上的品质足以鼓舞学生。克拉拉回忆道："我发现了一种真挚、无法抗拒的魅力，这种魅力又是无法预见的——一种迷人的、无法用语言描述的高雅，拥有这些品质的人，我一生遇见的为数不多。”路易丝·巴克不仅使这个羞怯的年轻女子变得开朗，还鼓励她在学院里过上左右兼顾的生活。克拉拉原来太渴望在读书期间获得更多的知识，所以没有顾及校园生活的娱乐和社交。巴克成功地引导她过上更有活力的生活，让她明白自信和学业同等重要。

克拉拉在克林顿学院上学那年的档案记载寥寥，尽管如此，据我们所知，她大概是三班的。学院开设的课程难度和数量远远超过那些普通的学校，如解析几何、法语、德语、古代史、哲学、微积分、天文学和宗教研究等。虽然男女学生分开上课，但是学校鼓励女生“学习语言、数学、自然科学以及任何她们感兴趣的课程”。学院的教学思想在当时也是很新颖的，对克拉拉有莫大的吸引力。然而不幸的是，学校限制学生每学期选课的数目。克拉拉想抓紧每一分钟时间来学习，苦苦哀求老师为她放宽限制。克拉拉写道：“回想我最后那个晚上进去提申请的情景，就觉得好笑。教师们聚在客厅里，猜测我进去的目的。我没有其他目的，巴克老师笑了起来，对我说：‘巴顿小姐，我们还有几门课程，你最好都学了吧，我们不反对。’”从此以后，克拉拉开始上所有她喜欢的课，“如饥似渴地徜徉在知识的海洋，争分夺秒地抢回失去的时间”。

为了多选学几门课程的特权，她从克林顿旅店搬了出去，住进怀特女子学院的宿舍。女生们每学期要支付大约35美元，其中涵盖学费、住宿费和洗衣费。学校宿舍虽然稍显简朴，但设施齐全。除了宿舍和教室，怀特女子学院里还有会议室、休息室和图书馆。尽管克拉拉对舒适的环境感到很满意，可是与别人的交往就不那么称心如意了。

克拉拉没有透露以前的教学经历，她相信老师和同学知道后可能感到不适，所以刻意隐瞒下来。她希望与同学们打成一片，不希望与众不同，想以公平的方式从各位老师那里学到更多的知识。她在日记中写道：“其实没有理由让我主动说出自己的过去或是像无所不知的‘女教师’那样与这群好奇的学生来往。”但是，克拉拉成熟的经历和她的年龄还是让她显得与众不同。她的同学大多比她小10岁，甚至更多。克拉拉也很难融入这些“爱玩姑娘”之中，在她眼中，那些女孩才疏学浅、行为幼稚。同学们发现她“神秘十足”，不出风头，但也不太好接近。她的室友总结出她的“怪癖”，如一天吃两顿饭，不过连她自已也承认这些“古怪行径”没什么不好的。克拉拉对自己的穿着很在意。一贯节俭的她让人用她喜欢的绿色布料做了两条裙子。尽管两条裙子的边饰有所不同，但她的同学还是以为克拉拉每天重复穿两条看起来差不多的裙子，实在够古怪的，她们还以为那种颜色有什么特殊意义。在学校 150 个学生中，克拉拉很荣幸地找到了志同道合的朋友。她还记得亲爱的“文雅的克拉拉·赫德”，还有来自康涅狄格州的艾比·贝克，来自新泽西州海茨敦的教友派信徒玛丽·诺顿，后来都成了她最亲密的朋友。她与这几个女孩分享笑话和秘密，她们也是克拉拉一生的好朋友和拥护者。

克拉拉的一位同学写道：“在学校的时候，她给人的印象是又矮又胖，头稍稍朝前低下，黑溜溜的眼睛透过浓密低垂的眉毛朝上看。”以上描述确实坦率，但克拉拉在读书期间还是吸引了几个男生。事实上，上文提到的同学也承认，克拉拉“很受人仰慕”。在这些仰慕者当中，查尔斯·诺顿是最热情的一个。查尔斯是她朋友玛丽的哥哥，也在克林顿学院读书。他待人温和，也有才华，他喜欢她的幽默感，但他比克拉拉小了 10 岁。其实，克拉拉对他根本严肃不起来。克拉拉的一个熟人写道：“我认为她把他当作好朋友，而不是恋人。”另一个被这位稳重、严肃女孩吸引的是塞缪尔·拉姆西，汉密尔顿学院的数学教授。他钦佩克拉拉的骑术。他们多次下午一同骑马外出，还引起了学院其他年轻女人的猜测。克拉拉与他划清界限，把他们之间的关系定义为友谊。尽管如此，塞缪尔像查尔斯一样成了克拉拉一生的挚友，他们之间可能发生的恋情在背地里被人传来传去，到内战结束后才烟消云散。

克拉拉读书时写的日记里，也出现了不少男人，但一般来说他们都很神秘，因为克拉拉提到他们时，用的是字母缩写。多年以后她与艾比·贝克分享那些幸福的记忆，向对方讲述了与男性朋友有关的秘密。她回忆说，两个人站在楼梯上面，边笑边聊，一直到晚上 10 点熄灯。克拉拉描述了当时的情景：“在我绿色裙子的口袋里有封信。”

你可以把这信带回你的房间，明天晚上我们站在这里的时候，告诉我你的想法……路易丝·克拉普到处犯傻，萨拉·斯托达德在梳理一绺绺乱发，艾比·贝克和穿绿色裙子的奇怪女孩将就那封信交流思想，说对我们如何如何。你可以把信还给我，告诉我，假如你是我，该怎么回复。请务必照办。

克拉拉的好朋友们尽量帮她减轻学习压力。学习习惯使然，她连续几个小时坐在那里读书，在克林顿学院取得了令人瞩目的学业成就。然而自制力来得并不那么容易。她很同情抱怨读书难的侄子："成天坐在那里读书不容易。"不过，她还是劝侄子现在用功是为了"将来受益"，不是为了"眼前幸福"。她语重心长地对侄子说："让我们打起精神，坚持一下。"克拉拉刻苦钻研，哪怕假期也是在书房里度过的。路易丝·巴克担心克拉拉会劳累过度，适得其反，就建议她去乡下骑马，甚至用塞缪尔·拉姆西吸引她离开图书馆。

这确实是个好办法。克拉拉也渴望户外运动，喜欢炫耀她高超的骑术。一位男士翻身下马后，让其他姑娘感到惊奇的是，她能翻身上马，并让所有人大为震惊的是，她不用换马鞍。她喜欢在乡间探索，纽约的乡下与马萨诸塞州大不相同。克拉拉驰骋在宽阔平坦的大地上，感受到西部原野的辽阔，意识到自己之前对哪怕是生活空间的期待也是那么狭窄，不免感到自己的狭隘。她对自己喜爱的侄子说，纽约的一切都比她在马萨诸塞州时想象得更大。"我们所说的河流在纽约充其量是小溪，我们所说的池塘，他们觉得根本不值一提，但他们称为湖的水面，我们却不能这么称呼，因为我们那里所谓的湖根本不能相提并论。"伊利运河上长长的平底船、渔民们的号子声，还有一排排运输货物的骡子队，都让她感到好奇。一如学习使她的知识变得更为丰富，对不同风景的近距离观察也拓宽了她的视野。她再也不会惧怕探索未知世界，甚至开始爱上了能够带给她全新风景、不可思议历险和未知惊奇的旅行。

路易丝·巴克的友善、其他姑娘的友谊，以及好几位年轻男子的爱慕使克拉拉感到克林顿学院的生活很轻松自在。虽然如此，这一年对她来说还是很难过的。她觉得自己同一向依赖的家分开了，如她对侄子说的，她内心渴望"再次和家人共聚一堂，分享彼此的想法和感受”。她觉得自己与那些年龄更小的学生无法相处，这种感觉从未完全消失，她只能用若即若离来掩饰自己的不自在。她非但没有融入其他学生，还在学习、服装、娱乐等方面退了回来，按照自己的爱好，走自己的路。一次，一个同学突然病倒，克拉拉主动照顾她，后来又亲自送她回家。对此，小姑娘们很是羡慕。不过，她的同学从她身上所感到的更多是敬畏，而不是友谊。如一个同学回忆的：“大家都很尊敬她，她要做什么，没人反对。”

那一年，克拉拉还要面对经济上的困难。她惊讶地发现，好不容易省下来的钱只能勉强维持三个学期。也正因如此，她不去结交爱花钱的富家学生，把更多的时间用在学习上。因为手头拮据，她在春夏两季的假期里没有离开克林顿学院，独自住进了镇上的旅馆。尽管她省吃俭用，恐惧还是变成了现实：在最后一个学期结束前，她的钱花完了。或许是由于她的骄傲，她并没有写信告诉家里人，而是向她的发小杰里·勒尼德求助。杰里帮她脱离窘境，使她舒舒服服地度过了一年中余下的日子，此外还资助了她回家的路费。

1851 年 5 月，传来了令克拉拉震惊的消息，她从此更不想和同学们走得太近——她从小就崇拜并视为榜样的哥哥小斯蒂芬，被控涉嫌抢劫纽约奥齐戈县的一家银行。与此同时，勒尼德兄弟也被牵扯进来，此前他们曾因不诚实交易被监视过一段时间。《波士顿快报》上的文章写道：“牛津镇的人都不相信巴顿和抢劫案有关”，但是一名信用代理人发现文章所言不实。不少牛津镇的居民早就怀疑巴顿兄弟的钱来路不明，因为他们在房地产上投入太大了。小斯蒂芬·巴顿的诚信度一落千丈，债权人开始收回贷款。一名讨债公司的代理人写道：“他的信用遭遇沉重打击，很难恢复，他大量的房产有待处理，大概还不足以还债。”小斯蒂芬的经济状况岌岌可危，不仅如此，他长期以来作为牛津镇领袖的名声也无法挽回地失去了往日的光辉。正如一名观察员所写的：“对小斯蒂芬·巴顿来说，要想消除不良印象是极为困难的。”

法官并没判定小斯蒂芬·巴顿犯抢劫罪，虽然他与那次抢劫有不少瓜葛。克拉拉对这件事的反应或事件给她造成的痛苦，我们已无从知道。奥齐戈县与克拉拉读书的县相邻，她哥哥可能在探望她时来过该县。她似乎从来没有批评过哥哥，相反，她仍然对他抱以强烈的信任感，把他视为良师益友，在内心深处敬重他、依赖他。在她出名以后的很长时间里，传记作者希望了解更多关于她家庭成员的生活细节，但她对这个插曲和其他被质疑的家事始终三缄其口。在信任的掩盖下，她的内心深处到底是怎么想的，现在也无从考究。毫无疑问，哥哥被告上法庭，也动摇了她对家族荣耀的信心。她的羞怯和若即若离，与此不无关系，因为她要是把注意力引到自己身上，也可能把注意力引向哥哥而遇上麻烦。

还没等克拉拉从这场悲剧中回过神来，家里更多的不幸接踵而至。7 月初，她收到哥哥的一封来信，上面的第一句写道："我们亲爱的妈妈不在了。她在今天下午五点一刻逝世。她临走时很安详，没有明显的痛苦。"克拉拉知道母亲病了几个月，也没指望她还能活太久，但如同哥哥的那场官司，母亲的离去还是让她感到从此再也无所依傍，迫使她更加依靠自己。那种无助感就要将她吞噬了。她甚至没能参加葬礼。当她收到噩耗时，母亲已经被安葬在牛津镇新建的墓园里了。她把自己关在房间里，前后将近一个礼拜，独自沉浸在悲伤里，没把悲伤告诉任何人。哥哥感到她陷入孤独，尽其所能地想办法安慰她："亲爱的克拉拉，我在想你接到噩耗时的感受。我想到，你因为远在他乡，在此伤痛来临的时刻，身边没有亲人，也没有朋友安慰你，与你分担痛苦。但我相信并希望你一定能坚强地走出来。"路易丝·巴克听到不幸的消息后，派人把克拉拉叫过去，将她从忧郁的思绪中拉出来，帮助她摆脱失去母亲的痛苦。

在克林顿文学院的最后阶段，克拉拉完成了她的目标——提高了她的学术水平，然而对于以后的工作和人生方向，却还是一片茫然。教学、劳动、家务，这些是当时女性说得过去的工作选择。这三种工作中，教学地位最高。但是对克拉拉来说，回到牛津镇原来学校的一个教室，成天面对那群顽劣的男孩，接触她所熟悉的乡村和居民，似乎是一次倒退，既没有挑战，也没有成就。既然已经横下心来，不想在牛津镇的学校里虚度一生，那么她在选择未来的方向时，就不必考虑自己的家乡了。她登上驶向新英格兰村的火车，那里离此地不远，是她那个喜欢冒险的亲戚杰里·勒尼德的家乡。

（史国强　李洪涛译）

第 4 章

Chapter 4

克拉拉在勒尼德那里只待了几个月就离开了。1851 年夏末，她回到了北牛津镇的家里。她脑海中还是一片混乱，不知道自己下一站该去哪里。尽管她在克林顿学院的学术成就很突出，却还是没有完成所有课程就被迫离开了。在这之后的生活中，她一直觉得自己在学业方面有缺憾。尽管对于其他人来说，她的学识已经是非常渊博了，但她还是觉得自己在正规教育方面不够完美。所以当她没有工作或生病休养期间，就会抓住一切机会学习知识，不断完善自己、充实自己。当她 80 多岁的时候，依然专注于对修昔底德和色诺芬的研究。因为在她看来，若不是获益于这两位哲学家的洞察力，自己还很“愚昧无知”。

克拉拉返家似乎有些唐突，她感觉好像从未离开过此地。连绵起伏的山丘，繁茂树木中的溪流，牛津镇的一切看起来都那样的熟悉又让人心情愉悦。可是，却没有什么东西能吸引她留在镇里。因为她的才华在这里没有用武之地，简直就是浪费时间。如果她就此停留下来，那么当年离家去克林顿学院的行动就变得毫无意义。在这里除了教学和家人之外，她再没有什么可牵挂的。

童年时代的生活和十年教学生涯的场景历历在目，正如她后来所写到的“怅然若失”，她再次陷入过去那种感觉自己一无是处、寻求依赖的苦恼当中。她的哥哥一直忙于重建厂房；克拉拉为工人们建立的学校即使没有她的协助也发展得很好；莎莉姐姐每天忙着哄她的两个儿子。母亲的离世让整个家庭显得有些支离破碎。克拉拉伤心地在日记里写到，她觉得自己回到了一个“物是人非”的家。她希望父亲可以再婚，继续照顾农场。然而，她忽然意识到父亲已经70多岁了，虽然身体还很健壮，却还是要依靠哥哥养活，而自己能为父亲做的事情却少之又少。

渐渐地，她得出了一个结论：即使没有她，北牛津镇的一切运行也很顺利，留在那里就只能吃白饭。克拉拉感慨道：“我深知那种痛苦。”甚至是40年之后她依然记忆犹新。归根到底就是一个原因：“没有人需要我。”

整个8月份，烈日炎炎下，克拉拉边走边思索着她的未来。她变得心烦意乱，特立独行，靠骑马来消磨时光。据一个同乡回忆，她当时给人的印象是那样的“高贵而又神圣”。由于一直专注于谋划未来，她注意不到那些因为她不穿丧服而感到震惊的人。（人们更震惊的是她明确表示她不但不感到悲痛，而且还认为穿上传统的黑色丧服是虚伪做作。）她经常和埃尔维拉·斯通、安妮、弗朗西丝·蔡尔德以及她的外甥伯纳德·瓦塞尔叙旧，以便融入当地生活。但是，在她故作轻松的背后却是对未来无尽的迷茫。几个月后，克拉拉在日记里写道：“我觉得在家什么都做不了。可是我又没有什么可以去的地方，没有可以见的人，没有能带走的东西。就算去了某个地方，也无法养活我自己。至少，我还没能想出来。”她承认，她满脑子想的都是怎么离开这里。她明白自己必须离开，而难就难在该怎么走。

那年早秋的时候，克拉拉在这种心态的驱使下急于寻找一个合适的机会离开家。查尔斯和玛丽·诺顿是她在克林顿学院认识并经常联系的少数几个朋友。他们很想和她再续友情，于是迫不及待地给她写信邀请她来新泽西州的海茨敦参观游玩。玛丽那年16岁，是一个成熟且笃信宗教的女孩。在克林顿学院的时候，她总是向克拉拉征求意见，而且视克拉拉为她心目中的偶像。两个人都很珍惜这段友情。她们这种像师徒一样的关系弥补了两人14岁的年龄差距。当然，还有一表人才、待人热情的查尔斯，当时也已经21岁了。他和克拉拉关系很不错。当玛丽和查尔斯的父母正式写信发出邀请时，克拉拉欣然接受。10 月中旬的时候，克拉拉踏上了前往海茨敦的路途，再次离开了那个使她感到压抑的家，尽管对未来还很迷茫。

乘坐火车后转汽船，克拉拉终于到达了海茨敦，远远地就看到了老朋友查尔斯那熟悉的身影。查尔斯开车带她在小镇四处游览。他们去了火车站、杂货店、邮局，还有离诺顿家农场 3 英里远的基督教堂。那里真是个富饶的地方，诺顿家在 178 英亩平坦肥沃的土地上种植了小麦、玉米、水果等农作物，农场里还饲养着许多绵羊、肉牛和奶牛。克拉拉很喜欢这种自给自足的混合型农场，忽然想起了小时候家里也有一个这样的农场，不禁黯然伤感。

诺顿家的房子简直漂亮极了。据克拉拉回忆，那是一座有专门为家庭活动设计了客厅的宽敞明亮的乡村别墅。房间的中央有张摆满了书籍和报纸的桌子，角落里陈设着一架钢琴，还有一个中型的沙发以及释放着令人愉悦的香味的盆栽植物。

她很快发现诺顿家族在海茨敦的地位举足轻重。这个家族掌管支配着当地大大小小的活动事务，赢得大家的无比尊重。理查德·诺顿是一家之长。他从小被培养成一名贵格派教徒，后来长大一点儿又转为普救教派的信徒（这点和克拉拉的父亲相像）。自从被普救论学说说服后，他便开始热忱地向亲朋好友们宣扬普救论。在当地几个有名望的大家族支持下，他的地位相当稳固。他的妻子被当地人尊称为“内丽夫人”，为人平易近人，是丈夫的贤内助。她负责整个家庭的所有内务，在克拉拉心目中，她“身材纤细，忙忙碌碌，做事井井有条”，拥有“强健有力的双手，明亮的蓝色眼睛里充满了关爱”。诺顿家一共有 6 个孩子，其中 4 个还在家里生活。克拉拉抵达诺顿家的时候，除了她所熟悉的玛丽（玛丽是最小的孩子，也是唯一的女孩）和查尔斯，还有已经二十八九岁的詹姆斯和约书亚。家中还雇用了一名保姆玛格丽特·哈金斯做家务活儿。

诺顿一家人对克拉拉的到来表示热烈欢迎。也正因为有这些人的陪伴，她在新泽西州的生活过得轻松愉快。她曾对她的外甥说：“诺顿一家真是个很出色的家族，每一个人都尽显本分，十分可靠。”他们邀请克拉拉参加教堂婚礼、建造谷仓还有采集坚果等活动。她尤其喜欢查尔斯的陪伴，两个人有时一起去邻近的小镇游玩或是在画室共用一张桌子写信。她和诺顿一家人度过很多幸福快乐的夜晚，一起谈笑，欣赏钢琴曲，男孩们用敲击墙的方式给她“传播秘密的消息”，这些都让她感受到浓浓的温情。“我切身感受到了贵格教徒特有的热情欢迎和真心款待。”她写道。就这样开心地度过了两周后，克拉拉突然谈到要返回马萨诸塞州，诺顿一家人却装作好像什么都没听到。

其实，诺顿一家早就意识到：如果找不到工作，克拉拉是不可能安心地待在这里的。早在她到这里之后不久，理查德·诺顿就问过她愿不愿意在学校教学。正如她一贯的作风，她隐瞒了在克林顿学院的那段经历。因此，理查德问她这个问题时也是试探性的，她的回答也很犹豫。理查德为她找到的教学工作是在以淘气男生而闻名的锡达维尔学校。在冬季学期，这群男孩尤其放肆，惹人厌烦。她将面对的麻烦简直就是在牛津镇时那些学校和学生的翻版。不过，她只告诉诺顿家她会试试看，并且希望他们让玛丽去辅助她。

1851 年 10 月 23 日，克拉拉在日记里提到：“着手准备学校的事。”她老练的眼光一眼就看出，这所学校和牛津镇那所她曾任教过 10 多年的学校没什么区别，心里既兴奋又沮丧。这学校的建筑物像那些在北牛津镇她努力修缮前的建筑一样破败，学生们脸上的表情是那样的熟悉。她从年龄小点儿的学生脸上看到的是羞怯和期待，但是那些年长点儿的男生却是满脸的挑衅与不屑。

克拉拉·巴顿在这种似曾相识的环境里很快进入状态。她让玛丽逐个介绍这些孩子们。当轮到一个身材高大的男孩子哈特·博丁时，她故意吓他说她知道他是学校里出名的捣蛋鬼，但是她希望他从现在开始能够好好表现。为了让男孩信服，她让他帮着把以前老师用过的教鞭拿走。哈特的母亲回忆道：“克拉拉让他把那些教鞭拿到外面并掰成小块，然后温柔地握着他的手向他保证，她永远不会用这些东西，并且说他是一个可以被依靠来维持班级秩序的大男孩。那时，哈特真的受宠若惊。”当克拉拉发现学生们居然期待惩罚并且把它视作一种娱乐享受时，她告诉这些学生，游戏结束了，不会再有任何惩罚。

她的课堂气氛轻松，并且她很信任学生，这让她赢得了学生们的青睐。其中一名学生曾写道：“她要么绕着学生巡视，要么像男生一样单脚站立，另一只脚交叉在后面靠在火炉旁，很少坐着。”在课间休息的时候她会和男孩们一起打球，或者一块儿讨论哲学。在那些无聊的日子里，他们最喜欢玩“纽扣”游戏，有时候克拉拉也乐在其中。她曾和伯纳德说起：“他们是那样的开心，以至于找不到除了给我纽扣以外的其他方式来表达感激之情。”通过这种和学生打成一片而不是和他们对立的方式，她在执教伊始就设立了明确的准则，并成功地让学生们都遵守。她的名声越来越响，很快有 8 到 10 名来自其他地区的学生过来求学。到 11 月末的时候，已经有 60 名学生一起挤在简陋的教室里学习。海茨敦当地的一个居民曾写道：“对于所有记得克拉拉・巴顿的人来说，她在教学方面的成功简直是个奇迹。”

那时，克拉拉在日记中写道：“那真是迄今为止我待过的最好的学校了。”然而，学校里也有一些让人烦恼的工作。这些学生在学习方面的基础实在是太差了，比如他们居然只会拼写单词和做非常简单的算术，这对和他们一样十几岁的同龄人来说简直难以置信！但学生们非常渴望学习，所以克拉拉开设了地理、美国历史和自然哲学课程。不过令她烦忧的是，学校教育并不是免费的！学生每学期必须支付 2 美元来完成基础课程。他们若是想要学习其他更加高深的课程，就必须要额外付钱。这些钱最后会变成老师们的工资。长期被马萨诸塞州传统的免费公共教育的氛围所感染，克拉拉发现自己很难接受这个事实。她了解到在这里教学比在新英格兰获得的工资更丰厚，但是每到期末从学生那收缴学费时她都会很不安。于是，后来她干脆把所有与收钱有关的事务都交给玛丽和查尔斯去做，眼不见心不烦。克拉拉说过：“我挣过成年人的钱，但从未从小孩子身上挣钱。”尽管她曾私下里向州政府求助过，可整个学期一共才筹到 19.10 美元，连修缮校舍的钱都不够。克拉拉曾经考虑发起一项活动来摆脱这种靠募捐办校的状况，后来又否决掉了。“当时我周围的社会环境不同，人们的价值观念也不一样，最后我选择了保留自己的观点。”

克拉拉在学校的生活一切顺利，可是生活中却遇到了麻烦。她感觉到在诺顿家里一点儿隐私都没有。本来能融入诺顿家是一件很快乐的事情，如今却变成了一种负担。到 1852 年 1 月的时候，她已经厌倦了那种“为了彰显实力在桌子摆尽可能多的蛋糕的宴会”了。习惯了安逸独立生活的克拉拉，对在画室写信时还得忍受钢琴声和对话声感到厌烦。更糟糕的是，诺顿家的每一次外出活动她都必须参加。情形变得越来越荒诞了，所以一个周日，她决定不随诺顿家的人去教堂。她向伯纳德·瓦塞尔抱怨道：“我觉得我去不去真的没什么……但考虑到影响不好，我还是主动去了。而他们却是不顾我的感受一定要我去。”为了避免尴尬，她在学生们自习的时候抽空写日记和信件，并试图找出解决这个问题的办法。然而到了春天，克拉拉依旧在日记里抱怨她不能自由支配自己的时间。当她再一次“不得不陪伴着诺顿一家人去教堂，所有的事情都只能搁置一边。然后在教堂度过愚蠢的一天，而且我确信这取悦不了任何人”的时候，她开始向哥哥写信求助。

正在这时，又发生了一件让她困扰的事，甚至不知道该开心还是难过。在同一时间有几名男士向她发起了追求。查尔斯·诺顿也是众多追求者之一。克拉拉一直都被他的才情、天赋、善良的本性以及帅气的外表吸引着。他们两个人一起去特伦顿和费城游玩，一起乘着雪橇穿行于树林之中。当他回到克林顿学院的时候，她非常想念他，并期待他早日回家。但是查尔斯比她的年龄小了 10 岁。海茨敦的居民们不了解克拉拉的过去，都以为她只是个 15 到 25 岁之间的人。无论查尔斯知不知道她的真实年龄，他都对她过去的经历很羡慕。克拉拉很享受这种被奉承的感觉，对奥利弗·威廉姆斯和其他追求者却也并不拒绝。众多的追求者使得克拉拉未能对查尔斯的示爱及时做出回应。由于查尔斯的哥哥詹姆斯和约书亚的介入，情况变得愈加复杂。这两兄弟总是想方设法地戏弄她，喜欢贴脸时用坚硬的胡楂子在她脸上蹭来蹭去，而她的抗议通常都被忽略了。事实上，正如詹姆斯所说的那样：“只有约书亚一直在逗她。”

还有一名海茨敦当地的男士也在追求克拉拉，他叫埃德加·伊利，他在克拉拉来到这个小镇不久就出现在她的生活里。埃德加是一名律师，同时也是一名自学成才的学者，她称他为“我所见过的最真诚的人之一”，这给她留下了很深的印象。他很耐心地接送她上下班，带她乘雪橇，还邀请她去自己的私人图书馆看书。诺顿一家人经常开克拉拉的玩笑，因为埃德加在马路上看到她的时候，经常突然地转过头来和她一起走路。最初的时候，克拉拉对埃德加这个爱慕者还很热情，但在她的日记里很快就没有提及了。

事实上，克拉拉一直忙于自己的事情。事关经常在她日记里提到的“JLE”，也就是约书亚·伊利，一个住在费城附近的农场主。克拉拉是什么时候遇到他以及怎样认识这个年轻人的我们并不清楚，只知道在她搬到海茨敦的时候他们俩就已经开始通信了。克拉拉到海茨敦之后，他们之间的通信愈发密切。她每天都期待着他的信件，每当她收不到来信的时候，就变得相当忧郁；一旦那熟悉的信件到来，她马上情绪高涨。1852年3月19日，克拉拉在日记里提道：“独自一人，非常高兴！约书亚的信比以前要长好多，当然心情也和这长长的信件一样好。”然而，这是最后一次这样快乐了。到3月31日的时候，她很惊讶居然还没收到约书亚的来信，她在想是不是他病了或是发生了更糟糕的事情，甚至不敢继续想象。又过了几天，她还是没收到他的来信，她感到很不安，甚至都不能集中精力同别人对话或是工作。克拉拉对于30岁还没谈过恋爱这件事很敏感，她自己总结说：“这世上没有什么纯洁的友谊，至少对我来说，没有。”迟迟未收到来信让克拉拉决定去找出约书亚突然沉默了的根本原因，于是，她去拜访了他的朋友。至于他们谈话的细节内容，克拉拉并没有在日记里提及，不过从4月20日的日记里那句“已经一个月没写日记了，或许更久，也没有什么值得记下来的事，因为我什么也没做成。但是有些事情既已发生并有所记录，便永远不会在我一生的记忆中抹去”可以看出，她浪漫的希望已经破灭了。在此之后，日记中便再也没提到过约书亚·伊利。

与此同时，克拉拉听说家里的工厂再一次着火了，火上浇油的是，她也因某些事和几个学生的家长发生了口角。在这个多事之秋，沮丧成了她心情的代名词。在气氛欢快轻松的诺顿家中，克拉拉感到孤独，却还要顶着压力装出一副笑脸。她曾在日记里痛苦地抱怨道：“我很少感受过这样的孤独，表面上和大家一起说笑，可是内心却一直在哭泣，那样可能令我好受一点儿。”深度的绝望甚至让她对自己，同时也对人生失去了信心。即便她也在努力克服，不让自己做无用的抱怨，但她仍然无法释怀，甚至有过自杀的念头。她在 3 月 11 日写道："世界没有我的参与也依旧正常。我从未给人带来欢乐，却常常给许多人，特别是我自己带来不幸，因为我从未感受到快乐。"全世界似乎都充满了假象，令她又一次面对"老问题"——我活着是做什么的？她的结论是，"别人都在尽享人生，而我正值青春年华，却厌倦了生活。"

人们喜欢把这些想法视为克拉拉与其终身相伴的忧郁情绪作斗争的开始。从她的日记看来，1852 年春天的这次情绪的低谷只不过是整个生命中苦难的一小部分。实际上，克拉拉的日记只能作为关于沮丧心情的最早记录，而不是它首次出现的证据。真正令她沮丧的事情是关于她人生规划的"老问题"。她曾向她的外甥提到过那段漫长的绝望时期："有几年我每天都过着希望自己能够死去的日子，在家里我没有别的事情可以做。"克拉拉在海茨敦面对的问题和当年从北牛津镇打破束缚去克林顿学院时面对的问题差不多，都是因为遭遇了一段还没正式开始便结束了的恋情。当初她离开家乡，就是因为工作毫无报酬、各种关系错综复杂，如今却又加入到另一个古板而强势的家庭中，整天做着毫无挑战的工作。克拉拉的能力远远超出了当时社会对于受过教育的未婚女性的要求，她整天被乏味的空虚日子烦扰着。因此，在温暖的初春三月，她再次担心起她的未来，并感到一点儿也不乐观："我知道最终的结果可能会是什么样子，大概我会突然地开始着手做，然后在某处结束，然后彷徨在公平和谴责声中。但是，我依旧会像过去一样成功渡过所有苦难，然后继续做着一些令人不满意的无聊的工作，也没有多少回报。"

克拉拉在学校的最后一学期于 4 月 20 日结束，这期学生让她十分满意。她告诉她的外甥说："那是我见过的最好的学生，我找不到他们的一点儿瑕疵。"查尔斯帮助她解决了向学生收费这个令人反感的问题。她最后一次打扫教室，最后一次锁门。在学期结束的时候，克拉拉百感交集，因为她发现学校的生活已经填补了她生活的空缺。她承认："我不知道不在学校的日子该如何度过，或许会很孤单吧。"不过，她很高兴能够履行完教书的责任，并且能自由地离开海茨敦了。和诺顿一家一起进行了几次愉快的远足旅行，在家做了几天的衣服后，她按照预想，突然向大家宣布自己要离开的计划。她已经制订好了详细的计划，却不想向诺顿一家人透露太多的相关细节。5 月 25 日，诺顿一家人送她到海茨敦车站，她的东道主豪爽地说等她回来的时候，他们会把她错过的事情都统统讲给她听。克拉拉回忆道："诺顿一家人只是把我这次出行当作出去玩，不久就会回来，但事实上，我永远不会回去了。"

克拉拉乘的这列火车只带她去了仅仅 10 英里外新泽西州的波登镇。她自己也不知道为什么要来到这里。50 年之后，她回忆那段往事时，相信那一定是冥冥之中的"宿缘"。事实上，这个小镇是作为《独立宣言》的签署人弗朗西斯·霍普金森和政治理论家托马斯·佩恩的家乡被捐资建设的。

小镇上最出名的居民是约瑟夫·波拿巴，他是被流放的西班牙国王，同时也是拿破仑一世的兄弟。他的私人住宅曾经是一座富丽堂皇的别墅，在克拉拉来到这里的前几年就已经全部被焚毁，不过他在波登镇的故事给这个小镇增添了神秘色彩并带来了名气。克拉拉对这个小镇第一次留下好印象，是 1852 年 1 月她来这里旅行的时候。虽然当地没有任何涂绘的建筑物，显得有些破败，但是那蔚然壮观的德拉瓦河令克拉拉惊叹不已。波登镇作为卡姆登至安博伊公路以及德拉瓦河和拉里坦运河的总部所在地，同时也是 19 世纪 50 年代的交通枢纽，遍布着雄伟坚实的花岗岩建筑和烟草工厂。波登镇还有一个招牌式人物——查理·诺顿，他在 4 月下旬已经来此执教。因此，尽管对克拉拉来说此次行程仍然前途未卜，但令她安慰的是终于能看到一个熟悉的面孔了。

因为心中没有明确的目标，她最初想在波登镇找一份工作的打算无果而终。几天之后，克拉拉去了特伦顿，和当地教育机构的负责人讨论建立一所公立学校的想法。他们谈得很投机，对话持续了很久，但是最终还是没有定论。随后她在日记中写了一句简短的丧气话："就工作而言，这一上午也没什么进展。"但是一个大胆的想法正在她的脑中酝酿。新泽西州没有免费的公立学校这件事令克拉拉深感遗憾，她想知道当地落后的公众舆论是否使得这种状况无法得到解决。为什么不建立免费的公立学校并把它作为本州其他地方的示范校呢？她的目标更加明确了，于是她联系了特伦顿当地几位知名人士，他们对她的想法表示认同，却丝毫没有进一步的支持行动。其中一个叫坎宁安的男士发现克拉拉本人比她的慈善观念更有魅力，于是声称自己能够对州里的学校董事会施加影响以吸引克拉拉的注意，并花了几天时间陪她一起游览整个城市。一天下午，他开车带她去了孤儿院，克拉拉察觉到了他的歪心思。她既生气又沮丧，觉得这几天纯粹是浪费她宝贵的时间和机遇。所以第二天，她回到了波登镇。

对于克拉拉来说，设计一个学校的蓝图还是很容易的，就像她在马萨诸塞州的学校便可以了。但是在新泽西州几乎没有什么榜样可以使当地教育董事会和政府官员的脑袋开窍。关于建立免费公立学校的法律条文早在 1817 年就已经通过了，但是一直到 1846 年才开始广泛推行这项政策。然而，在广大人民群众的眼中，他们只关心政府下发给学校的基金被不公平地分配了，还有那些去“贫困小学”的人背负上了骂名，公众舆论并不会跟上法律的进程。

尽管 1844 年时，在诺丁汉成功建立了一所免费的学校，到了 1850 年，特伦顿和其他几个小镇也有了公立学校，但是这些学校总是处于一种很孤立无援和临时设立的状态，因此这些事情没有获得公众的关注。直到 1866 年，新泽西州才动用整个州的力量真正地支持教育事业。

对于克拉拉来说，整理出每一个可能的论据来说服当地官员接受公众教育的思想非常必要。她最先和《波登镇纪事报》的编辑彼得·苏达姆进行交谈，他同时也是教育委员会的一名董事。他博识多才又非常和蔼可亲，很快就成为克拉拉的亲密朋友。在这次交谈中，克拉拉感觉他是一个需要被说服的对象。她告诉彼得，她观察到当地的认捐学校都是一些自以为是的人在教书，而他们的学识却很有限。当孩子们掌握的知识超过这些“老家伙”的时候，学生们就变成了一个很尴尬的存在，并且会被禁止来上课。然而更严重的是，克拉拉觉得最聪敏的学生可能会很快“毕业”，因为他们经常公然地质疑老师并挑出老师们讲课中存在的错误。克拉拉决定做最后一搏，她保证说：“新英格兰会用普及教育带来的效率和精妙来证明它的价值。是时候让波登镇民众意识到无知和偏见的影响以及落后民意的危害，然后加入文明先进州的行列中。”

苏达姆对这个口齿伶俐的女人所说的构想很感兴趣，但他也提出了自己的观点。他解释道："这里几年前其实有过免费的公立学校，但是由于老师不合适和教学空间不够使得这个尝试以失败告终。"学校的占地确实是一个问题。正如一份正式的学校报告所解释的："波登镇的行政规划中不允许单独的一个学校占据一块土地。"所以，镇上若要废除教师许可或建立一所学校就会遇到障碍，因为现在只能在私人教师住处办学。这些私人教师极其反对公立学校，他们的不满情绪会煽动整个小镇居民的情绪。他相信克拉拉难免会遭到他们的嘲笑与排斥。最终，苏达姆告诉她，这些学生本身也是不想去公立学校的，因为如果那样的话，他们就会因为得到政府的救济而蒙羞。这些男孩习惯了在街上闲逛，他们可能会威胁并恐吓她，并且阻止更小的孩子来学习。

苏达姆的警告并没有吓倒克拉拉。她并不在乎是否被镇上的人认可，她认为过去的失败是因为任教老师的性格有问题，而不是设立公立学校这个主意不合适。至于那些男孩，她早就和他们谈过了。有一次，克拉拉走在波登镇狭窄的街道上时，遇到一群每天在街头巷尾闲逛的男孩。她便问他们为什么不上学。男孩们放下平时的痞里痞气伤心地回答说："女士，这里并没有给我们提供学校。"

她从这些男孩的言谈举止中看出他们并不是被抛弃的流浪儿，顽劣的脾性只是因为太过闲散和无聊罢了。她告诉苏达姆："我曾经研究过这些男孩的性格，我对他们很感兴趣并且有些同情他们，但从未害怕过。"

克拉拉泰然自若的反应和坚决的态度给彼得·苏达姆留下了很深的印象。于是克拉拉打出了一张王牌来加强自己的说服力。她告诉他自己不是一个阅历尚浅、天真烂漫的年轻女人，而是一个有着15年教学经验的老教师，她曾在一个比这里更野蛮的地方教导过比这些孩子更淘气的孩子。她不是个冒险家，也不是一个空想主义者，她只是看到了一个长期存在的亟待解决的问题，并且正在想办法解决它。

苏达姆受她一席话的鼓舞，终于决定召集学校董事会来讨论这个问题，并邀请克拉拉来参加。在会议上，她又重新陈述了一遍自己的观点和想法。由于她本身作为教育者对孩子们有很强的洞察力，所以她成功地说服各位委员相信她对于未来教育形势的预估。那天晚上会议结束时，克拉拉已经成功地赢得所有官员的信任。董事会的成员们同意在镇上成立一个提供免费教育的学校。

不但如此，克拉拉按自己的主张获得了在学校的地位，这对通过大胆尝试建立良好信誉大有裨益。克拉拉告诉董事会自己愿意无偿教学，只要他们提供一个能作为教室的空间即可，但是董事会必须从经济和宣传方面支持学校工作。她知道，如果没有他们的支持，那么这个学校又会被大家认为只是另一个私立学校罢了。她曾特别坚决地写道："事实上，学校必须听从董事会的命令，然而命令的执行者就是我了。"

在克服了很多困难之后，董事会把一个据说早在1798年就已经建好的古旧的砖瓦建筑作为学校，就在离镇中心几个街区外的克罗斯威克斯街上。由于这栋楼已经非常破败了，所以开学的时间不得不被推迟。克拉拉焦急地等待着修缮工作的完成。她向一直对她真诚相待的好朋友伯纳德自夸道："你看我这个在小镇中引起了轰动呢！是时候让他们自己装修自己的学校啦！在整个新泽西州的老房子里也找不到这样的。"

克拉拉给教室开窗通风（这里的气味堪比德国的科隆，据说科隆气味难闻居欧洲城市之首），购置新椅子和长凳，但对此她并不满足。她还让彼得·苏达姆准备一些黑板和地图。显然，黑板在这个小镇是个新奇的玩意儿。但是当克拉拉说如果他不安装黑板的话她就会自己动手的时候，苏达姆哭笑不得，只能勉强同意。他回答道："好好好，虽然合同里没有提及，但是你可以拥有它们。"

其实，合同里仅仅提到关于"允许克拉拉·巴顿一年内在该区域执教"的内容。在董事会的赞助下，学校终于宣布开张。消息在整个社区传开，人们在当地报纸和告示板上便能看到这个通告。终于，经历了数次推迟后，在大家的期待下，7月初，克拉拉迎来了在这里上课的第一天。

她面对的是空空如也的校舍，只有几个充满好奇心的男孩子爬到院落的护栏上。她来到庭院里，高高兴兴地和他们道声早安，然后开心地指着树上的鸟巢和飞舞的蝴蝶，绝口不提书本和学习。院子里的6个男孩跟在克拉拉身后走向教室，一路上她表现得绝不像呆板保守的女教师。她走进教室后，慢慢地进入教师的角色，让男孩们进行自我介绍。她向男孩们展示了教室里最稀奇珍贵的东西——地图。这些地图非常大，还是彩色的！有美国地图、世界地图，当然，还有孩子们最感兴趣的欧洲地图！她耐心地回答孩子们提出的关于海洋和外国大陆的问题，并且向孩子们介绍世界各地奇妙的风土人情，讲述所有她能记得的故事传说，尽她所能地引导着孩子们走入知识的殿堂。克拉拉洋洋自得地在日记里写道："似乎这些男孩都很喜欢听我讲故事，爱听我的课。"那时，她还在担心学生们午休之后就不会回来了。让她欣慰的是，学生的人数反而增加了。那天下午的课程和上午度过的差不多，克拉拉通过展现自己的经历以及和孩子们的友情使得他们的世界观都被改变了。她回忆道："那天下午的课程一直上到 4 点，我们在 3 个小时里通过地图游历了整个世界。"放学后，克拉拉仍然没有提到教材和教具的问题，只是说了她第二天会回来便走了。

第二天早上，她意外地发现居然有 20 多个男孩站在教室外面。到这周结束的时候她的学生已经有将近 40 个了。克拉拉一直坚信会办好学校，但效果之卓著，还是超出了她的想象。这间教室只能容纳 50 名学生，但是一周过后，学生已经达到了 55 名，克拉拉和学生们只能紧挨着挤在一起上课。她把自己的凳子给了一个非常渴望学习的孩子。董事会得知这个消息后，彼得·苏达姆立刻从自己的会客室里拿了一张椅子送给她。

克拉拉很少使用传统的教学方式。她说："我们要互相学习，而不是只局限于书上的内容。学习就在这样愉快的气氛中开始了。"她发现虽然这里的孩子和海茨敦的孩子有一个同样的缺陷——不具备良好的教育背景，但令人意外的是，他们在课堂上的表现都非常好。

这些学生都厌倦了以前的闲散和慵懒，非常渴望弥补往日荒废的时光。他们如饥似渴的学习状态，甚至震惊了身为老师的克拉拉。她给玛丽·诺顿写信的时候曾提到："我有两个小时的休息时间……然而实际还差 20 分钟。可学生们即使在课间休息时也在学习，就好像他们的生活全部依赖于此。一个小时里有四分之三的时间我都在劝他们停下来休息去玩，可是他们从来不想玩。我觉得这有点儿古怪，你觉得呢？"克拉拉让孩子们开始学习算术，像小时候哥哥小斯蒂芬教她那样用游戏的方法来教算术，但是远远不能满足孩子们对学习的渴望。他们请求克拉拉让他们多学些东西。基础课程学完之后，克拉拉就让那些学得好的孩子尝试学习他们最感兴趣的内容。当克拉拉读完刚出版的《汤姆叔叔的小屋》时，她觉得这本书写得很好，然后立刻推荐给年龄稍大一点儿的学生。她曾告诉一个朋友说："我的学生们读了这本书之后都感动得哭了，他们纷纷祈祷，希望汤姆叔叔尽享好运，而那些欺负他的人全都倒霉。"由于教学优秀并且管理有方，克拉拉的名气越来越大，她发现有一些女孩也渴望上她的课。

虽然因为教室太过拥挤，她已经宣布不再接收学生了，但是每当早上看到女孩子们哭着喊着想要进去上课，还是不忍心拒绝她们。她在日记中骄傲地写道："以前小男孩躲在大男孩的身后偷偷溜进教室，这些胆小害羞的女孩也用这种方法偷偷进来。"

即使克拉拉已经有很强的管理能力，但是如此多的孩子和这么拥挤的教室着实让她备感压力。她发现要想办好学校，就需要"打开思路，创新管理"。她从美国历史课上看到了一种方式，再结合学校现状联想到了解决方法——让学生们进行自我管理。在这个问题上，她同样咨询了学生们的想法并得到了他们的赞同。她问他们是否能严格执行这条规定进行自我管理，学生的反应大多是支持的，但是这个消息传到董事会的人耳朵里时，他们却有点儿警觉了。他们相信克拉拉是有能力的，毕竟她一个人就能把学校建设得如此繁荣。但是，这种不断增长的信任却在逐渐消失，他们害怕这样的教改实验最后将以失败收场，学校会因此蒙羞。克拉拉没有用华丽的承诺来说服他们，她只是使出浑身解数争取来了一个自律制度的试用期。她向董事会的人承诺，如果学生们真的变得不可控制、无法无天，她会主动告知董事会并停止这项制度。

她回到了学校，把这件事告诉了孩子们之后说："嘿，孩子们，现在你们知道自己在那些小镇上的大人物眼中是什么样子了吧？你们要么一直像以前一样生活，要么就改变自己。"

正如她所期望的那样，学生们用实际行动成功地向董事会的人证明了他们对教学改革实验的想法是错误的。

就像是在查尔顿、牛津镇和海茨敦的学生一样，波登镇的孩子们也是克拉拉忠实的崇拜者。其中有一个克拉拉在开学第一天就遇见的学生叫乔治·弗格森，他特别怀念和克拉拉在一起的时光，因为她让学生们在校内外都感受到了自己的重要。此后的 20 年间，他们还有书信往来。他曾心怀感激地写下:“不管在哪里，你总是乐意和我们说话，你从未嫌弃过我们衣着破烂，也不在乎我们弄脏了厕所。你总是用温柔的话语教导我们，迷人的微笑仿佛就是对我们的认可。”

还有一位旁观者曾评论过孩子们对她的喜爱说:“我经常和她一起走在小镇的街道上，男孩和女孩们就争着抢着想要凑在她身边，竭力满足她的愿望。同时，他们的喜爱和殷勤又被克拉拉接受得如此优雅而自然，能目睹这一场景真的是一大乐事。”

临近期末的时候，想要上学的孩子人数实在是太多了，克拉拉不得不写信咨询哥哥该如何改善状况。小斯蒂芬建议她再设立一所学校，这个项目得到了校董事会的支持。1852 年的秋天，一间新教室在裁缝店的楼上建成了。通过克拉拉的推荐，董事会决定聘用弗朗西丝·蔡尔德来教低年级的学生。那时的克拉拉一定对整个校委会具有巨大的影响力，因为她说服董事会聘用来自北牛津镇的弗朗西丝而不是当地的应聘者。

这两所学校和谐地存在着，但是即使是双倍的教学空间，也还是不能满足数量日益增长的渴望上学的学生的需求。当市民们终于意识到小镇一共有将近 400 多个学生需要上学的时候，他们终于开始考虑建造一个大规模的公立学校。

毫无疑问，对于克拉拉来说这是一段无与伦比的快乐时光，一切都是那么的有意义。这空前的成功给她带来了尊重和之前在海茨敦从未感受过的自信心。

那年春天纷乱复杂让她心痛的风流往事早已被时光慢慢冲淡，她和查尔斯·诺顿一起外出游玩以及奥利弗·威廉姆斯来访的情景也渐渐模糊。即使她怀念那时的兴奋和激情，可信件中却没有表现出来。弗朗西丝·蔡尔德同样给克拉拉的生命中带来了一段很快乐的友情。她们合住在彼得·雅克斯夫妇经营的出租房里。雅克斯一家人很友好，玛丽亚·雅克斯是一个非常棒的厨师。包括彼得·苏达姆在内的其他寄宿者也都和他俩很投缘。实际上，弗朗西丝·蔡尔德只是把这段记忆当作笑料记着的。她曾提到:“当我们三个在一个房间的时候，我和克拉拉在聊天时经常笑得前仰后合，而苏达姆却根本摸不着头脑。他压根不知道为什么我们会笑得如此开心。”

那时的克拉拉早已不是那个受众人排挤的怪人，而是大家心目中的女英雄，是大家都想邀请的客人。尤其让克拉拉开心的是，离开海茨敦糟糕的环境来到这里，没有熟人，没有确切工作的保障，却能勇往直前，取得这样巨大的成就。她开始相信自己的生存能力，对这个世界再次充满希望。她曾大胆地告诉她的朋友：“不管他人如何，我已经确定我和世界上的其他人一样也有生存的权利，将来也是如此。”

1853年的整个冬季学期，克拉拉和弗朗西丝都一直在教学，人们对他们工作的评价越来越高。他们被迫接受了每年250美元的工资。那时候，整个城市都支持免费的公共教育。这让他俩深受鼓舞。波登镇的董事会自豪地告诉州教育主管说：“在过去的几年里，我们的教育事业取得了巨大进步……我们有声望极高的老师，最高的学生出勤率，有先进的学校管理体制，公众对学校特别支持。”一旦使大家都信服了公立学校的优势，市民们就不会放纵孩子在大街上闲逛，而会选择去送他们上学。

后来，在公众集会上，市民们热情高涨，通过了一项捐款4000美元建造新校舍的计划，新学校面积足以容纳所有600名适龄儿童入学。

1853年3月，在成功的巅峰时刻，克拉拉回到了家乡。由于一直念念不忘她的学生，她布置了一个写信的练习。有个学生回想起克拉拉的时候，至今还带着崇拜之意说，克拉拉以个人的口气给所有的学生都逐一写了回信。不过，克拉拉并不是把所有的心思都放在学生身上。她已经回家待了18个月，每当想到她可爱的学生们在等着她时就很开心。

现在，她不但可以独立生存，而且获得了事业的成功。她终于可以不用对任何人充满歉意。

后来由于她的腹股沟感染，这次顺利休假的喜悦被迫中断了。多年后她回忆起来，认为这次疾病是整个生命中最难受的一次。虽然恢复得很慢，到第二年春末的时候，她还是回到了波登镇亲自监管学校的扩建。

美丽的新学校有着老师们梦寐以求的水泥墙面，新的课桌和椅子，还有地图以及其他多种多样的设备。新教学楼一共两层楼高，有 8 个教室，其独特的优势是可以分年级教学。教室里给学生们足够的私人空间，也让老师们相互之间有着适当的距离能够保持适度竞争并相互促进。

新学校建造得很快，整个小镇都为之骄傲。1853 年的秋天，学校正式开放，成了“本季度大事件”。然而，在这看起来光鲜亮丽的外表下，克拉拉的内心却充满了极大的不满和失望。

她发现了几个教会组织嚷着想要为他们的教会学校抢夺州署为建造学校下发的资金。根据新泽西州法律，他们有权分享给当地建设的资金，不过这笔款项得从建设大型公立学校的专款中调拨。另外，那些原来在私立学校教书的老师对此感到不满，也引发了一些问题。随着公立学校的名气越来越大，一些老旧的认捐学校不得不接连倒闭。对于大多数当地老师来说，在私立学校教书是他们唯一的生计。尽管教育委员会也在尽力地安置这些老师，可是克拉拉还是受到指责和谩骂，这令她颇为担忧，也给她的欢乐蒙上了阴影。

然而，悲剧还在继续，对克拉拉最大的打击是这个新学校完全被一个叫 J. 柯尔比·伯纳姆的外行人管理。因为克拉拉作为女性，尽管她教学水平高超，镇政府仍然反对她当校长。她曾经因为优秀的教学方法被大家鼓励赞扬，曾经克服了令不少老师畏惧的在严冬上课的艰难，通过自己的努力得到了和男性一样的薪酬，可是尽管如此，她还是没想到自己居然在波登镇受到了这样不平等的待遇。她只能做一个女助理，真是让人震惊！她的地位居然与其他 7 个同在学校教学的女老师不相上下。权利受到限制的克拉拉不知道该做什么，只能继续待在那里，对这 600 多个孩子进行测试，然后按照成绩分班。但是她的心思再也不在工作上了。在她眼中，伯纳姆是一个不懂感恩专横无礼的家伙。她一点儿也不愿受他的指挥。他制定了一些极其严格的规定来管理学生，而对此她无法赞同。可能伯纳姆的独裁是性格使然，或许他只想在一个令人极其不快的工作关系中确立自己的地位。无论怎样，克拉拉对于他的出现越来越反感。她一直在激烈地抱怨自己不需要“任何人给我下达指令，告诉我该做什么不该做什么”。或许，她也对自己得到的工资比伯纳姆低感到不平衡，心里甚是委屈。（伯纳姆年薪是 600 美元，而克拉拉只有 250 美元。）她的哥哥安慰她说："往往付出努力最多的那个人得到的回报最少。"

克拉拉并不是唯一一个未受伯纳姆重用的女教师。教师们相互之间变得不信任，导致他们不团结，进而影响了整个第一学期的教学进程。

弗朗西丝·蔡尔德、克拉拉连同另一个老师艾伦·巴蒂妮一起谴责伯纳姆。她们三个人共同给他起了一个绰号叫"畜生"，并经常一起取笑他的矫揉造作和占有欲。但是，另一个老师斯丁顿小姐，却疯狂地喜欢上了伯纳姆，她还拉拢其他老师为他辩护。

教师们的对立关系也影响了学生们的状态。有一个学生在被分到其他老师的班上课的时候抱怨道："我实在不理解为什么克拉拉老师不能给我们在教室里上课！"《波登镇纪事报》一篇措辞严厉的社论谴责了这些老师为小事而争吵以及不专业的态度。它注意到学校方面"为这群单纯乖巧的孩子制定了严格的规章制度，但对于最需要管理的教师们却没有任何章程来约束他们"。

教师们之间争吵的消息迅速波及整个小镇，人们意见不一，报纸还说，这促使学校内部分裂，甚至毁掉了学校本身的价值和用处，还在他们之间引发争斗和内讧。报纸上又写道："伯纳姆专横的管理使我们过去一直追求的幸福消失了，也使教师们快要崩溃，从而转向迷茫和惭愧。"

克拉拉一直承受着教师对立所带来的压力，她渐渐感到希望破灭，长期笼罩在抑郁之中，她的身体终于垮了。她非常虚弱，本来说话时神采飞扬，现在变得只能低声细语，最后用尽精力，连说话的力气都没了。尽管她把病因归到潮湿的新建筑和空气中弥漫着的石灰粉末，还有学生入学考试那几天持续大量地说话，但是在她以后的生活中，即便是没有了石灰的墙面，只要是精神紧张或是心情低落或者工作太多，这种症状都会一遍又一遍地发作。尽管身体已经如此糟糕，她依旧选择坚守在这个岗位上。可是，所有的坚持与努力都是徒劳的。她看到自己在这个新学校的地位不会再提升了，她和弗朗西丝·蔡尔德绝望地离开了这个充满压力的环境。整个小镇都反对她辞职，希望她留下来，哪怕只是偶尔露露面也会让学校沾上她名气的光，还会给人以维持现状的感觉。但是存在的问题实在是太多了，她真的没办法留下。1854 年 2 月，她带着一颗破碎的心离开了波登镇，再次对未来失去了方向。

人们不了解她们离开的原因，也没有从她们身上看到一丝不舍与内疚，便开始责怪她们的离开。《波登镇纪事报》称之为反社会的“错误”，为克拉拉和弗朗西丝在没有任何预示的情况下就放弃了她们的职位而责怪她们。但是他们又不能因为学校的问题来责备克拉拉，结果是她离开后问题依旧严峻。

1854 年 3 月，这个冲突随着伯纳姆被解雇和整个学校体系的改革而告终。

克拉拉的家人对于她所经历的一切只是略有耳闻。寄来的信中提供的线索太少，实在无法推断出完整的故事。但是哥哥小斯蒂芬察觉到了似乎有什么糟糕的事情发生了。他恳求她回家休息，忘掉学校的事，即使是陪陪年迈的父亲也好。他在信里提到家人都很开心克拉拉能出现，因为家里也出了点儿事情需要她处理。奥蒂斯・勒尼德是克拉拉的童年好友，也是一个总爱惹麻烦的淘气包。他所在的公司控告他偷了公司的保险柜。小斯蒂芬抱怨道：“我唯一能告诉你的只是他的名字是勒尼德。”她终于在回信里写完关于“尝试和复杂的事情”的整个故事之后，她的哥哥非常用心地鼓励她：

“我知道你为了建立这所免费公立学校付出了很大的努力，而且为培育下一代做出很大的善行。听到你在公立学校经历了这样的变故，我感到很难过。为了建校付出那么多努力，却在完成的时候完全感受不到自己应有的权益和尊重，不能继续为学校出力，你也一定很不开心吧。”

尽管哥哥在信里表现出支持的态度，但是克拉拉很难想象自己会回家。在半年多前，她的计划几近完成，前景一片光明，可现在都已破碎了。她的身体状况非常差，似乎预示了她无法完成雄心大志，而且还得心甘情愿接受对她自尊心的打击。对于已经 32 岁的她来说，对未来没有任何计划就回家意味着她再一次过寄人篱下、低眉顺气的生活。另外，她还要面对另一个家庭丑闻——勒尼德的抢劫案。小镇上平日里关于抢劫案的流言蜚语、多莉精神错乱的悲剧，还有她愤怒的母亲，想到这些，克拉拉真的无法再承受这样的麻烦事了。

2 月的时候，克拉拉离开了波登镇，但是直到 3 月中旬，她哥哥才得到她的消息。小斯蒂芬打开信封，熟悉的手写铜版体字迹再次映入眼帘，更令他吃惊的是，上面邮戳显示的是华盛顿！

（任承科　李洪涛译）

第 5 章

Chapter 5

克拉拉·巴顿终于忍受不了波登镇的尔虞我诈，匆匆离开，连自己也不知道为什么要去南方。“我想要温润的空气，因为能让我的嗓子舒服一些。”她后来说道，她认为华盛顿是一个女人在无人陪同的情况下适合去的最南方。她也在其他场合说过她之所以能做出这个决定，是深受她对政治兴趣的影响，或被位于首都的美国国会图书馆所吸引。图书馆为她提供了更加琳琅满目的书籍材料，很多都是她之前从未研读过的，克拉拉希望进行治疗学的研究。

当然，她的决定与城市五光十色的诱惑无关，因为在 19 世纪 50 年代初期，华盛顿还远远不是一个让人神驰目眩的大都市。首都在半个世纪之前，还只是刚刚投巨资建设中的穷里空舍，人烟稀少之地，未完工的殿堂楼阁，百废待兴，虽富丽堂皇却像与周围建筑物极不协调的岛屿，伫立在破烂的临时建筑的海洋中。这些建筑使整个城市笼罩在一种犹豫不决的气氛中，蜂拥而至的外来流动人口也增添了这种气氛，他们一方面渴望得到城市管理者的帮助，另一方面又固执己见、心浮气躁地离开了城市，希望在其他地方寻求更好的前程。首都还存在奴隶制度，发展速度缓慢，令人昏昏欲睡，缺少充足的公共用水或污水处理设施，经常令欧洲或美国北部的来访者感到难以理解。社会和政治生活的步伐随着国会会议的召开时急时缓。寻求娱乐的人可以在参议院或众议院的画廊浏览赏画，在国会大厦漫步，或去参加私人聚会，从一般的政府职员到外国外交官，悉被邀至此。来自美国南方的人全面掌控着政府和社会各个领域；整个城市毋庸置疑被操控在南方的势力之下。

克拉拉喜欢春日的和风细雨、草木初荣、悠然自得，因为在波登镇过度操劳，她已万念俱灰，几近崩溃。在城市里无以计数的寄宿房屋中（提供食宿的旅馆），她和弗朗西丝·蔡尔德住在国会大厦附近的几间房子里。她的朋友想要在一所新学校任教，克拉拉在“昏暗安静的小房间”安顿下来，并为自己安排了期待已久的阅读课程。她依然非常渴望弥补她教书生活“失去的 10 年”，读书的速度越来越快，此时她的嗓子好了起来，但因为用眼过度而患上眼疾。“我很享受这种平静的、孤独的、默默无闻的生活。”克拉拉写道。她越来越坚信自己离开波登镇的选择是对的，因为她收到来自新泽西的消息，说波登镇对学校失去信任，并解聘了校长和几个教师。“我们……都得出结论，你在波登镇学校的授课很谨慎，并且离开得正是时候。”小斯蒂芬在 1854 年 5 月这样写道，“我认为他们要建一个和政府关系良好的公立学校，还需要很长时间，也许对他们来说建成别样的学校，还不如没有学校。”

克拉拉的生活“几乎没有任何朋友”，但并非完全如此。她在华盛顿认识的第一个熟人是来自她家乡选区的国会议员亚历山大·德威特。他身材高大，与克拉拉意气相投，也是她的远房表亲，他尽职尽责地殷勤招待克拉拉，成了一个有影响力的“支持者和帮助者”。通过德威特，克拉拉认识了另一个早期的朋友和赞助人——查尔斯·梅森，他是专利局专员。梅森温文尔雅，彬彬有礼，求知若渴，是一个促人奋进的良朋益友。并且，他关于慈善事业的许多看法与克拉拉相同，他兢兢业业地主持专利局工作，一丝不苟且仁爱同施，给克拉拉留下深刻印象。在梅森看来，克拉拉是一个能言善辩的政治观察者。

梅森对克拉拉的当仁不让和博闻强识印象深刻，邀请她做自己 12 岁女儿玛丽的家庭教师。在教学任务安排妥当之前，德威特利用他的影响力劝说梅森，说克拉拉更适合到专利局工作。让克拉拉觉得不可思议的是，她居然被要求参加正式面试，梅森派自己的私人马车负责接送她。面试过后，梅森提供给克拉拉一份文员工作，负责抄写专利申请书、中止诉讼手续申请书，以及抄写管理法规，工资很可观，每年 1400 美元。1854 年 7 月，她的阅读计划暂时搁浅，正式开始办公室职员的新工作。

克拉拉的好奇尚异与生俱来，而专利局的工作氛围定会让人思如泉涌。她之前的工作生活是由孩子们所主导的，在一群娃娃中间，克拉拉既没有亲密的玩伴，也没有旗鼓相当的对手。现在，整整一个办公室的同事都可以和克拉拉相互竞争，又相处融洽，其乐融融。另外，办公室里，大家都在孜孜不倦地工作着——不仅是法规和授予专利，还有包罗万象的科学研究和科学知识。尽管专利局是由美国内政部主办的，但它发挥了后来的农业部、史密森学会和气象局的很多职能。它赞助了全世界的科学考察，搜集了大量的标本和样品，许多都与北美洲自然历史有关，也与人民的背景和创造力有关。查尔斯·梅森相信这些文章字字珠玑又妙趣横生，不能只被陈列在地下室束之高阁。在劝导国会为建造美轮美奂的希腊复兴式建筑拨款之后，专利局新建了一个博物馆。沿着博物馆的高台阶拾级而上，并在它的拱形穹顶下漫步在大理石的走廊里，这是每个来到首都之人的必经之处。“里面保存了很多美国的奇珍异宝。”克拉拉在写给以前的学生的信中热情地写道，“有在新奥尔良之战中杰克逊穿破的衣服，还有数十件遗物，数不胜数。”和其他政府机构一样，专利局也存在着官僚习气，繁文缛节，不计其数的废话联篇的文件，但它强调创新，又因为朝气蓬勃的工作环境在华盛顿久负盛名。

专利局雇用了律师、专利检查员和其他职员，法律严格规定了他们的人数。但是当出现紧急业务时，专员可以雇用临时职员。梅森决定活用专利法，因为他相信倡导技术进步是国家发展最卓有成效的途径。实施新规之后，获得专利的程序更加简单，竞争更加公开透明——专利申请如雨后春笋般涌现。专员因此不得不放宽了对临时雇工雇用数量的限制。克拉拉就是以临时工的身份初入工作岗位的。

尽管克拉拉的职位并不稳定，但作为女人仍然是出类拔萃的。1854 年时，政府中的工作岗位还很少雇用女性，并且那些被雇用的女性大多是前职员的遗孀或女儿，她们以已故男性的名义保住那份工作。官员们因办公室里有女性而感觉不舒服，但没有出台严格的政策禁止。克拉拉在华盛顿任职期间，只听说有 4 个女性职员，而一年之后，仅在专利局工作的女性人数少说也有 4 个。她的职位之所以与众不同，是因为她在专利局中与男职员薪酬相同。在唯利是图的大都市，她的工作是不稳定的，但梅森小心翼翼地不让她的情况受到关注。她为政府部门服务的六年中，她的名字从没在递交国会的正式员工名单里出现过。

从早上 9 点到下午 3 点，克拉拉与其他职员一起辛勤工作。她的字体隽秀，书写清晰，这让她在办公室被另眼相看，在机密事务上也很受信赖。在任职的头几个月，新的职位带给她新鲜感与责任感。“我的情况真是让人高兴，”她在 1854 年 10 月的信中写道，“在工作中，我没有因为任何事感到烦恼，没有一件事让我不愉快，也没有人抱怨我。”她的地位和报酬远远超过她认识的所有学校的老师。在波登镇学校遭到董事会不公正的对待后，现在这个工作带来的补偿尤其使她满意。

她也在慢慢融入华盛顿的社会，体会它的特色和不寻常的社会生活。在步入金秋后，她给朋友写信，谈到她感觉到的宁静淡泊、踌躇满志。她抓住每一个机会去旁听参议院辩论，在参议院崭新的金红色会议厅的旁听席里，她开始了解这个时代伟大政治家的容貌和风格，其中几位给她留下特殊印象：塞姆·休斯敦、亨利·克莱、丹尼尔·韦伯斯特、查尔斯·萨姆纳。克拉拉之前没有朋友的状况很快改变了，因为她很惊奇地发现，像其他年轻职员一样，自己被邀请参加许多聚会。“看见你有这么多好朋友，我很高兴，”她的哥哥对她说，“我认为我能想到朋友对你的价值，因为你和我看待朋友的价值是一样的。”

克拉拉现在寄宿在约瑟夫·菲尔斯家，约瑟夫是她在专利局工作的同事，他有一个身材瘦削而乐天派的妻子——阿尔米拉。他们的陪伴是轻松愉快的，家里增加了许多笑声，令工作的辛苦得到宽慰。阿尔米拉的热情洋溢给克拉拉留下深刻印象，她个子很高、衣着朴素，就像一个朋友说的那样，“毫不时尚靓丽却古朴优雅”。她身材细高挑儿，天性活泼开朗，行为鲁莽冒失，很会讲故事，不过总是让别人感到异常尴尬。阿尔米拉·菲尔斯深信开展慈善事业的必要性，与克拉拉同样热血沸腾地追求她自己的慈善事业。她在内战期间全心投入救援工作，这样的工作对克拉拉在那场战争中的角色产生直接影响。1854 年，在克拉拉众多朋友和熟人中，阿尔米拉大部分时间都是大家的开心果，逗人发笑，与亚历山大·德威特和梅森老谋深算、不苟言笑的形象形成鲜明对比。

克拉拉如愿以偿、雄心勃勃地工作了将近一年。好景不长，她“珍贵的伙伴”——梅森专员，决定辞职回到他在艾奥瓦州的家里。其直接原因是他与内政部长在内部管理事务方面意见相左，另外梅森也急着要回去管理自家农场，同时帮助家人躲避华盛顿炎热的夏天。他的决定使专利局的运转一塌糊涂，也给克拉拉·巴顿带来不幸的后果。

梅森在 1855 年 7 月中旬离开，塞缪尔·T. 舒格特，他的首席文员，被任命为代理专员。舒格特急切地想取悦麦克莱伦部长，他的第一步——撇开他与克拉拉·巴顿的私人友谊——只考虑从专利局中辞退 4 个女职员。长久以来，她们的存在让麦克莱伦感到不快，他是保守的政治家，认为女性夺走了本该给男性的工作，尽管男性不一定更能胜任，但他们至少有投票权。办公室里的茶壶和裙撑裙惹恼了他；他不知道这些东西对于女人就像无所不在的雪茄烟和痰盂对男人一样重要。克拉拉文员的工作立刻被剥夺了,1855 年 8 月，她被列在抄写员的名单上，根据她每月完成的工作量支付工资。每 100 字 10 美分，对男性和女性职员都是同样的标准价格。即使最勤奋的抄写员，一年也很难挣到 900 美元。更糟糕的是，尽管舒格特将女性保留在雇员名单中，却不给她们事做；克拉拉在 1855 年 7 月、8 月和 9 月，根本没有得到工资。当舒格特声明，她们必须在 8 月底搬出她们工作的地下室时，她和她的同事愈加心灰意冷。回到艾奥瓦州的梅森听说了这个消息，非常难过。“如果我彻底弄明白这件事情的来龙去脉，我会坚决反对，”他评论说，“她们是我最好的职员。”

克拉拉刚一听说舒格特的计划，就开始动员她的支持者。她写信给堂兄——艾拉·巴顿法官，寻求他的支持，并且希望她父亲以共济会成员的身份帮助她。读完她介绍情况的长信后，她的哥哥小斯蒂芬表达了他的同情，并使她相信她拥有来自堂兄的支持，同时也拥有杰出政治家艾萨克·戴维斯的支持。更重要的是，克拉拉向亚历山大·德威特寻求了帮助。德威特同样也给麦克莱伦写信，并利用自己的所有影响力下令使克拉拉留下来。“获悉专利局决定在10月初解雇女性职员，”德威特给麦克莱伦的信中写道，“我冒昧地以克拉拉·巴顿小姐的名义提出请求，她是我们镇和我们选区的本地人，在过去一年里被专利局雇用，我相信专员会对她的工作非常满意。”但麦克莱伦看上去似乎是不可动摇的。1855年9月27日，他给出了一针见血的回应，告诉德威特，尽管他很愿意帮助克拉拉，但他不会留下她，“或其他任何在专利局工作的女性职员”。他允许她们在自己家做计件工作，但要避免“在公共办公地点范围内，让男女职员混合在一起这种明显不恰当的情况”。他最后说，他“决心阻止这样的事发生”。

把工作带回家做是很普通的事，1855年10月克拉拉就这样工作着。那个月她得到了73.56美元，超出大多数职员的工资。为什么她没有像麦克莱伦命令的那样，在10月1日被解雇，我们并不太清楚，但也许，如果他只是不愿意看到女性职员在办公室里出现，那么他并不反对她在办公室以外的其他地方做抄写工作。就像其他女性一样，她每天清晨走过第七大街，路过熙熙攘攘的市场，走上专利局的楼梯，拿走她要做的活，并交上已完成的材料。她不被允许在办公室或其他员工面前逗留。

克拉拉怎么看待工资和地位的急剧下降，她是否认为在家工作总比失业要强，或是否这只是在其他地方找到工作之前的权宜之计，这方面没有记录。但这件事肯定使她更加反对女性在谋生方面的机会不平等。然而，她很快就不用为此事操心了，因为在10月末，她得到消息，查尔斯·梅森正在从艾奥瓦州返回华盛顿的途中。国内的基层科学家们要求他复职。全国的发明家们向他发出了请愿书，也向政府发出请愿书，为他离开岗位不再服务感到惋惜。在几个月沉静的乡村生活之后，梅森感到厌倦了，尽管这是他之前梦寐以求的生活，但梅森放弃了。他于11月1日重新回到华盛顿。随着他的返回，克拉拉的好运又来了。

1855年11月，克拉拉收到135美元的工资，几乎是前一个月的两倍，与她以前每年1400美元的工资差不多。然而，她还是作为拿着标准工资的临时抄写员被保留在名单上。梅森希望能保留克拉拉出色的工作，但他不愿做出任何调整，因为那可能刺激麦克莱伦，导致所有的女职员被解雇。也许可以想办法把克拉拉划分为某类职员，却发给她另一类职员的工资。正如克拉拉后来所称，因为他需要她再次帮忙理顺办公室内的难题。这一切都是“私下的”。为克拉拉的真实身份保密，也许是梅森的目的。

“我今天恢复了在专利局的老职位，”梅森在他 11 月 3 日的日记中写道，“我不知道我是否会为此感到愉快。总的来说，作为职员和审查员，我不得不履行一些非常不愉快的对职员和审查员所负有的职责。我害怕我被迫解聘其中一些人。”酗酒放纵是员工中存在的问题，由于几个显眼的政务官员也在犯事者之列，情况变得更加棘手。然而更糟糕的是，他相信有一个诈骗网络正在威胁专利局的公正性。并且，一小撮员工正在明目张胆地非法售卖专利权，这种诱惑一直存在，而早在 1853 年他就向国会提出过投诉。此外，很明显，办公室的一些内斗和嫉妒也突然出现，这样的状况很难控制，并损害员工的士气。“我对身边试图操控办公室的人感到厌恶。”一个专利局职员声称道。梅森希望得到克拉拉的帮助并对此守口如瓶，开始着手解决人事方面的难题。

克拉拉把梅森的努力视作公正的改革运动，没有清除异己的意味。这对她强烈的道德观念很有吸引力，并使她一度沉浸于自己一身正气的氛围之中。“我发现了他们的欺骗行为，”她骄傲地对一个女记者说，“这在员工群中引起巨大的骚动；他们知道那意味着什么，试图让我难以立足。”克拉拉现在是办公室唯一的女员工，因而在男性对女员工的敌意面前她首当其冲。她为这胜利感到自命不凡，这加剧了男性员工们心中的怨恨，这点她能感觉得到，因为她的能力与男性相当，甚至在完成职责方面超过了他们。她没有试图隐藏她与梅森亲密的社会关系，也增加了其他人针对她的愤恨。她沿着大厅来到工作岗位，男人们发出嘘声，朝她吐烟草唾沫，朝她脸上吐烟圈。“这真是令人讨厌的经历，”克拉拉承认，“事实上，这很令人痛苦，但我想也许这有点儿上纲上线，于是我挺过来了。”的确，她比他们都强，尽管这没怎么消除她傲慢不驯的名声。她以带有明显优越感的口吻告诉一个朋友：“对于他们的伤害，我完全不受任何影响，周围所有像我一样了解内情的人都知道他们与我之间的关系，并且知道他们会对我做什么。在这些日子里，他们针对我的恶意中伤造成的任何打击带给我的影响，就像用弹弓打鲨鱼皮的效果差不多——我总是胜过他们。”这份工作曾经一度是“令人愉快的”，而现在只是为了捍卫自己的立场才使她忍受下去。到 1857 年 9 月，每天去上班的路途都成为“令人厌倦的朝拜”。

今天很难想象在 19 世纪 50 年代，克拉拉所表现出的不屈不挠和才华能力看起来多么的出类拔萃。她在诸多方面当时是无法令人接受的，诸如宏图大志、官场手段、领导能力等性格特征，都与人们对维多利亚时代女性的期待恰恰相反。不管她怎样“成就斐然”，在人们的期望中，一个女人都应该是端庄娴静、谦恭低调、易于控制的，她们的主要兴趣应该是孩子和家庭。在这样的范围内，一个女人会受到社会的赞扬和崇拜，社会会将她视作道德价值和家庭尊严的保护者。走出家庭，女性在社会上没有立足之地。一个女人若是没有结婚——她选择不结婚——就会被人怀疑；一个女人如果喜欢男人陪伴，并公然涉足男人占有的领域，就会受到责难。克拉拉每天早上上班时都会遭遇到向她吐唾沫的一帮男人。在某种意义上，她受到当时社会的审判，社会不相信女性靠自己谋生，或为事业成功而努力是好事。就是由于这些原因，而不是个人习惯或一种倾向，导致女性在政府部门任职的开路先锋经常名声不佳，尽管事实上她们中的大多数人拥有受人尊敬的中产阶级家庭背景，并且她们也自觉遵守礼节。有谣言说早期的女性员工伪装自己，并使用粗俗的语言，但没有明确的事例证明这是真的。

与此相似，这段时间克拉拉被人诋毁为水性杨花，这可能源于她工作中的敢作敢为，而不是因为她真的人尽可夫。他们都说她在克林顿的朋友塞缪尔·拉姆齐的陪伴下来到华盛顿，她主张自由恋爱，她的姐姐莎莉也不愿陪伴她，之后又传出克拉拉和参议员亨利·威尔逊的风流韵事，这些说法的真实性都没有经过证实。也许克拉拉真的主张过自由恋爱，但在她刚开始在专利局工作的时候，不管莎莉·巴顿·瓦塞尔，还是拉姆西，都没有住在华盛顿。之后还有谣传的故事，说她与一个黑人生了两个私生子，但看来也是不可能的。人们不相信像亚历山大·德威特或查尔斯·梅森这样层次的人会继续与一个公然破坏社会规则的女人交往。因为她喜欢寻求男性的陪伴，还擅长与他们打趣，说俏皮话，克拉拉总是因不符合传统女性行为规范而受到大众批评。（她晚年的时候，穿着朴素，说话低声细语，并尽量在行为上避免冲突，来减少人们的责备。）而她对于工作的坚持不懈、略显桀骜不驯的说话语气，使那些想要说三道四的人以及那些害怕她不愿遵守社会准则的人更有了借题发挥的余地。在克拉拉的余生，很多人不能或不愿理解她这么做的动机，使她深受其害。即使在 78 岁的高龄，仍有人处处与她作对，指控她道德缺失或生活随便。

专利局的人际关系紧张，办公室的工作十分忙碌。一个审查员抱怨道，他不得不在早上 5 点到达办公室，立刻投入工作才能完成任务。克拉拉一个月要抄写超过 1000 页的“单调的律师文件”，这些文件重得她都拎不动。“我的手臂都酸了，”她对她的嫂嫂朱莉娅 · 巴顿说，“因为握钢笔，我可怜的大拇指都长了茧。”她开始感觉到，她对工作付出的努力没有收到应得的回报。“我们疲惫不堪，几乎都累病了，”她对伯纳德半开玩笑地抱怨道，“让我们放松一下也没什么关系吧。”来自办公室的任何压力，对克拉拉来说都是加倍的，因为她会给自己强加上更多的压力以督促自己，不让自己放松，并喜欢为自己设置无法达到的标准。她请了几天假与朋友一起参观詹姆斯城，之后便以一种可怕的速度完成抄写，以便弥补之前的工作。她不顾间歇发作的疟疾，继续工作，经常到深夜。她无法容忍自己犯的任何小过失，几乎从不在物质上或是精神上放纵自己。有一次，她把阳伞弄丢了，却不愿另买一把质量好的，而强迫自己买了一把便宜的来代替。令人无法理解的是她竟自豪于这种克己行为，她告诉朱莉娅，“整个夏天它是我最好用的物件，我今天打着这把阳伞去教堂，我为我的粗心大意付出了代价。”

她疲倦了，手指都痛了，但她还与亲朋好友、以前的学生保持频繁的书信来往，因为这些人对她很重要。尽管哥哥小斯蒂芬恳求她不要克制自己的情感，克拉拉也很少在信里谈起自己遇到的麻烦。她幽默风趣地回忆这段生活，对在华盛顿生活中遭遇的种种困难，竟一笑而过。她以轻松调侃的语调抱怨令人不愉快的夏季天气，她写道：“我不知道温度计停在多少度，如果它真的还会停在某个位置的话，温度计比大多数的人更适应这天气。”她还告诉朱莉娅目前流传的一则丑闻，一个有嫉妒心的同事枪击养老金部门的员工，“在美国国会大厦，我们使着惯用伎俩，比如，消灭每一个让我们感到不满意或不能迁就迎合我们的人。”克拉拉写到了政治，也写了她对南方的看法，像许多美国的新英格兰人一样，她觉得南方既魅力四射又令人鄙夷不屑。南方人在他们的食物里加胡椒粉，他们还经常争吵，这对她来说很难接受。她有写信的天赋，即使最平凡的零星小事在她的笔下都是那样的妙趣横生，让人耳目一新。她在生活中感到的点滴乐趣和热情是极富感染力的，与她有书信来往的人都想收到她的来信，但这好人缘却令她难以招架。

在这些日子里，克拉拉也很高兴，因为她挣了不少钱，不但有能力为她父亲和伯纳德买一些礼物，还能储蓄很多，并在艾奥瓦州买下昂贵的牧场，这也许是受了查尔斯·梅森的鼓动。“我们事实上处在一种暴发户的状态中。”她对一个朋友说，显然很满足。她不必为金钱所困扰，能够享受寄宿者哈博先生的陪伴——一个来自艾奥瓦的砖瓦匠，与她一样幽默风趣：“自从他搬来这里，我们就常常捧腹大笑，直到肚皮都笑痛了。”当姐姐莎莉和她的小儿子欧文·瓦塞尔来到华盛顿拜访时，气氛变得更欢乐了。克拉拉陪同他们去看市里重要的景点，热情洋溢地谈论当地政治和坊间传闻。欧文有着 16 岁孩子永不疲倦的双眼，他纵览华盛顿忸怩别扭的景象，发现它真是不够好。他没有赞扬那个时代政治家的丰功伟绩，却发现他们的小过失很有趣。新当选的总统詹姆斯·布坎南，他的头发“梳得就好像直挺挺地戳在那里，像印第安人一样。他将头向一边倾斜着，用一只眼眯眼斜视着，看上去很可怕”。年迈的卡斯将军，长久以来是参议院受人尊敬的参议员，他也受到嘲弄，因为他除了总提议休会，也没做什么别的。“他每隔一阵就用嘴唇发出很大的响声，真可笑。”欧文告诉他的祖父，“那么大的响声，在整个参议院会议厅里都能清楚听到。”

欧文的小姨克拉拉对他不敬的言行觉得很好笑，但她对华盛顿发生的各种事有更严肃的看法。她利用每次机会旁听参议院和众议院会议，他们现在争论的中心是关于奴隶制的激烈讨论。1856 年的一个傍晚，她聚精会神地坐在参议院走廊上，那时马萨诸塞州参议员查尔斯·萨姆纳正在发表反对向各地扩张奴隶制的激情演讲。演讲的主题是“对堪萨斯州犯下的罪行”，他演讲的观点是如此激进，就在第二天，他被来自南卡罗来纳州的国会议员皮尔斯·巴特勒摁在地上暴打了一顿。严肃的查尔斯·萨姆纳发表了保守的演讲，他的态度骄横傲慢，并不招人喜欢。但对他的攻击在北方和南方都引起骚动。这场景，比克拉拉在华盛顿经历的其他任何事件，都使她清醒地看出这个国家的分裂。“我曾经说，那天晚上战争爆发了！”多年后她对一个朋友说，“它并非始于萨姆纳，而是降临在萨姆纳身上。”

她开始意识到，自己的政治之星陨落了。那些资助过她的人，一个又一个地离开了华盛顿。她感觉非常遗憾，亚历山大·德威特上校没有在克拉拉的家乡选区连任，他于 1857 年 3 月回到了马萨诸塞州。“我要告诉你，上校要回家了，再也不能回到我们这里了，这件事情令我多么难过，”克拉拉对朱莉娅吐露道，“即使我写了一整夜，我仍无法充分地将它表达出来。”克拉拉与新的布坎南政府不合拍，而该政府主张绝对的政治忠诚是为政府工作的先决条件。像其他总统一样，布坎南也要回报自己的追随者，但是他也希望能够避免由政府内部的派系内讧而导致的冲突和延误。虽然她无法投票，但是克拉拉的自由主义观点使她对于布坎南的竞争对手——反对奴隶制的候选人约翰·查尔斯·弗里蒙特的支持者非常同情，并且她知道自己已经处于危险的境地。当她在一个政治招待会上对此开玩笑时，一个办公室的同事试图缓和气氛，并说她对“她现在可能会说的”任何事情都不负有责任，因为咖啡的作用太强了。查尔斯·梅森对此也很着急。1857 年 6 月 27 日，他在日记中记录到，内政部长在那天“问我由于政治上的观点不同而要解聘一些职员，我作何感想。我对他简单扼要地陈述了我的观点，即仅仅因为他们的政治观点与我们不同……就解雇那些优秀的员工……这种做法并不明智”。克拉拉也焦虑不安，但她在亲朋好友面前却以轻松的口吻说：“人们风传当官的脑袋快要保不住了，”她告诉她的一个侄子，“但是现在还没有斩首的实例。”

那个夏天，整个专利局都处在疯狂的状态之中。1857 年 6 月是专利局有史以来最忙的一个月，克拉拉花了大量的时间来完成工作。克拉拉在六天内完成了两个星期的工作，在席卷整个城市令人郁闷的热浪中她完成了所有的工作。虽然严重的疟疾影响了她的状态，但在这个夏天结束的时候她仍试图继续工作。她使用“更苦的苦味剂”来摆脱疾病的困扰，但是她的皮肤逐渐变黄，而且精神状态不佳。当梅森专员在1857年8月辞职后，她所有保住工作的希望都破灭了。没有德威特和梅森这两个坚定的支持者，她没有多少机会保住那已经极具争议的任命。“我开始感到我在华盛顿的生活快要结束了。”她在9月初写给家里的信中写道。她曾经珍视她的工作并喜欢这段经历，但是在离职时，她不受其他职员欢迎的状况以及部长和专员之间的明争暗斗，反而使得她心境更加豁达和宽慰，丝毫没有悔意。“事情不会总是一帆风顺，”她总结道，而是“一场持续的激烈斗争，而且我相信会赢”。一个月后，得知她的职位已经失去后，她收拾行囊并开始北上。

克拉拉自由了，还存了数额不小的钱，但是她对于自己的未来不管眼下还是长远都没有任何规划。留在华盛顿，即使是临时居住，看起来已经不具吸引力了，现在她的朋友们都走了，而且由于政府的敌意，她已经不可能再被雇用了。就像往常一样，她不愿回家常住。为了给自己思考的时间和所需的休息，克拉拉登上了去往纽约奥本的火车。在那里她拜访了伯特伦一家，多年前她在克林顿文理学院求学时曾住在他们家。

克拉拉是一个很好的客人，令人愉快、乐于助人却并不张扬，因此伯特伦一家人悉心照顾她并想要她长期留下来。他们竭尽全力希望她能对定居于此感兴趣，并为那些年轻的女士创办一所学校。尽管如此，克拉拉没有心情去创办一所学校或待太长时间。可能想起了在诺顿家时寄人篱下的种种不适，她决定不在纽约定居。在为期近两个月的停留之后，她回家了，因为她早就跟家人说过要回去过圣诞节。

她发现北牛津还是她童年和青年时期的样子，几乎没有变化。同样的家庭们发挥着同样的影响力。一些新的工厂已经涌现，但是人口没有增长，企业及利润发展都停滞不前。她的父亲已经开始有点儿耳聋眼花了，但仍然乐于修整他最爱的花园，并散步到数英里外的石头山对面去与他的老朋友聊天。克拉拉一直居住在她出生时的小房子里，除了大卫和朱莉娅又多了一个客人，那种情形也会令人怀念过去的时光。同样的攀援月季爬满了大门，而同样的莫名紧张困扰着她并使她焦虑。朱莉娅尖酸刻薄的言辞既机智诙谐又令人不安，拒人千里。她发现大卫一如既往的魅力十足，却不循规蹈矩，体现了因过度工作直至神经衰弱的家族特性。他们积极而繁忙的日常生活反映了一个多变的大家庭的生活方式，但是克拉拉感觉只有自己被排除在外，相比之下，她简直是个累赘，处境尴尬，无法适应一切。

克拉拉敏锐地察觉到家中只有小斯蒂芬一人缺席。早在1856年的时候他就移居去了北卡罗来纳州，并在那建立了一个新的综合面粉厂。自从他与勒尼德银行抢劫案件发生联系后，他的名誉就一去不复返了。另外，又确信南方的劳动力和土地都比较廉价，更因为在新英格兰整个寒冷的冬天里，让他备受折磨的慢性病，他下定决心搬家。他将S&D巴顿面粉厂的股份出售给了大卫，招聘了20名优秀的员工，带着妻子、儿子山姆和伯纳德·瓦塞尔一起在哈福德县的乔万河地区定居。第一年注定是孤军奋战的一年，因为他渴望成为一名农场主和商人。他仍然坚持自由主义的思想，充分利用当地的黑人劳动力，决心取得成功。两年后，他的企业正值欣欣向荣发展之时，最小的妹妹却没有接受他明智的建议。

克拉拉本打算在北牛津只作短暂的停留，但最后却延长到两年多。在这段时间，她处于半定居状态。克拉拉渴望成为一个务实的居民，但还不习惯制订一个详尽的计划。关于未来——一个对于她来说朦胧和陌生的地方——的决策是十分困难的。她似乎已经做出了决定，即如果她必须教书的话，那么她希望能够在学校中谋得职位或成为一名家庭教师。她也一直热衷于自己的进修。这些使得她开始学习一系列的法语课程、绘画课程和其他艺术课程。语言和艺术被认为是一个受过良好教育的女士所必备的技能，而且对于一名私人教师来说也是不可或缺的。1858年，克拉拉搬到了伍斯特，住在贾奇·巴顿家，并开始在当地学校授课。

克拉拉的法语学得不错，还在各处赚了一些零用钱，她的工作主要是陪伴一位年长的妇女朋友。另外，她靠积蓄为生，因此能够获得财务上的独立。尽管如此，她并未振作起来，仍过着寄人篱下的生活，充当着她最讨厌的低眉顺眼和一无是处的角色，而且必须解释她自己的意图和行为，或在他们的面前符合家庭的准则。在整个1858年，她都在继续她的研究，并希望一些有吸引力的事情会出现。由于未来的不确定和对现状的不满意，她一直情绪低落。

克拉拉希望至少做出一个小的改变，于是在1858年9月由语言课程转向了绘画课程。那个秋天她的素描作品包括从自然到静物，然后又进修陶瓷艺术。她所留下来的为数不多的艺术作品展示出她手法细腻、技巧娴熟。但是也有个瑕疵，就是缺少独创性、自由或变化。虽然她觉得自己的作品别有风趣，但是也无法将它们看作一项工作并认真地对待它们。它们反而让她愈加恐惧地感觉，她不是在发展而仅仅是在无所事事地打发时间。

克拉拉急切需要明确目标。她在两个年轻的亲戚身上发现了关注点，此时他们都在向她寻求帮助。他们的麻烦转移了克拉拉的注意力，更加重要的是，通过帮助他们解决问题增强了她的自我价值感。但是最终她为这些孩子承担了过多的责任，因为他们成为克拉拉巨大的情感和经济负担。他们的成败得失与她自己的成就感交织在一起；他们的进步与否也决定着她自己的欢欣或失意。

因为一直担忧外甥欧文·瓦塞尔，克拉拉一直郁郁寡欢。家里任何人都没有她与欧文和他兄弟伯纳德关系更亲密无间，因为毕竟他们是同龄人。她对他们二人吐露了她自己最抑郁时的自我怀疑，以及和他们在一起时她是最活泼好玩的。数年来，她一直与昵称巴比的欧文互相切磋诗作，并且非常喜欢他的幽默风趣与寻根究底。在他十八九岁时，他已经“长成了一个年轻人，前程似锦，品格高尚，聪颖智慧，卓尔不群”。但是现在，她却惊恐地发现，他的身体每况愈下，生命力流失，走向死亡。他在16岁时得了肺病，随后他就开始忍受这种使人衰弱的病痛的折磨。克拉拉移居去了北牛津后，他的精神几近崩溃，气若游丝。他和母亲移居到了华盛顿：他们希望那里温和的气候能够改善他的健康状况。但事实上，最初几个月，他在那里病得更重了。更糟的是，他的父亲韦斯特·瓦塞尔根本不是一个合格的养家者。他们一直在指望克拉拉一家的帮助，因为欧文自己的家庭无法承担昂贵的医疗费用，也没有钱搬到气候更好的地方安家。由于担心这个男孩将会日渐衰弱，克拉拉开始与伯纳德商议找到能使他康复的最佳疗法。

伯纳德和他的父亲当时都没有工作，因此他们帮不上多少忙。但是克拉拉和伯纳德一起策划了一个计划来筹集资金，把欧文送去明尼苏达。“草原疗法”依赖于中西部地区的洁净干燥的空气来缓解疾病，这在当时是很流行的，而克拉拉希望气候上的变化可以帮助她的外甥。克拉拉确信如果能把这种情况解释清楚，那么欧文的许多朋友都会对这个疗养之旅提供一点儿资助，她希望能筹集到超过1000美金。然而，她失望了。小斯蒂芬·巴顿资助了一大笔钱，还有几个北牛津的家庭也贡献了5或10美元，但是筹集到的总金额还是低于200美元。

家人认为计划中的治疗方案不太可能有助于欧文的健康，并且在这个男孩身上是浪费金钱。他们认为这个孩子虽然英俊潇洒又天资聪颖，但是已经彻底被宠坏了。家人的态度惹恼和伤害了克拉拉，加之对欧文健康状况的担忧和自己的无能为力，使得她一度处于严重的焦虑之中。她在日记中抱怨道，她的神经是“不稳定的”，而且睡眠也不规律。1859年2月初，她变得异常心烦意乱，无法做任何事情，只能在漫无目的的徘徊中浪费时间。一个月后，她收到了一封欧文写的信，信中说他的情况变得更加糟糕了。从这以后，她再一次复发失眠症，随之而来的还有因这段时间的精神压力导致的令她痛苦不堪的身体。“那时我对于曾经怀疑的事情，即我后背痛的病根，已经弄清楚了。”她告诉埃尔维拉·斯通。她精神不振，而且越来越差，直到她又一次认为生命不值得继续，痛苦地思索着“人类怪异的表里不一”。

使她变得沮丧的除了欧文·瓦塞尔的病况，还有其他家庭责任。她的姑姑汉娜在1859年2月去世了，她因此变得更加“悲伤和孤独”。克拉拉承担了安排葬礼的大部分责任。另外，她也为父亲日渐虚弱的身体状况感到忧虑。在大卫患病的那个春天，她感到她有义务照顾他直到他老去。她回到了北牛津去护理她的兄弟，但他康复得很慢。她自己的事情这两个月一直一片混乱。与此同时，她开始帮助另一个年轻的亲属玛蒂·普尔。玛蒂那时正在波士顿学习音乐，并希望成为一名音乐会钢琴家，但是她的野心超过了才华。由于天真和浪费，不到三个星期，她将克拉拉1859年3月寄给她的125美元挥霍一空。虽然克拉拉对此大吃一惊，但还是不愿意看到这个女孩的学业就此结束，自己承担了这个分外义务。她试图通过参加那些流行的演说家（例如诗人奥利弗·温德尔·霍姆斯和旅行作家贝阿德·泰勒）的讲座来使自己精神振作。她缝好了一床被子，保持频繁的书信往来，并且饶有兴致地与老朋友一起远足。尽管如此，在夏天将要结束的时候，她的想法越来越悲观，她的情绪犹如陷入可怕的、令人沮丧的黑洞之中。欧文的情况每况愈下，而且显然她的姐妹和其他家人不愿向他伸出援手。雪上加霜的是，欧文自己也开始失去勇气，并且抵触尝试草原疗法或者任何能够对他疾病有所帮助的疗法。最终，她明白了，如果无法找到能够提供帮助的其他人的话，那么她必须独自担此重任。克拉拉寄给欧文一张300美元的银行汇票。然后，在彻底地核查了她的财务状况之后，她给他写了一封有说服力的信。“你要尽快去明尼苏达，而且你的母亲要和你一起去。”她写道，并补充到，与他康复的希望相比这些花费对她来说是很少的，马上就会有更多的钱了，她承诺，“我的孩子，不要因此而烦恼。你要做好准备，出发并康复，越快越好。”

做完决定后她感到心情愉悦了很多，虽然花光了钱令她有些烦恼。（她对她的朋友吐露到，最后一张给欧文的支票已经“超出了我的能力”。）但是她的内疚感减轻了，又重新变得乐观，对自己前途也更乐观。“我已经承受了生活的‘艰辛和挫折’，而且我早已体验过宏图大志，对此略知一二，”她告诉伯纳德，“我已经帮助欧文做了那些我想要做的事情，那时想起这件事很高兴，现在肯定也是一样。”在这一整年中，此时克拉拉感到了自我价值和自我满足，她决定发挥更大作用。8月份的某天，她宣布她将要陪伴莎莉和欧文完成他们的西部之旅并留下来亲眼看见他们安顿下来。

这是一段漫长而艰苦的旅程。欧文的疾病比她以前看到的更加严重。出血症状严重损害着他消瘦而衰弱的身躯，其间他会躺着连续咳血数个小时。克拉拉在华盛顿与瓦塞尔一家会合，从那里他们乘坐肮脏且嘎嘎作响的汽车前往芝加哥。经过三天颠簸，他们感到浑身既酸痛难忍又疲惫不堪，到达芝加哥的木枕铁路终点的时候已经是9月18日了。欧文现在重病在身又筋疲力尽，必须俯卧休息，而且在继续出发前的一个星期连说话的力气也没有了。虽然这是克拉拉第一次朝纽约以西的方向旅行，但是她一直全神贯注于欧文，无心欣赏风景，一路想着怎样让他在一个更加有利于健康的环境中定居；在她的记录中并没有关于芝加哥崎岖街道的印象，也没有关于广袤无垠、连绵起伏的大草原完全不同于马萨诸塞的岩石和小溪的记载。在她的这些看法形成之前，他们已经启程从芝加哥去往德卢斯了，在那里他们停留了数天。

克拉拉与她的姐姐和欧文一直住到11月末。为了寻找一个适合永久定居的地点，他们试住了许多镇子，但是还是没能找到一个完全适合他们的地方。欧文为自己羸弱的身体而感到绝望，他变得脾气暴躁，并且很少对食物、寄宿处或住址感到满意。莎莉·瓦塞尔也变得心力交瘁且经常生气，于是让他们精神振作成了克拉拉的责任。

一位当时见过他们的女士回忆，她“个子矮小，有非常灿烂的笑容，但是有时又非常严肃。她很快乐”。克拉拉与欧文一起谈到了奴隶制度和政治问题，带他短途旅行去看密西西比河，并且试图为那些慷慨地给他们提供住宿的家庭做一些有用的事情。当克拉拉看到有人家需要一个碗橱的时候，她竟然用粗糙的板子为他们制作了一个，让这家人很是惊讶。另一个男人则记得克拉拉和蔼可亲而又开朗乐观的处世方式，她“拒绝占用‘小妹妹们’的床，而宁愿睡在地板上”，而且将她的舞鞋借给了一个因忘记带鞋而失望的女孩。此后的一生中，这个女孩都会炫耀，“整整一个晚上她都穿着克拉拉·巴顿的鞋子”。

最终，由于资金短缺和认识到她有必要自己找份工作，克拉拉回到了家。一到家，她的抑郁症更加严重了。她不安地发现自己的经济状况比她所预料的还要差。她的老毛病神经衰弱症复发了，并且在数周的时间里病况愈加糟糕，甚至无法下床。使她苦恼的是她听说伯纳德和他的父亲仍然找不到工作，因而无法为欧文提供资金帮助。更糟糕的是，她可以感觉得到大卫和朱莉娅已经不再像以前一样热情好客了。克拉拉坚信他们希望自己离开，感到比以前欠了更大的人情。在绝望中，她告诉伯纳德她又给欧文寄了30美元，“我只有很少的钱，没有信用，没有企业，没有任何希望，而且病在了床上，和你们中的任何人都不一样，我甚至连家都没有”。

两个星期后，欧文来信要求她提供更多资金，而这是克拉拉无法筹集到的。他还写到他不喜欢明尼苏达，因为那里寒气逼人实在无法忍受，希望回到华盛顿去过冬。为了向克拉拉小姨强调他的观点，他说在中西部地区使他的病况更加恶化了。由于害怕这个男孩可能会在治疗效果显现之前离开明尼苏达，而且他强人所难和忘恩负义的态度也惹怒了克拉拉，克拉拉的耐心最终消失殆尽。“难道他真是这么的浅薄和自私吗？”她问伯纳德。“他所拥有的一切都是他强迫我们给予的……然后就在我们都陷入贫困以后，再让我们失去所有可能感到满意的机会，看不到他在我们的努力下尝试哪怕一点点的改变。”她最后说，“如果他一直这样的话，那么就不值得我们做出挽救的尝试了。”

她所有的快乐和精力都将耗尽，取而代之的是对现实的担忧。玛蒂·普尔也在滥用克拉拉的资助，虽然她的水平完全可以去教授音乐了，但是她仍然拒绝放下她的学业。她要求克拉拉继续资助她，但是却拒绝接受支票上随附的任何建议。“她仅仅像是我要负责的另一个小家伙。”克拉拉悲伤地写道。与此同时，克拉拉也在为她父亲的健康感到忧虑。当他在 2 月再一次病倒的时候，克拉拉忧心如焚，疲惫不堪，然后就像她以前很多次做过的那样开始照顾他。当她最终从他的病床上抬起头望去，她发现冬天已经快要过去了。又一个季节在没有任何收获的喧闹中过去了。

在家中，克拉拉得不到任何支持、安慰，甚至连她的痛苦都无人理解。她的亲朋好友们认为她对于欧文和玛蒂的纵容是愚蠢的，并且相信她的麻烦是自找的。他们无法理解为什么克拉拉不接受教师的工作，安定下来，借此摆脱神经衰弱的病痛折磨。朱莉娅·巴顿似乎也担心她的小姑子将会成为永远的负担，因为克拉拉已经有好几个月都无法负担自己的膳宿费用了。此外，克拉拉已经感到别人不愿与她交往。她根本不知道自己到底要做什么，不知道如何适应这一切，并认为自己所做的每件事都是错的。她写道，“我为了把事情办得井然有序工作了一整天，又一直哭了半宿……”又自嘲地补充道：“现在你自然会看到事情对我开始明朗起来。”

克拉拉充分意识到她需要逃离这些，去找工作，并且重获自尊，她写道：“我不能再这样消沉下去了……必须努力在某个地方做某些事，或者无论在什么地方做任何事。”仅仅是她想要做什么就是一个问题。她把卑顺且收入少的教师工作仅仅看作最后的谋生手段。“我已经超越了那个，或者说那个自我，”她承认道，

"我现在已经不想要这样做了。"排除了那些最容易得到的职位之后，她已经厌倦了仔细考虑其他有限的可能性。她也想过做职员、开办学校或跑到南美去。她运用她的影响力为伯纳德、埃尔维拉·斯通和其他朋友获得了赚钱的职位，却发现自己仍然一无所获，所以她的挫折感在增加。在两个工作申请——一个职员职位和一个学校的管理工作——都没能成功之后，克拉拉的情绪状态陷入极度绝望和极度恐慌之中。她承认她"在过去的两个月中简直度日如年"。

由于性别歧视，她所经历的困难更加剧了她的挫败感。克拉拉凭借其影响力为伯纳德赢得的办事员的职位却并没有对她敞开大门。事实上，她早已敏锐地洞悉这一切，一直令她痛楚不已。克拉拉在波登镇所遭受的公然的性别歧视和她在华盛顿期间所遇到的官方政策偏见，促使她的女权主义思想更加政治化。就像许多早期的妇女领导一样，她的个人经历刺激了模糊的、一直伴随着她成长的自由主义观念。她了解她自己的才能，知道这些才能如何遭到社会限制，这给了她足够的理由去相信必须彻底地改变整个社会结构。令她感到愤慨的是，她那毫无经验的侄子能获得的政治偏袒，她却不行，而这仅仅是因为她的性别。克拉拉承认她的那些政治上的朋友总是鼓励她向他们寻求帮助。尽管如此，在这些热情友好的令人安心的保证和实际发起的帮助之间还是有所区别的。克拉拉在寻求帮助的时候仍然会害羞，不知道如何才能接近她的朋友，也不愿意寻求他们的帮助，"直到应该做出一些改变来打开局面"时才那么做。她猜测，一个永久的政府任命可能只是一种奢望。然后，她在愤怒中认识到，她总是把自己的期待寄托于她周围的男人。于是，她对伯纳德发泄了她的愤怒，用一个最简明扼要的陈述说明了她感受到的由于性别所产生的对她和其他人的压抑感：

> 如果你了解我过去的生活、习惯和过去数年中接受的训练，那么你将会对我的这种强烈的愿望感同身受。如果你处于我的位置，你也会感受到这一点，并且在你所处的牢笼中像我一样企盼、渴望和烦恼，而且如果那些有权有势的绅士本人能够知道哪怕仅仅是在24小时中我所经历的压抑和对于我内心平静的侵扰，那么他们就会在我的这一天过去

之前根据我以前的习惯和能力来为我提供工作机会，但可惜的是他们永远不会知道，而我则毫无疑问地会一直被压抑着。我生性务实，习惯使我在这方面就像男人一样（而且如果我是一个男人的话，我绝对不会做只挣四分钱的活儿）……如果某人告诉我，我的职位和薪水在等着我的话——我就再一次有事可做了，而且是有意义的事，我今天将会“非常开心”。

但是这种偏见仍然在困扰着她。另一次在政府部门寻找职位时，她失望地发现，“注册人员说他那里没有为女士提供的房间……而且害怕这些文件在被带出办公室时被复制”。从欧文那里传来的消息和她找工作的境遇一样令人沮丧。由于缺钱，他很不满意，而且比以往更加虚弱了。克拉拉的耐心快要接近极限了，她不知道欧文和莎莉怎么会挥霍那么多钱。克拉拉并不是天生的利他主义者，她从帮助别人中获得的大部分乐趣来自于回馈给她的感激、爱和对她的依赖。她痛恨那些不能带给她这种认可的人，因此来自瓦塞尔一家的消息毫无疑问地惹怒了她。欧文对于明尼苏达及给他的病情带来的消极影响有诸多抱怨，他的小姨冷冰冰地认为，“这个孩子的疾病一定已经从他的肺部转移到大脑了”。克拉拉感觉到尽管她出于好意，却因欧文的处境而遭到责备，她的精神崩溃了。她又一次想到了自杀。“我希望我们都一起安息……”她在收到另一封来自西部的令人悲伤的书信后说道，“我的状态很不正常，而且不知道我什么时候应该重新开始……一直以来我都感到虚弱和紧张，我根本没什么用。”

实际上，克拉拉现在已经没有钱能够寄给欧文和莎莉了。当巴顿上尉将她宝贵的 20 英亩林地廉价出售之后，她的长期金融状况在 2 月份终于有所好转。他对这些财产做了记录，她感到她有义务在当年晚些时候给他些回报。但是这笔交易无法立刻为她提供现金帮助。为了获得收支平衡，她在 4 月末回到了波士顿，陪同一个老年妇女做一个简短的旅行。这总比什么都不做要好一点儿；这带来的仅有的好处是使得她离开了朱莉娅和大卫的挑剔目光。她忍受了一个月，然后决定必须掌控自己的生活并赚一些钱。于是，她突然收拾行囊并动身去了纽约。

克拉拉离开北牛津的时候，患有疾病又神经紧张，她对她的朋友承认：“睡觉好些了。”她曾经希望在商界找到一份工作，但是她仅仅赶到她的老朋友骨相学家 L. N. 福勒的办公室。他负责照顾她，评价了她的人格特性（对她的友善给了高分，但对她的自尊给了低分），并且将她送到一个由伯特伦的儿子开办的旅馆，嘱咐她休息并在试图找工作之前恢复健康。

一个星期之后该旅馆的老板决定将她送到他父母家。由于决定去“一个地方，在那里我可能会生病并感到我将因此不会犯下不可饶恕的罪恶了”，她返回了伯特伦家，在那里受到了热情的欢迎。她在那里受到的待遇与在自己的家里得到的照顾相比简直是天壤之别。她伤心地告诉伯纳德，“我差点儿产生了我已经回到了家和终于有家可归的错觉。”在两个月的时间里，他们庇护她，呵护她，并鼓励她一直与他们待在一起。他们又一次试图劝说她开办一个学校或是在他们的地区授课。“这确实挺诱人的，我愿做其他任何事情，就是不想当老师。”她告诉她的侄子。她在伯特伦家的时候非常放松，但她知道这里仅仅是她的又一个临时落脚点。由于没有关于工作、家庭或是任何久留的希望，她仍然没有消除她那病态的思想。7 月末，她仍然感觉“没有任何一件事情可以媲美完美的休息了”。当她睡下的时候感到非常高兴，并感觉“在漫长的岁月里……当命令应该到来的时候，放下你的负担并休息，这一定是我全部生活中最甜蜜的时光……有时我固执的内心开始反抗，并且我低声地问自己，还有多久，我的主，还有多久”。

（任承科　李宏鹏译）

第 6 章

Chapter 6

在能够找到的最舒适惬意的房间里，克拉拉沉思着，身体逐渐恢复。她接受伯特伦的照顾，又担心欧文，左右为难。8 月，她虽然虚弱气躁，但是已经有些力气了。她决定回纽约，凭着会计技能踏入商界，放弃依靠家里，而是寻求朋友的帮助。意想不到的事情改变了她的预想。形势不甚明朗，数月动荡不安，她的通信极少，专利局召回了克拉拉，恢复了她的职位。1860 年 11 月亚伯拉罕 · 林肯当选总统后，她的政治观点似乎没有那么咄咄逼人了。

从总统选举到 3 月 4 日就职典礼这段时期，正值“跛脚鸭政府”时期。在这段时间里，人们工作懈怠，任命也是待价而沽。一些不知名的“私人朋友”给克拉拉安排了一个临时抄写员的工作，净是些记录专利说明书和制作办公文书这样的差事。这不同于她早年在专利局的工作，工资更低，因为女性现在每抄写一百字只能挣到 8 美分，最多一年 900 美元。可是她现在的处境是无从抱怨的，只能欣慰地甚至是愉快地接受这个职位。

12 月之前，她向伯特伦一家辞行，带着几个月来最轻松的心情，回到了华盛顿。这里的情形和面孔似乎很熟悉。塞缪尔 · 舒格特和约瑟夫 · 菲尔斯仍然在专利局工作；查尔斯 · 梅森住在城里，作为一名专利律师谋生。克拉拉原来在阿尔米拉·菲尔斯公寓的房间还能住。在专利局大楼的庭院里，两个令人印象深刻的喷泉在湿热难耐的夏日里送来阵阵清凉。她小心地行走在泥泞的街道上，然后上了长楼梯来到办公室，穿着时下最新潮的圆环裙，仿佛她的缺席只是长期连续工作的短暂停歇。

华盛顿本身也大抵如此。正如亨利·亚当斯在1800年、1830年和1860年写的那样："一群同样粗鲁的人在同一片森林里安营扎寨，以同样烂尾的希腊神庙作为作坊，以泥沼为路。"然而在林肯当选后的日子里，政坛的氛围有了些许不同。南部诸州一直动荡不安，因为林肯及其所在政党的政策都反对奴隶制的扩张，而这与南部的价值观背道而驰。大约此时，克拉拉正耐心地坐在从纽约到华盛顿的火车上，忍受着长达12小时的火车旅程。南卡罗来纳州宣称它对于联邦政府的奴隶制和关税政策已经忍无可忍，国家的首都俨然成为变幻莫测、激动人心的地方。那些倾向于支持南部的人主导了小镇；他们大肆狂笑那位来自伊利诺伊州的自命不凡又笨拙的律师，并且互相拍打后背用以庆祝南部的胆识和精神。正是南卡罗来纳州和追随它的诸州的举动导致了人们的猜测，确实每个人都在猜测，对于国家未来的憧憬成为坊间和巷议的热门话题。

克拉拉·巴顿坐在专利局女士区的办公桌前，她坚信温和的路线应该会占据优势。她并不是狂热的废奴主义者，一年前，她反对北部发起的支持约翰·布朗突袭位于哈珀斯费里的联邦兵工厂的群众性集会和慷慨激昂的演讲。她认为南部在面对如此错位的狂热时有权利感到害怕，但是她绝不期盼他们解散联邦。如今，1861年1月，她认为他们冲动鲁莽的行动不会持久。"如果我要和你谈谈政治动荡和分裂，会不会是你最不感兴趣的话题？"她问埃尔维拉·斯通，"我相信后者会在襁褓中自生自灭，如果明智地听之任之，它将在成熟之前寿终正寝。"罗伯特·E.李希望"国家的智慧和爱国主义精神能设计出某条救国之路"。克拉拉像罗伯特·E.李以及其他数不清的心怀希望、天真烂漫的人一样，选择将联邦政府看成不可分割的整体。她对南部的支持者所表现出来的虚张声势感到痛苦不已。他们看到了蓄奴州文化的胜利，首都街道上都是对它的宣扬。"大街上看到这种事太司空见惯了——穿戴整洁的小职员甚至是男孩在大街上趾高气扬地说

‘我们没有政府——它只不过是个协议，没有任何权力’。”几个月后，她愤怒地写道：“在最近几个月里我一直听说对此的高谈阔论，直到我的思绪一片混乱——现在从我的心底——我祈祷这件事能得到验证。”

华盛顿的政治热潮随着亚伯拉罕·林肯抵达该城达到了最高潮。这位瘦削的西部人接到无数威胁他生命安全的恐吓，听到大量有关暴乱的谣言，所以在计划到达日之前就已乔装悄悄进入小镇，他头戴大檐低垂的旧帽子，身穿宽松肥大的外套。

许多人认为他不会活到成为总统的那一天，但是克拉拉在给她的朋友弗朗西丝·蔡尔德的信中写道：“3 月 4 日来了又走了，我们有一个活着的共和党总统，也许最奇特的是在这一整天我都没看见一个人对于他的活着表现出一丁点儿的不悦。”她参加了总统就职典礼，认为演讲既易于接受又精彩绝伦，但是因为身患重感冒而婉拒了参加就职舞会的邀请。她听到了些许预示不祥即将发生的风声，对于重要的南部领导人，她保留着桀骜不驯的冷漠，看着他们就如同看着调皮的孩子，如果忽视他们，他们就会懦弱地回家寻找温暖。在写给弗朗西丝的信的结尾，她并没有表达对国家危机的预感，而是写到春日到来时的欣喜，还有对于自己衣柜华而不实的担心。

也许与联邦的安全相比，那个时候她更关心自己在专利局岌岌可危的地位。意识到给她谋职的政治伙伴将在不久退位，她不能保证得到新管理部门的支持，便设计了一个获得政治影响力的计划。上次在华盛顿的时候，克拉拉告诉一个朋友：“我和我们代表团中的共和党党员不熟，没有什么能比这个更糟了。它值得一切去换，而我却还无动于衷。”她花了些时日来观察代表马萨诸塞州的两个参议员，感觉其中一位叫作亨利·威尔逊的参议员将会成为她最好的支持者。一开始，她说服认识的埃尔维拉表妹为她写一封吸引人的引荐信，希望能够不怕麻烦地去拜访他，试着用这种方法来和威尔逊成为熟人。六周后就职典礼来了又结束了，她的工作出现了危机，可她却还没有找到守护天使。在一个寒冷的 3 月下午，她戴上帽子，去了国会大厦。并不是寻求个人利益，她打算向参议员说一说有关专利局拥挤忙碌、超时工作的现状，她知道参议员一定会对这个话题感兴趣。

这次她的计划很成功。克拉拉出了参议院议事厅，一叫住威尔逊，“他就整理好帽子，挽好袖子，显出乐于交谈的姿态，仿佛在说，‘我们谈谈吧，我准备好了’，我们也确实交谈上了”。他们的理念很接近，这也是他们长期重要友谊的开始。他们促膝长谈了整个下午，穿过时尚的国会大厦，一同走回家，就在几个小时之后他们又见面了。“是的，他结婚了。”克拉拉和埃尔维拉开玩笑说道。

克拉拉做了一个明智的选择——选择威尔逊做她的守护神。威尔逊雄心勃勃，雷厉风行（一位观察者称他为“这个国家中最有手腕的政治组织者”），他流露出恰如其分的亲切温和，使他几乎成了一位成功政治家的漫画形象。在他面色红润的大脸上，喜怒形于色。他在马萨诸塞州度过了一个贫困的童年，后来成了一个鞋匠学徒；他竭力通过下达一次又一次的政治决策命令来忘却早年痛苦的回忆。在遇到克拉拉时，他的首任参议员任期快要结束，而且他在议会的权力已经不容小觑。随着那场战争的到来，他的影响急剧扩大。当时，他是军事委员会的主席，林肯对他完全信任，行使着杖节把钺的权力。在接下来的四年中威尔逊对克拉拉的帮助不大，她觉得在林肯政府执政下，她也许不会丢掉工作，在专利局的未来会更加安稳。

克拉拉很满足她在林肯执政下的发展前景。专利局新来的专员 D. P. 霍洛威似乎并不反对办公室中有女性，还传说他很享受女性的存在。他曾经告诉过那些有偏见的谋求官职的人，他“认为女性的存在正是万能上帝的设计，否则上帝就不会创造她们，尽管这只是一个我们给她们的微不足道的机会”。威尔逊引起了克拉拉的兴趣，原因很简单，她是个女人。克拉拉没有丢掉这份不稳定的、每个月只能净挣 35—61 美元的临时工作。她还希望得到一份稳定的工作，希望她的成功能为其他有才华的女性首开先河。她和埃尔维拉说，如果这件事发生了，“我宁愿他们在我身上做这个实验，你知道成为先锋并不会伤害到我”。尽管这种情况尚未确定下来，她还是感觉到她最后一定能够打破政府官员们狭隘的偏见。“个人觉得，随着国家形势的影响”，她轻描淡写地写到，她“应该能看见有人会在这件事上找麻烦——就让他们试试吧，对我来说，场面将很刺激——我喜欢这样”。

克拉拉的未来安全了，她开始集中精力来帮助当时正面临着因政府或时代变迁有着类似问题的朋友。这段时间她乐此不疲，帮助有困难的或者是陷入悲伤的朋友、熟人和亲戚，让人印象深刻。一个崇拜者回忆到，几乎每次看到克拉拉，她手里都拿着特别感兴趣的慈善计划，而且还热情洋溢、兴致盎然、乐此不疲。用她的钱财、个人影响力出谋划策，她帮助过的或者试着帮助的人，都能排成长排：孤儿、弃妇、贫女、生病或失意的亲戚、生意失败的男人，所有有求于人、麻烦缠身甚至是不太熟识的人，都来找她寻求帮助，她没拒绝。那看起来很奇怪，这个自食其力的女孩总会慷慨地向周围的人给予，而不是接受，她会施以援手，指引着那么多人的步伐，而他们原来似乎能更好地帮助她。

她并没有放下对玛蒂·普尔和欧文·瓦塞尔的担心，但是他们的情形暂时无法改变。现在，更紧迫的是埃尔维拉·斯通的危机。克拉拉以前受到许多性别上的不公正待遇，这次危机勾起了她之前积攒的怒火。1875 年，埃尔维拉成为北牛津的女邮局局长。当新的行政机关上台就职，这项政治任命就容易受到批评。镇上不止一个人盯着这好差事，工作清闲，报酬优厚。看过埃尔维拉信中提及的担心，克拉拉很快行动起来，让参议员威尔逊和萨姆纳知道斯通被开除和政治没有任何关系，一切都是因为性别。克拉拉试着起草了请愿书，开头写道："人类自然倾向于对自己有利的方面，以此证明……"她写好之后，将请愿书呈给了萨姆纳和威尔逊，觉得埃尔维拉的表现没有什么能够让人抱怨挑剔的，"除了因为她是一个女人而有罪"。在这两位参议员和一些北牛津市民及时的请愿书的帮助下，斯通的工作最终保住了。克拉拉成功地反抗了那股讨人厌的"对女性有着盲目的偏见、愚昧无知的力量"，用她自己的能力与社会上狭隘的标准针锋相对，对此她感到了一丝满足。但是这件事也让她更多地意识到，在男性统治的社会中，就算是才华横溢又乐观向上的女性也处于不利地位；这件事在她通往女性主义领导的长梯上又增加了一级，她要成为一个活跃的女性主义领导者，致力于政府政策的全面改革。

这些事务上的成功是克拉拉如饥似渴工作心理的宣泄，是她转移注意力的娱乐休闲，再次使她的信心不可动摇。专利局里新来的英俊的同事 R. O. 西德尼，向克拉拉饶有兴趣地讲述他在南部的故事，以及他对她显而易见的崇敬之情，这都让克拉拉心情愉悦。一旦前六个月的依赖、无聊和不确定感结束，所有的沮丧就会消失。她做好准备去面对任何事情。很快，她将被一件需要她全力以赴的紧急事件羁绊。

一个星期五，南部的反叛分子向萨姆特要塞开炮，并占领了萨姆特要塞。那是 4 月 12 日，一个值得纪念的日子，那个描绘了南北双方和平共存或者南部最终和平投降的渺茫的梦破碎了。总统对首都的无防守状态忧心忡忡，召集了一支由 75000 名志愿者组成的军队来保卫首都以防御跨过波托马克河的叛乱。民兵、居民和当地组织组成的连队，迅速响应号召。克拉拉像其他志愿者一样快速集合，坚信联邦政府一定会胜利。“她很自信，甚至是热情高涨。”一个朋友赞叹道。如果萨姆特真的打算战争，她会用她所有的资源来迎接这场争斗。“对于她自己来说，她在和平时期存了一些积蓄，她想要把这些积蓄和她自己贡献给国家和人类。如果战争势在必行，她将倾囊而出。”

克拉拉很高兴看到伍斯特县的人们热情高涨，和她如出一辙。

严阵以待的军队集合起来登上火车，他们当中有人欢呼，有人流泪，有人挥动手帕，其中就有马萨诸塞州第 6 军团。他们中有好多都是以前从未离开过故土新英格兰的朝气蓬勃的农家男孩，大约有 40 个人曾经是克拉拉的学生。仅在萨姆特要塞炮战的四天后，马萨诸塞州第 6 军团离开了伍斯特县。4 月 19 日，他们抵达了巴尔的摩。

巴尔的摩的居民在精神上绝大多数都是分裂主义者。就是他们对当选总统的安全构成了威胁，并且在联邦政府军队穿过他们城市进行检阅时看准了冒犯的可乘之机。北部来的火车在车站停靠或是沿着砖排房前极具特色的大理石门廊缓缓前行，发出轧轧的响声。铁路轨道的结构和站点就是这样，乘客不得不下车，找其他交通工具去半英里之外的下一个站台，等着那些骡子拉的沿着危险的轨道跑的汽车。在怀有敌意的巴尔的摩人众目睽睽下，军人们不得不离开汽车的保护，在城市的街道中行进。

4 月 19 日，夸张的谣言被证实是真的，最坏的担心成真了。管理马萨诸塞州的军官命令士兵们忍耐，无论巴尔的摩的暴民向他们扔了什么——侮辱、谩骂，甚至是砖头——除非是他们确实开火了。然而，新组建的军队、愤怒的人群，几乎无法克制。那天，军中 3 人死亡、30 人受伤。这是这场战争的第一批伤亡者。在巴尔的摩，叛乱情绪高涨，每个人心中反叛的决心更加坚定。

在华盛顿，袭击的消息通过电报线瞬间传开，人群开始在街道上聚集。克拉拉听到了喧闹声，走进人群中，听到在巴尔的摩的暴行后大吃一惊又迷惑不解。她姐姐（已和欧文一起回到华盛顿）和她在一起，被挤入浩浩荡荡的人群，走在去往巴尔的摩火车站和俄亥俄铁路的路上。在骚乱喧闹的人群中，南部游击队员占主导优势，嘲讽地大声喊着庆贺的口号。克拉拉和莎莉到达车站，她早已愤愤不平、激动不已，同时又惊恐不安，她决定向那些疲惫不堪、遍体鳞伤的人提供帮助。

这座城市还没做好准备迎接这么多的军人到来。临时军营被草率地安排在参议院以及其他不合时宜的地方，没有医院甚至没有营房。为解燃眉之急，克拉拉把最严重的伤员带回了莎莉·瓦塞尔家中。她从伤员那儿了解到士兵的行李被扣在巴尔的摩，许多人只有"厚重的羊毛衣服，没有棉质衬衫，其中好多人甚至连手帕都没有"。克拉拉听说给养还没发放，她匆匆忙忙开始工作，竭尽所能解决问题。第二天上午，她忽略了当天是周日这个事实，早早起来说服周围的食杂店尽可能多地卖给她食品，雇了一列拉黑人仆人的火车，沿着宾夕法尼亚大道前进，满载用藤条篮子装的包裹。

除了食物，克拉拉还带了她能想到的每一样有用的东西；她花光了兜里的钱，还清空了她装梳子的梳妆台，带着"缝纫用具，线、针、顶针、剪刀、笔、纽扣、带子、药膏、油脂等"，旧被单被撕作毛巾和手帕。带着这么多货物，她毫无阻碍地通过了国会大厦的门卫。一进到里面，她以前的学生就挤过来围着她，焦急地等待着消息。她只有一份《伍斯特间谍报》，所以她坐在为参议院议长预留的椅子上，大声朗读，之后开玩笑说他们"比过去聚精会神多了，我都不适应了"。军人们都很想家，误解了国家的期待，她指出并且保证："只要我们力所能及，如果他们来了，他们永远不会缺少友爱的援手，不会缺少姐姐般的关爱。”

对克拉拉来说，到了一个紧急关头：此时此刻，此情此景，唤起她的自信，义无反顾。克拉拉曾经告诉过一个朋友，“当巴顿家变得狂热的时候，情形就会大有不同。”她确实是这样，无论是她对联邦政府的奉献，还是她对“男孩们”的喜爱都有所体现。她的内心还是一个躲避着鹅妈妈童谣（多为恐怖童谣）的小女孩，反而坐在军人父亲的膝盖上，吵着要听“更多关于战争的故事”。她总是首选从父亲那得到自豪和激励，现在她看见了一个效仿她父亲博爱品质的机会来实现父亲的教诲：“我们接近上帝的最高的职责就是……保卫我们的国家……支持国家的法律。”在战争开始的几个星期里，她想到了使命精神，克拉拉之后承认“父辈的爱国血液在我的血管中温热地流淌”。

从马萨诸塞州来的军队刚到不久，从新泽西和纽约何其莫县驶来的火车相继到达，车上载的都是克拉拉的老朋友和以前的学生。随着这一群群人的到来，克拉拉更加兴奋，也更加坚定地投身于这一宏图伟业当中。原来死气沉沉、粗俗不堪的华盛顿现在变得忙忙碌碌，“就像葫芦一样，一夜间就这么莫名地长大了”，克拉拉对这种改变感到很惊讶。75000 多人的军队在城里和周边驻扎。白色的帐篷随处可见，他们在大街上行进、操练、巡游。在夜里，营地里火光冲天，烟雾弥漫，星光都黯然失色。许多华盛顿女性害怕陌生男人；克拉拉的一个熟人回忆到，尽管她没有不愉快的经历，但是在战争年代她会躲避成群的军人。但是克拉拉没感到这样的恐慌。军队的存在带给她一种在这个城市无法找到的亲切感，他们的数量使她欣喜若狂。在战争初期的信件中，她告诉她父亲，“我不知道我已经多久没有听到鼓声了，那是我的催眠曲，我爱它。”

克拉拉和莎莉经常去探访军队。巴顿姐妹最喜爱的伙伴伯纳德，在德威特警卫队里是现任第四任陆军中尉。正如新泽西第 4 军团和第 8 军团一样，德威特警卫队也成为来自波登镇和海茨镇那一张张熟悉面孔的家。

两个女人在帐篷里和军官们一起打惠斯特纸牌（一种四人两组对战游戏），和东部报纸的记者们开玩笑，四处握手。她们还发现了军人们经历的哪怕是一点点的苦难。疾病和寄生虫在不卫生的帐篷里肆虐，衣服破旧，食物不充足，有时庇护所都极度匮乏。克拉拉有些羡慕但绝不赞同少数“养尊处优，穿着优雅的淑女们，她们从容地坐在马车里，享受着‘极致的服务’，视察波托马克军团，最后‘兴致盎然’地离开”。越来越多地，她从家里给那些军人带来美味佳肴：家里做的果冻，甚至还有整张的馅儿饼和蛋糕。战争初始的几个月里，军人们给家里写信满腹牢骚，抱怨最多的就是食物稀缺，军队为他们准备的物品太简陋。为了应对这些牢骚，干劲十足的母亲和妻子们烘焙食物，保存起来，不断改良，然后又谋求方法，确保她们辛苦劳动的成果能够安全送达。一个偶然的机会，一个军人在信中提到了克拉拉，有人想起来她在联邦政府的首都生活和工作过，或许可以通过埃尔维拉·斯通、女性个体和慈善机构联系克拉拉对军队开展慈善工作。他们开始给克拉拉寄成箱的救济品，确定它们在她的关照下不会误入歧途。

到了 6 月初，物资泛滥，以至于她把住处搬到了商业区的一个大房间里。尽管不那么舒适自在，但是空间足够大，可以容纳克拉拉和她的物资。她把箱子和桶放在一个木制隔板后，把自己的行李堆在剩下的地方。“就像一种住帐篷似的生活，”弗朗西丝·蔡尔德指出，“但是她住在里面很开心。”她曾认为专利局的工作很重要，现在看来她的重心放错了地方。她并不打算忙于处理从马萨诸塞州寄来的箱子，但是当她意识到分配给养很重要时，就倾力投身其中。她下定决心留在首都，尽管可能会像她和大多数市民想的那样，这里不久会受到攻击。“就像任何一个留下的人一样，我也会留下，做我力所能及的事，”她坚定地宣誓，“我可能迫不得已面对危险，但是绝不恐惧，我们的军人能够面对和战斗，我也能面对危险，为他们提供食物和护理。”

在 1861 年的暮春和夏季，克拉拉为军队感到自豪。独立日那天，她镇定地坐在财政部大楼的台阶上，看着营地的火光和罗马焰火筒，渴望他们闪闪发光的军刀能有用武之地。尽管如此，她还没做好仅仅在两周后爆发战斗的准备。7 月 21 日，在弗吉尼亚州马纳萨斯附近集结的南方同盟军遏制了北方联邦军按既定路线的首次前进。她看见他们“悲伤地，痛苦地，羞愧地”归来。数百名伤员涌进华盛顿，挤满了设在军械库广场和司法广场，甚至是专利局展览厅的临时医院。接下来，她的工作新阶段开始了。她小心翼翼地打开堆在她床边的硬纸箱，分发梳子和敷布、可口的甜酒和绣花手帕给病人。

在病房中和军人们的私人交流使她很开心，她热情地帮他们写信，舒缓他们的心情，给残疾军人喂食，这使她头脑清醒。曾经最能鼓舞她的那些明亮的旗帜、闪光的马蹄逐渐消失了。现在刺激她的是战争的残酷现实，不可抗拒的、令人麻木的痛苦遭遇。

克拉拉突然意识到她的储备是多么必要。医院经常缺少最基本的必需品，甚至缺少最小的精密仪器。政府匆匆组建一支军队，悲哀的是，他们忽视了军队的医疗需求，现在外科医生、护士和医疗用品都很短缺。伤者被置之不理，对此她更感到痛苦不已。在 7 月的大热天里，一些人已经过了好几天没有食物的日子；有些人身上还有疼痛的、溃烂的伤口，只有他们到达华盛顿的医院后才能得到救治。其中有一个人最后被带到了莎莉家，他被留下来自生自灭，“遍体鳞伤，体无完肤……他的脚趾缠结长到一起……现在在关节处脱落了”。

从此以后，克拉拉不仅接收物资，还积极募捐。《伍斯特间谍报》的一则广告呼吁女性们忙起来——“事业很神圣：不要忽视行善的机会。”她亲自写信给马萨诸塞州和新泽西州的老朋友，请求他们慷慨解囊。“权威消息称‘我们的军队物资充足’，”她告诉伍斯特妇女救济委员会，“事实果真如此吗？我没有看到。”克拉拉恳求他们继续给她提供物资，虽然不是迫在眉睫，可是她焦急地质问：“一旦战事爆发，谁能说他们的必需品能够在一日之内配齐呢？到时会供慢于求。”

在接下来的一年内，物资之多使得克拉拉应接不暇。妇女们送来果醋、腌制的葡萄、蜂蜜、肥皂，还有柠檬。他们没送到的东西，她就自掏腰包购买，每天光花在买面包的钱就有 15 美元。她开始精通于货运这种复杂的事儿，花时间来指导妇女用恰当的方式打包（小包装更可取，衣服不能和水果放在一起，水果容易出汁，损坏衣服）。她的房间装不下这么多包裹，就在仓库租了地方；六个月后，她已经装满了三个仓库。不满足于只接收到手的物资，克拉拉问一位军官，部队最需要什么。令她惊讶的是，他的回答是“烟”。她没有退缩，克服女性对此的反感，支持男人们的做法。“不用说，我相信不久我就会成为这一产品的好评判员，因为这是我贸易往来的一项。”她半开玩笑地和埃尔维拉·斯通说：“你看到这一幕就会笑出来，硬木瓶塞躺在桌子上足有半码长，等着西德尼医生一篮子威士忌酒来陪它去卡罗拉马。你会说，精致的礼物，但是一切都是必要的，我亲爱的，因为我想我没时间空谈道德影响。我们这些士兵习惯于用毒品提神，喝威士忌解暑，在重度训练中无力地倒下。”

克拉拉以前的房东，坦率的阿尔米拉·菲尔斯，进一步刺激、加强了她对“她的男孩们”的关爱还有她那热烈的爱国之心。菲尔斯确实是第一位投身于军队救济工作中来的女性。南卡罗来纳州脱离联邦政府的那一刻她就着手储存物资了；她没有等到联邦政府宣战，就已经开始了她的援助工作。其他人也许不相信脱离联邦的结果，但是菲尔斯相信它将会导致同族相残的战争。她不理会熟人的嘲笑，他们盯着她的工作，“认为是‘异想天开’”。她继续储存食物，并且在炮击萨姆特要塞之后愿意把它们分配出去。她有一双灵动的蓝眼睛，用通俗的方法述说着充满奇闻逸事而又令人难忘的故事，这使她成为医院里最受喜爱的人。尽管她的爱国之心并不缺少热情——她曾在她的前院搭建一个帐篷来帮助那些路过的正在遭受不幸的军人——她对自己所做的贡献特别谦虚。战争前、战争中、战争后，她都拒绝讨论此事，只是用她自己粗笨的方式毅然前行，没有炫耀，亦没有赞誉。

伤患在医院运输舰上和在战场上等待救助时都要承受恐惧，菲尔斯是能感同身受者之一。伤者在子弹和外科医生之间需要一个中间人。早在科林斯和匹兹堡登陆战开始之时，她就直接奔赴战线，一直尽职尽责——照顾伤员，鼓励伤员，为他们提供给养——直到战争结束。在冗长乏味的半岛战役期间，她在医院运输舰上定期往返于波托马克河，没有和军队在一起行动时，她就到华盛顿附近的码头去迎接伤员。菲尔斯的一个儿子死于弗雷德里克斯堡战役，从此之后，她更加努力工作。

菲尔斯的行动进一步激励了克拉拉，她开始承认华盛顿的医院有供给充足的必需品，乐于助人的淑女们把它们分发出去。在马纳萨斯战役不久之后，她开始带着自己手上的物资去接轮船或火车，照顾许许多多的残疾人和病人，就像菲尔斯一样，她发现现在的所作所为比单纯的医院服务更值得去做。这也让她深信不疑，许多人因为得不到简单的关注而丧生。她曾经告诉过一个记者，此时此刻，她“深刻地明白了对伤员早期关注的重要性，同时也明白如果她能在战场立即展开救助，效果会更好”。当克拉拉意识到这种需要的时候，她感到事情紧急，刻不容缓。她不顾那些尊贵的市民的看法，用任意一种运输工具随时随地运送货物。不止一个人能够回想起当穿着考究的人群安静地前往教堂的时候，她那娇小的身子滑稽地坐在一大车货物顶上，尽力紧紧抓着座位和边缘。

在整个 1861 年的秋天和 1862 年的冬天，克拉拉都从事着这项她给自己下达的任务。这超出了她在专利局的职责，在专利局，她仍拿着微薄的薪水，继续做着“女士专属”的差事。克拉拉后来声称她出于对联邦政府的热忱，拒绝接受不堪重负的美国财政部所支付的报酬，但是政府记录显示在整场战争中她都领取了薪水。1861 年 12 月，她也担负着本不属于她的责任。“在过去的三个星期里，我忙了很多事情，”新年过了不久，她和弗朗西丝·蔡尔德悲叹道，“由于办公室里有一些新安排，主要都是我领导的记录工作，催促落后的人抓紧赶上来。”

众所周知，专利局的基调是支持南部的，这也不停地刺激着克拉拉。她开始到处进行新的改革运动——找出那些不忠于联邦政府的人。在办公室里，如果那两个公然支持南部联邦政府的职员被开除的话，她会主动提出接手他们的工作，不需要额外的工资。这个提议被婉拒了，唯一的作用就是使她变得更加不受欢迎。她对邮局邮寄包裹的部门很熟悉，也导致她在那里领导了一场运动。她发现无人领取的包裹被拍卖给了绅士们，然后他们把包裹寄给了南部联邦军队。克拉拉很高兴看见叛乱者被逮捕起来，尽管盼望中的津贴并不是以在军队卫生委任职的形式兑现。只要她“珍贵的货物”能立刻到达，她仍然感到很满足。

与 1862 年 2 月来自克拉拉个人生活的打击相比，专利局里发生的异常和当地南部同情者的背叛似乎就没有那么重要了。在那几个月里，她的表兄弟、外甥，还有邻居一直和她保持联系，让她知道她父亲的健康状况。几年前，他的身体就不好，在 1860 年 12 月更是出现了严重的预警。但是这位老人的强壮假象让家人放下了最坏的担忧。克拉拉想去看看她的父亲，但是北牛津的情景和她在那的不开心都阻止了她回家的脚步，哪怕是小斯蒂芬的孩子萨姆告诉她，她父亲巴顿上尉虽然表扬了朱莉娅，“称赞了她对他无微不至的照顾，还是说终究没有人会像你一样”。现在父亲的生命真的要走到尽头了。克拉拉让专利局另一位职员接手了她的工作，回到家乡来履行她“最后也是最高”的职责。

在过去的几周里，克拉拉和父亲待在一起，他们谈论了许多关于这场战争的事。巴顿上尉相信联邦政府会胜利，但是他不能活着看到那天了；因此，他“把自己和国家的命运交到了上帝的手上”。克拉拉耐心地坐在他的床前，倾听这位老兵讲的故事，给他讲述自己在战争中的工作。她很担心患病和受伤的军人，就怎样和哪里能够给予最有效的帮助这个问题征求了父亲的建议。她告诉他，她想要走上战场，但是又纠结于她把握的分寸，因为在军营中的女性通常被认为是娼妓。他消除了她的担心并断言道，一位令人尊敬的女性会赢得最粗暴的士兵们的尊重。然后他给克拉拉下达了一个她后来还经常回想起的命令：“作为一名爱国者，他命令我用我的全部为国效忠，如果需要的话，甚至牺牲生命；作为一个公认的共济会会员的女儿，他命令我寻找并安抚那些正在各地饱受折磨的人们；作为一个基督教徒，他要我以上帝为荣，关爱人类。”

快到 3 月中旬的时候，斯蒂芬·巴顿的状态更糟了，即将到来的死亡征兆消磨着他对生存的渴望。他写下了遗嘱，把其他事务都安排得井井有条，只是多日不吃不喝。3 月 21 日晚上，用克拉拉的话说就是“他直直地躺在床上，牢牢地闭着嘴，一只手握着朱莉娅，另一只手握着我，然后离开了我们”。当地报纸称颂巴顿上尉为“勇敢又真实的”男人。葬礼在大卫家举行，家里挤满了前来参加葬礼的人。克拉拉看着他们把父亲下葬到坟墓里，挨着母亲——转眼 10 年过去了——她意识到她将独自走上一条从未走过的路。她“人世上最后的导师”，她的良师益友，家族中最受尊崇，也最鼓舞人心的那个人去世了。

为父亲临终守夜的那段时日给了克拉拉时间，让她对自己参军上战场的热切渴望深思熟虑，并且决定用最好的办法来准备这件事。她有亨利·威尔逊在背后支持，但是还需要一个在军队有直接影响的人在她上前线过程中为她提供通行证和保护。大多数官员都不想在战场上看见克拉拉，或者说任何一个女人，他们觉得女人会严重影响士气，一看见枪就会“仓皇而逃并且制造恐慌”。她们的物质财富在军需处面前就是羞辱，对于那些明显很贫困的医疗军队来说，她们出现在医院令人难堪。一位年事已高的志愿组织的领导伊森艾伦·希区柯克，热衷于深奥难懂的哲学名言，拒绝了克拉拉，因为她将是一个“不切实际的、爱管闲事的人，让她再比别人多等一等”。克拉拉开始缠着华盛顿的官员朋友要去往前线的许可证。当她在马萨诸塞州的时候，她决定向马萨诸塞州州长和军队的主席约翰·安德鲁求一封推荐信。于是，在她父亲去世的前一天，她给他写了一封极尽渲染又字斟句酌的信，字里行间充满了自我辩护，提及了令人尊敬的巴顿家族对这个国家的服务，暗示了她在华盛顿进行的清反活动。整封信让他确信她“除了正义使然，别无其他”，她焦急地等待着回信。安德鲁州长很快地回了信，答应“给你写一封介绍信，并且十分赞成你来我们军队参观，我会证明伤患服务的价值”。然而，不久后她发现，要得到随军上战场的官方许可，她要做的还远不止这些。

克拉拉没有立刻离开北牛津，而是留下帮助清理父亲遗留的事务，安置他的财产，她实际上是唯一的遗产受赠人。巴顿上尉相信他的财产要物尽其用才有意义。

大卫和小斯蒂芬·巴顿年轻时，土地还有制粉设备就已经被分配给他们了；莎莉在婚后得到了慷慨的安置，更不用说她和韦斯特·瓦塞尔在经济上起起落落期间，不断受到接济。只有克拉拉没人照顾。现在，她是一定数量土地、一间房子、两匹马、一些陈旧的农场设备的继承人了。虽然遗产不算丰厚，但是她决心好好管理，就像父亲希望的那样。当务之急就是准备为北牛津家庭墓地提供永久维护。

克拉拉感到自己无聊、无用，越来越沮丧。“在那你一定会感到孤独无助，急于逃离。”欧文同情地说，而后又接着详细说了战争的消息，这更加剧了她上战场的渴望。几星期后，她清晰地表达了自己对驻扎在北卡罗来纳闷热的沼泽地里的小表弟的羡慕。他的困境并不会削弱她对军旅生活的热情。“为什么我不能参军，在那搭建一个帐篷，照顾你那些可怜的伤患同伴呢？”她不满地问道。“如果现在告诉我可以的话，五分钟内我就能出发。”她和 S. L. 毕格伦医生这样说。他是一名军医，又是克拉拉的远亲，如果他想的话，她可以服务，只是担心他不喜欢女性。最后，她觉得自己在马萨诸塞州已经为家庭、为自己做了所有能做的事，她回到了有着尚武精神和疯狂举动的华盛顿。

远离家乡的战争场景卷土重来，克拉拉密切关注着加高的加农炮。那年春天，阿尔米拉·菲尔斯沿着约克和詹姆斯河之间的半岛走了一遍，并没有过多谈论克拉拉的经历。她意志顽强，使得克拉拉也更加坚定。当克拉拉看见热闹的医院时，内心痛苦不堪。常有家乡的年轻人还有以前的学生来探望她，给她留下一些私人物品。如果他们出现在死亡名单上，克拉拉就帮忙把这些东西寄回家乡。她被这些年轻人感动得无法形容。她觉得这些城市医院物资充足，她的帮助似乎也就没有什么真正价值了。“我没有称心如意，”她向丹尼上尉抱怨着，“一个女人能做的太少了，但是我仍然渴望能够有做点儿什么的特权。”她确信会有许多种能够让她在这个领域发挥作用的方法，尽管希区柯克将军不这么认为，她坚信她比一般女人“更坚强，更能适应新环境，更健康，更能放弃舒适。我几乎能称得上是个男人了”。她最气愤的就是对她不公平的指责，说她一遇到危险就会提起裙摆逃跑。她心里清楚，“如果我被丢在炮火之中，我既不会逃跑，也不会抱怨什么”。

她彻底沮丧了，试图忘记这场战争，哪怕是暂时忘记。但是没有什么比军人的英勇壮举和简单的生活更能继续挑战着、激荡着、萦绕着她了。

她能觉察到在激烈冲突背景下表现出的平凡事件中不和谐的宁静。她贪婪地在廉价期刊和女性杂志中阅读着诗人丰富的作品，冥思苦想，“我们的诗人在战争之前都选择什么主题？”她最好也问问她自己，为了交谈，为了梦想，为了她所珍惜的那些通信中的片段做了什么。“我就像英格兰一样糟糕，”她最后一次尝试丢掉自己的尚武精神后，得出这个结论，“战斗就在我心里，我会找到一个理由。”

（李洪涛　李双娥　周宇琦译）

第 7 章

Chapter 7

丹尼尔·H. 洛克上校扫视着他办公室里这间拥挤的休息室，多少有些不耐烦。正值 7 月酷暑，军需官办公室像往常一样，被前来请愿上访的市民和怒气冲冲的士兵们围得水泄不通。这些人只是为了给子孙或兄弟留下一些钱财，为他们讨回欠薪，或者是愤怒地要求对他们被联邦军队没收或毁坏的财产进行赔偿。洛克已经看着这些人好些天了，他不再一个个地看过去，也不再把所有这些案子都当作个别的悲剧——尽管他是一个和蔼亲切、平易近人的善良人。他开具支票，给予答复和小小的安慰，只是动作机械，回答生硬。

他的目光被一个坐在角落里的女人所吸引。只见她身材小巧、衣着朴素，他对这个女人的出现颇感意外。她算不上漂亮，脸蛋儿却令人产生兴趣，具有人到中年的韵味。她气质出众、引人注目，又让人肃然起敬。洛克把她叫到自己桌前，询问她需要什么帮助。她泪流满面，吓了他一跳。“我想去前线。”她抽噎着说道。洛克试着平复了下心情，耐着性子向她解释着前线不是一个女人该去的地方。因为不久之后就会有一场战斗，在军中她几乎是不可能找得到她那些亲戚的。她略有所思，语气柔和地告诉他，她只想为那些士兵提供些自己贮存的物品。她只需要一张通行证和几辆货车。随即她亮出底牌，告诉他，她所说的物资不是出于爱心制作的精美食物，而是塞满整整三个仓库的医用物资和粮食。事实上，仓库里的每样东西都是士兵们所急需的。

顷刻之间，克拉拉的世界改变了。数月冗长乏味的等待看似荒谬可笑，洛克匆匆签署一道命令，派出六辆货车，让驾驶员与雇工们装载货物，并请求军医处处长、作战部部长、华盛顿特区的军事长官以及其他政要官员允许克拉拉·巴顿小姐通过运输线，"像她所希望的那样，让物资为那些身体受伤的虚弱士兵带去安慰吧。"在理性与耐心的请愿行不通的地方，即使是影响力大的朋友与忠心耿耿的亲戚也无济于事，那些真挚的表达与需求更是毫不见效，但眼泪却起了作用。这一招数她屡试不爽，之后她又总会戏剧化地叙述这一趣事，没有丝毫歉意。

联邦政府的军队在靠近弗吉尼亚、弗雷德里克斯堡的地方安营扎寨，这也正是她打算投放物资的地方。她没有立刻离开这里。她先是回了趟马萨诸塞的家，为华盛顿那里的一些医院提供更多的物资，并整理了她的储备。这时，她开始关注那些逃亡和解放的奴隶的困境——那些被称为"走私货"的家伙——现在正聚集在联邦战线。她也要让他们分享物资。考虑到穿越叛乱区的这段 90 多里长的路程，她觉得自己需要一些保护，于是她又花时间另外为两位男性和一位女性同伴安排了通行证。

他们在 8 月 2 日出发，第二天到达联邦军队营地。克拉拉与她的同伴们发放补给并受到军官和士兵们的热情接待。莱西之家，这座 18 世纪幽雅的建筑，曾为菲茨休、华盛顿和李等人以及纽约第 21 军团的军官们举行过高雅的娱乐活动。她在这里吃着早餐，却不知四个月后，这座房子将沦为她所看到的这场战争中最可怕场面的地方。第二天，她找到了她挚爱的在第 21 军团的马萨诸塞同乡，向那些士兵和长官致意，享受着将士们的欢呼与奉承，并费尽周折地与旧时军团医生克拉伦斯·卡特结下了友谊。然而，欢呼声并不能掩盖军队物资的匮乏。她于 8 月 5 日返回华盛顿，收集更多的供给发送给还驻留在营地的同伴们。

她刚回来，靠近弗吉尼亚州库尔佩珀的两个军队之间就爆发了一场冲突，这条经由电报传达过来的消息使她有点儿惶恐不安。这场战役在 8 月 9 日爆发，被称作雪松山、布尔溪或库尔佩珀战役。之前的一个闷热日子里，李将军的南部军队与约翰·蒲伯指挥的联邦军队就已经在一片开阔的玉米地交战过。尽管联邦军在纳撒尼尔·班克斯将军的指挥下勇往直前，但还是被彻底打败，伤亡人数几乎达到2000人。克拉拉是在周一早上得知这些细节的，想象着他们所遭遇的痛苦与悲哀，她决定奔赴前线。

她后来回忆到，就是在这里，她冲出封锁走向战场。她没有请求新的通行证，因为很有可能被拒。她反而使用旧的通行证，只用来安全运输物资到未参战部队营地。在这个闷热的8月，她最终不再考虑她军队工作开展得是否合理妥当。眼下的需求使她克服了对自己或许会被凌辱和虐待的恐惧。无论何种制度下，饱受磨难的人们悲惨地死去，他们发出的悲鸣打消了她心底的顾虑：我只是个女人，这是一个不争的事实。

一旦下定了决心，克拉拉就迫不及待地动身前往，她保证自己会在第一时间出发以便能够获得运输的通道。她来到马萨诸塞的物资供应部门请求增加补给，接着安排铁路线把它们派送到战场。她把曾经在弗雷德里克斯堡帮助过她的科尼利厄斯·威尔斯和卡纳夫人叫到一起。卡纳是个有一双巧手、时刻面带微笑的中年妇女。她可以在战地医院里毫无厌倦地工作，但却很害怕接近战场。威尔斯和她相辅相成，他被教会从位于康涅狄格州的哈特福特的母会派到华盛顿，在一所自由民学校里工作。战争爆发之后，他的主要工作就开始变成为伤员们提供帮助。他喜欢用“灵魂的救赎”来宽慰这些痛不欲生的战士，虽然这种做法让克拉拉颇有微词，但这并不影响他们在工作中的和平相处——在激烈战争带来的惶恐不安下，他几乎是出于本能地服从克拉拉的命令。后来克拉拉透露出自己的理想型同事，形容他是一个“温顺耐心、谦恭忠实”的追随者。

克拉拉和她的同伴们在8月13日爬上开往库尔佩珀的吱嘎作响的列车，他们大约5点到达了目的地。尽管四天前战事就已经结束，但克拉拉还是立刻看到了这18个月来她所能在脑海中设想的惨痛景象，那种生灵涂炭的场景使她不寒而栗、万念俱灰。“我无法用语言来描述它，”她草草地在日记上写着。她几乎是立刻开始把带来的物资从货运车转移到四轮马车上。詹姆斯·邓恩是来自宾夕法尼亚的军医，心甘情愿地成为克拉拉的忠实仰慕者之一，并跟他妻子谈及克拉拉半夜拜访他诊所的事。这些配备不良的军医衣着简陋，身上的每样物件似乎都是过时了的。他们十分感激地接过她送来的绷带、药膏和兴奋剂。“说起那个晚上，”邓恩写道，“我那时觉得她一定是上帝派来的亲切友好的天使，她的援助真是太及时了。”像这样的工作过程还只是个开始。稍后克拉拉对一群女人说：“正如我所预计的那样，你们有可能退出，除非拥有钢筋铁骨与钢铁意志。”

克拉拉发现，这些医生和伤员需要她带来的所有东西以及更多的物资。第二天，在缅因街医院和无数个已被改造成伤员避难所的私人住宅里，她看见好些奄奄一息的战士瘫倒在地，躺在自己的血泊中。一些人炸没了胳膊和腿，另一些人的下巴和手掌血肉模糊。其中许多伤员本来已经倒在了烈日炎炎的战场上，等待着代表休战的白旗升起，他们才能被处理。中暑、脱水、休克加剧了他们的痛苦。当他们感谢这个给他们带来成箱冷却兴奋剂和柔软亚麻衬衫的女人时，她写道：“那些男人被剥去衣服、裸露着胸膛时，已经在烈日灼烧下的战场上躺了两天了。当我告诉你我们在给他们穿衣服的时候，你要相信我们是大受欢迎的。”

克拉拉凭借着破釜沉舟的毅力废寝忘食地工作了两天两夜，她不知如何面对这种巨大的痛苦，提供的救助只能是杯水车薪。她、威尔斯和卡纳一起做饭、缠绷带、打下手，尽其所能地帮助医生照顾伤员。他们选派每一位合适的路人去打扫医院或是为伤员们清理身体，但无论哪一样工作都是污秽肮脏的。当克拉拉把带来的物资以令人震惊的速度分发出去时，她看到清瘦的阿尔米拉·菲尔斯从增援的装载车边一跃而起，如释重负。她明白无论曾经想象过多么令人心碎绝望的场景，都无法预料这样势不可挡的杀戮。她相信自己大胆又现实，然而令她沮丧的是，她发现她的援助并没起多大效果，因为战场上所带来的恐惧要远大于她的想象。她原来天真的想法让自己措手不及。

在库尔佩珀，她远离了战场，远离了她所熟悉的战火纷飞和喧嚣，但她已然接纳了这样的混乱，甚至渴望那样典型的政府医疗行为——把未经培训的急救队召集过来照顾伤员。补给要战事发生几天后才能送达医生手中，有些可能根本都送不到。在某个驻地内，除了安置伤员的房间和一张用来作为担架、手术台和临时病床的大桌子之外，别无所有。在一些医院里，如淡水、干净的绷带之类的基本必需品也十分稀少。她看见大多数避难所的配置“既不方便生活，也不能鼓舞士气”。

克拉拉尽她所能地走遍每一个临时病房，直到她发完带来的最后一件衣服才离开。在离开库尔佩珀之前，她到一家住着受伤南部邦联俘虏的医院待了一会儿，在激烈的冲锋中，为了给北方联邦方面的伤亡者提供紧急救援，这些俘虏受到了严重的冷落。他们以为她是当地人，纷纷乞求她施舍给他们一些鞋子和衣服，或是任何能减轻他们痛苦的东西。当她告诉他们她来自马萨诸塞的时候，他们立刻面沉似水，但当她为他们带来所需的每一项物品时，一位观察者回忆到，一些人热泪盈眶。公平成为她战地工作的口号。她坚信痛苦与悲伤根本无法压制联邦人的官僚作风，她也不忍看到这场十足的悲剧。此外，她总是喜欢帮助这些最卑微的弱者，因为他们对她不胜感激。那些蓝军的男孩对她几近谄媚，但她毕竟是联邦政府坚定的拥护者，而这些人也都是她的朋友、她的拥护者。对于惊讶于她的救助的南部联盟士兵来说，她带来的安慰无异于一份意外的礼物。他们相信自己会发现联邦战线的疏忽和残暴。如果那些反叛者眼含泪水，在憎恶北方佬时把她当作一个例外，克拉拉就十分享受，并激发他们对她的敬慕之情。

随后克拉拉用夸张的语气告诉来听她演讲的听众们：她那时已经在雪松山工作了五天五夜，这不免有些夸大和歪曲事实。因为她在日记上写的是，两天后她就离开库尔佩珀回到家里，一连睡了 24 个小时。这已经不是她第一次在夸大事实了。因为坚信强势宣传的力量，她还写了一系列相关的信件，尽管理论上它们是她在事务繁忙的时候匆匆写给朋友们的信件，但实际上到后来人们认识到这些信件具有很强的文学性，充分传达出他们想法中戏剧化的成分，完全可以当作出版物出版。这样，克拉拉形成了一种敏捷、可信、诙谐的写作风格，并且带着高度的悲剧意识和生活的紧张气氛。现在，这种环绕在周围的矛盾使她更注重运用这些技巧。她用词大胆，故意耸人听闻和鼓舞人心，描绘这些人的坚韧、志向以及他们崇高的事业。离开库尔佩珀之后，她写了第一封信，描述一个“白皙的金色卷发男孩，他是母亲望眼欲穿、翘首期盼的宠儿”，以及一个“在战场上曾与死神照面的男人，头发染血缠结，坚毅果敢……地板上缓缓流淌着的液体，仿佛清澈明亮的小溪……那是酒吗？啊！谁能计算这如酒般挥洒的生命究竟价值几何？”她带着炽烈到近乎疯狂的爱国热情组织她的读者们支持他们曾为之进行英勇斗争的联邦事业。“在我的生命里，国家的意义从未有此时此刻那般重大，或者说，她的制度从未像此刻这般神圣庄严。”她强调说，“在这场血与火的洗礼中，她向我们展示，她能孕育、培养、教育出优秀的儿子，他们甚至不惜为国捐躯。”

经历过这件事，克拉拉几乎不知道要怎样回归到正常的生活，她对平淡无奇的景象与声音毫无反应，却会花时间为士兵们缝补袜子，同时恳求她在新泽西和马萨诸塞的熟人寄来更多物资。在一次战斗中她就已经清空了三个仓库，可现在面对军队急需大量必需品，她却两手空空。她不再去专利局工作，尽管登记簿上还留有她的名字，想必是为了战争停止时给她留有一席之地。“C. H. 巴顿”这个名字在战争期间也一直在领薪，但其中的一半都给了来接替她工作，在她名下领着薪水的人。这种做法在 D. P. 霍洛韦专利局很常见。行政长官对北方军无限度的支持，导致他破例允许给任何可以为军队提供援助的人发放津贴，这让其他部门收拾残局的职员们不太满意。其中一个人被惹恼了，向美国国会上书讲述他的抱怨，说给那些缺席职员发放薪水是专员“一税两征”。但对克拉拉来说，她的位置仍被保留对她来说其实是一种安稳的措施，否则她的这段生活即使惊险刺激，也会混乱不安。

8 月 30 日，克拉拉来到位于军械库广场的医院做了一次例行短途拜访。她给第 21 军团中的一个男孩拿了少许洗漱用品，偶然听到关于在邻近弗吉尼亚马纳萨斯的老布尔溪战场爆发战争的消息。为了获取这场遭遇战的消息，人们簇拥到第六大街码头，克拉拉也随着人群一起走着，急切地想证实传闻的真实性。她听到更多的是联邦政府损失惨重的消息。约翰·蒲伯将军的军队在雪松山被击败，沿拉帕汉诺克河岸撤退，希望能与乔治·B. 麦克莱伦将军和波托马克军团会合。然而罗伯特·E. 李的北弗吉尼亚军切断了他们的联系，并强行在布尔溪首役的地点展开战斗。官兵疲惫不堪，领导人犹豫不决甚至茫然无措。政府军一向伤亡惨重；克拉拉听到报道说超过 8000 人受伤，尽管后来被证实是夸大其词。但如往常一样，联邦政府依然伤亡惨重。联邦的医疗救护也一如既往地不及时。

克拉拉赶回家，浑身充满了激情与能量。她从洛克上校与新兴的卫生委员会（由关心联邦军队战需储备的北方人发起的救援机构）那儿申请征用物资。第二天拂晓前，她就穿上了她的战地制服——一套朴素的黑色罩衫与短裙。出于实用原因，她不便穿着时兴的裙环裙和艳丽的装饰，也提醒科尼利厄斯·威尔斯和阿尔米拉·菲尔斯，以及她的两个新泽西州的朋友莉迪亚·哈斯凯尔和艾达·莫雷尔注意——衣着尽量朴素实用。她准备出发了，短暂的停留只够她给哥哥大卫写这样的一封急信，“我将奔赴战场，”她写道，“不知何时回。如有意外，大卫务必过来把我全部财产带回家，朱莉娅知道如何处置。”然后，她匆忙地给埃尔维拉也写了一个同样的便条就上路了。

那天晚上洛克就已经在给她提供工人装载货车了，第二天早上还下着倾盆大雨，她就登上了这辆即将匆忙驶离华盛顿的列车。她成功地挤进车厢，坐在高高堆起的箱子和木桶上，一路上都在想她会不会从侧门那儿被甩出去。两小时之后，他们到了 8 英里外的费尔法克斯郡，那里驻留着许多联邦军的伤员。与许多乘坐列车的经历相比，这实在是那天最激动人心的时刻。这些医官在第二次布尔溪战役时一看到杀戮就举手投降了，并极不情愿地在报纸上刊登“全体医生和护士（男性）均已投入救治伤员的行列”。跃跃欲试的想法和轻易就能获得的一笔收入吸引了一大批不合时宜的人，因为他们会主动停车，开启名为帮助伤者恢复精神的葡萄酒和白兰地庆祝，使行程推迟。一列火车从亚历山大开往费尔法克斯站耗时 11 个小时，当它到达的时候，这群工人们更像是土匪强盗，而非仁慈宽容之人。

10 点钟火车行驶到车站，克拉拉小心翼翼地从摇摇晃晃的高处一步一步地走下来。她相信自己已经习惯了那些伤员脸上极度痛苦的神情，但在费尔法克斯站的景象还是令她震惊与恐惧。车站四周被树木稀疏的荒山所环绕，青草在弗吉尼亚的炎炎烈日的炙烤下早已枯黄。成千上万的伤员在这些小山上蔓延开来，遍布四面八方。那个星期日的早上，一位身临其境的牧师写道：“看着密密麻麻的伤员，我的眼睛变得疲惫不堪，几乎要昏厥过去。”一队衣衫褴褛的人抬着担架闯入了视线，从战场那边过来，前往临时手术室。医生们正在那儿疯狂地工作，令人毛骨悚然的是“他们挥舞着手术刀，卷起的衣袖和围裙血迹斑斑。而在他们的另一边，是切除的腿与胳膊堆起的恐怖小山”。伤员的尖叫与哀号从四面八方袭来，克拉拉不一会儿就冷汗涔涔。他们是最先到达的救护人员，她开始意识到他们只是一小队几乎赤手空拳的工人，名义上在弗吉尼亚的野生树林中自力更生，和3000多伤员拥挤在几英亩的土地上。但要是这样就放弃或开始喋喋不休地抱怨的话就不是她了，于是她很快就鼓足了勇气。

这家医院没有帐篷和床，只是一个为即将运往华盛顿的伤员们临时搭建的驿站。最幸运的那些伤员躺在匆匆铺好在山坡上的粗糙的稻草上。简陋而拥挤的救护车拉着许多伤员在崎岖不平的路上开了有25英里左右，其中大多数人已经有两天水米未进。克拉拉希望这些能满足他们的简单需求。她当时就夹在了医院和战场之间。她的工作就是让尽可能多的人活下来，直到获得专家救助。

她从一个杂色的锡盒里取出一些玉米粉开始做饭。她做了用压碎的军用饼干制成的混合物，还给这些衰弱的男人一些酒、水和红糖。“它确实没有你想的那样好吃，但我保证它还是可以被接受的。”她没有可以传接的容器，只好用空的果酱罐和酒瓶来代替。水烧开没多一会儿，她就忙着照料有需求的伤员。她给许多人包扎伤口，给那些将死之人做临终祷告，为他们换上干净的衣服，或者让他们已经呆滞无神的眼睛闭上。别人的鼓励和温柔的话语对很多人如同水一样重要。有一个年轻的男孩令克拉拉终生难忘，因为他在弥留之际错把她当成了自己的妹妹。他一整夜都在发烧，而克拉拉就坐在他旁边，并且恳求医生把他带上去医院的火车，虽然他已经没有希望救活了。她估计着自己的物资虽然不是很充足，但她能给予别人的帮助对他们来说就像是上天赐予的一样宝贵。邓恩医生在库尔佩珀的时候就曾经说她像个平凡的天使，如今他又回想起在费尔法克斯站时他心中的那股绝望之情，那时他说：“我们除了手上的工具外一无所有，哪怕是一瓶酒也找不到了。”令他惊讶和喜悦的是，当车驶进车站时，他看到的是“站在平台上的第一个人就是巴顿小姐，她再次为我们供应了绷带、白兰地、葡萄酒，还准备了热汤、布丁和食品，以及所有我们能想到的需要的东西”。

联邦军队对医疗服务的缺乏，使克拉拉在战地驿站的工作成为她要做的最艰难和最重要的工作之一。虽然有一位叫乔纳森·莱特曼的医生认真并富有创造性，早在一个月前就想到了解决问题的办法，但当时医院护理或急救救援系统尚未建立起来。照顾那些伤员和病号留给个别军团，但随着战后混乱，这一做法半途而废。其中，他们面临的最大问题就是缺少训练有素的医护人员；而且救护车的设计本身就是灾难性的，它简直就是个笨拙的牛车，如果行驶在崎岖的山路上一定会翻车，对上面躺着的人来说这根本就无法休息。即使他能在路上侥幸活下来，他还需要做包括杀菌消毒之类的一系列处理。一个联邦军医曾写道："我们做手术时身上穿的都是血迹斑斑还沾有脓液的衣服，手上也没有经过什么消毒处理。我们使用未经消毒处理的工具……还有海绵也是之前用过的，只是用水冲了冲就接着拿来用。"奎宁和吗啡几乎成了唯一可以给患者用的药，因此在战争的初期，伤员的死亡率还是很高的。医院里有近 90% 的患者死于腹部的伤口感染，其中还有 62% 的人身上还有别的伤口。而在第二次布尔溪战役的时候，死亡率变得更高。在向拉帕汉诺克撤退的过程中，那些宝贵的医疗用品被视为累赘和消耗品，在男人们筋疲力尽时被丢弃在路边。在整场战斗过程中，只有两辆医用物资到达了医院，交到了医护人员的手里。

克拉拉对这些负责统计的官员的冷酷无情心生怨念，但她不可能以总计数字来看这些伤员，因为她被每位战士遭受的痛苦深深触动。她个人对战争的感受看起来不是完整连续的，而是故事和情景的集合，像珠子被线穿在一起，被混杂着疲惫、鲜血和上千次危险的记忆串联起来，是不能分割的连续的事实。她的记述深深触动了美国人。她实在太忙了，没法在她随身携带的日记里记录每一天发生的事件，但里面写满了将死之人的名字和最后的消息，他们每一个人的生命里都曾经有过那么珍贵的瞬间，以至于不被巨大战争的现实所掩盖。她满怀着更多的悲伤而不是惊讶的心情看着这些满是炮灰的面孔。她所做的一切都不轻松。她悲伤地说："你要拿起一只破碎的胳膊绑住它，再把它吊起来，因为它认出你了，接着你发现另一只胳膊又突然从你的脖子上面搂过来。唉，在这种地方还能看到老朋友。"

整个夜晚和第二天一整日她都在工作，伤员数目之多令人崩溃，还总能看到运送伤员的火车源源不断送来新伤员，已转移到华盛顿的旧伤员空出的地方马上又被占满。到了晚上，情况更加糟糕，因为这里遍地都是伤者，挨在一起，工人们不敢走路，生怕踩到他们。点着的蜡烛在大风天和铺满枯草的山坡上是个隐患，克拉拉此刻有些害怕，生怕有蜡烛掉进干草里引起大火。他们的给养很快就用尽了。“直到那一天我才意识到，原来人们感激不尽的东西是多么微乎其微——那天的经历让我明白，只有直接提供必需品才是最有价值的事，”她后来说道，“如果一件东西不能挽救别人的生命，那么它还有什么价值呢？放在金币表面上的面包比金币本身更值钱。”她很担心，确实如此，无论她给予何种帮助，都是远远不够的。

她每天都在像是周一一样工作，周日也是如此。除了物资短缺这件事以外，她什么也不想。现在，她就像机器一样工作着，拼尽最后一丝力气，已经两日不吃不睡。食物越来越少，她和其他工作人员就从自己的三明治里把肉拿出来给受灾的人吃。克拉拉和其他人士气低落，救护车来往不断，军官们看似冷漠，惨败在南方军手里的消息已被证实，这些都让他们深受打击。“日夜兼程地奔波于遍地的受伤和垂死之人中间，实属不易。你的最后一点儿口粮没有了，他们还是在你的脚边忍饥挨饿。”

克拉拉和其他救援人员听到附近的山区有叛军的散兵在射击，这提醒他们叛军目前控制了该地区，警告他们必须抓紧时间。因为体力不支和对游击队的恐惧，有两位女士匆匆赶回华盛顿，只留下威尔斯牧师在克拉拉身边工作。当克拉拉在饱受折磨的人群中看到朋友和以前的学生时，她十分悲伤，开始意识到这一点有多糟糕。“整整七次！我在同一列救护火车上遭受了七次这样严酷的考验，”她叹息道，“你们不会不知道，我的心有多痛。”

那天下午晚些时候，一场雷雨突发而至，另一场战役也随之打响。当蒲伯手下的那些衣衫褴褛、愤怒不已的士兵沿着乡村公路向西撤退时，他们遭遇了斯通威尔·杰克逊的军队。双方在尚蒂利旁的小村交战。这是一场短暂的战斗，艾萨克·斯蒂文斯和菲利普·卡尼，这两位联邦军的名将虽然在雨中奋力拼杀，却也都壮烈牺牲。尽管这只是南方军的一次小小的胜利，但它加剧了政府军的士气低落。

一位好奇的旁观者将此描述为“玉米地里的骑兵冲锋”，这不可避免地出现了更多的救护车和昏迷流血的伤者，需求越来越多，可供给却越来越少。克拉拉蜷缩在已经淹水的帐篷里打了一个盹儿，身边净是篮子和箱子，根本不能完全躺下。她睡了两个小时后，清理了头发上的枯草和树叶，拧干裙子上的泥水，一跃而起马上开工。第二天一整日，她都是从救护车里爬上爬下，坚决不让长途跋涉到医院的每一个人没有水喝、没有饭吃。

叛军频繁地出没于雨水冲刷过的树林中。一位军官骑马去找克拉拉，问她是否能骑没有马鞍的马。听到她肯定的回答，他冲她喊道：“这样你就还需要一个小时。”克拉拉知道，如果敌人逼近，她只好骑上这匹不熟悉的马穿过敌人的封锁线到达华盛顿。万幸的是，一路上并未出现紧急状况。在星期二 5 点，克拉拉和威尔斯以惊人的速度把最后一个人送上了火车，然后他们自己也跳上车。他们刚刚逃离，一队叛军骑兵就疾驰到车站。克拉拉从货车车厢窥见他们放火烧了这个曾经是无助人们的避难所的小站。她跟埃尔维拉说：“两个小时以后，费尔法克斯站不复存在。”

接下来的几天，克拉拉目睹了太多的杀戮，让她难以接受。与伤员在一起的那些绝望日子仿佛只是一个可怕的幻想。她睡了一会儿，起来后写了几封信，其中包括几封公开的。尽管她描述事件，但是她不想复述恐怖的细节。“我太心痛了，无法用语言向你描述我所目睹过的苦难情形。”她对朋友说，“也许未来的某一天，当他们和我受过的伤已近痊愈，我才会有气力告诉你们。”

如果说克拉拉对她最近的经历感到一丝欣慰或者骄傲的话，那就是她认识到她在工作中得到了锻炼，勇气可嘉，精力充沛。四个月之前，她还认为自己“不可能……在炮火下会逃离”。她已经面对了在费尔法克斯站那里的战火硝烟，以及面临着可能被俘的威胁。后来有一名目击者这样说，她愿意留在这里直到最后一个人上了火车离开，这简直是“整个战争中最勇敢的事迹”。她向军队、医生，最重要的是向自己证明了她的价值。如今，人们理解了她，并相信她有能力、有热忱，足以胜任。她便充满活力地去完成工作。

克拉拉已经逐渐相信，当部队在前方作战，你却悄悄待在家里是愚蠢可恶的。碍于社会风俗，她远离战场一年多，这让她遗憾终身。“我说我纠结于做事的尺度”，大约 20 年后她才告诉朋友，“我羞于启齿。我一直为曾经这样想过感到惭愧。”于是，她马上又冲了过来，跟着军队来到了位于马里兰的哈蒙德医院。她的表兄利安德·普尔惊讶地发现她还是像往常一样热血沸腾，即使她前两个礼拜遭受了那么多事。“这些都不是一个普通士兵所能忍受的，”他自豪地解释说，“而且我发现她做事脑、心、手合一：镇定自若，有条不紊，高高兴兴。”

几日后的早晨，东面的天空泛着缕缕晨光。此时，一位军队的信使把一封信塞进了她的手中。上面写着“哈泊斯费里，刻不容缓”。她读过之后，当着送信人的面把信烧了。信使告诉她马车和物资都已备好。军队一直不愿意接受她的服务，可现在却为她提供物资、最好的牵引机和卡车司机，以及一些关于未来战斗的机密情报。罗伯特·E. 李手下的将士们自信满满，已经向马里兰进军，并深信进攻北方会给早已动摇的联邦政府造成精神上的重创，还会夺取一大片新的土地。联邦军队还在缓慢地行进着，已经无法阻止狡诈的斯通威尔·杰克逊在 9 月 12 日占领具有战略意义的山区重镇哈泊斯费里，并被俘获 13000 人。两日后，他们大败于几英里外的南山地区。

此时只有忠实的科妮还陪在克拉拉左右，面对社会的不公和偏见，她不再觉得自己需要一个女伴来保护。虽然她后来赞美了妇女在内战中起到的作用，并说她们有勇气和能力去战胜男人们的怀疑和偏见，但实际上她并没有真正瞧得起那些围在她身边的女人。她只会对那些善良的女人抱以一种轻蔑的态度。

甚至连阿尔米拉·菲尔斯也在危险初露端倪之际就匆匆逃离，尽管她只是美其名曰“去筹备物资”。克拉拉不能原谅她：“我知道如果有危险我也永远不会置伤员于不顾，即便我会因此被俘数次。”当那些女助手内心动摇或者倦怠时，就会给克拉拉带来阻碍而非帮助；而且，她们还会为赢得重视和与男人英勇比肩的荣誉和她较劲。她渐渐认同正是由于这些原因，洛克上校和其他一些军官才曾试图阻止她去前线。从此，她再也不让别的女人陪她上战场。

克拉拉在南部山区再次经历了考验。起初，她的货车从那些掉队的穿蓝色军服的士兵旁边通过，她竭尽所能通过分发面包让他们得以救助。这些给养来自她在每个城镇补充的供给。奇异形状的残骸开始沿路出现。当她最终到达战场时，战斗已结束。眼前的这一切比她想象的更可怕，“血流成河，惨绝人寰，”她厌恶地写道，“我们的车轮陷进了尚未掩埋的尸体中。这里混杂着已经僵硬发黑的人、马，还有火枪、刺刀、背包、行李、毛毯、残骸、水壶、破碎的车轮，以及那些致命的炮弹——大地被炸得就像被重新犁过一样……这种了解战争的方式太可怕了，真是难以理解的一页。”她和威尔斯“内心感到震惊和不适”，翻山越岭寻找最后的伤员直到接受医疗救治，然后穿越战场回应伤者的大呼小号。她最后一次在“死亡战场”上看到的是滚滚硝烟以及堆积着的支离破碎的尸骸。

她随后与军队会合。她那四辆马车已经成了这辆10英里长火车的一部分，接着他们穿过了马里兰西部的山谷。这片金黄、宁静的土地风景美丽。哈泊斯费里和南部山区的惨败事件演变为大战在即的预演，此刻克拉拉更是愤怒而非沮丧。那些她认为应该随时以备不时之需的车辆和物资就停放在缓行的火车后面，有的放在那儿好几个小时，有的甚至放了好几天，一直没有送到战斗部队那里。她面前的军官和司机都拒绝让她通过。她后来说道，他们就是那样不知变通。军队进入了位于马里兰的夏普斯堡的一个小社区，令人感觉到“可怕的压迫感”，她想到了一个计划，她要通宵穿过货车车队，其间停下来休整睡了几个小时。天亮时分，混杂着的人畜散发出的浊气充斥了整个闷热而又寂静的山谷，克拉拉到达了她想去的战场：待在大炮的身后。

随着第一声炮响袭来，克拉拉为这些人感到难过，但是像任何一位将军那样期盼战斗的胜利。她敦促她的队伍加快速度，带着他们飞奔了8英里穿过阵地，在阵地的右边似乎有个急救站。她费力穿过了一片几乎完全阻挡了视线的高高的玉米地，来到了德国移民约瑟夫·波芬伯格的农场。军队刚一出现，约瑟夫就和他的家人逃跑了。对克拉拉而言，这样一个承载了太多伤员的悲惨场景实在是再熟悉不过了。这里的医生甚至都是她以前服务过的。她到达房子之后看到的第一个人就是詹姆斯·邓恩医生。

一看到克拉拉，他圆圆的脸上露出了笑容，对她的努力赞不绝口：“上帝已经记住我们；你又一次地到来。”他跟她说，现在生活物资十分紧缺。房子离阵地也太近了，以至于炮弹就在工人中间爆炸开了，火光冲天，照亮了天空。情况最糟糕的伤者被送到这里，他们既不能待在野外，也不能忍受长途跋涉到远方的野战医院。这些人要么失去了整条大腿，要么脸被炸烂了，要么腹部被穿透了，他们被同伴小心翼翼地送来；同伴仍然相信在医生的手术刀和绷带的作用下，这些伤者还是有希望的。克拉拉的到来给痛苦的人们带来了一些安慰。邓恩和查多克医生开始着手工作，但他们除了自己的器械和被匆匆塞进口袋里的麻醉剂以外什么都没有。不仅货车运送的物资来得很慢，就连铁路运输的物资也没到达。很多人被炮弹炸伤，流血不止而死，身上只有一些飘落的绿色玉米叶子覆盖着。医生们在弹痕累累的房子长廊里给病人准备了四张病床。医生们接过克拉拉递来的绷带和镇静剂就开始了可怕的工作。克拉拉审时度势，招募了12位巡逻的士兵（令她欣慰的是，他们都来自马萨诸塞第21军团）帮助寻找伤者，他们和威尔斯牧师一起回应在四周回旋的尖声求救。

在这一天，“美国历史上称为最血腥的一天”，有近4万人丧生。波芬伯格农场几乎无人幸存，一个救援人员估计有1500具尸体堆在了谷仓、玉米囤，还有马槽里。威尔斯告诉他在纽约的家人，他们的工作大部分时候是“为了心爱的家人，洗洗脸，闭上眼睡一会儿，这简直就是一个令人感激的优待”。奥利弗·温德尔·霍姆斯为了找他受伤的儿子去了希腊安提耶坦，后来他写道：“伤亡如此惨重，救助无望。许多个体的痛苦悲哀对我的触动远大于这支受重创的军队对我的冲击。”克拉拉对安蒂特姆的战场上发生的事情记忆犹新——令人记忆深刻的并不是人山人海，而是战火纷飞、硝烟弥漫映射下的一两个光辉的形象。她第一次从一个年轻人的脸上取出了一颗子弹，年轻人哀求她为他减轻点儿痛苦，让医生多照顾重伤员。她第一次用一把随身小折刀切开了“人的肉体的神经和纤维”，此时，一位老兵按着男孩的头。“我觉得外科医生不会说这是一场科学的手术，”她得意地说，“但是它成功了，从病人的感激中我敢如此希望。”她捧过另一张脸，给了他一杯清凉的井水，只听嗖的一声，看到他的身体颤抖，然后安静地躺了下去：“子弹从我们中间全速飞过，在我的袖子上穿了一个洞，射进他的体内。”还有另外一张脸透过乌黑的迷雾，焦急地看向她。他太柔弱，不像战士；她给他受伤的胸部包扎，这个男孩有些犹豫。经过一番温柔的探询，克拉拉确定这个士兵名叫玛丽·加洛韦。克拉拉很同情这个女孩勇于反抗世俗观念，和与男人们一起上前线的决心。她把这个女孩保护起来，随后在华盛顿医院查找到她的爱人。几年之后，克拉拉回忆起他们两个人用了她的名字给大女儿起名。

她站在一锅粥的旁边，撩起裙边束在腰上，头发凌乱，脸上沾满火药，显得十分古怪。但是没有一个医生会用嘲笑的目光看着她。她已习惯了命令和安慰他人，所以她的士兵助手们自然而然向她请示。她总是镇定自若，有时更是从容不迫。痛苦依旧让人筋疲力尽，医护人员就在一起抱怨谴责政府的漠不关心，置他们于黑暗之中，连一根蜡烛都不发。她轻轻地告诉他们，她带来了蜡烛和灯笼。她现在不会因为举起一条被活生生锯下的腿而退缩，也不会为她以前的学生们的惨死而哭泣。“现在你觉得巴顿女士怎么样？”邓恩医生说了一些她的事迹之后问他的妻子。“在我看来，即使是战功赫赫的麦克莱伦将军在她面前也无足轻重，她是这个时代真正的女英雄，一位战地天使。”

在波芬伯格农场，克拉拉目睹了一天战斗中最惨烈的部分和最大限度的医疗混乱，尽管整个医疗服务水平在安蒂特姆战役中整体显著提高。莱特曼医生已经聚集了一小队能力胜任并反复演练过的医护人员；在一天结束之际，这些人骄傲地宣布无人被滞留在战场超过 24 小时。莱特曼已经开始秘密替代效率不佳的团部医院体系，提议由师级野战医院取而代之，供给仅发给主管医生。对于缓慢运行的医疗部门来说，这是一场巨变，直到 1864 年的战役时它才彻底完成。军队医疗部门的那些保守派职业医生不赞成这种人道的改革，他们认为这会浪费军队的经费或者减缓其行动能力。他们不愿支持这些新式的救护车，只看到军队购置了大批这样可笑的两轮车，带来了更多痛苦而不是安慰。威廉·亚历山大·哈蒙德医生是一位积极而自信的军医处处长，能量巨大且能力超强，他提出的新理念难能可贵。莱特曼深得他的支持。莱特曼和哈蒙德一起努力解决他们在第二次布尔溪战役时看到的组织的全部所需，以及酗酒和办事无能的问题。

卫生委员会也是这场战争中救援物资的重要来源。该组织早在战争初期就已成立，那时营地里卫生条件恶劣、疾病流行、士气低落、食物匮乏，这些都严重威胁并破坏着匆忙集结的联邦军。领导该组织的杰出的纽约人，正确地预测到疾病和营养不良比子弹更有杀伤力。他们自己组建了由平民构成的军队，检查营地，分发一切物资，甚至包括洋葱（可以用来预防坏血病）和棉内裤。他们公平分配物资，反对偏袒某一军团，通过区域或地方网络来实行管理。毫无疑问，医疗部门起初拒绝承认他们。 然而，卫生委员会仍然可以愉快地运行，他们巧妙地任用了从缅因到堪萨斯而来的那些精力充沛的志愿者。来自芝加哥和费城的妇女组织了一个盛大的“卫生博览会”，以筹集资金来配备医院船只和购买物资。妇女们在家编织、加工和缝补，来给有着“卫生物资”标签的各种器具打包装。他们收集的物品与克拉拉申请的相似。他们还建立了一个与她那个相似的仓库，用来收集和分发物资。最终，通过有效的宣传和在几次战役中起到的显著作用，委员会赢得了军队医务人员的认可并在全国闻名。

与卫生委员会一道工作的还有基督教委员会和多萝西娅·林恩·迪克斯领导下的一群女护士。基督教委员会是基督教青年会的一个分支，其声称的目标是“给予救济、同情，以及福音”。它确实力图让士兵皈依宗教，警告他们摒弃赌博与酗酒这样的营中常见罪行。可是尤其在战争后期，它也像其他民间团体一样提供了许多同样的帮助。另一方面，迪克斯的护士们也可以算是异类。经验丰富的医生不习惯在他们的病房领地见到女人。1859 年，弗罗伦斯·南丁格尔在克里米亚就强调日常清洁护理工作特别需要，这是医生们无暇和无心顾及的。军队里需要身强力壮的男人，容易引起争议的是使用女人，这似乎只是一个解决医院里人手不够问题的实际方案。多萝西娅·林恩·迪克斯，曾经因为曝光了监狱和疯人院虐待囚犯的丑闻而受到全国关注，如今她被任命为女护士团的领导。她是一个弱小的、小鸟依人一样的女人，心情容易浮动又充满活力，有着一张整洁的、尖尖的脸。60 岁的她决心让她的护士队伍里不能有一点儿丑闻。她要求志愿者必须是 30 岁以上，衣着朴素，并且要足够有力量，可以一个人把男人搬到病床上。所以那些穿着长裙、腰身纤细，或者个性大胆、渴望冒险的漂亮姑娘都被淘汰了。这些护士多半在华盛顿的医院工作，后来转到莱特曼建立的师部野战医院。但是迪克斯缺乏执行能力，再加之性格刚烈和神经质，这些都证实了许多医生对女护士的最坏担心是对的。在战争结束时迪克斯带着个人遗憾离开了该组织，她感慨道：“这份工作不足以评判我的一生。”

除了迪克斯的人之外，还有不计其数的像克拉拉一样无组织的妇女在自发地尽着自己的微薄之力。魁梧的玛丽·比克戴克曾在西部军队工作，通过恩威并重的手段逐渐取得了医生和将士们的尊重。尽管总是收到对她的投诉，说她手段太过严厉，但威廉·T. 谢尔曼将军却对他的助手说他也无能为力，因为“她连我都能管”。弗朗西斯·D. 加格曾在南卡罗来纳为黑人权利做过斗争，抗争在每一级都遭遇的偏见，争取公平的待遇。玛丽·A. 利弗莫尔曾管理过西部卫生委员会。凯瑟琳·沃姆利曾专门负责管理医院的船只。克拉拉在19世纪80年代时写过文章向她们致敬，承认她们做出的贡献，并赞美她们的个人牺牲，“困难与痛苦，努力与代价”。

直到战争之后，克拉拉才开始认同这些与她同道的女英雄。她写道，她的劳动和卫生委员会的工作是“完全一致的，他们相互尊重并且十分友好”，她还经常为储备或运输物资而拜访她们。然而，她未曾与这些组织中的任何一个有过过于紧密的结盟。她并不钦佩卫生委员会的主席亨利·贝洛斯，因为在半岛战役前夕，他曾告诉这些来自伍斯特的勤劳的女士这段时间什么也不需要做，因为军队的战地医院的储存足够供应所有的需求。这对克拉拉来说，足以表明委员会的工作缺乏经验和不切实际。“简直胡说八道。”她在日记里这样说道。在战场上克拉拉经常被牧师惹怒，他们“搭起一两个帐篷”，然后站着“显然在考虑下一步做什么”。她对委员会的官员们连一双袜子都拒绝给赤脚的士兵分发的做法感到绝望，因为他们已把他们的袜子留给死者穿。她不是唯一抱怨这些组织的战地工作者。沃尔特·惠特曼漫步在医院的病房里为这些军人鼓气守护，但他说如今传教是不合时宜的；这些伤者无助地躺在床上，转过脸去拒绝接触这些政府代表和传教士的眼神（“在他们看来我像狐狸或者狼一样奸诈”）。面对这样一支以多萝西娅·迪克斯为首的比较严肃的队伍，克拉拉尽量不想和他们有什么关联。她希望避免和迪克斯在医院的病房有接触，她发现迪克斯个性强，同样不吸引人。人们能感觉得到，这两个一直得意于独自工作的女强人是不可能很好合作的，克拉拉避免迪克斯管辖下的任何工作。

事实上，当克拉拉把波托马克的军队称为“自己的军队”时，她是非常严肃认真的。令她感到自豪的是，在委员会的战地工作取得全面胜利之前，她就削减了军队的繁文缛节，而且身体力行。她不知疲倦，胆大无畏，但是因为讨厌干涉和竞争，她没有好好地和别人一起工作。感觉到和他人一起工作上的排挤和不愉快，她不遗余力地避免“丝毫让步”。此外，克拉拉喜欢接受对她努力工作的赞美，并不愿看到这些赞美授予一个非个人的组织。

威尔斯和克拉拉待在小农场医院里超过24小时，尽管天黑之后救援护士们接替了他们，他们也只是零星地睡了一小会儿。“我们不能想着去休息，虽然我们已经有两三天没有休息了，”威尔斯回忆说，“因为我们身边都是将死之人，呼唤水、朋友、上帝帮他们解脱痛苦。”当他们中大多渐愈的伤员被转移后，威尔斯和克拉拉也开启了回家的旅程，分配给医院的必需品也已经在途中。克拉拉已经连续工作了6个星期，现在，随着她的给养和力气消耗殆尽，她开始感受到太多工作和悲伤的紧张带来的后果。她写道，她的司机们“在车的地板上用旧床单为我铺了一张床；我躺在上面，慢慢开回华盛顿，80英里”。她一回到城市就头晕目眩高烧不止，感激地倒在莎莉的怀里。“当我……看向镜子时，”克拉拉说，“我的脸仍是火药一般的颜色，深蓝色。”

此时，整个国家对联邦军队在西弗吉尼亚追赶李将军的军队早已迫不及待，监视着麦克莱伦的军队在马里兰扎营。克拉拉此刻因为伤寒发热疲惫地躺在第七街的公寓里。在这美好的秋天里，她很少写信也很少接待来访者。最终，过了将近一个月，她的体力恢复了。此时驻扎在马里兰的麦克莱伦的军队也已恢复了元气。12月25日，军需部给了她一匹马，并希望她能参军效力。部队最终穿过波托马克，驻扎在弗吉尼亚的温切斯特。李将军把他的人马安置在联邦军队和里士满之间的库尔佩珀法院。林肯总统因为麦克莱伦一连串的错失良机而勃然大怒，他引进安布罗斯·E. 伯恩赛德继续秋季战役。伯恩赛德显得愉快而又自信，只是明显没有打仗的天赋。不过他制订了一个周密的计划来包抄李将军，并经由弗雷德里克斯堡到达里士满。看起来行军中有些行动在所难免，军队也希望借此来提升士气，甚至包括克拉拉在内的随行人员也能提前预见到一场医疗灾难即将到来。

她在哈泊斯费里赶上了部队，并且带着一长趟的满载货车和对她永远忠实的助手威尔斯，实际上他们的工作已经在按部就班地进行。她带上自己的用品，跟随第 9 兵团去照顾那些病号以及被狙击手击伤的伤员。她亲爱的马萨诸塞 21 军团的一个成员后来回忆，“她带来她编织的衣物，走在军官和将士们中间，非常愉快地聊着天。”一天晚上，部队为她举行了一场阅兵典礼。号角嘹亮，刀剑明晃，军旗飘飘，深得她的喜爱。克拉拉也被塑造成了马萨诸塞21军团的女儿。“她做了个小小的演讲，”一位观众写道，“有一种战火中结下的友谊坚不可摧，至死不渝。”

克拉拉对这些军事诱捕行动着迷，回望“弗吉尼亚山边的盛大行军”时总是意犹未尽。事实上，那次行军是缺乏计划且十分艰难的，因为前前后后小规模的战斗几乎每天都会打响。食物短缺，一支部队开始闹情绪，以致很多人拖着沉重疲惫的步伐咆哮着高喊“面包，面包，面包”。痢疾和坏血病很快在前线蔓延开来。见识过战争的可怕和邪恶的目的，还有那些暴行之后，克拉拉经常说自己在余下的 50 年是一个和平主义者。克拉拉宣称，“只要你想，就去打败它，”并向谢尔曼将军解释道，“战争就是地狱。”可是她无法掩饰自己对军队生活的热情，这里有勇气、友情、无私和血性，“你知道我是一名美国士兵，因此不应该轻易惧怕。”在这次行军中，她真正成为部队的一员，而之后却再也没有这样的经历。正是在这里，她可以骄傲地宣称“她总是拒绝用帐篷，除非军队也有了……从不吃一口软面包和新鲜的鱼肉，除非伤员病患的供应是充足的”。她对这些日子的回忆，反映了军营生活中的些许艰辛以及许多浪漫的因素。“那段愉快明亮的秋日时光啊！”她惊叹道，“晚上有上千的营火照亮了森林的顶部，而且联邦军队有1 万人在不停地合唱《约翰布朗之躯》。”她现在可以分享他们所有关于战斗和野营的经历。这些年轻人有很多崇高之处。在认识了那些崇拜她的普通士兵之后，她开始花时间与这些士兵相处，避开那些掌握权力并且怀疑她甚至阻碍她工作的军官。这就是她的荣誉勋章：与他们同甘共苦，同生共死。

她自己勉强承认她需要军队的生活。她和她的支持者反而不顾维多利亚时代的偏见，对她行为的解释是认同的。“克拉拉·巴顿表现出世界上所有女人心中全部的同情和温柔，”一位热情的支持者写道。她的女性的同情心被人称赞，不是她的执行能力和护理技能。她像母亲般照顾这些男孩子，培养他们，像一个姐姐和妻子一样安抚他们，甚至用“我的孩子们”这样的称呼彰显女性特有的关怀和占有欲。在这些大众接受的女性美德的加冕下，面对怀疑者，克拉拉扬扬自得，证明他们大错特错。在安蒂特姆猛烈的炮火进攻下，她看到每个男性军医助手都在跑；她站在那儿，把持着晃动的桌子，帮着完成了手术，而之后她也没有避讳提及此事。克拉拉知道她的勇气会令许多在炮火下工作的男人蒙羞，而且她有意冒险来证明她勇气超凡。她愤怒地冲分配给她的卡车司机表示抗议，因为他们怀疑她的动机，厌恶她是女流之辈。这样一群粗鲁的人挑战了她的权威，只工作了半天，结果耽误了火车。她要求他们开车一直到深夜。她对此的答复就是简单准备的几句话，让他们明白她的大度和容忍度。“只要我有食物，我就会和他们分享。他们饿了没有饭吃，我也应该如此；如果他们受伤了，我就应该照顾他们；如果他们生病了，我就去护理他们。”他们在地上蹭着脚，一脸尴尬和歉意，他们意识到他们其实是在反对这样一个人，她用个人的力量和社会赋予妇女的能力来统领他们。至于说她是一个女人，“他们会习惯的，”她满意地写道，“这是我一生中最美好的瞬间。”

几周之后，克拉拉无奈离开了部队，陪伤员前往华盛顿。尽管她情绪高涨，但因为冷水、寒冷、烧伤、擦伤和霜冻，她的手皲裂。此外，她的一只手还因为得了甲沟炎，在离开前不得不被刺破而不能动。一回到华盛顿，克拉拉短时间内竟然因为要征集物资、走访医院、写函件这些不那么艰巨的任务累倒了。她的侄子山姆十分担心她，觉得她看起来又脏又累，并且向朋友们暗示，她因为身处军队已经没有了时尚的意识，身上也没有合适的衣服证明她曾是个体面的人。12 月初，当她再次出发去军队的时候，他恳求她“在没有战斗的情况下处理完物资就赶紧回到城市”。

波托马克的部队现在法尔茅斯驻扎，一个跨越拉帕汉诺克河的村庄，该河源自弗雷德里克斯堡。这里非常糟糕，像一个恶臭的泥洞里塞满了没有军饷、饿着肚子、心灰意冷的部队。克拉拉和威尔斯用查尔斯·斯特吉斯将军征用的军车把有史以来最庞大的物资运给他们。在法尔茅斯，克拉拉在莱西之家建立了一家医院，医院宽阔的阳台直面分开两军的大河。她在其他医院里也尽她所能地分发物资，但她已经能感觉到战场有多近，却无法遵从山姆想让她回家的愿望。相反，当将军们大步走过时，她却有些凄凉地站在旁边，等待着那些可以建造浮桥过江的工程师。她的情绪因小激动稍稍缓和。“斯特吉斯将军为我放下救护车，安排了晚餐，还有美妙的小夜曲伴奏，”她告诉一个在北牛津的朋友说，“我不知道我们为何能拥有一个被军官们称为更温暖的‘家’。”

本来为联邦军队及时无忧进入弗雷德里克斯堡而造的浮桥虽然建成，但为时已晚。李将军的部队抓住机会冲了上来，在城里建立起岗哨，使得城市如同一座鬼魅的堡垒。市民早已逃离。叛军藏在阁楼、地下室，以及被遗弃的马厩里。克拉拉焦虑地看着伯恩赛德不顾一切实施自己的计划；这个缺乏想象力的男人，无法适应变化了的环境。12 月 12 日，在一片寒冷的月光中，她焦急地等待着明天的战斗而无法入睡，于是给埃尔维拉写信提及此事。尽管这封信字斟句酌，诗情画意，适于发表，但她的自我意识不乏激动和悲伤。

> 营火熊熊闪亮刺目，哨兵脚步轻巧——绵延几英亩的帐篷黑压压一片，静谧无声。难怪我会悲伤地盯着它们，我几乎能听见冷酷的神灵正缓缓扇动翅膀，逐一搜寻明晨战斗的牺牲者——睡吧，疲惫不堪的将士们，睡眠和休息是为了明日的征战。哦！熟睡中，家中的亲人再次在梦里造访。他们可能还活着梦见你，冷冰冰、血淋淋，了无生气。
>
> 可是战士们，这是你们最后的梦了，让梦想光鲜明亮，好梦成真。哦，北方的母亲、妻子和姐妹们，不知不觉中，我将代替你们体验即将到来的苦难……
>
> 我不是唯一清醒着的，我们那位善良的将军的帐篷也灯火通明。他

奋笔疾书与妻儿作可能是最后的道别，与他共进退的将士们的命运令他思虑重重。

我的耳边已经响起了移动火炮的声音，战斗即将来临，我必须为明天的工作补充一个小时的睡眠。

克拉拉悲惨的预期得到了应验。南方军队的枪手从窗户和有遮挡的壁架向正在脆弱的桥梁上行走和乘坐简易搭起的小船过河的人射击。“他们在桥上走了不到十步就被击中，像镰刀割草一样地倒下了”。她在法尔茅斯尽她所能地去救治大家，然后她收到了一张来自一位驻扎在被围困城市的医生的便条。“到我这里来，你应该来这里。”便条上说。一位奄奄一息的联邦长官，非常感激她的照顾，试图劝阻她不要过去。因为那里每座房子都可能是那些目光锐利的反叛者的避难所。他警告她，她没有胜出的可能。她明显不服地忽视了他的请求，在猛烈的炮火下穿过了那座摇晃的桥。一名军官帮助她在桥尽头越过残骸时，突然一发炮弹爆炸了，并且撕开了她的裙子和军官的上衣后摆。几分钟过后，一发炮弹在仅三英尺外爆炸，死了一个骑兵。“离开这位好心的军官，”克拉拉写道，“我一个人来到了医院。不到半个小时，他被带到我面前——人已经死了。”

她在由克拉伦斯·卡特管理下的师部医院工作，而克拉伦斯·卡特是马萨诸塞第 21 军团的老外科军医。师部医院在战役中出色地完成了任务；莱特曼的体系得益于在安蒂特姆的经验，同时也受益于有时间培训看护和救护队伍。其供应系统也得到了大大的改善，尽管沃尔特·惠特曼在审视了整个战役之后曾写道：“对伤员来说不负责任而且备品缺乏……准备不周，不成体统，没有远见，人才匮乏。物资充足倒是不容置疑，只是总是远在数英里之外。”克拉拉和威尔斯建造了一个足够为数百名伤员在许多天内提供补给的流动厨房。威尔斯现在可以告诉他教区的居民，“我们带来的一切都是他们需要的；我们那些高尚的兄弟正在因为这些物品缺乏而遭受痛苦。”当将士们正在玛丽高地浴血奋战或者在街道上肉搏时，克拉拉在她周边躺在地板上备受折磨的伤员中安静地工作。她一次又一次地舒展眉头，为伤员止血，派发她所有的营养品。悲哀的是这些熟悉的面孔再次出现。哈特·博丁，那个她在海茨敦极力安抚的任性的男孩好像做梦一样出现了，尽管他是那些康复的幸存者中的一员。一个血迹斑斑快要窒息的男人在她的悉心照料下，逐渐被认出是北牛津教堂司事。他的那张她从孩童时代就认识的脸，现在几乎无法辨认。

联邦军队在战斗中遭到了令人震惊的惨败，大约有12000人丧生。当北方还沉浸在被称为“伯恩赛德的失误”的悲痛中时，南方却为被杰布·斯图尔特称为“开战以来赢得最轻松利索的一场胜利”而欣喜若狂。救援人员震惊地注视着周围的大屠杀。李将军在玛丽高地拒绝休战。寒冷的12月，伤员在阵地上躺了三天，冻伤屡有发生，真是雪上加霜。在敌人隐藏的石墙旁边，还堆着1100具尸体。一名南方军官永远都忘不了那尸横遍野的景象，“姿势各异……这儿有断头的，那有缺腿的，远处是无头无腿的躯干，到处是恐怖的表情，恐惧、愤怒、痛苦、疯狂、煎熬，躺在血泊中，头半埋在泥土里，弹片射入头部脑浆迸裂”。大量成堆的尸体使这些人道主义者心情沉重。幽灵一般空荡荡的大街上遍布着打碎的瓦罐和马的尸体，虽然寂静，但时有低沉的马蹄声。这次的杀戮没有胜利，好似人们的勇气被无知和残忍支配了。

克拉拉走遍了那个痛苦不幸的小镇，看见成批的伤者，记得每一个丑陋的角落。尽管莱西之家混乱不堪，可在她的记忆里仍挥之不去。房子的门前堆着被截掉的手臂、大腿还有断脚——她看见它们在激战正酣时都堆到做手术的军医的肩膀高。克拉拉没有畏惧退缩，她的同伴沃尔特·惠特曼也是如此。即使是一个像她这样习惯于如此惨状的人，也都屏住呼吸。数以百计的伤员倒在血泊之中，靠在装瓷器的橱柜上，挤在桌子腿下。如此苟活仿佛是上帝的不杀之恩，可却给他们留下了残肢的痛苦。这样的痛苦太多了，她后来估计在莱西之家大约有1200人，尽管官方报道声称不到300人。“一切高雅的下场最后都是悲惨的，”一名驻守的军医写道，“一切高贵的结局最后都沦为破败，一切曾经的文明优雅现在都被诉为残酷野蛮。”多年来，这个房子里许多人的名字和脸庞常浮现在她的脑海：一个被止血带挽救了生命的男人抓着她的裙子不停地说“你救了我的命”；一位受了致命枪击的军官在神志不清时认定她就是他的妻子。克拉拉跟一位朋友回忆这里的恐怖之处，她从一名士兵身边站起时，“因为裙角的重量，在我迈步前，我要先拧干我衣服下边的血。”对于她，莱西之家成了低效无能的代名词，充斥着不必要的痛苦，以及所有由战争带来的不幸。

直到12月的最后一个星期，她仍在工作，住在马车边的一顶帐篷里。她的物资耗尽，大部分伤员已经死亡或被送往华盛顿，她也准备回到那个不堪重负的城市。她没有精神去庆祝新年，而是费力地穿过泥泞的六号街码头，爬着那长长的通向她房间的楼梯，“忧郁，混乱，孤独”，她无力地坐在地板上潸然泪下。

（高锐琦译）

第 8 章

Chapter 8

1863 年的冬天，克拉拉和联邦军队的士兵们一样进入了半作战、半休整的懒散状态。她和士兵们都极度疲惫，只能靠回忆过去和期盼春天的战役度日，生活单调乏味。她已经忘记了自我，忘记了身上破旧的衣服，忘记了周围的一切，因为在亲眼见证了贫穷之后，这些对她来说都是微不足道的。她衣衫褴褛，却并不因此抱怨，相反，她自豪地认为这增进了她与士兵之间的感情，因为步兵们也穿着同样破旧不堪的衣服。她对玛丽·诺顿说："我总是没有时间为自己置办舒适的衣服，但我为此感到高兴，因为只有这样我才能感受到士兵们的寒冷，他们衣衫单薄，冻得瑟瑟发抖。"

她现在可以利用的资源已经不多了，主要是军队有限的给养和朋友们微薄的捐赠。在表哥林德向她的家人描述了她简陋的衣柜之后，裁缝安妮和乌斯特县一些钦佩她的妇女给她寄去了一盒子典雅、合体的衣服，她感动得泪流满面。亨利·威尔逊在顺路拜访她时，询问了她的经济状况，当得知她为了让医院里的病人能够用上稍好一点儿的东西而节制自己的开销时，他哽咽着说："我们奋斗的事业一定不会失败。"威尔逊毫不犹豫地留下两张 5 美元的钞票，克拉拉欣然接受了他的捐赠。时隔不久，克拉拉说："鉴于当时的情况，我非常珍视他的捐赠。"

尽管她非常贫困，她的鞋底都磨成了薄薄的一层，而且满是补丁，她的勇气和自信却在枪炮声中不断增长。克拉拉的父亲是位爱国者，他的爱国理想深深地影响了她。但是，在战争爆发之前，她没有机会表达爱国之情、展示超强的工作能力，她把大部分精力都投入了毫无用处的自怜之中，追求那些模糊而又变化不定的所谓人生目标。她感到了内心深处潜藏的巨大力量，但她坦诚地说："我不知道那些力量有多强大，会将我带往何处，也不知道那些力量会用在什么地方。我有一点儿畏惧它，并努力隐藏这股力量。"在战争时期，即使是最令人烦恼的个人特质也会突然变成有益的品质。战争带来的危机使她更加清楚她的人生中缺少什么：她渴望成为有用的人，需要展示她的勇气，渴求来自异性的友谊，热爱冒险。此外，自信的激增也帮助她摆脱了几近病态的自省。后来，她承认："如果你像奔赴前线的妇女一样忙碌的话，你就永远不会在意自己的感受，因为你时刻都在做着最艰苦的工作。"当她开始享受这种新的自信的时候，过去的空虚和烦恼似乎全部消失了，她对一个朋友这样说："我从来没有像现在这样清醒，我知道我要的是什么，你会发觉我比以前更容易接近，更善解人意。现在的我比以前更开朗，不会再杞人忧天了。总之，现在我比以前更好、更开心！"

她的大部分自信都来源于那些普通士兵对她不加掩饰的崇拜。如果说她错过了爱情，没有机会实现她的浪漫梦想，她现在却拥有了众多热切的恋人，他们高声呼唤她的名字，羞涩地送她花束和苹果。军官们也都向她敬礼，穿着蓝色军装的年轻人络绎不绝地前往她在第七大街的住所。他们前来感谢她，告诉她他们的健康状况在好转，或者闲聊他们一起经历的战役。一天下午，一位曾在莱西之家门廊里住过的伤员前来拜访，他没有用传统的方式与克拉拉打招呼，而是直接说："你救了我的命。"克拉拉曾用救生止血带绑住了他受伤的腿。他认为没有什么比"你救了我的命"更能表达他此次的来意。有时，军人们会用更戏剧化的方式来表达他们的感谢。她回到华盛顿不久，就收到了看望林肯医院17病区病人的邀请。这里的每个人都在弗雷德里克斯堡战役中受过伤，被送回首都华盛顿之前都在莱西之家治疗。当她进入病房时，所有的人都在欢呼鼓掌，一些伤势较重的士兵在欢呼鼓掌之后又躺倒在床上。克拉拉后来说，她永远都不会忘记他们三次热烈的欢呼，“胜利者和国王受到的最狂热的欢呼也不过如此吧”。

在军队没有紧迫的工作要做的几个月中，克拉拉利用她的影响力为士兵们争取抚恤金和支持。在她为之奋斗的士兵中，有一位名叫托马斯·普伦基特，当他擎着连队的军旗时，双臂被敌人的子弹打飞，但他没有退出战斗，而是用双脚保持旗帜继续矗立在战场上。她还提出了一项议案，以便帮助乔纳森·莱特曼对流动野战医院和军队医院进行意义深远的改革。在剩余的时间里，她积极筹备救助伤员所用的必需品。从库尔佩珀到弗雷德里克斯堡发生的一连串战斗使她相信，就算是最慷慨的妇女辅助会也不希望去为军队提供物资，她别无选择，只能从卫生委员会获取必需品。这个过程削弱了她独立自主的感觉，同时也很难证明这样做是正当的。因此，1863 年 1 月初，她向亨利·威尔逊提出了请求，希望他能批准使用政府的医药用品。她说军队需要法兰绒内衣、毛毯以及红酒、炼乳、肉和餐具。之后，她又有些防备地补充说：“我希望你能保证这些物品得到谨慎、恰当的使用。”尽管威尔逊一直在尽最大的努力以各种可能的方法帮助她，但他不能同意动用政府的医药用品。

令人啼笑皆非的是，克拉拉的大部分游说适得其反。虽然她所倡导的医疗服务改进最终得到了实施，但是一贯吝啬的医务部希望新的救护队和医院系统也能够服务于平民，消除他们的愤怒和不满。此外，1862 年年底，他们很不情愿地将卫生委员会确认为官方的民间救助机构。这个组织得到认可的原因之一是它在战争中引导了各种慈善工作，形成了一个非常高效的救助系统。卫生委员会和军队不想让人们看到克拉拉·巴顿所代表的个人努力在战时救护中起到的作用，他们认为大多数自以为是的人道主义者行动缓慢，跟不上军队，他们制造的麻烦比解决的问题更多。虽然克拉拉是个例外，但是他们还是将她的名字和心怀善意却笨手笨脚的非专业人士联系在一起。1863 年年初，护士、背包、帐篷、绷带都是由官方按照规定分配，而不是按照实际需要分配。所以，威尔逊说，无论一个人的名声多好，多么受人尊敬，他都没有机会得到军需品。如果允许克拉拉使用军需品，那就意味着官方对她个人努力的认可，而实际情况却与之相反，她所做的一切已经引起了不满，因为她的要求超出了多萝西娅·迪克斯、卫生委员会和医务部的权限。此时高度自信的克拉拉不愿承认，她的努力不但没有达到预期的目的，反而使军队相信他们应该自己照顾他们的伤员。她所倡导的医疗服务改进险些使她惨遭淘汰，无法再从事救护工作。1862 年 1 月，当两年多的血腥战争仍在继续时，她已经提供了她最好的服务，让人们看到了她最直接的行动。在安铁顿和弗雷德里克斯堡战役中，她曾冒着枪林弹雨为部队服务，但她不会再有机会做这样的事情了，她越来越强烈地感到医务主管、护理主管、卫生委员会的官员和将军们都在阻碍她的工作。

为了帮助克拉拉，威尔逊向参议院推荐大卫·巴顿做军需官。克拉拉和哥哥从未寻求获得这样的职位，而且，年近 60 的大卫早已过了参军的年龄。所以，在接受委任时，他心情复杂。他的工厂和他的家庭使他难以离开马萨诸塞州，他也没有从军的经验，对军队事务缺乏兴趣，并不情愿接受这个职位，他和妻子都认为是克拉拉的爱国狂热促成了此事。尽管克拉拉强烈反对这样的说法，但这件事还是导致了他们之间的矛盾。实际上，这是威尔逊自己想出的主意，目的是间接地保护克拉拉，并使她能够使用军需官的军需品。克拉拉为这个计划感到欣喜，她认为这是对她的赞扬。她在写给威尔逊的感谢信中说道：“这正是我需要的，这会促进我的行动，让我发挥更大的作用，并且立刻把我从不愉快中解脱出来，我不需要再为工作上的事情同陌生人沟通。”她劝说大卫相信他接受这项任务，大卫不情愿地承认了。

现在，她的工作和大卫的工作密不可分，在接下来的 6 个星期里，她焦急地等待着关于哥哥到何处任职的消息。在此期间，她像平常一样写信，游览参议院的画廊，还匆匆忙忙地回了一趟马萨诸塞。她喋喋不休地劝说大卫让他 15 岁的儿子斯蒂芬·巴顿参军，这使得朱莉娅·巴顿更加愤怒，因为克拉拉已经让她的丈夫离家参加了战争。但是，克拉拉姑姑赢了，她的侄子跟着她在伍斯顿市参军入伍。他后来回忆：“当我穿着蓝色的军装和姑姑一起走出詹姆斯军需库时，我感到了前所未有的骄傲。”当她在伍斯顿的时候，她抽出时间去探望了忙着制作军需品的妇女，是她们的辛勤劳动保证了危急时刻军需品的供应。然而，克拉拉总觉得她回家乡的旅行令人不安，好像是莫名其妙的妥协，仅仅几天之后，她就回到了在华盛顿的临时住所。

3 月末的时候，大卫接到命令到南卡罗来纳州的希尔顿海德岛报到。在那里，第 18 军团正准备轰炸假意友好的叛乱城市查尔斯顿。克拉拉很容易地得到了陆军部的准许，批准她陪同大卫一起前往。4 月 2 日，她登上阿尔戈号从纽约起航，船上还有几位妇女和大批的军人。在饱受了晕船的折磨之后，她于 4 月 7 日到达该岛。让克拉拉惊讶和偷偷感到高兴的是，对查尔斯顿港萨姆特堡要塞的轰炸将在当天下午进行。她在日记中愉快地写道："当我离开华盛顿时，人人都说那里没有一点儿和平的预兆，我总是能够赶上麻烦，而且从不迟到。"但当天的轰炸并非大型的进攻，这种近乎徒劳的打击持续了长达 8 个月的时间。

克拉拉和哥哥前往的海群岛是一连串形状不规则的小块陆地，其间被盐沼和流速缓慢的小溪隔开，形成了岛屿和水湾的混合体，许多仅仅是沙洲，一面长满了粗糙、破烂的杂草，另一面是宽阔的大海。这些岛屿以出产优质棉花著称。1861 年前，这里的种植园非常成功，但因为气候潮湿，很多种植园主不在此居住。这里黑人人口众多，与白人之间几乎没有联系，因此，他们非同寻常地保持着他们的非洲习俗和语言。因为没有白人保护，也因为联邦军队之前的海上封锁行动，他们轻而易举地占领了这些岛屿。岛上大量的黑人给军队带来了一个难题——军队不可能供养他们，但也不愿看着他们挨饿。所以，军队让黑人们在他们家里的种植园工作，同时为他们提供一些受教育的机会，允许他们保持一定程度的收入，这一尝试对后来美国的国家重建政策产生了深远的影响。一个小团队自愿管理这个实验项目，他们活跃了海群岛上单调的驻军生活。

前往查尔斯顿的第一次远征行动失败了，然而克拉拉却冷冰冰地说："如果这算一次失败的话，我已经看过更糟糕的退却了。"军队已经开始行动了，但即使是很小的行动她都被排除在外，她对此感到非常失望。她吃惊地发现她竟然有时间安顿下来，并且习惯了希尔顿海德岛的生活节奏。她和大卫被安排住在挨着总军需官的两个房间，里面摆放着从当地种植园收集来的临时家具和废弃物：一张很大的红木桌子，"显然曾经价值不菲"，一把摇椅、一张埃及大理石面的办公桌、蚊帐布窗帘，以及被打开当床用的克拉拉的军用木箱。他们被分配到军官食堂——克拉拉喜欢这样的场所，但大卫却觉得尴尬羞怯。克拉拉更开心的是，包括塞缪尔·T. 兰姆上尉在内的几个军官都是老朋友，兰姆的父亲曾经是巴顿家的家庭医生。他的两个儿子也加入了他们这一群人当中，两个都是20多岁的阳光男孩，胃口好，经常开心地笑。同样引人注目的是来自俄亥俄州克利夫兰市的约翰·J. 埃尔韦尔上校，他是南方军需部的总军需官。克拉拉描述说："他罕见地集智慧、学识、才能、高尚的精神和绅士风度于一身，他像男子汉一样坚定，像小女孩一样温柔。"他折断了一条腿，但却是和她志趣相投的人，她把关心和陪伴全部给了他。被解放的黑人奴隶弗朗西斯·达纳·加格和她的女儿玛丽也很引人注目，她们富有挑战的思维和平易近人的性格增加了他们的快乐。桌子上摆满了沿海地区的美食——橘子、虾和新鲜蔬菜，克拉拉告诉一个朋友说，"我们这些士兵在铺着雪白的亚麻桌布的餐桌上吃饭，用的是银色的刀叉。看到这一切你可能会笑，但事实就是如此。"她曾经和满身都是泥土的士兵一起吃咸牛肉和被虫蛀的饼干，但这是一支不一样的军队。她喜欢浆洗过的亚麻桌布和发着光的金色穗带，但她也有一种不舒服的感觉：真正的战争离这些文明的住所和机智的同伴太远了。

很快，克拉拉就沉浸在了社交生活之中，她之前几乎没有享受过这样的社交生活。勇敢的兰姆上尉和温文尔雅的埃尔韦尔上校都抢着和她交往，他们把当地的花束和一篮一篮的水果送到她的房间，邀请她和他们一起沿着海滩和古老的种植园小路骑马。克拉拉像小女孩一样让他们互相竞争，和他们玩闹，直到最后一刻才决定接受谁的邀请。她喜欢把自己当作士兵们的同龄人，甚至还有一套由军官用的蓝色布料制成的骑马装，上面镶有黄铜扣子。为了给他们的快乐辩护，她写道："那段日子不需要行军、打仗，也不需要救护伤员，而是闲待在军营中，思维腐朽，头脑迟钝。"

尽管有明确的理由，克拉拉还是不能接受这种"极其时尚和快乐"的社交活动。她不能忘记那是战争时期，当她轻快地跳舞时，饥饿与死亡却如同幽灵般缠绕着她的士兵们。到这里不到两个星期，她就感受到了罪恶感带来的痛苦。她在日记中吐露了自己的心声："毫无目的地留在这里，我觉得不踏实。"她担心军队会把她当成讨厌的人，或者把她视为营妓。克拉拉为自己辩护道：“上帝最清楚。”她决定离开，但也再次想起了留下的理由。于是，她开始权衡她想要留下的欲望和积极参加战斗的需要，在8个月的时间里，她一直非常矛盾，无论做出哪种选择，她都不会感到彻底的开心。最后她留了下来，一方面是因为这比逃回华盛顿要简单，另一方面也是因为大卫。如果她选择离开，已经感到孤独和不满的大卫就会被抛弃在这里。（事实证明，大张旗鼓地任命大卫为军需官是一件滑稽的事情，他已经成了军队的负担，也令克拉拉非常尴尬。）随着时间的流逝，克拉拉越来越为自己失去工作的机会感到遗憾，她对玛丽·诺顿说：“我很伤感，我只希望我的工作能取得一定的效果。我们可怜的士兵正在烈日下遭受痛苦，口渴难耐，濒临死亡，而我却在这里过着安逸舒适、衣食无忧的生活，我没有权利过这样的生活。这样的军需品分配是不公平的，我对此感到内疚。”

但是，她没办法下决心离开。在她犹豫不决的时候，她需要决定性的建议；她的朋友们给了她建议，他们强烈反对她离开。她在日记中草草地记下了这样的话语：“我仍然很不安，我自己倾向于离开，但其他人却不这样认为。”

在那些鼓励她留下的人中，埃尔韦尔上校是最热切的。从第一次见面，他和克拉拉就为彼此本能般的互相理解感到开心。克拉拉在到达希尔顿海德岛的当天写道：“语言几乎不能描述他的善良。”一周内，他们就开始谈论诗歌，每天互相拜访两到三次。

埃尔韦尔上校的房间并不宽敞。实际上，他的房间“沉闷、昏暗，地板上没铺地毯，6把椅子摇摇晃晃”。房间里有一个巨大的壁炉，既用来取暖又用来照明。但是埃尔韦尔才华横溢的谈话，他的智慧、风趣和学识照亮了昏暗的房间。对他来说，克拉拉的到来分散了他的病痛和烦恼。他在12年后告诉她：“当我身处黑暗、闷热的房间中被病痛折磨时，你在一个傍晚来到了我的身边，你的陪伴胜过了药品、军医和其他的一切。”他们在读书和欢笑中度过时光，他们一起读威尔基·柯林斯的小说《无名氏》，一起探讨克拉拉对战争的感受。她开心地记录着他们在一起的时光，说“拜访上校是一次智慧的盛宴”。她已经很长时间没有遇到像埃尔韦尔上校这样的爱慕者了，克拉拉迷恋他，而且上校也欣赏她的思想。

让他们更开心的是，他们都喜欢骑马。和克拉拉一样，埃尔韦尔也是一个优秀的骑手，而且作为军需官，他可以使用军队马厩里最好的马。清晨，他们沿着海滩骑马奔驰，海水湛蓝，波光粼粼，仿佛置身于浪漫故事所描述的情景之中。他们骑在马上摘黑莓，追海龟，不知不觉就到了晚饭时间。他们回来后，一边含糊地说着迟到的理由，一边极力隐藏他们的激情和狂喜。克拉拉喜欢和男人比马术，在赢得了骑马比赛和妙语连珠游戏之后，她信心倍增。她订购了一套新的骑马装和马鞍，并宣称如果她和埃尔韦尔的恋情像这样继续下去的话，她会离开步兵加入骑兵。

随着克拉拉和埃尔韦尔之间感情的升温，他们互致问候的便条也发展成了情书。起初，埃尔韦尔的信件是写给“我亲爱的妹妹”，几周之后，他就称呼充满幻想的克拉拉为“我的宝贝儿”或者“小鸟”。埃尔韦尔恳求克拉拉常来他的房间，他自己也频繁地去拜访“小鸟的鸟巢”，毫不在意别人的闲言碎语。在一个非常亲密的晚上之后，埃尔韦尔写道：“我不能忘记我们谈话时你脸上的表情，那是幸福的表情，深深的幸福，而不是转瞬即逝的愉悦，是只有我们之间才能体会的幸福。是我错了吗？这只是我内心的感受吗？我认为不是。”克拉拉为他们之间的浪漫感到非常开心，她温柔地对他说：“如果说我的生活是一张网，你的这些话语和我们在一起的时光就是织入网中的金线，它们将会永远在我今后的生活中发光。”

他们在信件中所用的亲昵语言暗示了他们之间最亲密的关系。埃尔韦尔承认他在法律允许的范围内爱着她，而且可能还有点儿超越法律的界限。克拉拉也曾兴高采烈地说起她在黎明时怀着爱意离开他的房间。唯一不和谐的音符是埃尔韦尔已经有了一位温柔、耐心的妻子，她正在俄亥俄州等着他。在与克拉拉有联系的男人中，埃尔韦尔是唯一一位与她苛刻的择偶标准最接近的男人，但她没有让他离开他的妻子。埃尔韦尔幸福地写下了他们的未来：“啊！未来！美好的未来！就在昨天晚上，未来展示在了我们的面前。”但是，显然他们都愿意“负责任”，似乎接受了他们爱的界限。一天清晨，在离开埃尔韦尔之后，克拉拉若有所思地沿着海岸往家里走着，她感到波浪似乎在低声说，“你不能走得更远了，到此为止吧。”这段恋情让她刻骨铭心，克拉拉意识到她的恋情是在奇怪的战争背景下产生的，应该珍视。与其为他们受到的限制惋惜，还不如尽全力过好现在的每一刻。埃尔韦尔叹息地说：“我们的时间很宝贵，我不知道没有你的陪伴如何生活，哪怕只有两三个小时。”

在精力充沛的中年时期，克拉拉遇到了真爱。她深深地沉浸其中，似乎战争也离她远去，不再影响她的生活。她只是偶尔会从大卫那里听到关于战争的消息，或从她认识的军官那里得知一些零星的信息。对查尔斯顿接连不断的轰炸使得叛军东躲西藏，也给南方的妇女们敲响了警钟。尽管如此，她们还是坚定地留在着色精美的房子里。这里的情况与 1861 年几乎一样，联邦军队仍无法占领这座令人骄傲的城市。停靠在小小的博福特港的许多蒸汽轮船带来了关于北方的钱瑟勒斯维尔战役的消息，南部联盟毁灭性地失去了斯通威尔・杰克逊将军；在葛底斯堡，三天可怕的战斗使得南方和北方都感到了恐惧。尽管有约翰・埃尔韦尔的安慰，这个消息还是使克拉拉对留在南卡罗来纳州的价值更加不确定。当听说昆西・A. 吉尔莫尔总指挥打算攻克韦恩堡，升级对查尔斯顿的进攻时，她感到了些许的安慰。韦恩堡位于一个叫莫里斯岛的小沙洲上，相对来说，这不是一个很重要的要塞。但吉尔莫尔认为它是突破查尔斯顿港防御的第一个障碍。吉尔莫尔是一个沉默寡言、没有想象力的职业军官，以前在陆军工兵部队。他开始唤醒在热带气候中游荡了很久的懒散的部队，并哄骗他们对敌人采取积极的进攻。7 月 11 日，吉尔莫尔带领他的士兵穿过了狭窄的灯塔湾，沿着海滩向要塞进攻。

在战斗打响的前两天，克拉拉就得到了关于这些行动的消息，这使她从梦想的世界中惊醒，迅速地开始准备工作。总的来说，吉尔莫尔对她的存在毫不关心，但态度和蔼。他允许克拉拉、埃尔韦尔和他一起登上了富尔顿号旗舰，这艘船正在驶往 75 英里以外的要塞。克拉拉为这次进攻做了充足的准备，这不是因为吉尔莫尔的善意，而主要是因为埃尔韦尔作为军需官的影响力。35 年后，埃尔韦尔回忆了他是如何从军需部偷偷拿出物品给克拉拉使用的。这样，除了她自己的物品，她还得到了很多从军需官的货架上“掉落”的物品，还给她配备了驯马和救护车。救护车里有床和其他一些小的必需品，物品的数量是她房间内物品的两倍。

克拉拉带着这些供给登上了富尔顿号，他们及时到达了韦恩堡，看到了对那里的首次围攻行动。克拉拉看到炮火连续轰炸韦恩堡，炽热的弹药溅起的沙子就像喷泉一样，但收效甚微。这样的轰炸持续了一个星期，而守卫韦恩堡的士兵大部分时间都待在堡垒的防弹掩体中，忍受着发臭的水和食物短缺的折磨，却没有向急于击垮他们的敌人暴露他们的实力。最后，联邦军队相信他们已经放弃了韦恩堡，便对他们发动了夜袭。当他们严格地以整团的编队奋力通过沙地时，成了叛军的活靶子，叛军向他们发起了猛烈的进攻。克拉拉医治过的一位士兵写道：“当我想到那次可怕的冲锋时，我会发抖，我能听到霰弹射入人身体时发出的令人作呕的砰砰声。”克拉拉惊恐地看着这样的场景，激动地给埃尔韦尔写了一封信，描述已经展开的行动：“看！我们的军队像野猫一样从船上跳下来，几乎没有整队就开始了冲锋，他们穿过沼泽登上河岸，进入了堑壕。”当看到策马飞奔的埃尔韦尔从马上摔下来时，她感到透不过气来。他是要赶往韦恩堡召集他的人马，却被埃菲尔德式步枪子弹打成重伤。进攻部队近三分之一的士兵（约 1500 人）在战斗中受伤或阵亡，埃尔韦尔是他们中的一员。

克拉拉在这样猛烈的战斗中上岸了，但被子弹打中的危险仍然存在。穿过漫天飞沙且坑坑洼洼的沙地是非常困难的，但她还是来到了埃尔韦尔身边。她一直给他洗脸，直到他恢复了意识。他受到的磨难和许许多多在这里受伤的士兵一样，他们不得不用手和膝盖沿着沙滩爬行，“动作非军事化，像海龟一样”。他的伤口里满是沙子，而且流沙影响他的平衡和视线。和往常一样，医生因为太忙无法医治受伤不是很严重的士兵，是克拉拉照顾他们。所以，他们永远不会忘记她。当时的医疗系统是毫无人情味的，一个饱受痛苦折磨的伤兵被三个医生忽视，因为他们无法确定他的伤是不是致命的。这位伤员非常感激克拉拉安慰他的话语和提供的冷饮。不止一人说过，克拉拉提供的东西虽然很少，但却给了他们康复的力量。康涅狄格州第 10 志愿兵团的一位上校因身体太虚弱不能接受手术，所以医生们就没有给他治疗。当他醒来时，发现克拉拉正在给他清洗太阳穴，并在不停地低声说“可怜的伤员”。当他感觉脉搏又在跳动时，他认为发生了奇迹。和其他受伤致残的士兵一样，他把她看作天使，看作仁慈的化身。

克拉拉后来说，她是莫里斯岛上唯一的女性，但实际上，玛丽·加格一直在积极地帮助她，她与克拉拉同龄，朴实无华，勤奋耐劳。克拉拉在岛上用军用帐篷搭起了营地，再一次以极快的步伐努力争取需要的人员和供给。她用橡胶布盖在伤员的身上给他们挡雨，帮助团队的医生建立战地医院，努力找到足够的军需品和器皿来给伤员喂饭。对于那些因腹部多处受伤或刚刚截肢休克的伤员，军队给他们提供干的咸牛肉、发霉的硬面包，有时也会有一勺米饭。克拉拉尽自己所能为他们祈求或借来更多的物品，用光了爱心人士转交给她的板条箱中的所有东西。然后，她就去纠缠卫生官，直到他们看见她就烦。在这段让人沮丧的日子里，她写的日记和信件的数量明显下降，她只草草记下如下话语：“因为日记写得匆忙，也没有时间连续地写，我无法描述细节。这段时间我一直在给士兵们找食物，为此我遇到了诸多不便和折磨。”即使埃尔韦尔在伤愈之后仍然帮助克拉拉，他也不能从 75 英里外存货充足的贮藏处拿到补给。克拉拉曾多次看到物品短缺，但她从未遇到过像现在这样持续如此之久的食物和设备短缺。

围攻还在继续进行，联邦军队最终攻下了韦恩堡。他们将巨大的火炮拖到了合适的位置，用于轰炸查尔斯顿。令士兵们备感骄傲的火炮是一门口径 8 英寸的加农炮，它被昵称为“沼泽天使”。吉尔莫尔将军郑重地警告查尔斯顿的市民撤离这座城市，但他们拒绝搬走。他们留下不是因为勇气，而是因为势利的性格。他们态度坚决地宣布，没有一位北方的将军能把他们赶出这座城市。事实证明，他们是对的。“沼泽天使”36 次喷出火焰和烟雾之后，自己爆炸了。在港口中炮艇的帮助下，“天使”成功地将目中无人的萨姆特堡变成了一堆瓦砾。然而，这只是一个毫无意义的战利品，因为现在这个没有任何价值的防御工事已经不能帮助联邦军队接近这个城市了。一位历史学家后来说，如果南部联盟不投降，查尔斯顿就不会失败。

克拉拉在费城号蒸汽船上看到了轰炸的一部分。在围攻韦恩堡的大部分时间里她都住在她的帐篷里，和军队一起前进，在荒凉的莫里斯岛上与士兵们一起吃着单调的食物。现在没有水龟汤，能吃到虫蛀了的饼干就已经非常幸运了。经常会有连水都不新鲜的情况发生，他们喝的水是用沙子过滤的，而这些沙子上曾经满是正在腐烂的尸体。即使是这样的水也不是随便喝的，而是定量的。她写道，她和她的同事们“有时被太阳烤焦；有时被海浪淋湿，感到格外寒冷；有时在暴风雨中摇晃；有时被流沙掩埋；日复一日地在战壕中辛苦地工作”。

除了体力的透支，克拉拉的情绪也很低落。军队的官员们认为克拉拉的工作方法太过随意，她的存在威胁了他们严格的生活规则，他们不是很支持她在莫里斯岛的工作。在他们看来，她大胆地要求供给和食物，要求更好地照料受伤的士兵，这些只是对他们的批评，别无他用。克拉拉已经习惯了与更高级的官员共事，但在这里，她没有支持者，也没有官方的认可。因为厌倦了她的存在和她强势的工作方法，卫生官们设法赶她走。他们要收回她的帐篷，要求她只能使用自己储备的军需品。克拉拉坚持主张帐篷是属于她的，接下来就是一连串无理的刁难和小家子气的迫害。兰姆和埃尔韦尔当然站在她的一边，但情况最终还是变得无法忍受，致使她的工作徒劳无益。克拉拉无法承受这样的压力，也不愿意和装聋作哑的评判委员会争论，她病倒了。就像她在波登镇的时候，她有时希望情感能够战胜身体的疲惫，有时希望身体的疲惫能够让她忘记情感上的痛苦，但结果却是身心俱疲。就像以前一样，这种痛苦影响了她的见解、她的胆量和她的愿望。她在几个月后写道：“我不能再思考，像个孩子一样虚弱而无助地躺着，不知道也不在意我前进的目标是什么。”指挥官派人去叫了一艘船，把她送回了希尔顿海德岛，此时她在莫里斯岛的工作还没有完成。

表哥林德·普尔又被派到了他姑姑工作的医院附近，他认为克拉拉此次生病没有安铁顿战役之后那次严重，但依然相信她命悬一线。她的疾病很快就痊愈了，她得到了普尔、埃尔韦尔和兰姆一家的热切关心，可怜而又一直困惑的大卫也给予了她照顾。约翰·埃尔韦尔每次来都会坐在床边陪伴她数小时，而且他们都会尽力带来美食。普尔说：“奢侈品在这里是罕有的，但是她绝不缺少安慰。”克拉拉身体的问题似乎是由痢疾造成的，但吉尔莫尔对她的不满引起的情绪不安才是最严重的病因。当她无助地躺着的时候，她的支持者们在竭尽全力帮她回到医务部。当埃尔韦尔帮她弄到返回莫里斯岛的命令时，她郁闷的心情一扫而空，很快就恢复了健康。

9 月 7 日，克拉拉再次回到了岛上，她乐观地认为她的朋友已经解决了所有的问题，包括供给和住宿问题。但是，她刚刚到达，就遭受了挫折。9 月 15 日，她收到了吉尔莫尔将军的命令，命令说“战地医院不再需要她的服务”，建议她回到博福特。简短扼要的信中包含了一条不必要的附言，表达了将军对她的努力的感谢以及莫里斯岛的确不再需要她。这封信让她颇为震惊，她意志消沉了三天，认为这是“人生中最痛苦的折磨”。最后，她振作起来，给将军写了一封极其长而夸张的回信，给他讲述了她过去的善行，说明她在这里被误解得很深，表达了愿意离开他的卫戍区的意愿。

之后，克拉拉陷入了充满了防御和痛苦的情绪中，表现出了孩子般的自怜和假装的圣人气派。一位朋友写道：“克拉拉需要被安排到合适的地方工作，在那里她不会感觉到侵犯了任何人的权利；在那里她可以远离那些认为她的工作没有价值的人和那些不为别人着想的人。”克拉拉一直在不知疲倦、全心全意地为联邦军队工作，但她依然觉得她无法因此而得到特权。当然，她也从来没有预料到在争取食物或军需品时，会遇到强烈的批评、充满敌意的目光和令人不安的沉默。在这之前，克拉拉说起自己的工作时会引以为傲，但是现在，她的语气变得和缓、谦卑。她很少说起她的成就，说得较多的是她为什么做这些工作。在后来 50 多年的职业生涯中，她觉得需要预先考虑她的工作可能招致的不满，甚至需要伪造信息来回避舆论的压力。

但是吉尔莫尔还是对她和随她而来的亲戚感到厌倦，他们被一个接一个地强加给他：一个一听到“进攻”的谣言就会高兴地从电报局跑回来的 15 岁男孩；一个对军需官职责一无所知的中年男人，他高大魁梧，但却缺乏活力，还会因为不适应南方的气候而生病；还要不惜任何代价地保护她的两个表哥，他们必须待在步枪的射程之外。当地民众没完没了的各种要求已经让他非常恼火，而且他还要对敌人进行长期的围攻。在这些压力下，吉尔莫尔拒绝重新考虑让克拉拉回到莫里斯岛，甚至拒绝给她回信。因为没有收到回信，克拉拉别无选择，只好乘下一班船回到博福特。

她又一次沮丧而充满疑虑地回到了希尔顿海德岛，在那里她有充足的时间和物质供应。骑马和社交活动对她来说更加微不足道，她吃不下美味的食物，反而期待军队中的饼干。她和埃尔韦尔之间的浪漫爱情也只是意志消沉时的一点点光明，她知道她必须离开他，因为他有自己的家庭，他得回到他妻子的身边。多萝西娅·迪克斯领导的卫生委员会和护士们在这里已经有了稳定的地位，她们遵守规则，而且不信任克拉拉，因为她们听说她的工作方式随性而且具有权力主义。克拉拉听说医院供给不足，伤员没有得到足够的照顾，希望提供帮助。但是，在没有人信任她的地方，她没有办法展开工作。因为有严重的挫败感，她在日记中滔滔不绝地写道：

> 我能做什么呢？首先，这不是我的职权，我不应该在那里；其次，迪克斯小姐是权力最高的人，由她指派护士负责照顾伤员；再者，我认为医生也不会容忍任何打扰，他们讨厌改变他们的安排，哪怕是极其微小的改变。我无法推测别人可能会做什么，但我感到我没有用武之地。难道我要准备好食物并透过外墙把他们塞进医院去帮助里面的病人康复吗？难道我应该把衣物捆好放在医院门口的台阶上，然后像一个愧疚的母亲那样溜走吗？

克拉拉就这样无所事事，要不是因为有弗朗西斯·达纳·加格的鼓励和陪伴，她整个秋天都会生活在遗憾和自卑中。加格是俄亥俄州人，比克拉拉大13岁，她来到罗亚尔港是为了接管一个从事走私活动的种植园。她身材瘦长，举止高贵，洞察力敏锐，总是能够准确地判断一个人的性格或各种情况。很早以前，她就提倡自由。她小时候就像个假小子，她父亲因此训诫过她。加格承认说：“我憎恨当下的性别歧视，我以后都将直言不讳。”她创立了一个名叫“俄亥俄耕者”的论坛，以“范妮阿姨”为笔名写文章、写诗、讲故事、提建议。除了具有女权主义倾向外，她还积极倡导禁酒运动和废除奴隶制度，这就形成了她自己的“三位一体事业”。1862年，她注意到了被抛弃的奴隶所处的困境，于是，她离开了丈夫和八个孩子中的七个，仅带着一个孩子来到南卡罗来纳州工作，既没有官方指定的职位，也没有任何报酬。她工作的地点是巴利斯岛，她在那里教书、做管理工作、干针线活、维持秩序，与此同时，她把种植园经营得像花园一样，这件事在当地颇为轰动。

加格对克拉拉·巴顿的影响颇深，她们都是在普救教派教堂长大的，都喜欢朗诵诗歌，有时自己也沉溺于诗歌创作。除此以外，她们俩都渴望公平、民主和正义。克拉拉曾写过“正义是与生俱来的”，加格赞同她的观点并以实际行动来支持她。克拉拉不是一个全心全意的女权主义者，这与她在波登镇和专利局的经历以及她自己的家庭有关，只有当她自己感到她的权利受到侵犯时，才会采取行动。克拉拉很少想到去为更多的人争取公平正义，加格却更加清晰地意识到，所有的妇女都需要更多的权利，她们都需要为自己的权利而奋斗。克拉拉第一次与加格见面时就做出了这样的评价：“她有如此卓越的判断力，如此正确、博大的见解。”加格抓紧一切时间来引导郁闷的克拉拉，在1864年的选举前，为了刺激克拉拉，她在信中用“嘲弄”的口气问她：“你打算选谁？”并且鼓励她说出妇女在战场上所做的工作。在加格的指导下，克拉拉的观念发生了重大变化。她的信件和评论中显示出了越来越多的女权主义倾向，她开始积极支持妇女拥有选举权。1863年11月，她告诉玛丽·诺顿她不介意缴税，而且她为能在危机中帮助她的国家感到高兴。但是，克拉拉还写道：“我认为纳税和选举权是不可分的，按照法律也应如此。我诚恳地希望选举权由智力、受教育程度和道德价值来决定，而不是性别、钱、土地或其他任何愚蠢的原则。”

在加格的影响下，克拉拉拓宽了她对平等权的理解，她认为黑人也应该享有平等的权利。虽然克拉拉心胸宽阔，但她从未特别关注过黑人的权利。她的母亲曾在几份早期的废奴请愿书上签过字，她的哥哥小斯蒂芬也在北卡罗来纳州尽力帮助黑人，但克拉拉宁愿小心翼翼地避免做这些事情。她曾经考虑在南方的奴隶制社会生活，谴责约翰·布朗的暴力起义，竭力否认奴隶制是导致内战爆发的原因。现在，她开始关注刚被解放的奴隶所处的困境。他们名义上是自由了，但是没有财产，也没有受过教育，为了生计只能继续做从前主人的奴隶。克拉拉对加格为之奋斗的事业突然有了新的理解，回到希尔顿海德岛之后不久，她就开始断断续续地教一些黑人读书。她把衣服和食物当作礼物送给周围贫穷的黑人，帮助加格在巴利斯岛和圣海伦岛照顾那里的天花病人。在围攻莫里斯岛时，她曾经和黑人士兵在一起，这一经历让她更加敬佩这些坚强的人，因为她发现他们从不抱怨，而且具有献身精神。在要公开发表的信件中，她经常赞扬黑人，尤其是那些为联邦军队战斗过的黑人，她这样写道："白人也很少表现出像他们那样高尚的品质。"像加格一样，她开始相信悲惨而代价昂贵的战争是因为南方的罪孽造成的，是上帝对美国人的可怕惩罚。在离开希尔顿海德岛六个月之后，她写道："战争是上帝的意志，每个盎格鲁—撒克逊人都必须为奴役非洲人遭受惩罚。"

加格和克拉拉不仅仅是政治上的伙伴，她们还性情相投，一起欢笑，彼此同情。她们谈论相同的少女时代，分享对文学和大自然的热爱。她们交换自己写的诗句来彼此加油，自嘲自己的窘境：

两个头发灰白的老妇人全靠自己生活
把盐放在橱柜里，把茶叶放在架子上
饿了就吃，自己煮燕麦粥
该哭就哭，该笑就笑，然后漱喉
所以，这两个头发灰白的老人第一次自由自在地
在医疗部挥动着拳头，想做什么就做什么

加格非常欣赏克拉拉的工作，但认为她有时过度焦虑、病态地自责。加格温柔地把她当孩子一样，总是鼓励她以更宽的视角看问题。"试想，一位女英雄，她毫不畏缩地走向了战场"，加格在一篇调侃的诗篇中写道：

她柔软洁白的手指被英雄流着的鲜血染红了，
在他即将从战场去天堂的时候，与他作最后的道别。

这个女人高尚、慷慨、镇定自若，
她是如此的真诚，如此的洒脱，
“人”这个称呼于她已是一种亵渎，
却为一只跳蚤烦恼。

克拉拉非常珍视加格的智慧和善良，她体现了克拉拉追求的所有智慧和人道主义精神。克拉拉从来没有强烈地意识到加格对她的影响，但这种影响的火花却一直在她的人生中闪耀。在加格死后很久，甚至是40年之后，她仍然是克拉拉“最敬重的天使”。

在1863年这个艰难的秋天，弗朗西斯·达纳·加格的陪伴给了克拉拉极大的帮助，但无所事事的日子不断增加着她的挫败感和焦虑。她想知道与医院相关的那些复杂的事情是否已经平息，但是却没有办法接近严格的医疗委员会和迪克斯。12月，一个突发奇想的女人的到访令她极为烦恼，这个女人转告克拉拉医院需要更关注食物的准备，并就派更多的志愿者征求她的意见。毫无疑问，这个女人认为她的想法是非常有见地的，但克拉拉却几乎无法控制自己的愤怒。她反驳说：“我认真地听了你的想法，我认为获取补给并不困难，但是，关于如何将物品发放给病人，我无话可说，我想的与你们完全不同。”北方传来了令她更加伤心的消息，她的老同事科尼利厄斯·威尔斯在访问加利福尼亚的时候突然去世，这个朋友与她一起经历过许多事情，失去这个朋友，她深感痛心。弗朗西丝·蔡尔德和她最爱的外甥伯纳德·瓦塞尔结婚的喜讯给大家带来了快乐，但这更加突出了她因好友离世的伤心情绪。大卫也很让人担心，他的健康和精神状态已经变得很差，不得不离开军队，他的整个军旅生涯就是失败和尴尬。就像许多曾经轰轰烈烈的爱情一样，克拉拉和埃尔韦尔上校的爱情也变得平淡了，他们的爱正在慢慢地流失，甚至在一起时彼此都会感到些许的尴尬，克拉拉不再回应埃尔韦尔骑马或进餐的邀请。12月初，克拉拉知道了“埃尔韦尔夫人将在两三个星期后到来。她来之后，我就应该回家”。她无法与前任爱人的妻子热情地交往。

另一件事也给克拉拉造成了伤害。雇用她的专利局原本给她保留了职位并发给她一半的工资，但这也出了问题。专利局的一位女工作人员提出了申诉，认为军队或卫生委员会为她在战场的工作提供了报酬，她应该把这个职位让给另外一位女性。最让她伤心的是，她正是代替那位提出申诉的女工作人员而去战场做的志愿者。克拉拉知道她与专利局的关系的确不符合惯例，但是她认为在当时的情况下，这种关系是合理的。因为巨大的痛苦，她立即给霍洛韦局长写了一封言辞激烈的信。她在信中说她没有得到任何附加的工资，而且有理有据地证明了这一事实。她还在信中表明，她把专利局给她的钱全部用于帮助士兵了。她信中有一行写道："那些每天 20 次面对各种死亡的人不会惧怕未来的贫困，不会为此请求怜悯。"她在信的最后说："那个女人的指责是小气的，是对人道主义和爱国主义情感的贬损。因此，我拒绝并蔑视这样的指责。"霍洛韦看到这封信之后感到羞愧。几周后，他回信说他不了解情况，并且保证只要他在位，她的职位就不会有任何改变，这件事情就此告一段落。

因为沮丧、愤恨和可悲的毁谤，克拉拉决定离开南卡罗来纳州。在 12 月的最后一天，她费力地登上了回家的船，心情无比低落。加格也不知道如何劝她或安慰她，她看到了克拉拉的本性给她带来的嘲弄：她总是相信这个世界，用伟大的爱心拥抱这个世界，这样的本性使她极易受到伤害。当克拉拉上船的时候，弗朗西斯·加格把一首小诗塞进了她的手里，用这首诗表达了对她的同情。

克拉拉原想回到华盛顿之后，她受伤的心灵就会复原，因为她可以与那里的朋友和支持者在一起。但是，因为是冬天，军营中无事可做，而且卫生委员会和迪克斯的权力在这里也非常大，甚至比在希尔顿海德时更大。无论如何，她都不会和他们一起工作，因为她怀疑"随着他们的权力和财富的增长，他们是否会忠诚和高效地工作"。所以，她又开始寻找适合自己的工作，但低落的情绪和无所事事的感觉却像幽灵一样缠着她。她虽然在战场上很勇敢，但却没有勇气面对个人的失意。1864 年 2 月，在前往布鲁克林区的路上，她去听了亨利·沃德·比奇牧师宣讲的日常生活中的英雄主义，无私奉献的母亲、节俭的女仆和勇往直前的个人身上无不展现着英雄气概。她在日记中承认他说的是事实："如果我还算勇敢，我感到我的勇敢也没有在战场展示出来，那时我不敢挑战或坚持做任何事情。”她打算建造一座仓库来存放她自己为军队筹集的物资，但是计划失败了，她陷入了极度的沮丧中。她发誓说：“我已经为帮助别人尽力了。我必须好好把握我剩余的人生，这是属于我自己的最特殊的财产，我需要理性地支配它。”克拉拉考虑过从事文学创作，或者像弗朗西斯·加格一样宣讲自己的经历。但是，在那些黑暗的日子里，她几乎不能面对这些选择，而是盲目笨拙地前行。

因为精神紧张和极度的沮丧，她很多个早晨都不能起床。朋友们试图分散她的注意力，但到 3 月份时她突然崩溃了。她给一直坚定不移地帮助她的亨利·威尔逊写了一封信，表达了小气的抱怨和指责。她说她只是纯粹地想要帮助士兵，可他却没有做任何事情来帮助她。“因为不断受到来自上层以及他人自私、丑陋行为的伤害，我独自一人不能完成这个事业。”在信的末尾，她还傲慢地写道：“请不要误解我，这不是一封抱怨的信，毁掉这封信，原谅并忘记我写过它。”当威尔逊第二天来找她，询问她到底需要什么的时候，克拉拉承认“就像个被惯坏的孩子一样，我低着头、快速地眨着眼睛、咬着指甲、用脚在地板上打鼓，一句话也不说”。一周以后，这个世界对她来说还是充满了危险和敌意，她甚至想要自杀。她在日记中吐露：“这些天我都很伤心，无法振作起来，我想离开这个世界，活着就是痛苦的挣扎，我想远离所有这一切。”

她低落的情绪最终被唯一有用的药物治好了——她又可以为军队服务了。联邦军队的春季战役很早就开始了，尤利塞斯·S. 格兰特将军被从西部调到华盛顿来指挥波托马克军团。他的战略虽然残酷，但却有效，他要利用联邦军队人数上的优势来迫使南部联盟投降。残酷的战斗首先在弗吉尼亚州斯波特瑟尔韦尼亚县的荒野中打响，在那里，成千上万的士兵被屠杀。军队一直在向前推进猛击敌人，从不停下来休整。没有人想到会发生这样的大屠杀，公众都义愤填膺，即使像克拉拉这样的主战派也为这种战争方式而感到震惊。她惊叫着对加格说：“我敬畏地屏住了呼吸，我看见了大量战死的士兵，他们的幽灵像幕布一样飘过我们的头顶。人已经不再是独立的存在，而是以千计、以英里来测量。”随着春季战役的展开，需要大量的志愿者和供给，军队所依靠的卫生委员会和基督教委员会都大大地低估了需要的数量。希区柯克医生写道：“他们都说运往前方的补给品已经足够了，而且还有剩余。在这方面，他们都错了。”两个月前，克拉拉请求战争部长给她通行证和运输工具，但没有得到同意。现在，他欣然接受她的服务，并满足了她的要求。

在得到通行证之后，克拉拉在华盛顿停留了一个星期以完成募集物资的计划。而此时，在华盛顿以南 100 英里的地方，激烈的战斗正在进行。最后，她被允许用船把物资从亚桂拉湾运到弗雷德里克斯堡，很多伤员正在被运往这个地方。她发现这里的情况非常糟糕，甚至在她之后的描述中，她也不能说清楚她的真实感受。她当时匆匆地写下了下面的话语：“我相信如果不是亲眼所见，没人能够理解这里对必需品的需求有多么巨大。”1862 年，救护车和熟练救援人员的短缺导致了无尽的苦难。现在，有大量的救护火车，但却由于天气和地理的原因，依然没有办法转移伤员，就像在费尔法克斯车站一样。雨水在一个不可思议地被称为“美女”的平原上流淌着，这个平原是由臭名昭著的弗吉尼亚红黏土构成的。马车被陷在泥潭里好几天无法行走，或者起伏颠簸，直到伤员因为日晒或休克而死。克拉拉从船上下来时，看到了接近 200 辆这样的交通工具被淤泥埋到轮毂，无法前行，也没有供给。她能做的最好的事情就是召集一些恐惧的基督教委员会工作人员，艰难地穿过黏黏的、红色的泥巴，把一些饼干和咖啡送给马车上的人们。她设法去了弗雷德里克斯堡，发现那里的状况也是一样的糟糕。在短暂的休息时间里，她写道：“我去了古老的宾馆，发现那里收留了大约 400 名从西部送来的伤员，他们伤势严重，全部躺在地板上，没有东西可吃。我带来了一篮子饼干，给每个人发两块和一些咖啡，直到发完为止。那天，所有人都没有食物，所以伤员也没有。晚上 10 点，我又见到他们，他们早已没有东西可吃，还有很多人需要截肢，但是没有外科医生。”克拉拉还注意到，除了明显的物质短缺之外，这里肯定还有别的问题。弗雷德里克斯堡有很多房子，但却没有地方给伤员住；这里的地下室中装满了食物，但是饥饿的人们却连稀粥也喝不到。她认为联邦军队的军官们应该对这种情况负责，他们太傲慢了，没有请求当地的反叛平民收留那些受重伤和濒临死亡的士兵。她看到伤员们无助地躺在“光秃秃的、潮湿的、满是血迹的地板上，在我经过时，他们举起冰冷的、毫无血色的、肮脏的手，以上帝的名义乞求给他们一块饼干，否则，他们就会饿死”。克拉拉认为，这是会导致叛乱的愤怒。她把所有的物品都发出去之后匆忙返回了华盛顿，她决心改变这样的状况。

一到首都，她立即去找亨利·威尔逊。那些负责的军官很不可靠，她坚称，“他们被那些狡猾的居民的奉承控制了。”威尔逊被军队所遭受的巨大痛苦所打动，同时也很信任克拉拉对情况的判断，立即采取了行动。他迅速地到陆军部巡视一圈，发现他们完全无视弗雷德里克斯堡的悲惨状况，于是向他们发出了最后通牒：要么他们派一名官员去解决问题，要么威尔逊——作为军事事务委员会的主席，将派出他自己的代表。第二天凌晨两点，克拉拉讽刺地记录到，这座城市雅致的房子“向肮脏、恶心的联邦军队开放了”。

克拉拉在华盛顿停留了足够长的时间，尽可能地清洁绷带、食物和衣服，向报刊和救援组织发出紧急的请求。“在战争历史上第一次，伤病和物质缺乏的量级和强度是如此让人震惊，我不得不向公众求救，”她解释说。尽管小心翼翼不直接批评军队，她还是强烈地请求人们写文章描述这场战争。克拉拉总结道：“所有人都有时间劳动，为善行而辛苦地劳动。”

这句话很好地描述了她接下来几周的工作。她返回拥挤的弗雷德里克斯堡的医院，回到了那些尖叫的人和永无休止的死亡中间。一名一起工作的同伴认为她是个快乐的人，穿着蓝色的裙子和白色的围裙轻快地走过病房，用不那么悦耳的声音唱着“孩子们，让我们在国旗下集合”来唤醒他们。然而，克拉拉的内心是冷静的。她在 5 月末的一个星期二写道：“我从上个星期四开始只睡了一晚上觉，我有那么多朋友受了致命的伤，来到我们的城市只是为了等死。我们等在病床旁，在他们死的时候一个一个地合上他们的眼睛。”6 月 3 日，来自冷港战役的迷茫的士兵到达弗雷德里克斯堡。在这场战役中，短短几分钟内有 7000 人或死或伤。她告诉朋友们，现在他们不可能让伤员的身体和灵魂在一起，更不可能预计被杀害的人数。她说：“我唯一能想的是我们最终将胜利，但代价太大了，一个团只剩下二十人和一个下士指挥官。”她一边听着来自前线的好消息，一边听着身边可怜的哀号，又坚持了三个星期。

现在，军队躲藏在彼得斯堡附近；格兰特建议“如果需要整个夏季”就要一战到底。克拉拉非常想跟着联邦军队，为此她不停地恳求威尔逊，直到他答应尽力而为。6 月 20 日，他给当时正在指挥詹姆斯陆军的本杰明·巴特勒将军写了一封介绍信，巴特勒将军在数日后接见了克拉拉，见面时，这两个新英格兰人交换了对彼此的敬意。

1864 年 6 月 23 日，克拉拉在她的日记中写道：“我永远不会忘记这次会面。我对我与巴特勒将军的成功会面感到很满意。”巴特勒将军是一个坚定自信的人，专横且没有任何军事技巧。圆圆的身躯，秃头，他有一只扭曲的斜眼，这让他的自负显得有些可笑。他是南方人最恨的将军，因为在占领奥尔良期间，他发布了一条命令，规定那些侮辱联邦军队士兵的女人将被当作“妓女”对待，叛军叫他“野兽巴特勒”。克拉拉喜欢他是因为他来自马萨诸塞州，而且与吉尔莫尔将军完全不同，他会听取她的建议。那天，他让她到弗吉尼亚州波因特夫罗克斯附近的军队医院工作，她将负责日常饮食和护理，听从管理这家医院的军医指挥。克拉拉后来称，他任命她为詹姆斯陆军的护理总管。无论巴特勒私下怎么说，陆军部并没有设立、记录或官方批准这样的职位。尽管她在医院内拥有管理权，但她的职权范围并没有那么大，一些同级别的护士也在陆军工作。克拉拉已经在一名充满同情心的将军手下找到了职位，一个在战争期间能够支撑她的合适的位置。

这家野战医院位于詹姆斯河上，既接收病人，也是一个康复中心，由设置在一家废弃的种植园内的 20 个大型的、泛黄的帐篷构成。有时，受了枪伤的士兵会被送到这个医院，但他们通常会在几小时内死去，或是用小船转移到华盛顿设备更好的医院。克拉拉一般照顾 40 至 100 名伤员，他们患有伤寒、肺炎以及由于不当饮食和不卫生饮用水引发的痢疾。护理是缓慢、温和的工作，很少需要急救措施。医院收起帐篷和行军床跟随部队转移，因为没有协议能够保护这些伤员免受敌军的虐待。因此，医院被叫作“飞行医院”，它不是永久性设施，更像部队随时携带的装备。

克拉拉到达医院时正赶上让人难受的暑热。医院的一位军医写道：“一个月没有下雨了，可怜的伤员全躺在我身边，遭受这酷热和苍蝇带来的痛苦。”“空气几乎让人无法忍受，满地都是腐烂的动物和蔬菜。”军医和护士们也忍受着浓厚压抑的空气，而克拉拉在进入医院的最初几天就发现，她必须不断地努力才能跟上工作的要求。她的日常工作是多变的，但她很快意识到最紧迫的需要是厨房内的工作人员。凭着勉强够用的锡器和一个废弃的烧木材的炉子，她承担了做饭的工作。她到达后不久的一天，气温超过了38摄氏度。她描述说她做了一桶苹果酱，“并且亲手送出了每一勺。我煮了10打鸡蛋，做了薄脆饼干、玉米淀粉牛奶布丁、牛奶宾治酒、葛根粉布丁”。她剩下的一点儿可怜时间也被耗费在病房里。同一天，她为伤员“洗了脸和手，把冰放在发热的头上，把芥末涂在冰冷的脚上，为6名士兵写了家书，站在3名亡者的病床前”。

由于陆军主要的仓储中心之一——锡蒂波因特——就在河对岸，因此，供给很充足。克拉拉坚信食物对精神和肉体都一样有好处，她开始为她的孩子们做一些特别的小食品。7月4日举行了一次晚宴，宴会上的烤牛肉是从一名精打细算的军需官那儿讨来的，还有一些当地的演奏者表演的音乐节目。她想办法找到了一些腌鳕鱼，并把它做成“150加仑上好的家制鳕鱼”，品尝这道菜让人如此怀念那些和平的日子，一些北方人流下了眼泪。苹果派和姜饼做起来不是很麻烦，她甚至尝试做炸圈饼。对于那些士兵，他们中的一些人会因为看见新鲜的鸡蛋而感动。家乡的饭菜创造了奇迹，病人中很少有死亡的，大多数人都能在一个月内离开医院。

现在，克拉拉的日子不再充斥着死亡，而更多的是改善和缓解，工作也相应地让人满意。从彼得斯堡附近的战壕里带回一个发烧的、肮脏的士兵，给他清洗，喂他吃饭，然后让他躺到一张凉席上，是一件让人高兴的日常工作。“你可能无法理解这巨大的变化，”克拉拉告诉一群女人，“因为你无法认识到他们所遭受的深深的痛苦。”然而，这些工作是非常累人的。克拉拉那颗慷慨的心希望自己能够无所不在，在炉旁一顿接一顿地做饭，用强壮的、平稳的手把饭送到各个地方，做那些伤员的姐妹或是母亲。军医们（凯特灵格和克雷文医生）都喜欢她，让她独立工作，但他们不经意间为她制造了更多的工作，不断更换饮食，移动病人，却没有提前通知她。之后，他们没有提前告诉她就接收了4个新护士，由她负责并协助她工作。

一个人的时候，克拉拉会“保持快乐并一直在艰苦地工作”，不知疲倦地填补每个空缺。然而，有了新护士后，她觉得不舒服。5个人要共用一个炉子，分配职责也很烦人。而且，一想到放弃她的任何特权，她就觉得不快乐和气恼。她过去从未学习如何管理而不是命令，接受建议而不是把建议当成批评。但困难也并非都是克拉拉造成的。很多成为护士的女人没有经验和技能，或是性情不适合艰苦的工作和医院让人不快的景象。正如一名一起工作的护士长所说：“医院的护士各种各样，来自不同的地方。”克拉拉从未描述过护士们的特点。这足以说明她们是她的小世界的外星人，与她竞争着医生和士兵的注意力。

由于不满和急躁，克拉拉在7月底赶去了华盛顿，因为此前听到了关于朱贝尔·厄尔利袭击该城市的谣言。她很担心她的家人，花了大约一周的时间安顿他们。等回到波因特夫罗克斯，她发现一名多萝西娅·迪克斯的护士，阿德莱德·史密斯，已经被派来负责这家医院。这个女孩错误地被分配住到了克拉拉的房间，令她感到她的权威受到了侵犯，她的未来遭到了威胁。她在日记中悲伤地写道：“长久以来我所害怕的事发生了，而我当时不在附近，就算再也没法做什么。事情发生了变化，而且我感觉不自在，所有事情都让我感到伤心。”史密斯在没有了解周围的情况之前，就表现出了对克拉拉认真、有条理的方法的厌烦，这让克拉拉彻底感到自己是多余的、不合时宜的。克拉拉的报复是尽可能地不合作。史密斯记得，有一次，她跑到克拉拉那去要一些绷带急用时，她总是故意让她等候，“她询问我的健康状况，让我坐下，非常缓慢地寻找必需品”。

双方的紧张状态一直保持着，直到8月下旬医院转移到离彼得斯堡的部队更近的地方。这个地方的行动总是很紧迫，女人中只有克拉拉跟随着医生、设备、救护车和帐篷组成的长队出发了。他们在敌人到来之前行动，尽可能接近队伍，但却不能让他们照顾的生病的士兵遭受危险。克拉拉和埃尔维拉·斯通说，“我无法告诉你有多少次我和我的大家庭一同转移——1000或1500人的大家庭，并且是在夜晚接到通知后半小时内出发。”医院原本紧张的工作被这些不断的转移变得更为紧张，每次停留，箱子都要被打开再包好，找到住处，再清洁和整理病房。克拉拉现在完全没有了空余的时间，哀叹道："我还有那么多事没有做，夜晚到来，我责备自己只做了那么点儿；早晨起来，我觉得我不应该花那么多时间睡觉，因为我周围的人可能根本就没有睡觉。"她很少听到关于战争的消息，不知道联邦军队是否在向前推进。"我不想让我可怜的脑袋考虑结果，"克拉拉写道，"而是每日辛勤地工作，恪尽职守。"

她在医院遇到了一些她特别喜欢的士兵和一些她十分尊敬的人。克拉拉特别被那些年轻的外国人所吸引，他们是因为冒险精神或是理想被吸引到联邦军队来的。伤兵中的两个瑞士男孩朱勒·格雷和埃米尔·克莱尔，经常以欧洲大陆的魅力让她感到愉悦。她也改变了对那些临时住在医院的黑人士兵的看法。遵照弗朗西斯·加格的训诫，她礼貌地对待他们，并继续代表他们写"公开"信。她在一封书信中这样写道："他们曾经是我深深怜悯和关切的对象，如此耐心和让人愉快，如此礼貌和有军人气质。他们是勇敢的人，从不抱怨……现在，他们作为士兵和'自由人'有自己的想法，我真诚地希望这一点不会被他们的北方朋友所忽略。"她很高兴地发现那些之前的奴隶十分胜任护理工作，因此在需要时会征用他们为医院工作。她不断反驳那些认为他们不是勇敢和积极的士兵的固有看法。"我很满意，"她告诉她那些北方的同行，"他们不是那种敌人希望在战斗中遇到的士兵。"像很多第一次住在南方的北方人一样，夜幕降临时，她感到整个乡村都能听到黑人军队奇异而美妙的歌唱声。她告诉她的朋友们，这里有丰富的文化，值得尊重和保护。

10 月 14 日，克拉拉刚在陆军第 10 军团的最新营地安顿下来（这次离里士满只有 6 英里），就收到了一封长期以来她既盼望又害怕收到的信。这封信是她的侄子山姆写的，是关于哥哥小斯蒂芬的让人担心的消息。在战争的这些年，克拉拉和她的家人一直努力与他保持联系。山姆的信上说，现在他已被联邦军队俘虏，作为战俘被关押在诺福克的一个监狱内。山姆请求她利用她对巴特勒将军的影响确保他能被释放。她感到愤怒并且十分担心，第一时间求见了巴特勒将军，告诉他她哥哥的事。让她感到高兴的是，巴特勒觉得军队欠克拉拉一个人情，下命令将小斯蒂芬带到他的司令部以便由他的妹妹来照顾他，所有与此事相关的文件都直接发送给他。

小斯蒂芬到达医院后几天，关于他长期以来在北卡罗来纳所经历的事才开始为人所知。经过数年的努力，他在该州有了自己的买卖。他害怕战争会毁了他的生意，一直待在“巴顿维尔”保护他的财产，三年来一直在赢得联邦的同情和赢得南方邻居的信心之间维持得很好。他沿乔万河建立了磨坊和农场，这条河几度易手，让他已经很脆弱的情况变得更加不稳定。1863年中期，叛军再次控制了乔万河，一名南部联盟的上校，乔尔·格里芬，在了解到小斯蒂芬后拜访了他，仔细询问了他的忠诚和意向。小斯蒂芬给他留下了深刻的印象，他认为小斯蒂芬是一个“坦率和表里一致的人”，并决定将他置于他的军队保护之下。但是，他警告小斯蒂芬不得再与游弋在乔万河上的联邦军队炮舰保持联系。这“带来了偏见并使他自己和他的财产有可能承担风险，而且我知道南部联盟的威胁让他备受折磨”，格里芬后来告诉克拉拉。

小斯蒂芬·巴顿这次获准跨过乔万河向北方军队销售一些棉花，以换取稀缺的食物。交易得到了一些军官的保护，但严格意义上并不合法。在他后来的声明中，小斯蒂芬坚称他在交易中获得的小麦和玉米被赠与了该地区的穷人。无论声明中有何真相，它只部分反映了小斯蒂芬的交易活动。他还向北方的工厂销售棉花，从而换取南方急需的药品。他从这些交易中赚了很多。这严重破坏了联邦对南方的封锁，一些人会把这种行为看作背叛。毋庸置疑，小斯蒂芬的动机绝不是做叛徒，他仅仅是一个精明的北方商人。“我想他从战争中捞取了好处，既为了他自己，也为了联邦或叛军，这一点我们俩清楚就行了，”山姆在给他母亲的一封标注为“机密”的信上写道，“对我而言，我很高兴我们中的一些人能从战争中获益。”9月25日，在开车前往北卡罗来纳州伊丽莎白城继续做他的生意的路上，小斯蒂芬被联邦士兵逮捕。他们发现他带了1000美元现金，这在当时当地是一笔巨款，而小斯蒂芬称是为了购买做袋子用的材料。他的钱和文件被没收，他成了诺福克的一名囚犯。

小斯蒂芬在诺福克受到了虐待。联邦官员将他扔进了一个没有设施和充足食物的牢房，拒绝为他提供药品和医疗，慢性腹泻很快在损耗他的身体。小斯蒂芬最后通过一名黑人警卫告诉山姆他的情况，当然这最终使克拉拉去求见了巴特勒将军。当他到达医院从马车上下来时，他的病态让他多年未见的妹妹震惊了。“6年前我见过小斯蒂芬，他强壮、健硕、挺拔，体重有200磅。现在他走向我，面色苍白，步履蹒跚，只有130磅，他消瘦的锁骨凸显在肩膀上，弯着腰，拄着拐杖无力地走着。”她把他带到她的住处，一个曾经是奴隶宿舍的简陋小屋，并且在他等候审判他的听证会期间照料他。

11月下旬，一个临时的（而且可能是不合法的）军事法庭在巴特勒的帐篷内开庭。小斯蒂芬糟糕的情况和他妹妹的有力证词让将军对巴顿一家产生了同情。抓捕小斯蒂芬的人因为他们抓捕他时粗暴和违规的方式受到了严厉的批评。将军还要求返还属于小斯蒂芬的财产。法庭上几乎没提到棉花和药品生意的事。忠诚的克拉拉，从来只相信关于她兄弟的最好的一面，将这次事件看作一个打败那些卑鄙军官的让人愉快的回合。小斯蒂芬当然也对结果感到高兴。他在给他兄弟大卫的孩子们的信中快乐地写道：“除了那些下令逮捕我并夺走我财产的军官，现场所有人都认为审判结果令人高兴、愉快。”克拉拉把他带回医院，希望能帮助他恢复体力，而且家人也不再提这件事。他的儿子说：“我不想让整个镇子都在谈论他是一名战犯。”

当小斯蒂芬足够强壮时，克拉拉将他送到华盛顿，在那里他能更好地请求对他在北卡罗来纳州财产的保护。他的财产当时仍然在萨利·瓦萨尔的严密监视下。1865年1月初，克拉拉跟随她的哥哥回到家。在第10军团，情况不是很好，巴特勒将军因为军队的行动经常变化和调整被指控为失职。1月7日，他被撤销了指挥权。此外，克拉拉和一些军官的妻子发生了数次争吵，因为她们既渴望在医院工作又不愿服从命令。没有了愿意听从她请求的巴特勒，克拉拉认为最好是安静地离开。然而，她一直都渴望重返军队。

由于巴特勒的解职和对小斯蒂芬正在恶化的健康状况的担心，克拉拉很难立即返回弗吉尼亚。她未来能不能在军队工作，似乎无法确定。很明显，战争即将结束，她的人道主义工作也将随之结束。她不能后退，不能回到马萨诸塞或专利局。她希望留在军队，然而她意识到她从未被军队接受过，他们只是因为迫切的需要而暂时容忍了她的存在。在仔细考虑她以后面临的问题时，克拉拉参加了社交活动，照顾小斯蒂芬，关注林肯总统和夫人举办的几次招待会。她甚至对总统就职舞会产生了小小的热情。她借了一件绿色的丝质长裙来搭配她的白色紧身上衣，享受着她的男伴法拉格将军和威尔逊参议员的关注。朱尔斯·戈莱在城里，他和其他朋友为他们期盼的和平感到兴奋，经常来拜访克拉拉。她忙于整理她的衣服，忙于照顾欧文·瓦塞尔。欧文的健康状况和从前一样很不稳定。他保持着乐观的精神，但很明显他的肺结核已经到了晚期。

尽管健康状况不佳，欧文在战争期间仍不知疲倦地工作。现在，是他建议克拉拉继续为士兵服务。在他工作的快递营业所，欧文听说战俘们从南方回来，状况很可怜。这些饥饿和衣衫褴褛的人需要食物和衣服，政府也需要有人帮助记录他们的情况并与他们的亲属联系。克拉拉很兴奋能够在这个方向拓展她的工作，她向威尔逊求助。威尔逊批准了她的计划，承诺安排一次她与总统的会面来讨论这件事情。克拉拉对她的头发感到很紧张，为会面借来了毛皮衣服和帽子。然而让人失望的是，他们去拜访时总统外出了。他们数次尝试去拜访林肯先生，这次还得到了希区柯克医生和伊莱休·沃什伯恩参议员的支持，但结果仍然是失望。

由于希望过高而又不善于与复杂的官僚机构打交道，她再次开始陷入沮丧。她的日记所记录的挫败感就是前几年的翻版：“我觉得某个高高在上的人主宰着一切，阻碍着我的前进。我无法理解但努力保持耐心，当然这很难。我从未因为失望而如此想要放弃。”

最糟糕的是，她无法再忽略小斯蒂芬和欧文将要死去的事实。从 1 月下旬开始，她的哥哥已虚弱到无法独自站立。克拉拉想要从身体上和精神上帮助他，为他提供“不明智的治疗”，去门罗堡处理他的事情。他的财产没有返还，一想到失去了财产，他就很苦恼。3 月初，她知道他已无法恢复，3 月 10 日他就静静地走了。克拉拉需要安排所有的丧葬事宜，因为莎莉无法承担这样的责任。她将遗体运回，在他曾经赞助建立的北牛津公墓看着他下葬。仅仅两周之后，她坐在另一张病床前，可怜的、长期忍受病痛的欧文因为失血过多而离开了她。她感到非常痛苦，无心写日记记录她的悲痛，只记下了她外甥的死亡和时间。4 月 9 日，李将军在阿波马托克斯郡府投降，但失去欧文的痛苦无法让她为此感到高兴。他活到 26 岁，而克拉拉只能想到失去的承诺，失去的人才。

近一年后，克拉拉才对失去两名家庭成员做出了评论，即使在那时她的痛苦仍然十分强烈。“我失去了两个人，他们也许是过去最了解我内心的人，”她写道，“他们的性格比任何其他人都与我更相像，他们的爱对我而言是宝贵的财富，关于他们的记忆永远深藏于我内心最温柔的地方。我的心被他们的离去撕碎了，仍然在疼痛、流血。”除了亨利·威尔逊，似乎很少有人了解她当时的痛苦有多深。他在小斯蒂芬死后不久就去看望她，谦逊地请克拉拉把他当作哥哥，以减轻她的痛苦。他向她保证，他会继续努力帮她取得官方的支持，为返回的战俘工作。3 月中旬，威尔逊获得了林肯对该计划的批准，他友好地建议克拉拉在继续她的工作前，要处理好丧事，要平复情绪。当华盛顿兴高采烈地宣布它的胜利时，克拉拉紧闭双唇，强忍心痛，在这座城市漫步。然后，她和国人一样，不愿相信亚伯拉罕·林肯遇刺身亡的事实，并为他的死感到震惊。

（孙若红　李洪涛译）

第 9 章

Chapter 9

沉浸在悲伤中的克拉拉，为了宽慰和逃避再一次本能地投入工作。她与释放的战俘们共事的计划得到了林肯的批准。林肯的话，如果就当前和他生前比较有什么区别的话，就是现在更让人崇敬。他遗赠给她的是一张小纸片，上面写着：

致失踪人员的朋友们：

克拉拉·巴顿善意地提出要去寻找失踪的战俘。给她的信函请寄到安纳波利斯，并告知她战俘的姓名和部队番号。

A. 林肯

带着这封信，仅仅知道需要关注的人正在到达安纳波利斯，克拉拉满怀自信地赶往这个港口城市。她发现那里秩序杂乱，气氛悲怆，混杂在一起令人困惑；士兵们离开时发出喧闹声，而来自南方的骨瘦如柴的人们却静得出奇。安纳波利斯整齐却萧条的街道上，雅致的转盘还有马里兰州首府周围地面上，都排列着小小的帐篷群，住在里面的人毁坏了绿色的草坪和高大优雅的树木。战俘们的到来使很多人都拥到这本来就拥挤的城镇，有医生，有充满希望的女人——她们带着阔边帽，遮挡忧心忡忡的脸蛋，还有政府官员们。安纳波利斯到处都是人，克拉拉都找不到寄宿的地方了。她被迫扎了几天营，作为“勉强受欢迎的客人”住进私宅，此刻她随身携带的箱子和其他行李只好放在雪地里。

她的房主没有准备好接待陌生人，她也发觉在这忙乱的时候军队也一样对她的到来准备不周。

在混乱中沮丧地徘徊了几天后，克拉拉发现虽然有林肯的手书，但在安纳波利斯陆军部的将军们并不知道将她安置在哪儿，也不知道她应该做些什么。公众被告知可通过安纳波利斯的部队事务处寻找儿子和情人。他们从各个地方来到马里兰州寻求建议，祈求帮助，有的斥责那些应为死亡和降级负责的人。当黑乎乎的人影开始从贝尔岛和安德森维尔涌来时，负责处理俘虏交换事务的陆军部的一个小部门有点儿招架不住了。他们只能勉强跟得上死亡登记——大多数人在他们到来后几天内就死去了——更不用说解决公众的需求了。虽然克拉拉尽可能地去帮助那些需要帮助的人，但是她的请求却淹没在焦急迷惑的茫茫人海中。她一次又一次被打发走或被告知去向另一部门报告。

在尝试着井然有序地登记不断涌入的战俘，或是准确地记录他们的死亡时总受到那些虚假的、不完整的和不正确的交换记录的干扰。克拉拉在查询正式战俘名册时，才得知在许多情况下，战俘们根本没有什么记录就进行了交换。她从自己的亲身经历知道了那些不一致的记录保留在医院里。在去往安纳波利斯途中失踪的人几乎没有出现在名单上，仅仅存在于战友们的记忆中，而战友们或许偶然会和官员们提及他们的死亡。由于军队不胜其烦、公共记录太少，差不多过了八周的时间，她与政府合作去证实战俘身份的计划就要失败了。但最终在晚春时，一位忙碌的将军租借给她一顶帐篷并允许了她开展工作。

几千封信件堆放在帐篷里没有开封，这些信都是急切地询问当兵的亲人的消息的，其中有些人在战争开始的头几个月就已失踪。她走过脏兮兮的街道，这里挤满了士兵们的亲属，他们希望在下船的这些憔悴的人中认出要找的人，这使克拉拉感觉到对这些失踪者身份的确认，比起初她意识到的对国家来说更有意义。超过一半的已知阵亡的联邦士兵都未经确认，大约 19 万座坟墓都没有标记。克拉拉从不把这些仅仅视为数据；他们都是“她的孩子”，是那些她所看到的驰骋疆场、奋勇杀敌的战士。然而她现在明白通过混乱的军队和政府机构是无法确认这些战俘的。仅有的似乎有能力区分死者和活人的就是退役军人了，他们见证了朋友们的倒下或康复。克拉拉不顾官僚的阻碍，决定继续下去，充分利用士兵自己进行这项工作。

她起草了一个相当复杂的计划，主要依赖运气和联邦老兵的主动性。克拉拉每收到一个咨询，就把失踪士兵的名字列在总清单上，再分州列出。她决定要定期地把这些清单刊登在报纸上，在邮局公布，并且通过各种组织散发，比如共济会。她会让老兵们在这清单上查找他们所认识的人的名字，然后告诉她，之后再把信息发给当初咨询的人。这是一个乐观的计划，可由于官方信息太少，军队明显地太专注于与忧心如焚的家属们通信，她找不到别的方法解决这个问题。

“鉴于全国都为现在正被交换和到达马里兰安纳波利斯的战俘们的福祉感到焦虑不安”，报纸中一篇文章写到——

> 经交换专员希区柯克将军的允许和总统的批准，巴顿女士善意地担保通过信函提供有关退役军人状况的信息，尤其是那些在安纳波利斯医院的人，并尽可能地了解关于那些死在监狱或其他地方的战俘的实际情况。所有写给在安纳波利斯的巴顿女士的信都会立刻受到关注。

很快，克拉拉收到了来自全国各地的很多信件。本来就有几蒲式耳的信件需要回复，现在更多了。那些写信的人不太了解她的方法，经常以为她会亲自为每个士兵做出详细的调查。“人们告诉我他们失去的朋友们头发或者眼睛的颜色，好像期待我走遍全国去寻找他们一样，”克拉拉写道，“他们让我把军队里所有失踪人员的名单发给他们，他们告诉我他们已经看过我名单上失踪的人，然而他们的儿子或者丈夫或者其他人的名字不在上面，并且想知道为什么造成这么一个例外。”这些信的质朴和真诚深深地打动了她。信中很少出现不和谐的声音。然而那些期盼开启新生活的人、那些逃兵或者依恋南方恋人的士兵更愿意继续失联。

一位年轻人看见他的名字登在报纸上的名单上时，生气地问克拉拉他做了什么而把他的名字“向全国公布”。克拉拉没时间对付这些可笑的行为。“你做了些什么……我当然不知道，”她告诉这位士兵，“你的家人对你的牵挂要比你对他们的更多，或许比起你对待他们的态度来，你不值得他们这么多的惦念，这似乎对你的家庭来说颇为不幸……我会告诉他们你还活着，以免你自己认为不应那样做。”

6 月中旬的时候，克拉拉已经发布了一份包括两万个名字的名单，并且已经在编辑第二卷了。“我很忙碌，”她热情地写给埃尔维拉，“我的计划圆满成功，并且觉得越来越受欢迎了——至少就我所知没有人谴责我。”军队、卫生委员会还有几个民间组织都把事情交给她处理。她很高兴关于失踪人员的信息源源不断，之后她宣布第一批名单上几乎一半人都已经确认了，虽然后来的调查的数据表明“这的确是言过其实”。“美国军队失踪人员朋友通信办公室”很快有了一间正式的办公室，和带有笺头的办公用品、几名职员、桌子、账目和送信者。

这些都是要花钱的，募集是一个长期的问题。那些以恳求的口吻写信给克拉拉的人们认为她收费，问她价格，“就好像我寻找失踪人员按人头收取高额费用似的”。大多数人认为她得到政府或者一些其他组织的高薪。实际上，她根本没有一点儿报酬，并且被迫依靠少许资金运营着。在她写给林肯总统的第一份信中，她承诺她的工作不会花费政府的钱。但是在项目进行过程中，她发现她不得不严重依赖陆军部维持开支。在初夏宜人的早晨，她工作用的帐篷和小桌子根本不够继续处理那些每天几百封的信函。因此她被迫请求政府提供安纳波利斯与华盛顿之间免费的交通运输或邮资补贴，运送办公用品和生活必需品，以及在 5 月末时请求政府印刷局制作失踪人员名单的正式印刷版。虽然克拉拉仍为专利局的职员，但她几乎没有自己的钱可花，她努力招揽私人捐款也失败了。她的请求只是众多请愿中的一个而已，来自寡妇、伤残的老兵、以前的奴隶还有那些在联邦军队手上失去财产的人的请愿纷至沓来，摆到了每个政府官员的办公桌上。克拉拉的小小办公室，虽然感情上令人不舍，但在饱受战争破坏的共和国的更多迫切需求中失去了。克拉拉需要金钱却无力筹到，使她的办公室从没有变大或真正发挥有效作用。

6 月末，对克拉拉帮助最大的一天来了，她收到一封颤抖的手书写的来信。“你可以发给我一份失踪人员的名单吗？”上面写着，“我能告诉你他们中许多人的消息。”这封信来自于一位叫多伦斯·阿特沃特的年轻人，他是美国新英格兰人，曾经在安德森维尔监狱里遭受过 22 个月的监禁。在她收到这封信几天后，阿特沃特亲自赶来向她讲述他的故事。他外表憔悴，过早出现紧皱的眉头，可这掩饰不了他的稚嫩和行为举止所展现的内在活力和文雅。他 18 岁的时候就在纽约参军了，虽然他出生在康涅狄格州。他在战线之间递送文件，但其后不久就被俘虏了。在安德森维尔他被派到医院里记录每位死亡囚犯的名字、军衔和死亡原因。对于这样一位敏感的人来说，这是一个可怕的工作，每天都会使他更加悲伤。当死亡人数超过每周 700 人时，阿特沃特开始怀疑邦联官员可能通过篡改记录来试图隐瞒他们所做的残忍处理的证据。于是他背地里开始抄录官方的记录。每晚他都把自己的副本藏在衣服里，战争结束后他把这些偷带到北方。

阿特沃特意识到他的记录对陆军部来说很有价值，所以在 4 月末的时候来到华盛顿，把记录交给了相关部门处理。军队想付他 300 美元的报酬，但他坚持不要。最后军队还是给了他钱，还让他在陆军部做职员的工作。阿特沃特认为他给军队的仅仅是抄写死亡记录册的权利。他坚信军方部门抄写员抄录完后，原件就会返还给他。他怕军方不会和死亡人员家属交流，并且他根据自己亲身经历也知道俘虏们是多么渴望让他们的家人知道他们的命运。在这件事情上，阿特沃特和军队之间出现了不和，几个月后名册还没有归还给阿特沃特，军队好像还停止了抄录的进程。到 6 月初阿特沃特来克拉拉帐篷里时，他仍没有收回他的死亡名册。

阿特沃特告诉克拉拉，除了每位俘虏的名字、部队和死亡原因，他的册子里还记录了数字，标示士兵在长长的成排的战壕坟墓中的位置。因为在坟墓上是没有名字的，但每座坟墓都用了一支带编号的小棒来标记。1865 年夏季的早些时候，这件事受到了陆军部部长爱德华·斯坦顿的关注。他认为那些在安德森维尔遭受战争恐怖的人应该被国家正式承认，他们的坟墓也应该以适当的方式标记，便下令去探寻这座老监狱的地点。这一行人由詹姆斯·B. 穆尔上尉带领，他是一位正规军人，掌管战场公墓事宜。阿特沃特受邀陪同这一团队，以便能提供关于埋葬的第一手信息。

斯坦顿做出决定几天后，克拉拉被召见与部长会面。部长以奉承的口吻大力夸奖了她，然后咨询她关于在安德森维尔进行坟墓装修的事宜。令她高兴的是，他告诉她，他决定邀请她陪同穆尔上尉与阿特沃特一起去安德森维尔，务使她的建议得到实施，这令她完全满意（克拉拉后来声称，她首先提出了去探查的想法，但是斯坦顿的信件和她自己的文件表明她是受邀一起前往，这很可能是事后的想法）。

这支团队，包括穆尔上尉、阿特沃特以及40名劳工和工匠，在7月8日登上了弗吉尼亚号。运输安排的混乱导致了克拉拉比原定出发时间晚了几个小时到达，这激怒了穆尔上尉，据说他大叫："该死的家伙！有些人就不该去某些地方。她究竟想去干什么？"这件事预兆穆尔和克拉拉之间的敌意将充斥这场行程。克拉拉一上岸，就感觉到紧张的压力，并为已经很紧张的旅程中增加这额外的负担表示惋惜。穆尔无视她，只是表面上显示礼貌。"我无法理解穆尔上尉，他好像并不友好，总是无话可说；并且待人冷漠，好像我是个干扰者。"克拉拉在探查刚开始几天时这样写道。她尝试着改善关系，但日子一天天过去了，她意识到穆尔的敌意并没有缓和。她之前也和很多男性相处过，当然总有马萨诸塞州第21志愿兵团忠诚的朋友或者是勇敢的医生、官员照顾着她。克拉拉是她所处时代的产物，尽管她自己不愿意承认这一点。穆尔直接拒绝陪同她吃晚餐，还有在她们到达时拒绝和她一起穿过萨凡纳。这时，她就待在自己的小屋里，不想在没有陪同时露面。"这次行程中我是多么的孤独，"她在日记里悲哀地写道，"家里很少有人能意识到我的处境，这是多么折磨我。"

这种冷落令她痛苦不堪，克拉拉开始对穆尔和这次探查失去希望。看到恶劣的道路、没有铁路和河流运输时，穆尔考虑改变路线或者延迟这次到佐治亚州内陆的行程，克拉拉认为这是一个故意破坏她努力的阴谋。他们沿着一条迂回的路线向安德森维尔出发，这使他们远离了他们的路线几百英里，并且需要依靠慢船穿过萨凡纳河，半路再转乘一辆老旧的铁路客车，最终靠骡队完成行程。他们经过了亚特兰大，一个“支离破碎，令人震惊的地方”，同时做出许多调整，每一次都需要装卸顶板、木材和一些设备，在这无情的 7 月酷暑里，一切都慢得令人痛苦不堪。克拉拉情绪低落，腰酸背痛，这段行程中唯一的安慰只有间或喝杯“塔夫茨黑莓白兰地酒”。

7 月 25 日，他们到达了安德森维尔，并感到有些惊恐不安，因为自从这所监狱停止运营后他们是第一个进来的公务团。少数幸存囚犯的可怕报告使他们想要更多地了解这个充满了悲惨和死亡的地方。这座监狱被安置在佐治亚州边远的地方，因为是食物充足或气候不佳（取决于按南方的解释或是北方的解释）。一个由栅栏围成的 25 英亩没有树木的空地构成了这座监狱，一条缓慢的小溪流经此地。这里的囚犯一度达到 2.5 万人，这么多人被关到这里看守，没有住处，没有淡水，也没有足够的衣服，还要忍受冬天无情的细雨和夏天无尽的炎热。这条小溪在 7 月和 8 月枯竭成细流，因厕所和厨房的油脂和污秽变得十分泥泞，以至于在克拉拉来访时残渣物还紧贴在河堤上。在栅栏里面，地上坑坑洼洼，有一些地洞和井，在这样不人道的环境中，可怜的士兵们勉强生存下来。食物比不足还要更糟糕（通常一整天的口粮是半杯子的米饭），没有烧材煮饭……数百囚犯死于饥饿和肺炎、伤寒症等疾病，最为常见的是坏血病。穷困下又多了恐惧，因为一条巡逻严密的封锁线环绕着栅栏，这是一条“死亡线”，没有人敢越过这条线。意外地踩上或者手放在了上面也会被枪杀，或者有时仅仅靠得太近也会被枪杀。安德森维尔最大的悲剧大概就是条件本可不必这么恶劣。附近有充足的木材，可以用来建造兵营，一英里外还有一条宽阔的小溪在湍急地流淌，叫作甜水溪。这个国家在战争期间生产了充足的食物。至于逃跑，这地方这么偏远，囚犯们也会很容易被再次逮捕。

半掩埋的尸体和挥之不去的瘟疫的谣传影响到了这群工作人员，但使他们感到宽慰的是，在这方面，安德森维尔看上去比他们预期的要好。一名当地的农民曾不怕麻烦去重新掩埋那些裸露的尸体，并且勉强维护这些公墓。尽管克拉拉预先被告知过这里虐待囚犯的事情，但她细看这些栅栏和简陋医院的样子时还是感到震惊。现在，当她走在这坑洼不平又充满污秽的监狱空地上，她第一次对公正的原则感到质疑。怨恨以前从未影响她的爱国心，可现在却充满了她的全身。她将再也不会认为南部是无辜的，从今以后会积极地支持激进的共和党人。她的一生中写得最戏剧性、最深刻的就是这座监狱及其里面的“鬼故事”了。“我曾看见它恐怖的脸，”将近一年后她对听众演讲时说，“但是朋友们，谈到别的事情，我可以同时谈天说地，但说到这个……我就感到恶心。我呆呆地站着，头脑昏乱，视野模糊，我说‘这肯定不是地狱的大门，而是地狱本身’。为求宽慰，我转身去了那 9 英亩拥挤的墓地，并且说，这里终于有了安宁，这对他们而言是通向天堂的大门。”

心在作痛，一行人开始了他们指定的任务。这个工作本身并不困难，因为记录保存得很好，坟墓也标注得很清晰。“我发现坟墓可以很完美地确认，”克拉拉满意地写道，“我的计划再次实现了。”床头板用字母加了标注，建了栅栏，人行道也铺好了，还计划把这拥挤的墓地改建成国家军人公墓。差不多有 1.3 万座坟墓作了恰当的标记；只有大约 400 座坟墓上写着“美国无名战士”。克拉拉从未忘记那数千人哀悼这些年轻人的场景，对她来说没有其他东西会像这里聚集的痛苦那样使得此地如此圣洁。晚上，在监狱边界外为她搭建的小小的帆布帐篷里，她写了一首不太完整的诗，表达她的情感：

> 母亲啊，我在这儿——和你们心爱的人在一起
> 在我面前，你们勇敢牺牲的儿子长眠于狭窄的墓地
> 姐妹们悲哀流泪，彼此紧紧相拥，苍白无力
> 这纪念花圈是我赠与离开的高尚兄弟的

她的悲痛和苦难随着与穆尔上尉不断紧张的关系而加深了。她认为他故意妨碍她的工作，并且在他给陆军部的报告中提到她时歪曲事实。当一系列伪造的信件——据称由克拉拉写给一位“詹姆斯叔叔”——在几家有名的报纸上刊登时，她指控穆尔才是作者。这些信很文雅，但是他们把克拉拉描绘成专横的老女仆，

并且经常称赞穆尔。这种伪造的行为激怒了克拉拉。“我从没有什么‘詹姆斯叔叔’，”她愤怒地写道，“并且我也没有写要出版的家信。”至于穆尔的报告，除了简单提及她帮助护理一些生病的士兵外，根本没提其他。真正的麻烦是他本人和他的报告一样忽视了她，拒绝与她协商或者给她所认为的应有的敬意。“我没有受到真正的关心和尊重，”克拉拉在她回去后对陆军部部长说。

> 我不说那些日常生活中绅士们在细微之处对女士的体贴，我已经很轻松地学会免除这些了，但是在整个这次探查中我还是没有料到会遭受完全的无视……从没有人问过我关于饮食或适应方面的问题。穆尔和我之间从来没有什么商量的话语，一开始我就对他的冷漠留下很深的印象，也从未有人征求过我的看法和建议。

克拉拉认为穆尔是嫉妒她的名声，并且怨恨她对陆军部的影响。她一直认为整个探查是她的主意，而他希望把这次探查的功劳归功于他。当然，穆尔根本不尊重克拉拉的观点或满足她的要求。在陆军部，他自己的办公室在某种程度上与她形成直接的竞争关系。但他是否真的渴望完全掌控政府在辨认死亡联邦士兵方面的工作，还是仅仅对一位女士存在的不便感到恼火，这一点还不明确。在克拉拉的头脑里，他成了仇敌，在她漫长一生剩下的时间里一直如此。

克拉拉在安德森维尔的工作早早地结束了。工作人员完成了公墓修缮，而她则把时间主要放在护理病人身上。一位年轻人去世了，其中流泪和祈祷的场面，她以维多利亚时代多愁善感的笔调在日记中记下来，对她而言，他是“安德森维尔最后的烈士”。她在栅栏内漫步，收集了一些可怜的囚犯留下来的遗物——弹壳做的水杯、葫芦做的盛汤用的盘子、当作邮箱的蜂箱。几位当地人去了她的帐篷处，表达了对监狱当局行为的厌恶，但是现在克拉拉却玩世不恭地认为他们这样做，完全出于政治动机。

令她很感动的是有数十个以前的奴隶，他们经常会走上 20 英里或更远来见这位北方女人，问她一些关于政府新政策的问题。很多人都受了骗，以为由于亚伯拉罕·林肯遭到刺杀,《解放黑人奴隶宣言》就不再具有法律效力了。之前的奴隶主们都倾向于欺骗他们之前众多的奴隶们，而这些黑人却找不到人获取真实的信息。在8月13日，她在日记本上写道:“没人知道这一天的意义，超过100位黑人来找我打听询问情况。我尽量让大家都满意——老人、强壮的男人们、年轻的小伙子、年轻的女士和她们的丈夫们，他们都很渴望了解法律。”这些人的来访进一步强化了她对自由的关注，而这是受到了弗朗西斯·加格的影响。当到了使用她得到的政治权力的时候，她会首先用在这个群体身上。环境对她产生了极大的影响，加深了她对南方白人的仇恨。内战之前，她把这些奴隶看成“在任何国家都是没有价值的，仅适合为传教士劳作，而且永远如此”；而现在，她谴责的是那些奴隶主。

到了8月中旬，工作都完成了，劳工们收拾好他们的工具踏上返乡的遥远旅途。8月17日，这座墓地正式投入使用。对全体成员来说，这是一个难以忍受的、令人筋疲力尽的经历，大家肃立默哀，目睹了这场庄严的仪式。克拉拉被选为升旗手在监狱的空地上升起了美国国旗，她在墓地建造项目中的作用受到了正式认可。她日记开头那些激昂的语言和不通顺的句子，表明她在烛光下坐下来记录当天的事件时，还是激情满怀。

> 早早地穿上衣服——上尉叫我去升国旗——这竟然是在安德森维尔！这里沉睡着13000名烈士——昏暗的四年里没有国旗在这里飘扬过……我走上前去……在旁观者的欢呼声中升旗——国旗升起了，在上面下垂着，好像沉入悲痛和伤心之中，直到最后阳光流洒下来，它的皱褶优雅地展开——人们唱起国歌，我蒙脸痛哭。

仪式结束后，克拉拉与穆尔上尉分开，乘坐火车绕过肯塔基州和俄亥俄州，没有和她无比憎恶的人搭乘政府的车回去。这次探查的种种是非令她心烦意乱，她担心穆尔会在她到达之前回来，对每一个有影响力的人物说她的坏话。她一直无法找到那些伪造信件的源头，但在她一直努力之下，几家报纸刊出了撤销声明，她稍感安慰。克拉拉回到华盛顿时筋疲力尽，精神紧张，仍决定继续她的寻找失踪士兵的工作，但却没有所需要的资金做下去了。

在她的生活又一次受到严重焦虑的冲击、她长期以来建立起来的信任受到威胁之前，她几乎没时间构想出计划了。8 月末的时候，多伦斯·阿特沃特因盗窃罪被捕，原因是他偷了安德森维尔逝者的名单。他却坚持认为政府给他钱只是得到了备份该文件的权利，他还一直催促政府交还原本。当陆军部拒绝返还名单时，阿特沃特决心用各种办法去取回名单。这名单被带去过安德森维尔，阿特沃特在行使职责期间还经常使用。在探查最后，他把这份文件留在了他的帐篷里，当团队收拾东西离开时，他就直接把它放在了他的箱子里，并且牢牢地锁上。虽然在佐治亚克拉拉没有全程和阿特沃特在一起，但是她听了他的事情，认为这是一个关乎正义的问题。她还觉得穆尔在关于名单这个颇具争议的问题上也插了手，虽然事实上他没有。就是在克拉拉的鼓励下，阿特沃特大胆地取回了他的安德森维尔逝者名单。

令她惊恐的是，在军事法庭里阿特沃特被判关押到旧国会监狱，那里直到现在还被用来拘留臭名昭著的叛军间谍。这种不忠的言外之意，就像监狱严酷的条件一样激怒了克拉拉。这是一个破烂的老监狱，建在一个破烂的院子旁边，这里的许多有色人种囚犯宁愿靠着那些糟糕的食物艰难地维持生活，吃一些干面包，偶尔有个桃子——非法获取的——也不会去吃每天发的灰豆和发霉的玉米粉面包这些乱七八糟的东西。克拉拉尽可能地为阿特沃特提供一些食物和钱，但她依然对军事法庭很担心。9 月 2 日开始庭审，持续了两天。塞缪尔·布雷克上校，就是最初与阿特沃特做出安排的人，作证说他们一开始就怀疑这个前囚犯的意图，并且从来没有正式答应给他个人一份死亡名单，而且政府一直以来确实不需要提供补偿金就有权力去得到那个文件。阿特沃特没有出庭作证，但提交了一份书面陈述，其说法与布雷克的观点相左。穆尔因名单丢失大发雷霆，而名单由他监管，他是政府的一名重要证人。他承认，陆军部礼待这位士兵，并且在他的手中被错怪了。最终，阿特沃特被判为盗窃罪和犯有“对良好秩序和军事法律的偏见行为”。他被勒令退伍，判处 18 个月监禁并罚款 300 美元。

克拉拉求人帮助，设法获得了法院讼诉记录的副本。她觉得庭审很荒唐，并指控穆尔贿赂了陪审团，认为阿特沃特没有出庭作证是因为不允许他出庭。她没有看出阿特沃特受到了适当的辩护，她感到闷闷不乐，因为在她看来顶多是个误解的情况却用上了最重的刑罚。当她听到阿特沃特被戴上镣铐，经过华盛顿的街道押往纽约的奥本监狱时，她极为震惊，在这样一个颇具争议的案件里，他竟然被当成了一个危险的罪犯。然而，尽管心绪不平，克拉拉却不愿出来公开为他辩护。她自己的名字没有出现在军事法庭上，她担心最后偷盗的罪责会落在她身上；她已经知道有几个官员责怪阿特沃特行为的“不明智的出谋划策者”。她在内疚和对个人结局的恐惧之间左右为难，她谨慎地作了调查并尝试发挥个人影响力，但却不想因为他采取决定性行动而把她的名字牵扯进这起案件里去。

那年秋天，克拉拉不得不与再次出现的士气低落做斗争，还有那些可能毁掉她工作的不断减少的资源。当她还在安德森维尔的时候，她的名字就最终从专利局登记名单中被去掉了，所以她现在根本没有收入。她浏览她的手册，开始清算她卑微的资产。到 11 月初她一点儿钱也不剩了。她在日记里仍很乐观地写道:“我口袋里一分钱没有不是我人生里第一次——我猜我会穷死，但我既不吝啬也不懒惰，只要我还站着，我就不会孤独。”但是克拉拉止不住担心，她那书写整洁的家庭开支账目显示，她一度仅靠每天不到 50 分钱过了好几个月。她很自傲，不愿接受捐助，当熟人尝试很策略地帮助她时她很愤怒。甚至连亨利·威尔逊这样一位老朋友都不可以去帮助她。在 12 月末时，他试图给她 20 美元作为“圣诞礼物”，她不予考虑就直接拒绝了。她很震惊也很悲痛地在她日记中记下这一事件。

克拉拉不需要多少东西就能维持生活；缺少资金的最残酷的后果是她的小办事处被迫一度暂停。政府公布她的名单，给她免邮费的特权和交通便利，但是他们不能付职员的工资和办公场所费用。克拉拉仍不断收到来自全国各地悲痛的母亲们的来信，还有来自慈善机构成袋的邮寄品和大量陆军部无法投递的信件。1865 年 10 月 3 日，她发现她还有 3500 封信没有回复，那些还没有开封的信件所寄托的破灭的希望使她良心过不去。“这个国家可怜的母亲们，我怎能放弃她们，不再为她们做些什么，难道没人会去帮助她们，我非要放弃搜寻了吗？”她问她自己。

本杰明·巴特勒答应用他的影响力使这个办公室变成陆军部一个正式部门。他在一个卑微的职位去行使权力，何况自从他一年前被解雇，更是受到内部的嘲笑而不再是受人尊敬的正式领导了。

巴特勒很快发现陆军部不需要克拉拉的工作了；他们认为他们自己由穆尔上尉领导的部门就已经足够了。确实，部门里甚至不同意她使用他们的记录，这是 E. D. 汤森那年 12 月在一条简明的消息中确认的决定。“经验证明，让那些不负责任的机构——不管出于何种目的——获得这个办公室记录的消息会产生严重的后果，”这封信上写着，“因此强烈建议不应该给巴顿女士这些记录，因为通过她的机构，就会使不该拥有官方资料的人拥有这些记录。”

克拉拉至死一直坚信，穆尔竭尽所能地玷污她的名声，还会在他自己的办公室接管她开创的工作。穆尔所起的作用记载不详。他一定嫉妒地守护自己的地盘，而且他对克拉拉明显的反感很可能让他传播流言蜚语。然而在这段时间里，克拉拉做了很多有损她自己名声的事。在阿特沃特私藏安德森维尔名单事件中她起的作用或许只是因为判断失当，但是她旨在诋毁穆尔名声的鲁莽的信件却没有给她带来什么好处。在审讯安德森维尔监狱官员时，选了穆尔而不是她去作证，她觉得这是对她个人的冒犯，便写了一个报复性很强的便条给威尔逊参议员。“我想不通在这件事上我做了什么让我受此羞辱和遭到打压，”她发怒道，“我认为我为国家和人类都做得很高尚、很好……但为什么容许一个小小的无价值官员出于嫉妒打压暗算我，我无法理解。”对那些她感觉冷落过她的官员她表现得很幼稚、很迟钝，和现在陆军部的丑角巴特勒在一起，又使她自己的名声更加受损。

克拉拉想让她的办公室归属于政府，还努力让多伦斯·阿特沃特获释，但在这两件事上，她都遭受了挫折。她向亨利·威尔逊和斯坦顿部长请愿，但他们都忙于制定重建政策，无暇关注这些细节。10 月，她匆匆赶到新英格兰，希望约瑟夫·谢尔顿——一位律师，也是她少女时代朋友的丈夫——给她出出主意。谢尔顿像他的堂兄罗伯特·黑尔一样对这件事很感兴趣，他的堂兄罗伯特·黑尔刚刚当选纽约州的国会议员。他们都想不出一个稳妥的办法使阿特沃特获得赦免。阿特沃特在监狱待了两个月后被释放了，这不是克拉拉努力的结果，而是因为安德鲁·约翰逊总统命令要求释放所有未犯攻击罪的军队囚犯。

这时候，没有什么可以有效地减轻克拉拉的沮丧。朱尔斯·戈莱经常来访，还有其他一些熟人也是，但没什么作用。她三心二意地参加了少数几个聚会和演讲，但整个秋天大部分时间还是闷闷不乐地待在她的房间里。房间里到处是塞满了信件的盒子还有账本，象征着“令人心痛的话语”——她担心的那位清洁女工、她拮据的经济状况、莎莉的健康，还有她正不断脱落的头发。最糟糕的日子是在海茨敦期间，还有失去专利局工作后怠惰的那几年，而她现在的日记读起来就像当时写的那样。“今早醒来，感觉心情极度郁闷、绝望，这在我记忆当中从未有过。”她在12月17日写道，“有一段时间我几乎很难起床、梳妆打扮，好像整个视野都被遮蔽了，周围乌云密布。”一个星期后，她熬过了那个最伤心的圣诞，此前从没这么度过：“没有快乐，更没有幸福……但就像这些日子一样，要做的事太多，却很无助，很失望，很烦恼。”

1866年新年的时候，克拉拉仍对小斯蒂芬和欧文的死感到忧伤，并且内心惶恐不定。她害怕走廊里的噪声，不能决定自己的未来，过于缺乏自信使她总觉得自己“无足轻重”。因此，那个月她挚爱的范妮阿姨——弗朗西斯·加格——她充满智慧和道德勇气——前来拜访时，她感到莫大的宽慰。1月末加格到来的时候，克拉拉心情异常烦乱，扑到她的身上，哭道：“我该做什么，啊——我能做什么呢？”据加格所说，她这位年长妇女回答说：“你可以演讲。就像告诉我一样，告诉世界我们身穿蓝军装的勇敢孩子们的遭遇。”这不是克拉拉第一次考虑去进行巡游演讲了；确实，她新年期间花了不少时间想要准备演讲稿。演讲既要引人注目也要有说服力，然而她怀疑自己作为作者和演讲者的能力，何况按常理，公共演讲并不适合一名女士。加格本人在战争之前和期间就是一位受欢迎的演讲者，她做了不少工作帮她打消这些担忧。此外，她指出演讲的收益很大。在美国人民面前克拉拉可以宣传她的工作，维护自己的行动（以及多伦斯·阿特沃特的），与此同时，还能挣到相当多的钱来赞助她快垮掉的办公室。

克拉拉还成功说服她的这位良师益友写了几篇文章在报纸上发表，支持她和她为失踪人员所做的工作。“这是一项伟大的事业，需要许多人参与，以及长期艰苦地努力，”加格在《纽约独立报》上写道，“朋友们必须耐心，对已完成的工作怀有感恩之心，对将来充满信心。”更重要的是，克拉拉和加格向国会发出了请愿，请求拨款1.5万美元，以使她的工作得以继续和扩大。请愿书还认为在战争期间，克拉拉个人出资1.2万美元，这部分钱应该得到偿还，剩下的会用来继续维持关于失踪人员的通信工作。请愿书本身是一篇充满感情的散文，赞美了国家那些勇敢的士兵和悲伤的家庭，还有克拉拉减轻他们悲痛所发挥的作用。“噢，我的同胞们！……”加格写道，“设身处地地想一想吧，能够知道儿子或兄弟的下落，谁不会多次捐出两美元呢？深情的妻子和母亲不是都和你一样软心肠吗？”这份请愿书于3月中旬获得批准。

2月21日，克拉拉在重建联合委员会出面，促成了请愿的通过。在几个月的听证会期间，她是唯一一个女性证人。事实上，她很可能是在国会作证的第一位女性。这种在公共场合抛头露面的行为在绝大多数人看来，对于有良好教养的女性而言太过随便，因此不符合淑女身份。克拉拉个人好像没什么不安。她非常明确地告诉反南方的政客们他们希望听到的东西：南方白人不尊重美国政府；他们总是欺骗他们之前的奴隶；安德森维尔监狱的环境比不人道还糟糕。去往佐治亚的旅程使她很难受，她强烈地表达了自己的观点。

尽管她强烈赞同时下的政治观点，坚信自己事业的高尚，但是她的请愿书并不是无人反对就一帆风顺地在国会得以通过。在战争期间，许多女性和她一样都做出了牺牲，有些议员质疑为什么她竟然会被挑出来。其他人对陆军部里的谣传很敏感，表示“美国军队失踪人员朋友通信办公室”对政府来说更多是个妨碍而不是帮助。更严重的是对她真实经济状况的疑问，这些问题总会时不时冒出来困扰她。她没有记录下她所说的1.2万美元花费，现在很难搞清她可能在哪儿募集到这笔钱了。她自己的财力已经紧张到从1857年到1860年期间的极限了（后期她甚至付不起膳食费），1862年在她离开专利局之前她只挣了300美元，她父亲的遗产仅剩400美元。后来克拉拉生涯里的一个谣言传开了，说之前有个追求者赠她5000美元，只有内战军需这个看来正当的理由才会使她动用这笔钱。没有记录可以证实这个传说。然而即使有这笔钱，也只占到她所称花销的一半。晚年她还受到指控，说她冒领这笔钱，当时，甚至过去忠诚的报界也传出了风言风语。“她从投机中获利颇丰，打着爱国的旗号，十分成功，”《波士顿邮报》评论道，“她的行为纯粹是投机专营，完全建立在扮演特赦代理人或索赔机构角色的基础之上，她只配与这类人为伍。”

克拉拉本人似乎对国会拨款这件事没有愧疚感。1.5 万美元以政府债券的方式给了她，让她一生中第一次在经济上有了保障。她雇用了阿特沃特和朱尔斯·戈莱在她的办公室里做职员工作，得到了家具，以新精神面貌开始了她的工作。克拉拉一直劝说阿特沃特把他的安德森维尔监狱名册交给报界，作为他重获名单目的真诚的象征。那年春天，几家报纸刊载了名单，后来陆军部才有时间发布他们自己的版本。她认为这是对穆尔的一个胜利，使她很高兴。那年春天和夏天，让她满意的生活条件使她对工作更加满意。朱尔斯和多伦斯跟她一起住在第七街道的房子里，房屋装修简朴，只有一些实用的办公桌椅、一条老旧的地毯和几个她从母亲那继承来的小物件。他们生活在一个舒服、随性的环境里，不在意时尚社会里的小缺憾，经常在邻居家里搭伙。克拉拉承认她只有两件衣服，觉得这就很足够了。当堂妹维拉写信说她计划来拜访时，克拉拉让她放心，无需太正式：“你不必在一群挑剔的寄宿者中出现在桌边——我们走进去，带着围巾吃饭，然后想摘就摘下来。”

尽管她的办公活动继续进行，1866 年秋季克拉拉又开始联系公关机构，希望为那年冬季安排一系列演讲。到 10 月她就已经被同意在纽约州和新英格兰进行一个日程的巡回演讲。整个 11 月和 12 月潮湿的气候下，她走过这熟悉的地方，在演讲厅里、教堂里、市政厅和拥挤的学校教室里发表了她名为“军队生活中的工作和意外”的演讲。12 月，她回家短暂休息了一下，然后前往国家西部地区进行其他紧张的系列演讲。

她的演讲受到热烈欢迎。克拉拉本能的戏剧感让她能使用寓意鲜明的形容词讲述那些悲哀的情景，而完整的演讲能恰好符合听众的口味。现在，早就没有了战时的可怕和贫困，国家沉入了对战争的伤感中。她描绘出激动人心的冲锋和撤退的场景，还有那些垂死的士兵低语他们对母亲和爱人最后的思念时的画面，使观众们激动不已。“就好像这位才女抓住我们的心弦，巧妙地用它弹出一首悲伤的赞美诗。”一位小镇上的记者赞美道。有时她在演讲中会提到阿特沃特的案例，对自由民和那些死亡及伤残人员的贫困家庭表示同情。这些演讲明显带有倾向性，只在北方进行并且符合联邦方面的想法。她不止一次提到她对安德森维尔监狱的印象，不仅唤起听众的悲情，更有意识地强化了人们对被征服的南方的仇恨。

她很高兴地读着报纸上刊登的她演讲的文章，并且把它们剪下来，因为它们对她极为有利。对于她的演讲能力，克拉拉自己都感到很惊讶。她总是穿着黑色丝绸衣服，她那小小的身躯有一种自然的高贵，很容易使那些多疑的观众安静下来，就像她在教室里教过的那些任性的孩子一样。她优美的嗓音是一个巨大的优点，同时具有表现力和戏剧性。“巴顿女士天生就有非凡的描绘能力和雄辩口才，作为一位演讲者，她以强大的力量征服了观众。”一家报纸说。负面评论偶尔出现。某位西部记者认为她的演讲缺乏深层次的理性思考。还有几个人抱怨说她的立场与许多联邦军官的相对立。《锡拉丘兹每日旗帜报》以几乎抱歉的口吻评论道：“我们必须恭敬地建议巴顿小姐 M-y 拼作 My，还有 B-y 拼作 By——而不是 Me 和 Be。My 和 By 非常明显都是撒克逊词汇。Me 和 Be 在台上使用太过怪异，像巴顿这样一位拥有不错英语水平的完美女性应该丢弃这种词。”除了这些评论，演讲取得了巨大成功。甚至与弗雷德里克·道格拉斯和马克·吐温这样令人尊敬的演讲者相比，她的演讲也都场场爆满，观众热情高涨。

这些演讲还在另一方面对克拉拉有利——它们使她的名字和工作广为人知。许多南、北方的女人都曾做出牺牲帮助军队，但是她们都满足于在本地小有名气或者内心的感受。克拉拉在战场上的出现使她的战场服务不同寻常，但也并非独一无二。她的工作带上了传奇色彩是因为演讲给了她讲述她自己故事的机会。在系列演讲之前的 1866 年至 1868 年，克拉拉在华盛顿和她自己家乡的妇女圈子之外几乎没有什么名气。巡回演讲之后，她的名字变得家喻户晓，成了人道主义献身的同义词。在她之后的救济工作中，她的名声在募集资金和获得官员支持方面发挥了巨大的作用。在19世纪60年代后期，它的作用主要是使她的无私奉献得到支持。

不幸的是，能力和爱好并不总是一致的，克拉拉一直很不喜欢演讲。她从来没有克服过怯场，并且在两个城市之间漫长的铁路旅途中遭受到了疲乏和疾病的折磨。“所有的演讲都使我很害怕，”她写道，“首先我没有兴趣，何况我还恨它。”她告诉一位朋友她做的比她说的要好，她希望回家致力于做关于失踪人员的通信工作。然而在1866年到1868年将近两年期间，克拉拉都制订了演讲计划，这个安排以任何标准评判都令人望而生畏。她在1868年仅仅一个月的时间表就像一份中西部大城市的名单，其中包括在下列城市的14场演讲：匹兹堡、克利夫兰、托莱多、艾奥瓦州的伯灵顿和密歇根州的艾德里安。

虽然对朋友她总是说她“不是本能地……渴望获利”，但很明显是巨大的演讲经济收益让她继续做下去。开始她还犹豫如何收费，后来克拉拉每场演讲都收费75—100美元，这酬金和那些男性演讲者的相同。她有时为士兵基金或者当地慈善机构作慈善演讲，但是绝大部分收入都塞进了她的腰包。她的支出远低于她的收入；比如在1866年11月，她花了49.12美元，而她赚了差不多1000美元。这些钱确保了在华盛顿的办公室的持续运作，也一下子让她几乎实现了财政自主。

克拉拉的岁月就这样缓慢地流逝，日子融合成一个朦胧的连续体，就如透过火车车窗所见的模糊不清的景色。“这旅行的夜晚使我困惑，且我并未忘记这些日子。”她诉苦道。偶尔，一件小事会使一座小镇或一次演讲特别引人注目。1867年的春天，在纽约的施坦威音乐厅，她对500多名退伍军人做了一次慈善演讲。这个舞台装饰有一顶军用帐篷，一堆滑膛枪和一门小榴弹炮。指挥台的后方，横跨一面军旗，轴上写着“授予”字样。当乐队开始演奏《威廉·泰尔进行曲》时，一支鼓乐队宣告了她的入场。虽然她很高兴做这场演讲，这使得寡妇们和她们英勇的“男孩们”的孤儿受益，但她不喜欢这样的派头，并且这次经历使她对其他大型集会态度谨慎。另一座城镇深深地印在了她的脑海里，因为它是火车相撞的地点，这次事故差点使克拉拉和陪着她的阿特沃特丧生。还有另外一个特别的夜晚是在密西西比河西边的一座偏僻小镇里度过的。在这个舞台上她开始用安蒂特姆河的故事来使观众开心，像她一直在做的那样，中途专门讲了因为她提供了如蜡烛等简单的物品，外科医生表示感谢的故事。在她的演讲中，她提到了一位医生，在那可怕的日子里过于激动以至于无法表达他的谢意。突然，一名男士站起来，跑上舞台。“女士们先生们，”他大声地说道，“如果我从未对那次善行表示感谢，那么我现在就会那样做。我就是那名外科医生。”

在 1867 年 11 月[illegible]利夫兰换乘火车时，克拉拉遇到了伊丽莎白·凯迪·斯坦顿和[illegible]两位著名的女权主义者，她们也参加了一次演讲旅行。这是关[illegible]个有据可查的实例，标志了一个漫长且富有成效的关系的开始[illegible]和安东尼之间。到 1867 年，克拉拉不再对扩大女性的社会政治[illegible]。反面的观察者也许认为，看这名娇柔的女性站在演讲台上是[illegible]情，因为她同意公开讲话时“还未放下她的女性气质，她之所[illegible]主义是由于她从事了大量的慈善救助工作……这适合她的性别[illegible]参加了反抗虐待的英勇斗争，这如果不是凭空臆想，也有夸大其[illegible]些观察者都错了。在这时，她做好了准备去宣布她“自己完全地[illegible]地、比以往和之后的任何时候都同情那些数以千计的人并愿与其[illegible]断挺身而出争取女性早日完全获得选举权，并允许所有种族的妇[illegible]和优待……而这应该属于作为理性人类的女性”。

很自然地，她最终会[illegible]运动的女性结为同盟，因为她的背景反映了如此多的她们本身的[illegible]度不够，对此加以弥补的过程缓慢且充满痛苦；女性生理发育成[illegible]现她的智力倾向与众不同造成的冲击，确实超出了她自己能够接[illegible]个仅仅提供少许可能性的世界，她奋力赚取工资维持生计。她的战时服务导致了她献身女权主义——还是她对女性的最好希望。她认为这场战争证明了想要为社会做贡献的女性的诚挚，每个士兵援助协会和废奴主义者集会都显示她们是一股政治力量。这场战争展现了女性的价值。她在一次动情的但很不幸从未做过的演讲里宣称，“女性只是缺少机会向男性证明她是严肃认真的——她有个性，有坚定的目标——能在紧急情况下发挥作用……战争给她提供了这种机会”。而且，在多年的血腥冲突中不仅男性承认女性的能力，女性们自己也是。她们现在对自己的能力有了新的评价，重新认识了她们掌控形势的能力。不管她们以前受过何种挫折，战争都给了她们经验，克拉拉在她最好的诗作《奔赴战场的女性们》中强调了这个事实：

我的工作受到束缚，它的价值大都丧失
有的只是妨碍、痛苦、努力和牺牲
但通过这些知识的到来——知识就是力量——
再也不在枯燥的时间里
不管战争或是和平，我们还要如此困扰
去完成我们的灵魂已经约定的目标

从这时开始，在克拉拉和其他激进的女权主义领导者之间发展出一个共生的关系。安东尼在她的出版物《革命》里为克拉拉的演讲做了宣传，克拉拉受到热切邀请到女性会议上讲话，参与集会，或者简单地在舞台亮相为聚会增光添彩。克拉拉努力把自己打造成一名演讲者，不久之后又组建了美国红十字会，这些奋斗都受到女权运动的领导者的积极支持。至于克拉拉，她很早就在所有自己具影响力的范围内开始为女性选举权争取支持，尤其在这个国家的退伍兵当中。她利用她和他们之间强有力的情感纽带，哭诉道：“战士们！我曾为你们工作——我请求你们——现在——所有人，你们要考虑我们女性的需求……上帝只知道在危险的时刻女性是你们的朋友——你们现在也应当是她们的朋友。”

她不总是这样戏剧性地对士兵讲话。事实上，她第一次强有力地公开捍卫女权主义原则是由于一个退役军人组织的误导，他们将她描绘成爱国者而不是“意志坚定的”女性。到了一个小镇时，她发现海报把自己描写成下面这个样子：

> 我们可以保证，我们的公民会享受到难得一见的爱国主义雄辩演讲，就如很少听到的一般，我们也可以保证不会有任何理由令人失望；他们将不会让人把苏珊·B.安东尼之流风格的女性权利演讲强加于自己；巴顿小姐并不属于那一类的女性。

她竟被描述成这样，令她愤慨，不过克拉拉仍走进大厅并对满屋子的人进行了演讲。在她演讲的最后，她对观众慢慢地大声读出了那个令人不愉快的段落，表达了对女性权利的支持：

> 这个段落，我的同志们，确实比歪曲作为一名女性的我更糟糕；它污蔑了我的朋友。它诋毁了这片土地上不论是为你还是为我曾做过的最高尚最勇敢的工作。你们赞美那些女性，在你深陷痛苦时，她们奔赴前线来到你的面前，呵护你重返新生。你称呼我们为天使。是谁开辟了女性前进的道路并使它变得可行？除了那讨厌的“团伙”，还有谁遭受多年的反对、指责、辛劳和痛苦公开声称女性拥有权利，有权行使她们的权利？她拥有自己财产的权利、她自己孩子的权利、她自己家庭的权利，她在法律面前应该享有的自由行动权、人身自由权。据此，其他女性要求权利，鼓起勇气，哪怕只是为了到军营去，将伤员拖出战壕，为了他们的家庭和国家去试着拯救他们……
>
> 没有人曾如苏珊·B.安东尼一般如此无助，如此无人保护，如此遭受污蔑；没有人值得这样好的报答；士兵们，这个国家第一座女性纪念碑应该为她而立。

她用尽全身力气高喊：“孩子们，为苏珊·B.安东尼欢呼三次！”她不久之后满意地写道：“屋子里的双扇窗都震得摇晃了。”

克拉拉对女权主义的投入是真诚的，但在她为女权运动工作的四十几年里，克拉拉从不让自己与之太过接近。她对其活动持有保守的观点，赞成妇女在生活所有领域取得进步，却担心太过强调选举会妨碍社会的巨大进步。克拉拉拒绝准许她的名字被列为任何组织的高级官员，她曾终止了整个报纸传单的发行，做出赔偿，让他们重新排版印刷，而不是让她的名字作为全国妇女选举权协会的“副会长”出现。由于克拉拉总和男性共事，她频繁地提及他们因压制女性而承受的精神负担。她承认自己经常认为轻佻、愚笨的生物是女士们应得的名声。就自身而言，她拒绝把争取参政权作为她生活的动力；还有太多别的、更重要的事物需要正确看待。“当我月复一月、年复一年地站在这群我的国家的受伤或是死亡的人中间时……在享有前去为他们的需求服务的特权时，我忘记了我的特权遭到剥夺。我忘记了自己是一名女性，”她在1868年称，“当我为13000名在安德森维尔长眠的烈士升起国旗的时候，我忘记了我没有选举权。”

她在女权问题上的稳重立场在1868年表现得最为明确，当时女权主义者在提议的第十五条宪法修正案上出现了分歧，这项修正案禁止因“人种、肤色或者国籍”而剥夺选举权。一些女性，尤其是安东尼，因为没有抓住时机将“性别”这个词写进去而感到愤怒。其他人则认为黑人远比女性遭受了更大的苦难，担心女权主义者的抗议将会危害修正案以任何形式通过，这将是个悲剧，会毁掉经历了整个可怕的战争所取得的成果。像加格，露西·斯通，还有玛丽·利弗莫尔，或如弗朗西斯·哈珀一样——弗朗西斯·哈珀动情地说，作为一个黑人的苦难是如此的巨大，以至于她几乎没有意识到自己作为一位女性所遭受的苦难——如果需要这么做的话，克拉拉选择了后退，让黑人的冤情首先得到纠正。1868年晚些时候，应苏珊·安东尼的要求，她在普选权大会做了演讲。会上令所有人惊讶的是，她的讲话强而有力，不仅仅是为了女性权利，还为了黑人的优先权。

> 如果在这同一时刻可以决定准许听到政府中的一种意见，并且所有人、所有阶层的人当然都有权听到，而不像现在这样不许听到，那在这座房子里，没有人会比我自己更高兴了。如果这道门没有宽敞到足够同时容纳我们所有人——且有人必须等待——那我愿意等待。
>
> 我愿靠后站，看着那些衰老的、惊恐的、一瘸一拐的奴隶带着打碎

的枷锁、迈着沉重的脚步在我面前走过——而我伫立，脱帽致敬——感谢上帝解放了奴隶。

克拉拉最后说，她不相信多年来受到妇女帮助的黑人会把这扇门当着她们的面关上。弗朗西斯·加格的教导和她自己在佐治亚与黑人的接触，同样重要的还有和同在首都华盛顿居住的约瑟芬·格里芬的亲密熟人关系，对克拉拉捍卫黑人权益产生了深刻的影响。格里芬是一位有教养但易冲动的女性，她在1865年来到首都，为新解放的奴隶的需求而斗争。在建立自由民事务局，以及大力倡导政府过剩的物品可用于帮助黑人开始新生活这个理念方面，她发挥了作用。克拉拉喜爱格里芬和她两个性情冷峻的孩子，尽管他们对任何与他们的观点不一致的人都持自以为是和无法容忍的态度。她花费了几个下午的时间热心地与他们交流。他们的讨论主要集中在旧兵营的使用上，格里芬家过去用它来暂时安置蜂拥进入首都的过去的奴隶，还有格里芬家帮助她们的方法，包括教授自由民怎样自己动手修理、重装和整顿任他们处理的剩余军用物资。这些方法将会对克拉拉红十字的救济工作产生巨大的影响。然而这时，他们仅仅增强了这样的观念，即必须做些事情来鼓起自由民逐渐衰退的勇气。克拉拉非常喜欢格里芬家的计划。她向威尔逊参议员请愿去将坍塌的林肯医院改造成一所给自由民的工业学校——由她来指导。这个计划没有成为现实——因为有太多人争取类似的项目。

这个建议表明了克拉拉在这时需要新的尝试。就在她从神坛赶到讲坛的时候，寻找失踪士兵的工作逐渐减少，这工作可以由她雇用的职员轻松地完成。现在只有很少的信件零星地到来，显示这个国家关注度的下降。她的演讲同样也停止了。1868年春天在缅因州的一个小村子里做演讲时，她长期的紧张和疲劳逐渐削弱了她的体力，她失声了。她神经衰弱的明显标志和症状是：视力模糊，嗓音颤抖，无力走动或进食。她恢复得极为缓慢，一年后身体仍然太虚弱，无法受邀在首届女权主义会议的二十周年纪念会上做演讲。不过她设法成功用自己的力量从她那“住了8年的破房子搬出来开始进入世界”，住进了国会山的一座大房子。但此后不久，她又再次倒下了。克拉拉做了一次为期一个月的旅行回到北牛津的家，咨询了医生。令她恐惧的是，她华盛顿的内科医生一直给她开一种掺了大量吗啡的药，加重了她的倦怠，使她头脑昏乱。可靠的老医生富勒把用药说明作了修改以保证她有良好的精神状态——每天一杯的药方是“一品脱月桂油，半品脱多香果粉”。当她告诉医生她对工作只是马马虎虎，无法集中注意力做任何努力时，他建议她去欧洲旅行。

克拉拉用了 6 个月的时间处理相关事务，为她预期要花费几年的旅程做了准备。她写下了遗嘱，在各处留下了小额遗产，但把大部分遗产给了她姐姐莎莉。她把“美国军队失踪人员朋友通信办公室”的最后声明发送到国会。她希望关闭这个办公室，因为她推测那些无法在该日期确定的人已经死亡。她用戏剧性的文字强调了他们的成就：收到 63182 封信件并回复；22000 多名人员被确定。其中，绝大部分都在阿特沃特的死亡清单上。对一些人来说这似乎是杯水车薪，在总体失踪人数里仅占不到 10%，而且确定这些人付出了相当大的代价。然而，如果没有他们的努力，这 22000 多人也许都不会找到，她的工作对受到帮助的这些人来说是天赐之物。“如果享受一颗孤独的心的感恩是一种幸福，那么享受一个充满感恩的世界的祝福一定是甜蜜的。”一个人这样写道，他的家庭受到了这个办公室的帮助，而四年里他们的工作屡遭挫折，时断时续。克拉拉对自己感到满足，在她最后的请愿书上没有道歉，只是自豪地将记录悄然上交。

（任承科　周宇琦译）

第 10 章

Chapter 10

在格拉斯哥码头上，几位海关官员正注视着从加勒多尼亚号下来的一队队旅客，他们大概没有发现一位 48 岁的妇女，她身穿朴素的黑丝绸，在姐姐的陪伴下走了过来。

看她的护照也没必要对她过多地关注。护照上对她的描述丝毫没有恭维：身高 1.65 米，棕色头发、棕色眼睛、大鼻子、大嘴巴、宽下颌、浅色皮肤、椭圆脸型。一连在海上航行两周，克拉拉感觉疲惫，也没心情四处游玩。医生此前命令她不要到惹她生气的地方去。用她自己的话说，这次旅行如同“劳役”。

让克拉拉感到意外的是，她居然喜欢苏格兰和英格兰。身边有莎莉陪伴，徜徉在“鲜花和壁炉之间，此地还有湖水和大山、古老的乡镇和城堡”，种种情景仿佛又让她回到快乐的童年，那时她们一同阅读沃尔特·司各特爵士的浪漫故事。不幸的是——因为这是她欧洲之旅最快乐的时光——这次旅行如同旋风，时长仅有两周。莎莉在伦敦与克拉拉分手，克拉拉在巴黎稍作停留后赶往日内瓦。

她计划在日内瓦多住些时日，这里她可以找到朋友，要是幸运的话，她还可以在山区凉爽的空气里恢复身体。查尔斯·厄普顿和他妻子是她在华盛顿和马萨诸塞的故交，他们是美国驻日内瓦的外交官。此前朱尔斯·戈莱也给家人写信，他们欢迎克拉拉的光临，也想借此机会回报克拉拉对他们儿子的款待。因此，等到9月末，克拉拉就在戈莱老爹、妻子及女儿伊莱扎的身边安顿下来。身边有亲朋好友和日内瓦初秋大好风光的相伴，克拉拉相信她既能得到休息又能找回力气。她对华盛顿的朋友说："与去年冬季相比，我现在的身体好多了，但是与多年前相比，我的身体还需恢复——但我相信自己正日渐好转。"

戈莱家的款待是热情的，但随着初秋的结束，湖面吹过的风却越来越凉。如同马克·吐温和其他美国旅行者，克拉拉也认为欧洲人的宅邸徒有其表，实际功能并不让人感到舒适。她居住的那间幽暗、发冷的房间朝向北面，此刻的她对拜伦的诗歌《夏兰的囚徒》深有同感，因为她要设法取暖，设法高兴起来。11月的一个上午，她被迫蜷缩在床上，抵御凉风，这时她写道："我是那么紧张，那么泄气，我几乎不知道怎么度过这天。有一半的时间我都在哭泣，不知如何是好。"稍后她的精神又振作起来，这时她写道："要是哪个聪明人生在欧洲，能砌一个烟囱的话，那么，他的出生日对古老的欧洲来说，将是伟大的一天。"圣诞节来临的前一天——她挑选这天要在自怨自艾中打扫房间——她离开日内瓦，动身赶往地中海上的小岛科西嘉，希望在那里照到太阳，消遣一下。

克拉拉在日内瓦度过的让人发凉的那几个月里出现了一个插曲，它将对她和美国慈善业产生永恒的影响，不过，她当时对此还一无所知。那是一次正式的拜访，几个西装革履的生意人过来见她，后来这次造访的意义才越发地明显，但当时克拉拉在日记里连提也没提。来客和他的助手是日内瓦国际公约的代表，一般称为"红十字"。他们熟悉在内战期间的慈善活动，推测她对慈善的兴趣一定超越其工作范围，所以他们才过来询问她，美国为什么不同意《日内瓦公约》的条款。克拉拉颇感意外，她告诉来者从未听说过那个组织或公约，并请他们提供更多的信息。

来人讲述的种种经历深深地吸引了她。1859年，一位名叫亨利·杜南的瑞士青年在出差途中遭遇一场恶战，一方是拿破仑三世的法军，另一方是奥地利的军队。在这场战役中，双方死伤4万人，史称苏法利诺战役。周围的城镇和乡村顿时变成了露天医院。杜南发现当地没有食物、饮用水、医生，乃至药品，他当即请求农民的帮助，筹集绷带和食物。他在那里一连忙碌了数日，等他回到日内瓦父母舒适的家里时，已经累得精疲力竭。虽然他已经远离目睹的痛苦，但那些场面还历历在目，后来他确信，他要采取行动，不让悲剧重演。

因缺少照顾，伤员奄奄一息，他们可怕的形象促使杜南把这场战役及其后果用生动的文字描述下来。著作在1862年出版，取名《苏法利诺回忆录》。杜南以坦率的充满同情的文字描述了惨烈的战役，他没去歌颂战场上的英雄主义，即使真有英雄存在，英雄也是心地善良的乡间妇女。她们救助伤兵，一视同仁，嘴里还不停地念叨“人人皆兄弟”，一边说一遍包扎被她们憎恨的奥地利人。这种慷慨的精神引起杜南的深思，也改变了此前他对慈善行为的想法。一个大胆的设想从此诞生。其实他的想法并不复杂，就隐藏在他描述过的那一场场惨烈的战斗景象下面。杜南提出的问题是：“在和平时代，组织救援社团，召集那些充满热情的、拥有献身精神的、完全合格的志愿者为战争中的伤员提供护理，难道不可能吗？”

《苏法利诺回忆录》顿时在欧洲引起轰动。杜南描述的那一场场生动的战斗场面不知打动过多少人，其中一位是日内瓦著名的公民古斯塔夫·莫瓦尼埃。莫瓦尼埃并不认为杜南的设想是无聊的建议，所以他马上动手要将理想变成现实。莫瓦尼埃成立了委员会，其成员是著名的医生和将军，然后制订计划召开国际大会，讨论战时对伤员的待遇。他的组织能力与杜南作为提倡者的天才相得益彰。杜南长得格外英俊，不仅是社会上的人物，而且充满魅力，他能激发大众的热情，争取皇室成员对其设想的支持，而后者更是不可缺少的。等到1863年2月，他和莫瓦尼埃已经争取到足够的支持，召集16个国家参与大会，他们的成绩在五年前是不可想象的。

18个月以后，《日内瓦公约》起草完成，17个国家在上面签了字。等克拉拉听说时，签字国已达32个。公约提出提供救护车和战地医院，与其一同雇用的人员——专业人员和志愿者应视为中立人士。伤员无论是在敌对国家还是在友好国家，皆应救护。条约同时规定如何对待永久性伤残人员和战俘。最后，条约设计出一枚徽章，用来区别那些救死扶伤的中立人士。为纪念亨利·杜南，他们选择其祖国瑞士的国旗为标志，但颜色是颠倒的。此后，白底红十字将成为公平对待不幸者的象征。

克拉拉听说，他们找了美国政府三次，但政府总是拒绝签字，对此克拉拉颇感意外。委员会询问原因，按照克拉拉的意见，政府的答复确实如此，她也不知道怎么解释才好。她只能回复说，她此前从未听说过《日内瓦公约》。“相信美国人民也不知道或没听说过。”委员会对她再三感谢，留下一包红十字会的材料，希望她考虑此事并给予支持。克拉拉读完他们的小册子和公约，当即发现她完全赞成该组织的目标，不知道美国为什么“不小心绊上了珠宝还不知道，竟然把珠宝踩在脚下，让全世界感到震惊，以其年轻的美国式的自信，从没想过被外人说三道四”。

数日之内，克拉拉已经把那些想法放在一边。科西嘉岛是拿破仑一世的出生地，拿破仑又是克拉拉一生崇拜的英雄，所以她才要排除所有想法，专注那里的阳光来休憩。但此刻她心情不好，既没找到平静，也没找回力气。她从一家庭式旅店找到另一家，发现不是里面太脏，就是食品油太大，她被迫食用橄榄、奶酪，喝红酒，而另一家旅店充满了可疑人物，她相信他们是打劫的。她在日记里不无嘲讽地评论说，联邦军吃的苦又怎么能与我在此地遭遇的艰难相提并论。她清楚地感到身为外国人和独身女性在此没有优势可言。然而一位拜访过她的朋友说她当时很高兴：湛蓝的大海和洒满阳光的风景，一排排橘子树，还有乐滋滋的儿童陪她散步。

1月，克拉拉搬入瑞士宾馆，与家庭旅店相比，宾馆价格更高，但地方色彩不浓，里面的客人大多是英国上流社会人士。虽然她已经改掉了身上不少粗糙的习惯，但在这里她还是高兴不起来。英国人冷落她，此时孤独的克拉拉才后悔没请莎莉多陪陪她。她在灰蓝色的橄榄树丛里独自漫步，羡慕当地的绵羊和山羊。她拜访了拿破仑的出生地和米利尔，后者也是拿破仑爱去的地方。后来，因为约翰·希茨（他是从华盛顿来的老朋友，此时是瑞士驻科西嘉的领事）的出现，克拉拉的独自漫步才收场，但希茨出现得太晚了。她的社会生活有所改善，但被忽视的健康问题却找上门来。尽管希茨夫妇一再挽留，她还是计划尽快返回日内瓦，因为毕竟那里还有温暖的空气。

此时瑞士已经进入风光旖旎的春天。克拉拉与戈莱夫妇度过了一段时光，然后住进厄普顿的宅邸。厄普顿的家坐落在日内瓦郊外。他和妻子对著名的克拉拉·巴顿小姐感情深厚，他们以奢华的方式款待她，这让她深感不安。她在信中对哥哥说："如同在美国，我压力很大，不知如何回报他们的款待。"讽刺的是，在如此清闲的氛围里，她却没法休息下来恢复力气，因为她感到漫无目的，反倒欠了主人的人情，漫长的时间最后却变成了忧郁。她最大的想法是："再次在世界同人中间证明我的价值，找到我的位子。"凡是一脸苦相的陌生人，她碰上以后都要收留下来。一位女士被丈夫抛弃，克拉拉便四处为她弄钱；她为一位遇到苦难的女性旅行者寻找房间；还照顾一位名字叫明娜·科普夫的年轻女子，因为她患上肺炎，时日不多。凡此种种无不让克拉拉感到满足。但她仍然感到不满，说自己"对此刻和未来丧失了勇气"。那些"没用的日子"从几天变成几个礼拜，克拉拉也变得越发沮丧，她更坚定地相信，她再也不能取得成绩或真的好起来。此时她还没法预料在她抑郁的过程中，仅仅在三周之后她还将在恐怖的骚乱与战斗中扮演重要角色。

1870 年 7 月 18 日，法兰西对普鲁士及其德国盟友宣战，这次宣战连借口也不充分，其真正原因是法国因欧洲格局的变化感到自身不再安全。十几年来，日耳曼人始终在挑战法兰西牢固的霸主地位，如 1866 年爆发的七周战争。等到 1870 年，日耳曼人已经羽翼丰满，足以证明他们的实力：他们的领袖雄心勃勃，高瞻远瞩，经过多年经营，他们的武装力量已经赶上当时的工业发明，与此同时，法国人却没有。数月之内，法兰西国内一片混乱，联合起来的德国人趁机侵入法国控制的阿尔萨斯和洛林。

这场战争对克拉拉消沉的情绪起到了推动的作用。此前她对战况表现得不过是漫不经心，但此刻她兴致勃勃地以专业人士的目光注视那里发生的政治和军事变化。她给红十字会写信，主动请缨赶赴战场，与此同时，汉斯·赫索格将军呼吁若必要的话，应帮助中立国瑞士的军队。几天之后，路易·阿皮亚和几名即将赶赴前线的工作人员拜访了克拉拉。面对挑战，她不顾有病在身，决定加入红十字员工的行列。7 月 30 日，她匆忙写下：“赶赴战场，要是我能走到的话。”

旅程的第一站是巴塞尔。此地有一座红十字会的大型仓库，她在巴塞尔亲眼所见红十字会蒸蒸日上，所以她相信国际红十字会的作用是莫瓦尼埃或阿皮亚用语言无法表述的。她在仓库里惊讶地发现来自欧洲各地的捐赠，物资是以中立国的名义送出来的，谁需要就送给谁，不分敌我。克拉拉写道：

> 这里的物资比我此前在华盛顿见到的卫生署为战场准备的任何一次都要多，即使在内战的第四年也赶不上这里……经过培训的护士站在那里等待任务，每人手臂或胸前佩戴徽章，每个箱子、水桶或包裹上面也印有一个醒目的红十字，红色使其神圣而又安全，以免他人骚扰……如同圣坛上的面包和红酒。

美国没有加入红十字会，因此造成了不少痛苦，克拉拉对此感到愤慨，日后她对几位内战官兵说，让她感到无语的是，“这些红十字协会在战场上的工作，因为组织有序，四个月就完成了，而我们用了四年也没完成，因为我们没加入红十字会……整个大陆都在红十字旗帜的率领下”。

国际红十字会之前在不少地方取得了成绩。最初，克拉拉好不容易才说服古斯塔夫·莫瓦尼埃，她在法国战场上能成为有用的一员。此时，虽然红十字会的物资和人员让人印象深刻，但克拉拉却非常气愤，因为他们不让她上前线，她批评巴塞尔的委员会“没有良心，没有灵魂”，又横下心来另找出路。最后，莫瓦尼埃才同意她去，但她不能独自前往，身边必须还有个女人陪伴，因为这个女子也想成为战地护士。他把克拉拉介绍给安托瓦内特·玛戈特，玛戈特时年 27 岁，瑞士公民，克拉拉对她的描述是，“头发漂亮，活泼可爱，为人阳光，没有城府”。从一开始，克拉拉和玛戈特就是和谐的一对儿。年长的女子需要忠诚和一定程度的崇拜。她的法语和德语派不上用场，她们必将遇到语言难题，因此她要找一个能在语言上解决困难的同伴。安托瓦内特没有安全感，羡慕克拉拉走南闯北的经历，以及对战场工作那种自信的态度。安托瓦内特出生的家庭管教严厉，那种氛围令人窒息。对她来说，克拉拉正是模仿的榜样，她也要走出乡村生活的羁绊，实现自己的理想。

8月6日，克拉拉和安托瓦内特朝米尔豪森的方向进发，在法德边境上她们发现一座伤兵疏散站。其实这里还不是战场，但按照克拉拉的想象，她发现自己又回到了几乎十年前亲临过的战场："'前线'——五年之后再听到这两个字仍然感到很奇怪，我还以为就我来说，前线永远不复存在了呢。"她们与当地农民和撤下来的几支部队纠缠一番后，经过瘫痪的铁路艰难地朝城里进发。她们走访了几家医院，发现里面不缺人手，于是她们继续北上，赶赴斯特拉斯堡。这座城镇原来是一座古老的城堡，位于法国东南，等她们到达时，斯特拉斯堡已被围困多日。瑞士人正在疏散无依无靠的家庭，他们请克拉拉负责管理一辆公共汽车，车上装满了眼含泪水的被疏散人员，他们的目的地是哈根瑙。

一连数日，克拉拉带领这批惊魂未定的难民，越走心里越不是滋味，因为她真正希望工作的地方是战场。在萨尔布鲁根和沃特，双方打了好几场大仗，参战人数与美国内战相比只有安蒂特姆河战役才能与之相提并论。克拉拉和安托瓦内特毅然决然地走向战场，虽然她们没有马车，也没有其他交通工具，而且德法双方军官反复阻止她们经过前线。后来她们好不容易才找到马车夫、征用的牲口和马车，却发现那些马车夫不是骗她们，就是要抢她们。不少农民以为她们是奸细，以敌视的态度对待她们。她们原来要帮助的那些士兵往往嘲笑她们或危及她们的生命。几个喝醉了的德国士兵把克拉拉当成女招待，因为他们挑战了她的尊严，所以她断然拒绝为士兵倒啤酒，粗鲁的士兵把她推到墙上，把刀尖顶在她的胸前。政府和军队可能尊重红十字徽章，但对那些无法无天的士兵和农夫来说，这枚徽章就起不到多少保护作用了。

传言说在法国西部还有数以千计的伤兵，等到8月26日，她们还没有见到这批伤兵。克拉拉大为恼火，说："这些天度日如年。他们炮击城市，大火烧红了半边天，我却无所作为，坐在一旁默默地观看，连现场也去不了，看不到引发大火的炮弹，这不像我，也不像过去的我。"最后，安托瓦内特病倒了，在布吕马——她们离前线最近的地方，她们被迫退回瑞士。

她没法赶到前线，也不能成为战火中惊恐与悲剧的一部分，这种失望是她不能轻易承受的。确实如此，虽然她的日记和当时的报纸证明在1870年至1871年间，她没能走入战场（安托瓦内特也说“我们没有到达前线，所以更没有亲临战场”），但她还是一次次地予以否定，声称她们为战斗人员服务了。现在我们还很难知道，为什么克拉拉一再渲染她预料的艰难困苦，夸大取得的成绩。当然，真相也可能带来足够的赞美。然而在克拉拉的一生里，她一再杜撰头衔、扣人心弦的演讲和遭遇的危险，以此来渲染那些已经让人惊心动魄的经历。这些故事一再损害她良好的名声。安托瓦内特·玛戈特回忆说，在哈根瑙和沃特那几场战役后，一位颇有影响的英国女士费舍尔·撒拉森和其他几位女士过来听她们二人讲述自己的经历。安托瓦内特写道："克拉拉·巴顿小姐为一位女士讲过经历，我为另外那位女士讲。我说的是真话，巴顿小姐怎么说的我不知道，因为我没听见。次日，等我遇见费舍尔夫人时，她说我们二人的描述大相径庭，所以才问我们是不是分开过，因为她好像做了不少好事。但我对费舍尔夫人说，我们没分开过。结果她和克拉拉一句话也不说，也不客气。我很抱歉，但无能为力。"这种情况或大或小蚕食了克拉拉的可信度，后来就连安托瓦内特这种忠实的朋友也不知该相信谁。有时克拉拉的夸张适得其反，引起社会的严厉斥责，等到她的生命进入尾声，她的个人诚信也将被公开质疑。

克拉拉强大的想象力和语言能力也为她的小题大做提供了不少动力。她还有一股强烈的欲望，想要讨好他人，想要满足听众的好奇心，她能生动地刻画那些生死场面，她的朋友也好，陌生人也好，谁不希望听这种故事？有时她的动机与钱物相关，说些大话才能让人慷慨解囊，后来她清楚地发现，要是不说大话，不用十万火急来形容遇到的困难，就没有几个人为你捐款。或许最重要的原因是她的心理压力，她感到无论是战争场面还是灾难场面，那种压力驱使她为其行为找到依据，为她的到场提供借口。当时女性在公共服务方面抛头露面才开始被社会接受。社会上大多数人仍然把那些胸怀大志或乐于助人的女性视为爱出风头的人，甚至想得更坏。当然，他们更不能放过一位独身女士，在没有官方同意的情况下，孤身一人在前线走来走去。战地鲜花不过是委婉的说法，其真实所指是妓女或女骗子，她们以男人为猎物。外部环境不让克拉拉投身救援工作——如她们在哈根瑙——此时她走向战场，其动机和行为就可能被人误解。那次她没派上用场，宝贵的时间和钱物被浪费在往返法国乡间的道路上，对双方官兵没有任何实际好处，这难免引起人们的不满，让他们猜测，说到底那里没人需要她。克拉拉夸大她的成绩，把她遇见的苦难描绘成一幅太过生动的画面，其实是想证明她存在的价值。一位女士独自在病人和灾难中助人为乐，克拉拉也找不出多少实例来描写这种场面。为了继续她的慈善工作，她就得让人们相信这种工作的伟大价值，相信她的超凡能力能够实现这种价值，以此来塑造她自己的神圣地位。

不过，在另外一个方面，克拉拉对她目睹的恐怖和疾苦并没有言过其实。1870 年秋，法国人民经历的磨难令她感到震惊，哪怕她的视力已经减弱。她经历过美国内战造成的所有恐怖场面，但平民经受的痛苦，她亲历的并不多（谢尔曼将军率领大军进入佐治亚州，所到之处变成一片废墟，这是战争破坏平民生活的典型例子，但却丝毫没有触动克拉拉）。现在她目睹了现代战争造成的悲剧：现代战争凸显出官兵在战场上看到的恐怖场面，这种场面也在平民中间反复出现。那次克拉拉和安托瓦内特在路上遇见过成千上万战战兢兢的农民，他们目睹了无法用语言来形容的惨状，所以他们请求二位女士马上回转。克拉拉回忆说："有时他们的劝告是发自肺腑的，哪怕拦下我们的马车，劝我们回去……他们说的是真心话。这些人心里对战争的概念用语言是无法描述的。"她把车上的物品送给了这些落难的平民。弗朗西斯·加格和约瑟芬·格里芬在内战期间影响过她，与此相同，欧洲的经历也改变了她对战争及其受害者的概念。战时官兵至少还能照顾他们自己人，但农民却没有人管，如当初美国的那些自由人，他们收拾起为数不多的财物，生活被连根拔起，一路跋涉，没人理睬，走向新的未知的生活。

在克拉拉反思这些悲惨场景的同时，她还在反复考虑下一步该怎么走，这时从卡尔斯鲁厄发来一封电报，此地是巴登公国首府所在地。电报是威廉皇帝的女儿、大公夫人路易丝发来的，她迫切希望克拉拉来巴登，为那里的红十字医院工作。路易丝一生投身慈善事业，鼓励妇女在灾难救助方面发挥作用，她自己也参与建立了几所卫校。此外，她很早就对红十字会产生了兴趣，也被称为德国红十字会的创始人。

在大公夫人调查世界其他国家的女性慈善家的时候，她发现了克拉拉。1870年9月17日，二人终于见面，她们几乎马上就成了朋友，1870年的路易丝是位纤弱的中年女性，脸型稍长，从中还能发现当年的绝色天姿。她对文学和艺术无所不知，如数家珍。克拉拉在对方那里发现了伙伴的和蔼和亲人的温暖。她们一同走访巴登地区的医院。克拉拉发现医院宽敞，空气新鲜，有忙忙碌碌的土耳其护士，但让她感到意外的是，这里的每个细节都在照搬美国医院——其实她私下确信美国医院不值得模仿。她发现军队的医院效率不高："管理不好——又脏又乱。"以上是她的严厉评价。大公夫人正要把巴登变成中心医院所在地，这时传来消息，高傲的斯特拉斯堡即将被巴登大公率领的军队攻陷。她当即送给克拉拉一张火车通行证，派她过去查看这座被困城市的灾情。

克拉拉喜欢回忆斯特拉斯堡陷落后她进城的场面。不过，她的日记表明那天是10月2日，也就是城墙被炸塌后的第四天，令她津津乐道的是，"从坍塌的城门外，她爬过护城河"，经过了"破坏最严重的城区"。此时她是团队的一员，其成员主要来自斯特拉斯堡当地的救援团体。令她感到绝望的是次日巡城遭遇的经历："啤酒园——走了不长的路——更多的啤酒——又走了片刻——更多的朋友和更多的啤酒——最后我们才回去……我装成'无所谓'的样子。"他们的态度更是可悲可叹，因为城里的条件已经到了令人绝望的程度。此前斯特拉斯堡已经被围困将近两个月，其间几乎没有运进来食物，大片城区被烧毁或炸毁。9月29日站在大街上的不少居民曾躲在黑暗的地下室里，等他们出来后才发现找不到食物，伤寒和天花肆虐，衣服上害虫滋生。6000多人无家可归。克拉拉写道："我猛然发现自己来到灾难中间——匮乏和痛苦，片刻也不应等待，必须马上救援。"除了城中平民遭遇的灾难之外，医院里还有几十名烧伤的平民。斯特拉斯堡称不上军事要地，德国人不过是借机通过轰炸平民百姓来震慑法国人的士气。她既可怜又仰慕那些城中的女性，她相信她们的勇气不在战死的男人之下。她亲手救助过不少男人，但他们依然前途未卜。城内居民的英雄气概促使她决定集中精力救助城里的妇女。几天之后，她乘火车返回卡尔斯鲁厄，对大公夫人说出了她的设想。

克拉拉告诉大公夫人，她最初站在院子内，那里过去是一所监狱，她为乞讨的人送上了米汤。但她很快又发现大量的就业才是当务之急，就业能重振当地的经济，减轻灾民心理上的痛苦。狂轰滥炸已经把他们变得一无所有，分发食物“又把他们变成不折不扣的乞丐和流浪汉，这么做无疑是对他们的士气的又一次轰炸”。她建议建立车间，这个设想在很大程度上是从约瑟芬·格里芬的那些车间照搬过来的。缝制衣裳是女性驾轻就熟的技能，衣物又是外面急需的物资。她们可以把棉布和材料分发给妇女，让她们回家缝制衣裳，然后再按合理的价格回收，将做好的衣服再送给灾民。大公夫人认为这个计划很好，她答应先捐助部分材料，同时推荐宫廷女教师安娜·齐默尔曼过来帮她。在大公夫人的鼓励下，克拉拉 10 月末返回斯特拉斯堡投入工作。

如同安托瓦内特·玛戈特，安娜·齐默尔曼也是腼腆的年轻女子，她崇拜克拉拉。从她的照片可以看出她有一张平凡的脸，一双间距不大的黑眼睛，头发梳在后面。她不仅聪明，而且口才也好，克拉拉对她的描述是：“拥有安娜·迪金森所有的火焰，但知识是她的两倍，学问是她的十倍。”安娜在家里时生活不幸，父母不让她学习，生怕她超过不太聪明的兄弟。她马上就把克拉拉当成了女先生和亲人，亲切地称呼她“妈妈”。克拉拉与这位年轻的德国女人也是一见如故，没出几天就称呼对方齐小姐，说她是件宝贝。她们四处找房子，雇用专业裁缝，宣传她们的计划，一同度过了一个月。让她们感到失望的是，当地红十字会拒绝参与，并把她们视为善良但无能的大家闺秀。她们没有退缩，仍满怀希望地投入工作，哪怕资源匮乏。11 月 14 日，她们开始剪裁棉布，克拉拉在日记里高兴地提到“我们的车间开张了”。

她们的计划立竿见影，当即获得成功。遇上星期四，城里的妇女就用菜篮子把做好的衣裳送进没有窗帘的大房间，用每件做好的衣服换回 2 法郎，然后取回更多布料。其他妇女在车间内忙活，她们把送来的衣服分拣出来，然后分发出去。一位羡慕她们的人不无感慨地指出，从一开始，克拉拉就知道怎样“以女性的温柔和男人的坚毅来鼓励、留住、指引那些妇女”。克拉拉是这么鼓励一位妇女的，她缝制的两条裙子中，仅有三针还值得一提，等下一周那位妇女就格外小心，让每一针缝得都不比上一周那三针差。忠诚的安娜·齐默尔曼写道："白手起家——用生命、光明和秩序改变混乱，建立无懈可击的组织……是这次工作的要旨。"克拉拉也从大公夫人那里得到了热烈的表扬。此外，那些裁缝满怀感激的目光使她的精神为之一振，她兴高采烈地给她过去的裁缝写信说："我来到欧洲，建起了裁缝店，而且是法兰西风格的裁缝店，这大概是你永远也想不到的吧……好了，可惜你没见到我们的设计！"她在信的后面表明斯特拉斯堡的居民在她心中有多么重要："看到他们身上的衣服一周比一周好，确实让人感到安慰。"

表扬的话和感激的目光是灵魂的粮食，但对运营车间来说却不起作用。没出几周，克拉拉就没钱了。她一生惯用的办法是，先设项目，后筹款，以后再乞讨、借用或窃取，有时这种办法效果很灵，有时就行不通，如她当年提议寻找失踪人员，钱款怎么也变不出来，项目无法全部落实。在斯特拉斯堡她没有选择，不得已故伎重演。大公夫人最初的捐赠很快用完了，克拉拉发现她又将（让她感到遗憾地）被迫扮演两个角色：钱款募集人和分发钱款的天使。

这种工作不是她所喜欢的。为了让车间继续办下去，她不得不小题大做，发出公开呼吁。经过反复劝说，大公夫人和红十字会又为车间提供了额外资助，但还不足以让车间永远办下去。克拉拉在 12 月 1 日的日记中写道："想想我们的工作就要在这里结束了，我们没办法筹到钱款，他们的捐款都给别人了。"无计可施的克拉拉索性给奥托·冯·俾斯麦写信求助，说支持她的车间有助于实现德国人把阿尔萨斯人拉到自己一边的目的。信的落款极其谦卑，也不乏戏剧性："高贵的伯爵大人，请宽恕我的大胆。我既不是外交官，也不是政治顾问。我不过是为穷人做衣服的裁缝。"她得到的回复却不是钱款，而是警察的警告函。绝望的克拉拉转而公开呼吁捐款。她一连给美国和英国的报纸写了几十封呼吁信，用无比生动的语言描绘出疾病和废墟的画面。她想方设法请《纽约论坛报》的贺拉斯·格里利派一名记者来斯特拉斯堡。当对方表示拒绝时，克拉拉亲自上阵，对她的工作写出了一份"客观的描述"。其中一个报告是这么开头的："可能在这个国家一般人还不知道，因为克拉拉·巴顿小姐在内战期间艰辛的有用的工作，她几乎从未摆脱疲劳和不适，此刻她再度出现，为那些伤员送去关爱，这也是她曾经对待祖国负伤官兵的一贯做法。”她发出的文章多少产生了预期的影响，虽然捐款屈指可数。在接下来的6个月里，克拉拉日思夜想的是，斯特拉斯堡的车间还能不能继续办下去。

等进入1月后，当地红十字会参与进来，这时她才得到了一些帮助，车间的产量变成原来的三倍。1870年秋天，她们已经雇用了76位妇女。现在，每周赶过来送衣服的妇女超过200人，送来各式衣服1500件。裙子、外衣、马甲和内衣，尺寸大小不一，足有十几款。无论布料大小，一概不能浪费，克拉拉吹嘘说："我们既可以做帽子，也可以做手套……凡是比儿童手掌大的布料，一块也不浪费。”每位妇女的劳动要进行详细统计。后来斯特拉斯堡居民身上的衣服越来越好，她们开始把衣服送到周围的乡村，因为那里也曾被战火蹂躏。

后来资金渐渐充实起来，至少够她们短期使用的了，这时克拉拉才深深地松了一口气，此后生产才进入正轨，也不必四处募捐。安托瓦内特和安娜与她相伴左右，所以她身边也不缺少伙伴。她告诉莎莉："我在这里有个小房间，还有几个小房间是我和玛戈特小姐共用的。”毫无疑问，她把房间变成了闺房。她喜欢食用普通的面包、黄油和斯特拉斯堡能找得到的水果。此刻，她沐浴在阳光里，温暖来自那些裁缝的崇拜。圣诞节晚上，室外有人敲门，她推开门后发现一棵可爱的圣诞树，上面插满了燃烧的蜡烛，礼物来自她帮助过的人。她高兴地写道："圣诞树上挂满了水果和鲜花，还有苔藓和小饰品，他们的爱心让我感到舒服。”她与巴登大公夫人的来往使她有机会接触城里上流社会的人物，他们请她坐马车兜风、喝茶、参加晚宴。发出邀请的少不了当地的达官贵人，既有市长夫妇，又有冯·俾斯麦伯爵夫人。她在斯特拉斯堡为自己的工作和众人的崇拜而满心欢喜，一时间却忘了自已有病在身，她的每个朋友对这些几乎都不会感到意外。她告诉约瑟芬·格里芬：

我太高兴了，因为我再次投入工作，又在葡萄园里找到了适合我的位子，我高兴的程度无以复加，所以要不时地提上一句。可能谁也不如你更清楚，我被迫清闲下来那些日子灵魂所受的折磨，看到其他人在工作，你知道我是多么讨厌他们。我永远永远也不希望他们再回来。

克拉拉写给格里芬的信，以及她在报纸上的自我标榜，传递出的信息是她还需要继续证明她的价值，让她的“流浪”更有目的性，也更有价值。克拉拉依然相信美国政府拒绝支持她寻找失踪人员，是把她拒之门外。不仅如此，她还感到她的祖国没有为她的自力更生指明道路。克拉拉对一位波士顿同胞抱怨说：“我发现以我的所有思想、所有同情心、所有精力，越过大洋，在 4000 英里以外的地方，与这些陌生人一道工作，是多么痛苦，多么无聊，我没法用语言来描述。”在另一封信里，她的情绪依然愤慨，她告诉《革命》的读者，她感到在国外经历了一次漫长的学徒期，“哪怕我再愚蠢，也一定练就了几种技能。难道美国就不能发现我还有用吗？”巴登大公夫人乃至奥托·冯·俾斯麦也可能参观了她的缝纫车间，为她的设想大声疾呼，但与国内那种故意的沉默相比，以上光环又能留下多少印象？甚至连她的家人也拒绝表扬她：他们让她知道，名字一次次出现在报纸上，那不该是淑女的所作所为。她从莎莉那里收到的不过是更明确的建议：“依我看，这种工作你做得不少了。”

克拉拉渴望美国人的认可，同时她也渴望美国人的面孔和美国人的对话。她不喜欢周围的法国人，说他们肮脏、粗俗，最后又补充说：“在我的性格里没有法兰西。”1871 年，她起草了一封呼吁信，在信中她把自己说成“一名老工人，力气不够用，有时感到孤独，希望与祖国那些善良、勇敢、慷慨的人们进行沟通”。3 月和 4 月，多伦斯·阿特沃特过来探望她，克拉拉与他相见后十分高兴，他们进行了轻松的交谈，多伦斯指出了她自身在社会环境中那些与众不同的地方。尽管大公夫人和宫里的其他夫人对她百般友好，也不乏赞美，但克拉拉与她们见面还是讲究分寸，“身着朴素的黑裙子，手上连一枚戒指也没有……不知如何面对公主”。在宫里克拉拉没法自由表达自己的想法，因为她既说不好法语，也说不好德语。宫里的人能流利地使用好几种语言，与她们在一起克拉拉感到不舒服。在她与玛戈特及齐默尔曼的关系中，角色发生了逆转，虽然她们对她的崇拜发自心底，对她的想法也是言听计从。按照克拉拉自己的说法，她们之间是母亲与孩子的关系，这种关系值得珍惜，却无法替代她渴望的那种真正的友谊。

1871 年 6 月 1 日，克拉拉・巴顿结束了她在斯特拉斯堡的工作，接替她的是当地的红十字会。她感到她在这座城市服务的时间已经够长了，已经消弭了那里的恐慌，她希望发现其他受灾受难、需要救助的城镇。这方面的消息，巴黎传来的最多。其实，上一年 2 月战争已经结束，但是巴黎因为战争陷入一片混乱和愤慨中，他们无法接受德国人的胜利，于是转向巴黎公社的革命政府。巴黎公社是公民自发组成的政权，因为经验不足，造成了普遍的饥饿和恐惧。克拉拉认为自己最好赶往巴黎，因为斯特拉斯堡已经步入正轨，她的帮助对组织良好的女裁缝们来说，已经是可有可无的了。报上的文章把巴黎人的痛苦写得活灵活现，多少有些言过其实，虽然如此，城里的贫苦大众确实处在水深火热之中。此时克拉拉接到一封电报，电文详尽地描述了巴黎人的绝望，所以她才毅然前往。

她乘火车出发，途经梅茨赶往巴黎。她手里的救济款已经有所增加，捐赠来自波士顿人，他们的领袖在巴黎染上重病，无法分发善款。这次善款写在一张支票上，克拉拉揣在身上不免感到惴惴不安。路上，一向谨慎的她必定是有所疏忽，因为她险些遭到抢劫。一位法国青年偷听到两个男人的计划，他们想从克拉拉身上窃走支票。法国青年显然没有办法警告克拉拉或乘务员，无奈之下，他把自己挂在两个车厢之间的护轨上度过了难熬的一夜，因为车上坐的不仅有克拉拉，还有那两个窃贼。后来，列车驶入一个小站，法国青年才引起了乘务员的注意。在克拉拉起来之前，那两位未来的重罪犯已经被警察逮捕。次日清晨，克拉拉大为惊讶，因为她发现这位青年英雄是她在萨尔布鲁根医院救助的一名士兵。

火车也没办法把她送到巴黎，而她连马车也找不到，因为巴黎被围时马肉变成了食物，差不多所有的马匹都被杀光了。她用双脚走完了最后 7 英里，一边走一边制订计划。此时这座城市空荡荡的，一派肃杀景象。在几个月的时间内，巴黎目睹了生死厮杀和自制炸弹造成的恐怖灾难，昔日人民那种浪漫的热情此刻已经被愤世嫉俗所取代。按照克拉拉的描述：“公社倒台，凡尔赛的士兵借着宫殿熊熊的大火在大街上枪击受害者，这就是我目睹的巴黎。”她找到市长，说明来意，后者为了回报她，拨出一座房子，让她在里面分发钱款。然后她就投身到最困难的工作当中，帮助巴黎人民。

六个月前，路易·阿皮亚曾致信克拉拉，提出在巴黎实施救助，按照他的设想，在巴黎设立四处救助站，分发食物、现金和衣服。克拉拉最初抵达巴黎后，要执行的正是这个计划。不过，计划实施起来困难重重。巴黎不是斯特拉斯堡，原来在斯特拉斯堡，神职人员知道谁是真正的穷人，能告诉她谁最需要帮助。在巴黎，恶棍和无赖与真正需要帮助的人混在一起，她分不清谁才是真正需要帮助的人。克拉拉和安托瓦内特还要面对骚扰或伤害。当地仅有她们二人评估形势、寻找食物和衣服乃至分发钱款。她们马上发现这种方式的救济无法实施，哪怕她们希望实质性地改变城里穷人的状况。

不仅如此，她们还发现红十字徽章在法兰西首都不被尊重，救灾物资也面临被罚没或被偷走的危险。与卫生委员会相比，原来红十字会在克拉拉眼里是个有远见的组织，其救助灾民的方法多得不计其数。然而在 1870 年至 1871 年那场战争中，红十字会不仅缺少凝聚力，也没有达到广为人知的程度。不少医院嫉妒红十字会的特权，对红十字会的请求一般不予理睬，平民百姓又对红十字会心存疑虑。战争期间，一位美国医生自愿为红十字会救护车服务，他在文章中指出，他和他的同伴几乎不知道哪里需要他们，“大多数的救护车找不到方向，管理信号服务的仅有数人，办事完全靠碰运气”。人力物力如此浪费，难免让批评者对红十字会不以为然，还有众多巴黎人据此相信，所谓志愿者不过是奸细，披着爱心人士的伪装四处打探情报。克拉拉和安托瓦内特非但没受到保护，还经常需要自卫，就因为她们是红十字会的人。考虑到以上不利因素，她们决定集中精力救助以下三种人：战俘家属、船员家属及大批阿尔萨斯难民，他们宁可逃进巴黎，也不愿被德国人统治。后者引起了克拉拉更大的兴趣，她设计出一个方案，打算在法国南部系统地安置他们——这个方案最后没有落实。两个月来，她零散地向外分发小额现金和 4 万件衣服，衣服是她从斯特拉斯堡运过来的，但总的来说她取得的成绩不大。当地政府要么打击她的积极性，要么要求她提供帮助。现金和衣物很快就分光了。如安托瓦内特所说：“我们在巴黎根本派不上用场。”

难题之多让克拉拉感到无从下手，她退却了，大部分时间是在缝衣中度过的——因为她没有夏天的衣服，热得汗流浃背——还好，她能频频接触不少在巴黎的美国人。她拜访了伊莱休·沃什伯恩大使，她内战时在华盛顿认识的老朋友。她希望与美国人接触，所以她一改往日的习惯，经常在礼拜日夜里出现在客厅的聚会上，和大家一起唱圣歌和民歌。等进入夏末后，克拉拉和安托瓦内特都染上了流感，一连数周躺在床上。克拉拉变得烦躁不安，不仅因为浪费的时间，还因为波士顿那笔捐款还没发完。克拉拉担心她的动机被曲解，钱款被收回，于是撰写了一篇很长的新闻稿，不厌其烦地描述她们的工作。这份报告她没让安托瓦内特过目，但最后她年轻的助手还是弄到了一份。让安托瓦内特觉得伤心的是，她发现其中存在很多不实之处，与她自己的日记核对后证明不少内容纯属子虚乌有。安托瓦内特用鄙视的语气写道："当时我们躺在床上咳嗽不止，她却说我们期待一火车一火车的阿尔萨斯人抵达车站，我们为他们送上热饭。"虽然如此，因为安托瓦内特不想抛弃自己的引路人，所以一声没吭，同意新闻稿公开发表。

克拉拉在巴黎住到 8 月，其间她与安托瓦内特的父母在里昂度过了几天。她喜欢参观里昂的丝绸业，但这次外出并不完全令人满意。安托瓦内特的父母不相信女儿对克拉拉的崇拜，他们的女儿曾说，自己"对她的爱无以形容"，安托瓦内特的父母却流露出对克拉拉的不满。此时，克拉拉还在为发放波士顿委员会捐款的事发愁。那笔钱抵达斯特拉斯堡的时间太晚，她也没有精力再发起大规模的救助活动。最后她决定返回法德边境，把小额现金直接送到城里最贫困者的手上，战争过后他们是最需要救济的人。

经过一番劝说，克拉拉终于说服安托瓦内特的父母同意女儿继续协助她完成救助工作。她们一起来到巴黎，轻轻松松地度过一个月。在她们离开前，她们遇上一位法国绅士，他劝她们赶往贝桑松，说那里亟待救助。他支持克拉拉的意见，要赶在天气变冷前实施救助，所以 8 月她们就该动手。按照这位先生的说法，对灾民来说，小额现金用处最大。穷人用小额现金可以购买冬季的生活用品，反过来还能支持当地的零售业。克拉拉不习惯把现金直接交给穷人，虽然如此，她还是希望这项计划能够重振当地的经济。

贝桑松、贝尔福和蒙贝利亚是昔日的城堡，这三座城内的居民曾经不顾生死，抵御德国人的进攻。在这个地区，双方军队互有来往，他们践踏庄稼，宰杀牲畜，把城镇和农场变成一片废墟。其中贝尔福经受的破坏最为严重。城内不屈的居民虽然忍饥挨饿，但他们守在中世纪的城墙后，仍然坚持了一周又一周。等到把他们割让给德国人的条约签字后两个月，他们才放下手中的武器。不过，贝桑松也有自己的麻烦，等这里的人们从漫长的灾难中走出之后，他们已经变得憔悴、虚弱，心中充满了仇恨和猜忌。克拉拉她们赶到时，那里的居民正要造反。她进入贝桑松的那天夜里，她清楚地注意到，除了安德森维尔那些骨瘦如柴的灾民之外，这里的居民就是她见到过的最悲惨的灾民了。

克拉拉的救助工作又碰到了不少麻烦。当地居民怀疑她和她的动机，他们不接受其他物品，专门要硬币，在那个被战火蹂躏的地方，到哪里去为他们找那么多的硬币？无知和猜忌四处弥漫，连克拉拉也感到意外。“他们大多数是天主教徒，无知透顶，其中一小撮，很少很少几个人，浑身上下没有不虚伪的地方，唯独名字是用X画的押。”她与城内的管理者合作，一同分发钱款，一天又一天地坐在那里，为那些小额捐款在薄薄的蓝色纸上填写收据。她私下还在怀疑这种慈善方式，因为与她过去的理念南辕北辙——她的理念是，工作和尊严才是这些灾民最需要的。11月初她在日记里写道：“我很不高兴，我也不知如何是好。”但她心里清楚，无论怎么做也不会顺利的。她手里的钱款表面上无穷无尽，其实也很拮据，然而此刻的她实在没有精力想到更好的办法了。

耐力消减，意志消沉，这才是克拉拉碰到的最大的麻烦。在斯特拉斯堡度过的那几个月里，日子十分艰难，她根本没办法照顾自己。当初她之所以能坚持下来，是因为新工作引发了兴奋，而不是她充沛的精力。她从来也没惧怕过憔悴的面容，如今在贝桑松，那一张张脸却让她的神经难以承受。她抱怨说：“身体强壮的中年人经受任何痛苦，我也能看得下去，但那些老弱病残经受痛苦，却是我怎么也无法承受的……我始终为这些不幸的人拼命地工作，我现在真的坚持不下去了。”

她临时离开了贝桑松，12月中旬，又咬紧牙关赶赴贝尔福。她得到了当地官员最大的礼遇，镇长把自己的房子借给她作赈灾用，然而贝尔福的居民却不领情。他们迫切地需要得到钱物，一起涌进官邸，等到克拉拉出来后他们才平静下来。她说了不少安抚的话，她的出现平息了一场骚乱。让安托瓦内特感到“有趣的”是，她发现克拉拉“在保护当地的警察”。不过，当地的形势又给克拉拉脆弱的神经造成了压力。每天早上克拉拉好不容易才爬起来，把小额捐款递到那些满是褶皱的手掌里，然后把一笔笔款额记录下来。她在贝尔福仅仅坚持了一个月，就被痛苦压垮了。虽然她没能把手里的钱款分完，但她没法再待下去，赶紧和安托瓦内特收拾行李。她们不知道下一站该去哪里，于是又返回斯特拉斯堡。

克拉拉在贝尔福和贝桑松救济灾民的方式，日后也引发了不少质问。有人批评克拉拉，说她不该在那里显然还需要她的时刻就离开。当初安托瓦内特成天和克拉拉坐在一起分发善款，她说每笔钱的额度是 2 法郎或 4 法郎，等到几年之后她看到那摞收据时，发现数字后面多了个 0，让人感到村民收到的钱款多了 10 倍。安托瓦内特对此没有解释，但心里深感不安，尤其是在她找到复写纸后。那种纸是用来追踪收款人签名的，原来存放在克拉拉手里。当时的克拉拉已经摆脱了经济压力，说她把救助法国灾民的钱装进自己的口袋，似乎不大可能。不过，她没把波士顿送来的钱款分完，确实为此深感不安。时间流逝，她的病情也没有好转，所以她才没有机会分发余款。

篡改数字可能是为了掩盖一场盛大晚会的花销，这次晚会是克拉拉用来款待斯特拉斯堡那些女裁缝的。她在巴黎、贝桑松或贝尔福的工作没有收到预期效果，所以她很高兴返回斯特拉斯堡，在那里她至少还取得了一次成功，那里的妇女与她并肩战斗过，她要为她们庆功。晚会是在 1871 年 12 月 30 日召开的，场面盛大（这次晚会让克拉拉心花怒放，她一连写了三封长信来描绘当时的景象）。她用冷杉、纸质的雪花和冬青装饰那几个缝衣间，还买来小蜡烛和大蛋糕。树上挂满了装有几枚硬币的口袋，每名女工可以分到一个。克拉拉主持盛会，接待来宾，亲手切蛋糕，带领众人一同歌唱。后来她回忆说：“她们高兴得又说又笑又哭——那几百名穷苦的妇女过去如同乞丐，这种时刻我相信她们从来没有过——‘为了一睹这种场面，走上一英里也值’。”这才是她自己喜欢刻画的克拉拉·巴顿：出手大方的女施主，在穷人中间播撒尊严和希望，收获的是忠诚和爱戴。

这次盛会是克拉拉欧洲之旅的高潮，因为等到盛会结束后，她的身体垮了下来。此前她没法照顾自己，安托瓦内特在身边也不管用，所以她才接受大公夫人的邀请，赶到卡尔斯鲁厄。她和安托瓦内特在王宫附近租下房子，出席了几次盛大的晚会，又应邀参加巴登议会的正式开幕式，但她依然无法摆脱抑郁和后背的剧痛。现在她的症状已经明显：失明（她的双目疼痛难忍，不能见光，要遮挡才行）、焦虑和几乎崩溃的神经，后者使她无法解脱出来。约瑟芬·格里芬的死讯和永远结束她与安娜·齐默尔曼之间友谊的那封奇怪而又突然的来信，让她的情绪更是一落千丈。从大公夫人到加格，她的每位朋友都在为她的健康担忧。各地纷纷发来邀请，请她去美国养病，请她去伦敦休息，请她到欧洲大陆游览，目的不外乎让她忘却烦恼。最后是她的好朋友艾比和约瑟夫·谢尔登把她“抢”到了巴黎。原来，1872 年入冬以后，艾比和谢尔登亲自赶到卡尔斯鲁厄，他们劝她回到共同的朋友乔治·泰勒夫妇中间，一同到意大利旅行，此时她才打起精神，改变生活。

虽然克拉拉的眼睛被遮挡起来，但她依旧写信，发现“闭上眼睛写信很有意思，仿佛在玩捉迷藏”。大多数的信是写给女性朋友的，其中不少谈论的是女权问题。世界各地的大多数妇女处境艰难，她们发起一场场政治运动。19 世纪 60 年代末，克拉拉对此也有所接触，她每天在欧洲的所见所闻也证明了当时妇女低下的地位。欧洲妇女的状况使克拉拉大为震惊，是她在美国闻所未闻的：妇女驾辕拉车，如狗一般被人驱赶，从早到晚在地里劳动，然后“晚上还要把农具拖回家，男人却能轻轻松松地走回去”。更让她感到恐怖的是，她发现殴打农场妇女是顺理成章的。她曾目睹几个士兵殴打并侮辱一个女人。她回去后坐下来，郑重其事地在日记中写下：“太过分了，希望美国的妇女工作加快速度，让哪怕是一点儿酵母落在欧洲这块垂死的陈旧的面团上。”就连她那两位女门徒，虽然出身大户人家，也被迫奋起抗争，如此这般，父母才能严肃对待她们接受教育或选择职业的希望。克拉拉从安娜·齐默尔曼那里收到了一封“措辞严厉、逻辑缜密的”长信，信里的第一句话就是“让家务活儿见鬼去吧”，克拉拉读后不禁拍手称快。在这种氛围里，克拉拉开始从新的角度审视妇女的困境。她在思想上与美国那些女权斗士坚定地站在一起——“哪怕经过漫长的斗争，我们灵魂的双手依然被束缚”——她迫切地等待她们斗争和胜利的消息。

克拉拉在意大利旅行6个月，其间她继续不停地写信，部分文字还提到“一火车一火车的提香和拉斐尔”（她不无歉疚地发现他们无聊得很）、古老的城镇和历史悠久的纪念碑。她的目光唯独投向了米兰大教堂——她在教堂的圆顶下用炭笔写下了约瑟芬·格里芬和弗朗西斯·加格的名字——再就是威苏维火山，她兴致勃勃地爬了上去。克拉拉是不怕危险的人。她很高兴地读到，此后数日，威苏维火山再度喷发。泰勒夫妇是和蔼的伙伴，他们又陪她返回伦敦。5月底，她与谢尔登夫妇再次碰面。

克拉拉一度以为，她身在伦敦就能心满意足。入夏之后那几天，伦敦气候宜人，艳阳高照，与说英语的人在一起，那种自在的感觉是不必形容的。她在给莎莉的信里高兴地写道：“我向你保证，我们一屋子人个个欢天喜地的，24小时内，大家不知说了多少趣闻轶事。”马术表演和马戏团占去了她傍晚的时间，她改用白天写信。她的朋友遍布各地，其中不乏文学人士，如《西斯敏斯特评论》的编辑约翰·查普曼。这些朋友勉励她继续诗歌写作，不过她写的那些诗歌与快乐的歌谣相差不大，在家里读读还说得过去。

虽然克拉拉情绪高涨，但是人家并没邀请她参加7月在伦敦召开的国际监狱大会，为此她感到愤愤不平。艾比的劝说才使她稍稍消了气：没人知道此时她身在伦敦。按照她自己的说法，这些妇女对如何组织大会一无所知，其实她自己是被从客人的旁听席上赶了下来。她与南丁格尔的住址相距只有几个街区，但是她从来也没有拜访过对方，南丁格尔也拒绝与美国来的“女英雄”见面，哪怕她们是一条战线上的战友。更有趣的是，她们二人在性格和抱负方面十分相像，谁也不能容忍出现一位对手。1862年以后，人们就把克拉拉称为“美国的南丁格尔”，她对此大为不满，因为没人把南丁格尔说成“英国的克拉拉·巴顿”。她也讨厌被安排去讨好别人。不过，她们二人还是按照维多利亚时代的礼节相互通了几封信，然后上床去释放各自的压力。

9月，大家一同前往怀特岛，此时安托瓦内特·玛戈特也加入进来，她们如同住在家里，可以一边吃饭一边闲聊，度过漫长的时光，但是克拉拉却开始感到无聊。对她来说，这是危险的信号，因为无聊可能导致抑郁，最终让她身体崩溃。她好发脾气，怎么劝也劝不好。她说："没有什么能使我更厌倦生活了，我感到在为生活付出牺牲——一个人被影子追逐，又无法逃脱，这就是在浪费生命。"数周以后，她咳嗽不止，染上了支气管炎。等到圣诞夜来临，她已经爬不起来了。她在日记里伤心地写道："我感到如此的迷惑和紧张，既无法入睡，也无法休息，度过了可怜的一夜。清晨起来后，我神经衰弱，连路也走不稳了。"

克拉拉的家人派大卫的女儿玛米·巴顿过来陪她，但侄女和安托瓦内特的出现更让她心烦意乱。染上支气管炎后她无法说话，她坐在床上，连下床的力气也没有。那两个年轻女子在房间里蹑手蹑脚地走来走去，不知如何是好。这使她"感到自己限制了她们，让她们高兴不起来……"，她请求她们"就像生活在姑妈熟悉的日子里，仿佛在她们自己的房间里，有说有笑，唱歌或是胡来"。为了让姑娘们开心，她打发二人外出游玩，或写几行轻松的打油诗，调侃自己的困境：

假如我是只蝙蝠，是只老鼠，是只猫，
那么我就相信会平安无事，
可惜我不是她，不是她，也不是她，
忍受它太不容易。
面对无语的蓝，
我度过了一天，
从没读上一页或一行。
唯有不停地皱眉，思考，再思考，
最后思想磨得比粉末还细。
等到光明出现，
思想在痛苦中关闭，哭泣，
我坐在那里发愁，皱起我的眉头，
等它再次消逝。

她希望改变房间内压抑的气氛，但没有成功。莎莉·瓦塞尔罹患胃癌的消息使克拉拉心情沉痛。1873年3月，身体仍然虚弱的克拉拉咬紧牙关要回到姐姐身边。阴沉沉的英国天空使她的心绪感到压抑。克拉拉把灰蒙蒙的天空比喻成棺材上的铅制盖板，上面盖死后又拧上了螺丝，她写道："我深爱古老的英格兰，但显然英格兰不爱我。"此时大公夫人过来探望她，德国皇帝为感谢她，授予她一枚铁十字勋章，但她依然提不起精神来。铁十字勋章是人们渴望得到的荣誉，此前或此后从未颁发给其他美国女性，在克拉拉一生荣获的二十几个奖项中，她格外看重这枚勋章。但荣誉反而提醒她，她需要工作和方向。然而在可以预见的未来，她还没法找到工作和方向。

克拉拉迫切地希望回到自己的祖国照顾莎莉，让她恢复健康，借此她也好在国内安顿下来。然而让她感到不安的是，在那边等待她的可能是更大的无聊和闲散。她心里没有明确目标，也不希望全心投入别人发起的活动。在51岁的年龄上，她也没有考虑隐退下来，让人们把她当成值得尊敬的老女人，哪怕行为有些古怪。她订了几次船票，又退了几次船票，夏季就这么过去了。最后，她从伯纳德·瓦塞尔那里听说莎莉生命垂危，这才于1873年9月30日登上了帕提亚号客轮。她坐在舒适的船舱内，用"刻薄"的语言对那些不熟悉的旅客评头品足，此时的她将要开启为时两周的航程。傍晚，克拉拉思考她三年后回国的意义所在，她拿起笔，写了一首诗，诗中说出了她回家前的不安：

> 划破海浪，古老的帕提亚，稳稳地，真诚地，
> 船头每次下垂，都使他们离我的视线更近；
> 也使我离摆脱疑惑的日子更近，
> 他们将把我接纳下来——或拒之门外。
> ……
> 每个可爱的人，找个地方吧，在祈祷中找个地方，
> 我亲爱的同胞，你们在那边，可曾有我的地方？

（史国强　周宇琦译）

第 11 章

Chapter 11

晕船，疲劳，多少还有些焦虑，克拉拉从帕提亚号上走下来，步入纽约港熙熙攘攘的 59 号码头。让她感到意外的是，码头上站满了来接她的朋友和祝福她的人。目击者说，克拉拉·巴顿容光焕发，她的朋友们也不必再担心走下来的是步履蹒跚的老女人，他们欢迎她回国，来到亲朋好友中间。在她离开纽约之前，他们还为她举行了一次“别开生面的招待会”，地点在第五大道克拉伦斯·洛齐家里，克拉伦斯是著名医生，他妻子是纽约妇女选举权党委员会的成员。面对欢迎的人们，此前克拉拉还生怕被人遗忘，现在证明这种担心不过是自怨自艾的幻想。她再次满怀信心，动身赶往新英格兰。

一连六周她四处拜访亲朋好友，先是看望纽黑文的谢尔登夫妇，继而是巴顿夫妇、瓦塞尔夫妇和勒尼德夫妇，他们都生活在北牛津。克拉拉看到大卫后很高兴，因为 65 岁的大卫还在照顾他的农场，维拉不知疲倦地为邮局忙里忙外，那群年轻的侄子、外甥和堂妹、表妹们已经长大了。现在，让克拉拉伤心的唯独是莎莉的病情。克拉拉在英国染病期间，在信中详细描述了每次咳嗽的症状和无法入睡的夜晚，但莎莉对自己的病情不过是提了几句，所以克拉拉不知底细。现在真相大白，莎莉病情危重。克拉拉为莎莉竭尽全力，但是她发现姐姐不会马上离开人世，新英格兰寒冷的天气也让克拉拉无法承受。莎莉是后来又返回新英格兰的（或许因为被她嫂子朱莉娅怠慢），于是克拉拉才赶往南部的华盛顿。

原来克拉拉还指望到华盛顿后可能会遇到不少社交场合，因而她一连做了不少衣服——她的热情太高，就连她那些浪漫的侄女也猜测她们的姑妈可能恋爱了。她的新衣橱里挂上了一件白色的缎子长袍，但空气中并没有浪漫的气氛。后来证明，就连她期待的社交活动也没有多少。尽管此时纬度低了不少，但克拉拉还是病倒了，支气管炎重新发作。她的医生使出了浑身解数，但她的病情一冬也没见好转。现在回想起来，医生的建议似乎还远远不够。克拉拉住在声音嘈杂、污染严重的国会山，医生禁止她继续住在那里，为了防止她咳嗽，还不让她喝樱桃汁奶油、牙买加红酒。等克拉拉的病情再度严重时，医生建议她每天洗 2—3 小时的热水澡，洗澡时还要不停地喝热水。克拉拉离开朋友，身边没人照料，外面的条件还不如家里。后来她被迫住进了汤普森医生专为妇女开设的哥伦比亚医院。经医生诊断后发现，她患的是神经衰弱症，医生严肃地告诉她，这种病是“热血”造成的。

克拉拉同意医生的诊断，她不过是神经衰弱，其他部位没毛病，她告诉莎莉，她好像连平时生活中遇到的烦恼也对付不了。她给家里写信说：“我现在身体虚弱，陷入时髦的女孩子们说的那种‘状态’，仅此而已，远达不到严重的程度。”医院是按照地中海风格建造的，砖是浅颜色的，格外迷人。她在里面睡觉，写出一封封热情洋溢的信，如饥似渴地读书，几乎每天能读完一本。克拉拉在医院里仍然不舒服，因为此时的她是患者而不是护士，虽然如此，她最后还是让自己得到了她所需要的关照。她要是在医院里多住些时日的话，就可能养好自己脆弱的神经，没必要在未来的时光里与病魔纠缠。

马萨诸塞州传来的消息让她感到忐忑不安。1874 年春，莎莉的癌症进入晚期。克拉拉几乎每天都能接到家人的通报，此时她已陷入绝望。那些消息来自范妮·瓦塞尔和她的侄子斯蒂芬·E. 巴顿——她亲切地喊他斯蒂夫。她最后一位姐姐生命垂危，那是她珍视的老师，“如天使般可爱”。姐姐曾经在床上和她一起读地理课文，曾经和她一起站在巴尔的摩和俄亥俄的火车站上，等待马萨诸塞第六团伤兵的到来，她的生命轨迹也因此而发生改变。克拉拉自己的身体状况也不允许她在姐姐弥留之际亲自护理她。痛苦万分的克拉拉几度尝试离开医院，赶回北牛津。她后来痛苦地写道:“我每周两次命令他们把我送到车站，再送到伍斯特，但是还没等火车到来，我可能已经躺在床上成了半个死人……我的心情糟糕透顶，为了停止呼吸，做什么我也在所不惜，然而又害怕自己停止呼吸——这种心情要纠缠两周才能结束，然后再次发作。”朋友和亲人劝阻她不要在寒冷的春季还乡，因为那会危及她的健康，再说，她来了也帮不上忙，就连莎莉也不希望她过去。伯纳德·瓦塞尔告诉克拉拉:“母亲听说你要过来，她大声说‘对不起。她帮不上忙，她来这陪我会生病的，加重我们的病情’。”最终，克拉拉接到斯蒂夫发来的电报，按照斯蒂夫的推测，莎莉活不过一周，接到这封让人感到压抑的电报后，克拉拉使出了最后一分力气，登上了北去的列车。8 小时的车程累得她喘不过气来，她被迫停下稍事休息。次日，即 5 月 24 日，她才完成最后一段旅程。

她来得太晚了。她乘坐的下午 4 点那趟列车比莎莉在痛苦中咽下最后一口气晚了 10 个小时。悲痛和愧疚让她无以排遣，她连姐姐的面容也无法看上最后一眼，也没法参加她的葬礼。后来克拉拉写道:“悲恸欲绝。心力交瘁。”数日之内，她的神经彻底崩溃，这是多年来情感压力和忽略健康造成的恶果。她对一位朋友说:“我既没有向左，也没有向右，而是径直走向了悬崖，跌落在下面开裂的岩石上。”

一连两年，克拉拉始终是不能自理的病人，仿佛没有办法使她的智力和体力复原。过去她曾炫耀的秀发，一夜之间变成了稀少的白发，仿佛在告诉人们她的精神已经死了。在第一年里，她完全要借助外人的护理。她不能动，不能吃，不能睡，不能写，不能说话，不能散步，也不能看，事实上，她什么也做不了，只能痛苦地躺在床上呻吟。她像个发烧的孩子，碰上一点儿小事就又哭又喊，不知道怎么控制自己。她以为看见老鼠从桌子下面跑出来，一听见动静就大喊大叫。克拉拉的大部分时间是在瓦塞尔·伍斯特的宅院里度过的，对别人的照顾深感不安，她后来写道，她感到自己“一无是处，毫无用处，成了大家的负担”。约瑟夫和艾比·谢尔登过来探望她，原来还希望把她搬到他们康涅狄格州宽敞的家里，但这次探望之后他们发现以她现在这个状态，他们有心无力，没法护理她。克拉拉写信给明娜·科普夫，请她从瑞士过来。病后数年克拉拉很少写信。法德战争爆发后，明娜·科普夫要仰仗克拉拉的护理，现在角色发生了倒转，这一次她的老朋友请她帮助，她马上答应下来。在漫长的几个月里，明娜友好的、严格的态度及其坚定的、一视同仁的风格，帮上了克拉拉的大忙。

等到 1874 年 10 月，克拉拉的病情有所好转，她可以在床上稍稍伸展四肢，但是还要等上四个月，她才能改变住所。那时她的家人把她搬进了乡下的大宅院，这座建筑是杰里·勒尼德的，坐落在马萨诸塞州的新英格兰村（现在的格拉夫登）。她仍然拒绝见客，也很少走出房间，因为她怕冷。神经问题隔三差五发作一次，有时一次发作要持续 10 个小时，弄得她“身上又冷又湿，仿佛是一条鱼”。好在她还能缝几针刺绣，写几封不长的信，自己穿衣服。7 月，她开始接待几位客人，处理生意上的事务，如卖掉了她在马萨诸塞州的小农场，那是 19 世纪 50 年代末她从父亲手里买下来的。然而，虽然她的身体日渐好转，但斗志还没恢复过来。克拉拉抱怨说：“我又弱又病，提不起精神。我几乎得出结论，继续尝试也是徒劳一场。”关心她的朋友们纷纷来信，共和国大军和纽约妇女选举权协会也发来电文，对她表达“发自肺腑的同情”。来信也好，来电也罢，都没有减轻她的抑郁。10 年后，她把这次神经崩溃比作死亡，她精神的死亡，她将从这次死亡中浴火重生。克拉拉后来写道：“时至今日，我仍然不知道精神的死亡要比精神的复活到底容易几百倍。放弃，退出。我最后走了出来，让我总是感到这个世界还欠我一份养老金。那些无依无助的日子使我一生无法复原。”

11 月初，她亲爱的朋友和保护人亨利·威尔逊逝世，这让她的神经再次受到打击。那年秋天，威尔逊不幸中风，1872 年，他被选为美国副总统。虽然他和克拉拉几年没有联系，但他们仍然把对方视为值得尊敬、值得仰慕的人。在威尔逊最后的几个小时里，他曾亲切地问起她，这才让克拉拉多少安心下来，但同时也加重了她的伤感。一位共同的朋友对克拉拉说：“他拉过我的手，迫切地问我你还好吗。他说：‘你知不知道克拉拉的消息？……我好久没见到她了。’”还有查尔斯·萨默罗尔、赫拉斯·格里利以及亚伯拉罕·林肯的逝世，克拉拉无不感到失去了一位昔日的领袖，她相信，林肯曾指引这个国家走出最黑暗的时刻，她不知道还有没有人能取代他。克拉拉深刻地指出：“明亮的灯怎么能熄灭呢……他们如同火花，从发光的火炬上飞走了。”

克拉拉的疾病和威尔逊的逝世使她变得在外人面前爱发脾气，咄咄逼人，与平时的她判若两人。杰里·勒尼德曾很慷慨地把房子租给她，但她又坚持从她家的所有成员那里购买所有用品，别人从邻居的树上摘下一个苹果送她，她却激动起来，表示抗议。钱已经不成问题——19 世纪 60 年代那些演讲费她几乎分文没动——但是她莫名其妙地担心会向外人伸手要钱，这又恶化了她的情绪。克拉拉的朋友们惊讶地发现，她对人不再慷慨，反而怀有恶意。一次，一位医生向她借了一本医学书籍，一个礼拜后忘了还她，她居然大发雷霆，完全是小题大做。一怒之下，她竟然说：“小医生故意把书留下了……我很高兴让他留下……希望他能把书中的知识用在患者身上，但他可能永远没读过，即使读了，也未必能读懂。”就连克拉拉附近的一个小孩也觉得她冷冰冰的。那个孩子回去说：“我从来没向巴顿小姐提过问题。她对我说了她希望得到什么。”

克拉拉之所以绝望，其中部分原因是她对医学越来越没信心。那几年她始终疾病缠身，在华盛顿，在伦敦，乃至在马萨诸塞，一次次疾病使她相信，大多数医生没有办法使她摆脱病痛，不仅如此，还适得其反。1873 年，她在写给范妮·瓦塞尔的信中说：“我必须承认，在经过了去年的经历之后，我昔日对医学帮助不多的信心和见闻，没有任何增长。”此后两年内，病魔加剧了她对医学的蔑视。1874 年秋季以后，克拉拉就没看过医生，也不吃药，她不过是喝几口榆树叶泡的水，有时其中也可能掺入冰岛藓、月桂果，偶尔也能喝几口白兰地和威士忌。自从克拉拉搬出新英格兰村以后，她迫不得已又做了最后一次尝试，找大夫问诊。她给纽约医生爱德华·富特写了一封长信，此前富特医生相信，在遗传、心理构成和身体疾病之间存在必然的联系。在这封信里，克拉拉透露了不少有关她自己的信息，这些信息是她此前从来不让外人知道的：她家族里那些神经质的、行为古怪的人，她与肥胖的战斗，她的抑郁倾向，乃至与家人和朋友的疏远。她在信中说，生活把“她抛来抛去”，其结论是：“我们所有人的生命往好处说不过是一次慢性自杀过程。”克拉拉接下来描述了症状，所谓症状从今天医学的角度判断，大概是神经衰弱和出血性溃疡。她对富特医生说，通过严厉的节食，如吃生肉和酸果，她已经控制了自己的病情，其实那些食物反而使病情恶化。她最后写道：“我请你为我治病。我知道你将尽力而为。请你告诉我怎么配合才好。”

不幸的是，富特医生的回复已无从寻觅，但克拉拉接到回信后马上又对另一位医生的工作发生了兴趣，他是纽约丹斯维尔的詹姆斯·杰克逊。杰克逊是东海岸一家大型疗养院的所有人，他的治疗方法包括健康的饮食和适宜的空气，大概是约翰·埃尔韦尔对克拉拉提起了杰克逊的医术，鼓励她找他咨询。等到1876年1月，她已经给杰克逊医生写了信，收到对方邮来的几本小册子，其中的内容概括了他的医学思想。她开始听从对方的建议：“我对每项建议权衡再三，然后严格按照每个建议进行治疗，仿佛那些话都是上帝说的。”效果相当明显，于是她继续给杰克逊写信，希望对方把她当成病人。1876年3月16日，一个过来帮她的年轻的女裁缝说丹斯维尔“那个地方是可以治好病的”，问题随之解决。克拉拉用六周的时间不停地缝制衣服，给杰克逊大夫写了最后一封信，信中高兴地指出，对方在信里没把她称为病人，而是客人。她最后又把家里的东西收拾起来，毅然决然地开始了两天的旅程，赶往纽约州西部。火车经过罗切斯特，旅客在此下车过夜，然后改乘当地的列车前往维兰德，也就是最后一站。克拉拉又上了一辆驿站马车，一路上马车左摇右晃地经过了一段木板铺成的收费路，驶进山谷，到达丹斯维尔的所在地。

此前，克拉拉因为1866年的巡回演讲来过丹斯维尔一次。她发现这个地方并没有多大变化。丹斯维尔是列文斯顿县一个繁荣的小镇，距离风景如画的芬格尔湖不远。丹斯维尔还是周围乳制品和木材业的集散地，镇上有宽阔的林荫大道，漂亮的居民住宅，几家兴旺的报社，还有新教的教堂。简言之，丹斯维尔就是美国人崇尚的那种故乡，这里的居民也为自己的小镇而沾沾自喜。

詹姆斯·杰克逊1858年来到丹斯维尔，希望在此地建一家疗养院，依靠病人的心理力量医治神经紊乱。他长得仪表堂堂，接受过古典文学教育。一名崇拜者指出，“他的知识和思想仿佛取之不尽。”飘洒的白胡子和一双斜视的目光，使他的脸上表现出探寻的表情，他自由的性格在如下方面找到了宣泄，如废奴、禁酒和女权三个话题。杰克逊不仅爱读爱说也爱写，他的文章涉猎广泛，从少儿教育、言辞激烈的服装改革，到性生活健康，几乎无所不有。他喜欢被称为“父亲”，要求患者在一定程度上对他忠诚。一位当地报纸的编辑回忆：“他身上拥有一种强大人格所必备的骄傲、激情、偏见还有美德。”

杰克逊收养的女儿哈里特·奥斯丁大夫是他的合伙人，陪伴他一同前往纽约开办养老院。他们买下的建筑原来是疗养胜地，但他们到达时已是“一片狼藉”。他们把旧楼翻建一新，变成四层的砖瓦结构，分层的凉台，楼房坐落在半山腰上，周围是风景如画的哥特式农舍。他们把病人称为“客人”，客人可以生活在主楼内（楼内也有餐厅、客厅、大报告厅和其他公共设施），也可以住在下面的农舍里。四周的墙上挂了不少座右铭，建议客人“坐直”，不要讨论自己的疾病，不要把餐巾从餐桌上带走。山下的建筑也很漂亮，人行通道上面每隔八分之一英里画上了标记，提示外出行走的患者他们所取得的成绩。这家疗养院总体上更像高档度假村，而不像治愈身染重病患者的地方。创始人将这里称为“山腰上我们的家园”，这个称谓是再合适不过的。与周围的环境相比，他们安排的疗程也毫不逊色。医务人员的水平自不待言，他们重视杰克逊所谓的“心理与卫生”，营造欢乐的氛围，提供清淡而又充足的食物，与此同时，还格外注意食用全麦面粉、适当锻炼身体和精神鼓励。他相信当下流行的药品有百害而无一益，妇女推崇的服装款式不仅荒谬也不健康。（在哈里特·奥斯丁的倡导下，不少女客人穿上了修改后的、为人诟病的“宽腿灯笼裤”，上身是束腰外衣，长及膝盖，下身是够到脚面的土耳其马裤，上面不穿束身内衣。镇上的居民把患者们称为“蚂蚱”，因为她们的大腿裸露在外，小男孩们在街上见到她们就尾随在后面起哄，但大多数妇女仍然感到了一种自由后的新鲜感。）演讲如同服装，也充满了自由思想，他们聘请的演讲人也是自由人士，如弗雷德里克·道格拉斯、苏珊·安东尼、威廉·豪威尔斯和索杰纳·特鲁思等。长期卧床的病人也没有太多借口不去听演讲，因为他们的驻地就建在报告厅的后面。

此外，病人们跳沙龙舞，外出散步，秋天出去野餐，冬天坐雪橇。克拉拉写道："这里弥漫的氛围无比融洽，大家聊聊天，成天乐呵呵的，如同家人，食物也是再好不过的。"

事实上，克拉拉最先注意到的就是食物，食物也是此地为人称道的原因所在。杰克逊是斯尔维斯特·格雷汉姆的信徒，格雷汉姆是密歇根州的医生，在19世纪30年代和40年代，他大力提倡全麦面粉和面包比加工小麦更健康的理念，说这些食物能治百病，从婴儿的喉头炎到妇女的痛经，无所不治。杰克逊医生自己也发明了一种麦片粥，被称为"格兰诺拉燕麦"，其实就是一种经过两次烘烤的饼干，将其压碎，浸入牛奶，隔夜凉食。在一次圣诞晚宴上，大家品尝的不仅是可口的火鸡，"我们的家园"还制作了16种全麦饼干和7种浓粥。虽然这里不提倡素食主义，但客人们能吃到疗养院菜园内自己种植的各种新鲜水果和蔬菜，能吃上自己奶场和周围乡村送来的上等奶制品。克拉拉对埃尔维拉·斯通报告说："这里的食物是一流的，而且供应充足。"如俗语所言，人吃什么变成什么，克拉拉再也不必担心，因为她恢复健康已指日可待。

克拉拉在这种环境下变得焕然一新。她觉得有必要与奥斯丁和杰克逊建立友谊，平时也乐意听他们安排。她承认自己对如何恢复健康一无所知，甘心把自己降为"小学生"，来"我们的家园"的目的就是"学习、研究、服从"。现在，原来那些每天找上门来的疾病不再与她纠缠，她来后不久就对一位朋友说："我的神经已经不需要照顾。我知道自己周围的人比我知道得多，我终于可以放下缰绳，安安稳稳地骑马了。我也不必继续管理我的团队，可以好好地休息。"

最初克拉拉住在大楼内，医生不过是允许她散散步，找人闲聊，欣赏此地著名的风景，连写信也受限制。后来医生才允许她每周写两三封信，兴高采烈的她在信里反复提起舒适的环境和户外的生活。她把匆忙赶就的那些鲜艳的服装扔到一边，换上了奥斯丁提倡的"美国服装"，此后，"她穿衣戴帽就像男士那么自由，那么容易，再也不必拘泥"，虽然因为虚荣，她在数月后朋友来访时又换了下来，因为朋友说她身上的衣服傻乎乎的。对克拉拉来说，最艰巨的任务是调整自己的节奏，因为她的一生似乎总有用不完的精力，所以要把速度减下来确实不易。自从童年起她就很难入睡，而现在睡眠变得更容易了，她相信睡眠是她恢复健康的秘密所在。克拉拉来此地 5 个月后，她对约翰·埃尔韦尔说：“我的身体恢复起来总是很慢，好在已经提速了，至于速度有多快，我还不知道——但速度真的上来了。丹斯维尔对我大有好处。”

清新的空气、舒适的服装、可口的食物，此外就是锻炼、放松和闲聊，凡此种种，无一不是克拉拉恢复健康的钥匙。在此之外，还少不了“我们的家园”那些好人的陪伴。这里可不是消化不良患者的天堂，他们选择患者专挑那些对疗养院有所助益的人。与克拉拉一同住进来的还有大约 300 名其他患者，他们也在接受杰克逊医生的照料。让她感到高兴的是，她还没在其他地方见过“智力水平和文化修养如此之高的人走到一起”。她结交了好几个朋友，他们也喜欢当时流行的系列速写，其中刻画的主角是莎蔓莎，莎蔓莎是个笨手笨脚的乡下姑娘，此外还有不少性格迷人的乡下人。他们与她一同成立了“贝齐·巴比特俱乐部”，名字取自速写中的一个人物，克拉拉被戏称为贝齐。他们写小说，写剧本，写诗歌，还讨论服装改革和妇女的选举权，凡是吃饭和听演讲，他们总是有说有笑，形影不离。克拉拉也喜欢和玛丽·威克斯相处，当时玛丽是“我们的家园”的女舍监，克拉拉反复劝这位年轻女性继续深造，借此取得医学学位。后来玛丽告别“我们的家园”，到圣路易读大学，克拉拉是她坚定的支持者。

克拉拉也被哈里特·奥斯丁吸引了，与她建立了亲密的关系。奥斯丁医生魅力很大，平时乐呵呵的，对自己的职业专心投入。她为人阳光，对生活的方方面面，像孩子似的好奇，所以她身上总有一种自发的、有趣的风度。此外，她不仅智力出众，还有敏锐的商业头脑。奥斯丁不止一次让丹斯维尔的小商小贩们感到震惊，因为她处理“我们的家园”的业务往来与专业人士不相上下。据说，一位五金店的老板与奥斯丁打过交道后才慢慢地回过神来，不无感慨地说：“一个女人穿得像男人，做事也像男人。”其实克拉拉 10 年前就与奥斯丁见过面，当时她正在巡回演说，奥斯丁高雅的风度和自由自在的装束给克拉拉留下了印象。现在她们又重新拾起了当年的友谊，发现了不少共同拥有的兴趣，如绘画、女权和医学进步。奥斯丁对克拉拉的病情格外关注，接二连三地写信鼓励她，邀请她坐雪橇，参加圣诞晚宴，或一同欣赏外面的风景。克拉拉十分感动，发现奥斯丁天生就知道患者需要什么，“一双诚实的眼睛……似乎能看透你的灵魂”。

在丹斯维尔期间，克拉拉几乎没有结交男性朋友。这些年来克拉拉身上出现一种倾向，她与女性走得越来越近，强烈地感到她是女性中的一员。过去很长时间她曾刻意模仿男性的品位和爱好，即使她与少女时代的朋友或玛丽·诺顿和安托瓦内特·玛戈特等女信徒保持了长期友谊，她的性格力量也总是掩盖了她们，从这个角度来说，她们之间的友谊也不是平等的。为寻求智力上的挑战——欣赏——她过去把注意力转向了男性：最初是北牛津的哥哥们和吕西安·伯利，海茨敦的塞缪尔·拉姆齐和查尔斯·诺顿，华盛顿岁月的梅森法官和德威特上校，后来还有亨利·威尔逊、约翰·埃尔韦尔和多伦斯·阿特沃特，等到1863年她与弗朗西斯·加格相遇后，才知道女人也要挑战自我。

在19世纪60年代和70年代，克拉拉·巴顿与那些女人之间的友谊之所以牢固，是因为她们与克拉拉拥有共同的理念和经历。从加格、巴登大公夫人、哈里特·奥斯丁和苏珊·安东尼身上，克拉拉找到了女性成熟的思想和追求的事业。大公夫人姑且不论，其余诸人都曾为她们的教育、地位和享有体面的生存权进行过战斗。她们都有敏锐的、清晰的思想，同时又有至少在自己身边解危助困的良知。她们是克拉拉的同龄人，与她不相上下，不仅如此，还是她的战友。面对这些光彩夺目的女性，克拉拉不仅没有惧怕她们，还能拥抱她们，在她生命后三分之一的旅程中，她与她们走得越来越近。克拉拉自己大概也没发现这种越发强烈的倾向，仍然把自己视为在男性世界里独往独来的女性。她对这一时期的评价是：“我以为我对男人的了解比对女人更深刻。我和他们接触得更多。”然而，在她的余生里，她仅仅和一个男人建立了牢固的思想上的关系——就是她的侄子斯蒂夫——与此同时，她拥有一批在思想上和专业喜好上志同道合的女性朋友，与她相比，她们的成就丝毫也不逊色。

数月后，克拉拉搬出了“我们的家园”，在镇上租了一间房子。在新住所她能有更多的隐私，过上更正常的生活。明娜也搬了进来，为她扮演管家的角色。多伦斯·阿特沃特最小的妹妹范妮也赶过来照顾她。克拉拉继续吃疗养院的饭，为此她每周付款15美元，但是她喜欢身边摆放自己的物品。这是个新建的大家庭，后来的成员还有阿特沃特大叔，再后来玛丽·威克斯也搬了进来，大家相处和谐。1877年，新年第一天，克拉拉在日记里写道："我们之间没有秘密，幸运的是也不需要任何秘密，不存在妒忌和恶意。虽然房间里安装了不少衣橱，我们相信每个衣橱里也不存在任何秘密。"

自从克拉拉搬出来以后，她就可以在更大的程度上探访小镇，其实，她对小镇仍然怀有一种矛盾心理。一方面，丹斯维尔镇上的居民热烈欢迎克拉拉，他们希望接受这位女英雄成为社区的荣誉成员。她应邀加入镇上少数精英才能参加的社团，大家按时聚会，讨论各种哲学话题。图书馆协会也在找她，参加过内战的官兵也过来拜访她。1877年的阵亡将士纪念日，全镇自发组织了一次游行，游行队伍特意经过了她的住宅。《丹斯维尔广告商》的记者写道："儿童、男人、女人和狗，乃至一支演奏爱国歌曲的乐队，在神职人员的率领下，兴高采烈地走了过去。神学院的铜管乐队也表现出爱国精神，以他们的成员和音乐为这次游行添光增彩。"当克拉拉发现他们是在朝她致敬，惊讶得说不出话来，被他们深深地打动。一个简短的发言结束后，每个人都把一束鲜花摆在了那位热泪盈眶的病人脚下，"后来鲜花摆满了她的膝盖，她的双脚已被粉色和白色的鲜花挡在下面了"。

镇上人对她的崇拜无以复加，她对杰克逊医生和疗养院也充满热情，但是她对丹斯维尔及其居民仍然不以为然，她最初来这里那几年更是如此。克拉拉的印象是，"无论从哪个角度来说，这里不讲进步，不讲道德，也不大方"。她与房东碰到的麻烦不止一次。一次，一个男人还把她告上了法庭，因为他暗地里要卖掉一匹累倒的马。克拉拉把猫放在外面，不知是谁把猫偷走了。她愤慨地写道："我发现把猫放在外面总会被人抱走，也不送回来，难道他们要等我出钱赎回来吗，对这种地方我又怎么能恋恋不舍。"

她的精神越来越稳定，力气也有所恢复，所以她有更多的时间关注个人事务和那些早已被她忽视的生意。她把罗伯特·黑尔当成她最亲近的金融顾问，显然是欣赏他的性格和明智的建议。她最先关注的是，普法战争后仍然没有结清的款项。当初在贝尔福病倒后，她没能把支出账目送交波士顿救济委员会，委员会也从来没向她要过账，于是她写了一封长信，详细报告前几年发放钱款的经过，建议委员会收回在她生病期间允许她用来投资的剩余 3241 美元。让克拉拉感到意外的是，委员会经过投票决定，将这笔钱款赠送给马萨诸塞州总医院，同时提议在克拉拉在世期间，钱款每年滋生的利息归她所有。克拉拉完全接受他们的安排，对她与委员会之间的联络人艾德蒙·德怀特说，这个安排将使她拥有一笔储备金，完成她一生的希望，如此一来，无论哪里发生灾情，她都可以从容应对。克拉拉仍然没有忘记内战结束后那些日子，当初即使她想出手相助，身上也没有钱款。波士顿委员会的计划似乎变成了应急款。

此时克拉拉还在关注另一个经济上的安排——这次安排却令人扫兴，与她个人的关系也更大。她动身赶往欧洲之前，把 2000 美元债券交付西尔韦纳斯·格利森管理，此人在北牛津曾经是克拉拉的学生。克拉拉走后，格利森在经济上遇到麻烦，他没经过克拉拉的同意就卖掉她的债券，取走了现金。后来这个青年男子陷入更深的债务，所以没法把钱退还克拉拉。如此乱用她的钱款，令克拉拉深感不安，因为她始终格外关照格利森，所以她觉得自己被欺骗、被利用了。她对罗伯特·黑尔解释说："与损失的钱相比，更让我感到伤心的是他竟然以这种方式回报我对他的信任。我是她的老师，他是我的学生。我对男生向来一视同仁……我这个人泾渭分明，也希望他们泾渭分明。"黑尔建议说，要是她还希望继续与格利森之间的友谊，那就婉转地劝劝他。克拉拉这个人最看重忠诚，不想再与她过去的学生纠缠。多年之后，他又设计了好几个下作的计划，但克拉拉依然是他的朋友。那笔钱款永远也没有收回。

克拉拉在那几个月的书信里讨论的不仅是钱款问题，其中不少内容也写到她自己。对她来说那也是她进行反思的时间。报社记者和朋友希望发现她那张脸"是有趣的"，她的生活方式"很低调"，但克拉拉却对她的外表或习惯没抱任何幻想。1876 年，她写了一个很长的自我描述："我从来也不是外面所说的那种'长相好看'的人，不要用'漂亮'和'秀气'来形容我……我从来不在意服装，也没有成绩可言，所以你们能发现文章上和现实里的我不仅朴素也很平凡。"克拉拉指出，她是谦虚的人，爱好与生活方式与众不同，"朴素的程度如同隐士"。不过，她更把自己视为一名有担当、有职业的女性。苏珊·安东尼请克拉拉为即将出版的历史百科全书撰写小传，她骄傲地在职业一栏里写上了“慈善家”。克拉拉的身影曾出现在不同场合，既有战场也有灾区，在她写完这些经历后，她又在最后用自我表扬的文字描述了她那些经历的重要性（虽然她对安东尼说，“一位老朋友”写了最后一段，但从底稿来看，那些文字应该是她自己写的）。描述如下：“性格敏感，修养良好，不过她参加过少见的战地服务，用流血的双脚踏上没人走过的小径，用损伤的手指推开了志愿者的大门，不是为了抬高她自己，而是为了她的性别和人类。”

或许克拉拉迫切希望表扬自己，因为她的家人和美国政府好像仍然不想这么做。三个国家以最高的荣誉奖赏她，但她的祖国却没有。就连她的家人也拒绝表扬她超凡的勇气和坚忍的精神，他们相信把她的名字登到报上，对女子来说是不合适的，而她与她所从事的正是这方面的工作。克拉拉写道，唯独她的侄女艾达似乎还能为她取得的成绩感到骄傲。她伤心地承认，对她来说，“发生的一切似乎那么的不自然，我几乎永远无法理解，让人感到伤感的是，只有那些陌生人才对我所做的感兴趣”。她对艾达说，家人提到她的成绩时，他们说得最多的是，“不要像虚荣心强的孩子那样被惯坏了，要有自知之明”。

此前克拉拉并没有表达过对家人的失望，但经过丹斯维尔这几年，她反复写到自己的孤独和被拒绝的感受。1876 年，克拉拉为贝齐 · 巴比特俱乐部的一个朋友写了一首诗歌，字里行间透露出她的心绪，她把自己比喻成一根无所依傍的青藤，既没有坚实的根，也没有固定的枝让她来缠附。

一位可怜孤独的少女，摇摆得如同青藤。
她的蔓叶没有合拢，她的细枝无所依傍。
她身边的大树剧烈地晃动。
没人祝福，没人安慰，也没人爱抚，
没有爱惜的心为她寻找盛开的花树，
让孤零零的贝齐 · C. B. 垂落后面的头发。

然而，她也并非真的不高兴，那些日子过得也足够幸福。她有精力结交朋友，生活上又找到了新的方向，力气也在不断恢复。杰克逊医生的疗法确实神奇，他不仅帮助克拉拉恢复了体力，还教会她如何保持体力，避免压力累积导致精神崩溃。她抵达丹斯维尔还没超过 14 个月，就可以对朋友说，她好像“已经走出倒退的‘谷底’，也不必一连数周倒在床上，我几乎用自己的双脚勇敢地站立了将近一年”。哪怕是遇上无法描述的逆境和个人危机，克拉拉·巴顿的精神也再没有崩溃。她对一个侄子说，要是她碰上一位朋友“也走到这个边缘的话，要是让她提一句建议的话，哪怕从此让她闭嘴，她的建议也是丹斯维尔”。

（史国强　周宇琦译）

第 12 章
Chapter 12

从 1876 年到 1877 年，克拉拉的健康和精神继续好转。奥斯丁和杰克逊医生依然关注着克拉拉的健康。他们鼓励克拉拉参加疗养院组织的远足和其他项目，建议她邀请意气相投的人士到宅子里做客，参加活动也要量力而行，不能消耗太大的脑力和体力。如同以往，她要克服自己病情稍有好转就投入工作的习惯。克拉拉承认："如何让自己在目前的条件下尽可能少地消耗体力，这是我的一大难题。我这才发现，哪怕是几个小时、一个栏杆、几个台阶就能用光我不多的精力。"为了避免这种倒退，她在花园里栽花或写一些闲信，以此来分散她的注意力。克拉拉非但没有对杰克逊和奥斯丁的种种提示表示不满，好像还欢迎他们对她施加管教。她的结论是："人们有时需要被拯救出来。"

医生们继续建议她多休息，积蓄力量，非如此不能最后康复，她也确实从中有所收益。她不再失眠，她告诉大公夫人，她的体重有所增加，耐力也更大了。但是随着体力增强后，她在智力方面却越来越躁动不安。近五年来，她还没有真正意义上的工作，她现在渴望再次积极投身到工作中去。她才 56 岁，她不认为自己已经完成了一生的工作。她开始寻找新的挑战，那种可以检验她的才能、吸引她注意力的挑战。她在国际红十字会找到了自己的目标，在普法战争期间，这个组织曾经给她留下深刻的印象。克拉拉之所以重新燃起对红十字会的兴趣，是因为俄国和土耳其之间爆发的战争。1877 年春，因为俄国不满土耳其在巴尔干半岛地区扮演的角色，两个国家最后兵戎相见。克拉拉被战争所吸引，因为那里有痛苦、光荣和服务的机会，于是她想方设法要赶到那里：“如同一匹在静静的草场上休息了太长时间的上了年龄的战马，我听见了号角的召唤，我要赶赴前线，虽然我可能不能完成过去的使命，但我还是要尽力而为。”克拉拉还记得在普法战争期间，美国人曾热情地慷慨解囊，这使她闪现了一个念头：组织美国红十字会，为俄土战争的受难者募捐。克拉拉看见了许多可能性：地方社团、提供援助的仓库，以及为她本人找一份急需的固定工作。最后，她的设想不断扩大，不仅传播了《日内瓦公约》，还推动美国正式接受了《日内瓦公约》的原则。

1877 年 5 月，克拉拉给日内瓦的路易·阿皮亚写了一封长信，提请允许她在美国传播红十字会精神。她对阿皮亚说，她深感遗憾，因为她重病在身，“所以没有力量为人道的事业抡起大锤，也没能在红十字会的葡萄园里劳动一天”。现在她渴望重新加入为人类利益而进行的工作，她认为，没有哪一项事业比红十字会更好。她敦促国际红十字会委员会成员让她投入战斗，同时建议他们指派她“在这个国家为你们崇高的使命负责”。克拉拉谨慎地提到国际委员会为接纳美国入会所做的努力。不过，她还指出理解《日内瓦公约》条款的美国人为数不多。在没有得到广泛传播之前，她无法预见这些条款能被接受。她指出，这是一项巨大的工作，所以她敦促阿皮亚尽快回复。

没出一个月她就收到了答复。阿皮亚已经联系了国际红十字会主席古斯塔夫·莫瓦尼埃，之后写信告诉克拉拉，他们欢迎她的加盟。让克拉拉大为满意的是，委员会任命她为驻华盛顿代表，还热情洋溢地将她称为红十字会在美国的“灵魂”。不过，阿皮亚提醒她不要承担太大压力。红十字会不仅需要灵魂，还需要身体，虽然她可能成为领袖，应该“马上在她的领导下建立组织，请人手来写，有条不紊地安排，登报，……用他们的脚跑道，让他们来，让他们去，让他们收钱，让他们购物”。在这封信和其后的信中，阿皮亚敦促克拉拉，当务之急是让官方正式接受《日内瓦公约》，因为若没有这个前提，美国红十字会在法律上就站不住脚。在这封信之后，莫里尼埃又写了一封信，再次说明阿皮亚是何等高兴，原因是“像女士这么合格的人才呼吁你们的政府来关注对我们大家来说如此重要的事业”。

克拉拉虽然得到了表扬，但她对委员会的支持仍然感到不满意，对她个人面对国际红十字会时的地位心里也不踏实。她请阿皮亚正式发函，“以你的名义或国际协会的名义请我尽其所能在工作上帮助你们，使用我与人民和政府的力量——使他们认识到这种空白需要填补，这种工作需要完成”。自从上次她被任命为安德森维尔远征军正式成员以来，在与政府打交道时，她已不再相信一般的组织。此前大多数妇女对社会改革所进行的呼吁被客客气气地搪塞过去（他们不需要讨好那些没有选举权的女性），这一事实让克拉拉意识到她要亲手创建一个组织，让自己成为红十字会的合法代表。

克拉拉的自我是脆弱的，她同时又感到若是没有这种坚定的支持，她在华盛顿是不会被人重视的，这两种原因促使她“小题大做”。她必须制造一种印象，日内瓦委员会是请她而不是接受她的服务。从此以后，对所有的外人，克拉拉都把她与莫瓦尼埃和阿皮亚的通信解释成是他们强烈呼吁她出手相助。她对大公夫人和哈里特·奥斯丁说是国际委员会先找的她，他们确实相信她的能力，所以她才没法再清闲下去。她要争取莫瓦尼埃和阿皮亚更大的信任，于是批评查尔斯·鲍尔斯和亨利·贝洛斯——他们多年前曾试图劝说美国政府加入红十字会——说他们运作不当和言行失检。她在信中说：“鲍尔斯证明自己完全不可信赖，他的信誉在 1873 年已经毫无希望地破产了……永远也不值得信任。他的继任者贝洛斯医生……把红十字会的任命当成对他的尊重，视为轻易得来的荣誉，从来也没想过在人类前进的途中他的无所作为阻碍了世界的进步……但你们必须知道，在你们撤销对他的任命之前，谁也没有办法投入工作，当然也不想投入。”上述指控是不公平的，无论是鲍尔斯，还是贝洛斯，他们代表红十字会已经尽其所能。但克拉拉在正式的关系中还是觉得不够安全，她要知道他们是不是真的想要她或需要她。

虽然克拉拉对鲍尔斯和贝洛斯无所作为或运作不当的批评有失公平，但她对他们的工作结果所做的评价还是公允的。14 年来，美国始终拒绝在《日内瓦公约》上签字。在 1864 年 7 月召开的第二次国际大会上，美国派出两位非官方代表：鲍尔斯，美国卫生委员会驻欧洲官员；乔治·福格，美国驻瑞士官员。在一连几小时的会议后，二人在私下里都施加了相当大的影响，但是大会不允许他们投票。他们发现日内瓦大会讨论的问题，与他们在内战期间碰到的问题大同小异，于是敦促国务卿威廉·苏华德接受公约。然而苏华德认为，公约内所列条款与卫生署及其他部门在战时的工作互相重叠。他指出，美国已经解决了在不干涉军队纪律的情况下使用大批志愿者的问题，所以也没必要用国际条约来证明其自身的专业技能。此外，苏华德相信，遵守这种条约也不合适，因为在国家处于战争状态的时刻，这个条约改变了战争条款。

内战结束后，在亨利·贝洛斯的领导下，卫生署成员经过重组，进入另一个部门：美国战场苦难救助协会。协会成员迫切希望继续推进他们在战争期间所做的工作，他们与国际红十字会保持非官方联系。贝洛斯再次找到苏华德，希望成为条约正式签字国，这一次他从法国和瑞士政府那里得到正式支持。两年来，苏华德总是含糊其辞地搪塞贝洛斯，推脱说要征求战争部部长的意见才好，所以最后的决定始终也没做出来。后来法国官员再次对苏华德施压，请他给予答复。苏华德的答复是，美国政府在战时“自愿遵守公约规定的各项条款，在任何情况下，也不大可能违反条款”。接下来他再次阐述了国务院的基本原则，即避免与其他任何国家结盟。苏华德写道：“美国不希望加入众多其他国家参加的组织，这是一项长期以来很少被人质疑的政策，即使是不明智的政策。发生重大意外，这项原则才能改变。你们在信中所提建议，无法改变上述政策。”

长期以来，美国政府始终坚持上述原则，其实这一原则是对门罗主义的宽泛的解释，所谓门罗主义，就是禁止国际社会干预美洲事务。因为这一政策的存在，美国签署的条约为数不多，一般是为了结束战斗。美国也没有正式参加几个国际组织。19 世纪 60 年代，墨西哥的法国人引发的动乱，促使美国政府更加坚定了实施门罗主义的决心。如果美国政府不改变既定政策的话，加入《日内瓦公约》，按苏华德的说法，“几乎或相当不可能”，因为这项条约还专门强调了战争条款。

贝洛斯不顾政府明确的态度，一再坚持把美国和《日内瓦公约》联系起来。他希望新一届政府心胸更为宽阔，于是找到格兰特总统的国务卿汉米尔顿·菲什。但是这位新上任的国务卿犹豫再三，不敢打破长期的传统。他请贝洛斯去找找此前各方在这一问题上的通信，态度坚定地说，他发现“没有理由改变当初就此表达的意见”。他们后来继续劝说美国加入进来，最终还是徒劳一场。他们原来希望美国加入条约，等希望化为泡影后，美国战场苦难救助协会也于1872年黯然撤销。

1877年，克拉拉·巴顿投身红十字会事业时，她似乎还不太清楚贝洛斯他们所做的努力，因为她说到自己时，把自己称为“几乎是唯一的美国合作者……和国际委员会的朋友”。阿皮亚给她寄来了一个很长的行动纲领，他认为这些材料对她在美国建立红十字会将有极大帮助。纲领提出要同时实现几个目标：宣传、政府承认、在国内成立组织，以及募捐。克拉拉是按照这个纲领行动的，不过她在上面打上了自己的印记，侧重点也稍有不同。她相信，宣传推广是当务之急。这项工作并不容易，如她对阿皮亚所说：“在这个国家，你们的协会及其伟大目标……几乎没人知道，红十字会在美国依然是神秘的。”不仅如此，她感到要是没有紧迫的国内原因或引起广泛同情的国际冲突，不论是对官方，还是对私人，红十字会都将被视为可有可无的。她告诉阿皮亚：“我们的内战结束时，美国是可以张开双臂接纳红十字会的，因为当时美国的伤口还没有愈合，战争造成的创伤还历历在目。现在和平时间将近十年，而且也没有战争的可能，所以美国就不那么热情了。”美国自身的麻烦已经解决，所以美国政府沾沾自喜地以为，美国不会再次卷入战争。克拉拉曾经希望，俄土战争可能引起足够的关注，借此机会可以成立一个募捐协会，将来再扩大成红十字会的分会。但俄土战争并没有引起美国人的注意，所以克拉拉被迫寻找其他借口，来发起她的宣传运动。

让大众接受红十字会，这不过是克拉拉传播红十字会理念的部分计划。她发现，要成功地完成使命，在宣传之外还要借助影响力，后来证明她的判断是正确的。为此，克拉拉采取的其他行动姑且不论，1877年7月，她联系了不少老朋友，因为他们与华盛顿的重要人物互有往来。克拉拉说服前政府印刷署署长乔纳森·德弗里斯答应把她引荐给海斯总统。她又给另一位老朋友惠特克将军写了一封长信，信中她不顾自己的颜面，询问时下首都的权力结构。她写道："我想知道的是，请你告诉我，几位公众人物对海斯总统的态度，或者对行政当局的态度，因为在此过程中我要向他呈递材料，我将争取比我更强大的帮助。"她昔日最忠诚的战友——亨利·威尔逊、本杰明·巴特勒、本杰明·韦德——或是已经故去，或是无法左右海斯行政当局，她不知道如何才能再次建立关系或借助她自己的影响来达到目的。最后，她发现她不得不亲自上阵，去接触那些政客，于是她怀揣莫里尼埃和阿皮亚写来的推荐信，动身赶往华盛顿。

等到那年秋末，克拉拉才感到自己的身体大有好转，准备停当之后，她踏上了前往首都的火车。旅行对克拉拉来说早已轻车熟路，她在篮子里装满食物，好在车上食用（"我把篮子放在膝盖上，开始吃饭——不必道歉——不必付款——也不用头疼，等了又等，然后匆匆地把不可口的食物咽了下去"），然后靠在椅子上放松下来，慢慢度过两天的行程。上次来华盛顿还是5年前，她注视着华盛顿发生的变化，一种愉快与怀旧交织的心情油然而生。有轨电车和街灯是后来才有的，为此地增色不少，但泥泞的道路和敞开的排水沟依然如故。繁忙的国会开会季对克拉拉来说一定不陌生，每逢开会季，城里到处都是政客和上流社会人士以及跟在他们后面要官做的人。如一位明眼青年所描述的，开会季一到，这座城市"就成了名副其实的矿泉疗养地"。

虽然克拉拉手握古斯塔夫·莫瓦尼埃的推荐信，莫瓦尼埃也正式请求海斯总统吁请美国承认《日内瓦公约》，但她仍然决定先不去找总统，等她先找几个官员为她的使命聚集最初的支持再说，先让他们了解红十字会的理念。她在国务院和战争部乃至国会先找了几位朋友，但正如她所担心的，她发现几乎没人熟悉红十字会。她对阿皮亚报告说："我原来以为可能先碰上抵制，但我发现最大的问题还不是抵制，事实上，没人理解我的话题，与此相关的印刷品也不多，再说，我希望说服的人也读不懂他们不熟悉的语言。"后来，她在秋天花了不少时间把莫瓦尼埃和阿皮亚撰写的材料翻译成英文，编成了一个她自己的小册子，凡是遇上想听的人，她就扼要地介绍几句。那些出来参加社交晚会的人，或与她见过面的人，在大街上被拦了下来，先要听听红十字会的故事，然后还要拜读塞在他们手上的小册子。克拉拉甚至还召开了一次时髦的新年招待会，请她的朋友约翰·希茨主持，会上他们交流了有关红十字会的信息。经过迎宾线的老朋友夸赞克拉拉取得的众多成绩，祝贺她身体康复，对她最近完成的肖像画也是好评连连，克拉拉却赶紧热情地介绍她最近从事的工作。她从尽可能多的人那里为美国红十字会找到了支持。

大家的反应一定使她欢欣鼓舞，因为几天之后，克拉拉决定对总统提起这个话题。通过被人尊敬的商人约翰·沃尔夫，她好不容易才被总统召见。1 月 3 日，她走进白宫，那里肃穆的环境和一脸春风、大大方方的总统夫人使她稍感紧张。总统和第一夫人热情地欢迎克拉拉到来，这时她才放松下来。克拉拉在日记里写道，总统“很热情，我告诉他我肩负的使命，对此他一无所知，但他乐意倾听”。她递上莫瓦尼埃的推荐信、来自日内瓦的小册子和《日内瓦公约》条款，请总统将其中一个小册子《日内瓦红十字会简史》印刷出来，通过政府向公民传播。总统没有表态，但客客气气地说对这个话题感兴趣，建议她找国务院。克拉拉离开后得出结论，“总统听说红十字会的存在和原则后，既感到意外又感到高兴”。

显然，总统对红十字会产生了兴趣，这使克拉拉感到振奋，她当即决定拜见国务卿威廉·埃瓦茨。她在日记里乐观地写道：“我希望一周内办妥。”但国务卿拒绝见她，为此她深感失望。国务卿把她推给了自己的助手，弗雷德里克·W. 苏华德，他未经深入研究就做出决定：前国务卿苏华德（他的父亲）和菲什已就此事表明合众国的立场。他的一口回绝让克拉拉大为不满，国务院以前的政策居然还有作用。她告诉阿皮亚：“过去的政策挡在我的路上，我将面对的最大难题，即使能克服，也将是此前国务院的决定。要是国务院此前没有表态，我就不必推翻他们过去的决定，我的使命也可以相对容易些——但是要推翻上一届政府的决定，尤其是格兰特将军和他那位广受欢迎的国务卿菲什先生，还要遭遇各种程序，顾及众人的面子。”她怨恨最初把条约递交美国政府时自己的工作做得不尽如人意，与此同时，她还怨恨埃瓦茨那么轻视大家的努力。后来克拉拉愤愤不平地写道：“我发现这件事一个人就能决定，而这个人认为事情已经决定了。”

克拉拉横下心来，非要完成贝洛斯没能完成的使命。她在华盛顿继续逗留了几个月，找参议员和众议员讨论红十字会，在约翰·希茨夫妇的帮助下，继续就这一话题进行了一系列非正式谈话。克拉拉对那些她希望支持红十字会事业的人，不仅诉诸道理，同时还诉诸情感，在这方面她是毫不犹豫的。一次，听完她的讲话后，几位内阁成员不禁泪流满面。她还毫不犹豫地找回内战时期建立的联系。密歇根州参议员奥马尔·龚格尔后来变成了克拉拉的坚定支持者，因为克拉拉对他说，内战期间，她救了他弟弟一命。克拉拉还强烈呼吁美国国会议员们不要忘记自己的自豪感，对那些与美国声望息息相关的人，她毫不讳言，说她一想到“地球上所有文明国家都签署了公约或条约，唯独我们不签，非要与野蛮人为伍不可”，就感到愤慨。

克拉拉的努力还没有取得惊人的成绩——既没有参议院的决议，也没从总统那里得到官方鼓励，更没有建立组织机构——但她正慢慢地为自己的使命争取支持者。如她对艾德蒙·德怀特所说的，她“没法在这些事情上像过去那么顺利”，但她仍然对自己取得的进步而感到骄傲。她还对哈里特·奥斯丁说：“我一次又一次地拜会他们。”她抱怨要用那么长时间才能把政客们的注意力吸引过来，但还是转移不了他们对国家货币金本位或银本位这一紧要问题的关注。“议员们开会时我也拜访过他们。我说，他们听，但是即使我吹起笛子，我也怀疑他们能不能起来跳舞，除非旁边还有‘银’铃声。”等到 3 月份，她已经感到够了，感到在这一季不可能再有所作为。面对继续住在华盛顿可能遭遇的失望和疾病，克拉拉决定打道回府，现在还是让“更好的人管理世界吧”。

克拉拉在 4 月的第一周返回丹斯维尔。她滞留华盛顿的时间比预想的多了一倍。连日来她四处找人游说，此时已感精疲力竭、无比压抑，她确实需要调整一下。好几位疗养的朋友和亲戚已经赶过来，沐浴在乡间舒适的阳光下，明娜和范妮又被指派管理家务。但这场家庭聚会不如克拉拉希望的那么和谐。克拉拉喜欢和汉娜·谢泼德在一起，汉娜是患病的女报人，此前她们在伦敦见过面。她上一年已经搬了进来，但神经紧张的汉娜却成了经济负担，因为她一再向克拉拉借钱。可怜的侄子萨姆与他儿子赶来时情感已经不能自控，因为他儿子艾拉瘦得只剩一把骨头，原来他染上了癫痫病，身体已经被服用的吗啡糟蹋了。一周后，艾拉显然也需要别人几乎不停地护理，不然病情就要发作一次。克拉拉勇敢地写道："我高兴可怜的小家伙过来了，我知道这是他最后的机会。我高兴给予他这次机会，但此后家里也将不再太平，我们都成了守夜人。我知道我仅仅能做这些，但做得还好。"等到 6 月末，克拉拉又把自己的床让给了另一位病人梅尔歇尔太太，她也患上了神经衰弱。她非但没有感谢克拉拉的盛情款待，还与艾拉一同歇斯底里地大发雷霆。

在这种氛围里，克拉拉发现自己的神经也要被拖垮了。等到 7 月末，她接到昔日引路人弗朗西斯·加格的邀请，后者请她到新泽西州瓦恩兰的家里小住。如今加格也是病人，此前她遭遇中风，半身瘫痪。克拉拉发现，"范妮姨妈行动不便，也不高兴"，虽然身边有人照料，但还是觉得没人关怀，自己也没用了。这次拜访让克拉拉感到伤心，她强烈地感到了一种反差，过去加格是风风火火的女人，克拉拉也曾模仿过；如今，还是那个女人，却蜷缩在那里，浑身无力，仿佛被囚禁在自己家里。对克拉拉来说，这次拜访不过是逃出了丹斯维尔那个嘈杂的家庭，但对加格来说，她的来访如同一阵清风，不期然地吹进了令她窒息的房间。克拉拉离开数月后，加格写道："克拉拉，你猜到没有，你夏天过来看我，我是多么珍惜。在我这一生，我多么希望再活上几次——我多么希望你在人道主义事业上取得成功，我也知道你在为自己的使命全神贯注。"

克拉拉从瓦恩兰又赶到她曾经生活过的海茨敦，她要和诺顿夫妇度过一段时光。这次造访让她更开心。多年来，她还是第一次骑马，她"能骑下来，也很快乐"，她还坐在门廊的阴凉下，和玛丽讨论女权主义、宗教和政治，那是让她感到快乐的几周，她在回忆里提到最多的是轻松的谈话和"平静可爱的家"。大约一年后，此时丹斯维尔那些客人造成的压力和红十字会工作的挫折又让克拉拉付出了代价，后来她对玛丽·诺顿说，在那一年里，"我在海茨敦度过的那一周是最幸福的"。

如加格所暗示的，在步履维艰的那几个月里，克拉拉几乎片刻也没有忘记红十字会，但政府的大门已经对她紧紧地关上，她不知道接下来如何是好。10月初，她匆匆赶往康涅狄格州的纽黑文，为如何更好地促进红十字会工作找她的老朋友约瑟夫和艾比·谢尔登讨教。抵达后，她一边紧张地投入工作，一边坐在艾比的床上说闲话、缝衣裳，如同当年她们在学校里读书的时光。约瑟夫帮克拉拉完成了一个小册子，取名《日内瓦公约的红十字：入门知识》。小册子简明扼要地描述了红十字会的历史，指出《日内瓦公约》不是普通的协会规章，而是一项国际条约，其条款对签字国在法律上具有约束力。其中的一段文字对国际红十字会产生了重要影响。克拉拉索性写上了下面的话：在战时责任之外，"红十字会还可能为这些国家救援社团提供其他存在依据，在国家遭遇大面积灾难时，为灾民提供援助，如发生瘟疫、霍乱、黄热病等疫情，大火或洪水、铁路灾难、矿难，等等"。

和平时期灾难救援这一概念并不是克拉拉·巴顿一人提出来的。红十字运动发起人亨利·杜南在其《苏法利诺回忆录》里也曾提及。但此后是克拉拉传播和深化了红十字会的救灾理念。克拉拉确信，要是不能马上派上用场的话，红十字会在美国永远也不能成功，因此她深化了公约的内容，使其超出志愿者中立和战时提供援助的范围，按照她的描述，在自然灾害和人为灾难发生时，红十字会还将救助普通平民。早在1878年9月，黄热病在密西西比谷地爆发，克拉拉就公开表示，为政府拒绝签署条约而感到悲哀，因为她相信疾病流行地区将为美国红十字会提供绝好的实验场。

救援理念让克拉拉为之一振，她也确信加入《日内瓦公约》"即使与我们的安全无关，至少也关乎我们的荣誉"，于是她决定再次赶赴华盛顿碰碰运气。9月中旬，她抵达华盛顿，希望在国会1月份开会时继续推进她的使命。后来证明，这次华盛顿之旅是短命的、让她感到失望的。她劝说总统给国务卿写信，通过这种方式推荐她请国务卿"听她陈述，为她提供认为合适的鼓励和帮助"。虽然克拉拉有总统的推荐，此外还有司法部部长查尔斯·得文在后面支持，但国务卿依然拒绝见她。克拉拉日后回忆："我当时没什么好希望的了，非被他们第三次拒绝不可。他们在等，我也在等。”不久，她又燃起了希望，因为参众两院联合形成决议，“提请总统按照克拉拉·巴顿小姐请求的，正式承认《日内瓦公约》”。然而不幸的是，该决议被转入军事委员会，几周之后，胎死腹中。克拉拉心情压抑，又惦记这次外出的花销，不得已拖着疲惫的身子返回丹斯维尔。

克拉拉没有说服海斯行政当局，她不禁问自己，还有没有必要继续促进红十字会在美国的发展。她告诉玛丽·诺顿：“有时我想还不如放手，不超越目前的范围，不再额外劳动，不再管那些超出我个人范围的事。”只要还是那些人当政，她发现继续在华盛顿推进红十字会事业希望渺茫。克拉拉考虑另找出路，她把目光转向了附近各州的州长，他们在华盛顿可以施加自己的影响，但她也要面对另一个现实，“旅行、离家、耗光精力和私人钱财”——这些因素不能不让她左右为难。后来她决定集中精力向公众宣传红十字会，要是大众压力足够强大的话，政府必将有所回应。

总的来说，宣传工作是克拉拉在丹斯维尔的新家里完成的，她对新家做了如下描述：“迷人而又古老的地方，房子里设施齐全，大小 12 个房间，偌大个花园，一英亩的果园，水果应有尽有，从个头不大的夏季草莓，到苹果、梨、樱桃、浆果、桃子和葡萄。”此外这里还有马厩，宅子就在镇上，离疗养院也不远，周围是大山河流等可爱的景色。虽然克拉拉在华盛顿拥有一处住所，但从诸多方面来说，此地才是她童年以来唯一的家，她在这里才能自由自在地安排房间，所以此刻的她摆脱了压力，不必在外面被人招待或四处旅行。这种热火朝天的家庭生活持续六个月后，她对一个侄女说，谁也无法想象她多么爱这里。她设计了一个大菜园子，还兴致勃勃地提高菜园的产量，她做馅饼、果酱，连地下室也被她装得满满的。她弄来一只小猫，取名汤米。猫“几乎成了宅子的主人”，被宠上了天。这猫早饭要吃生牛排，“喝真正的茶，茶里还要稍稍放糖，喝不少牛奶，下午再吃上一小碟饼干”。总之，一位来客写到，她的宅子里“凡是与健康、舒适和幸福相关的，几乎应有尽有”。这么好的生活克拉拉不想独自享用。明娜和范妮继续与她同住。汉娜几乎也不离左右，偶尔克拉拉还要接纳借宿者。萨姆和艾拉已经离开，虽然小男孩的病情没见好转，为此克拉拉还犯过愁，但她依旧敦促其他人过来接替他们。克拉拉从1877年就请哥哥大卫过来，1880年大卫终于来了。他说这里如同“庄园”，还说他的小妹妹“对我关怀备至”。克拉拉喜欢朗读小说和诗歌，她喜欢请邻居，特别是他们的孩子过来聆听。“我恨不能马上赶到巴顿小姐家去，傍晚坐在厨房的火炉旁，”一位年轻女子回忆，她格外珍惜“傍晚那些记忆，我们挤在她温馨的小房间里，听她朗读诗歌”。疗养院的患者、奥斯丁和其他医生也经常来家中做客。镇上那些著名人士渴望接到她的邀请。一名报纸编辑写道：“与巴顿小姐度过的一个黄昏就是一场知识的盛宴。”

客人进来时先派发小册子。当时与克拉拉接触的人喜欢回忆，她坐在“宽敞的、如画般的书房内”，撰写劝说信或改写讲稿。她为自己在法德战争中扮演的角色又起草了一个讲稿。她演讲时内心深感不安，但她希望借此机会宣讲《日内瓦公约》。凡是与她接触的人，她都要告知人家红十字会是什么组织。有时，她把这项艰巨的任务交给与她同住的人来完成。就连孩子也被拉了进来。当时与克拉拉同住的侄女还记得听过红十字演讲，因为听的次数太多，她差不多都记在心里了。这位侄女写道：“我吸收了每一个字……她发现我把该记的课文都学透了，有时她忙得无法分身，不能一一接见客人，我就被派出来接待他们，给他们讲他们想听的故事。我还清楚地记得她是怎么与客人握手的，然后她找个借口又返回书房，说请我的小侄女招待他们。”

在克拉拉款待或劝说过的那些人里，还有丹斯维尔神学院的教师和学生，这是一所私立神学院，教室离她家不远，通过这所学院克拉拉才与另一个男人相遇，后者将成为她最忠诚的支持者。朱利安·哈贝尔是个身材不高、说话腼腆的男子，他那双眼睛如同被惊吓的小鹿，他是学院的科学教师和共同院长。这位来自艾奥瓦的男子从小就崇拜传奇人物克拉拉·巴顿。1876年，他来到丹斯维尔，发现克拉拉也在镇上，感到无比兴奋。哈贝尔喜欢在克拉拉家里度过的那些文学黄昏，很早就开始支持红十字会的事业。他兴致勃勃地在克拉拉的办公室和神学院的教室里架起了电话线，请求他的女英雄允许他协助她的工作。经过一番考虑后，克拉拉对他说，她需要一名医生的帮助（是阿皮亚提出的建议），要是他真想在红十字会方面对她有所帮助的话，他应该读医学学位。为讨好克拉拉，男青年先是跟当地的一名医生学习，后来入读密执安大学医学院。

哈贝尔甘愿改变工作，这既说明克拉拉劝服他的能力，也证明他需要让自己服从更强大的人格。如同克拉拉需要发号施令，哈贝尔也指望她塑造自己的生活。他如同孩子般依赖他人，称呼克拉拉“妈妈”——平时以第三人称把自己当成“她的男孩”。他为克拉拉服务，从中找到了实现理想的途径，帮助人类，又不必引起别人对他的注意，这个角色对他们二人都很合适。在克拉拉为红十字会服务的漫长时间里，哈贝尔始终如一，与她不离左右，显然他的能力也不同一般。不过，他从来也不挑战她的权威或对她的做法提出质疑。事实上，每当克拉拉找他提建议时，他就感觉不舒服。一次哈贝尔对她表示，妈妈一定不要对他的能力期待太高，他不希望妈妈找他提建议，他担心提的建议不好，让妈妈犯错误……他希望妈妈把他的建议当成孩子的建议，在经过缜密的评判之前，不要按照他的建议行事。他以献身精神追随克拉拉，也在每一个方面把生命送予了她。在克拉拉那里，她好像喜欢过哈贝尔，但她很快就不再那么珍惜了。在克拉拉的书信和日记里，她很少提到哈贝尔。哈贝尔既没有成为她思想上的伙伴，也没有成为无话不说的密友。

在丹斯维尔那几年，克拉拉恢复了与几个女权组织的联系。在哈里特·奥斯丁的影响下，她对女权运动的兴趣再次高涨起来，此前因为疾病的原因，她无力顾及。她所在的丹斯维尔在地理上接近纽约和罗契斯特，几位女权运动领袖的总部设在那里，所以她们找她更容易，也一再请她在大会上发表演说、撰写文章声援女权运动或捐款。在克拉拉投身红十字会工作前，苏珊·安东尼曾希望劝说她以妇女权利为其新设定的目标。1876 年 9 月，苏珊写道：“我很高兴你的气力正不断恢复，希望你能为妇女解放运动有所作为，如同你当初为奴隶和士兵所做的——如果有你的双手、大脑和良知为我们组织、安排、激发和率领这支大军，那我们的运动将轰轰烈烈地进行下去——赶紧养好病，我亲爱的，来帮助那些在妇女服务方面已经精疲力竭的人们。”即使在克拉拉已经把大部分时间投入红十字会以后，女权主义者还在呼吁她的帮助。纽约妇女选举权协会秘书就曾发出呼吁，“等你拥有选举权之后，你会把工作做得更好。”

在1876年至1882年间，克拉拉虽然繁忙，但还是接受了她们发来的不少邀请。她为女权主义者出版的几种刊物写信或文章，热情地订购《妇女杂志》，在凡是可能的情况下，公开支持女权运动。克拉拉在汉娜的陪同下，出席了1878年在华盛顿特区召开的全国妇女投票权大会（虽然她的“座位可怜”，被安排在会场后面，但她还是被认了出来，在一片欢呼声中被请上了讲台）。1879年的装饰日，在她歌颂战士的同时，也大胆地站出来为女权运动说话。她宣布：“美国妇女：是你们中的一员让我感到多么骄傲，自从成为女性以来的那些日子，我始终为此感到骄傲。亚伯拉罕·林肯说过，没有妇女的帮助，叛乱就不能平息，国家也无法拯救。从那一刻起，我就开始统计所有女性公民。”（次年，克拉拉应邀在丹斯维尔7月4日国庆日上朗读独立宣言。请妇女朗读宣言，此前还闻所未闻。还是在同一个场合，主题演讲者用了45分钟抨击女人选举权运动，结束时宣布说，“妇女应该生活在自然和自然神指派她们的地方”，克拉拉坐在那里怒不可遏。）虽然克拉拉参加了不少女权主义活动，还不顾压力继续参加更多的活动，但她并不想成为这场运动的领袖。如她在19世纪60年代末所做的，她希望走自己的路，不让自己被任何一个团体的政治抱负所左右。她投身红十字会事业后，也变得很敏感，生怕红十字会与女权运动联系起来。她不希望华盛顿的政客们在评价她的提议时带有偏见，所以她也相当谨慎，不让自己的名字与国会或政府领袖不欢迎的运动连在一起。她自己的兴趣更多地指向妇女实际的社会福利，而不是投票权。正因为如此，她才为独立经营农场的女性喝彩（“她种地，她不是在演戏，伸到泥土里的是她的双手”），还苦口婆心地劝说年轻女子追求自己的事业。然而，不少女权主义领袖也感到不满，因为克拉拉没有把妇女投票权摆在第一位，她们中的几位如露茜·斯通还对克拉拉的态度提出质疑。对这些女性，克拉拉还以坚定的（可引用的）声明。克拉拉对斯通的答复是：“你谦虚地问‘我是不是对女权事业那么感兴趣’，我不认为这还值得怀疑。要是碰上你邀请我的话，在你的队伍中可能还有人怀疑，那请你为我送她一句话，姐妹，你还不了解我。”

虽然克拉拉不希望与女权主义者站得太近，但对那些可能帮助红十字会的组织，她仍希望从那里得到好感。她建立的最有用的同盟之一是美联社。1847年成立之初，美联社是电报员松散的联盟，他们组织起来通过才发明的电报系统传递新闻。最初他们不过是希望减少收集新闻的成本，后来才演变成国内庞大的新闻网和新闻社，拥有广大的读者，至此，美联社已经拥有巨大的力量。等到 19 世纪 70 年代末，美联社雇用了一大批记者，设立了数不清的区域性记者站，自己经营了电报系统，在 350 个以上的城市内拥有订户。

负责管理美联社华盛顿站的是沃尔特·菲利普斯，这个年轻人充满活力，曾经发明一套电报代码，他们借此可以把未经编辑的新闻稿发送给各加盟报纸。菲利普斯不仅有创造力，为人也好，平时关注人类的命运，对慈善事业也抱有强烈的热忱。当初在华盛顿找人通融时，克拉拉遇上了菲利普斯和他的助手、旅行记者乔治·凯南。在为联邦军队失踪人员工作时，克拉拉就已经明白有效宣传是何等重要。她还发现，自从内战以来，第三等级的力量要是有什么变化的话，那就是越来越强大了。让克拉拉感到满意的是，菲利普斯和凯南未经多少劝说就发现了红十字会的重要性，他们还积极宣传克拉拉所做的努力，对此，克拉拉可谓心满意足。以上两位记者将成为美国红十字会的创始成员，他们的影响力使克拉拉从中获得了巨大收益。此言不虚，克拉拉曾经说过，这一时期的新闻报纸从来没有发表过哪怕“一个字的指责，也从来没有被那些其自身权利和职业就该挑剔、就该批评的人批评过一句，反而总是得到亲切的、温柔的尊敬，这种尊敬是一个姐姐从高尚的、骄傲的、充满爱意的弟弟那里才能得到的”。

克拉拉也接触美联社以外的记者。在《丹斯维尔广告商》的 A. O. 邦尼尔变成了有价值的盟友。克拉拉还帮助了好几位对报纸感兴趣的女性，如汉娜·谢泼德，她以“巴克艾”的名字为几家报纸撰稿。克拉拉得到的回报是一系列宣传她和她事业的文章，如《普罗维登斯日报》上面的一篇文章就敦促国务院在《日内瓦公约》上签字，以此纪念巴顿女士在内战中的工作，哪怕不是为了条约本身的价值。该文作者指出：“不要让我们自己的南丁格尔继续有理由感到一个共和国比君主国还更不知道感恩，更没有同情心。”克拉拉恨不能让这种文章源源不断地发表出来，于是，凡是遇上可能的机会，她就把消息送给记者，还讨好记者。1879 年夏，克拉拉出席纽约新闻协会召开的大会，会上她接触重要人士，在祝酒词中也没忘记提到帮她宣传的那些报纸。她先对在场的客人提出一个问题：“要不是通过这些伟大的国家领袖和记者，我怎么能接触政府或广大人民？今晚他们终于坐在我的面前，上百人，不对，上千人，来听我笨拙的演说。他们敏捷的智慧能够理解我说的话题，他们是聪明的，能得出正确的判断。他们是有影响力的，会在合适的时间站出来说话。”

同样重要的是克拉拉与共和国大军的联系。共和国大军是联邦退役官兵组成的协会，内战结束后不久，退役士兵就在伊利诺伊州成立了共和国大军。最初他们想要建立的是退役军人俱乐部，后来地方协会迅速发展到北方各州各县。早在1865 年 8 月 27 日，《芝加哥论坛报》就指出，“共和国大军非常强大……将国内几乎每一位退役士兵都召集到麾下，如今已经成为举足轻重的力量。”他们中的不少成员之所以加入，为的是该组织的影响力，而不是战友间的友谊，因为这个感情上坦率的组织在政治上是清一色的共和党人。自从 1866 年以来，退役官兵在每次选举中都利用他们的集体投票来保证他们的候选人获胜。共和国大军对海斯当局不太满意，所以他们的成员很早就把兴趣转向了 1880 年大选的候选人。

从一开始，克拉拉与共和国大军之间的关系就非同一般。说到底，这支大军都是由她的“男生”组成的，他们把她视为终极女英雄，因为她曾不顾枪林弹雨和流言蜚语，在战场上救助官兵。她是共和国大军伍斯特分部的荣誉战士，是共和国大军所属妇女救助团的有价值成员。在丹斯维尔，等克拉拉搬过去后，大军的地方分部将其名称改为“克拉拉·巴顿兵站”。遇上退役官兵聚会、野餐和阵亡将士纪念日等活动，他们总要请她过去演讲，对此凡是能去的她从不推辞，要是去不了的，她就送上诗歌或几句问候的话。一位退役士兵写道，马萨诸塞州第 21 军团每年聚会都请她过来，“大家格外看重她的到场，所以见面后每次都要问巴顿小姐来了没有——同志们每年见面也要问，‘巴顿小姐能来吗？’”当然，克拉拉对他们的好意也总要回报：“你们知道我最崇高的敬意和奉献是属于你们的——我和你们站在一起，就像在过去的那些日子里，你们能送予我的最高荣誉是……承认我是你们中的一员，与你们同甘共苦，不畏风险，此刻，分享你们的信心，不时出现在你们的记忆里。”

1878年以后，克拉拉开始利用与退役官兵的关系来寻求他们对《日内瓦公约》的支持。通过共和国大军，她与约翰·洛根相识，洛根过去是田纳西军陆军准将。他是共和国大军的创始人，三次成为该组织的主席。1879年，他又成为参议院的风云人物。如果克拉拉要请退役官兵支持美国红十字会，洛根的支持是至关重要的。克拉拉坦诚的说话方式和她在老兵中间的声望，足以让洛根和他仍然服现役的妻子玛丽站在克拉拉一边，后来洛根夫妇在宣传红十字方面发挥了重要作用。其他著名的退役官兵也以洛根为榜样，如国会议员R. D.穆赛和菲尔·谢里丹将军。克拉拉在官兵面前发表过无数次演讲，其核心内容紧扣《日内瓦公约》，与共和国大军保卫国家自由的宗旨正相吻合。每次大会和聚会她还随身带上传单。1881年春，丹斯维尔分部通过决议，提请共和国大军"敦促国会使美国政府采取正式行动宣传红十字会这个伟大的慈善组织"。同年6月，在印第安纳波利斯召开的全国集会上，相同的决议也获得通过。

克拉拉希望通过参与竞选活动来巩固退役官兵的支持，为此她也和他们一同支持共和党总统候选人詹姆斯·加菲尔德。

加菲尔德头脑聪明，胸怀抱负，是从社会底层干起来的，他最早在俄亥俄运河上赶骡子。从克拉拉的角度来说，这种人再理想不过了：他既是退役将军，又支持基督教徒的慈善行为，对红十字会这种世界范围内的慈善组织，更不会拒绝。1880年大选前几周，在丹斯维尔举行的一次晚间游行上，克拉拉也走在士兵的队伍里。游行结束后，借着火炬发出的光焰，她在阳台上对士兵发表演说。她首先感谢他们请她发表演说，说这是自己的荣幸，这几句话是她惯用的开场白。她说如同在1861年，她还将和他们站在一起，请大家"用选票来捍卫你们用生命拯救的果实"。她在演讲中坚定支持加菲尔德，称他为"政治家、学者，有良知、可敬重的人"。在退役官兵那里，她推开了已经打开的门，那天晚上她的演说迎来阵阵喝彩，对此谁也不必感到惊讶。不过，她在讲话中还巧妙地插入了一封致加菲尔德的贺信，无非是想讨好对方，因为此时加菲尔德已经当选，借此她把这次演讲的效果发挥到了极致。克拉拉希望拜见总统，但又不希望以讨论红十字会为借口，她说见总统"没有任何目的"。但是等加菲尔德回信同意接见她后，她又在华盛顿再次为红十字会呼吁。

加菲尔德总统就职后，克拉拉马上过去拜访。她再次带上古斯塔夫・莫瓦尼埃写的那封信，信的内容是请美国签署《日内瓦公约》。她再次讲述了国际红十字会那个漫长的故事。总统热情地接待了她，不知是不是因为克拉拉的积极助选，还是因为总统对这个话题真正感兴趣，反正总统答应她竭尽全力。如同他的前任，他又让克拉拉找国务院，但这次总统保证让国务院倾听她的陈述。总统建议她亲自把莫瓦尼埃的信送给国务卿，还附上一封短信："请国务卿听听巴顿小姐与此相关的陈述，好吗？"

数日后，克拉拉如约拜见新任国务卿詹姆斯・布莱恩。被她称为斯蒂夫的侄子斯蒂芬・E. 巴顿一同前往，他是真诚的年轻生意人。克拉拉与侄子制订了传播红十字的新计划。他们到达国务院后，布莱恩让他们等了一小时，此时克拉拉的心沉了下来。这不禁让她想起三年前被国务院冷待的情景。后来证明，克拉拉的担心是不必要的，因为布莱恩的为人和对外政策与小心谨慎的前任大不相同。他是堂堂君子，受人喜爱，说话铿锵有力，魅力无穷。他不仅自己胸怀大志，对他的祖国也有抱负，他认为对外政策是重塑美国形象的关键。与苏华德、菲什和埃瓦茨不同，布莱恩相信美国的对外关系应该是灵活的、与时俱进的，不应该固定在门罗主义上一成不变。在他做加菲尔德的国务卿乃至后来做哈里森总统的国务卿期间，布莱恩使美国逐渐走出了长期执行的孤立主义政策。他通过泛美联盟促进了与西半球之间的关系，还劝说参议院通过国际版权法和禁止奴隶贸易法等条约。他非但没有把《日内瓦公约》视为对美国的威胁，还欢迎公约使美国与其他成员国可能建立的巩固关系。

布莱恩耐心地听取克拉拉解释她的使命，按照斯蒂夫的说法，"克拉拉讲得语言到位，让人感到高兴"。布莱恩提了几个问题，要走一本小册子，又讨论了经过什么程序才能签署条约——他相信要先请参议院和战争部同意才是。布莱恩建议克拉拉尽快拜访战争部部长罗伯特・林肯，还答应她"为办成此事通力合作"。让斯蒂夫和克拉拉感到高兴的是，他对他们保证，他"完全同情红十字会"，"如需参议院采取行动也不成问题"。布莱恩最后说："门罗主义不是用来抵挡人类的。”

次日，克拉拉和她的侄子赶到战争部拜见部长。等他们赶到时，发现部长没在部里。好在他们再次拜访时，部长耐心地听取了他们的介绍。克拉拉也顾不上那么多了，她要触动对方的情感，只要对她有利就行。她竟戏剧性地流下了泪水，对林肯说，她请求接见的真正目的，是想向他著名的父亲对她的帮助表达谢意。虽然克拉拉与亚伯拉罕·林肯仅仅见过几次（时间不长），但她对林肯的儿子说，她“与林肯总统很熟”，他曾怀着伟大的善意帮助过她。克拉拉回忆说：“我还没说完，眼泪就出来了，我没控制住泪水，感到很不好意思，但当我抬起头时，发现作战部长也落泪了。”（克拉拉似乎还没发现，她在国内一再呼吁妇女要坚强要勇敢，女性的泪水与她的公开呼吁岂非南辕北辙？她不仅没意识到这点，还因用眼泪打动对方而沾沾自喜，如同她以同样的技巧在1862年感动那些将军。）感情的纽带确立后，林肯部长向克拉拉保证，只要布莱恩推荐，他一定支持红十字会。

以上拜见，连同日后她成功拜见财政部部长威廉·温德姆以及好几位著名的国会领袖，无不使克拉拉有充足的理由乐观起来。斯蒂夫兴高采烈地写道：“她手握‘十字’，与总统、内阁成员、参议员和众议员接触，如履平地。我高兴地指出，她的努力能打动众人，此后的前景也让人感到鼓舞。”克拉拉朋友们的来信也使她欢欣鼓舞：“当我听说你是如何完成使命的，我们高兴得要喊了出来。”哈里特·奥斯丁还欢呼说：“也就是说，有权势有地位的男人们也对你的使命发生了兴趣，我们希望你的努力大获全胜。”即使平时悲观的克拉拉也因加菲尔德行政当局的支持而大胆起来，向日内瓦国际委员会汇报说她初战告捷。她在信中告诉他们，“我要向你和你们高尚的协会送去初次胜利的话语。”的确如此，那年春天似乎不会再发生意外。莫瓦尼埃接到克拉拉的来信后，致信布莱恩，再次正式吁请美国签署《日内瓦公约》。数周后莫瓦尼埃接到回复，国务卿在信中确认了他对实现目标的承诺。此外，参议院对布莱恩发出正式命令，请他把与条约相关的材料报送参议院。

成功指日可待，此时克拉拉制订计划，成立红十字会美国分会。她的计划不乏实际意义，因为条约一旦签署，需要一个机构来处理事务。克拉拉相信，在政府采取行动之前，也有必要让社会知道红十字运动的存在。在此之前，她一再听取来自男士的建议，如塞缪尔・拉姆齐，他曾建议她把精力集中在签约上，等条约签署后，再动手组建全国红十字会。但克拉拉现在相信，要让更多的人支持她的事业，而不是一两个人，所以她感到有必要倾听更多的建议，接受更多的帮助。于是，她把对红十字会格外感兴趣的人召集起来。1881 年 5 月 12 日，她在参议员奥马尔・龚格尔家里召开会议，与会者人数不多。

克拉拉再次解释红十字会的目的和成立全国协会的可能性，说她急需帮助才能把工作继续下去。与会者坚定支持成立美国红十字会。虽然如此，这次会议和此后的会议仍然没有得出最终结论。5 月 21 日，克拉拉第三次呼吁与会者正式成立美国红十字会。一位与会的女性回忆说，现场所有椅子都推到了墙边，威廉・劳伦斯法官主持会议，克拉拉表情庄重，站在房间的一侧。她使出所有的力气，绘声绘色地讲述战争的恐怖，还有那些因得不到救治在战场上死亡的官兵或因缺少救济而倒下的穷人。讲话结束后，她恳请与会者帮助她，坦言她很泄气，不知道还要不要或能不能继续这项工作。“我请各位依次站起来，告诉我该怎么办。”她同时宣布说，如果大家不支持她，她便要就此放弃。第一位说：“要继续下去。”其他人也依次做了相同的表态。一位在场的人写道：“我们当即宣誓，忠于红十字，我们发誓要把工作进行到底。”

那天夜里，22 个人成为美国红十字会创始成员，他们来自不同的行业，既有著名的政治家，也有克拉拉的老朋友。在凯南和菲利普斯之外，几位报业人士也在章程上签了字，他们中有理查德・希顿，他是著名作家，专门写大西部；查尔斯・厄普顿、约瑟夫・霍姆斯和约翰・希茨也都是有影响的人物，他们在欧洲各有各的关系；劳伦斯法官和所罗门斯是被人尊敬的生意人和慈善家，他们在华盛顿特区名声显赫。不过，他们中显然没有政府官员或世家子弟。克拉拉反复说自己出身“平民”，与他们在一起令她感到不自在。其实她也知道，社会关系复杂的人可能对红十字会大有好处。还有一个事实也值得注意，此时那些有钱人对慈善活动的兴趣越来越大，但在红十字会的创始人里，却没人登上华盛顿的名人录。克拉拉从来也没把那批人揽到自己的麾下。

5 月 21 日，创始成员们通过并签名的红十字会章程与 15 年前战场苦难救助协会所列宗旨一脉相承：争取在美国接受《日内瓦公约》；争取美国政府官方承认新设的美国协会；在全国范围内实施救援；与其他红十字会协同行动。数周后大家再次见面，在这次见面会上克拉拉被选为主席，劳伦斯法官为副主席，所罗门斯为财务部部长，凯南为秘书。当布莱恩向克拉拉保证，他欢迎该协会成立的消息，此时美国红十字会的未来才得到保证。

不过，数周以后，加菲尔德总统遭到枪击，刺客是要当官但没成功的人。那个夏天，加菲尔德总统命悬一线，他的性命徘徊在生死之间，政府的活动陷入停顿，众官员在一旁观望，不知副总统亚瑟能不能接替他。加菲尔德遇刺是国家的悲剧，对克拉拉来说也是个人的灾难。有关《日内瓦公约》的安排被迫推迟，不仅如此，克拉拉也不能确定亚瑟的态度，甚至布莱恩国务卿能不能续用也未可知。11 月，加菲尔德逝世，这时才传来让她深感不安的消息，布莱恩续任到 12 月为止。

仿佛以上不确定性还不够，等到 1881 年夏季，又出现一些大大小小的麻烦，让克拉拉寝食难安。美国红十字会成立的消息才公布出去，她就收到了大批来信，有人希望成为会员，有人希望成为代理人，还有救援社团希望得到援助。克拉拉没料到来了这么多信，一时不知所措。此时，协会还没有被正式批准，克拉拉和协会其他成员希望先请国会颁发执照，这种执照能说明协会已被官方承认，地位如同政府其他部门。那年春季诸事顺利，对克拉拉来说可谓喜出望外，她甚至相信国会能为协会拨款——或许能得到战争部预算的 1.5%。但劳伦斯和其他会员则更希望协会在私人层面上运作，在哥伦比亚特区注册，为吸引大人物的参与再借用政府的影响力。克拉拉不同意他们的建议，也对他们的初次挑战大为不满。最后他们达成妥协：协会暂时在华盛顿特区注册，等国会批准后再行研究，协会会长履行顾问理事会会长的职责，顾问团成员包括红十字会成员和政府及商界知名人士。然而，还没等这边稳定下来，那边又出现了麻烦。当初签署《日内瓦公约》时，与海战相关的几个条款虽然被接受下来，但还没有被各成员国批准通过。国务卿布莱恩研究了原来的协议和新订的条款，不知怎么办才好。他询问克拉拉，克拉拉被迫承认她也不知道到底参议院应该批准哪一份条约。她写信给莫里尼埃，请示他该在哪一份条约上签字。最后莫里尼埃回复说，美国在最初的条约上签字即可，因为其他条款尚未正式通过。

那年夏季，出来竞争的团体越来越多，克拉拉为此也感到心烦意乱。原来她没有预见到大规模的宣传活动产生的影响，此时才发现竞争者们也希望站出来接过美国红十字会这面大旗，对此她感到既迷惑又伤心。一个名为詹姆斯·桑德斯的人成立了一个组织，取名“红十字社”，他声称手下拥有 2000 多名会员。1881 年夏季，他还出版了一份名为《红十字报》的简报，他声称，因为其社团早在 1879 年已经存在，所以对克拉拉或其他任何人来说，他们都没有资格站出来组织红十字会。还好，桑德斯的简报还有他所谓的组织旋生旋灭，但克拉拉还是受到不小的震动。

同年，妇女全国救援协会构成了更为严峻的威胁，该协会后来被称为“蓝锚”，因为这个团体以蓝锚为徽章标志。凡是国内国外与救援相关的活动，都在这些女性的关注之列，但她们的重点是在美国海岸设立救生站。让克拉拉感到不舒服的是，她们也希望加入《日内瓦公约》。更让克拉拉对“蓝锚”感到痛苦的是，这个团体是汉娜·谢泼德和范妮·阿特沃特创建的，这两个女人曾经生活在克拉拉的屋檐下，得到过她的关照，如同安娜·齐默尔曼和众多崇拜克拉拉的其他人，汉娜和范妮对克拉拉感到绝望，与她分道扬镳。汉娜在其团体的简报《阿尔法》和其他地方发表文章，声称若是“蓝锚”希望“对国外敌对国家实施援助的话，蓝锚有权在自己标志之外使用红十字”。等到 1881 年秋，“蓝锚”宣称已经建设了 50 座救生站，还在国内建立了几个救援分部。更糟的是，汉娜还想方设法吸引新闻报纸和名人妻子加盟助阵，第一夫人也名列其中。仿佛这些还不够，汉娜还对克拉拉的组织的合法性发出挑战。一篇措辞严厉的文章指出：“‘妇女全国救援协会’不求国会帮助。该协会是妇女们的协会，不是一个妇女的协会。协会的宗旨是人民第一、成绩第一、会员第一，不是把一个人奉为神明，而是推出众多为伤员服务的、神圣的南丁格尔。”

汉娜的文章没有提到她们失和的原因，但克拉拉所受到的一系列伤害却是严重的。以她的性格，她不会欢迎再出现一个与红十字会目标相同的组织，汉娜的恶意也使合作化为泡影。此时参议院对《日内瓦公约》一事尚未最终做出决定，所以克拉拉担心参议院可能改变态度，毕竟“蓝锚”吸引了不少名人，果真如此的话，参议院把“蓝锚”视为红十字会在美国的正式代表也不是没有可能。克拉拉的一贯作风是夸大威胁，汉娜及其同伴出现后，她再也无法入睡，感觉自己被人迫害，孤立无援。古斯塔夫·莫瓦尼埃和国务卿先后为克拉拉打了保票，说他们坚定地信任克拉拉和她的组织，但克拉拉还是以为汉娜她们最终会胜出。不仅如此，克拉拉也憎恨美国红十字会会员对她不闻不问，她绝望地写道：“大家都忙，让我一个人来应付，如我清楚发现的……我不相信协会的任何会员在这种艰难的时刻能派上用场。他们忙得分身乏术。”

面对汉娜她们的攻击，克拉拉几乎没法为自己辩护，转而经营自己的社会关系，发展组织，确定目标。她 7 月返回丹斯维尔，采取步骤实现上述设想。1881 年 8 月 22 日，她与杰克逊、奥斯丁及镇上的其他名人发起成立第一个红十字会地方分会。大家组成了一个结构松散的团体，每年会费 25 美分，《丹斯维尔广告商》说他们“正走向正确的方向”。数周后，在苏珊·安东尼的帮助下，纽约州的罗契斯特也成立了一个分会，苏珊将此视为机遇，目的是让妇女走进这个将来必然强大的组织。在接下来的几个月内，纽约州的锡拉丘兹县和奥内达加县也成立了相同的地方协会。

9 月中旬，一场灾难为红十字会提供了考验其善良动机和力量的机会。连续干旱、一连数周的西南风和定居者们的粗心大意，酿成了一场森林大火，大火横扫密歇根州，造成巨大的财产损失，近 500 人丧生。因风势太大，大火失去控制——据说，在 7 英里外的休伦湖岸边也能感到大火的炙热。克拉拉听说火灾后连忙发出呼吁，请求捐助衣服、食物、家庭用品和钱款，指示丹斯维尔分会负责协调捐助。她对灾民充满同情，但也清楚地发现，这次机会对其不断扩大的组织至为重要。她告诉劳伦斯法官：“我们向地方协会发出号召，紧急援助灾区，这么做能使我们的协会地位更牢，名气更大。”

9 月末，克拉拉开设车间，目的是为密歇根州的灾民接受、分拣捐赠品。他们从罗契斯特红十字会收到 2500 美元，从丹斯维尔分会收到 3800 多美元，此外还有不计其数的衣服、工具和床上用品，克拉拉指派丹斯维尔报社编辑的儿子马克·邦内尔赶往密执安，监管财物分发。此时，朱利安·哈贝尔正在密执安大学读书，他离火灾现场不远。邦内尔过来后，与哈贝尔联手救灾。克拉拉继续募集款物，她不仅为火灾受害者呼吁援助，还借机接纳成员。凡是遇到灾难场合，美国人一般都能慷慨解囊，她说："但是，还没等灾情得到缓解，他们捐赠的款物就被不负责任地处理了，往往被无耻地浪费或挪作他用。因此才需要一个系统的、可信赖的组织，如红十字会。"所有上述活动——演讲、发布简报和指派救灾人员——都未经过红十字会执委会的同意，甚至连讨论也没有——克拉拉不幸的管理方式就这么开始了。不少会员连她的计划也不知道，颇为烦恼。为了安抚他们，克拉拉赶紧写了一封道歉信，希望他们原谅，以站不住脚的借口为自己辩护："那我也不会改变做法。"

哈贝尔和邦内尔考察了密歇根州的灾情，发现官方报告或新闻报道没有夸张。哈贝尔告诉克拉拉："要不是亲临现场的话，即使有人对我描述，我也不能相信。"被大火烧毁的不仅有庄稼、房舍、牲畜，就连那些文契汇编和个人文件也化为灰烬。哈贝尔相信，灾民急需住所、床铺和床上用品，此外就是用于重建的钱款。他和邦内尔彻底检查了灾区，以确定受灾最重的灾民最先得到帮助。

虽然克拉拉撰写长文，以生动的语言描述红十字会在密歇根州的活动，渲染"我们这个组织的帮助与力量，哪怕年轻没有经验"，但这次红十字会所起的作用显然不大。来自各地的捐赠相当大方，但这些款物还不够重建 1500 个被毁的家园。不仅如此，邦内尔和哈贝尔还发现，密歇根州当地的慈善家不仅慷慨解囊，而且在分发款物方面也组织严密。哈贝尔对克拉拉报告说："邦内尔才从灾区赶回来，他对当地的工作方式极为满意，说他们进行得井然有序，不必干预。"的确如此，在救灾方面，各地方委员会你争我赶，生怕落后，甚至发生意见分歧，后来密歇根州州长不得不正式指派一个委员会协调各方赈灾。克拉拉提出不同意见，认为红十字会没有得到足够的关注和承认，哈贝尔听后劝她说，各方意见不一，正说明需要一个固定的组织接管所有慈善工作。最后克拉拉也不得不接受现实：红十字会是众多慈善组织之一，在密歇根州赈灾活动中所扮演的角色并不重要。

虽然在建立地方分会方面克拉拉取得了成功，在密执安的救灾活动中红十字会所取得的成绩也足可称道，但那个秋季对她来说却格外压抑。她紧张地注视切斯特·亚瑟接任总统，亚瑟在对外关系上的政策还不明朗，他与克拉拉及其支持者也没有多少联系。国务卿的儿子沃克·布莱恩被请入“蓝锚”的执行委员会，而此时的“蓝锚”似乎在规模和影响上越来越大。焦急的克拉拉需要建议，她和约瑟夫·谢尔登一同拜访亨利·贝洛斯，后者尽其所能地安抚克拉拉。他说，她取得的成绩是他办不到的，虽然汉娜她们一再请他出面，但他依然坚定地相信克拉拉的红十字会。克拉拉依然觉得身边没人帮助。斯蒂夫已经回去做他的生意，哈贝尔在读医学院，仿佛没有其他人愿意或能够过来帮她。她甚至连经济压力也没有摆脱。那年年末她写道：“我今年要将所有的收入，从每一个地方弄来的每一分钱，都投入到《日内瓦公约》上，如在过去10年里我在很大程度上所做的，但等到使命完成后，我希望可以轻松不少。”

11月末，公约一事终于发生逆转，亚瑟总统在其对国会的年度咨文中提出，毫无条件地支持接受“那个人道的值得表扬的”《日内瓦公约》。克拉拉如释重负，再度赶往华盛顿，这一次她计划在那里安家落户。克拉拉知道，接受条约的关键是参议院，所以在接下来的两个月里，她接连拜访政治家，争取阿尔维·阿迪对她的支持，此人是新上任的国务卿三等帮办。克拉拉以其严谨的逻辑和恭维话，说服纽约参议员拉帕姆支持议案。她又举行大规模招待会，款待马萨诸塞州的国会议员代表团，使用的餐具是从朋友那里借来的价值不菲的瓷器。红十字会最近那次在龚格尔参议员家乡所做的救灾工作巩固了他先前的支持。参议员威廉·温顿、乔治·艾德蒙兹、约翰·摩根和乔治·彭德尔顿——以上各位均为外事委员会委员——似乎也没有异议。更多的帮助来自新闻界。著名记者本·普尔允诺把他熟悉的几家印刷厂争取过来。弗兰克·莱斯利撰写了一篇歌颂红十字会的社论，他所在的杂志在当时很有影响。沃尔特·菲利普斯和乔治·凯南通过美联社隔三差五地向外传递新闻。就连克拉拉的生活条件也出现好转，她离开了原来冷飕飕的房间，搬入威廉·弗格森牧师气氛活跃的家里，他们是内战时认识的，弗格森也是美国红十字会的创始会员。与允诺和期待相伴的是拖延和失望。政府官员最后才决定哪部分条约需要签字，但他们对通过这个条约的程序又不能达成一致意见。一部分人相信，总统签字就可以了，另一部分人认为，条约需要国会两院通过才行。等到 1 月 31 日，参议院外事委员会才决定《日内瓦公约》如同其他任何条约，仅需参议院同意和总统签字即可。“蓝锚”的领袖们继续围攻克拉拉，对其个人实施骚扰，还成功地说服了至少一名关键的参议员。心烦意乱的克拉拉又陷入了自怨自艾：“我不在乎谢泼德夫人和范妮做什么，要是我此刻不遇上她们，要是我的生活不被她们搅乱的话，哪怕她们把阳光从我这里夺走我都愿意。”1882 年 2 月 6 日，她浑身乏力，跪倒在床边，满含泪水，祈祷指引，发誓说，等条约通过后，就把工作放下。她在日记里写道：“在上帝的帮助下，我将义无反顾地战斗到最后，哪怕没有支持，只要借助上帝……这是指示和纪律的一天，我希望不要失去。”

三周后，克拉拉仍然不知道条约进展如何，又开始自问，“我是不是个怪人”，于是她拜访了助理国务卿。让她感到意外的是，对方递给她一摞又大又软、没有装订的书页，就是《日内瓦公约》的正式副本。他对克拉拉说：“国务院一般不把没有签署的文件示人，但我们对你不怕破例。我们想让你看看合不合适。”那上面每一个字都是下了一番功夫才翻译出来、传播出去的，克拉拉读到那些熟悉的文字才意识到条约真的要签字了，她五年来的工作将以成功告终。翻弄轻软的羊皮纸页，克拉拉抑制不住自己的情绪，泪水从面颊上流了下来。条约“随时”将被签署，心里踏实后，她才匆匆赶往白宫，希望条约在参议院通过后，总统马上签字。

事实上，条约在参议院最后通过前，克拉拉还要度过让她沮丧的三周。3 月 10 日，参议员拉帕姆通知克拉拉，外事委员会通过条约，马上送参议院。3 月 16 日，那一天对克拉拉来说充满了“泪水和感伤”，拉帕姆传来另一条消息，上面写道：“荣耀归上帝所有！”拉帕姆通知她那天《日内瓦公约》在参议院获得一致通过。此时克拉拉精疲力竭，不仅是情感上，身体上也是如此，她在日记里匆忙写下了拉帕姆送来的消息。她用红笔在那一页上方写下“条约通过”，然后又真诚地添了一句：“终于成功了，我等得太久，太虚弱，太伤心，连高兴的心思也没了，只能放下来信，擦拭我疲惫的额头和双眼。”她赶紧通知菲利普斯，但美国人的报纸对参议院的行动不大关注。不过克拉拉仍喜欢记起那个夜晚，等莫瓦尼埃接到她发去的电报时，日内瓦、伯尔尼、巴黎燃起了篝火，欧洲人喊出的“美国万岁”响彻夜空。

《日内瓦公约》的通过是克拉拉·巴顿的巨大胜利。她四处找人，反复呼吁，才撼动了官僚政府。这个政府曾确信，与外国签订任何协定不仅没有必要，还可能伤及美国的自主。克拉拉以其坚韧不拔的精神挑战这种陈腐的观念，其实也是对她个人意志和韧性的考验。再说，她是独自作战，所以就更加难能可贵。虽然她永远无法相信“没人站出来为她助阵”，但确实没人站出来。她驰骋在男性世界里，周围是政治家和外交家，他们没有理由考虑接纳一个连选举权也没有的女性，然而克拉拉还是被接纳了，他们倾听她的想法，考虑她的条约——这足以证明她在内战期间为自己赢得的尊重，她的镇定自若和她那攻无不克的说服力。她的成功不仅要从人道主义目标的角度予以评价——在这一领域她的成功是巨大的——还应从外交工作的角度予以评价，因为《日内瓦公约》通过后，美国开始走出年轻的胆怯，与其他国家一起拥抱共同的理想。经过百年之后，美国红十字会如同一座丰碑，上面铭记的是克拉拉·巴顿的远见、勇气和坚韧不拔。

（史国强　李宏鹏译）

第 13 章

Chapter 13

1882 年初春，克拉拉·巴顿身边堆满了各地发来的电报、信件和明信片，大家祝贺她取得的空前成绩，因为是她促成了美国加入红十字会。此时克拉拉正坐在那里考虑她自己的未来和她一手创建的新社团的前途。大公夫人路易丝骄傲地写道："你为自己的国家出了那么多的力，取得了那么大的成绩，一定感到巨大的幸福。"克拉拉几乎不会这样描述她此刻的情绪。她清醒地认识到，为了让其理想存活下去，战斗才刚刚开始。协会面临来自各方的压力：经济困难、其他协会的竞争、政府的不作为，以及她病弱的身体，凡此种种足以把签字后的条约变成一场徒有其名的胜利。经济上和情感上已是难以为继，因害怕失败又不能就此停歇，在这种情况下，她不得不为自己考虑将来的方向，同时还要为美国红十字会设计未来。

60 岁的克拉拉的个人权力已经达到顶峰。亨利·贝洛斯描述了这一时期的克拉拉："要是她能变成男性，她一定是成功的商人、伟大的将军或值得信赖的政治领袖。"那些描述过她的人在她身上发现了强大的吸引力，他们还发现，在她说到经验和自信时，她的声音是镇定的。一名记者评论说："巴顿小姐的那张脸充满活力，她的声音又低又甜，但却有一股张力，音色纯正。当她提高声音时，因为收放有度，她的声音变得清晰悦耳，与演说相差无几。”18岁时那张普通的脸和40岁时“那张充满兴趣的脸”如今已经让人看不出年龄大小。在克拉拉生命的最后30年里，她的形象将不会发生太大变化。艺术和自然共同抚平了时间印在上面的皱纹。她的头发已经染过，但梳成了“老式的发型，从鬓角向后卷起”。大多数与她见过面的人以为，她不过50岁上下。就连与她过从甚密的埃尔维拉·斯通也感到惊讶，因为中年后的克拉拉几乎没发生变化，她不禁惊呼：“时间在你身上停止了不成？”

虽然容貌变化不大，但是随着年龄的增长，她的性格却变得更坚强、更谨慎。原来那种庄重的仪态如今又平添了严厉和专横的色彩。过去那些崇拜者称她是“我可爱的天使”，如今就连她身边的亲信也要把她当成“女王”或“伟大的我”。虽然在公开场合她说话还讲分寸，但在私下里她对那些与她持不同意见的人却是言语刻薄。从她自己的角度来说，最可悲的变化是她不再幽默了。她对昔日的学生说：“我总是担心自己不如30年前那么风趣了。这期间发生了太多太多，让人高兴不起来。我生怕清晰的笑声里那种欢乐的银铃声被时光偷走，哪怕我自己的耳朵还能记起来。”

克拉拉成熟的性格是复杂的，不安和坦率，固执和灵活，各种特质相互交集，往往又相互抵牾。尽管她拥有巨大的个人魅力——有时几乎达到了迷人的程度——但她本人从来不相信别人对她的爱戴，还想继续从朋友那里寻求表扬，从公众那里寻求赞誉。然而，一位朋友证实说，她对“自己驾驭形势的能力的评价是公平的、准确的”。无所畏惧、高度自信、张弛有度、不温不火，这种领袖人物的表情才是她希望外人看到的。掩盖在下面的情感是热烈的，几乎也是她无法控制的。胆怯还在与她纠缠，使她不能面对新的挑战和新的面孔，虽然她已经掩盖得很好，仅有几个人猜出了她的羞怯。她对朋友无比忠诚，在无数的通信里，她联络的人多得无法计数：她父亲过去雇用的人、没有太多印象的学生、八竿子打不着的亲戚。此外，她也看重那种宛如亲人的关系，如她对待心爱的范妮姨妈。克拉拉珍视这些朋友的友谊，她也生怕大家不能回报她的爱，乃至她的日记里不时流露出妒忌和自怜。她外表严肃、平和、从容不迫，把波动的情感深深地隐藏在下面。

她内心羞怯，害怕被人拒绝，而掩盖在下面的却是强烈的孤独感和与这个世界诸多方面的格格不入，甚至从少女时代起，她就不大合群。克拉拉感到，她与马萨诸塞州的那些亲戚之间存在一种疏离感，后来她又选择独身，以事业为理想，这又使她无法从家人那里得到普通人那种安全感和家庭关系。一次，她感到被家人伤害了，因为他们没有对她取得的成绩表现出热烈的回应，她对一个侄女说，“太不正常了……我永远也无法理解，只有陌生人才对我取得的成绩感兴趣，我的家人却无动于衷。这种成绩是打了折扣的。”在克拉拉的一生里，她曾再三再四地设法弥补没有家庭造成的缺憾，为此她索性“收养”外人，如海茨敦的诺顿夫妇，或组建一个形式上的家庭。但是后来在丹斯维尔，那些进进出出的大龄处女、红十字会员工和她喜欢的侄子们，不知什么原因却没有形成她所希望的那种紧密而又互助的家庭关系。到了后来，哪怕她有无数的朋友，她还是转向日记或书信倾诉她的孤独感。1881 年 11 月 30 日：“道路是无聊乏味的，经常没有光明，总是孤寂的”，在接下来的 1 月份，“我发现我将独自走下去，我要横下心来，哪怕他们各奔东西。我要赤膊上阵，独自进行下去”。有时孤独还遮掩了她取得的最伟大的成就，让她感到四顾茫然，无所依傍。一位朋友抱怨说，她不过是养活了一个大家庭，克拉拉不无伤感地回信说：“还好，你有自己的孩子，都是你自己生的——我一无所有。”

克拉拉总是投身工作，这么做的目的不仅仅是强迫自己从反思中走出来，还是为了填补那些孤独的时光，推动自己取得更大的成绩。外人的认可是她的一大动力。后来她还将更多的精力投入工作，这么做不仅仅是为了逃避，也是为了填补没有家庭造成的遗憾。她把红十字会称为孩子，以母亲的口吻说到自己应负的责任。她不止一次在信里用到这一比喻，“如同其他孩子，据我估计红十字会一定也有自己的天敌……遭遇妒忌、诽谤和丑化。孩子的母亲一定要站在孩子身边，等孩子安全为止，有时母亲感到她正站在暗处注视自己的孩子，对此你也不必感到意外”。她在写给哥哥的信中还辩解说，她可以想象他以为妹妹没有什么值得做的了，“既没有鸡雏也没有小孩需要照管，不必投入太多”，但她对哥哥说，红十字会足以填补那种需要。确实如此，她把自己的责任视为家庭成员的责任，沾沾自喜地说："我自己也不想从这个角色上退下来。"

与此同时，克拉拉还感到工作不仅仅是自己找来释放能力和内心情感的方式，而且也是一种神圣的使命。如果说其他人能够拥有家庭、孩子和被世人接受的位子，那么，她命里就该拥抱全人类。她后来把自己视为"在这一方向上为神服务的工具"，祈祷上帝发现她"还能称职，是那种真正的合适的金属炼出来的材料"。克拉拉相信，是上帝把红十字会托付给她的，所以从这个角度来说，她还要继续与初生的红十字会相伴左右，因为这是神的安排。她建议一位与她同名的伙伴克拉拉·巴顿·科尼特尔："要是神让你完成一项使命的话，你就没权评价自己所做的工作。你要不折不扣地履行使命，完成之后把使命再交到上帝的手上——请他来评价。"她说，要是上帝把工作托付给她的话，上帝会告诉她什么时候停下。显然1882年年初她还不能撤出来。

上述原因连同她发现的红十字会最初遇到的那些麻烦，迫使克拉拉在红十字会最初那几年继续担当会长。不过，虽然她不想就此隐退，但从各种角度来说，她的决定与她的先见之明又发生了抵触，她原来的预见是正确的：红十字会"从来也不是被人疼爱的孩子"，从来也没有"溺爱的教父教母"隔三差五地送来礼物。上次为了让政府承认条约，克拉拉个人承担了全部费用。现在，她被迫揽下协会成立之初发生的各种费用，除非她能从政府或私人那里得到帮助。一年之内，她将被迫自掏腰包来维持红十字会的运转。她被迫给银行写信，信中尴尬地解释说，她"未来几年花钱不能大手大脚的"，红十字会支出不小，她会"想方设法不透支"。红十字会的工作也几乎弄得她走到感情透支的边缘。她疲劳，生病，最后确信红十字会要耗光她的所有气力，几乎是在加速她的死亡。克拉拉诅咒那些内讧，那些倾轧让她感到不幸，她渴望逃入乡间的房子，"生活在户外，四周安静，没有纷扰，接触大自然——书籍和我自己。"但工作是她的使命，是她生命的依凭。在此后的20年里，她将连任美国红十字会会长。

政府承认《日内瓦公约》后的几个月里，红十字会最初遇到了好几个亟待解决的问题。其中最棘手的是没钱。克拉拉自己的钱包和会员捐赠的所谓的钱款不可能让红十字会无限期地运转下去。她连买邮票都得用自己的钱。她曾说，红十字会“早就该从一个女人的小口袋里走出来了”，她这么说也是公平的。克拉拉希望劝说国会每年为协会拨款，如此一来，红十字会既可以在经济上自立，又能拥有足够的地位与联邦政府周旋。不过，内战结束后，克拉拉领到 15000 美元，她知道有人对此不满，所以她不希望自己的名字出现在申请报告上，也不想让人感到她是在要薪水。克拉拉也尝试请政府拨款，先请政府按战争部预算的 1% 拨付，后来希望政府根据实际需要按年拨付，但两种设想均未成功。国会把红十字会视为私人组织，以为红十字会不过是按照《日内瓦公约》的原则开展工作。他们还担心资助这种慈善团体可能打破惯例，引起其他团体竞相效仿。克拉拉能落实的不过是从国务院预算里拨出的 1000 美元的印刷费。

因为没有政府明确的支持，克拉拉只好调转方向，找私人要钱。1882 年最初那几个月，她以书面形式发出好几次吁请，尽可能利用报纸传递她的紧迫感。她对《妇女日报》的一位记者说：“我仍然希望继续填补亏空，等到钱财更多的人理解这场运动的重要性，进而捐助钱款……这个国家要是有 1000 个人知道这次机会的话，要是发现协会的未来的话，不捐款他们是不会入睡的，可现在的情况是他们把钱捐给了陈旧落伍的大学，还以为自己的选择是聪明的。”以上这些呼吁，乃至之后所做的种种尝试，不过是零散的行为，没有明确的目标，所以也没有引起多少回应。国内若发生大火、洪灾或流行病，红十字会还能收到源源不断的捐款，即使如此，克拉拉还是没钱花在办公室秘书和纸夹上，以上几项才是她的燃眉之急。

克拉拉既希望从政府那里得到资助，同时又迫切需要政府正式承认美国红十字会为《日内瓦公约》在美国的正式代表。如她很快就发现，必须马上与美国政府之间建立正式关系，不然她的协会也很难被国际红十字会委员会接纳。古斯塔夫·莫瓦尼埃从日内瓦来信说：“我们需要明确地知道你们政府已经准备在战争爆发时同意你们的服务，这一点是重要的……你们要得到政府的正式承认，进而取得有利的地位，不然我们就师出无名了。”克拉拉被弄得焦头烂额，她发现申请国会授权、确立关系也是拖拖拉拉的，速度之慢如同上次请他们批准拨款。她尽其所能要为协会营造一种官方形象，于是她劝说总统和所有内阁官员挂名“顾问委员会”，请亚瑟总统公开宣布，承认《日内瓦公约》并在上面签了字。她还接触了新任国务卿弗雷德里克·弗里林海森，把问题解释了一番，然后是几次痛苦的书信往来。她从国会被打发到战争部，然后是白宫，再返回国务院，最后才成功地系牢了“我编织的那件工作的两端，一针又一针，前后编了5年”。与一系列漂亮的印章和好几道彩带一同发往日内瓦的是美国政府对红十字会的正式承认。1882年6月9日，国际委员会正式接受美国红十字会，这时克拉拉才长长地舒了一口气。

一方面克拉拉迫切希望官方承认她的协会，另一方面她又感到来自“蓝锚”协会的挑战在不断加剧。参议院通过《日内瓦公约》后，汉娜·谢泼德对克拉拉和红十字会的攻击也并未结束。报上继续刊登那些明显是出自对方恶毒之手的文章，汉娜还亲自给克拉拉写信，其中内容不乏无事生非的挑剔和含沙射影的指控。更为严重的是，汉娜能力出众，能把社会名流和著名政要吸引到她的一边，所以克拉拉的希望才在国会被拖了好几年。1882年3月，“蓝锚”还为密西西比谷地洪灾灾民实施救援——红十字会也在伸出援手——好几位颇有影响力的参议员到场助阵，募集捐款达到数千美元，对方的行动很可能把红十字会可怜的救援工作掩盖在下面。

古斯塔夫·莫瓦尼埃对克拉拉保证说，国际委员会不会和其他社团打交道，他同时还表态，将协助克拉拉压制她的对手。朋友们和红十字会的同事也站在克拉拉一边。“那些没有灵魂的小人竟敢惹你生气，还怕他们不成？”弗朗西斯·加格为克拉拉打抱不平。沃尔特·菲利普斯发现，汉娜的叫声要比她咬人更恶毒，所以对对方的挑衅不屑一顾。沃尔特在信中劝克拉拉不要与汉娜计较：“这不是用大炮打虫子吗？我可以无视她的存在。要是我高兴的话，我可以把她压成粉末，就用她自己说的那些话，但她不值。”克拉拉几乎还是高兴不起来，对方的存在仍然让她感到不安。克拉拉是好面子的人，她把汉娜的攻击小题大做，认为忘恩负义的国家才能出现这种人。她嚷嚷说：“他们听到对我的污言秽语就高兴——要是能找到机会的话，他们会毫不犹豫地把我当成猎物杀死。”最后，在弗朗西斯·布莱尔夫人的协助下，克拉拉才在政府的眼前揭下了对方的伪装，弗朗西斯·布莱尔夫人是“蓝锚”的早期成员，后来她相信是汉娜在诽谤克拉拉。如沃尔特·菲利普斯所预料的，“蓝锚”逐渐失去了公众，经过几个月零零散散的活动后，已经不复存在。

“蓝锚”造成的麻烦不仅使克拉拉感到沮丧，也让她对自己产生了怀疑。这一时期，克拉拉始终在摆脱自我怀疑。每次重大活动完成后，她自然要松弛下来，那种不自信的感觉又浮出水面。讽刺的是，1882 年夏，国际红十字会授予克拉拉最高勋章，这反而加重了克拉拉的抑郁。古斯塔夫·莫瓦尼埃写道：“不过是为了纪念我们助手中最优秀的一员。”此时，克拉拉还在努力从美国政府争取对其角色起码的认可。她不禁发出感叹，外国人一再为她喝彩，但她的同胞却相信那些“丑化和诽谤”。克拉拉激动地写道：“我当然要产生那种感觉，希望逃离他们……我再也不想和这个国家和它的人民发生任何接触。”每当危机来临时，克拉拉总要发泄情感，说她要离开美国，到外国从头开始，但其实她不过是说说而已。她没有做出离开的计划，反而又拿起笔来感谢国际委员会的嘉奖。她说，要等到她亲眼看见红十字会在美国落地生根后，她才接受嘉奖。

协会成立之初，克拉拉的工作是在 T 街 97 号完成的，那是一座面积不大的联排房，地点在华盛顿西北，这座建筑今天还在那里。1878 年，她接受惠特克将军的建议，用 1500 美元将房子买下，此后 5 年，房子被她租了出去。她喜欢住在弗格森夫妇在 I 街上的大房子里，此地离市中心不远，行动方便，那里的人与她也意气相投。T 街的房子她每周不过是过来几次，那里面有几件家具，她就在里面办公。后来克拉拉把这栋建筑称为“红十字会的第一座仓库”，大概房子内的不少房间被用来储藏衣物、绷带、床上用品和其他捐赠品，这些物资在灾情发生后会大批涌入。从一张早年的照片上可以看出，那是一座两层的建筑，上面爬满了常青藤，外面挂了一条丝带，丝带上方是一个大十字架，十字架大概是 1884 年左右安上去的。她就在这里募集钱款，组织地方协会，把红十字会变成了名副其实的全国性社团。在红十字会成立之初那几年，按照克拉拉的想象，它应该是一个松散的组织，不要集中权力。她希望总部规模小，好管理，“聘请几位经验丰富、积极性高的员工足够了”。在国际委员会那里，总部正式代表美国，监管各地分会的活动，各分会对总部负责。各地分会是红十字会的基础，所以应该设立，但成员不必过多，每个社区设立一个。在州一级不设协会，避免添乱，而是设一个人数不多的委员会，负责管理所在州的救援活动。克拉拉希望劝说各州州长进入州委员会，目的是为红十字会壮大声势，争取官方支持。

克拉拉想象中的社团网络并没有马上变成现实。芝加哥、新奥尔良和威斯康星州的麦迪逊等地新设立的分会与早期在纽约的丹斯维尔、锡拉丘兹和罗契斯特等地的分会合在了一起。不过，为吸引更多成员加入红十字会，还需要有效的宣传。为此，克拉拉改写了 1878 年的小册子《日内瓦公约的红十字：入门知识》，又充实了不少内容。小册子流传很广，但没能在地方上引起足够的热情。如哈贝尔所说，“为了引起人们对红十字会的兴趣，个人需要投入工作——很多接到小册子的人并没有读——但等他们明白之后，他们的兴趣马上高涨起来。”演讲有助于传播红十字会的理念，尤其是克拉拉个人发表的演讲。但光凭个人宣传，哪怕是克拉拉，也毕竟范围有限。在克拉拉之外，还没有人为红十字会做全职工作，她还要应付其他众多事务，也不能把全部精力放在宣传上。

克拉拉在很多方面也不适合管理偌大的协会，因为协会承载了太多的理想。克拉拉习惯发号施令，虽然那些好朋友称赞她的“执行力”，但实际上她是蹩脚的管理者。她的习惯是独立工作，所以不论是做记录，制订计划，还是监督救援工作，每次她都要亲自动手。她不信任自己的员工，员工工作时她不停地指手画脚，让对方感到不满。克拉拉的优点是没有架子，就连那些适合仆人干的活儿她也要亲力亲为，但是这些鸡毛蒜皮的事浪费了她的精力，或者分散了她在管理方面的注意力，毕竟管理才是她最重要的职责。哈贝尔医生描述过克拉拉的工作习惯，其中透露出不少信息：

> 克拉拉从来不认为还有不适合她做的工作，如果房子里的任何一部分需要帮助的话，无论是她那部分还是与她相关的部分，她总要亲自动手，照顾孩子也好，提建议也好……打扫卫生等女佣的活，如清洗房

间、打扫屋子、洗盘子、花园里的杂活儿……每个地方她都要亲自动手。她从来也不高高在上，从来也不发号施令，而和其他人并肩工作，往往自己要拣最艰苦的工作来做。

不论什么事，她一旦接过来，就非亲自干完不可，哪怕再脏的活，再小的活。要是碰上其他人忘了干的活，那个人就不用再管了……她接过来后，不是协助那个该干活的人做完，而是亲自做完。

在第一年里，克拉拉并没在红十字会内部寻找合作者。她在日记里写道："我决定凡事亲力亲为……学会独自做完所有的事。"管理800英里之外的社团，这确非易事。各社团报上来的那些小麻烦，弄得她不知所措。威斯康星州和芝加哥社团那些不服管的人物也让克拉拉颇感意外，因为他们希望遇到突发事件马上投入救援，不必经过总部同意。新奥尔良分会那些人正好相反，他们畏手畏脚的，未经她的指示拒绝采取救援行动。克拉拉知道，地方分会的人似乎"并不清楚他们与总部的关系"。然而她不会承认，也不能承认，是她个人狂想家似的性格传递出了混乱的信号。

从一开始克拉拉就发现地方分会对灾区救援没有紧迫感，这是妨碍发展的又一个症结。此前，卫生委员会迅速壮大成全国性网络，因为他们感到了危险的存在，也相应地希望对战争有所贡献。现在人们生活在和平时期，没有紧迫感，也不懂得未雨绸缪，当初这种自以为是的态度严重阻碍了克拉拉向美国引进红十字会，如今这种态度也在影响红十字会的发展。

在红十字会成立后的第一年里发生了两次自然灾难，正是在救灾过程中，才涌现出了热情高涨的新会员。1882年春，乃至接下来的那一年，密西西比河泛滥成灾，此前暴雨不断，北方融化的冰水大量流入河道。克拉拉迫切希望红十字会能证明其存在的必要性，于是指派朱利安·哈贝尔赶往灾区。当时哈贝尔还是医学院的大学生。1882年，哈贝尔赶到新奥尔良，他听到消息说灾情不断扩大，洪灾死亡人数不多，但不少人失去了家园，才种下的棉花和蔗糖、所有的衣物都被洪水卷走了，仅阿肯色州一地就有15000人需要帮助，该州州长也发出求援呼吁，“减轻灾民的痛苦，哪怕他们还没挨饿”。哈贝尔发现几个规模不大的救灾社团已经全力投入救援，此外还有政府的运输队正在向受灾最重的居民分发部队的粮食。他加入运输队，把灾情和救援工作一字不落地写了下来。他对克拉拉报告说，除了古老的印第安人坟地以外，所有的东西都被大水淹没了，洪水溢出了河岸，“连汽船的烟囱也被淹没了”。这次救援主要是分发部队的粮食，偶尔送出一些衣物。

还没等这一地区从洪灾中恢复过来，5 月又发了一场大水，才种的庄稼也被洪水卷走。哈贝尔又与政府运输队合兵一处，向最需要的灾民每人分发 25 美元，这笔钱款是红十字会匆忙中募集来的。哈贝尔发现灾区最需要肉、饭、动物饲料，此外就是种子，不然就没法弥补被泥水冲走的青苗。从纽约的罗契斯特意外传来好消息：1 万美元的种子已经落实，捐赠者是当地经营苗圃的，分发这批种子成了 1882 年红十字会最重要的工作。

其实，哈贝尔也没派上多大用场，他自己也不免尴尬。当地的组织好像足以应对救援工作。政府借用军队为灾民提供应急食物，抢救被洪水围困的灾民。总统调派军队赶来救灾，但他没有把救援工作交给红十字会，哪怕红十字会再三劝说总统，希望接受考验。红十字会对总统的安排也不好公开批评。如在密歇根州，哈贝尔不想给人造成一种印象，好像要接手当地慈善组织已经展开的工作。他在密西西比河下游悻悻地写道：“当然，据我推测，需要检查的救援地点没有几个，我还没听说存在更多需要检查的社区。”哈贝尔不想与当地救援人员发生矛盾，反正各地能实施救援他就满足了，他不希望红十字会出风头。

他还发现，通过统一协调的救援网络可以避免不少混乱，不必仓促收集物资，乃至重复劳动。此外，红十字会的目的与当地那些热心人士并不矛盾，可以理顺他们的救援行动。在灾难发生后和政府救助赶到前，也存在一个空间。要是红十字会有所准备的话，就可以填补这个空间。正是从这一角度出发，哈贝尔才劝说密西西比河上下游的地方领袖接受了红十字会的理念，也在很大程度上取得了成功。哈贝尔这次赶赴灾区还在新奥尔良、威克斯堡、那切兹和孟菲斯建立了红十字分会。他的工作成绩显著。等一年后龙卷风在路易斯安那州肆虐时，新奥尔良分会独自应对救援工作，几乎没向克拉拉的总部伸手。

10 个月后，哈贝尔再次面临几乎完全相同的局面。这一次密西西比河上游和俄亥俄河流域的居民受灾严重，当地 2 月就发了洪水。克拉拉当即发出呼吁，筹集了将近 5000 美元的款物（其中 3000 美元来自德国红十字会），她再次把哈贝尔从医学院喊出来监管款物分发。这次哈贝尔从托莱多赶到圣路易，途中在辛辛那提、代顿、路易斯维尔稍事停留。他发现大街上和房屋内淤积了 5 英寸厚的泥沙，冬小麦被洪水扫荡一空，再就是农民焦急的表情。受灾最重的是小户农民，虽然他们身上没有债务，但他们手里重建家园的钱几乎一分没有。洪水还不是最大的灾难，哈贝尔没找到几个可以救助的灾民，他对克拉拉说："紧急援助似乎不太紧急。"农民之所以吃亏，原因是他们没有预见洪水的到来，因此也没有做出相应的准备。为强调未雨绸缪的重要性，哈贝尔把镇长和商人请进了红十字分会，评估当前的灾情，安排他们救灾。路易斯维尔、辛辛那提和圣路易成立了分会。新奥尔良和孟菲斯的红十字分会实力不凡，他们在自己受灾一年后就对北部受灾的分会伸出了援手，哈贝尔和克拉拉对此大为感慨。虽然此时红十字会没什么可做的，但克拉拉对目前的工作依然感到高兴。她形容哈贝尔一连六周在灾区的工作是"又快又短又犀利，然而却是红十字会认可的最精明又最成功的现场救援。无论是我们的用处还是社会评价，都大有长进"。

最初的救援工作也是对红十字会能力的考验，克拉拉可以借此宣传红十字会的名字，争取社会支持。此外还有另一层意义：红十字会的大部分慈善理念是在这一时期形成的。克拉拉并非没有发现在这几次水灾救援现场红十字会作为不大。此后她变得更为谨慎，只有发生重大灾害或在国内影响较大的灾害，她才派红十字会赶赴现场。1882 年，南方红十字会所辖地区爆发黄热病。那几个灾区的红十字会分会颇有影响力，但好几个著名的南方救援社团也赶赴现场，如著名的霍华德新奥尔良协会，不过克拉拉还是没有答应当地的请求，这一次她不想让全国红十字会参与救灾。对那些规模不大的灾难，克拉拉不想投入人力物力，她写道："我们不能轻易在现场出现，我们要养精蓄锐，当我们该出现的那一刻来临时，我们要像劲风一样赶赴现场……我认为，要等到灾情或震惊压倒了政治因素时，我们再出发，因为政治因素让人深恶痛绝。”因此，红十字会先要考察灾情，然后再决定是否提供救助。

哈贝尔的观察也证明了如下设想：在提供援助时，先要经过审慎的考虑。在大多数场合，食物、饲料、衣物和种子要比现钱更合适。前者马上可以投入使用，现金却用处不大——因为往往买不到东西——或者灾民会把钱花在威士忌上，以此来摆脱他们的痛苦。哈贝尔注意到，不分青红皂白地把钱分发出去，反而鼓励了惰性，他相信在不少场合当地人最需要的是简朴和勤劳。他在路易斯安那写信说：“每个人都在给予——报纸也在发表耸人听闻的报道——说他们捐了多少款物……所以没法袖手旁观，没法不随波逐流，然后也捐款捐物——但大家给予的时刻，正是应该停下的时刻……我认为在我经过的地方唯独需要给予的是节俭。”上述看法与克拉拉的想法正相吻合（或许是反映了她的想法）。她不认为红十字会应该投入长期救援，红十字会的目的是填补灾难和重建之间的空白，如同当年她在战场上，填补炮火和救治之间的空白。这种红十字会救援将帮助那些最需要帮助的人，同时还能维护克拉拉和哈贝尔所珍视的流传已久的新英格兰的优秀品质：拼命劳动、省吃俭用和自给自足。

当哈贝尔巡视中西部评估灾情时，克拉拉正在思考另一个问题。1883 年的新年，她是在艾比和约瑟夫·谢尔登家里度过的，她希望这次圣诞节来访后，再继续住下去，在这里得到安静和休憩。此时她接到本杰明·巴特勒的来信，对方请她出任马萨诸塞州女子劳改监狱的总管。他对她说，这个职位需要“既能管理又有热心的女性，她要真心热爱改造工作，关爱她的女同胞”。总管需要住在马萨诸塞州的舍伯恩，也就是劳改监狱的所在地，每年薪水 1500 美元。

1882 年，巴特勒当选马萨诸塞州州长。他几乎顿时失去了不少人对他的好感，因为在数月之内他把州内几乎每一个重要的政治团体都得罪遍了，其中就有一个改革派社团——这些改革者在马萨诸塞州正春风得意——他们对州里的女子监狱发生了兴趣。州长说的是一所模范监狱，不仅改造囚徒的方式方法与众不同，而且监狱的管理者也是女性。巴特勒不断抨击这所监狱，他相信如此管理监狱不仅成本高而且效果也不好，威胁说要没收监狱的经费。他不相信女人能管好监狱，多次诋毁监狱总监伊莱扎·莫舍医生，后来总监被迫辞职。等到1883年1月，州长遇到强烈抗议，抗议者既有批评监狱的人、女权主义者，也有主张改革监狱的人。巴特勒被迫应付来自各方的关注，此时他开始焦急地寻找一位能管理监狱的女性，这位女性还要值得他信赖，向他报告监狱的真实支出和诉求。克拉拉也出生在马萨诸塞州，还是国内闻名的慈善家，20年来她和巴特勒将军几乎无话不说，所以她自然成了不二人选。不仅如此，巴特勒很清楚，克拉拉欠他的人情不止一次。

1月17日，克拉拉赶往波士顿与巴特勒讨论监狱总监一事，然后赶到舍伯恩监狱走了一趟。她对总管一职不大感兴趣。一个原因是，一年来她身体不好，甚至病得厉害，上一个夏天她在丹斯维尔度过了不少时间，因为“症状太明显，不能忽视”。再说，她一门心思放在红十字会上，恨不能把哪怕一点儿精力也都用在红十字会的发展上。到舍伯恩接替总管一职，可能影响她的工作，甚至可能使她失去对红十字会的控制。还有最后一个原因，这所监狱是著名慈善人士设立的样板，他们对她的态度还不得而知。她从来没有接受过与其工作相关的专业人士的支持——无论他们是医生、政治家，还是将军，现在她也不希望与他们再次相遇。

然而克拉拉又不好一口回绝，原因是巴特勒亲自请她过去。她曾经对这位将军说：“我记得对你提出过不少请求，你不仅从来没拒绝过我，而且总是聚精会神地等我把话说完。”如果拒绝的话，克拉拉的内心一定很愧疚。她正找时间撰写即将在瓦格纳炮台发表的演讲稿，因为她已经应邀参加在康涅狄格州召开的共和国大军集会。2月初她又返回华盛顿，但巴特勒的建议仍然让她无法平静。最后她觉得还是不能接受。她内心很矛盾，于是给巴特勒写了一封信，婉言相拒：“将军你提出的建议无论是价值还是重要性自不待言，我感到痛苦的是，那一刻还可能到来，你再次邀我站在你的大旗下服务时，我怕不能马上赶到。”

一位朋友对克拉拉说，巴特勒州长接到来信后，“他坐在椅子里，近乎绝望地说，‘这可如何是好’”。州长不想就此收兵。他再次联系克拉拉，还请他的朋友劝她接受总监一职，哪怕临时总监也好。3月，巴特勒正在华盛顿，他陪克拉拉来白宫找政府拨款，借机再次请她出任舍伯恩监狱的总监。她找到挚友萨拉·厄尔和侄子斯蒂夫，与他们商议如何回复州长。她在日记里极不情愿地写道，她感到那所监狱离她越来越近。最后，克拉拉提出两个条件：巴特勒的政敌要全心全意地接受她；她出任监狱总监为期不超过6个月。这次，克拉拉被迫为将军而妥协。4月11日，州立法会全体一致同意正式任命克拉拉为马萨诸塞州女子劳改监狱总监。

她在赶往监狱途中经过北牛津，此前悲剧降临在她亲人身上。斯蒂夫的小女儿被马车轧死，他妻子陷入绝望。等克拉拉赶到时，发现百叶窗已经落下，“小莉塔躺在客厅内”，迎接她的人一个个面无表情。克拉拉忙里忙外，希望能帮上忙，后来发现斯蒂夫的家人觉得她是多管闲事，只好悻悻地回到自己的房间。她每次回家总是这么收场。即使她得罪了谁，她自己也不知道是怎么得罪的。她不得不想方设法照顾亲人的情绪。葬礼后她马上离开了斯蒂夫的家。她在日记里不冷不热地评论道：“我可能不希望再次还乡。”

5月1日，克拉拉在舍伯恩宣誓就职。她胆怯，心里没底，这所大监狱也多少让她不知所措。监狱里面大得很——最初几周要是没人指路她自己都走不出来——囚徒们一张张询问的脸和监狱远离人烟的地点，无不让她感到泄气。“为了身边有人做伴，哪怕身在撒哈拉大沙漠我也不怕。”这是她的前任在来舍伯恩的第一个夜里写下的话，如今克拉拉与她深有同感，她不仅要面对孤独，还要面对恐惧。那天夜里她在日记里写道：“我在桌子前坐了下来，主持会议。仿佛很新鲜，我感觉不同，胆怯——大家都很善良、美丽——但我太陌生了，太羞怯，我怕做不好。”

按照当时监狱改革者们的理念，把监狱变成家庭是最重要的。他们认为与家庭相同的氛围可以塑造最高的精神秩序，可以复活女人天性中温柔的一面。因此舍伯恩监狱的牢房设计得如同舒适的寝室，而不是压抑的囚室。娱乐室、图书馆和大厅保持得纤尘不染，有婴儿的女囚徒可以把孩子带入监舍。铁床和白亚麻布也引起了批评者的抱怨。这里的就寝条件要比大多数私人家庭还好，不仅如此，一等囚徒的饮食“要比外面高级劳工吃得还好，几乎赶上了技工的平均水平”。

《波士顿先驱报》抱怨说，从舍伯恩花出的经费来看，那些研究过监狱材料的人“对结果并未感到太高兴”。

然而，那些对监狱改革最感兴趣的人却对这所女子监狱寄予了很大的期望。监狱证明了伊丽莎白·弗莱和多萝西娅·迪克斯 50 年来所争取的众多变化：提倡改革，聘用女子狱警，培训技能，减少体罚。等到 19 世纪 70 年代，这些理想被女权主义者接受下来，她们相信大多数囚徒是男性和社会的受害者，因为社会很少为她们提供诚实生活的机会。舍伯恩监狱内的舍监是怀有同情心的女子，医生和牧师也是女性。监狱强调女人的品德，提倡缝纫、烤面包和其他能养家糊口的技能，同时也为女权主义者和监狱改造者提供了一个实验场来证明她们理论的合理性。

热情的改革者最感兴趣的是监狱内的一项实验。这是一项奖罚分明的评分制度，是克拉拉的前任建立的。其方法稍显复杂，监狱的管理者先要根据囚徒的年龄和表现将她们分成等级。犯人进入监狱后先要被查询，然后关入几乎没有装饰的单人囚室，让她在里面反省，适应监狱生活。一个月后，她可以穿上朴素的深蓝外衣、白袜子、平底鞋，此时她才可以升入第四档，与其他囚徒在一起，还可以换上监狱土褐色的囚服和食用最普通的饭食。几个月的良好表现可以使囚徒升入第三档，所谓良好表现是指说话平静，做礼拜虔诚，缝洗衣服不辞辛苦。女囚徒可以穿上连衣裙，佩戴白色发卡（显然是在她被玷污的身上用来象征那一点点纯洁），进入不带铁窗的房间。第二档能带来更大的自由（一个大的白发卡）。进入第一档可以吃更好的食物，在室内张贴图画（现在在宽敞的外间张贴），还有机会做家庭用人，在监狱外服刑。犯人表现不好将被降级，遭到同伴的白眼。更严重的惩罚并不多见，如囚犯被迫喝水吃面包，干最艰苦的活儿还不许说话，或者在最极端的情况下，在监狱内为数不多的如地牢般的地下囚室内独自关禁闭。前监狱总监莫舍和其他改革者感到通过上述办法，她们已经找到了提高女囚创造力的途径。与此同时，女囚们还能远离她们目前还无法抵制的诱惑。

克拉拉接管监狱后，一次在信里对玛丽·诺顿说：“我有个大家庭——你想知道有多少人吗？大约 240 名囚犯，还有大约 30 位其他女性职员。”在乐观的日子里，她对囚犯的清洁习惯和自制能力大加表扬，遇上不太高兴的时刻，她发现自己被埋在“人类罪恶的酵母里，气味难闻”。

总的来说，女囚们的罪行在克拉拉看来好像还不太严重。仅有数人因为偷窃、攻击或其他重罪被判刑。其他人被捕的原因各不相同，有人扰乱公共秩序，有人破坏公共道德准则。此外还有五花八门的指控，如“固执”、流浪，乃至违法堕胎和遗弃孩子。超过五分之一被投入监狱的女子，罪名是“践踏贞操”，如卖淫、通奸和“淫荡”。不过，到目前为止，最普通的罪名是酗酒，为此半数以上的女囚被判刑收监。不少人进来时酗酒成瘾，一个个面目狰狞，如同幽灵，或是浑身颤抖，出现幻觉，或是歇斯底里。为此露茜·黑尔医生忙得不亦乐乎，但她还要治疗其他四分之一染上梅毒的女囚，应对分娩、糖尿病和麻疹。

这批女犯人的身世曾经引起了伊莱扎·莫舍的兴趣，她细心地将她们的个人经历一一记下，为劳改监狱的成功收集数据。她们年纪轻轻的，半数以上还没到30岁。监狱里只有一个黑人囚犯，绝大多数来自爱尔兰家庭（这个数据是否反映出爱尔兰移民的贫穷状态、社会习性，或当时在众多官员中普遍存在的排斥爱尔兰人的偏见，对此尚不清楚）。大多数女子结过婚，但她们几乎全部来自混乱的或一贫如洗的家庭。根据决定论者的犯罪理论，社会或环境力量影响人的命运，而遗传或意志不起作用。最近改革者们也接受了这种理论。莫舍收集的数据就是用来支持决定论的。为此，那些对女子监狱感兴趣、注视监狱发生变化的人，提倡更严格地管教女囚，他们相信这批犯人在监狱的卫生和理想的氛围中才能有所收益。他们指出，在舍伯恩关上一年（平均刑期）时间太短，不足以改变一生的恶习。等犯人重新回到过去的环境，她还将回到过去的生活模式，重蹈覆辙。

克拉拉的态度更接近那些反对严加管教的人，因为她感到，她来监狱的使命是拯救，而不是惩罚。监狱内为数不少的囚犯是因为自我防卫被关进来的。面对这些犯人克拉拉心情沉重，因为她们还年轻，出身贫苦，前途堪忧。她最清楚女性在社会上工作机会有限，社会为她们也提供不了多少保护。说到底，她自己也曾面对“可怕的命运”。克拉拉实用的女性主义遇到了法律障碍，根据当时的法律，女性可能因行为不当被关进大牢，但同样的罪名对男人就不适用，在法庭上女人仍然不能为自己做证，也不能请陪审团断案。克拉拉不可避免地得出结论：这些囚犯若意志不够坚定的话，必定成为社会的牺牲品，尤其是男人的牺牲品，因为男人欺骗她们、利用她们。克拉拉满腔义愤地对州委员会委员说，关在康科德州立男子监狱里的那些人才是真正的罪犯。关在舍伯恩监狱的女子“往往是牺牲品而非罪犯”。

监狱牧师认为这些女人“是邪恶的”。与牧师不同，克拉拉同情绝大多数囚犯。她认为，几位囚犯遭到州里罕见的虐待。一位女子的遭遇引起了克拉拉的正义感，她抽出大量时间调查这个案子。后来克拉拉确信，该女子是被误判的，她对被指控的罪名确实一无所知。这时，克拉拉开始为她的平反而战斗。她写道：“我无法把这个心碎的女人拥在怀里。我无法和她生活在监狱里，眼睁睁地看着监狱严厉的规章制度压迫她。我无法让一个冷漠的人来看管她，我无法让他们重新开庭——现在唯一的办法是——请州长宽恕赦免她。”巴特勒州长一如既往地相信克拉拉的判断，马上答应了她的请求，那位女子获释出狱。不过，那位女子仍然徘徊在克拉拉的记忆里，那位“可怜的被错待的女子出去后，还将面对更大的不公平，她被宽恕了，但她从来没犯过罪，也没想犯罪，更不知道自己犯的是什么罪”。

克拉拉来舍伯恩监狱，与其说是为了改善那里的条件，还不如说是为了观察并向巴特勒和州里的其他官员报告那里的条件，因此她并没改变多少监狱的日常管理。囚犯每天仍然去教堂。这是一次漫长的说教式的新教祷告仪式，其目的也不是为了那一半左右的囚犯，因为她们是天主教徒（每周仅仅举行一次弥撒）。囚徒们从小教堂走入缝纫车间，她们要在缝纫机前工作一天，为纽约一家大公司做裙子，或者在洗衣盆前俯下身来，以计件的形式洗衣裳。一半的女人没有文化，所以她们白天还要读书写字。克拉拉还发现食物“合乎卫生，数量充足”。饮食偏重谷物和青菜，没有肉类食品，对此她深以为然，所以她就没有改变她们的饮食结构。囚犯可以在傍晚锻炼和娱乐。克拉拉提出的唯一变革是将大片土地变成农场和果园，借此可以把餐桌变得更丰盛，可以让更多的女囚在户外从事健康劳动。但其实，变地为田的建议是她的前任提出来的。

克拉拉从早忙到晚，她与犯人的接触倒是不多。她清早起来，监督购买监狱的食物和用品，然后要巡视食堂。50 名水管工和木匠要在建筑内铺设新管道并安装火警系统，她要到场巡检。那 38 名女员工她也得监管。克拉拉到达后，发现办公桌上放着 100 封来信，在她日后任总管期间，来信依然没有减少，写信的人既有为囚犯着急的亲人，还有医生、改革者和州监狱委员会。她还负责州里要求上报的报告和记录。在这些日常工作之外，克拉拉还有一种压力，那就是她在管理监狱方面不能得心应手，因为这个职位与她过去的其他经历大不相同。几年后她对几位慈善家说：“我走进监狱时感到自己对你们的工作、方法和思维一无所知……在我看来是绝对的罪恶，我不仅在浪费自己的时间，还在浪费社区的时间，乃至手下人的时间。不论我要做什么，都感到力不从心，也没有思路——我仿佛就是个泄了气的气球。”

囚徒们热爱克拉拉，哪怕她们很少见面。她对来教堂的女子每周演说一次。在克拉拉踏进监狱大门之前，她那些英雄事迹已经传开了。她居然对囚犯感兴趣，对此囚犯们大为感动，也感到荣幸。克拉拉的个人魅力和端庄的仪态更让她们肃然起敬。她驾驭囚犯可谓得心应手。一名记者曾经看到，克拉拉朝一名歇斯底里的女人瞪了一眼，又朝她说了几句安慰话，那个女囚就马上安静下来了。不过，她对这些女人并不严苛。她为人善良，为监狱内每个人树立了光彩夺目的榜样。监狱的医生说：“她足以鼓舞那些囚犯。她为她们讲述自己的经历、我们的内战和国外的战争，她们被深深地吸引了。”克拉拉站在这个高度上，几乎再没必要对她们说教。克拉拉将近 20 年后回忆说：“我也不用说教来烦她们，她们早就听够了，我也不管教她们——她们也受够了，没人知道那些无聊的日子是怎么熬过来的。我给她们讲其他人的生活经历，让她们自己从中有所感悟。”她在舍伯恩最先使用的一种办法也为她赢得了好感。她与囚犯真正接触的时间实在太少，所以她决定以自己最熟悉的方式与囚犯沟通：写信。为此她在办公室外挂上了两个信箱，囚犯可以把她们的建议、投诉或请求投进信箱。一个信箱是克拉拉的，另一个信箱是管理监狱的官员的，只有收信人才知道信的内容。囚犯们习惯称克拉拉为“亲爱的朋友”，她们给克拉拉写的信沾上了泪水，恳请她放她们出去，不让酗酒的丈夫欺负她们，在法庭上为她们说话。克拉拉并不总是满足她们的请求（一位女犯请求在炎热的夏季允许打开窗户，克拉拉回复说，监狱的窗户就该关上，避免损失清新的空气，目的是保护社区），不过她对每封信一视同仁，总要对写信的人好言相劝。

同情和管理是克拉拉经营监狱的关键，不过她也尊重囚犯，对此她们大为感动。通过那些小小的细节——如上文说到的信箱或她对囚犯的称呼，称她们为女人而不是姑娘——她传达出明确的信息，这份工作既没让她感到震惊，也没让她感到生气，囚犯也是人，有她们的情感和希望。她坦言，要想改造她们，“一定要施以高尚的影响，营造自尊、自立、荣誉、爱和信任的氛围。惩罚、蔑视、怀疑、侮辱，从来没改变过任何人，将来也不可能”。不过，她不想轻视那些女囚犯，其中的原因不仅仅与改革的理论有关，还有来自她内心深处的恐惧：她自己与那些囚犯也有不少共同的地方，她也曾经历过她们面对的诱惑和麻烦。克拉拉过去的生活也不稳定，姐姐多莉的精神病和吓人的发作、哥哥和堂兄弟那些非法行为，乃至她自己绝望的倾向和数字造假，使她轻易就能越过被这些女囚践踏的底线。那一层薄薄的道德面纱把大家分成两种人，一种人可以自由行走，另一种人被关进监狱，在她任总管期间，这层面纱始终让她深感不安。在她即将离开监狱的日子里，女囚们一边抽泣一边亲吻她的手，这时她想，她来这里出任这些女人的管理者和法官，而这些女人与她又何其相似，想到这里她觉得自己真不该过来。她不安地写道：“当然，我们太像了，哪怕不是亲姐妹，不然她们又怎么会以那种可怜的爱挽留我呢。”

那些囚犯就这样被克拉拉和她的信念轻易地争取过来。州里的官员却显然更难对付。克拉拉要用大部分时间来应付州长巴特勒、立法会和监狱管理委员会提出的各不相同的要求。她抵达后还没过 4 个礼拜，就接待了立法会派来的代表，他们过来调查超支和对囚犯不当的宽容，结果空手而归。在接下来的 6 个月里，克拉拉又陪同其他众多团体视察监狱，还写了不计其数的报告，这些努力也获得了成功。她发现所谓透支是没有根据的，每名囚犯每天 10 美分也是最低的、还能说得过去的支出。克拉拉承认，要是把监狱的地种上蔬菜或养上奶牛的话，收益可能更大。这座建筑也没有被充分利用，她设想过把过去的托儿所和产房改建成州精神病犯人管理所（这个设想最终没有变成现实，因为管理者们以为，这么做可能会破坏监狱高尚的道德氛围）。她对州监狱委员会主席说："这里的制度是好的，无论制度的设想还是实施，都是从高尚的和人道的角度出发的，其实施的方式也是耐心的、严格的、谨慎的、彻底的。"

克拉拉在任期间还进行了一次重大变革。1883 年 6 月，她提出撤销秘书办公室和财务办公室，原工作请总监办理。按照她的建议，每年可以节省开支数千美元，上级当即同意。她把工作接过来后，又以铁路证券为抵押，发行了她自己的债券——证券来自国会拨款的那 15000 美元，州长巴特勒对此颇为惊讶。两个办公室被裁撤后，女权主义者反应热烈，尤其是财务办公室，此前流行的说法是女人管不好钱，要请男人管理才是。女权运动者对她发行债券那种庄重的方式也很高兴。1883 年 7 月末，她们指着克拉拉说，她在舍伯恩接过了监狱的账目。

克拉拉还证明了自己高超的协调技巧，她既能安抚那些政客，又能满足监狱董事会提出的要求。州长巴特勒能倾听她的陈述，董事会里的艾伦·约翰逊是同情她的盟友——这位女士在当地颇有影响力，但最终监狱的正常运转还是依靠她正直的为人。她对监狱关怀备至，等她 6 月返回丹斯维尔取生活用品时，她手下的员工马上感到她离开后监狱碰到了种种麻烦。过去那种女人不能管监狱的抱怨又浮出水面。露茜·黑尔医生把消息传给克拉拉，敦促她尽快回来。她在信中不安地写道："我们不止一次听说巴特勒州长生气了，他为监狱而感到担心，要实施重大改革。所以我们才想到了你有力的翅膀，恨不能马上再次藏到翅膀下面去。"

克拉拉不费吹灰之力就平息了官僚们的怒火，但她又发现在那年秋天开始的政治会议上，她的成绩被翻来覆去地提到，对此她很恼火。竞选对手们希望在一场激战中把巴特勒赶下台，所以巴特勒一有机会就把克拉拉的工作，乃至她出色的管理，说成是他的功劳。虽然巴特勒是在表扬克拉拉，反对派也不好站出来批评她，但她还是不希望自己的名字被拖进政治演说，也不希望从党派承诺的角度来解释她的工作。她还担心选举之后她没法离开舍伯恩，被变成选举承诺的一部分。等巴特勒任期结束后再离开舍伯恩的话，她可能会失去胜利者对红十字会的支持。那年 11 月她愤愤不平地写道：“激烈的竞选已经进入最后几个月，其间我按兵不动。”她没有找巴特勒当面质问，但对巴特勒的做法却不以为然，尽管此前她在居民眼里和监狱委员会面前，曾不遗余力地维护巴特勒的声望。因为被迫卷入政治，克拉拉在任上的最后几个月过得并不愉快。此外，她还要应对员工引起的内讧。监狱牧师苏珊·哈罗德在女囚犯“有罪的”性质上与克拉拉意见相左。她在舍伯恩反对克拉拉的管理，还向监狱董事会打小报告。克拉拉这个人最重视忠诚，等她发现所谓“狡猾的‘谄媚’”的把柄后，气得脸色发青，还担心最后传出丑闻来。克拉拉指责牧师唆使几位女舍监反对她，还鼓励她们执行相反的命令。因为牧师与女囚犯接触最多，还负责她们的减刑，克拉拉担心对方通过影响囚犯来反对她。克拉拉感到自己被人迫害了，指责牧师监视她的住处，针对她独断的管理方式给州监狱董事会写负面报告。现在就连露茜·黑尔也劝不了克拉拉。牧师想与克拉拉争权，还是她无法忍受克拉拉的独断专行，或是她需要全部的个人忠诚，其真正目的已无从考证。克拉拉没有别的办法，只好对理事会说实话，把密信的事告诉他们。克拉拉对黑尔医生说：“如果他们问你，巴顿小姐对这种矛盾发现没有或感到没有……你可以告诉他们，据你所知，这方面的痛苦和矛盾已经持续几个月了——她都看在眼里，也是这么过来的，她变得胆怯了，在她自己的大厅里还要担心那几个人对她的监视。她知道也能感到对方的存在。”克拉拉的话足以提醒黑尔医生，还有没有必要接替总监一职。尽管克拉拉提出请求，巴特勒也做出保证，请露茜·黑尔出任舍伯恩的总监，但是等最后州长找她时，她还是拒绝了。

偶尔克拉拉也拿这次经历开玩笑。一次，她在信中对朋友说，“在过去两三年里，对自己的所作所为还有什么好指望的，不过是害怕伎俩被人拆穿，受到应有的惩罚。”但那年还是让克拉拉感到压抑，她日后提到这段做总监的经历，将其称为“我做过的最大的傻事”。任职期间她总共离开监狱两次——一次是回丹斯维尔取用品，一次是在 10 月末外出，赶到芝加哥为国际妇女大会发表演说——6 个月后她仍然像才来时那样感到孤立和孤独。她没有打理红十字会的工作，她的气力也浪费了不少。11 月巴特勒下台后，克拉拉马上告退，这对她来说不失为一种解脱。她说过，她只在那里工作半年。她打算工作到 11 月的第一天，但巴特勒请她年底再走，她勉强接受下来。她离开监狱时心里压上了“思想的负担”，原因是她接触了那些不幸的女人，再次发现那些挣扎中的女人面临的种种困境，以及她对烈酒的反感。然而，她既不相信自己的影响力取得的成绩，也不相信监狱制度在总体上是成功的。克拉拉知道她可以管控囚犯、管理监狱，但她不相信她或任何人能真的改变囚犯。她渐渐地相信，最好的做法是树立榜样、传递希望，把她们引向正确的方向。

那年的最后一天，她在总监的房子里用一场晚会来款待朋友、员工和监狱董事会成员。次日，她走出房子，紧紧地把房门关上，把马萨诸塞州劳改监狱留在了身后。几年后她若有所思地写道:“次日上午，我走出了舍伯恩监狱的高墙。此后我再也没见过那里的人。我再也没回去，也不想回去。”

（史国强　李洪涛译）

第 14 章

Chapter 14

毫无疑问，在克拉拉·巴顿极力应付舍伯恩监狱里那些囚犯的时候，美国的红十字会也正在经历一个困难的阶段。从被迫接受这个职位开始，她就一直在为此忧心。由于美国红十字会才刚刚成立，出现的各种问题也在整个 1883 年持续地困扰着她。但是克拉拉又不能说服自己放弃这里的领导权，哪怕是片刻而已。在到达监狱之后不久，她就决定，要认真对待工作，而不是仅仅把指控和犯人对应起来。她从监狱委员会和监狱主管巴特勒那里得到了允许，可以雇用约翰·希茨或者其他人来帮助她处理红十字会的工作，但是最终因为一些未公开的原因，这个想法没有实现。只有在红十字会的忠实拥护者朱利安·哈贝尔来到舍伯恩帮助克拉拉通信的那几周，克拉拉肩上的担子才减轻了一些。

克拉拉只能用早上短短的几个小时来匆忙处理红十字会的工作，而这很显然是不够的。那些致函到国家总部的组织，大多都收到了来自哈贝尔的信息，告知他们克拉拉正忙于舍伯恩的事务，回来之后即刻回复。但是还是有一部分有意愿成立地方红十字会的社会团体，对于在发出成员资格申请后没有得到回复而表示不理解。甚至在费城的一部分知名人士和医生开始相信美国的红十字会已经彻底失效，他们还直接给古斯塔夫·莫瓦尼埃写信想要尝试着恢复相关的工作。这一现状让克拉拉感到非常恐慌和尴尬，她立即做出了一些回应来消除他们和在日内瓦的国际红十字委员会的疑虑，证明美国红十字会仍然存在。1884 年 1 月，克拉拉打算着回到华盛顿、回到红十字会，这无疑是令人安心和宽慰的。

克拉拉几乎还没有开始处理那些琐碎的未做的工作，在 1884 年的 2 月，俄亥俄河就再次发生了洪水，这个灾难对于美国红十字会来说既是一次挑战，又是一次机会。克拉拉很快得到了这一消息，并且以同样快的速度做出了回应。在 2 月 9 日，她出发去了匹兹堡，亲自调查那里的受灾情况，途中只探望了她临终的范妮姨妈。虽然匹兹堡相对沿岸的其他城市来说，情况已经好了很多，但是当克拉拉亲眼看到那里的状况时还是被深深地震撼了，所以她立即发出了申请捐赠的请求。支票、大批的衣物和食物开始陆陆续续地到达。克拉拉又动身去了辛辛那提，想要去了解最严重的受灾情况，以决定最紧迫的救灾需求。

克拉拉已经习惯了夸大其词的各种报道，所以当她看到俄亥俄河沿岸的真实情况真的非常糟糕时，她很惊讶。河水每小时涨高半英寸，几个城镇，例如劳伦斯堡、印第安纳，都被完全冲毁了，取而代之的是大量随水流旋转的残骸。辛辛那提位于水平面以下 71 英尺，鸡舍和铁轨漂浮着，混合着猪的尸体、杂乱的衣物，还有日常生活中的各种用品，这个场景无疑是怪异又令人悲哀的。虽然造成的人员伤亡不是很多，但是财产的损失却是非常普遍的。克拉拉本来无意留在现场，因为她急迫地想去处理红十字会的各种紧急事务，但是她发现自己无法就这样离开。她意识到，这次灾难和过去的战争年代是一样的挑战，所以她全身心地把自己投入到救灾的工作之中，以至于在她回到全国总部之前在此停留了 3 个多月。

国会拨了 50 万美金的救灾款，用于失踪人员的搜寻和灾民的口粮供给。在救灾这件事上，美国红十字会不想也不能和联邦政府竞争，相反的，美国红十字会旨在补充联邦政府的工作，使救灾工作更为全面完善。当时正值严冬，各种御寒衣物、燃料、被褥和动物的饲料等都是非常急需的。但是这些东西却几乎都是通过河流运输补给品的军舰所遗漏的。克拉拉也发现政府的物资运输通常是针对大的或者是很容易到达的城镇，而那些同样处于困境的比较偏远的区域或村庄却总是被忽视。“我的工作人员正在仔细地查看，”克拉拉在 2 月 22 日写道，“在需求很可能被忽视的更小的城镇和更弱势的群体之中。”最开始她在辛辛那提设立了福利站，但是由于几周后一场龙卷风袭击了俄亥俄河下游，她匆忙地将总部搬到了印第安纳的埃文斯维尔，那里有着更加紧迫的需求。在经历了一些挫折之后，克拉拉租用了一艘大轮船，乔什·V. 思鲁普号，并且雇用了一批船员来装卸救灾物资。她也雇用了一小部分的管理人员，包括哈贝尔、埃诺拉·李——来自埃文斯维尔的很有魄力的年轻女人，和来自丹斯维尔忠诚于红十字会的玛哈拉·查多克。在一位当地的铁匠打出了一个大大的金属十字架并且涂成红色后，克拉拉将它挂在了轮船的烟囱之间，就此开始了她为期 12 周的冒险之旅。

乔什·V. 思鲁普号沿着河道曲折地向伊利诺伊州的开罗出发了。船只停泊在岸边时，船上的工作人员会分发一些草料、鞋子、厚羊毛毯还有煤炭。一些小东西例如针线、剪刀、手写纸等也会被派发出去。而实际上，克拉拉开始发现这些在大的普遍的需求下容易被忽视的小需要，才是她工作的主要内容。“我的工作，首要的就是及时地满足这些小需要，”她在 1908 年的日记中这样写道，“它让我知道了生活杂物的价值所在。”在很多地方，船只只能慢慢地靠在一个很拥挤的岸边，工作人员留下一捆捆的物资后就匆忙离开。但当情况允许的时候，红十字会的工作人员就会去登门拜访那些穷困的家庭，去实地评估他们的状况并且给予更有针对性的有效帮助。通过这种方式，不论是那些渴望得到帮助的还是那些羞于主动寻求帮助的家庭，都得到了相应的帮助。在相对大一点儿的城镇，克拉拉会将物资委托给了解本地情况的几个当地居民，并由他们来监督物资的公平分配。对于那些在这场洪水灾难中苦苦挣扎意志消沉的家庭来说，克拉拉以及思鲁普号的突然到访，无疑是他们难以忘怀的一个记忆。正如一位受灾者所写的那样：

> 正午之时，绝望的黑暗笼罩着我们，整个村庄都被洪水的力量所包围，雨水夹杂着冰雪向我们袭来，我们没有足够的火源来料理我们已经少得可怜的食物。那天晚上 9 点，整整 75 个家庭都在闪耀火光的烤架前双膝跪地，感谢上帝赐予的光和火，并为这艘如雪花般悄然出现的轮

船虔诚地祈祷。没有人知道它从哪里来，要到哪里去。

克拉拉开始意识到围绕在轮船周围的神秘感是有价值的，有时也会积极地培养这种神秘感。她很享受这种有如奇迹或幽灵般冲破雨雪和大雾出现的感觉，就像是在希望即将消失之际，作为祈祷的回应出现。这种经历不仅给予了她有如20年前在战场上出现去帮助人们的同样的满足感，同时也为当时迅猛发展的红十字会增加了戏剧效果和威信。当乔什·V.思鲁普号靠岸，她在那些穷困人民的脸上看到了安心、感激和好奇。当船只离开的时候，克拉拉感到很满足，“少数人满脸的震惊，大多都注视着，他们好奇她是谁，她从哪里来，那个奇怪的标志是什么意思，但是最多的还是含泪感谢上帝和为她所带来的东西祈祷。”一旦那些穷苦的人们知道了红十字标志所包含的意义，就很少有人会忘记。

克拉拉并不是唯一看到了这项工作巨大吸引力的人。从她到达埃文斯维尔的那刻起，各种新闻就出现了，涵盖了红十字会每天的行程，有专题节目，也有关于这个组织历史的背景文章以及对其孜孜不倦的领导人的采访等。美联社就设立了一个长期的规定，要公正并且相对无限制地处理红十字会的所有事务。《芝加哥海洋际报》还派了一位记者常驻在船上来获取第一手的新闻素材。克拉拉也通过让员工写出工作中的有价值之处并投稿到全国的报社来进一步地推动相关新闻报道的普及。《埃文斯维尔快讯》用“飘扬的旗帜和乐于帮助的双手”来赞美红十字会在救助方面所做的努力。《圣路易民主报》急切地宣布了克拉拉到达这个城市的消息。《芝加哥海洋际报》也在日复一日地赞美他们的工作。“在针对俄亥俄河流沿岸的受灾者实施救助的组织中，”一位编辑在3月22日的文章中写道，“没有其他任何一个组织像红十字会这次的救助一样，深思熟虑地准备，明智地执行，对所有的细节都很认真和煞费苦心，并且结果这么的好。”当然，没有什么别的事情比这种广泛的公众宣传更能让克拉拉感到开心了。经过这一次，克拉拉终于完成了她自从1877年以来想完成的所有事情。正如克拉拉告诉约瑟夫·谢尔登的那样，新闻报道将这七年都联结在了一起。

克拉拉希望这些公共宣传可以把红十字会专业性和事务性的一面展示给全世

界，但同时她也会灵活地运用一些感性方法，例如让记者们着重报道那些感人肺腑的或者能体现出勇气和希望的力量的事例。一篇由克拉拉亲笔写的著名故事被广泛地刊载，题目是“六个小孩”。六个在宾夕法尼亚州沃特福德的小孩，把他们表演杂耍所获得的 51.25 美元都捐给了红十字会。克拉拉选择将这笔捐款单独分开，用于帮助一个家庭，并将这个家庭情况的好转告知这些孩子和新闻媒体。在整个俄亥俄州，她都牢记着这件事。当思鲁普号遇见一位居住在邻近伊利诺伊州的肖尼敦的玉米仓库中带着六个孩子的寡妇时，克拉拉觉得找到了这笔捐款的合适的给予对象。“那里有不幸、贫穷、悲伤、渴望、孤独和对未来的恐惧，但又有坚韧、勇气、正直和诚实守信。”克拉拉记录道。红十字会的工作人员泪眼蒙眬地听着这位女士诉说自己的故事，也倾诉了他们自己的伤心事，然后把几箱的衣物和燃料连同六个孩子的捐赠一并留给了他们。听到这个故事后，这六个孩子都很开心，并且对红十字会的领导人承诺说：“下次如果你们再需要钱来做这样的好事，尽管叫我们帮忙。”像这样的故事是非常令读者欣慰的，他们都希望自己的捐赠被送到真正有需要的人们手中。并且当面对受灾区时，大家也表现出了更加人性化的一面，而不仅仅是统计受灾状况、记录水位。除此之外，像《六个小孩》这样的文章也通过强调突出红十字会在政府能力范围之外的救助活动，进一步证明了他们工作的重要性。

因此，大量的捐款和加入红十字会的申请蜂拥而至。当他们完成首次救助回到埃文斯维尔时，克拉拉非常惊喜地发现各种各样类别的物资被装在许多集装箱或行李箱里送达了这个小城镇。根据哈贝尔的统计，他们沿着密西西比河的救助在 1882 年和 1883 年分别获得了 8000 美元和 18000 美元的捐款，而在 1884 年却获得了超过 175000 美元的捐款。其中仅是位于芝加哥的红十字会分会就发出了超过 5000 美元的捐款。很多年以来，克拉拉已经习惯了节俭地使用每一块钱也还总是发现不够的状况。现在，她终于可以欣慰地写下“我们有了足够的捐款了”。在 3 月下旬，克拉拉听到了密西西比河下游令人忧心的洪水情况的报道，她认为那里的情况应该比俄亥俄州的状况更加糟糕，于是她改变了本部的所在地。她艰难地找到了另一艘船，马提 · 贝尔号，和一批敢于勇敢地面对无常的江河之父——密西西比河的船员。随船的有哈贝尔、查多克、圣路易斯红十字会的领导人安德鲁·莱斯利，还有他的秘书奥克塔维亚·迪克斯。约翰·希茨也在4月2日出发的当天加入其中。

在密西西比河的救助工作和之前在俄亥俄的工作很相似。克拉拉和船员们都发现这次的受灾者更加贫困并且所在的区域更难到达。偶尔马提·贝尔号被困在河口沙洲中，克拉拉就不得不穿上长橡胶靴，徒步穿过泥泞到达需要他们的地方。处于困境并且饥饿至极的那些动物是一个尤其敏感的问题。克拉拉喜爱动物，并且她也意识到那些动物在日后农场的恢复当中极其重要，所以她对于动物的营救和喂养尤其细心注意。在人们都已经开始忍受饥饿的情况下照料家畜是一个复杂的工作，但是她做得如此之好，以至于一篇新闻即使不赞同她援助的其他方面，也会承认她在这方面所做出的至关重要的贡献。为了在最短的时间内帮助到最多的人，她坚持着过去在乔什·V. 思鲁普号上的模式：靠岸，去拜访情况最糟糕的地方，在那里停留足够长的时间来了解他们真正的需要再给予帮助……这就是红十字会工作最初的风格和精神。

只要情况允许，克拉拉就会把捐献的物资委托给当地人，并且她通常都会注意让黑人也加入到委员会中来，以此确保没有人会被忽视。她带来的东西都是很重要的生活必需品——盐、米、肉、钉子、灯、草料和衣物，毕竟灾民需要的就是这些最基本的生活物资。她明白，红十字会不能替代人们失去的那些东西，而只能提供给他们一个助力，让他们的生活尽快回到正轨。她很少直接给予现金，一方面是没有地方可以花，另一方面，就像她和哈贝尔发现的那样，“人们几乎不会用这笔钱去买需要的东西，有一半的概率人们根本体会不到这笔钱的价值和用处”。现金，如果用得好可以改善状况，但很耽误时间。

马提·贝尔号的航行，就像乔什·V. 思鲁普号一样，是非常令人感动的。“几乎每天都会发生一点儿足以让我们铭记的小插曲，有时是悲伤而感动的，有时是滑稽有趣的。”克拉拉这样回忆道。在每一次靠岸后，当地的女性和小女孩们都会送给他们鲜花；军方和政府的船只也会向他们这艘小轮船致敬；泪眼婆娑的黑人们跪在一袋袋的粮食上，称赞克拉拉女士是上帝派来的使者；小男孩们在湍急的水流中划着木筏，会在自己带着煤油、煤和鸡饲料等物资离开的时候，挥舞着花色鲜艳的丝质手帕致意。当人们听到克拉拉要做一个关于红十字会的演讲时，都会蜂拥到甲板上。当甲板人满时，他们会爬上屋顶，从甲板上人群的缝隙中听到哪怕是一点儿内容。人们惊奇地看着船员们卸下木材、钉子和木瓦板，组装成了一个临时的住所，而这个避难所就是他们中有些人在整整一个月内见到的唯一一个。“但是在所有事情中最让人感动的，”克拉拉回忆道，“还是无处不在的最诚挚的谢意。”

除了这些每天都会发生的让人感动的小事之外，还有就是船上的人们之间的关系变得紧张起来。大多数的管理人员都是克拉拉年长又忠心的支持者，但是安德鲁·莱斯利却是个不折不扣的怀疑论者。他承认这个救助旅行的必要性，但同时其中的一些遗漏和缺陷也让他觉得困扰。“事实上我已经是相当的失望了。”他在给一位朋友的秘密信件中写道。他发现有很多地方都是没有任何解释地就过去了。支出看起来总是低于分配保证，也没有一份准确的财务报表。“我希望这次就不要深入地调查了，”他补充道，“但是这种情况不应该再发生。”同样令人不安的是，克拉拉总是习惯固执己见，并且在行程的后期她一日比一日疲劳。从临近 5 月开始，她就经常在床上指导工作了，然而她也清楚这不能变得尽人皆知。克拉拉和她的支持者们对莱斯利是一个麻烦制造者深信不疑，认为他总是通过取笑红十字会主席来取悦他自己。有一次，克拉拉在岸上停留了相当久的时间，这时，莱斯利居然宣称那些停留在船上的人是“在等着这个老女人去世”，于是几个男人运用肢体暴力恐吓了他。他们之后又因为他“粗鲁无礼地对待主席，无视她的职位、判断力和执行力”和“试图违法篡夺职权”而斥责了他。即使是如此的忠诚，但还是有一部分克拉拉的助手非常担心她的优柔寡断以及糟糕的健康状况。哈贝尔和查多克怀疑是否“克拉拉的头脑正在退化，或者她是不是太衰老以至于她已经不能明确她到底想要做什么”。他们注意着周围任何一点点批评的声音，帮助她弥补她的错误，为她做出解释。但他们私底下也在讨论着怎么促使她离职。

克拉拉虽然已经很累了，但她还是决定参加这次救助的最后一段旅程。在 5

月下旬，完成了这次沿着密西西比河的救助工作之后，她又一次租用了乔什·V.思鲁普号前往俄亥俄州。在春日的阳光中，她惊喜地发现，如今的状况和她第一次见到这个几乎被破坏殆尽的地区时截然不同，这三个月以来情况真的有了不小的进步；她骄傲地记录下了她的成就。她在工作中所有渴望得到的东西都实现了：政府的配合、大量的援助基金、人脉关系的建立、可触及的成果以及新闻报道和公众的赞扬声。红十字会证明了它自己，同时也让克拉拉感到了莫大的欣慰。“我们已经检验过它有足够的勇气和能力去维持和发展它自己，”她向阿道弗斯·所罗门斯夸赞道，“我们已经证明了红十字会可以在很少的资金支持下迅速地组织起来，没有拖延……在艰苦繁重的工作中维持自身的运转……最终成长为一个在经济和社会方面，都有着无懈的自信和不易摧毁的完整性的稳定的团体。”在 1884 年 6 月初，克拉拉回到了华盛顿，她的身体状况要比她承认的更加疲倦。她的头脑还足够清醒，可以支持她去处理在她不在时堆积成山的信件，但是她却卧床休息了几周。然而，她很快让那些认为救助工作已经透支了她太多的人噤了声，并且她坚持说这次卧床休息只是一次自私的放纵而已。她的年龄和身体状况欠佳都是敏感的问题，她担心别人会发现她无法胜任管理红十字会的工作。因此在那年夏天去往丹斯维尔的旅行中，克拉拉尽力避免让新闻媒体和红十字会的其他成员察觉到她虚弱的身体状况并加以报道。

但是她还是向古斯塔夫·莫瓦尼埃以及一位一直以来支持她的参议员奥马尔·D. 康格泄露了她的身体状况。他们都鼓励她去出席即将于 9 月初在日内瓦举办的第三届红十字会国际会议。克拉拉虽然很渴望在这次国际会议中巩固美国红十字会的地位，但是她对于承担这份责任还是感到力不从心。“我已经找不回我以前的力量了，”她告诉康格，“并且即使是在这样舒适有利的环境下旅行，我依然感到很虚弱。”当国务卿弗雷德里克·T. 弗里林海森坚持，她是唯一一个可以代表美国去出席这次会议的人选时，她还是勉强同意了。即使很犹豫，克拉拉最终还是成为美国历史上的首位女性外交大使。长期被公认在红十字会以及其他组织都做了非常多的慈善工作的阿道弗斯·所罗门斯以及现任协会的顾问约瑟夫·谢尔登，都被指定参加会议。在做了大量的准备工作，包括仪表，合适的随行人员的选择等等以后，这支队伍朝着欧洲出发了。

会议在 9 月 1 日开始。美国的新闻工作者们是首次报道这类国际会议，奢华的招待以及一批又一批的卓越代表们令人目眩。他们都炫耀似的佩戴着昂贵的饰品，穿着正式的制服，或者戴着多彩的只有在外交场合佩戴的腰带。85 位代表分别代表着 22 个国家，来自其他 12 个国家的官员列席了这次会议。瑞士的日内瓦提供了 8 道菜的晚宴以及盛大的招待会，个人例如莫瓦尼埃主席每天晚上以及周六周日的全天都会出席。烟花表演和军事演练都被赋予了正式的礼节性的功能和意义。

白天的会议进程比较严肃认真。上午的会议讨论了如下几个话题，例如全国性组织在和平时期的定位、救护车驾驶员的角色、战争期间物资的获取。由于克拉拉在美国南北战争中获得的经验，她组织了一次关于在战时如何确定死伤状况的讨论会。谢尔登法官发表了一个很受欢迎的演讲，详细介绍了美国红十字会在灾难救助方面所取得的成就。会议相关人员都对克拉拉以及她的助手们在俄亥俄州和密西西比河的洪灾期间所做的工作以及她拥护的应扩大红十字会工作视野及范围的主张印象深刻。在听取了他们的工作报告，以及他们想要让美国红十字会既成为和平时期援助工作的一员，又是军事力量的辅助的期望和计划后，会议通过投票表决，最终决定将这些作为原则纳入到国际协议中去，作为协议的一部分。修正案补充道："红十字会在和平时期所做的人道主义工作，类似于在战时移交给他们的工作任务，是关怀弱势群体，在极其严重的受灾区域给予如战时般迅速有组织的救助。"为了表示对克拉拉·巴顿的永久敬意，这个《日内瓦公约》的补充条例被称为"美国修正案"。

下午是演示的时间，内容主要包括备受关注的各种外科手术技术，医院、急救车、药品仓库的新设计，以及军队野外工作的改进方法。克拉拉的慈善生涯就是从参与战地救助开始的，所以她是这些示范演讲的最犀利的观察者。便携式野战医院尤其让她印象深刻，它可以被远距离运送，装备上个性化的救护用品，并且能提供一个比易损坏的军事帐篷更安全的庇护所。然而最轰动一时的是一天下午，关于一种新型电灯的展示，这种灯可以被应用于确认战地死伤状况。克拉拉和许多其他人一样，都曾目睹了战争的恐怖。当她想起在弗吉尼亚的战场上那些在地上被冻僵，或者躺了整整三天都无人问津的人时，难掩内心的悲伤，但她同时也被战时人道主义救助的希望深深激励和鼓舞着。

美国代表团首次参加国际红十字会会议就受到了意想不到的欢迎：他们在所到之处都非常受尊重。人们都怀着莫大的兴趣和意愿来听约瑟夫·谢尔登的演讲，而不是通常的那种敷衍的态度。阿道弗斯·所罗门斯的人道主义工作也受到了莫大的认可，并且他当选为会议的副主席。而最重要的是，这次会议几乎成为克拉拉个人的胜利。她无时无刻不被需要，所有的招待会和委员会会议都会征求她的意见。《纽约每日图形报》这样写道：

> 克拉拉·巴顿刚一到达日内瓦就立即成为关注焦点，或者说人们顶礼膜拜的对象。她近乎完美，端庄的外表、美好的意愿和极大的参与感，以及她的自然得体，几乎立刻使她脱颖而出，她甚至像红会的元老一样受到人们的一致认可和爱戴。

在这次大会上，克拉拉被授予了特殊的荣誉。当会议接近尾声时，意大利的代表团提出克拉拉·巴顿带领美国加入日内瓦大会，应该获得最高的荣誉奖项和感谢。在演讲中的某个时刻，当提到克拉拉的名字时，会议现场甚至爆发出了一阵欢呼。“对她来说这是一个尤其令人欢欣鼓舞的成功”，谢尔登说道，“如果以后她再参加类似的会议，主办方一定会提前为她量身定做适合她的招待会来迎接她。”

克拉拉把这些个人荣誉变成了属于全体女性的更大的胜利。在日内瓦的会议中还有其他四位女性代表，但是只有她能够以和男性代表完全平等的身份去参加所有的会议进程。从很多方面上来讲，这都不是一件易事。在当时的社会中，女性依旧不被鼓励去参与公众事务的决断，她们在演讲台上的演讲会被喝倒彩，也不被允许成为政府的高级官员。在这种环境下，克拉拉的出席引起了非常多的好奇和议论。《纽约论坛报》报道称：“对于观众来说，看到一个代表美国政府的女性站在台上，是一件很新奇的事。”但是就像她成功打破专利局的壁垒，成功改变了参议员和内阁官员们的观点想法那样，她用她的自信和勇气成功通过了这次考验。她朴实的衣着和谦逊的礼节赋予了她很大的魅力，她在美国取得的众所周知的成就和获得的数不清的国际奖章都使参会代表们对她极尽溢美之词。克拉拉和德国皇室的联系也帮助了她很多，例如路易丝大公夫人就要求德国的代表们要不遗余力地去帮助克拉拉。“这为我铺平并拓展了一条路，使我一个女性可以在男性中间有立足之地。”克拉拉满怀感激地写道。

克拉拉的一生都在致力于打破旧的传统，不是通过口头上的抗议，而是通过坚定的行动；她希望男女平等，并且所有人都能认可这一点。现在，在1884年，她看到她自己和其他的全国代表是平等的，这使得她的主张变成了现实。同时，由于她这个卓越的事例，也为其他女性争取男女平等铺平了道路，她们可以自豪地说，克拉拉作为政府代表为美国带来了尊严和荣耀。安托瓦内特·玛戈特坐在旁听席观看了会议进程，她满脑子都是克拉拉的行动对于女性在社会上的解放意味着什么：

> 这几周以来，我看着她坐在一群最杰出的人之中……她拥有这个团体中任何一人所拥有的权利和权益，不比任何一位国家代表少……这是对女权的认可，这在这些国家中从未出现过，并且我相信，即使是全世界范围内也没有过。

对于全体女性来说，这不是一个孤立的偶然事件，而是一个开端，是改变的开始。“克拉拉不是在用一个大锤子去一遍遍地敲，试图把墙击倒，”玛戈特总结道，“她是在用钥匙开启一扇大门，这扇门将再不会关上。”

会议开了仅仅一周，但是克拉拉在欧洲多留了几个月。因为在她离开美国之前，她被民间组织选为了国际和平联盟的代表，去参加紧随国际红十字会会议之后，在日内瓦召开的会议。因为这个原因，以及她和莫瓦尼埃和阿皮亚博士约定好的私人会面，她推迟了回国的时间。她去拜访了玛戈特的家人，重游了斯特拉斯堡，一个承载了如此多令人感伤又繁忙的回忆的地方。在她收到大公夫人的邀请后，她又准备动身前往巴登去面见奥古斯塔皇后。在那里，她沐浴在皇室给予她的荣耀之中，她写道，这是她一生都会珍惜的恩惠。在这次会面中，皇后出于对克拉拉出色的人道主义工作的认可与称赞，授予了她银质的奥古斯塔奖章，这在德国被视作无上的荣耀。满怀着荣誉和对工作重新燃起的热情，克拉拉在临近11 月时启程，回到了家乡。

1885 年就是相对平淡的一年了。克拉拉的欧洲之旅短期看来使她的热情和精力都到达了一个很高的水平，但是长远来看，却是在进一步损害她的健康。当她回到美国后，又一次在家中闭门休息，忍受着僵痛的背、虚弱的肠胃以及过量的工作所带来的痛苦。当她刚刚恢复一些体力，她就又踏上了去往新奥尔良的漫长旅程，去完成她对德国红十字会承诺的任务。这座新月之城，是那年的百年纪念棉花展举办的地方，这个面向世界的贸易博览会预期可以吸引数以百万计的人员参加。德国红十字会认为这是一次宣传红十字会工作的极好机会，所以希望克拉拉可以作为他们的代表去参加这次博览会。克拉拉在 12 月末到达了新奥尔良，在那里进行了公开的调研，还和当地红十字会分会的主席进行了商谈。他们被克拉拉吸引眼球的展示创意深深打动了，要求会议的相关负责人要抽出一天的时间供红十字会进行宣传。在展示中，每一个在《日内瓦公约》上签字的国家的国旗，都被放置在了展览会建筑上最为引人注目的地方，例如主入口的拱门之上。克拉拉满怀热情地投入到了取得国旗和回应参与国家发来的官方问候的工作中去。身体状况不好虽然让她缓和了工作强度，但是她还是被迫在家休息，直到晚春将至才离开新奥尔良。

克拉拉像平常那样，并没有留一个人在她不在时负责工作，并且她也没有一个秘书帮助她处理源源不断并令人忧心的邮件。她觉得她跳不出每天固定的生活轨道，去着手处理和政府的关系，整顿当地的社会团体，以及保护红十字会的标志，这让她的沮丧不断增长。她不知道怎么减轻信件给她带来的工作量，她觉得每一封都需要回复，并且她不能让自己把工作委派给他人。但她还是渴望更多的时间，“每一天我都会收到至少五封一定要回复的邮件，我希望可以有更多的时间去好好地思考……如果红十字会想要继续存在发展下去，整顿重组是势在必行的，我希望可以拥有更多的时间和关于这一点的一些好的帮助。”

虽然在新奥尔良的展览是成功的——人们成群结队地前来参观旗帜，红十字会也受到了前所未有的关注，但是和克拉拉在这个组织中所付出的大量珍贵的时间和精力相比，它还是不够的。美国红十字会依旧急需资金、公众宣传以及有活力的新鲜血液；参与展览的各种社会团体的领导者们的认可以及好的意向对于克拉拉来说并没有太大的价值。她的意志很消沉，所以她计划着前往丹斯维尔去度过一个平静的夏天。安托瓦内特·玛戈特离开法国来到克拉拉的家乡成为一个秘书，这个消息对于克拉拉来说是一个小小的安慰。往事、忠诚、克拉拉需要她的事实以及她们之间的友谊，都影响着玛戈特做出这个决定。克拉拉对于这次旅行的期待值非常高，犹如丹斯维尔的夏天一样热烈。她开始重新构筑自己的精神花园，并且重新恢复了和哈丽雅特·奥斯丁以及其他老朋友的联系。

但是丹斯维尔的旅程也是令人失望的。旅程是如此的漫长，使人疲倦而不舒服。并且克拉拉发现奥斯丁和杰克逊博士都专注于自己的事，使她的旅程更加无趣。她的住所也没有确定好，玛戈特到达之后也是羞涩安静的。已经从克拉拉那里转租了房子的一家人也是一个麻烦，他们不肯搬离，当地社区认为克拉拉应该对此负责。私下的协商并没有取得很好的效果，最终演变成了法庭上的诉讼。所有的状况都使得克拉拉不得不花费精力去保卫她的房子，她非常不开心。这件事拖了几个月之久，在这期间她经历了困惑、恶意、不公正和危险。最终，在1886年初，她在城镇的喧嚣中发表了一个相当短的声明，之后放弃了这个她一直以来深爱的居所，永远地离开了丹斯维尔。

克拉拉从丹斯维尔的搬迁，是这十年以来在她的私人生活中发生的众多变化之一。这是一个过渡时期，在这期间，过去的影响和支持力量逐渐消失，新的朋友和机遇替代了旧的。长期以来的朋友约翰·希茨，卷入了斯韦登伯格教堂的丑闻，克拉拉心情沉重地看着他离开了红十字会的怀抱。克拉拉和玛戈特之间关系的破裂，是另一个让人痛心不已的改变，并且它的影响更为深远，因为没有人预料到这一点。玛戈特发现克拉拉反反复复的家庭困扰是如此混乱复杂，克拉拉认为玛戈特愚蠢、自以为是，并且过于信奉天主教，这是必须被控制的那些不稳定、不平衡的思想之一。玛戈特就像很多克拉拉曾经由衷的支持者那样，“带着不满甚至怨恨离开了克拉拉身边”。

就这样，克拉拉几乎失去了所有的支持者，与此同时她还失去了她的恩师，弗朗西斯·加格。她一直以来都被瘫痪的躯体所禁锢，最终于 1884 年 11 月去世。这个消息让克拉拉感到如此的悲痛，以至于她差不多整整六个月都不能谈论或者写下关于这件事的任何只言片语。当她终于可以谈论这件事时，她表达了深切的悲痛和遗憾：“她坚定不移的支持，她饱含信任和爱的信件都再也不会有了——再也不会有朋友可以像她那样相信我、爱我——她是一位如此勤劳忠诚、博爱的母亲。”再也没有一位女性可以给予克拉拉这样的鼓励，将来也再不会有人成为她的榜样。

然而这些年中更糟糕的是她最后一位直系亲属的离世。1888 年 3 月 15 日，大卫·巴顿在北牛津的家族农场去世。斯蒂夫通过电报告知了她这个消息，还寄了一封内容使她非常震惊的长信。虽然克拉拉销毁了这封信和其他所有的证据，但是所有的一切还是强烈表明大卫是自杀身亡的。很多年以来，他的经济一直很困难。斯蒂夫和克拉拉在 1881 年试图帮助他，他们买下了他的农场并且允许他继续留在这里，但是偶尔他还是会向他的妹妹提出借钱的无理要求。他的妻子说他奇怪又焦虑，认为他得了抑郁症。克拉拉的话最为直接地点明了大卫生命的悲剧性结束，因为她的反应远远不是伴随着这位 80 岁老人的自然死亡所应该产生的悲伤的接受。“我知道最糟糕的情况，”她在大卫死后仅 5 天给斯蒂夫写了一封信，信中写道，“我无话可说。所有的一切都糟糕透顶，令人震惊和遗憾。他一定已经承受了很多不幸。上帝可怜他也可怜我们，上帝拯救我们所有人。”她还很担心这件事对大卫敏感的女儿玛米造成的影响，因为她就处在那样的情况下，在那样的状况下生活。“他们要怎么在家里忍耐呢？这件事几乎足以击垮他们所有人。他们该是多么害怕和羞于见人啊。”克拉拉想不顾一切地去帮助他们，但是事到临头她却发现自己犹豫害怕了。“我没有给玛米写过信，因为我不知道怎么写，”她坦白道，“当我要和一个刚刚经历过很糟糕的事的人沟通时，我感到有一点儿害怕。”克拉拉没有参加葬礼（如果真的有葬礼的话，因为当地的报纸上没有任何的告示）。并且，斯蒂夫的偷盗行为、多莉的心理疾病和她妈妈的神经衰弱症，都在她的内心留下了阴影。她被一种深深的孤独感包围着。“这是我最后一个家人了，”克拉拉悲伤地对一个朋友说道，“我再也没有兄弟姐妹了，一个人是如此孤独。我独自生活在这个偌大的世界上，真的很孤单。”

当过去的人和事已经成为回忆时，又会出现新的面孔。有一些人是一时的，也有一部分人在接下来的20年中一直陪伴着克拉拉。虽然也有几位年轻的男孩成为克拉拉珍贵的朋友和助手，但是她还是越来越多地倾向于向女性朋友表达自己的信任和爱。露茜·黑尔是舍伯恩监狱一名很有雄心的医生，她对这位红十字会主席的敬重就像是克拉拉对范妮姨妈的敬重一样多。她现在是瓦萨尔学院的一名工作人员，她会给克拉拉写很富有感情的信件，并且会邀请克拉拉参加所有她组织和参与的女权主义活动和医疗活动。除了黑尔，在1884年俄亥俄州的洪灾中和克拉拉共事过的埃诺拉·李也是一样，忠实拥护着克拉拉。红十字会的活动填补了埃诺拉生活中的空白，并且在和克拉拉一起工作的过程中，她也有了很彻底的转变。几年之后，埃诺拉嫁给了来自印第安纳州贝德福德的约瑟夫·加德纳医生，她带他进入了她的领域，并且多年里，他们两个都是红十字会最活跃的工作者之一，同时也是克拉拉最亲近的私人朋友。他们也把克拉拉介绍给了一位聪明睿智的男人，约翰·莫兰。他在克拉拉的生命中有着非常深远的影响。莫兰工作勤勉，帅气，经常吸引着克拉拉的目光，这种吸引常常是足以让人毁灭的。在很大程度上，他是这一时期克拉拉全新人际交往的代表。个体之间的相互理解和对红十字会的奉献承担，在每一段交往中都起着同等重要的作用，并且忠诚往往比友情和人品更被看重。1880年，标志着克拉拉结交朋友的方式方法的改变。过去对北牛津、克林顿和美国内战的共同记忆，将克拉拉和她的熟人们联结在一起，而现在的纽带变成了对未来的期许。

在这样变幻不定的人际关系的背景下，对于红十字会的工作以及她公众慈善家的形象所赋予她的责任，她都尽自己最大的努力去完成。各种义务和工作使她的担子愈发沉重。同时，她还被安排去调查意外灾难后的受灾状况并帮助当地的人们维持和政府的至关重要的关系，在各种会议上发表关于女权、监狱改革、宗教自由、专业护理等话题的演讲。当时急需寻找赞助商以及为美国红十字会寻求广泛的公众支持，出于对此的关注，克拉拉几乎不会主动放弃任何一次作为红十字会代表演讲的机会。在第三届国际红十字会会议之后的几年中，克拉拉在某种意义上成为红十字会的流动大使。她的名字已经不只是一个家喻户晓的名字，它有着巨大的凝聚力，并且她的职业领域广泛到令人吃惊，也涉及许多新的组织所看重和珍视的领域。对于不同时期的不同组织来说，她象征着主观能动性，是坚毅女性的成功典范，有着基督教徒的包容，甚至代表着美国内战中美好的一面。1884 年至 1890 年期间，克拉拉大多数的时间都放在了书写修改演讲稿、到各地出差、为热情的听众们演讲的工作上，而不是在办公室内的工作。

然而还是没有人能真正替代她在华盛顿的工作。她不辞辛苦地到各地出差，试图创造一个有力的真正的全国范围内的网络，这个尝试在缓慢地进行和开展。显而易见，这个全国性质的协会未能获得足够的动力去创造分布广泛的各种各样的地方性组织并与之互动。克拉拉向成百上千的听众们耐心地解释着红十字会活动的历史，但是在她巨大的个人魅力之下，她的演讲词都黯然失色。红十字会是克拉拉个人的慈善团体，它有着良好的资金状况，它需要的是表扬而不是物质帮助——公众的这种观念根深蒂固。她为了普及她的想法所做的努力，因此变成了一种令人悲伤的讽刺。当她离开华盛顿的时候，使社会发展进步的基础工作还是没有被落实。当她饱含热情地进行关于红十字会的演讲时，她发现人们对于她个人取得的成就有着极大的热情，但是对于红十字会本身却只会报以仅仅几次出于礼貌的掌声。

克拉拉在 1886 年离开丹斯维尔后，就几乎立即动身，踏上了在美国西部广大地区的旅行。在旅行中，她到各地演讲，被授予各种荣誉，也曾在加州的山中度假。在 7 月份，她第一次在圣保罗·明尼苏达停下脚步，作为代表在讨论慈善和改善的全国会议中发言。在那之后，她又来到了芝加哥，在那里开办了一家以她的名字命名的护理学校，并在那里和一名叫玛丽·威克斯·伯内特的女门徒一起度过了一段开心的时光。从芝加哥启程，她又开始了备受关注的横跨美国西部三分之二土地的旅行。她的目的地是旧金山和 GAR 的国家营地。她是乘坐马萨诸塞州的驻地司令官的私人火车旅行的，还被授予了马萨诸塞州女性救助队的荣誉司令官的称号。在旧金山，她在所到之处都很受人们爱戴，引起当地的巨大反响，她还获得了国家救助队由黄金和钻石制作而成的别针，并且当她讲述过去战争年代的回忆时，人们会聚精会神地倾听。“他们向我展示着过去因为我的帮助而愈合的伤口和我曾经努力去帮他们保住的肢体，他们围绕着我，就像是充满爱的男孩儿——我哭泣时他们也陪着我哭泣。”克拉拉深情地回忆道。在离开营地后，她鼓励旧金山杰出的当地人士组织起当地的红十字会，然后和在高山的朋友们踏上了新的野营之旅。

那是一次美丽又充实的远足。她们穿着“又黑又硬的棉布……戴着巨大的草帽、一些宽平的带子和几码的面纱”。她们要去韦伯湖，她一天要徒步和在马背上走过 40 英里。在那里，她和她的朋友们打猎钓鱼，吃野味和野生的蜂蜜，徜徉在干净靓蓝的天空之下。几年之后，她承认，“在松树林中露营的记忆，随着时间的推移变得越来越甜蜜。”

在山里即将进入早冬的 8 月之前，克拉拉离开了加州。在向东行进的路上，她听到了在临近查尔斯顿、南卡罗来纳州的地方发生了地震的消息，报道中提到整个城镇变成了一片废墟，她因此改变了她的行程计划，出发前往这座已不堪一击的城市。她在地震后的几天到达了目的地，在那里她发现很多建筑物都被摧毁了，当地的居民都很茫然，意志消沉，军队和政府的补给都是远远不够的。克拉拉实地调查了当地的状况，访问了当地的孤儿院、老人院、当地医院以及一位西部联邦退伍军人的家，而到军人家的这次拜访是让人难以忘怀的。在每一个地方，她都会留下她最真诚的祝福和微不足道的 100 美元的钞票。然而她总计花费了仅仅 500 美元（由芝加哥的红十字会分会捐助）。对于正在经受磨难的查尔斯顿来说，这些和它的需要比起来太微不足道，但这却是那时克拉拉所能给予的全部。从红十字会的立场来看，就像一位观察员写的那样，“这是当时红十字会能力局限的教训”。克拉拉和哈贝尔都太劳累太繁忙了，以至于很难再负担起此次地震的责任，并且红十字会的资金也近于枯竭。靠着其他相邻州的慷慨解囊，查尔斯顿才慢慢开始恢复。这次救助并不像克拉拉理想中的救助状态，这些款项都不是通过红十字会捐助的。美国红十字会想要成为灾难发生时首先被考虑的组织，还需要一段很长的时间。

这种状况在几个月之后又一次出现了。当时得克萨斯州的旱灾已经持续了20个月，红十字会被号召去帮助那里受灾的人们。那里已经整整两季没有收成了，许多人甚至已经开始搬离家园；某消息估计，仅东部地区郊区就有将近3000的贫困人口。关于受灾的悲惨状况的报道源源不断地从当地发出，但是报道的事例却通常是好转、乐观的，这和受灾状况是冲突的，真正帮助受灾者的工作其实做得非常非常少。一位名叫约翰·布朗的善良的牧师主动承担起了把这些问题宣传出去的责任，并且为了他的观点和信念而到处游说。不幸的是，他的描述很多时候脱离现实，所以政府官员和报纸主编们并没有对他过多地关注。1887年1月，当他到达华盛顿寻求美国红十字会的帮助时，克拉拉决定亲自去往得克萨斯去评估当地的受灾状况。

克拉拉和朱利安·哈贝尔一起，自费踏上了整整三天的旅程，在路上，他们乘坐了火车、船和四轮马车。他们在1月末到达了奥尔巴尼附近脏乱的郊区，在那里他们很快发现，自然因素不是唯一一个对工作有消极影响的因素。牧场主和农民们长期存在的冲突，对外来人口的偏见，对当地政客的中伤和贫瘠的劳动工具都使因不理想的天气而造成的后果更加复杂、严重。人们并不是像新闻报道中说的那样忍受饥饿，而是失去了重新振作起来的希望和意志。“我没有时间去说情况是怎样的，”克拉拉在马车的颠簸中匆忙写给范妮·瓦塞尔的信中写道，“但是你可以确定的是，情况已经足够糟糕了。”

对于得克萨斯人来说，最大的需要不是简单地分发物资，而是建立一个根据当地基础、物质生产水平以及重新振作的决心所制定的、面向未来的制度程序。红十字会因其务实的作风，是承担起这一救助任务的合适组织，克拉拉也认为理所应当，但是她已经无力提供像那时在查尔斯顿一样的资源了。她将红十字会的仓库里她所得到或收集的捐助物资都分发给了当地人，但是她自己也承认那些物资真的不多。“红十字会应该有的东西，我们现在有什么呢？”一位合作伙伴痛心地说道，“我们缺少那些可以委以重任、经验丰富的工作者。因为这个缺失，我们必须用尽我们全部的智慧。”

克拉拉和哈贝尔非常不愿拒绝承担起这一任务，虽然在他们的声明中，强调的是当地受灾后的自然状况，而不是红十字会没有充足的准备。作为补偿，他们提出了一个计划，希望这个计划能让已经绝望的得克萨斯人自己恢复过来。

在约翰·布朗的帮助下，克拉拉起草了一份报告，并把它提交到了得克萨斯的州议会，她在报告中详细描述了她亲身体会到的当地的痛苦和压力。因为这份报告，以及克拉拉名字的威望，州议会通过投票决定，为受灾最严重的县拨款 10 万美元，虽然这不足以消除灾难带来的所有影响，但至少是一个好的开端。克拉拉随后联系了奥斯丁、达拉斯以及其他主要城市的报社主编，希望他们能在报纸中刊登有关这次旱灾的文章，并且设立一个可以通过日常刊物筹集资金的基金。她用她本人的声望去促进这一项目的推进，并且从私人账户中捐了 20 美元，这是这一基金的首笔捐款。通过讲述六个小孩的感人故事，她吸引了很多州的孩子加入到救助的队伍中来，并且当格罗弗·克利夫兰总统否决了国会向当地拨款一万美金的提案时，她坚持认为自立自强的州应该依靠自己的资源。在 3 月上旬，克拉拉和哈贝尔回到了华盛顿，在那里，他们试图募捐种子，并寻找途径将捐赠的物资免费地用火车运送到灾区。

克拉拉经常指出，得克萨斯州的情况证明了，红十字会在确定哪些地区需要灾害援助时一直采取着谨慎的态度。这是一种勇敢的说辞，事实上，她在得克萨斯州的经历使她清醒并且印象深刻。“一次漫长又艰难的旅行，”她在日记中这样描述这次旅行，“我们没有哪怕是一美元的帮助或者回馈，我们放弃了很多陪伴家人的时间，我们已经快筋疲力尽了。”她知道红十字会并没有做到它应该做的，并且那 10 万美金的拨款显然是不够的，这都使她感到前所未有的泄气。“在经历了这些事之后，我非常痛心，并且即使在我离开得克萨斯州之后，这种感觉依然持续，”她写道。报纸上的筹集捐款活动并没有筹集到足够的资金，并且在东部沿海地区的筹集资金过程中，她不得不承认她也遭遇了类似的失败。即使是她想要向灾区运输成箱衣物的尝试，也受到了极高运价的阻碍。最终，一场晚春的及时雨，为得克萨斯州带来了重生的希望，而不是克拉拉·巴顿。

幸运的是，在每一次令人失望的救援活动后，都伴随着一次机遇，来显示克拉拉的声望和驱动力。当她反思这次得克萨斯州混乱的情况时，一次用最实际的方式来证明美国红十字会的机会出现了，通过这次机会，她还可以巩固红十字会和军队的关系。GAR 的全国训练和露营会议即将在 1887 年 6 月于华盛顿召开，克拉拉认为光靠政府的力量很难协调好众多的与会人员，于是她代红十字会自愿承担下了应对可能发生的紧急情况的任务。“这是红十字会首次可以用它最真实的身份去证明自己，即作为一种外援和国家军事力量的一部分，”克拉拉在给费城分会的信中激动地写道，“这也将是军方拥有的第一个经验教训，并且能让他们更好地了解红十字会。”她说服了相关的医生护士，取得帐篷物资，还取得了美国陆军部负责人的信任，从而建立起了一个移动医院。这个移动医院在 6 天内有效地治疗处理了将近 200 个病例。它的成功反响剧烈，还引起了更具影响力的几位市政府高级官员的注意。它所取得的巨大认可和称赞已经如玉露琼浆般甜蜜，而沐浴在喜欢她的男孩儿们对她的关注中，使得这一周变得更加甜蜜。“这一周的宿营时光对于克拉拉女士来说，充满了不间断的认可与赞美，”哈贝尔骄傲地宣布道，“克拉拉身边围绕着那么多的人，很难穿过他们去到克拉拉的身边，他们很多都等待了好几年，期盼着能握到她的手，亲眼看到她本人，或者只是听她讲几句话。”参议员和上将们打电话到她的家中，退伍军人都按照军衔顺序到红十字会的帐篷中去问候她。丹尼斯上将说道，“即使是英国女王都没有得到过比她那时更多的关注。”

同时，克拉拉也在另一个看似微不足道却光荣的领域让人感到自豪。1888 年 2 月 19 日，一场龙卷风袭击了伊利诺伊州的芒特弗农。虽然死亡人数很少，但是这个小镇由于龙卷风本身、随之而来的强降雨、翻倒的炉格和裸露的电线所引起的火灾等，遭受了巨大的财产损失。因为一些未被解释的原因，新闻报道中都统一说这里几乎没有遭受什么苦难，这导致了最不幸的结果。当地的组织发起了募捐，但是几周后却毫无结果，当地的神父只能向克拉拉寻求帮助。克拉拉非常急切地想恢复红十字会的可信度和可靠度，所以她承担起了这份工作。

克拉拉的第一步行动就是接到哈贝尔医生，动身前往芒特弗农。她从火车上下车，发现恶劣的天气使得本就不好的状况变得更加糟糕。作为红十字会的主席，她马上发出了一系列富有感情的新闻稿。“当地遭受的破坏，失去的东西和需要的东西，都远比公众认为的更严重、更多，”她还给合众社和美联社拍电报，“我们需要每一件东西，欢迎任何形式的帮助。这些都是应该得到的。”第二天，她发出了一个呼吁，质朴的内容非常动人且有说服力：“无情的雪落在了3000受灾人民的头上，他们无家可归，甚至没有食物、衣物和钱。”很快她收到了回应。灾区在两周之内收到了公众总计超过8.5万美金的捐助。钱是欢迎的，但是在这个时期，最需要的还是日常生活中最有用的、熟悉的事物。克拉拉发现几乎每个家庭都有需要的东西，“在这里没有东西是无用的，从床架到肉豆蔻的碎粒，或者是纸、针”，她在同一位捐赠者的对话中提到。

红十字会在芒特弗农的工作还包括照顾病人，帮助重建家园，在一间很大的储藏室建立一所学校（学校建筑受到的破坏太严重了，重新修缮非常不易），还有组织当地的社会团体在克拉拉及助手们离开后接手重建工作。埃诺拉·李、约翰·莫兰和哈贝尔都在那里协助克拉拉，工作进展得很顺利。两周之后，他们清理了最糟糕的残骸，看到每一个家庭都有了临时的庇护所和食物，并且让当地人民相信这座城市已经克服了灾难初时的恐慌混乱。看到镇上的人们都能够自己照顾自己之后，红十字会的工作人员带着依旧萦绕在耳畔的祝福，静静地离开了。

在离开伊利诺伊州之前，克拉拉向芒特弗农当地救助机构的主席写了一封信。在信中，她解释了她在如此短的时间内就离开这里的原因。她坚持认为，继续留下，只会有害无益，因为持续不断的援助只能变成“不能忍受的累赘，对于那些必须接待他们的人来说也是难以理解的；会给灾区的人们持续地灌输一种不诚实的思想，并且在潜移默化中建立起一种乞讨制度”。不只是在芒特弗农，在红十字会的其他工作中，这也是克拉拉必不可少的哲学信条。她在学生和助手们面前解释这一信条，也在1886年于圣保罗召开的慈善及修正会议上，在慈善组织的领导面前就此发言。在每年的社会科学技术会议上，专业的同僚们对于她所宣称的，简单地分发食物或钱所起到的效果微乎其微这一观点都点头表示赞同。相反的，它只会造成期待和依赖。克拉拉向她的听众们说道，她已经渐渐地领会到慈善和施舍之间的巨大区别。同时，她也亲眼看到了两者的区别，因为它违反了所有基督教徒关于慈善的观念，以及她想要帮助所有目之所及的受苦难的生物的冲动。她发现她的出发点是好的，但并未导致好的结果。19 世纪 50 年代，酗酒者卖掉了她捐助的面包去买酒。20 年后，穷困的家庭几乎耗尽了她的贷款，却不关心经济状况，也不关心他们的未来何去何从，她帮助的孩子们也表现出了对她帮助的依赖，希望继续受益于她的帮助而留在学校。她在舍伯恩的经历也更加印证了她的观点，盲目的慈善只能降低人们的主动性和行动力。“没有什么能更直接地导致犯罪，没有什么能像当一名乞丐的诱惑那样，提供如此公平和安全的机会去生存。”

红十字会建立起的制度是去帮助而不是一味地救济。克拉拉将灾后救助清楚地分为了两个阶段——最初的阶段，人们需要及时和直接的帮助；第二个阶段，各种社会团体重新运作起来，相比于物质帮助，精神上的帮助是更被需要的。在灾后救助中，她总是能看准时机，去教给人们如何使生活回归正轨以及理财的技巧，而这些也是克拉拉认为她的组织所能给予的最好的东西。红十字会的观察家们也非常赞同。“红十字会已经变成了一个伟大的教育者，”一个评论中提到，“它体现着社会科学的最佳原则和真正的慈善精神，因此它值得拥有帮助处于困苦中的同胞的特权。物质需要的提供……仅仅是它工作的一小部分。”克拉拉的观点还反映了当前的慈善理论，即倡导在慈善组织本身已确定的合理需求的基础上处置资金，而不是依据个人请求的力度。在这个方面她也看到了救助和乞讨的区别。她尤其对那些让自己的孩子来向红十字会乞求帮助的人表示痛心，并且她坚持拒绝帮助那些情况还未被红十字会的工作人员评估的人。“不要让人们有这样评论，”克拉拉坚持说，“有孩子曾经在红十字会的大门前学会了如何乞讨。”

为那些既急需帮助、自身又努力奋斗的人提供帮助的想法并不与旧时的加尔文概念太过冲突，即克拉拉的家中一贯信仰的、为值得帮助的贫苦人民提供帮助。心理学才刚刚进入社会工作领域，几乎没有专业的积极从事社会工作的人相信，环境、遗传性、愚昧会影响一个人能否成为社会中有成就的一员。克拉拉也不这样认为。她从道德的角度去看待这些问题，她认为一个人是否热爱工作是衡量其道德崇高或败坏的标准。她骄傲地强调了一篇赞美红十字会的社论，里面说道："红十字会积极地反对用懒惰和故作凄惨的欺诈来逃避工作的行为（真正需要帮助的人和这种人总是像肥皂水一样混杂在一起），我们就像抗拒剧毒的树一样反对这种行为。"克拉拉认为，所有的人都要对自己的行为负责，要将自己的命运掌握在自己手中，并且在一定程度上要对社会利益负责。"有一个女人，她每天除了说闲话就是酗酒，无视她的孩子们，直到他们受苦，这样的人有权利要求你帮助她接济她的家庭并维持她的家庭关系吗？"她问道，"有一对夫妻，他们手头上从没有过7美元，但却有7个没有吃的也没有住的地方的孩子，他们也没有任何可以帮助他们的办法，我们对此难道不负有责任吗？"她不相信，如果一个家庭得不到任何帮助，他们会继续懒惰下去并任由自己饿死。克拉拉强调，慈善，不能感情用事，它必须是在有实际作用、不意气用事的基础上进行的。

然而，克拉拉对于红十字会的观点却被当时的社会学家看作矛盾和犹豫不决的。投身于慈善工作的人们早就意识到，他们很需要整合的资源，有组织的行动，以及公认的在民族陷入苦难时可以向其寻求帮助的权威人物。这恰恰就是克拉拉对红十字会的期望，她希望红十字会并不只是一味地"增加它所做的慈善工作的量，而要把现有的东西系统化，并且制定一些规则来使自身脱离以往工作中的混乱、无组织和不系统。即使这些不足已经非常深入人心了"。克拉拉坚持这个观点。相关的文章将这种想法带进了一些大人物的视野中，使他们开始做出一些举措来支持这个想法。然而，将全国范围内的人道主义工作交托给红十字会这一意向，却引起了一些其他慈善团体的反对，即使红十字会组织庞大并且态度友善。许多社会工作者一方面十分赞成并渴望将自己的工作系统化，一方面也尊重并认可传统社会团体所起到的作用，并且也赞成当地的人民或团体往往能够更好地在当地进行救助工作。那些有一定年头并且运转良好的慈善团体，往往比较反感受到其他团体或外界的干扰，尤其讨厌自以为是，而红十字会早期经历的许多问题都起源于和这类团体的冲突对抗。更严重的是，克拉拉也总是和那些非常看重专业性的人发生冲突，因为他们总是想要抹杀那些未经专业训练、相对比较感性的人所做的慈善工作。虽然缺少早期的证据，但克拉拉的地位和作用很早之前就已经被同僚们所认可，然而她却总是需要为身边的志愿者们做出的各种不妥行为做出合理的解释，这对她来说是困难的。她很诚挚地做出很多尝试和努力，使相关的医生护士或红十字会的工作者们对慈善事业产生兴趣并投身其中，但很大程度上，专业性越来越被看重，那些备受歧视的业余人员被克拉拉所接纳。她赞同慈善事业需要更高的技巧性和更完善的体制，但她也发现，那些几乎没受过专业训练的工作者，以及一部分所做决定常常不能让她信服的人，也需要她的肯定和保护。

一直以来，克拉拉都非常在乎自己通过努力拼搏建立起来的声誉，同时，她成功地将自己置身于自己专业领域的专家圈内，而不是混迹于满脑子都是慈善事业的妇女纺织俱乐部。这是克拉拉如此热衷于参加会议并与同事讨论的原因之一。也正是由于这个原因，她承担起了1887年第四次国际红十字会大会中美国红十字会的责任和重担。拖着疲惫且忧郁的身躯，即便会议是在卡尔斯鲁厄举行，尽管那里有她挚爱的教友路易丝大公夫人，她也不想去参加会议了。她没有公开拒绝，而是缩在角落保持安静并孩子般地希望自己不要被注意到。大公爵请求她参加会议，联邦秘书为她预定了席位，所以，到了最后，克拉拉发现她根本无法拒绝。会议在9月的最后几天举行，会议地点是刚刚统一的、充满自信与财富的德意志联邦富丽堂皇的宫廷。哈贝尔和露茜·黑尔陪同参加会议。到达卡尔斯鲁厄后他们就很少能见到克拉拉了。克拉拉作为被邀请的官方客人，绝大多数时间都与路易丝和她宫廷里的朋友们在一起。

“这是个不容被遗忘的时刻，来自整个文明世界的不同国家和政府的150多名代表出席了会议。”第一天的会议结束后，克拉拉激动地写道。大会讨论了许多之前在日内瓦会议上已经讨论过的问题，其重点在于对医疗技术的关注，以及对最近非常流行的便携式医疗设备的进一步细化。大会对未签约国的救济问题以及在海战中尽量减少损失的方法进行了热烈的讨论，花费了整整一天的时间。克拉拉的贡献在于一场关于保护红十字会国际标志的演讲。之所以进行这次演讲，是由于部分制造商滥用这个标志，使他们的生意合法化，并售卖他们的产品，从中获利。克拉拉告诉与会者，这就是我们经常在大街上看到“红十字香烟”“红十字白兰地”“红十字威士忌”“红十字清洗机”“红十字扑克牌”“红十字搅拌机”“红十字香皂”“红十字狗项圈”此类种种打着红十字标志旗号商品的原因。令她满意的是，与会者一致通过了要求各签约国限制国际标志使用的提案。

活动与白天讨论的严肃议题截然不同，几个小时后，大会为与会者们提供了堪称完美的娱乐活动。绅士们再一次穿上了华丽的礼服，克拉拉毫不犹豫地用奖章遮盖住了自己的胸膛（几颗崭新的皇家珠宝点缀在她的胸前，包括一颗非同一般的紫水晶，这颗紫水晶有两英寸长，被雕刻成了蝴蝶结的形状，中间用珍珠和钻石相隔）。这是她最喜欢的珠宝，几乎任何时候她都会戴着这件珠宝。克拉拉也沉浸在了晚会中——皇家晚宴，集体游览这座城市，皇家戏剧，皇家大剧院，皇家音乐剧，伯爵与伯爵夫人也参与到了晚会当中。被晚宴氛围深深感染的露茜·黑尔能做的就只有滔滔不绝地惊叹了。以至于几个月过去了，她还在问克拉拉：“这次会议结束后，我这一辈子还有可能受到如此完美的宴会的邀请吗？”

9 月 30 日，大会的闭幕式上，克拉拉收到了来自伯爵一家的邀请，伯爵一家邀请她与他们在巴登共度几日。她在那里遇到了年迈的威廉皇帝，他认出了自己在 15 年前颁发给她的那枚铁十字勋章，并且担忧地问起德国人民移民美国之后，在美国定居的情况。奥托·冯·俾斯麦也与她打了招呼。这些经历使她得到了在自己祖国从未感受过的前所未有的认同感，并且深深地触动了她。离开巴登后，克拉拉经停伦敦，拜访了几位老朋友，也因此患上了她本可避免患上的流行疾病——英国性支气管炎。伴随着疲惫和病痛，她在 10 月末回到了家中，但是这次会议重新燃起了她的激情。

尽管这次大会仅有克拉拉和黑尔两名女性走上了前台，但是她们的与会行为已经在社会上得到了广泛认可，虽然她们自己觉得这没什么值得大惊小怪的。所谓的政治上的男女平等，不过是在利用她的专业知识和声望罢了。由于在过去的四年里，她很少参加女权主义者组织的活动，所以这次会议成为他们之间关系的转折点。这其中有很多复杂的因素，比如她的身体一直不是十分健康，繁重的红十字会事务，以及一些重要人物对她所从事的活动的误解。克拉拉还担心红十字会与一些女权组织政治团体走得太近，她一次又一次地强调，红十字会与 WCTV、AWW 等组织不同，他们专注于“女性应该做她们能够胜任的所有工作”。这些组织还超越了宪法的限制，企图按照他们的意愿制定新的法律。除此之外，当克拉拉尝试澄清自己既没有时间也没有精力全身心地投入女权主义的事业中时，总是遭到他人的误解。几位女权主义领袖开始质疑她对她们的理想的忠诚度。凯特·甘尼特·威尔斯非常坚定地认为克拉拉并不是女性应当拥有参政权的支持者，而克拉拉则针锋相对地回答道，她并没有告诉女权组织领袖们如何运营他们的组织，在这一问题上，自己一直在保持沉默。至于妇女参政权，她继续说道，限制参政权可能和参政权的滥用一样重要，但是她并不理解为什么这种限制以性别作为分隔线。她毫不客气地对威尔斯说，她自身的问题可能在于，她是支持性别歧视，而不是妇女参政权。这封信，以及她不愿意花费所有精力在妇女参政权争取上的言论，使得她被波士顿和锡拉丘兹的女性审查了好几年。

在这几年里，还有一件事加深了克拉拉和女子从政团体之间的矛盾，同时也使得她十分伤心。1885 年，在一位《女性的旅途》杂志的编辑爱丽丝·斯通·布莱克维尔的号召下，克拉拉发出了一系列信件，据称这些信件来自于达科他，表明关于女子参政的投票时机已经成熟，并且达科他州似乎支持这一法案。这是一个十分微妙的话题，其他各州的类似公民权投票均宣告失败，其中时间不够占了一部分原因。几个月之后，当人们发现克拉拉从未涉足过西部草原，就对这件事的反应很强烈。女权主义者急迫地想使他们的工作变得合法化，而他们相信，正是由于这一阴暗的声明使得他们不被重视。克拉拉被发现在得克萨斯，她十分震惊，并觉得自己仿佛和苏珊·布朗一样被羞辱了。安东尼公开指责她，甚至质疑她是否是被得克萨斯所派遣的，就像达科他那些人一样。克拉拉急忙给她的老朋友写了一封道歉信，真的是非常诚恳的一封信。信中写道，我对这件事所暗指的事情，以及你对我的真实性和诚意所表达的态度感到痛苦。她告诉安东尼，相比于其他人对自己朋友坚定不移的支持和信任，她对自己失去了朋友的信任感到十分痛心，这是她们两个共同的损失。最终，克拉拉和安东尼达成了和解，尽管如此，克拉拉在之后的几年里都没有在公众面前参与女性参政问题。

后来，在普选公约这一话题上，克拉拉宣称：“这不是我的领域，我不配拥有这种权力，在这件事情上，我从来没有像你们一样付出过努力。”她的意思是，相比于投票，她对女性群体有着更高的期望。投票只是其中一个问题，女性群体还有着更多问题需要面对。对于她自己而言，为了争取教育机会、公平就业权、公平的薪水和公平选择权，她宁愿牺牲掉投票权，虽然这个社会都没有尝试去体谅她。克拉拉相信，没有这些权利作为基础，选举权将只是一个摆设。因此，她鼓励无数年轻的女性，“把你们手中的针线活和家务活放在一边，开始你们的学习生涯。”当她们听从她的建议时，她十分欣慰。克拉拉就像赞许“SOROSIS”（一个纽约的社会组织，她是该组织的名誉成员）一样，赞许女性组织的发展和进步。因为这些组织允许人们互相交换意见，并为人们领悟组织的宗旨和互相合作提供了机会。为了响应“SOROSIS”组织的邀请，她亲自写了一首诗，这首诗表明，她相信这样的聚会提供的不是供妇女们闲谈的机会，而是有着更远大的意义。

我的孩子 SOROSIS，你是一位开路先锋
在家庭主妇之中，在害羞的女孩子们之中
勇者都是十分罕见的，你们是真正的斗士
家中的父亲拿起他打人的棍棒时
从不会犹豫
女人们庄严地坐在
教堂内

妇女联谊会，是道路奠基者
虽然路途常常充满疑惑
但是一路上她昂起头
在她的带领下弱者变得更为坚强

在1888年妇女基督教戒酒联合会这样的组织所召开的一次会议上，克拉拉见证了这一切。她对那些与会的妇女印象极其深刻，发现她们在辩论中富有才华、逻辑清晰、十分娴熟。她冷静地注意到（她的身份使她有机会注意到），这些女人的聚会比很多男人召开的会议要高级，因为男人们的会议经常最终会沦落到以酒宴和狂欢作乐而告终。她得出结论：女人，将是接下来时代的主宰者；她们正以惊人的速度打破历史的束缚。"在所有时代都有伟大的女人，但是从未有过所有女人都如此伟大的时代……"她骄傲地写道，"女人开始敢于去做，敢于去担当，甚至在普通妇女几乎还没有感觉到她们拥有这一切的时刻。"想象一下在"妇女俱乐部""妇女委员会"中，女人可以与值得表达的观点相碰撞，并且拥有社会自由和勇气去表达它们。

19世纪80年代末，在她所参与的会议和集会中，克拉拉不断强调选举权这一问题。在新英格兰妇女选举协会、国际妇女大会、全国妇女选举协会和美国妇女选举协会中，她既展现了强大的演讲才华，也展现了她在这项事业中的知名声望。仅在1888年这一年，她就在7次不同的选举集会中发表了演讲。她总是强调妇女在智力上和道德上与男人平等，并且认为妇女竟然要脱帽乞求人类本来就生而平等的待遇是荒谬的。"我从未见过男女之间的差异，并且我从未认为男女之间在权力、利益、特权和任何方面应有不同。"她宣称道，"国家和社会需要两者，并且我认为，同一个法律如果对一方形成限制和束缚，那么它也应适用于另一方。"后来，在她最为有效的一次女权主义演讲中，她将这一观点表达得更为清楚，反映了她卓越的智慧和远见。

每当我被敦促作为一个请愿者，为女人争取权利，我就会有一种茫然的感受。我是在争取谁的权利？谁又拥有授予这权利的权力？事实上，正如男人能自己统治自己一样，这个星球上没有自我制定和自我批准的法律来给予女人自己统治自己的权力；但是迟早有这样或那样的方式，她会拥有这个权力。那些会对此持反对意见的，有头脑、有正义感的男人的数量将比我们想象的要少；在此事既成事实后，所有人，包括我，都会纳闷，曾经的问题到底是什么。

克拉拉如此忙于演讲和公众活动，以至于她的救援工作有时看起来要在不同的会议中挤出时间来进行。1888 年 8 月，在通常比较繁忙的演讲季期间，灾难再一次降临，她主动提出了红十字会的志愿服务。

这次的危机是黄热病，是南部各州的一个多发性疾病。1888 年，黄热病在佛罗里达州的杰克逊维尔大面积流行。红十字会位于新奥尔良的分会立即做出了反应，因为很多红十字会成员就直接感染了该疾病。在与霍华德协会合作过程中，一个古老的私人慈善机构成立了，用来帮助黄热病患者，并由他们来管理救援工作。克拉拉收到了成千上万的护士申请，这些护士希望能够去杰克逊维尔参与救援。但是因为担心这些护士本身的免疫问题，她允许新奥尔良的红十字会在那些已经广泛接触黄热病的申请者中进行挑选。9 月初，一个由 30 人组成的护士队伍，离开新奥尔良前往东部疾病重灾区。这群护士中有白人也有黑人，有男人也有女人。

带领这支护士队伍的是 F. R. 索斯梅德上校，他曾经是南方邦联的军官，只有一只手臂。他也是新奥尔良红十字会精力充沛的秘书。多年来，克拉拉都与这个人密切往来。他不仅赢得了克拉拉对他的深切崇拜之情，并且关于如何促进红十字会的发展，也有着激情四射的思想。正如克拉拉告诉他的那样："没有人能像你那样理解这份工作的精神，没有人能像你一样高效地工作，仅次于你的是我年轻的朋友哈贝尔，但是他既没有你的思想也没有你的经历。并且他有可能永远不会拥有像你那样的组织能力。"由于克拉拉本人也对黄热病没有免疫力，她决心兑现她以前的承诺，她向索斯梅德提供资金和指导，并且将所有护士的管理工作交由他负责。

结果，正如她许多的知己那样，这充分的信任被证明是所托非人。用克拉拉委婉的措辞来说，索斯梅德事实上是"一个极易冲动的拥有强烈情感的人"。他到达杰克逊维尔时发现，有几个机构在竞相控制那些护士。另外，他认为黄热病的疫情报告有夸张成分，并且通过军事戒严令来维护戒严地区的秩序。尽管在外科医生J. Y. 波特的领导下，救援组织由一群“既有热情又热心的工作人员”组成，他们仍然急需有效组织，而这项工作由索斯梅德本人试图承担。他的这一态度尽管有可能合乎情理，但是确实招致抵制。他很快发现，军队和当地医生都开始和他对抗。

更糟的是他自己的护士的丑闻。很明显，他在挑选这些护士时没有考虑他们的资质，只是考虑了他们对黄热病的免疫能力。一到达杰克逊维尔，他就对这些护士疏于监管。几名护士被指控酗酒；一名护士还从他的一个病人口下抢夺了酒精药物；一名护士挪用了红十字会资金为己所用，然后不见踪影；有几名女护士被认为从事妓女行当，并被勒令离开杰克逊维尔。9 月 16 日和 17 日，《纽约世界报》对这些问题进行了长篇累牍的报道，题目就是“酗酒的红十字会护士”，指控他们来到佛罗里达就是为了“掠夺病人”。索斯梅德对此怒不可遏，反驳说这些指控是虚假的，并且挑起与新闻记者、医生和其他护士的打斗，直到他本人成为红十字会的责任承担者。最终，在 9 月 22 日，波特医生给克拉拉发了封急件，请求她：“行行好，将索斯梅德调回去。他严重妨碍了我的工作。”克拉拉立即答应了这个请求，并且派哈贝尔去南方进行情况调查。

《纽约世界报》的报道给红十字会的活动投下了很深的阴影。这是该组织第一次尝试提供实质性的护理服务，并且这次冲突事件使红十字会在这一领域多年蒙羞（例如，在美西战争期间，两名被派到杰克逊维尔的护士不被允许以红十字会的名义工作，因为红十字会的护士被认为是“妓女”）。令人难过的是，它也意味着红十字会在佛罗里达所提供的大部分优良服务被忽略掉了。在麦克伦尼，一个离杰克逊维尔大约 35 英里的小镇，10 名护士发现该镇因为黄热病蔓延而被隔离，于是他们就从行驶的列车上跳下。当时人们还不知道黄热病由蚊子传播，并且所有到麦克伦尼的交通和救援都被叫停。这些护士在狂风暴雨中到达，他们脱下外衣，连续工作了 72 小时。很多人粒米未尽，来为那些痛苦的家庭提供救助。然而，对这些护士英雄事迹的报道远远少于那些对酗酒、挪用公款和卖淫的报道。

不良公众形象的负面效果很明显，克拉拉对下属的作为十分不满意。她再也不会允许其他任何人来指挥救援活动，即使那意味着需要做出某些牺牲。她决意任何事情都要亲力亲为，但这阻碍了红十字会的发展。在接下来的10年里，受在佛罗里达的糟糕经历的影响，她坚定不移地坚持了自己的做法。

克拉拉对索斯梅德的幻想痛苦地破灭了，她把这看成是个人的背叛。一年后，在第一次危机逐渐解除后，她把他看成不过是“狡诈、自负的一个人，如果委婉点儿说，他得到的关注越少，对他本人来说就越好，因为他所追求的不过是名声和极大的虚荣心的满足”。这些话语的说出结束了私人友谊。然而，在公众面前她的表达语调则极为不同。克拉拉承认说：“即使全世界都离开他，我也要和他站在一起。”她拒绝承认错误，并且由于担心政府会对这样声名狼藉的组织撤出支持，她为索斯梅德和那些护士进行了辩护。她宣称那些护士“面对的不仅是麻烦”（在个别情况下确实如此），并且称这次丑闻主要是因为白人反感黑人护士所引起的。她要求红十字工作人员对此事保持沉默，事实上就是拒绝承认该事件。但是最终，在红十字会保持内部团结，并且过失方被召回后，她只有静静等待公众对这一事件逐渐失去兴趣。她在回忆当中写道：“当冰霜到来时，我们只能深吸一口气，现在终于结束了。谢天谢地，它不是更糟。”

正如哈贝尔所描述的那样：“这次严重的黄热病疫情，兼有恐惧和闹剧。”这一切使克拉拉对红十字会接下来朝什么方向发展也充满疑惑。红十字会面临诸多问题，如资金、人员和有效解决问题的时间。全国总会没有专业人员来开展工作，地方分会又需要监管。费城的那些有医疗专业人员的分会变得强大，逐渐走向独立；密尔沃基分会逐渐演变成一个赞助舞会和户外活动的社交俱乐部，而不是开展慈善活动。红十字会全国总会不仅对这些分会失去了控制，并且对那些接下来采纳自己的章程、形成自己的协会也就是成立自己的红十字会的分会也失去了控制。这些组织从未意识到他们的基础是国际公约。最终，克拉拉决定所有地方分会都需要新的制度。她开始暂停所有新分会的审批，直到它们被设计好为止。对于那些批评她这一举措的人，她恳求说他们所做的是全国性和国际性的工作，并且过快扩张是愚蠢的。她对一个质疑该事件的人说：“要想生命力长久，就需要缓慢成长。”“你们都见过橡树果和南瓜子成长的不同。红十字会是橡树果。”但是克拉拉对红十字会的私下印象并没有那么乐观。没有最根本的支持，她怀疑不论是作为一个大众组织，还是作为政府的一个部门，红十字会在美国是否能够存活下去。

她还急切地盼望能加强她和政府之间的联系。红十字会需要资金支持，需要军队的强有力的保障，需要对其徽章的保护。她在卡尔斯鲁厄申诉道，有红十字会标志的白兰地酒和狗脖套依然出现在市场上，她对红十字徽章申请专利做出的努力看起来似乎付诸东流。在国外，克拉拉见证了欧洲政府对红十字会的全力支持，这一经历让她万分沮丧。“没有其他任何一个国家对待红十字会像一个普普通通的慈善机构，在其他所有国家，红十字会与政府的关系都被高度宣扬，并且它的声望得到了保证。”她愤怒地写道。她看到克利夫兰政府对红十字会表现得十分冷淡，当共和党人本杰明·哈里森在1888年当选时，她感到很高兴。然而她知道，要达到她所希望的对红十字会的认可，不是靠一届政府就能完成的。她在游说议员方面游刃有余。“法院的一些朋友”和可信赖的名望是必要的。总而言之，在她给怀俄明州州长约翰·霍伊特的一封著名的信中写道：“红十字不能再继续杂乱无章、入不敷出的状态了；‘居无定所’‘朝不保夕’的状态不会令任何商业运作取得成功，也不会令红十字会取得成功。如果它想生存下去，并且对世界有用，就必须采用同样的方式。”

克拉拉在早期阶段就能如此清晰地意识到红十字会所面临的压力，这实在是意义非凡。经常，出于礼节或是对批评的恐惧，她拒绝承认困扰红十字会的问题。她对霍伊特州长直接勾勒出的问题正是那些将在1904年困扰她的问题，那时，不论是内部的还是外部的诋毁者都认为她忽略了红十字会的真正需求。事实上，她自己完全意识到了被她称作“孩子”的红十字会的缺陷和弱点，但是她感到她本人没有能力去解决，并且也不愿让别人接手这个工作。

没有人比她更想减轻她自己承受的重担。克拉拉在1884年至1889年的个人信件、日记和私人记录中都提到她的疲惫、阶段性的健康问题和她所面临的经济窘境。克拉拉和一个小组讨论重组问题时宣布：“有一件事我想说清楚，那就是，凭我一己之力，已经不堪重负了。”她一天工作19个小时，但信件仍然堆积如山，讲座邀请有如潮水，并且这个国家的每个地区似乎都在请求帮助。她的个人财产正以惊人的速度消耗。她自己要独自支付那些在杰克逊维尔工作的护士的薪金 4000 美元，要资助红十字会在 1887 年举办的全国演习活动，甚至要为在乔什·V. 思鲁普和马提·贝尔号上用餐支付餐费。克拉拉向她的侄女和朋友们抱怨说这个世界正把她“向四面八方”撕扯，并且这使她感到“衰老易怒”。

她对为她自己减轻负担——或是荣誉的做法犹豫不决。要她放弃协会主席这个名义上的称号看起来是不可思议的。“我从不确信我是否应该继续红十字的大量工作。”她在日记里坦言道，“但我将继续担任全国红十字会主席，并且负责国际事务，而这一点对我来说并不是问题。”克拉拉希望能找到继续做好红十字会日常工作的人，但是她的下属令她失望，没有既能强有力地领导又愿意听她领导的人物能引起她的注意。叹息过后，克拉拉采取了一些措施希望重组，但是事实上，她又维持了现状。她向埃诺拉·加德纳请求原谅她的不作为，她说她感觉就像“一匹披甲戴胄的马匹摔倒在地，它要么站不起来，要么以为自己没有帮助就站不起来。我想知道它在有人解开甲胄帮它站起来之前，躺在地上时会怎么想。但是因为没有人过来帮助我，我只有希望躺在原地”。

克拉拉原计划在 1889 年 6 月 8 日召开的美国红十字会年度会议上讨论重组和相关问题。然而，在会议召开前，又有灾难发生。这次灾难的规模是如此之大，以至于克拉拉所有的烦恼与希望都被一扫而光，因为她需要再一次整装上阵。

宾夕法尼亚州的约翰斯顿，位于宾夕法尼亚东南部斯托尼克里克河与柯恩茂河的交界处，经常在春季暴发洪水。但是在 1889 年 5 月，雨水格外大，在一周后，整个城市都被浸泡在水中。然后，在 10 英里外的一座本来为运动俱乐部提供场地的人工湖的大坝塌陷后，就转变成了灾难。30 英尺高的洪水夹杂废墟奔泻而下，致使将近 3000 人丧生，造成财产损失达数百万美元。

在华盛顿，克拉拉等待了较长时间，以确认这几乎令人难以置信的报告属实，然后匆忙准备出发。她带了几个护士，争执后登上第一列被允许进入市内的火车。她当时的状态十分亢奋，当几个医学专业的学生将卧铺主动让给她和一个年轻的女护士时，她一反常态地接受了，不用神情紧张地迎接第二天。约翰斯顿的周边地区也淹在水中，火车开得异常缓慢。最终，在 6 月 5 日，即灾难发生 5

天后，克拉拉到达了约翰斯顿。她刚一迈下火车就开始了工作——接下来她将连续不断地工作了5个月。

红十字会工作人员见到场面是如此恐怖，以至于他们刚开始几乎无法承受。克拉拉无法重整整个城镇，这个城镇被暴雨侵袭，房屋坍塌，人们衣冠不整，迷茫地站在那里，盯着他们最后一次见到亲戚朋友的地点看。像以往一样，她决定亲自走进灾区。她首先考察了一下状况。“我永远忘不了第一天第一次迈进灾区所看到的景象，”她在11月份离开灾区后写道，“蹚在泥水里，爬过废掉的发动机、汽车，见到成堆的铁棍、废弃的木材、房屋的废墟、弯曲的铁轨、绞在一起的成堆的铁线，见到一队队的工作人员、军人……绕过动物尸体，有时是人的。”一路上，她发现海斯廷斯将军，即这个州的民兵长官负责这座恐怖的城市，她向他告知了红十字会的到来。令她懊恼的是，他从未听说过这个组织，但还是充满疑虑地挥手让她继续前行。

海斯廷斯完全有可能感到困惑。约翰斯顿的混乱不仅是因为大雨和碎石瓦砾，还因为涌入大量的外来人员。这些外来人员赶过来或是目瞪口呆，或是试图帮忙。一群被叫作“匈奴人”的外国人在这里驻扎下来，他们的用意很明显，就是为了洗劫那些被冲上岸边的尸体。那些从匹兹堡请过来做识别尸体这项可怕工作的殡仪业者，发现他们彼此不喜欢对方，于是决定罢工。很多救援机构人员花了大部分时间吃吃喝喝，而不是救助那些忍饥挨饿的灾民，后来被评价为职业盗贼，他们实际上只是将本就极其贫困的灾民洗劫一空。最后，警察局局长愤怒地针对那些需要被清理出去的、涌向约翰斯顿的慈善人员发表了声明：“有太多的救援委员会，然而却没有足够的干实事的工作人员。救援人员甚至比受灾民众都要多。你在这里见到的几乎每个人都声称是救援人员。很多无所事事的人来到这里，他们心里想的是如何更多地捞到好处，而不是赈灾。”

幸运的是，在当时几乎不为人所知的红十字会，只被质疑了很短的一段时间。克拉拉在一个帐篷里建起总部，用一个大箱子做办公桌，开始征集救援物资，分派工作人员，并且对收到的堆积成山的请求作出答复。费城分会开始派出医生和护士，接下来在该地区建立起唯一的一家正规医院。一个星期后，当清晰地标有红十字标记的一车车木材（为艾奥瓦州市民捐赠）开始运到时，当地官员决定较为认真地对待克拉拉和她的工作人员。

疾病的蔓延是当地官员最为担心的事。当时的状况是腐烂和过度拥挤，他们认为很可能会暴发麻疹和伤寒热。幸运的是，这并没有发生。食品问题也比他们想象中的要小。受灾人员所需要的是住房、衣服和希望。并且在早期，他们最需要得到的就是希望。几乎没有家庭能逃避失去亲人这一苦难，并且总共有 99 个家庭彻底消失。克拉拉怜悯地看着这些人，他们是如此悲伤痛苦，以至于他们一时还感觉不到他们对物质的需求。“他们感受不到他们是否饥饿还是衣不蔽体；他们在那等着看炸药把地面炸出深坑，然后冲过去看是否能显露出什么……这些可怜的人还没有完全意识到他们已经不是在自己的家里了。”随着这些痛苦的家庭开始重拾生活，克拉拉开始派红十字工作人员去到他们的营地里，去他们的家里，去分别帮他们找回恢复正常生活的最佳路径。她注意到，富人遭受的苦难和穷人一样多，并且，面对有限的生活资源，富人恢复得不如穷人快。她并没有像许多救援机构一样，忽视市民的阶级差别。总的来说，红十字会与 2.5 万个灾民取得联系并帮助了他们，是当时到场的救援机构中救助人员最多的机构。

在红十字会发起的救援活动中，最有意义的是他们为无家可归的人提供临时住所的安排。“这是人们的第一需求”，克拉拉观察到。由于得到艾奥瓦州的木材捐赠，他们建起一家“红十字会旅馆”，几天后就住满受灾人员。然后他们又建了两家旅馆。旅馆设计由哈贝尔完成，它由一个长长的中央过廊组成，两侧都是一套套的房间。一些诸如吃饭和社交这样的公共活动在中央天井中进行；私人行为在联排的房间里进行。墙由生松树搭建，家具则由板条箱和一些从废墟里抢出来的“大杂烩”组成。但是对于那些住在浸在水中的帐篷里和朋友家的客厅里的家庭来说，这样的环境已经有如宫殿。第一家旅馆在 7 月 27 日开业。意识到正如需要匮乏的新鲜蔬菜一样，约翰斯顿的人们需要摆脱焦虑，需要谈话和安慰，于是，克拉拉召开了一个朴素的茶话会来庆祝旅馆的开业。桌子上铺着白色的桌布，装饰着野花，而到来的客人们，虽然已经习惯了悲伤，却发现他们自己居然仍能大笑和谈话。“当太阳下山后，我们发现他们仍然在那儿，”克拉拉回忆说，

“他们非常不情愿打断这样一个新颖宜人的晚会。”在开业后，这家旅馆的管理交由当地的一个妇女负责，她被要求每天收费不多于25美分，但她可以保留所有的利润。

夏天就这样过去了。整个夏天，红十字会都忙于分发物品，建造房屋，修改衣物，并且组建委员会以继续他们离开后的工作。与克拉拉同行的一共有50名工作人员，其中包括约翰·莫兰、朱利安·哈贝尔和加德纳夫妇。他们为能和每一个人共事而感到骄傲；杰克逊维尔的闹剧再也不会出现。军队和儿童救助协会认为他们可以精诚团结，即使在费城救援组织认为克拉拉“专横傲慢、效率低下、老态龙钟”的时候，她也不过是笑了笑，不予理会，然后继续做医疗救助工作和分发物资。克拉拉对这项工作感到十分自豪，她把这称为“显著的和超常的”。她知道，在约翰斯顿，红十字会做出了了不起的贡献，因为它以非凡的力量触动了成千上万人的生活。

因此，当媒体对约翰斯顿进行了铺天盖地、细致入微的大量报道，却没有对克拉拉的工作给予她认为的应有的报道篇章时，她感到备受挫折。这个国家仍然对红十字会的精神和成就处于无知状态，并且这个宣传它的宝贵机会就这样被可悲地浪费掉了。克拉拉不仅邀请了她的侄子斯蒂夫，也邀请了红十字会的其他成员来考察他们的工作，并且她也力促众议员和参议员来现场检查红十字会的工作。她所发出的这些邀请都未能得到回复，这令她十分沮丧。她向中央委员会的一些有影响力的人发泄，“以苍天的名义，”她愤怒地写道，“从红十字会诞生的那一夜起，你们还能把这件事处理得更好吗？”从最微不足道的记者，到美国总统，没有一个人注意到她的呼吁，克拉拉只有自己去感慨“我的同胞的自愿接受和自我允许的无知”。

到9月底，约翰斯顿开始有了一个正常小镇的样子。商店开业，学校复课，教堂开始做礼拜，人们开始衣着得体。“这个小镇正在以惊人的速度进步，”克拉拉给一个朋友写道，“施工的声音是如此之大，以至于人们都不容易听见彼此间的谈话。所有的房屋一夜间有如雨后春笋般拔地而起。”在这样的环境下，红十字会秉承了对市民的正常生活形成干扰之前即离开的原则。在10月底，剩下的工作人员整顿行李，准备离开。

如果说全国的媒体都忘记了赞扬克拉拉，约翰斯顿的市民们却永远不会忘记。她所花费的 4 万美元是如此的物尽其用，以至于宾夕法尼亚州的州长坚信“在所有的洪水受灾区，所有的苦难都已被发现和克服”。此外，接受帮助的穷苦人民也非常受尊重，“红十字会提供的帮助不会让人感到不舒服，并且接受帮助的人们并不是必须依赖克拉拉的懦夫，而是克拉拉的朋友”。约翰斯顿的女人们送给了克拉拉一个有当地特色的奖章，上面有一个由黄金和白金组成的美丽的吊坠，镶嵌着钻石和蓝宝石。“她比其他所有人都需要及时和英勇的帮助，”《约翰斯顿民主报》写道，“使人们今天可以拥有有利的生活状况和条件，柯茂恩峡谷的人们会一直心存感激。”而《约翰斯顿每日论坛》则更倾向于将人们的感受更加诗意化地表达出来：“即使查阅遍所有的语言字典，也找不到一个词语能表达我们对克拉拉和她工作的感激之情。她就像是阳光和星光一般美丽耀眼。我们找不到语言描述。”

（王冬鸥　李双娥译）

第 15 章

Chapter 15

11 月 2 日，克拉拉到达华盛顿时，一大群人早已聚集在威拉德旅馆，热烈欢迎她的归来。欢迎会之后，为红十字会在约翰斯顿开展救援活动的喝彩声就偃旗息鼓了，但克拉拉的工作并没有结束。一年多来，她一直忙于回复各种信息申请，制订财务详细计划，完成各类物资打包整理工作。最棘手的问题与三家红十字旅馆有关。克拉拉本来觉得，红十字会建成宾馆后并转交给私人房东经营，任务就算完成了。可现在看来，红十字旅馆在当地并不受欢迎，原因有种种：旅馆所在的位置不太好，有谣传说旅馆超标收费，经常有人酗酒滋事，还有人指责旅馆的存在影响了当地的建筑业务，等等。离开宾夕法尼亚不过一个月，克拉拉就开始收到不少投诉信。一个住在蚱蜢街旅馆的颇有影响力的人来信说："我听说这旅馆有一个众所周知的名字叫'懒汉之家'。"克拉拉曾希望，至少保留一家旅馆作为纪念红十字救援工作的永久丰碑，这比由费城分会建立的临时诊所后来成为一家正式的医院更具有意义。她对蚱蜢街旅馆有种特殊的情结，因为它是红十字会在约翰斯顿建立的第一幢也是最好的一幢建筑。她告诉哈贝尔："只要这旅馆还能够保护一个人躲避寒冬，我都不愿意下命令把它拆除。"然而，迫于当地领导的压力，她最终还是下令把它拆除了。宾馆里原有的家具、日常用品，还有几货车木板全部运往华盛顿。

这些木板运到了华盛顿西北卡罗拉马高地的一块场地上。克拉拉在 1890 年自己出钱买了这块地皮，打算为红十字会建立一个大型的新总部和仓库。站在那块地上可以俯瞰罗克小溪，并与城市最时尚的地段比邻，应该说这是一笔非常重要的投资。也因此，在卡罗拉马建任何建筑都让她更加犹豫不决，担心影响这块土地未来的价值。

正当她十分纠结的时候，收到了一份来自于马里兰州的土地报价，涉及的地块在老切萨皮克市和俄亥俄运河附近。埃德温·巴尔特兹利和爱德华·巴尔特兹利兄弟正在一个叫作格林艾科的地方建设集居住和商用一体的综合社区，那里距华盛顿大约 7 英里。整个计划中包括建设一个全民肖托夸运动村分部。肖托夸运动是在具有夏令营和乡村气息的氛围中开展教育及多功能娱乐的一项运动。巴尔特兹利兄弟希望把既有文化品位又富有的社会精英吸引到社区来，于是他们给小区起的名字叫新华府莱茵苑。他们坚信，如果像红十字会这样受人尊重的机构坐落在格林艾科，一定会提升项目的品位并拉动销售。于是兄弟俩认真地向克拉拉介绍他们的计划，并承诺如果她愿意早一点儿搬过去的话，他们便无偿提供土地和人力。克拉拉作为一个土生土长的美国人，被社区的文化格调深深吸引。此外，对方无偿提供一部分土地也让她十分动心。尽管她明显看出巴尔特兹利兄弟已经深陷财务窘境，楼盘销售情况不佳，当对方向她寻求资金支持同时还想利用她的名声时，她对整个计划还是表示很满意。她在给表姐迪莉娅·罗宾斯的信中热情洋溢地写道："你一向知道，我是个比较理智的人，很少为任何事狂热，但这件事，的的确确让我动心。"

哈贝尔计划沿袭与蚱蜢街旅馆类似的风格，建成一座集办公、居住、仓储为一体的综合楼，比起约翰斯顿的房子，都是一个中央走廊、左右是房间和仓储空间，却更加宽敞牢固。整个春天，各支工程队都在忙碌着建设这座宏伟的建筑。6 月初，克拉拉和全体工作人员着手安排搬家事宜。格林艾科的周围仍然是一片乡村风光，克拉拉盼望着夏天的到来，还有那些她需要添置的设施。她告诉迪莉娅表姐："我一定会喜欢我的新房间，树木环绕，空间开阔，空气新鲜。一直以来，我都希望搬进这样一个大房间去工作和生活，这是我全部的要求了。”然而她所憧憬的格林艾科的美好生活被证明只是一个梦想，生活在半完工的楼房里的感觉糟糕透了：屋顶漏雨，缺少床位，做饭的厨具也不全。更糟糕的是，克拉拉一时兴起，邀请斯蒂夫的妻子莉齐，一位精致优雅的女士，来这里避暑。那一年，克拉拉 70 岁了。她尚能承受（或者说享受）如此艰苦朴素的生活。可是，莉齐面对如此简陋的生活条件大惊小怪。这个小插曲引发了家庭成员间的不愉快，为此克拉拉感到极度懊悔。她向斯蒂夫道歉：“我早就应该知道，那地方连我自己都没办法住得舒服，更别说让那么优雅的人感到舒服了。我本应该提前把情况说清楚。”不愉快的回忆、蹩脚的房间以及极其不便的交通（从那儿到华盛顿需要半天时间），这些都使她想离开格林艾科。 1891 年秋天，她决心把那里全部作为仓库，然后搬到城里的宾馆住。

克拉拉非常想找一个大一点儿的办公场所，最主要的原因是她希望红十字会给人的印象是一个前景光明的大机构。佛蒙特大道上那个狭小局促的办公场所使红十字会看起来就像一个临时机构，是由一小撮老年狂热分子经营的小本买卖。事实当然远远不止如此。克拉拉始终没忘记约翰斯顿救援之前的计划，即检查并重组机构。现在她很渴望红十字会能够像她预想中的那样成为一个重要的国际化的社团，与政府保持密切的联系，有坚实的资金支持，以及爱心人士的赞助。

达到这一步的关键需要国会通过两项法案，这两项法案已经讨论了很久，然而离实现还很遥远。第一项法案是让红十字会成为一个全国性机构，在战争期间能够独立自主地协助军队开展救护工作，并享有与其职责相当的年度财政预算。克拉拉争辩说：“这一条在《日内瓦公约》中早有概述，一点儿也不过分，甚至远远比不上其他签署人为他们各自的社团所争取到的权益。”第二项法案是要求保护红十字标志，防止其用于商业的或未经授权的慈善活动。红十字牌威士忌和克拉拉 · 巴顿牌雪茄现已被一家名为“红十字”的啤酒厂使用，国际红十字标志也被迅速发展起来的强生公司用在生产的各种医疗产品上。更加糟糕的是，红十字标志被各类慈善机构滥用，这些机构与《日内瓦公约》没有半点儿关系。克拉拉坚持自己的看法，红十字标志必须只能由官方机构使用，这样在战时它的中立地位才能不受影响。这两项法案酝酿于 1890 年至 1891 年间，在约瑟夫 · 谢尔登大法官的合法帮助下，最终于 1891 年末提交国会审议。

两项法案的提交时间刚好是在红十字会成功救援约翰斯顿之后，克拉拉希望借此东风让法案顺利通过。几乎所有的内阁成员似乎都表示支持这项立法，而且克利夫兰总统也坚定地表示支持。此外，红十字会十几年来为国家服务，国会议员们对红十字会也比较熟悉。克拉拉告诉谢尔登大法官，那些参议员们曾经口口声声说他们一直用敬佩的目光关注她的工作。“可现在他们都不和我说话，仿佛给我多大面子，刚从每日例会中出来，一坐下来，开口就说‘很荣幸接到您的电话’”。当发现国会无意促成通过任一法案，仅把它们提交委员会复审，最终不了了之，克拉拉和执委会其他成员既惊讶又失望。克拉拉本希望红十字会遇到的问题能够迅速得到解决，然而就这样被无限期地拖延了。

与此同时，克拉拉开始着手改革国家红十字会的组织架构。为此，她不断向一些可靠的专家征求意见。1893 年 5 月，克拉拉组织召开了红十字会近 10 来年的第一次会议。会上作了长长的有关红十字会各方面救助工作的报告。之后就地方分会与国家总会之间的关系进行了公开的讨论。会议决定，执行委员会应是一个小型的永久性机构，它的成员不应通过选举产生，而是由会长直接任命。组成人选一半是红十字会的发起人，一半是知名的政府官员。各级分会将没有自主权，它们只是国家红十字会的助手。会议也讨论了收缴会费的问题，考虑到可能的两类会员，一类是级别较高的人，另一类是有意向加入红十字会的普通公民。红十字会在这些问题上已经采取了部分措施，并且起草通过了一个新章程。此后，机构的名称改为“美国国家红十字会”。

在理顺管理体制问题之后，克拉拉遇到了另外一个难题，让她绞尽脑汁。由于近年来一直从事灾害救助工作，她发现红十字会正在远离它为军队提供帮助的初衷，过度卷入国内慈善事业是有风险的，那样只会使红十字会成为众多普通的公益组织之一，而那些组织尽管做了大量工作却没有国际公约的保障。克拉拉认为，现在应该适度调整工作重心，从灾害救助工作转移出来（克拉拉承认灾害救助工作并不是国际红十字会条约里法定职责，只是一种“副业”），并且努力建立与军队和国会间的正确关系。

就这样，19 世纪 80 年代红十字会最主要的工作还是灾害救助，到 90 年代早期就调整到战地救护工作和其他项目中了。密尔沃基发生火灾后，红十字会只是把救济金发给灾民，但红十字会的工作人员并没有到达现场。克拉拉仅仅实地考察了南达科他州的干旱和肯塔基州暴雪的灾情，同样，得克萨斯州和艾奥瓦州发生灾害后，她也只是派约翰·莫兰和朱利安·哈贝尔分别考察了灾情。面对这些灾害，红十字会只做了象征性的工作，并没有开展实地救援。当新奥尔良州遭遇一场相当于 1884 年那样严重的洪灾并向总会寻求帮助时，克拉拉回复说他们没有工作人员能派往当地，但是（这一句话表明了地方红十字会和国家红十字会之间存在着某种程度的隔阂）仍然感谢“奥尔良地方红十字会多年之后还能想起向我们求助的诚意”。其他一些工作也被搁置起来。原本要出版红十字会月报的计划也由于精力的原因而暂停，所有联系演讲和采访的电话都被婉拒。甚至当有人邀请（或者说是主动请求）克拉拉参加在芝加哥举办的世界哥伦布纪念博览会并展示红十字会工作时，她都退缩了。她告诉莫兰：“如果全体动员做参加芝加哥博览会准备工作，对我们来说是劳民伤财，得不偿失。这一切又所图为何？因此，这次参加芝加哥博览会，我们顶多展示他们要求的一小部分，毕竟我们的总部仍然在这里。”最后，克拉拉确实准备了一个小型的展台，主要展出她在 1885 年收集的一些旗帜。她这样做的目的只是担心如果不在博览会上露面的话，公众会疑虑红十字会是不是已经“黄”了。

克拉拉禁止红十字会参与每次国内发生的小型灾害救援行动，做到这点并不容易。尽管她已向媒体做了很好的解释，但每一次灾害发生后，都充斥着请求红十字会支援的呼声，同样还有因为红十字会对灾害不关注引发的指责。红十字会不可避免地屈服于一些压力。1891 年年末，媒体开始大肆炒作一起事件，最终使红十字会无法忽视。

几年来，俄罗斯平原庄稼收成很不好。1891 年，几乎是全面歉收。天灾是直接原因。俄国的农业生产技术落后，苛捐杂税众多，这次天灾更是雪上加霜，农民家无余粮。受灾区域是俄国最富饶的地区，被称作“面包篮子”，这里生产的粮食除供本地外，还供应国内其他大部分地区。此次四分之三的区域全面绝收。因此，除受灾地区之外，粮食需求缺口仍然很大。据估算，大约有3500万人处于饥饿之中。俄国政府和一些名人，包括著名作家列夫·托尔斯泰等试图提供帮助，但是糟糕的交通条件和一些绝对重大的问题使他们未能如愿。美国驻圣彼得堡大使发来电报称："当前的饥荒是史上最大的灾难之一，严重到不可言状。"

在整个美国，一些救援组织和支援俄国灾害的募捐活动开始接二连三地出现了。到19世纪90年代，这个国家不再像30年前那么孤立，美国公民充满自信，感觉自己完全有能力在不危害自身安全的情况下帮助别人了。《西北磨坊主》杂志在编辑威廉姆·C. 埃德加的带领下，对外宣称："在美国每个磨坊的地面上都有足够的粮食去挽救一个饥饿的农民。"在艾奥瓦州，《达文波特民主报》在本杰明·富兰克林·蒂林哈斯特的带领下，大张旗鼓地发起一项在州内筹集玉米运往俄国的活动。费城的"公民永久救济委员会"联合当地的红十字会开展了一个非常成功的项目——采购小麦并运送到挨饿的俄国人手中。《基督教先驱报》发出呼吁，8个州的州长带头号召捐款。在纽约，一群有影响力的商人和华盛顿官员组建了"美国俄国人灾荒救济委员会"，募集了创纪录的45000美元的捐款。他们的募捐口号是："西部支援粮食，东部负责运输。"

蒂林哈斯特曾长期支持红十字会的工作，由于克拉拉与蒂林哈斯特的关系使得她参与到这项工作中来。艾奥瓦州的农民保证提供充足的玉米，当地的铁路部门负责免费把玉米运到东海岸，但是海外的运输船只却无法保证，而且捐助者要求确保粮食可以被公平地分配到俄国各地。美国红十字会是国际红十字会成员之一，俄国也是签约国，原则上可以合理解决问题。然而对于克拉拉来说，这并不是担负起这项工作的合适时机。她希望把全部精力放在促成国会通过那两项法案上，是否参与其他工作让她犹豫不决。

她时常考虑一个国家红十字会在国际战争或者灾难中应该扮演的角色。德国红十字会在1884年曾经为俄亥俄河洪灾的受害者发放了救济金，但是十几年前巴尔干战争期间，克拉拉曾拒绝去希腊，只是在几年之后偶尔考虑过是否要给饥饿的塞尔维亚人提供一些援助。这样的援助，她感觉已经超出了组织章程的规定了。

1891年，让她改变想法的是公众对红十字会参与俄国灾害救援的迫切要求。她一向认为只有在特别需要的情况下，红十字会才可以开展现场救援。她有一种预感，如果这次红十字会由官方指派去运送、分发美国的粮食，将会是一种迂回获得国会认可的方法。国会正在讨论一项调用美国海军舰船运送粮食的议案。克拉拉推测，如果这些船只上悬挂红十字的旗帜和美国星条旗，是否就意味着政府默认红十字会是“它自己的组织，并且是唯一得到政府认可并授权从事这项工作的组织”。克拉拉十分向往地写道，对红十字会来说，“这就意味着一切，如同久旱逢甘露，如同久经饥饿的人得到食物，为此我们曾年复一年的辛苦努力，身心疲惫，结果却收效甚微”。

然而，在召开的第51次国会会议上，议员们像此前的会议一样，仍然认为慈善事业不仅是一个单纯要帮助别人的意愿，更是一项十分复杂的事情。许多议员怀疑红十字会是否有权因为这项工作使用联邦资金，一旦有权使用联邦资金的话是否会造成不良的政治影响。更深层次的问题是，支援这样一个拥有古老的强权政府的国家是否合适。有关俄国农民只因偷了几个萝卜就被判终身监禁的故事，以及俄国政府的反犹太主义政策早就广泛流传，致使国会议员对美国的援助行动颇有疑虑。“为什么我们不但要花费精力，还要浪费金钱去延长那些本就可怜的人的悲惨生活呢？”亚历山大·约翰逊问道。他是美国印第安纳州慈善总会的秘书。“我们寄去俄国的每一美元都意味着这一美元将用来为世界上最糟糕的政府提供帮助。”在针对美国人道主义援助的第一次讨论中，在涉及对外援助的每个决定上，国会都被同样的几个问题困扰着，如：受助人的道德准则和政治信仰达到何种标准才能促进或阻碍每个美国人实施人道主义救助行为？达到何种程度美国人才愿意对其讨厌的这类国家政府施以经济援助？尽管援助法案仅支持了几项由政府实施的微不足道的小举措，并有来自总统及参议院的强烈支持，最终却被更有政治意图考虑的众议院否决了。如果红十字会希望改善俄国灾民的境况，就只能再次依靠自己的努力了。

听到国会没有通过这项法案后，克拉拉发电报通知蒂林哈斯特，红十字会将

“立即为艾奥瓦州的玉米建立安全运输通道”。克拉拉花了5个月的时间筹集资金，联系船运公司，派遣红十字会代表赴俄国做好粮食接洽工作。

随着越来越多的独立团体开展救援工作，人们开始困惑去哪里捐款或捐粮食。克拉拉突然得到消息：火车站站长们被一帮垂头丧气的农民搞得不知所措。“是谁告诉他们印着红十字标志的包裹会免费运往纽约的……”克拉拉不断收到来自蒂林哈斯特的信，他更担心一些细节，比如说即将装船的玉米是应该剥皮还是保持原样，还有俄国人是否知道怎样去磨碎它。另一些人担心俄国人宁可饿死也不吃玉米，因为大多数欧洲人认为玉米只是用来喂养牲畜的饲料。“（我们）没有时间教他们去处理他们不了解的食物。”罗伯特·奥登写道。他是费城的一名慈善家，为人刻板，不苟言笑，但慷慨大方。为了减少自己的工作压力，克拉拉让约翰·莫兰和塞缪尔·古德伊尔（一个有名的会计，同时也是哈贝尔的妹夫）负责财务管理，并且安排哈贝尔和蒂林哈斯特负责寻找合适的运输船只。

令人失望的是，募捐到的钱出奇的少。当然，这与大部分善款已经捐给了纽约和费城的救援组织有关，但是克拉拉还是觉得钱少得令人惊讶。蒂林哈斯特以12500美元的价格争取到一艘英国的注册船只S. S.泰尼黑德号的使用权。但是几个月之后他们发现这艘船磨磨蹭蹭似乎不愿出海。最后埃尔克斯俱乐部捐了700美元，加上克拉拉腰包里的仅存积蓄，终于补足了差额。克拉拉后来回忆：当时埃尔克斯俱乐部的捐款与红十字会平时收到的那些10美元支票和皱巴巴的5美元纸钞相比，是一笔多么庞大的数字。最后，在5月上旬，229辆卡车运送的艾奥瓦州的玉米和面粉，终于在纽约装上了泰尼黑德号。它不是第一艘也不是最大的一艘运送海外救援物资的船只（费城红十字会和《基督教先驱报》之前已经派出了两艘船，运送价值10万美元的救援物资；《西北磨坊主》杂志也已经派出了密苏里号运载了550万吨“从磨坊地板上扫出来的”粮食）。但是泰尼黑德号骄傲地起航了，成千上万的人们挥舞着手中的旗子欢呼着为它送行。

三周之后船只到达了里加，朱利安·哈贝尔前来迎接，他已经来到欧洲，正在参加在罗马举行的国际红十字会议。人们热烈欢迎这艘船的到来。据哈贝尔说，当地的装卸工为卸载货物的特权展开了激烈的竞争。哈贝尔在托尔斯泰伯爵的陪同下，护送着一部分谷物去了目的地。因饥饿而变得呆滞的农民时而高兴地欢迎他们，时而消极而且不信任他们。哈贝尔写道，总体上他们都接受了救济，俄国人看来很快就习惯了这些不熟悉的食物。许多人想知道寄来食物人的确切名字，有时候女人们在粮食袋上绣上精美的花样并且把它们寄回给捐助者作为感谢。据《莫斯科报》登载，俄国各个等级的人都被美国为饥饿的人民所做的事情感动不已。

根据统计，红十字会的物资在一个月之内救助了70万人。而对于饿了好几年的3500万农民来说，只不过是点儿小意思。克拉拉的组织太小了，还不能利用起这个国家巨大的财富和力量，从许多方面来看，对俄国饥荒的救助凸显了美国红十字会面临的尖锐问题。跟费城和纽约的组织相比，国家组织所做的工作确实不多。费城分会不愿意与克拉拉合作——“她的判断力不佳，她的方法拖泥带水，她的语言很不准确，合作是不可能的”——结果，国家组织与地方的裂痕就更大了。在错误判断下，克拉拉把财务工作委派给了几百公里之外的一个没有经验的年轻工作人员莫兰。一个叫路易斯·托马斯的老朋友说服克拉拉办理赴俄的特殊护照，随后不知有意还是无意，宣布莫兰是红十字会的官方代表，在俄国政府的陪同下走遍了俄国受灾的地区。回来之后，莫兰抱怨起红十字会的作用来，他盛气凌人的态度让克拉拉十分尴尬。如此一来，红十字会在俄国取得的小小功绩全被公众对红十字会管理上的质疑抵消了。

俄国饥荒救助的政治性使克拉拉在1892年的大多数时间都待在华盛顿。克拉拉事实上只能把格林艾科的房子当作仓库了，因为那里距离华盛顿太遥远，在她需要与外界快速通信时会把她隔绝起来。但在旅馆里办公毕竟不是长久之计，她想为红十字会寻觅一处舒适的总部所在地。因此她在17大街和F大街的拐角处租了一所房子，距离白宫两个街区。这房子是个很大的、布局凌乱的建筑，结合了好几种建筑风格。当地人都知道它曾是格兰特将军的总部，因为内战的时候，他和其他一些军队要员曾把办公地点设在这里。显然，这段历史很吸引克拉拉。她的一位亲人说，“在这里能够回忆起快被遗忘的故事和历史的片段，房间本身和它们的陈设都透出浓厚的历史气息。”

克拉拉进入了这个神圣的地方，用她收藏多年的纪念物来装饰房屋。它开始呈现出了博物馆的面貌，之后克拉拉每个住过的房子也都会是这样的。她的家具很少，个人生活很简朴，对于那些维多利亚时期的同辈非常喜欢的豪华椅子、雕花桌子、讲究的壁毯，她都没有什么欲望。她在墙上插满了从世界各地收集来的国旗，在每一处空闲的地方摆上自己和亲朋好友的照片，或是她在辉煌的职业生涯中得到的纪念品。那里陈列着围困瓦格纳堡垒时收集后晒干成捆的野生谷物、荷兰王公的肖像，还有她于1870年在瑞士疗养时的速写。一些奇怪而美丽的皮靠枕是俄国政府送的礼物，使一间接待室熠熠生辉。另一间里，陈列着一些她从安德森维尔的监狱里收集的粗糙的器具。她自己的屋子“朴实，简单，全为办公”。红十字会的办公室也都是一样。紧跟时代潮流的克拉拉得到了一台雷明顿打字机，雇了一名会速写的打字员，一台可以口述信件的留声机。留声机时常让她哭笑不得，“我觉得对着一个漏斗说话是最滑稽不过的事情了，”她对一个对此有同感的朋友说，“第一次用时你有什么感觉？你的声音变成了什么样？我的声音就好像一个严肃的、得了重感冒的嗓音粗哑的老家伙。”

克拉拉发现这所房子最大的好处是，有许多大的会客室，一次可以轻易容纳好几百号人。她认为，长期以来，红十字会一直是被邀请的对象。现在是本组织向那些曾经帮助过他们的人发出邀请的时候了，也是本组织争取更多的社会和政治关注的时候了。不管是短期的认识还是怎样，华盛顿人依然认为社交是一个建立联系、加强纽带、进行私下协议的有效方法，因此这个城市每年冬天都会盛行一种让人无暇喘息的欢乐之风。“从1月初到3月初，或者是大斋节开始之前，天天都有不间断的聚会，”红十字会的副会长乔治·凯南写道。随着总部入驻17大街和F大街，红十字会迅速加入了这场狂欢。

作为很多年迈的慈善活动者之一，克拉拉一直被邀请参加各种各样的接待、舞会、茶会以及沙龙。在1889年的总统就职舞会上，她成为一位特殊的嘉宾。她激动地给好奇的侄女写信，谈论舞会的装饰和晚餐：“我们看见了好多优秀的人，我们凌晨三点才回家。”在富有同情心的哈里森政府执政之际，白宫的邀请像雪片般飞来，华盛顿医药协会和新成立的美国革命女儿会的邀请也是如此之多。当夏威夷的公主来到华盛顿参加一场为苏珊·B. 安东尼的 17 岁生日举办的晚宴时，克拉拉也受到了她的邀请。每次 GAR 的重聚或者曾经的将军来访，都会引起社交界的一阵骚动。此外，克拉拉自己也举办招待会。许多顺势疗法医院的志愿者、女性主义者，还有一群想在首都开办幼儿园的女性，都受到了她的款待。随后就是欢天喜地的新年招待会，以及为"联军幸存者"举办的一场大晚宴，疲惫的克拉拉在 1893 年写道，"如果我还能坚持下去，我再参加一次，就不干了。"

1893 年 2 月 24 日，这场最后的招待会开始了。它是一场盛会，并且正如克拉拉自豪地记录的那样，它是一个巨大的成功。虽然城市里同时有一些外交接待会和国会的夜间聚会，这里还是有超过 2000 人赴约。克拉拉站在接待者的最前排，身穿珍珠缎和粉色锦缎，胸口戴着外国奖牌和皇室珠宝，光彩照人。她的旁边是红十字会的主要成员、几名参议员、加德纳夫妇，还有她的侄子斯蒂夫。她说，在四个小时中，"来访的队伍像移动的全景画一样从我身边经过"。由于不信任餐饮承办人，克拉拉的家庭亲自负责了茶点的调配——三明治、冰淇淋、橙汁、柠檬汁、沙拉、蛋糕——由年轻女孩端给客人。克拉拉对房子能够容纳这么多人而感到满意，也很高兴地看到充足的食物、畅谈的宾客足以使聚会令人难忘。"人们都说，"哈贝尔医生终于松了口气，"这场聚会真是面面俱到。"

约瑟夫和埃诺拉·加德纳二人被称为"夜里的狮子"，如此规模巨大的招待会就是为了向他们表示敬意。虽然克拉拉很轻视这种聚会，但她的急切促成了计划的实施，因为她要向送给美国红十字会"王子般的礼物"的两人表示感谢。很多年来，克拉拉都希望红十字会能收到捐助，使他们能够运作起来，并保证组织的未来。1893 年早期，这种可能就要来临了。2 月，她收到一份来自加德纳医生的信件，信中说他要向红十字会捐助印第安纳州贝德福德市他家附近的 782 亩土地，作为"对人道主义的感谢"。这片土地包含一个村庄，一片质地优良的石灰石采石场，成捆的木材，还有肥沃的农田。它在铁路边上，旁边有河床和一些建筑。加德纳说他之所以把这块领地赠给克拉拉，是因为他相信她有能力"花小钱办大事"，因为他相信这个礼物将鼓励其他潜在的捐赠者捐钱或者财产来满足这个组织稳定的需求。他和约翰·莫兰会监管农场的运作，加德纳告诉克拉拉，"因此你可以减少一些委派给别人时细节上的麻烦”。

这不是加德纳医生的第一份慈善礼物，也不是他第一次对一项事业或非凡之举感兴趣。1833 年出生的他表现出了在医学方面的兴趣，1861 年他毕业于路易斯维尔大学。他参与了内战，并且成为第一批研究致病微生物的美国人之一。他诊病时敏锐，做生意同样精明，他做了几桩精彩的房地产生意，在 19 世纪 80 年代成为富人。现在他自由地遵循了自己的奇思妙想，开始狂热地进行科学研究。那些在贝德福德见过他的人都注意到了他那受人尊敬的形象、古典的特性和修剪出尖端的胡子，但都不喜欢他强烈的自信，因为这可能会自然而然导致一种独裁性格。关于后来成为“红十字公园”的那片地产，克拉拉最早也是最大的错误就是交付给了他太多的权威。

克拉拉的第二个错误，是她以个人名义签订了土地合约，而不是以红十字会的名义，而合约里的权利还是无限的。合约规定，她应该“对于上述土地范围有绝对的控制权……应该充分行使权力，守护并管理之，使之免受觊觎土地之人的侵犯，不管他们是伪装，索要，还是找借口”。这份文件的用意是阻止某些人因为贪婪或误导，把这块土地挪为商用。可是最后，这份合约却成为克拉拉利用在国际组织里的职权收受贵重礼物的证明，也证明了她已经不能区分个人资源和红十字会的财产了。

加德纳没有规定这片土地的具体用途，但他的赠予激发了克拉拉和同事们的想象力。她预测这里将是西半球的一片中立地段，被国际合约保护着，反对敌对势力的践踏，她写到，它将是一个避难所，抵御入侵的军队；后来，她把它描述成野生动物园，在这个乐园里，水牛和稀有动物将有属于它们自己的空间，没有战争，没有打扰。加德纳想出了很多“西班牙城堡”，包括一家孤儿院、一家医院、一个劳累女人的休息区、青年红十字会的营地。他们计划在资金集齐之后建起这样的建筑，然而，在所需资金没有集齐之前，这块地只能先成为一个农场，采摘水果帮助红十字会抵抗下一次的灾难。

约翰·莫兰是一个在弗农山和约翰斯顿吸引了克拉拉目光的年轻人，负责农场事务。他于 3 月搬来，想在这块土地上培育纯种牲畜，尤其是马。克拉拉很喜欢这个主意，她很喜欢马，虽然她很多年没有骑马了。在初始阶段她就知道了莫兰的想法，并且表扬了他通过“大声呼吁”的方法乞求支持的本领，她流畅地写道，“以一种高雅的方式。”随着时间的流逝，这个人的热情变得不可控制。他把这个公园变成自己赛马兴趣的延伸，搭建了纯种冠军马的马厩和精良的赛道。他认为公园的一部分应该被用来做老马的牧场，一种“老马之家”，还包括一片用来庄严地埋葬昔日高贵战马的墓地。虽然有些想法让克拉拉惊讶，但她还是给了他们支持。

1893 年 5 月，当克拉拉和哈贝尔视察贝德福德的时候，莫兰方案的一些成果已经落实了。后来他们才发现，此时的莫兰已经用红十字会的资产，购置了大量的家具、马和设备，几乎价值 2500 美元。他在地产上注册了 13 匹快步马和一些纯种狗，还给他们搭了窝棚。莫兰带马去参加各种乡村比赛挣钱的消息一点儿没有使克拉拉感到烦恼。7 月 4 日，她陪同农场管理者参加了一些当地的庆典。她在她的日记中写到，莫兰的快步马杰弗逊·克莱赢得了第二名，获得了 30 美元。在农场看见的商机让她狂喜。花园和果园都郁郁葱葱，她徜徉在小麦、燕麦、高粱地里，“这样的丰收景象让每个人心醉”，在这种情况下，她看到了未来会有一个安全、完备、资金充足的红十字会。“当你想到这公园并赠与我们的时候，你也赋予了我们前所未有的快乐，”她告诉加德纳。

然而不久之后便可以明显看出，加德纳一家在他们赠与红十字会土地的时候就有一些赚取个人私利的打算。当克拉拉从中西部返回的时候，她很惊奇地收到来自约翰·莫兰的一封急信，信中说这片地产中有一个叫约奇的部分土地的 1200 美元债务必须立刻还清，不然他们将要拿出 84 亩地作为抵押。似乎加德纳已经很着急将他的地产出手，并且他计划如果红十字会不买的话，他就亏本地零散地将这块地卖出去。根本就不懂这些事务的克拉拉现在发现，这个医生不仅拒绝站出来说话，而且声称他的财产被拖累，不能用来筹集资金，而且因为那年早期席卷了这个国家的经济恐慌，他也不能贷款。克拉拉用个人资金支付了抵押，但是她给莫兰写了一个言辞锋利的便条。“考虑到这个特殊时期的所有形势，这是个太出乎意料的要求，如果不是他幸而早已特别小心地做了准备，这件事就会让人尴尬，事实上，就会无法做到了……如果再有其他债务时您可否向加德纳医生虚心请教？”克拉拉恳求道。她将会明白，最大的负累就是约翰·莫兰和约瑟夫·加德纳。

克拉拉在中西部地区的游历不仅包含对红十字会公园的勘察，还花了很多时间与加德纳和哈贝尔商议红十字会新的组成方式、扩展地方救助体系的最好方法，以及红十字会的宣传活动。她走访了芝加哥，在世界博览会上露了一个面，在印第安纳波利斯见到了 GAR 的人，还拜访了一些老朋友明娜·库弗尔·戈莱、玛丽·威克斯·伯纳特和弗朗西斯·威拉德。回到家后，当劳累不堪的她收到莫兰的信件，得知约奇地产的糊涂账的时候，她更觉筋疲力尽。

由于这样的原因，加之她还依然坚信红十字会必须将工作重点放在组织事务当中去，克拉拉努力避免着任何救助工作。但是 1893 年 8 月的一个电话，其中的事件像对俄国的饥荒的救助一样，使得红十字会不能忽略了。这次的灾难，是一场龙卷风席卷了南卡罗来纳州的海岸。这是一场可怕的风暴，75 年之后仍然留存着死亡和损毁的记录。当它横扫低洼的海群岛的时候，5000 人全部丧生，建筑、作物、园林和船，都被废墟掩埋。由于所有饮用水源都被污染，农作物的损失，以及不停地下了两周的雨，幸存者的处境变得更糟糕了。

起初人们认为海群岛的全部人口都死了，因此没有必要去救济，然而一天天之后，新的消息传来。抱着一棵树、一块浮木，许多居民成功地拯救了自己的生命，虽然失去了财产。据说有 3 万群众受灾，许多人甚至没有衣服，因为暴风雨卷走了他们背上的衣服。当人们来找克拉拉帮助受灾群众的时候，她提出异议，说这项工作对于她小小的组织来说太大了；这是需要政府救助的领域。但是南卡罗来纳州政府哭穷不管，财政危机带来的艰难时世使得情况更加恶化，而且，国会在 1884 年的密西西比和俄亥俄的洪灾中已经慷慨地提供帮助了，也同样拒不提供援助。在绝望中，州长本杰明和南卡罗来纳州的国会议员 M. C. 巴特勒希望克拉拉调查这个地区，如果可能的话，尽可能地帮助他们。

克拉拉发现这个区域很荒凉，并且那里的人完全意志消沉。她无法拒绝他们的请求，特别是当她愤怒地发现他们被忽视是因为其种族的时候。她从弗兰西斯凯奇和约瑟芬·格里芬那里学到了很多，从来不会拒绝任何一个寻求帮助的人，不论是白人还是黑人。在南卡罗来纳，她为政府感到羞耻，因为他们背弃了黑人。在海群岛这里，范妮姨妈曾经向需要帮助的人敞开了心扉，于是克拉拉更坚定了帮助这些被遗忘者的决心。她对当地居民和慈善活动者告诉她的“泄气的，更别提是吓人的”的信息充耳不闻。他们警告她：“您不知道，一旦得到了或者干脆看见免费的口粮，黑人们就不干活了，更没人能够让黑人劳动了，一旦得到了帮助，他们立刻无精打采，懒惰下来，毫无用处，很可能就无法控制了。”她自己的经历否认了这些猜测，她开展的行动向世人证明了，那些声称红十字会“无法解决问题……一定会失败”的人都错了。

所以，克拉拉对救助这个地区表现出的犹豫，不是由于种族偏见，而是因为资金上的限制，还有她72岁的不再硬朗的身子骨。红十字会金库实际几乎是空的，她自己的账户由于红十字会公园的问题也几乎耗尽。这个国家巨大的经济危机使得曾经慷慨过的人也不同以往地吝啬起来，而且她的几个有能力的分支机构不是被孤立了，就是失去了作用。忠诚的朱利安·哈贝尔和其他几个人能够帮助她，但是她指望不上大规模的救助团体了。红十字会在国会面前的地位岌岌可危，克拉拉却不能现在从海群岛的赈灾活动中抽离。在募集了钱财、工具、衣服和种子之后，她发现她全部的家当只有不到3000美元。从一开始就很明显，这个工作将是一项长期的工作，因为必须提供帮助直到他们收获下一批农作物，这要将近一年时间。3万人3万美元意味着每人每年只能分到1美元。“红十字会……已经负责了这次救济，带着重重顾虑，犹豫不决。”克拉拉在工作开始后不久写道。

> 仅仅是因为这项救济活动在国内找不到其他的帮手，这些无助的病房中的人只能经历……数月的凄凉，无法劳作的无奈，衣不蔽体、食不果腹的生活，他们只能在这悲惨命运中等待持续的救援了。我知道，了解这里状况的人们都被我们所承受的巨大负担吓到了。只需要说明，面对这么多无助的人我们不能坐视不管，不然，在某个冬季的早晨，一些

有事业心的报纸就会让全国甚至世界知道这个“国家级耻辱”——“美利坚合众国的海岛发生大饥荒”。那时再想自救就太晚了；正是为此，为了人性，也为了我们的职责，红十字会今天站在了这片“希望渺茫”之地。

面对一位来岛记者，她用更简短的语言陈述了事实：“我感觉我们正站在火山口的边缘。”

海岛上熟悉的地形，虽然状态凌乱不堪，还是勾起了克拉拉对许多往事的回忆。范妮姨妈的玫瑰镶边的花园、围困瓦格纳堡垒时的沙土和可怕的流血牺牲、与风度翩翩的约翰·埃尔韦尔在一起时的黄金般的时刻，都浮现在眼前。“我每天都会想起你很多次……”她在给老舵手的纸条上怀旧地写道，“在我坐镇希尔顿海德岛和莫里斯岛指挥的时候……指挥必要的运输的时候，我怎么能不想起我的老舵手呢？如果你知道我多么渴望能有你在，多好。”一些小事把她带回了30年前：一些围城时的老兵前来探望她；一位黑人老妇，30年里一直记着克拉拉，走了30公里来看她。

可是她没有时间感伤。这些岛屿向南绵延100公里，是很大的一片地区，交通便利，但可惜克拉拉没有指挥。红十字会的人员只能乘坐小帆船或小船，到达受灾群众那里。他们到了之后，发现百废待兴，必须立刻开展工作；当人们争着要得到房屋、衣服、食物、医疗的时候，工作已经没法分清主次了，“3万—3.5万人每天都在敲啊，敲啊，敲我们的门，用最揪心的声音乞求我们帮助他们摆脱饥饿，不要让他们冻死”。经验丰富的克拉拉在检视过这片凄凉之地后，得出结论，虽然在此地红十字会没有像在约翰斯顿那样得到广泛的关注，但是这里的灾情更为严重；自从美国卫生委员会和基督教委员会在内战时的工作之后，还从未发生过像这样需要慈善活动的事件。又害怕又孤立无援的红十字会成员们清点了库存，决定在10月1日打开大门。“明天是我们开始这伟大工作的第一天，”克拉拉在那个不眠之夜的日记中写道，“全靠我们自己，没有帮助，没有资金，也没有‘创造’资金的人。这是个危险的局面，如果我们失败了，我们将被人们遗忘。”

食物被认为是最重要的问题，从红十字会配给中他们只能够给 7 人的家庭每周提供一些玉米和一磅咸肉。他们鼓励灾民自己钓鱼，把捐来的萝卜和白菜种子种在培育冬季作物的园子里。这里的气候很适合耕作，但是这里的居民不习惯种菜，早期的许多工作便涉及指导种植、培育菜地。尽管有人提出质疑，克拉拉依然坚持这个计划，那些一块地也不种的家庭不会得到供给。

为了避免受灾群众成为依靠救济为生的人，红十字会要求每一个家庭都要出示借条才能领取谷物和培根，而只有劳动的人才能得到借条。为了准备耕地，人们挖掘了 300 英里的排水沟，他们使用的工具每天从红十字会借来，晚上归还。人们用了 100 万立方英尺的木材建造新的房屋。额外的工作会有双份的配给。红十字会发现，跟悲观的预测不同的是，人们是有意愿去劳动的。人们组成队伍，以一个教区为单位，在自己的小屋建好之后，男人们会去帮助邻居。克拉拉和她的同事们非常满意地发现，人们并不想不劳动就获得免费的支援，他们主动要求做事。

这种情况在"服装部门"最为显眼。这是在埃诺拉·加德纳和几名当地女性的支持下设立的一个机构。捐助的服装各式各样，但是大多数又脏又破，或者不合适——人们捐衣服时最喜欢丢掉舞会礼服。为了让衣服能穿，岛上的女人被聘请去剪裁、量身、缝纫、清洗衣服，并且把它们分配给那些最需要衣服的家庭。女人们因此得到一顿热餐和自力更生的满足感。社区里的人们为自己能自力更生感到自豪，也学到了在年景好的时候也能用到的技能。

在这里工作的人，除了克拉拉、朱利安·哈贝尔、加德纳一家、约翰·莫兰之外，还有一位叫乔治·普尔曼。这个人是前一年加入红十字会的财务秘书。由于没有野外工作经验，大多数时间普尔曼都待在布置整齐、墙壁雪白的办公室，和克拉拉同一间，处理财务细节和信件。队员中还有一位 E. 温菲尔德·伊根医生，刚刚被克拉拉接受成为她的"手下"，负责医疗行动。除了这些骨干成员之外，一些当地的志愿者也加入进来，来帮忙挑选土豆种、指导劳动、监督衣物的分发。当深受读者喜爱的雷穆斯叔叔系列故事的作者来岛上走访的时候，他发现红十字会这股小小的力量象征着没有官僚体系的社会状态，令人惊奇。"它最强大和最令人钦佩的特点就是极致的简单，”他写道，“这个机构的完美就在于，它根本没有行政机制。”

虽然表面上很平静，但是一些员工之间是有冲突的。约翰・莫兰和加德纳一家几乎不说话，看起来不妙。莫兰还认为伊根正在毒害克拉拉的思想，让她排斥他。的确，这个年轻人在执行任务时精神出现了一次问题，在请求回到红十字会的农场时，他突然控制不住地流泪，刺激了其他工作人员打起架来。“不管他们为了我的缘故伪装得多么礼貌，”克拉拉承认说，“不满的情绪到处都很明显。”而克拉拉在很多任务中表现出的殉道者精神，使人们的神经变得更为紧张。经常，无论救助活动的数量和质量怎么样，她感觉工作的责任都落在她的肩膀上，她的工作是“孤独的，没有人帮助”。为了弥补她所认为的怠工现象，她常常突击检查，小心翼翼地观察下属的活动，致使他们失去耐心，充满怨恨。“当我想到我们过去在包装间的闹剧，”一个助手痛苦地回忆道，“整天坐在那里，然后在夜晚，左手拿着冒烟的灯，另一只手拿着桶盖，等待老太太对着一堆二手的裤子、袜子，还有靴子沉思的时候，我就想要咒骂起来。”还有一些员工很烦躁，因为克拉拉在华盛顿的地位太无足轻重，虽然 1893 年至 1894 年期间她到那里游说了几次，但她还是没能争取到政府方面的任何资金。

政府确实提供了帮助的方面是医疗服务。伊根和哈贝尔医生已经建立起了为岛上的穷人而设计的诊所；他们小心谨慎地避免因为吸引了一些能够付医疗费用的病人而使当地的医生孤立。疟疾是这里最常见的疾病，已经确诊了 2000 例。诊所平均每天诊治 73 个病人。但是医生不能去最远的岛上看那些病得来不了的病人，所以对他们束手无策。因此克拉拉得到了财政部长的许可，使用减税船鲍特韦尔号和莫勒尔号来分配物资，带领卫生官员与帮助病患，这两件事给红十字会在医疗卫生领域增添了一笔浓墨重彩的记录。在海群岛的救助工作结束时，克拉拉自豪地说，没有一个因为疾病而死亡的记录。

这个地区的救济工作正在有力而稳定地开展，没有兴奋冒进，也没有放松懈怠。“每个人，不管是领导者还是无名小卒，都在尽着自己最大的努力，”克拉拉在 1894 年 1 月写道。到了早春时节，付出得到了回报。菜园茂盛起来，各家各户开始养鸡养猪，采摘野生浆果去补充他们的饮食，那些怀疑他们能否度过冬天的人在“上帝和克拉拉女士的帮助下”，现在满怀希望地憧憬着下一年的棉花收成。当眼前的困难解决之后，红十字会开始专心为岛上的人们谋划未来了。

为了这样做，克拉拉首先坚持他们应该种植品质优良的长绒棉，这种棉花在岛上很出名，但种子很难培育。当地的商人催促人们种植普通的作物。克拉拉则认为“没有什么能比种植质量差的作物对岛屿和岛上的人更有破坏性了”，克拉拉给农业局的秘书长写信，希望得到这种特殊作物的种子。经过一番要求，她终于得到了，这种重要经济作物的品质也被证实。同时，红十字会工作者开始系统地教育岛上的人们了解避免欠债的必要性，还帮助他们把社区当作自力更生的基础。“我告诉他们我来这里不仅仅是为了分配物资，”克拉拉这样评价她在南卡罗来纳州的工作，“我希望种下一棵树。我本可以给他们桃子，让他们吃下，享用，然后把桃核扔掉。但是我希望他们去种下这个核，让它再结出水果来。”这个结果实际上会使岛上的人们恢复他们自力更生的能力。在灾后的几年里，欠债的人数不到二十分之一，每亩地的棉花产量也翻了一番。当红十字会在 6 月 30 日正式关闭了它的大门时，他们很确信岛上的人与从前相比，在道德上、经济上、身体上的情况都更好了。

在克拉拉的红十字会所参与过的所有大规模的救济工作中，海群岛这一次毫无疑问是最伟大的。在物资不足、人力短缺、面对媒体怀疑的情况下，他们在困难重重的一年中维持了 3 万人的生活。与面包和肉相比，他们赋予人们的是希望、动力和勇气。他们离开的时候，没有奖赏，没有庆功宴，国务院也没有颁发给他们闪闪发光的奖牌。为他们这一年的艰苦历程所树立的丰碑，不过是岛上的人们在克拉拉离开的时候作为感谢赠送的鸡蛋、草莓，还有在红十字会将来需要帮助时回报他们的决心。在国家里所有喧闹地想挖掘故事的记者中，只有乔尔·钱德勒·哈里斯似乎注意到了他们的工作。克拉拉认识到了这个工作的重要性，相信她的组织又一次证明了自己。“很可能，”她自豪地写道，“像这样一项在完全意想不到的情况下开展的，准备这样不充分、条件这样不利的如此大规模的赈灾行动，它开展了这么长的时间，其结果无论对援助者和被援助者来说都完全令人满意，在史册上几乎是没有先例的。”

“慈善之路就是招黑之路；踏上这条道路的人，必须准备好迎接反对、误解、嫉妒、诽谤。就算他做的是天使般的事业，也不会令所有人满意。”克拉拉在1898年写道。因为这样的人生哲学，当各种各样的报纸责备红十字会因为黑人忽视了白人灾民，责备他们给黑人派发补给致使他们游手好闲，还责备红十字会从救灾行动中牟取了大量补给时，她本应该毫不奇怪。但是克拉拉从来没有习惯被批判，她对这些不公平的报道感到震惊和伤心，特别是州长蒂尔曼，是他最初乞求她支援南卡罗来纳的，可现在为了自己的政治目标，反而利用了组织遇到的麻烦。克拉拉说自己信奉坚忍的斯多葛学派，但是实际上，克拉拉愤怒了，她被误导，试图用详细的工作报告来回应这些失实的指责。有人建议她不去理会这些批评，但是那些伤人的话始终在她心里，无法抹去。

这种卑鄙的造谣中伤，跟商人、官员和其他慈善家日积月累的批评相比，显得微不足道。缺乏报道，财务混乱，以及克拉拉一手遮天的管理方式，本来是机构内部的抱怨，但现在已经演变成了公众大声的抗议。许多批评来自地方的分会，他们要么没有得到任何指导，要么已经变得富有而又独立，他们的规模和影响已经能够和国家组织相匹敌。开办多年而且有声望的罗契斯特市分会的领导人几乎没有听到过来自华盛顿的消息，他开始认为“这个母体机构只是个传说”。强大的费城分会，发现他们与克拉拉在约翰斯顿和在俄国饥荒时都无法合作，便开始直接与日内瓦的国际组织联系，考虑开展对克拉拉活动的调查。“我从来没有观察过这个团体的立场，也没有试图得到它的报告，”费城分会的一个有影响力的成员说，“但我询问了其他人……他们说这事很难调查。据我看，在未来没有亟待解决的事情的时候再回来对这件事进行调查才好。”费城那些与商业和政府都有联系的绅士们的不满，对克拉拉的团队构成了真正的威胁。

许多抱怨都是关于组织责任的缺乏。古斯塔夫·莫瓦尼埃一再要求查看美国红十字会的行动报告，当他看到报告的时候很是失望，信函里都是偏激和前后不一致的信息时，他对克拉拉的信任开始瓦解。“我要告诉你，比如说，24页，完全是捕风捉影，没有包含真实的信息”，莫瓦尼埃在一个急件中写道。

我无法解释怎么会这样，但我相信这样缺乏历史真实性的报告会给你的事业带来巨大伤害。这样的程序不仅应受谴责，而且如果你的费城对手发现了这个，他们会拿它作为攻击你的有力把柄。至于国际委员会，恐怕与你们的关系将会变得微妙……如果他们看见你的手册和它的内容，他们毫无疑问会说他们再也不能完全信任与华盛顿的交流了，因为他们怀疑华盛顿的真实性。那我就遇到大麻烦了。

克拉拉的同乡也感觉很沮丧。甚至国家组织的成员都没有听到关于红会在1882—1893年间活动的报告。1894年3月，当克拉拉还在海群岛的时候，《评论之回顾》登载了一篇文章，第一次大胆公开地提出了反对意见。当作者索菲娅·威尔斯·罗伊斯·威廉姆斯要求红十字会的组织应该更系统化的时候，语言并不委婉。“虽然它为苦难中的人们提供了伟大的服务，”她宣称。

但是，当人们问到详细的报告时，询问支出的逐条记载，询问关于工作的认真回顾和概括，以及它的成就、失败、经验、教训时——这些东西要么不存在，要么没有提……我向它的工作者索要报告，我请求阅读所有的记录，但是只得到了两三个小册子。很明显是不应该这样的。这个国家级的实体应该有一个国家级的组织、国家级的董事会，它的报告应该成为所有救济工作的典范和指导。

正如威廉姆斯指出的那样，财务记录也是一个问题。克拉拉管理红十字会账户的方式和她管理自己的个人账户一样：记在纸片上、混乱的笔记本上，死板地遵守着从来不扔票根、收据、银行回单的规则。一个红十字会工作人员令人震惊地说道：“捐款由克拉拉女士单独接收，大多数的存单都放在壁橱里她那件旧的黑色丝绸内衣里。”她对红十字会并不吝啬，也并没有把她个人得到的捐款与红十字会的资金区分开来。但是红十字会的账本中，比如约翰斯顿的那部分，里面有很多蓝底收据上签的都是不可靠的穷人的名字，银行汇票上签了20个红会成员的名字，信件本里有1000封致谢函，但没有一个提到了具体的数额和款项。官方对他们在约翰斯顿花费的报道从4000美元到25万美元不等。在某些救济活动中留在那里的记账专家塞缪尔·古德伊尔和新雇用的财务秘书普尔曼，似乎都没能解决这个棘手的问题。结果就出了大麻烦。比如1895年，约翰·莫兰突然发现被捐助了几千美元，是让他负责去救济俄国饥荒的。这使克拉拉和其他人很尴尬，他们曾许诺，所有的钱都要物尽其用，完成捐款人的心愿，他们也记得他们曾费了多大的力气才可怜地凑齐了包下S. S. 泰尼黑德号的费用。公众对这样一个组织变得小心警惕起来，捐款渐渐迟疑了；对红十字会的成长可能有巨大影响的商人，也忽略了这个组织，不再理会他们的求助了。

克拉拉不能忍受这样的批评，这些指控中隐藏着更刺耳的讽刺。因为组织太小，不可避免地，克拉拉与之有紧密联系。任何关于经营方法的投诉都指向克拉拉。人身攻击接踵而至。他们说她太老了，不能管理事务，说她太夸张，说她独裁，以至于别人认为她一心谋私利，留在组织里只为效忠欧洲皇室，认为她只考虑自己，让组织承担风险。一个抨击者说：“她管理下的办事流程是这样的，克拉拉女士第一位，红十字会第二位，受助者第三位。”还有人说克拉拉·巴顿与红十字会的关系过于密切，以至于没有她的监管，红十字会无法正常工作。有评论家说，事实上这个组织“是代表克拉拉·巴顿的社会团体”。发表此言论的是索菲娅·威廉姆斯，她再一次发表更尖锐的批评。

> 这个国家的红十字会就是克拉拉·巴顿，克拉拉·巴顿就是红十字会……美国需要的红十字会应该是这样的，大城市的分会由男性领导，理事会的代表来自费城医科大学和纽约药科大学，来自陆军、海军和海军医院的医护人员，内外科医疗技术管理要一致代表整个国家，这个国家有红十字会而不是克拉拉·巴顿。

在自省时，克拉拉对许多批评表示赞同。她多次在日记中坦承：“我没有管好，最好在给别人带来麻烦之前停止。我把红十字当成职业，它做了一些好事，它不会再按照我的路线继续工作。我能管理时，它才是我的。”她不愿退休的原因是她渴望看到红十字会有好的发展前景，有充足的资金，有国会认可，有尊重它的人像她一样管好它。15 年来，克拉拉竭尽心力为红十字会工作。她也知道，没人会比她尽心。

当然，有些人假装帮助美国红十字会，实则站在一旁袖手旁观并指指点点，他们不可能比克拉拉做得更好。克拉拉把恶评归咎于评论家。她向朋友们愤怒地指责他们自以为是，说他们是敌人或可笑的人。“我为红十字会建立四处奔波时，你们在哪里？红十字会挣扎着求生存时你们在哪里？”她私下里要求红十字会的事务由一人决定。让克拉拉把她的“孩子”交给这些只会批评而不提供实质帮助的人是不可想象的，她不可能让这些人把她撵走。在 1895 年 1 月一次匆忙召集的会议上，她直接把她的事抛给执行董事们：“为组织考虑最多、做得最好的人应该成为领袖”，她会“很高兴地让位给这样的人，并且尽心尽力在旁辅佐，绝不嫉妒”，克拉拉让大家投票选出新的领导。结果是她毫无争议地被选为红十字会“永远的总统”。

从组织的角度考虑，克拉拉把红十字会在 19 世纪 90 年代面临的问题看作公共关系问题，并且通过公共关系解决这些问题，没有改变组织结构，她和她的同僚们坚定了决心，决不让敌人或多余的建议渗透进他们的阵营。克拉拉很高兴看到批评她的人暂时闭上了嘴，这归功于红十字会尖锐的反驳。当红十字会一名可疑的成员遭到恶意攻击后，克拉拉说：“我开始担心帕克夫人会下这样的结论……她本可以做些比和凯南先生通信更有益的事情，因为不仅他自己是丑陋的顾客，并且与丑陋之人为伍。”莫瓦尼埃的抱怨获得了回应，红十字会元老们给他写了一封满含歉意和哀诉的信。信中说克拉拉承担了太多的担子以至于无暇估计报告的准确性，并且她极度谦虚的个性使她不会尽述自己完成的工作（克拉拉和哈贝尔共同完成这封信，尽管美国红十字会的成员们都积极在上面签字，但这封信显然对莫瓦尼埃没有用）。索菲娅 · 威廉姆斯的文章为她获得的是身败名裂的威胁，以及从《评论之回顾》撤下该文章的坚决要求。这些是好方法，却是坏策略。它们毁了克拉拉曾经的希望，她希望红十字会远离纷争。克拉拉曾经写道："无论谁产生分歧或争吵，红十字会都不会。"现在她却话锋急转，成为一个饱受批评的战士，藐视敌人的雕虫小技，天真地对未来充满信心。

病痛与忧愁让已经虚弱且心痛的克拉拉备受煎熬。19 世纪 90 年代初，克拉拉经历了个人痛苦和名誉损失。哈丽雅特·奥斯丁、明娜·库弗尔·戈莱和伯纳德·瓦塞尔都去世了，每个都出人意料，每个都留下了难以填补的空白。甚至她的小猫汤米，在陪伴她 17 年后也离开了她，长眠在红十字会总部后面的玫瑰花园里。孤独，抑郁，克拉拉质疑她成就的价值何在："在人生旅程的喧嚣中……总能传出那一种曼妙的音，低低的，陌生的，悲伤的，你的音又在哪里？仁慈的世界同意，不，还可能是赞誉，但耳朵已经关闭，又怎能听见那最甜蜜的赞誉？强烈跳动的几颗心脏，停止下来，冷却下来。"意识到自己也时日不多，她与侄女和侄子更亲近，并且考虑写自传，紧紧地依附在仍然在世的老朋友身旁。

因此，在 19 世纪 90 年代中期，她参与了对朱利安·哈贝尔意志的考验。她认为这位年轻医生的忠诚和顺从是理所当然的，她不会轻易放弃这份忠诚，也不会允许它被其他意志所转移。因此当哈贝尔开始爱上一个迷人而美丽的年轻女子时，克拉拉忍受巨大压力去终结了这段爱情。竞争对手名叫玛丽·伊丽莎白·阿尔蒙(被亲切地称为米娅)，起初对红十字很感兴趣，成了克拉拉·巴顿的朋友。过了一段时间后，很明显，米娅对红十字会感兴趣有不为人知的原因，她送到组织的奢华礼物远超过了朋友之间的普通馈赠。当哈贝尔开始在她家附近出没时，克拉拉采取了行动。在哈贝尔面前，她总是身体不舒服，总是念叨美国红十字会的需要和默默殉道的喃喃咒语。终于她成功给医生洗脑了，甚至米娅公开的恳求都不能战胜他的内疚和责任感。很多年后哈贝尔的侄女总结当时的情境："克拉拉·巴顿的统治赢了。她像一个意志坚强的父母，当然，她也为胜利付出了代价。哈贝尔仍坚决地站在克拉拉身边，但他变得沉默而且冷淡。他对克拉拉的忠诚和亲切感不复存在，取而代之的是对米娅的爱与回忆。"

几位好友的去世使克拉拉备受打击。为了放松疲惫的思想和精神，她开始外出消暑，离开华盛顿的天气和压力。她与加德纳一家在印第安纳州的一个果园里一同度过了几个夏天。有一年她做了一个令人兴奋的决定，前往美国西北部，重温她在1886年的露营经历。她不想过七八十岁老人养尊处优的生活，但也希望能够顺利渡过灌木丛和艾草带来的考验。有朱利安·哈贝尔、约翰·莫兰、侄子斯蒂夫和他的妻子莉齐的陪伴，她一路从黄石公园到华盛顿的斯波坎，最后到了壮观美丽的奇兰湖。他们在那儿扎营数周，狩猎，捕鱼："我们带着所有装备，鱼竿、鱼线、猎枪和左轮手枪，看起来像一群登山者或一伙强盗。"她是一个活泼的成员，帮忙搭帐篷，用枝条做铲子等必备工具，踩扁易拉罐，她享受睡眠的机会，远离世界的纷扰，享受着无知与和平。为了维护她的尊严，她要求戴上她最喜欢的帽子，甚至是在森林里。据她的侄子回忆说，在整个旅行中他从未见过她摘下镶着玫瑰花边的小帽子，这顶帽子一直被粉色丝带牢牢地扎在她的头上。

乔治·普尔曼加入红十字会后，克拉拉便开始在圣劳伦斯河上的千岛群岛消暑。她的财务秘书是赫赫有名的普尔曼汽车发明人的侄子，整个家族年年都在这位铁路大亨拥有的几座岛上聚会。虽然空余房间多得是，克拉拉还是更愿意住在帐篷里，清凉的微风和欢乐的家庭聚会使克拉拉摆脱了烦恼和繁重的工作。"我几乎不能走路，视力也变得很差，不能读书，不能写字。"1894年她到达普尔曼的房子时如是说。六周后，她的精力体力都恢复了。在岛上居住期间，她得空思考和计划，写又长又啰唆的书信，这是她喜欢的，还和邻居们聊天，其中一个叫玛丽埃塔·霍利，她是克拉拉在丹斯维尔养病时所读的萨蔓莎系列图书的作者。直到9月末天气转凉时，克拉拉才不情愿地返回华盛顿继续工作。

这些年，克拉拉与她的"男孩儿们"共同度过的时光给她饱受诟病的虚荣心带来了另一种安慰。GAR的成员们从未停止为克拉拉欢呼。克拉拉每次与他们相遇都会被众人围住，听到许多感激的话语和看到他们满怀深情的热泪。克拉拉的活动主要集中在GAR里女性的附属机构，即波托马克组织和女性救助团体。在这期间她也成为美国革命女儿会的创始人和卫生局局长。这个组织以爱国主义为准则，这是克拉拉十分推崇的。克拉拉频繁使用在华盛顿的总部，营造热情好客的氛围，招待这些组织。在会议上，她被赞扬，广受爱戴，她向专心的听众讲述她和她的祖先们在战场上的英勇事迹。她非常享受这个过程，老兵们的欢呼和其他组织的批评永远不能和谐一致。

19 世纪 90 年代，克拉拉花了更多的时间与退伍军人交流，与女权主义者们相处的时间相对少些。她被要求参加每一个国会和宴会，但她总是以没有时间或忙于他事而谢绝邀请。但是如果可以的话，她还是会给大会写个书面材料。当被问及对服饰改革一事，她坚决反对“暴君时尚”，她说：“怪兽可以被杀死，它的力量可以被消灭，让女性身心获得自由……这样我才会完全确定这是一场持久的货真价实的改革。”她反诘质问改革者，深刻触及他们的灵魂。克拉拉声明教堂、学校及美国边境的新城在广泛争论后都接受了女性：“她们的出现令人消沉吗？她们会引起不和谐吗？她们准备好迎接不公和欺骗了吗？如果女性离开，结果会是怎样？”她的名字仍然有增加威严的力量，她的笔端仍有说服的力量。也许最能体现她在女权运动中作用的一件事与一位年轻女子有关。这位女子与克拉拉在约翰斯顿相识，并给她写信告诉她她们的友谊是如何改变了她的命运。“因为您，我第一次为我是女性而感到高兴。”萨拉·J. 艾略特在信中说，“再者，我和您一起工作，您教我做那些女性的工作，我第一次听到了那些女性寻求帮助的声音。”

1892 年，克拉拉对女性工作和老兵们的战争记忆都有极大的兴趣，这二者在 1892 年戏剧性地融为一体。在 WRC 的波托马克组织的联欢会上，爱国主义的诗文与泪水交融，克拉拉被要求为《上战场的女人》祝酒。在宴会当晚，她创作了一首诗，她常在这样场合写诗，因为感情充沛，这首诗达到了一个新的高度，她的旧诗中没有几首达到同样的水准。在创作《安蒂特姆河》和《弗雷德里克斯堡》30 年之后，克拉拉觉得在善行方面姐妹们不是她的竞争对手，她只在诗节中表达对她们的尊重。“她们在追寻什么，只是为了碍事儿吗？”她在致范妮姨妈、玛丽·比克戴克、阿尔米拉·菲尔斯、多萝西娅·迪克斯的悼词中这样写道。“她已经理顺了黑色的羽毛，让它们安息，”克拉拉在诗的末尾这样说。

天使居高临下注视着她们，

她独坐于此，眉梢上挂着雪花，

你的欢呼是献给她的战友的吗？
三人的欢呼声已为她响起。
她们就是要奔赴战场的女人们，
受质疑的女同胞们在追寻什么？
上帝已经在她们的心中播种下，
同情受灾者、帮助有难者的种子，
她们志存高远，满是责任担当，
身披正义的盔甲，披荆斩棘，
不受欢迎，没有帮手，不被批准是常有的事，
她们在人群中推挤着哀求着，为的是尽快跑到前线，
这是男人们常见的场景。

战争再次来袭她们将何去何从？
鲜红的十字旗在旷野中飘扬，
她们戴上臂章继续向战场前进，
逝去的人会对她们说不。
她们现在与你同在，过去与你同在，
她们是男人们的护理员、安慰者和拯救者。

《上战场的女人》立刻引起轰动，它的影响力延续至今。报纸转载它，杂志赞扬它。WRC 地方分会甚至摘了几句作为官方口号。看着克拉拉朗读这首诗的人更是对它印象深刻。舞台上，身材矮小的克拉拉身着笔挺的黑色棉布衣服，闪耀着传奇的光芒，声音严肃深沉，这使得诗朗诵的过程极具戏剧色彩。“女士们的白头巾在空中飘动，”一家报纸描述当时的场景，“威严的克拉拉·巴顿，站在那里，挥舞着手臂，示意人们欢呼，于是热烈的欢呼声就响起来，这历史性的一幕永远不会被忘记。”

有机会宣泄情感，克拉拉很幸运。海群岛救援结束 18 个月之后，更多让人

失望的事情接踵而至。她依靠一项法案的通过来使红十字会获得保护和认可，免遭无休止的批评。1894 年末，她把法案提交给国会，并且被承诺法案肯定通过。但是事情可没那么简单。提交法案时，她发现了来自商业机构的强烈而有效的反对意见，这些商家已经在使用红十字会的徽章或者名字，其中就包括医疗用品供应商强生公司。这家公司已经使用红十字会的商标 8 年了，它的产品很畅销，所以该公司雇用了一名法律专家为议会讲解他们的宪法权利。这个法律专家说宪法规定他们有权使用红十字会徽章，不受限制，因为这个徽章没有在专利局注册商标。因此议会默不作声地把法案搁置了。克拉拉的团队和强生公司匆忙进行了磋商。红十字会发现这家公司愿意加入他们，限制使用国际徽章，前提是保留他们在产品包装上印上红十字的权利。克拉拉立刻同意了这一要求。不幸的是，这家公司前期的抗议太奏效了，以至于议会不愿意放弃最初的决定，一定要在通过法案前修改法律条款。这回一切都白费了。所以商业机构可以继续使用名称徽章而不受惩罚，尽管他们被要求在使用前要征得美国红十字会的同意。只有与红十字会竞争的其他慈善组织被限制使用徽章。克拉拉假装对此事不在乎，说一直以来他们“真正反对的是针对这些不负责任和不被认可的组织对徽章的滥用”。然而这给克拉拉一直努力争取的政府保护和认可蒙上了阴影。

最后，尽管法案在两院顺利通过，这个可怜的妥协成果也并没有成为法律。克拉拉本来想给古斯塔夫·莫瓦尼埃写封报喜的信，可是现在她不得不告诉他，她有理由心痛——总统没有在法案上签字。立法前法案都要在国会召开期间获得最高长官的签字。第 53 届国会是出了名的慢且爱争吵。在国会期的最后几天，他们把草草通过的法案都丢到总统的书桌上，于是总统决定给他们点儿颜色看看。55 个法案都没有签名，包括克拉拉十分重视的红十字会的法案。“如果我不告诉你我的内心并没有对此事充满自豪感，那我就是言不由衷了。”她向莫瓦尼埃保证法案将在下一个国会期通过。事实上，克拉拉过于乐观了，对红十字会徽章和名称使用权的保护法在下一个世纪才通过。

红十字会法案的事悬而未决，可以理解，克拉拉对此忧心忡忡，但是这并没有引起国会的重视。她不愿意再出现任何丑闻，增加难对付的烦心事。因此，一封详细描述红十字公园的大麻烦的信着实让克拉拉吃了一惊。克拉拉对红十字公园过去不正规的活动有所耳闻，散发匿名信，说莫兰没有好好训练他的老马，赌马时损失了1000多美元。还说他非法出租土地，把收入中饱私囊。克拉拉选择无视这些指控。然而，到1894年8月，加德纳实在无法忍受莫兰，就解雇了他。莫兰声称牲畜、生活设施和家具都是他自掏腰包购买的，不带走这些财产或者不得到补偿就拒绝离开。加德纳认为农场上的一切都属于红十字会，坚决不让莫兰拿走一针一线，并威胁如果他不从就把他告上法庭。就是在这个时候，莫兰联系了克拉拉。他在信中写到，如果她不尽快帮助他，他就要起诉加德纳。这将给克拉拉·巴顿和红十字会带来糟糕的社会影响。

克拉拉收到信时，她正在千岛群岛。她吓坏了，过了两个星期克拉拉才想好怎样回信。公开审判向世人揭示一个不诚实的经理人，是用红十字会的财产赌博。因为位高，官方分配给克拉拉一处登记在她名下的房产，而这个房产的契约书却为她的攻击者们提供了攻击她的有力武器，去终结克拉拉的职业生涯。

当她终于给莫兰回信时，她在这封长信里发泄了她的痛苦和悲伤，因为约瑟夫·加德纳送她的农场将以悲剧收场。由于害怕她会因为公园的糟糕管理而受责备，克拉拉极力撇清关系，乞求两人在事情一发不可收拾且把她牵涉进来之前，让她把房产契约证上的名字改了。“事实上，我别无选择。”她绝望地写道，“如果你们两个人在公众面前，在法庭上争吵，这将使你们二人颜面尽失……对我来说，这将意味着失败、耻辱和骂名。对组织来说这将意味着死亡，而我为这个组织贡献了我的毕生精力。”克拉拉对这件事有点儿反应过度了，这完全符合她的性格特点。10年后，这封信将被当作证据，证明她牵涉进了这件秘密处理了的丑事。丑事如果曝光，她的名声就毁了。

加德纳和莫兰忙着举证，几个月来形势陷入僵局。1895年1月，克拉拉在哈贝尔和斯蒂夫的陪伴下亲自到贝德福德评估事件的严重程度。他们看到的是破败的农场、病怏怏的动物，还有一些可疑的人免费住在农场上的房子里。按斯蒂夫的话说，莫兰是个混蛋，辜负了克拉拉对他的信任，他还说：“我发现他说不清楚这一两年经营管理农场的钱是怎么花的。”唬人的把戏败露了，莫兰变得歇斯底里。他跪下来求克拉拉不要抛弃他，也不要揭露他的恶行。“我送这个可怜的家伙去睡觉，”克拉拉在日记中写道，“让他哭着入睡。”事实证明，加德纳一家也不是无辜的。莫兰与他们对峙，所以他们不得不承认他们“感恩的仁慈举动”是与莫兰精心策划好的一场阴谋，为的是利用周边土地获取利润。加德纳一开始在农场投了7000美元，克拉拉原计划一点点还这笔钱，一共还他12000美元。在收到这份礼物差不多两年后，克拉拉为农场的事情感到震惊，也为可能产生的后果感到害怕。莫兰后悔万分，加德纳一家乞求克拉拉“毁掉一切证据，永远不让人知道这件事，即使我说让莫兰留下，他们也不会说一句话”。然而莫兰还是被解雇了。哈贝尔被安排在农场当经理。克拉拉悲伤而沮丧地收拾行李返回了华盛顿。

哈贝尔在印第安纳待了一年。他把农场经营得很好，总能给克拉拉送去一车车的粮食和农产品。哈贝尔小心翼翼地经营着农场，除了驯养一些俄国狼犬有点儿欠考虑以外，没有坏事发生。然而哈贝尔其实对农场没什么兴趣，一年后便没了积极性。1896年1月，加德纳一家因为害怕在公众面前丢脸，给克拉拉发了一个法律文书，说要断绝与红十字会的一切来往，无论是个人的还是工作的。克拉拉写道：“这是一个很值得注意的公文。”因为对朋友忠诚品质的信任，她没有理睬这纸公文，继续和加德纳一家保持朋友关系。虽然克拉拉偶尔还会想利用一下那块地方，但是从那时起她想在西部寻块中立土地的宏伟计划还是被彻底忘记了。

因此，“欢乐的90年代”过去了，其间失望与欢呼、崇高工作与尖锐质疑一直对立存在。1896年，克拉拉开始在土耳其和亚美尼亚工作时，反对倾向愈加严重。在公众欢呼中，克拉拉被迫开始工作，因为人们的不信任，这项工作受到严格审查和限制，还有从未有过的严厉批评。

1894年间，一些美国报纸开始报道土耳其在亚美尼亚的暴行。亚美尼亚人是骄傲的民族独立主义者，他们不断抵制并入奥斯曼帝国，却不断受到土耳其人的武力打击。而且亚美尼亚人是生存在激进的伊斯兰教国家中的基督教徒，这使形势更加严峻。亚美尼亚民族独立主义者策划反叛的消息更是招来了苏丹军队对领土的入侵。18个月来苏丹人对基督教徒进行了疯狂的烧杀劫掠。这实质上是一场宗教战争，一场统一帝国的战争。异教徒要么被杀掉，要么在武力威胁下改变宗教信仰。美国对残忍暴行感到不满。而当美国传教士因为救助大屠杀中的难民而受到土耳其政府的骚扰时，不满变成了愤怒。

在纽约，雅各布·希夫、斯宾塞·特拉斯克、亨利·C. 波特主教等杰出领袖和商人联合，首席大法官梅尔维尔·富勒及其他华盛顿的名人共同组成了亚美尼亚国家救援委员会。该组织的目标是救助受难的基督教徒，支持他们的反抗情绪，该组织的成员毫不隐藏他们反对土耳其的情感。他们的计划很了不起，希望筹集 500 万美元善款并做合理分配。阻碍他们的问题是他们需要一个合适的组织去分配这笔钱。仍在土耳其的传教士成了嫌疑犯，随时可能被抢劫或者更糟，而且资助这些传教士的美国社会团体被禁止向那个分裂的国家派出更多的代表。由于有经验、有确定的国际身份、在土耳其还有分支机构，红十字会似乎是最合适的组织。另外，美国红十字会有克拉拉·巴顿，可以依靠她的名字帮助吸纳捐款。

“记者们在我们左边，记者们在我们右边，记者们在我们前方，吼叫着，呵斥着。”乔治·普尔曼在华盛顿的总部这样写道，这时传出流言说红十字会的会长正在犹豫是否在亚美尼亚开展救援。“一整天我们的办公楼里挤满了来自媒体的男男女女和急着赶赴亚美尼亚的人们，还有一个怪人，手里拿着本圣经，希望被派去做传教士。”克拉拉没心情立刻回答记者。这次任务与以往不同，她无法了解那里的真实情况。因为一直记得海群岛匮乏的资源，克拉拉不想在没有充足资金的情况下开始工作，而且救援委员会筹集资金的工作进展得很不顺利。克拉拉也不能确定苏丹人能否让他们进入那个国家，尤其是在美国报界对他们进行了猛烈抨击的情况下。“我毫不怀疑救援工作将是危险和艰难的，”她告诉乔治·凯南的妻子，“我十分怀疑红十字会能否做得了这件事。”

她犹豫的时候，亚美尼亚国家救济委员会的成员也犹豫了。关于克拉拉在俄国饥荒期间做法的负面报道开始流传。来自费城的积极分子罗伯特·奥格登，建议在这样关键的形势下，找一个更年轻且没有争议的人来主持救援工作更合适。“我认为克拉拉女士过于自负，”奥格登在写给斯宾塞·特拉斯克的信中自信地说，“她的这种个性与缺乏执行力结合在一起，限制了她处理紧急事务的能力。”

救援委员会的成员们当然不愿意轻易放弃红十字会这个唯一能被允许进入那个国家的组织。他们因此必须退一步，或委任克拉拉作为他们的代表，或寻找其他地方的分配者。1896 年 1 月，克拉拉会见了特拉斯克和其他人，她觉得这是“经历过的最烦人的会议，人人都不坦诚，用寥寥数语敷衍了事”。最后她给了他们一个承诺：如果他们一致认为红十字会应该去而且能筹集足够的钱，她将承担救援工作。经过一番争论，救济委员会同意了这些条件。1896 年 1 月 22 日，就在成群的记者和“祝福者”的欢呼声中，克拉拉再次出发去欧洲。

当克拉拉抵达英国，更多的混乱在等着她。她在获得登陆土耳其的许可之前就出发了，有传闻说苏丹阿卜杜勒 – 哈米德二世非常愤怒地反对红十字会的工作。报纸报道，比如《纽约论坛报》上的一篇文章指控苏丹人“为保护国王热衷的权利，不惜杀害和虐待基督教徒”，由于没有让国王对红十字会产生好感，他认为红十字会是个假装虔诚的组织，以牺牲苏丹人利益为代价援助亚美尼亚人。克拉拉和她的团队（包括哈贝尔、普尔曼和速记员梅森）因此在伦敦滞留，等待美国部长亚历山大·特勒尔从君士坦丁堡传来消息。当可以出发的消息传来，他们立即动身穿过欧洲大陆，仅在日内瓦短暂停留与古斯塔夫·莫瓦尼埃见了个面，就登上开往土耳其的东方快车。2 月 15 日，他们到达了君士坦丁堡。

令克拉拉失望的是，她发现她的计划没有被土耳其人批准。在特勒尔和土耳其外交部进行谈判之后，克拉拉获准与高级官员陶菲克·帕夏见面，向他介绍自己和他们来土耳其的目的。克拉拉很有外交经验，她避免对土耳其政治形势做任何评价。相反她只简单地介绍了亚美尼亚饥民的状况引起了美国人的同情，她来只是为了分发食物并提供医疗帮助。

不管美国是什么情绪，她都会给予救助，因为她以《日内瓦公约》为准则，向伊斯兰教徒和基督教徒提供无差别援助。最后她向对媒体报道很敏感的帕夏承诺，她不是来报道土耳其的罪行的，她只是来帮助解决困难。克拉拉后来回忆，她在结束这次会面时说：

一切无需隐藏。我们所有的急件都通过你们的电报发出，我也很愿意看到我们起草的任何公文都经您的政府过目。当然，我不了解您的政府，但我能保证它的真实与公正，保证每个领袖的行为端正。我绝不会建议或允许任何向您的政府隐瞒的行动，帕夏先生，请您原谅，我也希望贵政府能以同样的方式对待我们，彼此彼此。

帕夏立刻回答道："如您所愿。我们尊重您的立场和您的愿望。我们将提供力所能及的帮助。"

然而，土耳其政府规定，克拉拉以个人名义工作，不作为任何官方机构的代表，包括红十字会。帕夏决定让克拉拉留下，是因为克拉拉在君士坦丁堡给他留下了很好的印象，而且他对她公正且毫无偏见的救援工作深表赞扬。不过这使得在纽约的亚美尼亚国家救援委员会很困扰，它的成员们开始怀疑克拉拉会把这个项目变成一次个人的胜利，对资金的使用方式也会让捐助者不满。

在培拉区的总部，也就是地处君士坦丁堡的欧洲分部，克拉拉整合团队在土耳其腹地开始救援工作。她不打算一个人去。在首都，她需要同政府打交道，与纽约的捐助者们保持联系。有那么一刻，她自己都认为这些工作对一个75岁的老妪来说艰难而充满着不确定性。她在美国传教士中寻找合适的帮手补充到她的团队中来。著名的艾拉·哈里斯·皮特博士，是当地认可的传教士，给克拉拉提供了建议并帮助她获得在君士坦丁堡的欧洲社团的帮助。一手资料和传闻显示这些帮手们知道哪里是重灾区，并开始整合由医生、向导、红十字会员工和翻译组成的团队。总共4个队伍前往被劫掠的城市——哈普特、阿拉伯科尔、在陶恩和马拉什开展工作。有时走路，有时骑骡子，大量的救灾物资驮在马或者骆驼背上，远征队出发了，去救助那些只在传闻中听说过的难民。

除了尘埃和瓦砾堆，他们在村子里什么也没有发现。幸存下来的人们衣衫褴褛，挤在曾经是家园的废墟中。许多人害怕任何陌生的面孔，他们起初拒绝和救援人员交谈或与他们合作。掠夺太彻底以至于最简单生活工具——锅、镰刀、水袋和手摇纺织机都被偷走或毁坏了，因此居民们没有办法重建家园。恐惧和绝望使他们变得木讷。事实上，救援队最重要的工作之一，是改变幸存者冷漠的态度和凄惨的状况来帮助他们重新开始生活。这些不远万里赶来帮助他们的陌生人使亚美尼亚人重新振作起了精神。“这些来自远方的好心的男女做出的重要贡献之一，”一个陪同哈贝尔工作的医生如是说，“是他们带来的物资使难民们坚信他们关心这些受苦的异乡人……这些苦难者没有被世人抛弃。”

这些人用有限的资金开始重建工作。他们捐赠种子，牵来干重活儿的牲口，教难民卫生知识、缝纫技术，并让铁匠制作工具、推车和一些当地弄不到的设备。在这令人疲惫的五个月里，他们过着“艰苦而不讲究的生活”，他们教导、行医、鼓励、安慰，直到他们认为人们有能力自给自足并过好自己的生活。

然而，他们最显著的贡献还是在医疗保健方面。救援队出发后，伤寒和斑疹伤寒爆发的消息就传到了君士坦丁堡，每天近100人死亡。人们害怕食物匮乏和环境拥挤会使疫情泛滥。“我在美国和东方都看到过痛苦的场景，”哈里斯博士这样描述在陶恩，“但直到我死的那一天，我才能从脑海中抹去那些痛苦而憔悴的面容，那些我到达当天围绕在我身边的生灵。我们离开帐篷前，一位医生说：‘我们会看到这个地方到处是行走的骷髅。’这准确描述了他们的状况。”由于处在乡村的营地卫生状况极差，痢疾和腹泻也在肆虐。他们认为预防疾病十分必要，哈里斯和他在其他村子的同事们重视环境卫生，搭建厨房保证营养，鼓励难民离开拥挤的营地到远离疫区的地方睡觉。他的工作，以及哈贝尔在阿拉伯科尔的工作取得了很大的成功。五周后，他们不仅治愈了大部分患有伤寒的难民，还阻止了疫情大面积泛滥。

这个地区从一开始就很明显与克拉拉和她的团队曾经工作过的地方大不相同。语言问题、货币兑换、消除对外国人的不信任耗费了大量的时间。一封从君士坦丁堡寄来的信要花六周时间才能到达，如果它能到的话。来自和发往美国的几件也是这个命运。“在这里办理普通业务都是十分困难和累人的，这真让人无法忍受。”克拉拉向在华盛顿的朋友抱怨。走在乡间，沿着崎岖山路前行，穿过蛮荒之地，都使人疲惫。任何突发事件，比如她的速记员梅森在3月15日早晨去世，都需要漫长的和令人沮丧的谈判。很多时候克拉拉只能依据在内陆获得的些许信息来做决定。

即使这样有些人还是不满意，克拉拉开始受到尖锐的质疑，甚至到了让人厌烦的程度，这些质疑来自亚美尼亚国家救援委员会的成员们。他们一直担心迟滞的电报通信，担心资金分配是否合理，担心在君士坦丁堡的工作人员，担心克拉拉·巴顿。

他们最初对克拉拉能力的质疑使他们之间的关系明显存在不信任，这使双方都很困扰。海利普·波吉根是一个在波士顿协调救援工作的地毯商人。当克拉拉即将启程前往土耳其时，他被克拉拉一位助手的举动吓到了。“当我在轮船上把7500 美元信用证递给克拉拉小姐时，”波吉根写道，“他一把抢了过去——就在我要递给克拉拉女士的时候，然后放进了他的口袋。从那以后一个问题一直出现在我的脑海里，7500 美元中是否有 1 美分送给了挨饿的亚美尼亚人。”波吉根认为处理此事最好的方式是给土耳其写冗长的信，提很多建议，这个做法让克拉拉很生气。“波吉根先生认为他有权使用直白的语言，”克拉拉在私人笔记上愤怒地写道，“他也许不能区分直白语言和粗鲁无礼之间的差别。”委员会不了解通信缓慢的情况，不清楚克拉拉与土耳其政府间的微妙关系，不理解行程的突然改变以及资金的草率分配。克拉拉习惯掩盖困难（更不用说失败），习惯隐瞒组织遇到的危机，因此她越来越不愿意向纽约的男人们说清真实的情况。以“那些人正在那里做些什么”开头的信件都被忽略了。

最后，克拉拉认为她和委员会最好各忙各的，互不干涉，于是决定不再与特拉斯克和波吉根联系。在确保钱和人都没问题的情况下，她写信嘲笑他们把斥责当作帮助的做法。她从君士坦丁堡发电报说：“没有进一步的援助，我们也能做好这里的工作。”

这一举动使克拉拉的焦虑情绪有所缓解，但她仍然要在美国的想法与土耳其现实之间保持微妙的平衡。特拉斯克和他的同事们主要抱怨克拉拉既帮助土耳其人又帮助亚美尼亚人，也就是说既帮助施暴者又帮助受害者。一个新的理念在外国援助领域产生，这个理念在俄国饥荒期间初露端倪，在美西战争期间日趋成熟。美国人不满足于仅向饥民提供食物，他们还想提供正义。政治家和慈善家们开始看到在非常短的时间里，临时救济措施不能真正帮助亚美尼亚或俄国农民；

他们需要的是政治和社会的改变。他们寻求的改变是主观的，反映的价值观与《古兰经》中关于正义的箴言相违背。

这种政治化的慈善思想妨碍了克拉拉的工作。随着美国人对土耳其的批评日趋增多，克拉拉与土耳其政府关系愈加难处理。原本就怀疑是红十字会向美国国会传递错误信息的苏丹政府，更加小心地确保对政府不利的消息不会传到大西洋彼岸。同时，身在美国的支持救援的人们也感到失望，因为他们希望从一线人员那里听到他们支持正义的成果。他们不想要不偏不倚，当得知在未经允许的情况下，他们的钱分给了双方的难民时，他们很不开心。在寻求正义和救援需求之间走钢丝，克拉拉发现无论她怎么做都会遭到质疑。

当然，她个人对现实情况做出这样的反应，把建议当作攻击，把批评当作背叛。在她脱离亚美尼亚国家救援委员会后，她感到无比的轻松，这也让她说出“一想到支配地位没有一刻处在不安的状态，我便觉得现在的工作环境最舒心不过了”。克拉拉的日记里满是信心膨胀的言论。她认为救援委员会和美国人民都反对她去土耳其。甚至一直忠诚地为她辩护的斯蒂夫也反对她。在压力下，克拉拉又想到了自杀和旅行等她熟悉的逃避方法。“我怀疑我对祖国是否还会有同样的感情，”她写道，“在我看来，那是一块很让人愉悦的土地，却布满了藏匿着毒蛇的石堆。”她一生中第一次向莉齐·巴顿抱怨，觉得自己“好像无家可归的人”。但她太老了以至于不能在另一个国家重新开始，她告诉自己，把她的梦想寄托在死亡的安宁乐趣上。“我必须……让自己从扭结的生活之网中抽离出来。”她在离开土耳其之前的最后几天里乱写道，“我不后悔去看即将到来的结局，生活有太多的痛苦，安息是受欢迎的。”

克拉拉没有向任何人透露她内心的沮丧，而且，因为对自己和组织的信任，她坚持在亚美尼亚完成她的工作。虽然她知道救援是不够的（在她离开时，估计有5万人会在春天到来前死去，虽然红十字会提供了援助），她很满意他们完成了该做的工作。这5个月里，他们花费了超过11.6万美元，使绝望的人具备了重建生活的能力。传教士，以及土耳其政府，称赞她的工作，特别指出了钱款的发放都有特定的目的，而不是漫无目的地到处分发。她一直保持独立，走谨慎的外交路线，因此她能设法避免被土耳其或美国政府召回。当纽约的男人还在那儿生闷气的时候，克拉拉在 9 月末回到祖国，获得了女权主义者的喝彩、GAR 的欢呼，还有一个公开的欢迎会，吃了一顿 8 道菜的晚宴，听了一晚上的爱国音乐。在国务院，国务卿理查德·欧奈祝贺她，交给她塞卡菲特二级勋章，这是君士坦丁堡的帕夏寄到国务院的。勋章巨大且镶嵌有钻石和其他贵重宝石，授予克拉拉是因为她对奥斯曼帝国有特殊贡献。像克拉拉赢得的许多其他的荣誉一样，这个勋章从未被授予女人。它代表一个信息：如果美国希望进一步帮助土耳其，他们会乐意让克拉拉·巴顿女士被派去管理此事。

（姚海燕　李双娥　李宏鹏译）

第 16 章

Chapter 16

土耳其战场的工作尚未结束，媒体和公众就邀请——实际是要求——克拉拉在古巴开始漫长的工作。

两年里，美国一直在训练间谍，并把他们派到距海岸线 90 英里外的邻国。1895 年，古巴人发动了一场反对西班牙殖民统治的革命，最后以失败告终，这使得他们反对的专制统治更加巩固。为了表现他们的愤怒，又想引起美国政府的注意，他们一路破坏财物，并计划突袭了西班牙军事堡垒。为了平叛，政府把可疑的村民送到集中营。后来大家知晓，西班牙政府既不能也不愿为集中营提供帮助，结果那些无辜的民众只能在污秽的环境中挨饿受冻。据估计，在 19 世纪的最后几年里，大约有三分之一的古巴人惨死在集中营。这种情况对于喜好制造轰动效应的媒体来说简直是大头条，因此集中营的困境在各种专题报道中越来越突出。

当克拉拉坐在千岛群岛的树荫下，计划着为土耳其战役中的老兵颁发红十字会勋章时，突然得知美国第一次表明要对古巴提供援助的消息。她回到华盛顿，进行年终财务决算，并写了一份关于中东战场的长篇报告。与此同时，申请红十字会援助的消息也传到了克拉拉耳中。一开始，这些请愿被登在媒体社论上，请求帮助被西班牙军方关押在集中营的美国人。“亚美尼亚那场冒险……已经建立了一个前提，即为了救苦救难，两个国家不必处于战时状态才能接受红十字会的介入，”《纽约论坛》在 1897 年 1 月如此宣称道。克拉拉并没有冒险的热情。对她在土耳其工作的众多批评，以及同陌生政府进行的诸多小心翼翼的谈判，均使她无暇顾及其他的国外任务。古巴的局面已经混乱不堪。三个敌对的阵营和在古巴人和政府之间的准战争状态，使得红十字会的法律地位变得模糊。此外，克拉拉无法断定当美国民众或美国政府恳求她对古巴进行援助时，到底想要什么。

在一定程度上，红十字会介入古巴，表明克拉拉已经成为自己成功的受害者。在美国红十字会刚成立的几年里，她渴望去证明组织的价值，去宣传它的工作，所以她留意了近乎一切的求助声。尽管红十字会与政府的正式关系仍存在误解，但广大公众已经意识到克拉拉和为数不多的成员已经完成了很多的工作。人们还简单地认为红十字会是一个比实际上更大的组织，有着丰富的资源，有着无限的救助能力。克拉拉快被这些请求压垮了，因为她需要火速赶往这个国家每一处灾难降临的地方。她在土耳其的工作使这种情况更加恶化，因为在美国红十字会的任务清单上，其他国家的苦难不断增多。同一时间，古巴的情况也到了紧要关头，克拉拉需要在得克萨斯采取行动，随后又赶赴海群岛和希腊，因为那里的基督徒同土耳其人再一次产生了冲突。她向这些地区送去少量的资金，有时派去顾问，有时礼节性地出现在请求财务和政治援助的集会上。总而言之，她希望红十字会的活动如此即可。只有当其他有竞争力的组织关注这个问题时，她才会重新考虑她和红十字会在古巴扮演的角色。

1897 年早期，她一直将古巴的事情抛诸脑后。目前最紧迫的事情是把家庭和工作搬到格林艾科，这是一个艰难的过程。克拉拉厌倦了令人分神的华盛顿以及那里的肮脏，希望能再次建立一个乡村之家，在这里，既有动物，又有能存放红十字会供给物资的园子，她在这里可以寻找到和平与安宁，并能进行小小的创作。但是其他的缘由影响了这个决定。1895 年的夏天，当她和其他员工来到红十字会仓库时，发现仓库失窃了，很多重要的物资被盗。于是他们决定搬走，但因为亚美尼亚战役而被迫延期。另外一个原因是格林艾科的开发者——巴尔特兹利兄弟遇到了恼人困境。土地销售不景气、疟疾爆发、过度的债务压力，都侵蚀着“华盛顿莱茵区”的美名，也使这兄弟几人在财务上感到危机。克拉拉不改初衷，1897 年，她又从他们那里购置了一些房产，并且下定决心要将红十字会总部迁到格林艾科。她希望这样做最终能够给予开发者一些特权，这是他们捐赠土地时提出的要求。1896 年末，巴尔特兹利兄弟说服了当地的一个交通公司，让他们建立一条电车路线，将格林艾科和乔治城两地相连，克拉拉最后的顾虑也消除了。

搬运位于 17 和 F 大街的总部的物品是一项庞大的工作。在整个 2 月份中，满载床垫、书籍、厨具还有克拉拉宝贵物品的马车沿着运河旁的道路轰隆隆地前进，向着格林艾科的小村庄驶去。就像克拉拉提及的那样，红十字会“大家庭”在 3 月初到达了目的地。哈贝尔、普尔曼、一些佣工还有莉莉 · 梅森——在君士坦丁堡去世的红十字会工作人员的女儿，都在格林艾科那难看的建筑中安顿好了自己的房间。当他们到达时，这里仍然像个大仓库，只有松木做的围墙，没有暖气，没有自来水，没有完备的生活设施。就像克拉拉在那个春天对朋友说的那样，这栋房子“不需要修缮，只需要完善设施”。

接下来的 8 个月，这栋房子就像热火朝天的工作间，一群人去除了难看的石头墙面，引入了自来水，增设了胡桃木楼梯，在光秃秃的墙板上铺上棉布，形成光滑又便宜的表面，再刷上涂料。克拉拉建了个花园，买了一头奶牛和一些鸡，想将这里建成自己喜欢的田园风格。这房子既反映了主人与众不同的个性，又将个人需求与红十字会紧迫的工作相融合。客厅当作两间会议接待室，克拉拉和哈贝尔的卧室当作私人办公室，大厅里布满了储藏室，里面装有紧急供应物资，有毯子、绷带、霍利克的麦芽牛奶。彩色玻璃窗上呈现出一个大红十字，旗帜在山形墙上飘扬，说明这栋房子的官方用途。克拉拉的全部财富都在这个“博物馆”里，其中华丽的土耳其地毯是帕夏政府的谢礼。一些游客觉得这栋树荫下的巨大房子有些黑暗，又过于简朴，甚至像禁地一样，但这个地方对于红十字会领袖来说十分重要。“她喜欢在波托马克的格林艾科的家，”朱利安·哈贝尔后来写道，“因为这里的安宁，这里对自然的亲近，这里的山、水、鸟、树，月亮好像一直在天空闪耀。”

“我很感谢他们为了完成房屋所做的努力，以及他们为我那粗糙、简陋的乡村之家所做的工作——他们是我的大救星，”克拉拉是在心情低落时写下的这番话，“还有一点儿工作要做，我珍惜这时期的每一天——我珍惜任何能让我转移注意力以免使我太担忧的事情。”因此，这栋房子每天的改变和格林艾科的户外活动成功地使得处于艰难时期的克拉拉快乐起来。她的老对手支气管炎在1897年的夏天再次来袭，她很怕会导致体力的崩溃和宝贵工作时间的损失。她不仅急需处理管理上的问题，还需要时刻警觉古巴的局势。

克拉拉恢复了足够的体力来参加9月份在维也纳举行的国际红十字会议，但因为现金不足，整个旅行不到一个月就结束了，她甚至没有去拜访住在巴登的路易丝。这次会议不像以前那样振奋人心。克拉拉、哈贝尔和普尔曼迟到了两天并提早离开了，回绝了大部分的社交邀请，除了作关于海群岛和亚美尼亚的工作报告之外几乎没做任何事。虽然屋子里都是熟悉的面孔，但对她的欢迎并不热烈。当人们询问美国富商对红十字会显而易见的冷漠态度时，她很不爽，也觉得不得不向大家陈述国会还没有保护本组织的名字和徽章的事实，虽然这很没面子。甚至这趟旅途都让人难受，波涛汹涌的大西洋使代表们在来程和回程时都晕头转向。其中最让人郁闷的是克拉拉受到了古斯塔夫·莫瓦尼埃的冷漠招待，他对于美国国会拒绝承认红十字会是国家组织的事实感到很不悦。他很重视自己收到的一本小册子，里面抱怨了克拉拉对古巴人的冷漠。即使克拉拉对当时情况的解释能让莫瓦尼埃感到满意，她还是对自己在古巴的潜在角色感到焦虑不安。她第一次意识到，不管她在事件中采取什么立场，都不会让所有人满意。

即便她对古巴局势的回应是模棱两可的，对集中营的困境她却无法漠视。那年的整个春夏，她一直关注着古巴，也真切听到了古巴公众希望红十字会能来拯救他们的呼声。总统和议会都在考虑政治和人道主义的援助——事实上在1897年的会议上已经投票决定给古巴5万美元用以救济那里的美国公民——克拉拉觉得在这种状况下，红十字会需要等待，等政府公开要求他们去古巴。同样的信念使她觉得，西班牙政府应该理解她的使命，并且接受红十字会以中立的名义施行救济，这很重要。但是，就像在土耳其一样，美国人不是中立的，而西班牙政府，即使签订了《日内瓦公约》，也不想接受这个约定，因为这可能意味着会对危险的游击队提供帮助。早在1897年的1月，克拉拉就在华盛顿见过西班牙部长，恩里克·德普伊·德·洛梅。

恩里克·德普伊·德·洛梅希望中立的红十字会向集中营提供帮助。他模糊的回复暗示了克拉拉可以以个人名义去支援古巴，就像她在土耳其做的那样。然而，他又说道，不能保证美国红十字会的人员及物资安全抵达。同时，报纸新闻上一直发布着期待红十字人员能出发去古巴，或是要求克拉拉对当前的形势做出发言的消息，“关于红十字会和古巴的新闻已经泛滥了……我都不知道该说什么，或是要说什么的话……”克拉拉这样写道，“头一天还希望我们去，第二天就变成我们真的去了。”

克拉拉心中的困惑是美国应不应该公开援助集中营，她丝毫不怀疑如果他们这么做了，红十字会将是最合适的救助渠道。因此，她忧心忡忡地看着“援助古巴国有物资基金会”的成立，这个组织是由一些参议员、最高法院的法官和当地名人们的妻子一起建立的。克拉拉戏称这个组织为“宫廷淑女”，礼节性地给她们提出建议，甚至参加了她们的一次会议，一直想搞清楚她们究竟能对红十字会造成多大的威胁。她发现这些女人把希腊红十字的形状放在信头和收据上，把他们的名字四处传播，简直是“无知的慷慨”，她终于忍无可忍，于是把事情告诉了总统威廉·麦金莱。在白宫的一次私人会议上，她对总统说，她认为古巴现在已经处于战争状态，在这种情况下，红十字会没有他的命令时，没有权力去行动。她很乐意等他的来电，但是她也担心在这时“宫廷淑女”和其他类似的组织会因为他们“过度的热情和匮乏的知识”而闯祸。总统自认为高人一等地建议说，让那些女人去“请教她们的丈夫”吧，同时他接受了克拉拉的建议，指派战争和海军秘书负责此事。

那些法院女人最终从视野里消失了，但是其他团体又出现了。各路报社，尤其是《基督教先驱报》，都主动提出要送出他们的救援组织，国会议员也继续争辩着政府是否应拨款。“我担心事情发展的走向，风吹得太快，很可能我们还没准备好，这阵舆论的风就要把我们吹到古巴了。”克拉拉充满疑虑地写道。她仍旧坚持，如果救援队去古巴，那也应该由她领导。她觉得，自己要是不上救护车，就要被丢下了。所以 11 月 30 日，她又给德普伊·德·洛梅部长写信，要求提供美国红十字会的服务。她也再一次咨询了美国副国务卿威廉·R. 戴和总统，他们最后都催促她要亲自去灾区。可是，西班牙并没有允许红十字会登陆，而此时克拉拉还没有找到安全的援助方法。

克拉拉直接向总统请愿，避免了一个危机，但是这几个月降临在红十字会的另一件事，她却无力阻止。这事牵涉财政秘书乔治·普尔曼的丑闻，既使她痛苦，又威胁到她的职业，致使 1897 年在一个不愉快的音符中收尾。“这是黑暗的一年，”克拉拉忧郁地写道，“黑暗仍然伴随着我，我无法找到光明。”

普尔曼在 1892 年加入红十字会。这个年轻人因为与豪华车厢发明者的关系使克拉拉很感兴趣，也因为他刚刚失去妻子，并怀有一颗“温柔易碎”的心。克拉拉经常吸引一些不安分守己的人，这一点到现在都很不光彩。他也加入了一个团体，这团体内有以前的妓女、老债务者和不适应社会的人，这些人住满了她的房子。他是短鼻子，有着宽阔的肩膀、整洁的胡须、灵动的眼睛——是一个可爱幽默的男人。此外，即使不精通经济问题，但他仍是一个敬业的员工，有能力出版官方刊物，维持通信，经受得住艰苦的野外工作。克拉拉把他描述成一个“热心的、充满自信的、有效率的、绅士的、忠实的”人，这些年来越来越喜欢他。

实际上，普尔曼不在时，克拉拉会感到伤心，她会用红色钢笔在日记上记下他的去向和归途，还有她对他日益增长的情感依靠，这些都暗示着那是一种超出多愁善感或者亲密友情的爱慕。多年以来，她的度假计划都在千岛群岛附近，而那里是普尔曼一家每年一次团聚的地方。1893 年之后，克拉拉去任何地方都想带着“G. P.”，当把家搬进格林艾科的计划开展时，她把他的卧室安排在自己卧室的旁边，几年后随着公众对此地的知晓，这样的安排遭到很多怀疑的目光。这些举动可能并不重要——毕竟，她用同样的方式对待哈贝尔和莫兰——但是当普尔曼离开时，克拉拉的日记里充满了心痛，她对他任何言行举止的着迷都透着悲伤。他俩相差近 50 岁，虽然普尔曼真挚地称呼克拉拉为“女王”，但却没有任何以温情回报的意思。

克拉拉非常倾心于她的财务秘书，当他确定有酗酒迹象时，她只会试图帮助和保护他。早在 1893 年，她就给他钱并把他送去参与“基利治疗”，这是一种基于专利万灵药和全麦粥（这是克拉拉喜欢的）的流行疗法。他经常失态，而此后的几年里失态的次数越来越多，可每当这些时候她都视而不见并再给那个男人机会。但是到了 1897 年的夏天，斯蒂夫和哈贝尔再也忍受不下去了，于是写信给她，告知她现在的危险状况。普尔曼不告而别，去了华盛顿和纽约，还经常耍酒疯，而且也有证据证明他在接受梅毒的治疗。克拉拉有些愚昧，给纽约的斯蒂夫写信说，“虽然普尔曼在众目睽睽之下的所作所为使红十字会和斯蒂夫的名誉岌岌可危，但也希望他不要在意。”除非普尔曼彻底改变他的习惯，要不然“应该断绝他和红十字会的来往”，她的两个顾问劝说道。

更糟糕的是，普尔曼又和克拉拉收养的莉莉·梅森纠缠不清。她是个阴沉爱说谎的年轻女人，因为她母亲是在为组织服务时去世的，所以克拉拉觉得应该对她负责，在她成为打字员，有能力养活自己之前，不赶走她。但是她在日记里写道:“我们以正确的时间、合适的速度向前航行，但是‘遇到了障碍’并且很大。”莉莉和普尔曼的真实关系是不明了的，但是当普尔曼开始对另外一个女人感兴趣时，莉莉情绪失控了。她说普尔曼承诺过将来要娶她，而且她也怀孕了，后来又说他已经娶了她。没有一个说法被证实，但是由于怕被曝光，普尔曼在 1897 年 11 月 7 日从美国红十字会辞职。但这并没有让莉莉心生退意。她寸步不离地到普尔曼去的每个地方诋毁他，直到他最终被迫逃到欧洲。有时莉莉甚至威胁并敲诈红十字会，还编造故事诽谤克拉拉。但没有几个人会听信她的鬼话；这种夸大其词只会让她看起来可笑和令人悲哀。

克拉拉几乎不能忽视莉莉。不仅因为她失去了最爱的 G. P.，还由于红十字会的大船几乎被纵欲、酗酒的丑闻和主席做出的错误判断所淹没。莉莉·梅森确实让这艘船颤抖，然后在船底凿个洞，所有船员必须用尽一切力量来运转机器，让船浮在水面上继续开下去。克拉拉希望红十字会的成员不再出现缺口，就像她两年前在红十字会公园面对的那样；她希望“队友离开时总该是……甜甜蜜蜜、团结友爱，没有伤害”。但现在她不得不请来律师去调查莉莉·梅森诽谤他人的诉讼，也必须表示并不知晓两方的错误，最后只好永远中断与热情的普尔曼的来往。“我只能和你一样惋惜，”她对乔治的爸爸——宫廷教卫 H. 普尔曼说，“即便一天哭一百次，我也帮不上忙了。”

年底，克拉拉收到总统麦金莱发来的援助集中营计划的复印件。为了使红十字会满意，也因为《基督教先驱报》社捐了钱，他成立了古巴救援委员会（CCRC）。委员会由三个人组成：美国红十字会的代表；路易斯·克洛普什，《基督教先驱报》的编辑；查尔斯·席伦，著名的纽约市民。克拉拉选择斯蒂夫坐镇委员会并由衷地同意这项计划，因为它号召 CCRC 在全国范围内募捐。接下来，商品和钱财就可以被运到美国驻古巴总领事菲茨休·李将军那里，他是著名的内战将领的侄子。最终捐助物资将由红十字会进行分配。总统还希望，这次援助任务由克拉拉亲自指挥。

1898 年 1 月，CRCC 经国务院同意，发布了一份募捐各种物资的请求。此举得到了极大反响。克洛普什承诺只要克拉拉负责救援物资的运输，每个月他将从《基督教先驱报》社拿出 1 万美元；不到一个月，哈瓦那的总领事就发来电报说捐献的物资急剧增多，必须立即有合适的人来监督分配。有了政府这个坚强的后盾和资金保障，克拉拉不再犹豫。1 月的最后几周她一直准备找人管理她在格林艾科的房子，雇了一个速记员参加全体会议，整理好她的行囊，便动身去了古巴。2 月 9 日，带着麦金莱总统讨好般的认可，她来到了哈瓦那。

克拉拉发现“小报”里的情况并不夸张，虽然她认为西班牙为了缓解困境所做的努力已经不值得信任。集中营像个监狱似的拉着铁丝网，还有警卫把守，把人们赶到这里已经引发了问题，干旱和起义者犁平了耕田使问题更加严重，这不仅破坏了经济作物，而且连基本的粮食供给都切断了。百姓遭受了深重的苦难。人们骨瘦如柴地挤在肮脏的地方，衣不蔽体。孩子和怀孕的母亲被弃之不顾，将死时甚至没有一杯清水来慰藉。自从内战结束后，她再没看到过这样可怕的人类苦难，连她都无法描述。“亚美尼亚大屠杀相比之下仁慈多了，”她只说了这些。

痛苦的景象克拉拉见得太多，她还遭遇了一个政治危机。麦金莱小心翼翼地向集中营提供援助，是因为他不愿意以古巴叛军同盟的形象示人。虽然他很同情岛上的痛苦，但他一点儿也不想跟西班牙打仗。他和克拉拉很清楚，美国人已经给古巴捐助了那么多，他们不仅要求短期的救济，也要求正义。这种“两难挣扎”使国家陷入了长达几个月甚至几年的复杂的矛盾。因此，她也拒绝了任何谴责西班牙政策的机会，提出既要救济古巴人，也要救济西班牙裔人，千方百计地迁就着马德里的当权者。

随着美国战舰缅因号在哈瓦那海湾的爆炸，局势的危险性立刻变得明晰起来。两天前刚跟船长共进午餐的克拉拉，突然听到“一声可怕的惊雷，告诉我们出了大事”。克拉拉是个不愿失去机会的人，她马上给总统发电“我开始救助伤员了”。爆炸致使260名船员丧生，已经不剩几个伤员了，他们在西班牙人的医院里得到了很好的救护。即便如此，克拉拉还是去记下他们的名字，倾听他们的故事。她花时间搜集到少量“烧焦和碎裂”的船只碎片，放在她的收藏柜里，又花了更多时间思考事件的后果。虽然没有人主动去追究爆炸的原因，但公众一致谴责西班牙，战争已无法避免。一个救援人员总结了同胞的草率想法，救援古巴的唯一方法就是与西班牙开战。面对岛上蜂拥而来的记者，克拉拉几乎没有做出评论。她声明，她的工作不会因缅因号的爆炸而发生改变。她来古巴是为了给予苦难中的人们公正的救援，无论是美国人、西班牙人还是巴西人，尽管有政治事件发生，但救援将会继续。

接下来的六周时间里，她走访了乡村，希望能为当地的人们带来哪怕是一点点的改变。她战时爱人的侄子约翰·K. 埃尔韦尔陪着她。约翰在古巴经商很多年，因此知道很多事情以及最好的储存和运输供给的方法。他们一起去了到处是集中营的小村镇，建立施粥站、医院，并分发了衣物。有时他们进入的房子过于肮脏，以致被臭味熏了出来。他们建立的孤儿院是他们工作中最显著的成就，由地方要员管理。失魂落魄的、脏兮兮的、憔悴的儿童几乎在哪里都能看到，有的孩子身体状况之差，让克拉拉几乎不能把他们和活的孩子相提并论。“他们看起来已经奄奄一息了。”当参议员雷德菲尔德到达古巴时，想要亲自评估这里的状况，她所做的事情让他动容。参议员被看到的景象震惊了，他最终对参议院发表了激昂的证词，深刻影响了对西班牙发动战争的决定。他对克拉拉·巴顿只有赞美，“巴顿小姐不需要我的认可，”他告诉自己的同事。

> 我已经认识并尊重她许多年，但是还没欣赏到她一半的才能和对工作的热爱。我看到她的工作方法，担心可能有一些漏洞，或缺乏制度保障，容易导致铺张浪费，但发现她在这些问题上都做得比我好……总之，我看不到任何可以批评的地方，每件事都值得推荐。美国人可以确信，他们的慷慨捐赠会以最小的成本和最好的方式到达灾民手中。

总领事向副国务卿威廉·R. 戴重复这些观点，他相信这些分配是有效的并且有条不紊的，克拉拉的工作非常值得赞美。

而在纽约，CCRC 的一位成员并不愿意接受普罗科特所说的内容。路易斯·克洛普什渴望自己去监督运营，决定要积极参与到古巴的工作中。他个子很矮，有一头卷发和一双锐利警惕的眼睛；他的身姿散发着无与伦比的自信。他相信自己的工作能力，不顾其他 CCRC 成员的反对，便动身前往那个受到围困的小岛，希望在这个贫乏的环境中写下最后的篇章。

虽然一开始他向克拉拉承诺：他不会也不想去命令和指挥任何行动，但是克洛普什刚一着陆便开始干涉物资的分配。他坚持检查每一所仓库和物资站，还不得体地妄加评论。当许多医生说到这里有很多可怕的不幸时，他立即开出 2000 美元的支票，说现在更应该行动起来。他受到了总领事李的宴请，而旁边的克拉拉妒火中烧，因为她只被敷衍地接待。克洛普什放弃了他最初想要短暂参观的计划，而改为在这里停留一个月，下命令，提建议，让每个人异常恼火。他应对古巴人们所处困境时的挥霍，使克拉拉对他在哈瓦那的现身反应过激。在她写给斯蒂夫的信中说道：

> 即使是我也会无比烦恼。我们获得的平静舒适和体面的工作机

> 会……几乎要被长时间待在这里的K.毁掉了，他的毒牙咬进来，他的毒液接近每一个部门每一个人，我们在的一半时间里他都在，同总领事和记者们待在旅馆，使旅馆成了向不满者灌输思想的总部，把他的钱漫天地抛着，一天天把我们当作靶子……我从来没这样被伤害过。

克洛普什的关键评论主要集中在那些他认为不必要的官僚主义身上。“官僚习气和朱批不能填补饥饿，”他对一个记者这样说道。但是他也口无遮拦地提及了克拉拉的年龄和“某些红十字会成员是老古董”。当这个争吵变成了头条新闻时，斯蒂夫承诺让他的姑妈进行外交，也承诺让克洛普什少作批评。克拉拉被伤害得不轻，再也受不了这些侮辱。她控诉克洛普什妨碍了她的工作，违反了美国领事馆和红十字会的政策，迷惑了当地政府。在他没有任何意图要离开时，她立刻决定把他的钱还给他，然后离开。“我终于不用拿他的钱财当负担了，”她对瞠目结舌的媒体说。大家一致认为她的工作是辉煌的，然而可悲的是，她还没有开始。但是克拉拉不会停留，也不会听任克洛普什的指挥和责备。“以前我参与的任何救援工作都不如在古巴的工作令我满意，”她在抵达华盛顿之后说道。

克拉拉所做的第一件事就是要求在国务院进行一次面谈。见到副部长时，她陈述了当前的情况，并郑重强调，在没有得到政府的完全认可，以及古巴中央救济委员会还没有理解他们的工作仅仅是筹钱的情况下，她是不会回去的。红十字会对资金的分配负有唯一责任。在强大意志的驱动下，她在古巴一行中的志愿都一一实现了。克洛普什尽管在古巴待了几个星期，最后还是被迫退出了救济委员会的工作。他被约瑟夫·谢尔登取代，这次任命给委员会带来一大批红十字会成员。此外，斯蒂夫自豪地说，“带着全部授权批准，以及政府和委员会的支持，她被要求立即返回古巴，用她自己的方式从事她热爱的事业。”有了这些许可后，克拉拉花了几周时间，与她的侄子商讨相关事宜，并且在她返回受灾的小岛之前获得了补给物资。

这次延误代价高昂。克拉拉正在计划重新开展在古巴的工作时，威廉·麦金莱屈服于公众舆论向国会发出了战争的信息：4 月 25 日宣战。他不想这样，但是媒体的战争热情高涨，还有像西奥多·罗斯福一样头脑发热的对手，都宣称“吾布力威利”总统没有“巧克力闪电般的决心”。因此，4 月 23 日，克拉拉新注册的救援船得克萨斯号出发了，它出发得太晚了，以至于不能保证克拉拉在美国人的活动因战乱受到严格审查之前抵达古巴。4 月下旬，克拉拉、哈贝尔和护士及医生全体职员，包括伊根和加德纳夫妇，抵达佛罗里达州，当他们准备上船时，才发现船只已被下令无限期留在坦帕。

坦帕是美国军队的出发点，因此，它迅速被士兵和水手占据，他们的情绪在无聊和狂欢作乐之间交替。随着每天都有海陆军将领登岸，此地开始出现积极的社交活动，而克拉拉身处其中，最为出众。与军官们交往而获得的关注无法补偿办理通往古巴的许可证所耽误的时间。她写道：“大多数的受难者在我们到达之前，恐怕已经饿死了。”她写到，毫无疑问她们将会滞留很长时间。克拉拉拜访了威廉·桑普森将军，抗议对他们的拘留，提醒他，她到古巴的任务是在麦金莱总统的明确愿望下给予古巴平民公正的救济。桑普森将军热情友好地接待了她，也坦率地告诉她，他认为这个救助项目与他封锁岛屿迫使西班牙投降的战略目标完全相悖。正如克拉拉向斯蒂夫解释的一样，“桑普森海军上将公开说道，我的目标和努力完全同下达给他命令的政府相反；尽管我只是试图将食物运进古巴，但这样看来只能暂时将物资运回华盛顿。”而在华盛顿，斯蒂夫试图获得恢复人道主义救援工作的许可，但结果同样令人失望。斯蒂夫说，“麦金莱支持桑普森将军的立场”，但他为了把这件事轻描淡写，又补充说，“总统郑重强调他不会批准任何使您或组织的任何成员置于危险中的行动。”

因此近两个月，他们都陷入了在希望和绝望间进退维谷的困境之中。船只停靠所产生的花费，每天超过 400 美元，加之克拉拉拒绝回到总部协调已经开始的战争救济的情况，引起了纽约很多人的不满。她试图勇敢面对这种情况，证明红十字会正在坦帕履行职责。克拉拉写信给纽约：“我们很希望你们能看到我们全体队员都在多么忙碌而努力地工作。”工作人员和船员正在收集物资，学习西班牙语，把食物送给西班牙政府悬赏抓到的饥饿战俘。乔治·凯南也参与进来，在报纸上发表了热情洋溢的报道，赞扬他们的努力。紧张的气氛仍在工作人员之间滋长，克拉拉不得不承认“让满载物资的货船一动不动地停泊在岸边实在令人沮丧”。在深深的沮丧情绪中，她质疑频繁受到此类问题困扰，她的工作还能否收到实效。

最可气的是，政府，特别是军方，总是误会红十字会。根据《日内瓦公约》，在战争开始之后，红十字会应该正式展开与军方的合作。毕竟，这个组织的存在，是为了提供绷带、救护车、志愿者和组织消除不必要的战争苦难。克拉拉已经花了20年的时间，试图让军队的领导人明白这一点，现在很明显，她失败了。许多军人还不知道公约的存在或其组织的分支。还有人固守着他们的长期信念，认为在军事行动中只需要军人；志愿者很有热情却未经训练，容易在战争中丢掉性命。“有军队的医疗部门就足够了，”一份官方文件中陈述道，“志愿者救助体系，可以说是不必要的。”报告还建议，把红十字会排除在军队的行动之外；它的作用，如果有的话，是给生病的人提供美味佳肴。“这个存在于人民和军队之间的联系，”报告总结，“被莫瓦尼埃认为找不到‘必然性’。”中立的人员、物资，或行动在1898年仍然是个陌生的概念；它似乎的确和美国军队认知的概念不相符。因此，威廉·范将军拒绝接受所有箱上标有红十字会标志的救援物资，因为不能确保不被敌方使用，军医首长乔治·M. 斯特恩伯格驳回了平民想要携带水或担架上战场的请求。直到6月6日，在斯蒂夫和克拉拉的强烈敦促下，政府才正式接受美国红十字会的服务。即便如此，个性和误解的结合一直妨碍着红十字会紧密有效地与开赴古巴的美军一起工作。

红十字组织依然支离破碎的性质使形势更加混乱。克拉拉在佛罗里达州海岸受阻之时，雄心勃勃的人们在全国各地建立了地方士兵援助会，经常使用红十字标志。加利福尼亚红十字会是一个早期值得关注的群体，他们熟练地救助在菲律宾作战的人，以至于克拉拉忽略了这是战争。在明尼苏达，又一个强大的社会组织成立了，他们集中精力在美国拥挤而热病肆虐的军营里工作。发展最快的是伟大的纽约红十字会，它发展于一家纽约的红十字医院，那是一个1895年在克拉拉的祝福中建立的护士培训机构。美西战争中，它在112天内成长为一个强大的机构，以像约翰·雅各布·阿斯特和雅各布·希夫这样的人为首。蒙托克角长岛军营可怕的条件的新闻刺激到了他们，因此他们利用可观的资源储备，建立了一个组织，贡献了近30万美元用于军队中的医疗。每个分支机构都会被指派到一个特定的救济区。一号分会负责配备救护车。三号分会将成为最大的组织，招募和训练护士。十号分会船运了数吨的冰到热带地区缓解焦渴的喉咙和热病，他们被称为“冰计划分会”。

国家红十字会组织实际上对这些实体没法控制。这些分支机构在不同程度上都意识到了《日内瓦公约》的存在，即使他们有意愿听命于华盛顿，他们也不知道应该从谁那里接受命令。总部现在只有一个迷人但很天真的速记员露西·格雷夫斯，她甚至能把最不重要的信息也传递给CCRC的斯蒂夫，然后从那里再发送给他的姑妈。最初，克拉拉对这些如雨后春笋般建立起来的组织漠不关心。她以为红十字会已经成功吸引了很多有钱有势有地位的人，这些人对最后的胜利至关重要。“你想对了，这正是建设红十字会的时候，”她告诉一位记者，并补充说，她早就预见到，这将需要一场战争来使美国人了解组织的真实性质。是斯蒂夫看到了这些组织的潜在混乱和竞争威胁，做出了第一次努力，意图使他们与国家组织建立牢固的关系。当纽约分会没有得到允许就擅自使用红十字会名称和徽章的时候，他联系了他们的领导威廉·T. 沃德韦尔。他们达成一致，纽约分会将在“美国红十字会救济委员会”的名称下运作。他们的职能是在不插手任何救助工作的情况下，积累供给物资。而且他们必须在行动的最后向克拉拉提交报告。后来，当克拉拉意识到美国公众眼中的红十字会已经不仅仅是自己那十几个人的小队，而是在纽约红十字会指挥下的医院、护士、仓库，以及社会救助体系的时候，她才明白这几个月她在得克萨斯号逗留期间所付出的代价有多昂贵。

6月20日，克拉拉听到消息，美国海军为了迎战古巴圣地亚哥附近的西班牙舰队要离开坦帕市和基韦斯特的营地。她申请随他们一起去，但没有得到回应。她决定无论如何也要去。她对工作人员很满意：除了哈贝尔、伊根、凯南、加德纳一家，现在还有红十字医院的莱塞博士、他的妻子（一个受过训练的被称为“贝蒂娜姐姐”的护士）和从纽约来的四个同事。在工作搁置了几周之后，他们和克拉拉一样开始焦急地希望能够从事救助集中营的工作。

尽管两国已经宣战，克拉拉还是致力于救助平民。她计划去见在圣地亚哥附近的埃尔韦尔，把得克萨斯号上的1400吨供给卸下来，然后紧锣密鼓地把物资向内陆运输和分配。但是战况改变了她的计划。6月25日，当得克萨斯号靠近古巴海岸时，美国鲁莽的骑兵陷入了危险的境地，短兵相接后，造成重大人员伤亡。克拉拉的船恰好就在附近，红十字会的工作人员赶紧四处救助他们的士兵。他们停泊在希伯尼，弃舟登岸，在那里他们发现自己已被古巴和美国的战地医院夹在了中间。政府一直试图阻止的事情发生了，红十字会参与了正在进行的军事行动中。接下来的两个星期里，克拉拉又开始了为伤兵熬粥的工作。

她兴奋地在日记里写道："我们遇到的是一群粗野的骑兵，救助他们可能会遭遇他们的'粗野'，但我们有十足的准备。"红十字会事实上比陆军医生更能应对战斗。克拉拉在希伯尼附近的医院发现这个地方跟36年前的安蒂特姆一样，缺医少药。没有床，没有床垫，没有吊床，没有衣服，没有食物。发着烧、伤口血肉模糊的士兵躺在热带阳光下的粗茬草上，"身上什么也没有盖，只有受伤时粘在身上的破布片。大多数情况下他们身下都没有毯子"。口袋里没有预先塞上美味食物和绷带的医生，几乎没有东西提供给受伤的人。加德纳也看不下去这样的困境，这支军队曾号称自给自足，但现在连基本的生活必需品都没有了。乔治·凯南即使习惯报道人类生活中令人沮丧的一面，也被他在希伯尼看到的景象震惊了。"弹尽粮绝的惨状太可怜了，我几乎没有必要再说什么了……如果美国内战中曾经发生更悲惨的事，我宁愿不去参与报道。"对于克拉拉来说，野战医院可怕的条件让她特别悲伤。鉴于这种情况，她期待通过在国内大力宣传红十字会来改变现状，因为她无法说服军方承认他们的价值，现在他们连最基本的职能都无法履行。她抱怨说，"政府还没有准备好战争；它还没有准备好就等不及开始了，结果在各方面都出现了问题。"但她心里知道，对公约，它的优点和它的义务的基本认识，不知被丢到哪里了。她在日记中为红十字会失去了展示"如何能减轻一些战争的恐惧"的机会而叹息，"同样的故事，在30年后又重演了。我们在这30年里得到了什么？"

最初，陆军医生甚至不承认他们需要帮助——当然不要一群穿着浆洗过的制服的女人帮助。当美国外科医生坚决拒绝接受帮助时，克拉拉和她的工作人员礼貌地离开，为他们隔壁的古巴医院服务去了。他们受到了欢迎，因为那里的条件比美军医院更糟。在24个小时里，那些3天没有吃饭、挤在破布上的人，终于躺在床上，在一尘不染的医院里，享受软粥的安慰、新鲜的床单和同情的话语。躺在附近的美国人眼巴巴地看到这种对比，催促医生让红十字会帮助他们。主治医生只好羞赧地去找克拉拉，正式请求她的帮助。

接下来的几周里，这十几个男女给那些7月1日在埃尔凯尼和圣胡安山的战斗之后涌入医院的伤者清洁、安慰、穿衣服、喂食物，从不间断。他们有充足的供给，但缺少工作人员。卸货物是一个相当大的壮举，因为在海潮的冲击下，大船无法靠岸，只有小平底船可以。甚至小船也只可以在凌晨3点到上午10点的低潮时期靠岸。外科医生人手紧缺；莱塞、哈贝尔、伊根和加德纳和军医们一起在两天之内做了400次手术。加德纳帮忙喂粥给饥饿的人，并制作了一种称为“红十字会的苹果酒”的混合物，用炖苹果干和西梅做原料。他们尽了最大的努力，但工作人员的短缺使他们无法像所希望的那样去照顾成千上万的伤员。他们能帮上忙只是一个意外。“就像这样，志愿者们不知疲倦地付出着，”克拉拉一个月后清醒地评论道。

> 当我们反复听到“红十字会救了军队”，我知道这夸赞有点儿过头了。我们知道并不是这样，但我们确实挽救了很多苦难和生命，我们愿意承认。如果在战斗爆发前一个月，我们就可以被获准，更准确地说，是被派遣到战场，就不会有不必要的痛苦，就不会缺乏食物、护理、护士了。

在77岁的高龄还能穿着棉布裙、围着围裙、精力充沛地准备食物，用冰袋冷敷伤员发烧的额头，克拉拉真是一个伟大的传奇人物。除了她“刺探军情”所花费的时间，她一天用16个小时来监督战场的工作。“即使我们知道克拉拉有超凡的忍耐力，”哈贝尔说，“这似乎也是一个奇迹，因为她过去几个月在古巴的工作中忍受了巨大的精神和身体上的压力。”克拉拉本人似乎觉得重新成为那个护士角色有点儿好笑，因为她曾以为这个身份已经封存在模糊的记忆中了。“我不知道这段经历把我带回到多遥远的从前，或者说我产生了一种变换了时空和身份的恍惚感觉。”

但是她的精力还是不如从前的战地工作时足了。她不赞成这次的战争，这场战争不仅有损美国国家尊严，也是媒体不负责任大肆渲染的产物。看见红蓝相间的军装、号手和庄严行进的队列，她不会感到有什么可着迷的。“我为这场战争感到遗憾，”她对密友吐露心声，“但既然我们参与了，就只能坚持走下去。我再也不想参与任何的战争了。看起来非常奇怪，我竟然参与了。有时候我几乎觉得，为什么这种事总发生在我身上，这是不对头的；但这次是最后一次了，必须是。”

“如果我们在希伯尼多些帮手，不仅只有 6 个，而是 50 个红十字会姐妹，就会使工作体系简单化，我们也能更有价值。”莱塞在一篇关于红十字会战地工作的官方报道中写道。做不到这些事并不是因为克拉拉没有进行足够的尝试。红十字会的工作人员毕竟要冲在最前线，她发电报给斯蒂夫请求物资补给，最好有一支 25 人左右训练有素的护士团队。CCRC 的成员和三号附属机构及时进行招聘，配备了 30 位训练有素的年轻女护士，护送她们通过 S. S. 兰姆帕斯港口，到达古巴。但是她们在登陆时被拒绝了，船只最后停在了波多黎各。在那里一家极度缺乏人手的医院，不挑剔的医生最终接受了她们的帮助。但是军队拒绝她们的这种行为的确是个不吉利的象征。在战争期间，武装部队始终保持着对女性护员的偏见，只有克拉拉和她的团队是在整个战争中唯一一支工作在前线的队伍。

一位外科医生乔治 · M. 斯特恩伯格提出了反对起用女性护员的看法。这位外科医生是个身材矮小、即将退休的人。他对军医部的行动和与美国红十字会的联系有自己明确的观点。他担心这样的组织会使军医在工作时缺乏相对的独立和自由，他也不放心把自己伤员们的生命交给克拉拉和她的队伍。红十字会的竞争部门美国革命女儿会中一位叫作安妮塔 · 纽科姆 · 麦基的人也十分肯定他的观点。斯特恩伯格一直以来都坚决反对使用女性护员，他在参加内战的时候就认为女性护员轻浮、多事、胆小。“我们是不想在美国的普通医院雇佣志愿者护士的。”有人因为没被照顾好而快要死了，斯特恩伯格此时写道，“照顾受伤和生病的战士是政府的责任，我们在你们完备的支援下一定能听从命令，圆满地完成任务。”他始终坚持这一点，即使战争秘书拉塞尔·A. 阿尔杰和总统都主张使用女性护员，在战争的前半段时期，斯特恩伯格也一直保留着他的主张。

斯特恩伯格在战地从来不接受女性护员，但他最终被说服了。他开始允许她们负责一些伤员的转院，甚至在美国的军医院工作。他能做出这个决定很大部分原因是因为新兵训练营和古巴的美国基地突发了疟疾、痢疾、伤寒、黄热病等急性病。这些疾病会带来毁灭性的伤害，整个军队被戏称为“恢复军”。当报纸报道军队伤员没有被充分照顾并在转院期间被暴露在恶劣条件下时，人们要求国会介入调查。在舆论压力下斯特恩伯格态度慢慢缓和，在报纸采访中他否认曾拒绝在美国使用女性护员（这与他自己备忘录的记录是不符的，他曾在备忘录中表明反对女性护员出现在美国的任何一家医院）。他自己说，他只反对那些“在积极军事行动中对军队有妨碍的人”。

这种相反的决定立刻引起第三分会的反应，他们曾在短期战争中派遣了超过 700 名的护员去往营地和医院。毫无例外，他们证明斯特恩伯格的担忧是不必要的。在某些情况下，例如在托马森格鲁吉亚营地，条件艰苦得像集中营一样，护员们付出很多。感伤主义者和民族诗人将红十字会的护士们诩为“天使般的姑娘”，并请求在她们的脚上“撒下美丽的花朵”。重要的是在训练有素的军医记录里清晰而严肃地陈述了她们额外的工作。据官方文件记载，“我们近期的经历也能恰当地证实，女性护员若能经过适当的筛选与规范培训，一定能做好分内工作，发挥其价值。我们军医院那些按合约工作的护员，在物资匮乏和人们的异议声中做了很多出色的工作。”

与战争时期的各种突发状况一样，斯特恩伯格的问题如果有人向华盛顿政府交涉，协调救护队事宜，很大程度上能得到缓解。但是克拉拉更愿意留在战地，在那里即使人们批评她的行为是罗曼蒂克式华而不实的，却是实实在在带来了好处。她和她的队员救死扶伤的身影，使她振奋，在精神上得到了安慰。

侵袭美军的热病也向克拉拉在古巴的队员敲响了警钟。莱塞与他的妻子贝蒂娜仅在希伯尼附近的战地医院服务了两个星期，就感染了黄热病，接下来一周之内 11 名队员也被疾病压垮。克拉拉担心她的船只被隔离（因为当时不知道黄热病的病毒源是蚊子携带的），她安排已经被感染的人员去附近的黄热病医院进行医治。她担心剩下的小团队被进一步感染，所以声明不允许外人进入得克萨斯号。

克拉拉的这个决定饱受争议。红十字会来到古巴，声明战地不是他们工作的唯一领域，他们会救助任何一个病人，无论是伤兵还是平民百姓。人们认为克拉拉做不出从热带战争所导致的典型疫情中撤退到后方的懦弱行为。克拉拉自己的队员对她这个决定的异议也很大，其中有一位被称作最挑剔的批判家的乔治·凯南，他见了克拉拉并告诉她，他相信克拉拉所做的这些是在一步步实现着斯特恩伯格最坏的预言，更有甚者，她所抛弃的那些病员会面临严重的危险。矛盾最终升级为争吵，克拉拉无比愤怒，认为凯南简直就是叛徒。“我表达自己不赞成一件事的时候可能是有点儿草率，甚至不顾及别人的感受。”凯南后来道了歉，“我所表达自己不满的方式也使你对我失去信任以至于后来对我与从前不同了。”即使他道了歉，却还是退出了红十字会。克拉拉担心外界的流言蜚语，因为凯南毕竟是一位有执照的好护员，对此她解释，她不在乎凯南在过去的几个月里讲的不尊敬的话，并希望他在这个重要时候不要离开红十字会。但凯南已经对这些话免疫了，他早就看透了这些，知道这都是克拉拉精心操纵的。几天后，他毅然决然地离开了船，并留给克拉拉一封冗长的信，克拉拉并没有当回事。两年后，克拉拉才承认她与凯南曾经不和，并正式接受了他的辞职。

流言和恐慌在团队中不断蔓延，但 8 月初的一件事使克拉拉摆脱了众人的指责。在她与凯南不和期间，她曾命令船只离开希伯尼前往圣地亚哥。因为这座战略要地传来了几天前向海军上将希伯尼投降的消息。克拉拉满心希望她的团队能在那里登陆，这样既可以与埃尔韦尔重新获取联系，还可以调用城市保留的仓库资源。人们传言说圣地亚哥的居民饱受饥饿，所以克拉拉决定尽量避免与曾拒绝她帮助的军队发生正面冲突，打算进城救治一些平民百姓。海军上将桑普森接受了她的请求并派遣船只在海港的危险区保驾护航。

几小时后接近港口时，桑普森显然是要使红十字会的船行驶在凯旋的海军战舰最前方。港口的入口因前几天拆卸地雷，部分海湾一直不通，红十字会归来的那天刚好是允许船只通过的第一天。高呼荣誉和大胜的情绪异常高涨，就连以前见过无数次这种场面的克拉拉也不禁动容。船由海军领航员引导穿过海峡进入城市，克拉拉和她的团队一起站在甲板上，映衬着落日的余晖，伴着“海鸥飞翔、振翅、起落”。被喜悦笼罩着的克拉拉请求唱颂歌，男人们也伴着旋律奏乐，“我的国家属于你”的旋律回荡在整个大海。当他们靠近岸边的时候，发现早有等待已久的大众热烈地欢迎他们。“大人们，孩子们，都冲到海岸线的边缘，挥动着他们的帽子和手帕，用力地舞动着胳膊，无法掩饰内心的激动，”据乔治·凯南回忆，“即使是两鬓斑白的老人和身体欠佳的女人们，也都站在自家房前，先是半信半疑地惊奇地看着我们，随后低头在胸前画起十字，仿佛在感恩挨饿的日子终于到头了，帮助和食物终于来了。”在场的另一个人也被这激动人心的场面感染，自豪地将这些写到回忆录中。“克拉拉小姐就站在甲板的最前面，”他回忆道，“一百架望远镜都对准她，可以看到她像女王般站立在甲板前，她是最勇敢的勇士，她永远会第一时间出现在受苦的人们最需要她的地方。”

克拉拉一登陆，就开始分发面包。24 个小时之内，她和一直陪伴她的仅剩的几个队员就为 1 万多人提供了粮食。面对圣地亚哥的混乱无序，接下来的 5 个星期里，红十字会建立了汤铺、诊所、孤儿院等。疾病的阴霾依然笼罩着克拉拉，她继续发布隔离命令，除了卸货的人，不允许其他人上下船。埃尔韦尔和当地官员负责分发货物。虽然克拉拉尽量不与军队打交道，但军队的官员也和百姓们一样得到了食物供给。“据我所见，在古巴没有任何一个军需官能在短短 5 天内，卸下 1400 吨的船货，让数以万计的士兵每天都有汤喝，供给军队 32000 人 10 天的口粮，”目击者说，“这是一个壮举，克拉拉小姐有资本自豪。”

尽管有了她的救护队，红十字会与军队的关系依然扑朔迷离，但克拉拉只要有可能就或借或给他们药品和食物。有一次，她和队员们被径直向他们走来的上校西奥多·罗斯福吓到了。他请求补给给受伤和生病的士兵们一些物资，但是当克拉拉提出要运送的时候，他却谢绝了，并表示虽然这些东西很重但他还是要自己拖回去。“没等我们反应过来，”据克拉拉回忆，“这件事情已经过去了，美国未来的总统一把拿起重重的麻袋扛在肩膀上，大步消失在丛林深处。”不幸的是，不是所有的官员都像罗斯福一样热忱。一位外科医生坦白地告诉克拉拉，如果他是当权者他就送她回家，即使她提供给了他们新鲜的肉和大量的佳肴。军队经常去她那里申请领取食物，但却不允许她用他们的设备和货车。“军队控制着一切，”她向斯蒂夫抱怨，“我连一个打火机都借不到。”尽管面对这些，她依然坚守初衷，救助伤员，做着自己的工作。

直到她看到在圣地亚哥的古巴人能自救时才下令将船驶往哈瓦那，一个据说更需要救助的地方。那里对她来说将会有更多的考验。在动身前往哈瓦那之前，得克萨斯州的航运公司召回了他们的船，克拉拉被强迫将人员转移到 S. S. 克林顿号上，这艘船由总统决定给克拉拉支配。刚到哈瓦那，她又遇到了另一个政治上的麻烦。当时，首都还没投降，西班牙当局要求一纸合法文书才能允许克拉拉上岸。克拉拉向当地长官表明了自身情况，并说按《日内瓦公约》规定，那些人员和物资是不带有战争色彩的。虽然她最终得到了礼貌接待，但她不仅没能避免 500 美元的罚款，她的救济物品还需要移交给殖民官员进行分发。“按理来说慈善可不是必须伴随着武装，”一位红十字会官员写道，“但是确实，现在的局势似乎表明西班牙人几乎没有什么感激之情。”对克拉拉来说这些条款都是不能接受的，而美国政府对他们的不管不顾更是雪上加霜。战争还没结束，克拉拉已经意识到再僵持下去毫无意义，于是交了罚款继续前往坦帕市。

没能成功进入哈瓦那港口只是克拉拉回家的表面原因，由美国委员会造成的威胁和军队对她的流言蜚语在她心里日渐清晰，她决定彻查此事，重新获得控制权。表面上看 CCRC 和几个隶属红十字会的主要部门是很和谐的——这种和谐的氛围大部分归功于斯蒂夫的外交手段。他从大保险公司请假出来就是为了担任 CCRC 的领导人，在这一年里他一直应对着来自多方的各种各样的要求，任性的姑妈、爱挑剔的医生、红十字会委员会的主要商家，以及美国政府。他其实做了很多完美的工作，夏天快结束时，这些关系又变得很微妙。纽约红十字会在国内很多营地大显身手，开始被承认为美国唯一一个重要的红十字会组织，毫无疑问他们的运作独立于全国性组织之外（就像加利福尼亚、华盛顿、明尼苏达等任何地方的红十字分会一样）。斯蒂夫曾试图通过从总部派遣调查员到几个新会员训练营去监管救济活动，但最后连他自己都意识到这只是表象做法。在战争快结束的时候，美国红十字救助委员会发布了新的报道，开始为战争后期的活动制订计划，这与美国红十字会的想法产生分歧。安妮塔·麦基计划使自己在战争中取得的成就制度化。她希望自己的护士们在军队权力中得到永久的地位，她向国会提出了一种“军队护士法案”，提倡在军队医院雇用女性护员，但是没提到他们在战争时期与红十字会等组织的隶属关系。斯蒂夫对姑妈关于当时事态的所有警告，及保护她免受其害的行为，都宣告失败了。

克拉拉被孤立了，同时被军队官方的各种杂事困扰，她开始怀疑纽约委员会每个人都有不可告人的勾当。她从未完全理解那里的安排，到了1898年的10月，她依然写到，委员会就是“完全混沌的组织，谢尔登法官现在给我的解释让我差不多理解了委员会到底是怎样的组织”。战争结束后，克拉拉与斯蒂夫也没法交流了。当CCRC批准下的两个组织，红十字会和莫瓦尼埃令人失望之时，她开始怪罪她的侄子。他告诉她，她电报里的收据和财政记录他都看不懂，对此她非常愤怒。她控告斯蒂夫就是在试图接管自己一手创办的组织并管理她在古巴的工作。“我非常遗憾不能听命于你在纽约制订的计划，”她直截了当地告诉他，“这里的条件有很多变动和需要克服的地方，很不和谐，我还没找到能胜任的人。”克拉拉的疑心日渐增长，她发布了一个独裁令“3号命令”，也就是说，任何未经她允许的医生和护士都不能以红十字会的名义工作，并且禁止所有的雇员在她掌控的范围内对外人说红十字会的任何事。斯蒂夫不断对她讲“沃德韦尔先生的管理是合法且有益的，我相信他大部分的同事。”但还是有很多流言蜚语直指她在古巴的工作，这使她依然半信半疑。“这真的是一个新的经历，我感觉自己一直在花大量精力应对那些质疑我能力的，质疑我是否会竭尽全力做一些本来不能做到的事的，质疑我德行的人。”她略带愤怒地写给斯蒂夫。

更多时候她得到的赞扬来自红十字会的战地工作，但对救济的管理方面还是有很多批评的声音。没有人质疑红十字会在希伯尼的工作，更没有人怀疑克拉拉可以离开战地回到华盛顿去处理行政方面的事务。在红十字会和政府的重要谈判中，出现很多相似的不想克拉拉继续留在得克萨斯州的抱怨声。有时战地工作没有系统的指导，被派遣到莱姆帕斯的一位护士曾说：“工作看起来没有组织性，谁也不知道谁会是下一个。所有人的工作都很随性。”有一些批判家对财政的问题喋喋不休，还有一些人认为克拉拉不能在战场开展全方位的救助工作。一些人指控，恰好在男女平等主义者和医疗专业工作人员急需提升女性护员形象的时候，克拉拉随意使用未经训练的工作人员（这些控告是真实的：克拉拉在危机时期有倾向利用身边任何一个劳动力，并在之后才询问她们的工作背景，考察她们是否合适。一位曾在希伯尼帮助过她的非专业人士反驳，“我们没有时间拘泥于充分的规范培训，每个人都时刻准备伸出援助之手。”），即使大部分情况下，志愿者都会保持尊严，耐心服务，毫不推卸责任，她们的出现也还是被那些想建立完全专业化的医疗团队的人深恶痛绝。

在对克拉拉的事业的诸多评论中最让她伤心的就是不断提及她的年龄。她对这个话题已经敏感了将近 50 年，在她还在克林顿上小学的时候，她与同班同学 12 岁的年龄差就常常使她无比尴尬，她觉得自己格格不入。随着年龄的增长，克拉拉对这个问题甚至更敏感了。“她不能忍受任何人将她视为老女人，并且十分憎恨任何有关年龄方面的暗示。”据她的一个朋友记录。

因此她把自己的生日改成了 1830 年，隐瞒将近 10 岁。《美国名人录》的记者，甚至是人口调查员，被告知的也是这个改后的数字。不管谁尖锐地戳穿这个问题，她都会竭力否认。作为一个已经 70 岁的人，她坚持染发（她向一些男女平等主义者，例如露西・黑尔那样的人寻求染发的秘方），穿像纸张一样的塑形衣去勾勒出胸部的曲线，用粉底、胭脂、口红、眉笔等各种化妆工具使自己年轻漂亮。（“克拉拉姑妈总是能巧妙地应用它们，”他的侄子回忆，“并且十分有成效。她每次装饰完自己都会面容精致许多。”）淡紫色和灰色的装饰品在那个年代刚好符合她的身份地位，以至于没有人去考虑她的年龄问题；克拉拉还喜欢绿色的裙子和红色的项圈。有一次，克拉拉与朋友逛街，一位年轻的职员建议她选择的樱桃色红丝带并不是最佳选择，有些不符合她的身份。“克拉拉深邃的眼睛亮了，她的牙齿紧紧贴在一起，”据目击者回忆，“她薄薄的双唇开启了，一字一句地说道，‘迪达，显然这姑娘不知道我正愉快地穿着能让我愉快的衣服。’”

她的外表确实惊艳许多，那是因为她付出了很多辛苦才使自己看起来充满生机。她担忧外界将她视为“总是摆在架子上”，她振奋自我，“即使岁月摧残我，我依然要给公众做一个生存的示范”。1897 年的一天，她远足去埃佛勒斯峰，当别人不断问她累不累、需不需要坐下休息时，她简直要哭出来。当别人帮助她上下有轨电车和四轮马车时，她也有悲伤的感觉。斯蒂芬 · E. 巴顿、乔治 · 普尔曼和其他的男人都很尴尬，因为他们不确定克拉拉是否能单凭自己双手的力量爬上那些交通工具，这使得大家不知所措。一次，她的两个侄子坚持推她上手推车时，她立刻生气地转向他们喊道：“我真希望你们直接把我送到天国去！”

但令人伤感的是，她确实需要帮助。尽管她有一定的工作能力并拒绝承认需要帮助，但在外界看来，克拉拉仍是那衰老的容颜和那看起来愈发孱弱的瘦小身躯。伊迪丝 · 里修斯，克拉拉的侄孙女，曾在克拉拉造访马萨诸塞州时经常与她同住。伊迪丝认为克拉拉就是一位极其衰老而古怪的老太太，每天穿着深蓝色的睡袍蜷缩在屋角的水盆边，用海绵给自己洗澡，在打鼾的时候还发出轻微的噗噗声。克拉拉有点儿聋，还有点儿健忘。大家都清楚地明白岁月已让她憔悴不堪，只有她自己还拒绝承认，很多时候别人还跟她说着话，她就在扶手椅上睡着了。

克拉拉并不介意承认她衰老的容颜和精力的缺失，她的心理依旧年轻。她以超乎寻常的平静接受了 19 世纪的惊人科技巨变。留声机、电话和打字机都在她办公室和家里出现过。她第一次乘坐有轨电车时，便惊异于那每小时 5 英里的速度。相比她经历过的岁月，新颖的想法和不断进步的观念更加挑战着她的智力。最重要的一点也许就是克拉拉始终保留着轻松愉悦的幽默感，而这幽默感的对象时常是她自己。她的侄子以及许多与她亲近的人都这样说。克拉拉的书信与日记再好不过地证实了这点，里面记满了她在 1898 年艰难东渡古巴时的话语。她在日记中这样说道：“我不能把自己的头从湿漉漉的枕头上抬起来，也不能换掉它，我是说，我根本没打算换一个头，因为头实在是买不到。”

克拉拉被周围的流言蜚语深深伤害着，她退隐格林艾科并确确实实地断绝了与外界的来往。即使是与她最要好的朋友也只是写些便条，或是干脆让她的新任财政秘书查尔斯·科特雷回信。她将汹涌的热情注入了家务活和拖稿多时的关于美国红十字会在1882年表现的记录中。克拉拉还一度拒绝通信，拒绝让外界的任何要求干涉她的计划，在接下来的5个月里她全心全意地投身写作。

这本书后来被称作《战争与和平中的红十字会》，是对那些要求知道红十字会的实地报告、财政结算，甚至是个人回忆的声音的回应。克拉拉迫切想要为自己的行为辩护却又不想让自己看起来那么急切，她动员每一个能帮上忙的人，包括朱利安·哈贝尔、约瑟夫·谢尔登和一位名叫威廉·H.希尔的友好的退伍老兵。克拉拉没有完全确定这本书的中心是什么；她仅仅决定要在伪作出现之前尽快出版。没有框架，毫无组织的作者队伍和一个短得不可置信的日程安排，这本书就凑好了，用克拉拉的话来说这本书类似于“一个疯狂的百纳被”。里面既有官方文献，又有克拉拉日记里的长篇大论；也提到了财政，但没有具体的财政账目。书上大多是轶事；实际上，里面没有关于红十字理论和方法论的讨论。700页的一半是关于古巴的，它的描述如此细致以致人们很难相信克拉拉的话，她说那些本想润色的句子都因为匆忙而缩短了。毫不意外，书里没有批判红十字会的讨论。露西·黑尔和谢尔登法官都呼吁她去揭露对手来为自己的名声辩护，但是克拉拉坚决拒绝因任何个人的嗜好来牺牲书的尊严。

早在1899年，美国历史出版社就出版了这本书。克拉拉对此不是完全满意。她认为这本书是脱节的，还觉得它篇幅太过短小。也许它应该出版成两卷本。“你会明白我觉得它根本不算一本书。”她后来对外甥女艾达说，“它出版得很快只是为了让出版商能够赚得利益。”可是她对于经济利益的希望（对于穷困的红十字会来说是一个重要问题）从来没有实现，因为这本书在出版之前几乎没有得到新闻界或公众的关注。

克拉拉在她写作的几个月里很好地与外界隔绝了。斯蒂夫不遗余力地和她商量关于美国红十字的整顿并请求她监督加利福尼亚分会支持的在菲律宾的工作。她爱理不理地应对着，只有在侄子不断的敦促下才做决定。她唯一想讨论的主题就是继续古巴的工作，为此她有明确的想法。

随着西班牙和美国的战争接近尾声，政府已经接管了岛上的救济工作。军方声明他们正在做一切确实需要做的事情，但是民间还在报道着大量居民的悲惨状况。克拉拉最初认为国家红十字会应该放弃这项工作，因为它少得可怜的员工已经精疲力竭并且财政空虚。另外，军方明确地说想要应对全古巴的救济工作，所以她害怕她的工作会被认为是一种入侵。正在政府官员争论着饥饿的古巴人的未来的时候，一些组织和个人开始向岛内提供帮助和募集金钱。在所有这些组织中就有纽约红十字会，他们曾在战争行动中深受鼓舞。一位名叫威廉·W.霍华德的日报编辑，用他的报纸作为平台为古巴宣扬“工业救国”的政策，根据这个方案，糖厂和其他工厂的建立将促进经济复苏。在那个时期形成了一个仿照他们的名字命名的组织“白十字会”，他们也主动提出派遣医疗救助人员和建设医院。鉴于出现了很多自发的救助组织和一篇由她前方特勤人员写的关于艰苦环境的报道，克拉拉觉得国家红十字会有必要去古巴进行救助。如果另一个群体，特别是纽约红十字会，受到更多的认可，这个国家组织将会完全失去地位。美国红十字会，在战争开始前就在古巴地区工作了，克拉拉告诉斯蒂夫，“整个世界都在依靠他们去完成这些工作而不是依靠政府部门。”

1899年早期的几个月，政府都在和各种各样的组织及军队谈判。3月份，陆军部决定由红十字会接手建立医院和孤儿院的工作，同时霍华德促进了该国城市农业和工业的恢复。这种情况对于克拉拉来说并不完全满意。她不喜欢竞争而且感觉霍华德应该被给予更重要的工作。她也害怕像编辑说的那样，“以他的影响力、财富、热情和热诚，他快要把总统拴住了”。那样，她的工作会受到他的监管。尽管渴望管理所有的古巴工作，克拉拉还是不确定她究竟如何能胜任救济工作。组织资金不足，她不得不再次自掏腰包，因为这一次的钱超过了她为不可预见的紧急情况准备的那笔小数额（这一年后期她会尝到向罗契斯特分行借贷的痛苦）。“对于在古巴工作我不求太多的帮助了，”她告诉斯蒂夫，“我不再有所指望。这个国家在一年半之内已经以红十字会的名义榨干了那些渴望给予和有能力给予的人了。”

正在她纠结于其他“对手”组织的工作和她不稳定的财务状况时，她开始设计救援计划，这是她对古巴的第三次任务。她一开始没有计划自己去。纽约红十字会的哈贝尔、科特雷和亚历山大·肯特博士将和埃尔韦尔以及一些古巴医生一起去调查岛屿，为建设诊所医院和孤儿院做安排。费城政府也会提供大量的物资供应，并派出由受训医生组成的远征队。3月末，这支队伍前往古巴，在那里他们见到了两个医生，胡安·索洛索和胡利奥·卡博内尔。他们发现这种情况和所见过的一样令人恐惧，特别是在乡村。这个岛还是农业的荒地。饥荒和疾病使人口减少，而且剩下的幸存者也不能劳作。一天里，他们受到很多家庭上百次的欢迎，这些家庭就像卡博内尔所描述的"脸上肿得可怕，像蜡一样的苍白，充满寄生虫，伴随着痒和令人讨厌的溃烂，而且长期的饥饿和绝望都表现在他们濒临死亡的脸上"。那些在街上乞讨的、无家可归的穷苦孩子是一个突出的问题。

在像圣尼古拉斯、吉尼斯、茹卡或是瓜纳哈伊这样的被隔绝的小城市，他们咨询当地领导，将仓库改造成医院，并且在红十字会离开之后为继续救助提供保障。大部分情况下他们有充足的供给，而且大部分重点工作都放在培育蔬菜园上，在那里孩子们可以学到本领并且收获自己的食物。"当他们工作的时候，其他土地也被开垦，"哈贝尔自豪地讲述道，"从而使他们能获得最大限度的自给自足。"虽然有军队和海关官员的困扰，但仍有大约2000个孩子得到了红十字会的悉心照料。

克拉拉决定接管这片土地后，工作进展十分迅速。据她的部下报告，一切都进展顺利，她不能忍受失去对这么大地方的直接管制，这对她来说是极其重要的。"你知道对我来说，当你们去哪儿的时候我没能跟上，这有多么难过，"她对一个驻地在岛上的护士承认道，"我回来之后的每一周，都不确定是否可以留下。"那是一场众人反对的旅程，因为医生将她的到来视为一种不信任。这就意味着要支出不必要的花费。即使麦金莱总统也为她的举动感到惊奇，他依然认为她只是在定期休假。几乎没有人能成功劝阻她，就在5月2日，她离开了格林艾科，进入了她在古巴的团队。

从某种意义上说，她这次围绕乡村的旅程是一场胜利。她所到之处皆有花朵和欢呼的围绕。索洛索和哈贝尔自豪地全程陪同她访问了孤儿院、医院，她还被美国和古巴授予"显要人物"的称号。照片上的她身着黑色丝绸，头上戴着有花朵点缀的帽子，注视着孤儿们愉快地玩着复杂的铃铛游戏，这让她回忆起上小学时，她也玩过这样的铃铛，于是照片上的她笑容安详甜蜜。快 78 岁的她依然有勇气，她坐在旧的四轮马车上旅行，马车轧出深深的车辙，上面坐着喝完朗姆酒后驾驶技术变得非常糟糕的车夫。“她像一个非常疲倦的老太太，但是依旧前行，”一位钦羡她的侍从写道。

克拉拉其中一项重要使命就是将善意变成行动，积极地为红十字会创造未来。无论她去哪里都会为别人解释红十字会组织并且提出要在古巴建立美国红十字会的重要分支，她把这叫作“播种”。这确实是势在必行的，她向查尔斯·席伦提出建议，古巴人“不仅仅会成为救济品分发员，也应该是他们慈善机构的来源——让他们免于贫穷和饥饿”。1899 年的夏天，她在邮政局长埃斯特斯·拉思伯恩上校和他的妻子的指导下建立了古巴的救助体系。她坚信这才是她战后最有价值的工作，特别是现在她拥有的物资已不足以支撑她在岛上的救济工作了。

克拉拉平静自得地视察古巴孤儿的情况，这与她此时内心的悲伤和恐惧完全不符。她前所未有地感觉到个性鲜明的人对自己的威胁，她甚至看见了红十字会成员的恶意。在 1899 年年初的谈判中，她都拒绝与强大的纽约红十字会进行任何合作。她担心，国家组织中有一些野心勃勃的人，他们很挑剔，很喜欢搬弄是非，但绝大多数人都是真心实意希望为古巴和红十字会尽最大努力。“我唯一的目的和对象……”一个富裕的纽约人写道，“就是使红十字会更稳定持久，就像我以前说的那样。我希望看到它组织得很好，当 10 年、30 年甚至 50 年后，我们的继承者们依旧能让它良好地运行。”当斯蒂夫试图说服并建议她接受那些努力工作的纽约人，合并他们，让他们进入国家团体的执行委员会时，她开始怀疑。她在一封信中愤怒地解释道：“被迫与下属竞争并不是一件愉快的事。就像我一直认为的那样。他们一旦占据了红十字会，就无法控制了。”克拉拉过于感情用事，忽略了过去 20 年里她一直都在为吸引那些极具影响力的富人投身红十字事业的事实。她只看到有人暗中篡夺她的地位、她的荣誉，她认为一个富有的、组织严密的大机构正在损害她的小红十字会。

1899 年春天，她的偏执因为去古巴的旅程加重了，因为她很明显地看出队员们一点儿都不希望看到她的出现。哈贝尔，那个依然沉浸在失去米娅痛苦中的人，也认为自己可以完全掌控手头的工作，而其他医生也可以在没有她的监督下胜任一切。查尔斯·科特雷尔从一个年轻人的角度看待这件事，发现克拉拉使用了40年的老办法和她的独裁行为很值得商榷。他想稍微修改红十字会运作的任何尝试都遭到了尖锐的指责。克拉拉感觉自己受到了两面夹击，她开始想象队员们都在密谋反对她，甚至因为他们目的单纯的一日游没有邀请她，她都觉得是故意的。最可怕的是大卫·科布的行为，他是个律师，由斯蒂夫雇用来帮助克拉拉处理没完没了的对外援助的政府文件。

科布是一个颐指气使且嗓音洪亮的有野心的年轻人，他可能是员工中最值得克拉拉怀疑的一个。为了在红十字会有他的一席之地，并将克拉拉看作要退出这个舞台的老女人，他花费了大量精力试图说服她通过委员会行使职权并将办公室搬到纽约。当这些失败的时候，他还是开始接管了。一个朋友在克拉拉出门之后碰巧经过红十字会办公室，惊讶地发现科布在门口接待人们，当时他对这个人的印象就是“他是头儿”。由于害怕科布可能会背叛她，克拉拉在岛上七周之后决定停止古巴救济工作，并召回了所有员工。在哈贝尔的反对声中，她准备让军队和刚成立的古巴红十字会接管他们的项目，要求她的医护人员早日完成工作。她赶走了科布，并马上开始制订回国计划。

在这种压力下，克拉拉失去了所有对工作和对同事的判断力。即使在决定放弃古巴工作之后，她还是感到不安和害怕，担心哪天她会成为大范围叛变的牺牲品。“科布已经篡夺了组织权，并且让工作随他的心。”她恐慌地写信给约瑟夫·加德纳，“纽约委员会拿走我们所有的钱财，然后会理所当然地吞并我们。科布和他的党羽是一窝毒蛇，正在蚕食红十字会——他懂法律，占优势——我们应该退出让他们为所欲为吗？让他们随心所欲吧——我既不愿公开辞职，也不愿秘密辞职——随他们吧，我现在不在乎了……我认为我们完了，有太多人对我们有贪婪之心，我们马上就没有立足之地了……我不假设有任何东西可以拯救我们，这群毒蛇太狠辣并且咬得如此深。我应该让他们做这些？然后我辞职离开？我不是很在乎了，我很伤心而且没有指望了。”

自从1870年开始，她的痛苦便使她患病，但她自己没有意识到。她的视力渐渐模糊，支气管炎加重，病症可能会伴随她一生。她在日记中警示自己，她不能在工作上集中精力了，自己的症状重复出现："后背热，身体又像以前一样垮掉了。"后来"我不太在状态，并且也没状态了。我可能不能再工作了"。结束了古巴的工作，并在纽约咨询了一些事项后，她最终返回到格林艾科，那里熟悉的环境会抚慰她刺痛的神经和悲伤的心情。

正在她苦恼万分的时候，古巴革命在为克拉拉·巴顿欢呼的声音中正式结束了。古巴老兵9月向她致敬，1899年的最后几个月，西班牙和古巴授予了她许多由巨大珠宝镶嵌的勋章。麦金莱总统在前一年12月递交国会的年度报告中对她进行了热情洋溢的嘉奖，接着参议院一致通过并提高了嘉奖的力度。军队也放下骄傲的姿态，承认了她的贡献，"克拉拉·巴顿女士在整个战争中带着奉献精神和诚意完成了繁重的任务，她值得海内外人士的普遍认可。"这些善意的言辞使克拉拉的灵魂沐浴在暖意中，但很多方面她仍觉得不够深刻。克拉拉一直都认为那场战争会使红十字会在美国深深扎根，她为此期待了很久。她早就预见到所要经历的困难，所需要的智慧、忠诚和耐心。若不是她的忧患意识，那些困难是不可能克服的。她希望形势的变化可以证明她的工作和使命；当她看到努力失败、组织分裂、政府质疑与红十字会的长远关系时，曾感到锥心的失望。有了问题她从不怪罪自己，她认为那些对她的批判都是由刁难和嫉妒造成的。那些她委以重任的人辜负了她的信任，有时甚至毫不关心协会的神圣使命。古巴的工作就这样结束了，"那是一片艰苦的战场，充满了心碎的回忆。"黯然神伤的克拉拉回顾了她为集中营所做的努力，并展望了未来，"过去的两年里我把所有的时间和精力都贡献在了古巴，直到我的平静心态、我的朋友和我一生艰难挣得的荣誉都所剩无几。孤影归途，不见烽烟，没有人可以倾谈，也没有人为我争辩。"

（姚海燕　李双娥译）

第 17 章

Chapter 17

1900 年 6 月 9 日，威廉・麦金莱总统签署法案，批准美国红十字会为法人社团，对红十字会标志予以保护。其实大家也是匆忙上阵，因为此前美西战争才结束，他们才从战乱里走出来。克拉拉生怕纽约的红十字会或其他外部社团接管国内救援工作，她不得不亲自出面，找人游说。一连 6 个月她每天要往返华盛顿 16 英里，疲于奔命。与此同时，上述立法从一个委员会转到另一个委员会，又从参议院转到众议院，“法案左拐右拐，走的是弯弯路”。斯蒂夫从北边过来帮她，谢尔登法官对克拉拉在国会中的朋友提供法律建议和道义支持。国会议员听到的最有利的呼吁来自克拉拉，她反复指出，因为没有适当的保护，要是任凭她一手创建的协会变得可有可无的话，那么，国会对她在美西战争中工作的表扬，乃至他们强烈希望通过投票来对她表达的“谢意”和颁发的“勋章”，就变得毫无意义。她对约瑟夫・惠勒将军说：“从我的角度来说，为了让政府通过国会那些大忙人意识到这项责任……为此我提出过最好的建议，尽了最大的努力，还付出了将近 10 年的生命。我认为，所有人都能理解，与我的付出相比，一封感谢信和一枚勋章是多么没有必要，又是多么无足轻重。我已经奋斗、等待了这么长时间，我还要继续奋斗，耐心地等待下去。”惠勒将军和其他人知道她的话在理，希望对她一生的工作给予实实在在的回报。

已经通过的法案并非没有瑕疵。那些被利益驱使的说客也不是吃干饭的，再说，对红十字标志的保护还有不足的地方。凡是使用红十字会标志“欺诈”的行为才被视为犯法，如借红十字会的名义募捐。公司可以使用红十字会的名字或标志发广告，只要使用者不声称经过红十字会同意即可。一个公司擅自在其广告中使用印有美国红十字会信头的信纸，此时上述规定的不足就变得显而易见了。乔治·凯南对公司的行为大为恼火，他还以为经过了克拉拉的允许，一气之下断绝了与协会的关系。在一封致歉信里，克拉拉说她此前没有同意公司发广告，认为那家公司乱用红十字会信纸“是可恶的、令人感到痛苦的”。她对凯南说，那么多人使用红十字标志，面对这种普遍存在的现象，他们也只能自我安慰，“那不是因为我们协会不好，或声名狼藉，而是因为协会太成功了，从而被人觊觎要是以其他方式得不到使用权的话就偷着用。”面对名字被盗用，无能为力的克拉拉感叹道：“我认为通过的法案用处不大。”

让克拉拉失望的是，那些立法者不同意她在国内救助方面享有无限制的权利。1899 年，白十字会的出现迫使克拉拉近乎疯狂地呼吁国内立法。因为白十字会身后有强大的天主教会，显然也得到了国会的支持（与克拉拉的法案同时通过的，还有白十字会社团法案，好在没有签字变成法律），所以她担心这种社团可能使仍不稳定的协会受到威胁，为此国务卿二等帮办阿尔维·阿迪赶紧安抚克拉拉，说红十字会拥有独一无二的地位。他以宽慰的口吻写道：“国会当然可以让国内众多十字社团变成一个协会，什么绿十字、蓝十字或任何其他颜色的十字，但在国际战争中，其他各种颜色的协会，其行动在《日内瓦公约》那里没有名分，因为《日内瓦公约》唯独承认红十字标志。”克拉拉还是不太放心，她不仅感到被威胁，也感到被伤害了。国会出乎意料地承认另一个协会，虽然他们的会员是知名人士，但他们没经过考验，而克拉拉他们那些人为了声誉付出了多少。最后，白十字会也跟其他克拉拉痛恨的社团一样落得无疾而终。

因为克拉拉在白十字立法那里感到了威胁，所以美国红十字会成立社团的法案很快签署下来，不过协会又在法案所列原始社团的名字上引起了混乱。原来，克拉拉和斯蒂夫忙乱中漏掉了几个1881年建立的地方原始社团的名字。她已经猜测到性格敏感的人可能对这种做法不高兴，于是她设法予以更正，后来发现除非重新撰写，重新报送，不然法案是改不了的。法案签署后，克拉拉马上召开会议，至少在新章程内，把漏掉的名字添上，使其与法案中所列地位相等。克拉拉伤心地指出："然而这种补救办法，也没让他们满意，他们恶语相向，还尽其可能地表现出冷漠。"克拉拉指出，那些发牢骚最多的人，正是在过去10年里，在议案提送国会后，对她既没提供帮助，也没提供支持的人。

虽然克拉拉遭遇上述麻烦，但她心里还是轻松了不少，因为红十字会毕竟结成了法人社团。兴高采烈的人们聚集在阿灵顿酒店庆祝胜利，为将来制订计划，克拉拉对他们说："目的已经达到，红十字会在美国已成为不可更改的事实。"根据法案，他们还要草拟一套细则。1900年6月6日通过的细则规定，被选入管理委员会的官员，也应由各委员选举产生。美西战争后，美国红十字会的地位和知名度有所提高，很久以来在红十字会里找不到人影的财阀和要员开始加入进来。著名律师和社会人士艾伦·穆赛当选副主席，布雷纳德·沃纳也同时当选，后者在房地产领域的投机使其在华盛顿拥有无人匹敌的影响力。克拉拉希望，红十字会交给这些能人，或如她所相信的好人，她退休的时刻指日可待。

她始终认为，等到红十字会在国内的地位稳定以后，她就提出辞职。那天会议将要结束时，她发表了颇有风度的演说，对所有帮助过她的人表达谢意，之后又说："现在我请求各位允许我告退，请你们接过我的负担，把属于我的几天——不，几年，要是可能的话——还给我。众人拾柴火焰高，这副担子我一个人扛在肩上是沉重的，但在你们肩上就是轻松的。你们各位集思广益……红十字会必将达到应该达到的高度。"在这次演说中，克拉拉发自内心地希望退下来。她的使命是建立红十字会，让大众知道其种种好处，以上目标达到后，她相信其他人能把她缺少的组织技巧带入红十字会。此时的她已将近79岁，她知道自己需要休息。然而那天在阿灵顿酒店，热烈的人们不同意她退下来。红十字会法案通过后，他们喜出望外，希望对他们的领袖予以回报，他们并没让她的希望变成现实，再次选她当会长。克拉拉心里喜滋滋的，她劝自己相信，不妨再做一年，其间，她还可以为红十字会提提建议。会议结束后，他们又在格林艾科举行招待会，飘飘然的克拉拉来到客人中间，接受参议员、将军和政府官员的祝贺，此时她更加相信，她再次当选对红十字会来说确实是最有益的。

那年夏天，克拉拉来到芝加哥参加共和国大军发起的集会，顺路拜访加德纳夫妇。她仍然是幸运的弄潮儿，不仅拥有老朋友们的友谊，还锦上添花，得到了艾伦·穆赛和秘书玛丽·库姆斯的关照，后者正在身边陪伴她。近来克拉拉动不动就感到疲劳。8 月的热浪消耗了她的精力，每次公开露面她都要强打精神。虽然红十字会的管理工作已经分到同事们的手上，但她个人的活动似乎依然没有减少。即使在漫长的中西部旅程中，她仍然坚持写信。等 9 月的第一周她返回华盛顿时，她的情绪依然高涨，但她已经精疲力竭，多少露出发病的前兆。

不过，没等她找时间休息，红十字会就接到了她必然要接受的呼唤。1900 年 9 月 8 日和 9 日，一场飓风横扫墨西哥湾加尔维斯顿，重创加尔维斯顿和得克萨斯沿岸其他地区。5000—6000 人遇难，几乎加尔维斯顿的所有房屋被扫荡一空。数以百万美元计的公共财产，如电话电报线、栈桥和医院等被大风卷走。克拉拉详细阅读送来的灾情报告，一幅幅画面浮现在眼前：“8000 人无家可归”，“城内一片混乱”，“政府分派的食物和帐篷无法满足需求”。《纽约世界》杂志社提出为克拉拉提供钱款，通过红十字会捐助灾区。消息传来后，她马上收拾起到灾区使用的物品。管理委员会全体成员对克拉拉匆忙上阵可能表示过不满，但一向执拗的克拉拉从来也不缩手缩脚，她宣布说：“赶赴灾区是我的职责所在。”

《纽约世界》杂志社派来一节豪华车厢，把克拉拉送到加尔维斯顿。9 月 15 日，在火车迂回半圈后，克拉拉与她的 6 位工作人员抵达灾区。哈贝尔医生正在艾奥瓦州生病，但穆赛、库姆斯、弗莱德·沃德（过去红十字分会的财务官）和斯蒂夫与她相伴左右。纽约红十字会也派人过来。克拉拉仍然没有忘记过去两年发生的烦恼，所以这次她拒绝监督他们，不过是与他们分享信息，讨论建议。灾区的工作显然是他们忙不完的。克拉拉发现加尔维斯顿的居民“不知所措，没有泪水，形如但丁走向地狱时遇上的那些人”。浓浓的烟雾将灾后的建筑物笼罩在下面，其中大部分烟雾是焚烧垃圾和尸体造成的，此时岛上尸体遍布，人们担心疾病传播，在疏松浸水的泥土下又没法掩埋死者，所以发现一具，焚烧一具。加尔维斯顿的气味变成了救援人员日后最为生动的记忆。一位女士回忆说："焚烧尸体的气味，一开始让人感到恶心，在接下来的两个月内，这种气味你一闻就知道，让人感到恐惧，当时我们就生活在这种气味里，成天呼吸那里的空气。"

克拉拉离开华盛顿时已经感到疲劳，等她抵达得克萨斯州时就病倒了，一连在床上躺了好几天。她生怕外人知道自己身体虚弱，所以尽量轻描淡写，但她却无法掩盖自己的病情。此前艾伦·穆赛对克拉拉决定前往加尔维斯顿表示强烈反对，克拉拉的病情更证明了穆赛的先见之明，红十字会会长就不该离开华盛顿。穆赛希望克拉拉返回华盛顿，其表面原因是为她身体着想，但其他人怀疑，穆赛不赞成老妇人亲临灾区，甚至可能希望这次救灾由她自己亲自指挥，因为她是副会长。穆赛非要说了算不可，所以她趁克拉拉入睡后安排了一节私人专用车厢和海军小艇，要把生病的女人送回华盛顿，同时指派斯蒂夫陪姑妈回去——斯蒂夫是当时红十字会在得克萨斯州的另一位高级官员。斯蒂夫担心如此安排有损克拉拉的声望，于是就把穆赛的计划告诉了克拉拉，克拉拉知道后运用了其仍然强大的指挥权。次日，打道回府的不是克拉拉，而是穆赛夫人。

在接下来的日子里，凡是公开露面，克拉拉便想方设法表现得健康活泼，不过，她很少离开宾馆房间，大部分工作是在床上发号施令完成的。她还在当地建立起红十字分会，让其中精力最为旺盛的成员负责每天的救援行动。每个部门（负责服装、孤儿、食物及其他）都有总部人员过来指导，跟踪钱款分发。红十字会成立了孤儿院，为那些无家可归的人提供临时避难所，每天发放热汤。才过了三周，克拉拉就吹嘘说，在混乱的加尔维斯顿，她带来的红十字是唯一的秩序。她告诉费城医生奥尼尔："我们的人如同时钟，协调行动，出乎我的想象。在我们的队伍里，哪怕是加尔维斯顿那几十名高尚的救援者，也没有不和谐的因素。"

红十字会接到的大多数捐赠，不是钱款而是物资：木材、衣服、种子和绷带。如同以往，克拉拉再次表现出其特殊的能力，让有限的物资发挥最大的作用。手边的衣服穿上不合适，或需要转往亲戚家临时借住却没有车费，这部分灾民才能得到现金。丢弃的衣服要翻新，临时住所要建设。就连那边的岛民因为还记得自己经历的灾难也捐出小额现款，克拉拉把这些钱送给了镇上的黑人。不过，尽管克拉拉调度有方，仍然有些物资没派上用场。一位推销鞋的商人送来 144 盒鞋——但其中的鞋都是左脚的。一位热心的制造商送来价值百万美元的“母亲赫巴德牌”睡衣，上面图案低俗，裁剪细长，而且还没有束腰带：“这一批睡衣足以让南得克萨斯州的每位女性改变外形。”有时克拉拉猜测，这种物品的捐赠者一定感到“把东西借给上帝后心情舒服——但这种东西在人间毫无用处”。此次为加尔维斯顿救灾，红十字会总共接到 12 万美元的款物。批评者可能抱怨，这个数字太小了，不过是加尔维斯顿所收捐赠总数的 2%，但是镇上一位明智的神父 J. R. 坎伯后来指出，一个组织的影响力不能仅仅通过其募捐多少来评判。坎伯估计，将近四分之一的捐款是因为“巴顿小姐的呼吁”才完成的。等大家知道克拉拉也来到受灾现场后，他们承认她在这里出现是必要的，她知道精打细算。

在加尔维斯顿的救灾现场，工作方法也没发生新的变化，不过是平稳而又迅速地推进工作。得克萨斯州陆地也被飓风侵袭，但那里有州政府和军队负责救援。克拉拉他们对内陆的援助主要是送给农民的 100 万株草莓苗，农民赖以为生的庄稼已经被大风吹走，在他们复耕之前，还要面临多年的债务，所以这次捐赠也被广为宣传。捐赠草莓苗是克拉拉离开得克萨斯州之前的最后一幕。自从她来到灾区，时间已经过去两个月，她凭经验感到，灾区可以自力更生重建家园了。再说，她手下的人马连续暴露在焚尸的柴堆周围，早已变得“面色苍白，身体不适”，克拉拉本人也承认，需要“借助搀扶，才能走上等在站上的普尔曼式客车”。要等几个月过后，她才能从这次灾区之行中恢复过来。她仅仅在日记里提到自己的病情，生怕自己的疲劳被人当成借口，削弱她的权力。1900 年年末，她写道：“身体虚弱，极不适应，不用说我也知道，我发现很有必要不让他们接近我。”

对克拉拉在灾区那两个月的表现，人们说法不一。红十字会救济过的灾民对克拉拉的表现一句怨言也没有，他们对其工作方法也不在乎，他们说方法是有效的，不过是麻烦的官僚程序稍嫌掣肘。加尔维斯顿那些不知所措的居民们并没有偏离这种普遍接受的好评。镇议会和州灾难救济委员会通过决议表达谢意，那些怀有感恩之情的个人还发来了大批明信片和信件，仿佛他们要一同表达心里的敬意。得克萨斯州州长在信中对克拉拉说："在此严峻时刻，你来到我们中间，哪怕没有那大批的捐赠与你相伴，也是对我们的祝福，你的出现对我们的人民是一种激励，提振了他们的精神，增强了他们的自信，坚定了他们的意志。与你和红十字会及其他分会这次为我们提供的帮助相比，无论我怎么说或怎么做，都无以表达我的谢意。"

然而，华盛顿的管委会成员并不那么信服克拉拉的智慧。提前从灾区返回的穆赛表达了严厉批评，被选为财务官的威廉·弗拉瑟愤然辞职，以此抗议财务管理不当。他们组成财经委员会，审核那一大堆乱七八糟的收据，其理由是所有捐赠未经全国财务官过目。管委会最为关注的问题与威廉·霍华德相关，此人是精力旺盛的报业大亨，在美西战争期间对慈善事业发生了兴趣。霍华德远不是大公无私的人。他在石油和木材业方面的生意是在他所谓"救济"灾区后兴旺起来的，因为在他实施救济后，他能赢得灾民的信任，以打折的价格购买当地的土地和木材。当初克拉拉不希望霍华德成为竞争对手，没摸清他以往的经历，也没详细调查他的信用，管委会也没调查。上次飓风结束后不久，霍华德就提出用他的影响力为红十字会募捐。然而，是克拉拉在与霍华德签约前，为慎重起见，先与管委会打了招呼。加尔维斯顿的救灾工作开始后，克拉拉再没接触霍华德。等克拉拉询问霍华德募集的捐款时，他拒绝正面回复，克拉拉被迫对管委会提出此事。管委会认为这是克拉拉管理不当造成的，又担心霍华德把以红十字会名义募集的钱款揣进自己的口袋，因此委员们大为不满，向克拉拉讨要说法。霍华德则声称，他没有募捐，他与克拉拉存在"特殊关系"，所以拒绝回复红十字会的其他官员。最后克拉拉暗中要求霍华德停下他的"工作"，此事到此结束。

不仅管委会关注霍华德，克拉拉也在关注，但她发现他们指责他人的方法实在是一种挑衅。她不想因为两三美元的收据在管委会面前丢面子，所以对他们的质疑不予理睬，面对严厉的质疑，她唯一的回答是，"灾区到处都是奄奄一息的灾民或死人，生病的人或挨饿的人，在那里工作不是在银行工作，所以不能用银行的标准来衡量红十字会，不然又怎么继续工作？”斯蒂夫对霍华德受到的指控感到愤愤不平，他知道霍华德为人厚道，工作出色。克拉拉把斯蒂夫派上战场，对付管委会。不幸的是，斯蒂夫的火气，连同他对红十字会成员大胆的批评（他们身上粉饰的油彩还没干透），使红十字会变得更加分裂。后来，管委会通过一系列决议，不让身在加尔维斯顿的克拉拉直接收款，同时使其权力在管委会的监控之下。克拉拉伤心地写道：“我不同意他们的决议，他们是在排挤我，一个男人从另一个男人那里也不会接受这种侮辱，也没有哪个男人竟敢这么侮辱另一个男人——他们却来侮辱上司。”管委会中的所有商人宣布辞职，借此提出抗议。

“我素来对森林和大树怀有敬意，但在此前我还从不知道一块木板的力量。”克拉拉以轻描淡写来应对他们的辞职。但他们的行为也使克拉拉在心里深感不安。她相信，他们私拆了她的邮件，他们真正的目的是想把她从红十字会领导层赶出去。她在日记中透露：“什么也不会阻止他们把我选下去，他们唯独顾忌在公众那通不过。”在压力之下，克拉拉不能有所作为，难免又可怜自己。她度过无数个日日夜夜，因心神不安而无法工作，既没人领情，又没人理解。很晚以后她才把加尔维斯顿救灾报告报送国会和管委会，其中描述最多的是灾害和灾民的谢意。在她写给霍华德那封落上泪水的告别信里，她发泄了对自己指控的强烈不满。她对他说，他可以忘记曾经在她率领下的美国红十字会，忘记她所有的理想，唯独要记住一个被诱惑的走错方向的女人，曾经从地上捡起红十字，在其人生的道路上走了一程，有时稍稍趔趄——困惑地，偶尔衣衫不整，还溅上了泥水，后来才有一队欢呼的孩子赶了上来，队列越来越长，也越来越强大，为数不多的朋友也走了进来，他们有时伴她走上一程，太忙了，太累了，一个又一个地掉队，最后还是她孤身一人。

1901 年春，财经委员会还在继续核查加尔维斯顿送来的每一张收据、每一份报告和每一份凭证，他们对 2 美元的邮费收据所表现的浓厚兴趣，足以说明他们是在吹毛求疵。他们对差旅费、为几个灾民定制的服装，以及为红十字会志愿者娱乐支出的花销也提出了一大堆问题。克拉拉和霍华德发起了有力的自卫，但那些凭证杂乱无章，其中一些又站不住脚，就连会长最有力的盟友也爱莫能助，他们只能依靠克拉拉的声望来抵挡财经委员会的指控。克拉拉坚定的支持者布里格斯在写给一位红十字会官员的信里说："我同意你的说法，从技术角度来说，不少账单不应该由红十字会支付，但要是从巴顿小姐一生的工作和花销来说，这是我知道的最不值一提的事。"因为双方顽固地各执己见，等到进入1902年后，加尔维斯顿财经报告才最后通过。

一位领袖人物从三位审计员里走了出来。她是梅布尔·博德曼，当年41岁，浑身充满活力，家庭出身无可挑剔，还与商界和社会领袖建立了也不知多么广泛的联系。她父亲是俄亥俄州著名律师、耶鲁大学重要捐赠人，在他的大家庭里，他注意培养孩子们为社会服务的公德。梅布尔在家里是长女，从小就对人道主义理想产生了兴趣。她外表庄重，言谈不俗，走起路来身材挺拔，步履匆匆。她身上那种严肃的表情，使人不能与她太亲热。据说她长得像英格兰的玛丽皇后，她也津津乐道一个故事：温莎公爵初次访问华盛顿，在一次招待会上，他偶然看了梅布尔一眼，竟脱口说出："天啊！妈妈来了。"梅布尔外表就像她身在其中的上流社会的人物。她的性格与众不同，哪怕举手投足也能折射出上层社会的价值观和偏见。

1900年，根据新社团规则，梅布尔被选为成员，这时她才进入美国红十字会。起初她的工作并不多，但她很热情。梅布尔写了一封"表达谢意的真挚的"信，克拉拉回复说，虽然她们可能未曾见面，但"你在信中的语气赢得了我，仿佛是老朋友，等我们见面后，你我就不是陌生人了"。在1900年至1902年之间，梅布尔的精力主要放在了改革美国海关的边检程序上面，她对红十字会的关注不过是零零散散的。她在财经委员会的工作改变了她的工作方向，此时她开始注意到红十字会所走的方向。梅布尔开始研究其他国家的红十字会社团，关注他们的活动和官方地位。她与纽约和华盛顿的著名人士探讨美国红十字会在美西战争中遇到的那些问题。等到1902年年末（此前艾伦·穆赛对克拉拉批评最多），梅布尔·博德曼才成为反对派领袖，她之所以这么做，是因为此时她已经熟悉《日内瓦公约》，对美国红十字会何去何从也有了明确想法，不仅如此，她身后还有国内最有影响力的人们做她的后盾。

长期以来，克拉拉始终在为红十字会寻找帮助，甚至迫不及待地接受外人的建议。但她从来没有寻找方向，也几乎不能容忍批评。一连数周大家讨论她在加尔维斯顿的工作，所以她相信新社团得不偿失。梅布尔更使她相信，委员会在后面为其撑腰，他们不过是要“拔出杂草”，让“大批好麦子站在那里”。那些惩戒性的决议通过后，管委会的成员先后辞职，所以克拉拉没办法再信任梅布尔。克拉拉对斯蒂夫说，按她自己的设想，她“希望把时钟拨回 7 月 11 日——此时所有委员会还没成立”。她心里明白，这种大胆的做法可能要经过国会的批准才行，但她找不到更好的办法来控制红十字会。按照过去的细则，她自身的局限性迫使她超时工作，而且工作起来也不顺畅，而且她过去是独往独来的。她已经 80 岁了，她可不想让才组建的管理委员会告诉她朝哪个方向走，限制她的工作范围。

在 1901 年 6 月召开的红十字会会议上，克拉拉还没动手改变社团的结构。不过，她敏锐地发现那些对她工作提出批评的人队伍越来越大。她对斯蒂夫说：“我们打仗不是为了输。他们是多年的政客，知道自己的长处，还互相勾结。我们人数少，还各自为战。”克拉拉发现敌人后，还没等投入战斗，就已经划清了阵营。她自己好胜的性格使敌对情绪变得越来越强烈，等到后来她的猜忌才得到证实。

1901 年入秋以后，克拉拉不无失望地注视她为数不多的亲信和管理委员会渐行渐远。克拉拉不希望公开为自己辩护，她鼓励其他人召集人马，筹备年会，这次年会将在 1901 年 12 月召开。同年秋天，她致信各委员，敦促他们出席年会，支持彻底修改细则。其中的变化如“废除管委会，因为事实证明，管委会严酷打压美国红十字会高尚的创始人和会长……”，“用更为简化的民主的管理形式”取代管委会。克拉拉不希望遭遇抵制，她担心那会使她公开陷入尴尬。在年会召开三周前，她写道：“此刻我心情沉重。我发现最后的结果不过是痛苦和敌对。我不知道如何扮演他们所希望的会长一角。”她战战兢兢地起草重组计划，同时撰写了辞职报告，以防不测。

她没必要如履薄冰。《华盛顿邮报》发表的文章指出，12 月 10 日，大会的调子是一致赞成克拉拉和她的政策。她的辞职不仅被拒绝，她还被全票选为为期三年的会长。如她所希望的，管委会在大会上被废除。取而代之的是理事会，成员人数较管委会更多，但权力更小。克拉拉亲自指派了一个执行委员会，梅布尔·博德曼也在其中。《华盛顿邮报》最后说："大会结束后，委员们围在她身边，那些白发老兵过来亲吻她的手，感谢她所做的工作，这种动人的场面足以证明克拉拉崇高的威望和地位。"

从长远的角度来说，克拉拉明白，这些光鲜的报道反映的不过是支持者表面的胜利。管委会内部 15 个反对她的人有 10 位当选理事，梅布尔·博德曼既是执委会委员，又是理事会理事，还有几位过去忠诚的朋友拒绝在红十字会任职。克拉拉的目标不仅是解散一个部门，她还要清除身边"钻进来的各种虫子，这些甲壳虫和蠕虫在啮食红十字会大树的根茎"。这个目标她没能实现。没几个月后，她将悲哀地发现，"目前的状态与过去的管委会没有多大差别，面对的还是过去那些手握大权的人，他们的队伍又有所壮大，实施的变革并没有营造良好的氛围"。与过去相比，她更感到陷入重围，无法走出批评的目光和贫乏的思想编织起的那张网。她对斯蒂夫说："我们不过是四个人……其他所有人是个小集团。"

为了避开新理事会注视的目光，克拉拉决定把行动总部迁到纽约去。是斯蒂芬·E. 巴顿一再坚持，她才这么做的。斯蒂夫相信，既然红十字会在国内的地位已经巩固，华盛顿的影响已经变得无足轻重，当务之急是争取纽约商人的经济支持，他们的网络遍布全国各地。1902 年 1 月 3 日，她在东 59 街 7 个房间的大套房内设立办公室，指派弗朗西斯·阿特沃特为总经理，阿特沃特是克拉拉久经考验的好友多伦斯的弟弟。

此时克拉拉急需开发财源。那场与西班牙的战争使红十字会囊中羞涩，几乎没有余款，克拉拉自己为数不多的钱财也被花在国会的议案上。当然，加尔维斯顿救灾期间也要捐款，流动资金已捉襟见肘。国会敦促她在各地建立分会，但她因缺钱而无法实施。按照国会新执照的要求，印制加尔维斯顿的救灾报告，也是克拉拉自己掏的腰包。她对斯蒂夫抱怨说："就连全国红十字会在没钱没物的情况下也没法工作。虽然我承认，红十字会比现存的其他社团更容易弄到钱物。"上一年的内讧也对红十字会造成了影响。收入和会员同时减少，几个地方协会决定关门闭会，这其中就有最早成立的纽约罗契斯特分会。

克拉拉的长处不是筹款，她在纽约的金融世界里也感到不舒服。她已经把红十字会的名字和未来托付给了两个外人：W. W. 霍华德和弗兰克·希格比，后者承诺募集一大笔捐款，其办法是“在 1900 年新年夜安排一系列集会，迎接新世纪的曙光”。他的设想是收集世界各地著名人士的新年贺词，然后在集会上予以朗读。出席集会的人要付一笔高额的入场费，这笔钱将转交红十字会。希格比确实弄来了不少人的贺词（费用是红十字会出的），这些名人来自方方面面，如马克·吐温、奥古斯特·罗丹、萨拉·贝纳特、托马斯·哈代，以及印第安苏族跛脚鹿酋长。但显然各地的集会是失败的。克拉拉被迫支付希格比相当大的一笔佣金，同时还要对管理委员会不厌其烦地解释。希格比和霍华德使克拉拉陷入尴尬境地，这应该促使她对那些热情的协助者警惕起来，因为那些人与红十字会没有利害关系，但她并未接受教训。克拉拉决心不让红十字会再走过去那种“无米之炊”的路线，于是她又与专门经营公共关系的阿摩司·阿特韦尔签订合同，允许他从所募款额中提成。克拉拉迁入纽约后，阿特韦尔还有很多人脉，后来他募集到 1500 美元，但需要红十字会报销的票据却将近 7600 美元。克拉拉还允许他从她个人那里借走 1000 美元，希望他用这笔钱去疏通将来的捐赠者。理事会发现，最后从阿特韦尔那里没有得到任何收益，以投票的方式取消了和阿特韦尔的合同，为此阿特韦尔还威胁要状告红十字会，索要其所谓 6000 美元的花销。不知经过了多少不眠夜，克拉拉终于说服阿特韦尔在 1902 年年初同意和解，他所募集的 1500 美元归其所有，退回克拉拉的支票。克拉拉深深地松了一口气，因为红十字会再不必与阿特韦尔对簿公堂，但她还是悻悻地写道：“除了我，谁也没损失一分钱。”

生意场对这些插曲并非完全没有耳闻，所以对支持缺钱少物的红十字会，他们并没有多少热情。他们相信，在他们慷慨解囊之前，红十字会需要一定程度的改革。迁入纽约后 6 个月，美国红十字会账面余额与 1901 年年会时相差无几。

还是在纽约，克拉拉接到消息，第七次国际红十字会大会将在俄国的圣彼得堡召开。她对参加大会倒不太着急，如同以往，她害怕漫长的海上旅行，也担心她不在时董事会可能借此机会霸占她的领地。与此同时，她也不希望其他人代表她出席大会，那将意味她失去了权力，也可能引发猜测，说她身体不支。后面的顾虑促使她打定主意。3 月，克拉拉接受国务卿指派，制订计划，出席 5 月召开的红十字大会。

目前，美国红十字会分为两派，谁参加这次大会又能传递出弦外之音。让克拉拉感到失望的是，梅布尔及其坚定的支持者朱迪丝·艾伦·福斯特律师竟然也得到官方指派。此时，朱利安·哈贝尔患病在身，谢尔登律师不愿陪她前往，克拉拉还得另外再找一位得力的人陪她过去开会。她决定请本杰明·蒂林哈斯特，此人是她在艾奥瓦州的老朋友，也欣然接受她的邀请。在最后一刻，梅布尔做出让步，克拉拉马上指派自己阵营的人填补上去。她的人选是颇有影响力的军医尼古拉斯·森。代表团的第五位成员是海军退役外科医生威廉·雷普恩上将（虽然雷普恩上将倾向改革派，但他从未就此事明确表态）。国务卿约翰·海与雷普恩上将是私人朋友，如雷普恩的回忆录所证实，国务卿请他赴俄国，目的是希望他居中调节。国务卿对雷普恩说：

> 红十字会要召开国际大会，我负责指派代表，美国红十字会分裂成两派，各不相让。一派的领袖是克拉拉·巴顿，另一派的领袖是个咄咄逼人的女性。她们要求我一定从她们各自代表的阵营内指派人选，快把我烦死了。我不能那么做，不然美国红十字会将结束其使命……我希望你在敌对的女人中间充当和事佬，不要让代表团成员的任何行为弄出丑闻来。

两派人马敌对情绪如此强烈，他们显然不能一同前往俄国（事实上，大会期间他们也从未接触，各住各的宾馆，除了在大会期间和偶尔的娱乐活动在一起之外，他们也没在一起过）。雷普恩回忆说：“会议期间我坐在两位互相敌视的女子中间，二人与我交谈，却不看对方一眼。”克拉拉和蒂林哈斯特 5 月 15 日抵达欧洲，乘坐火车完成了漫长的旅行，在5月29日大会开幕的前几天，抵达圣彼得堡。他们发现其他成员已先期到达，东道主已经为他们准备好豪华住所。

还没等会议召开，各种庆祝活动已经登场。雷普恩注意到："他们邀请我们出席宴会，观看话剧，参加花园晚会，欣赏音乐会，忙得我们应接不暇。"代表们被送到莫斯科参观教堂和拿破仑战役旧址。皇太后（沙皇的母亲）和沙皇分别设宴款待来宾，场面盛大，连1877年在巴登宫廷里举行的那几场宴会也要相形见绌。与克拉拉一样，皇太后也已80高龄，与那么多男士在一起也感到不自在，为避免众人的注意她把克拉拉请了出去。当权的君主对克拉拉的工作大加表扬，克拉拉对此几乎耳熟能详了。在与会代表中，克拉拉是唯一被正式表扬和授勋的人。为表彰10年前她在饥饿的农民中所做的工作，沙皇尼古拉斯二世授予她一枚俄国银十字勋章，这是该国对平民的最高奖赏。

这次大会更引人注目的是官方的排场，而不是实质性的讨论。克拉拉在发言中没有渲染美西战争，也没有强调国内的分歧，而是指出《日内瓦公约》被双方遵守这一事实。她宣布说，美国国会已经向美国红十字会颁发执照，此时场内传来经久不息的掌声。大会接下来讨论了以往会议上出现的话题：保护红十字标志、外科包扎新技术、成员国的组织问题等。与会者还走访了医院和孤儿院。俄国外科医生也演示了几种抢救技术。7月4日，大会正式闭幕，此时各国代表纷纷退场，军乐也渐渐从耳边消失。对克拉拉来说，这次大会是一次难忘的经历，使她不禁想起这项在她手里险些夭折的事业，以及她与代表团内其他成员的紧张关系。不过对她来说也未尝不是一种激励，大会结束后，她决定继续履行使命。

克拉拉在欧洲又逗留了两个月。这将是她最后一次踏上这块大陆，也是一次伤感的旅行，少不了故地重游和满含泪水的重逢。她来到柏林，回想威廉皇帝当初不可一世的时光。在斯特拉斯堡，她再现了当初对平民百姓的救助工作。在日内瓦，她来到可怜的明娜·科普夫的墓前，不禁老泪纵横。大公夫人路易丝劝她在卡尔斯鲁厄住上两个礼拜。克拉拉面带微笑徜徉在上流社会人士中间，她再次接受皇室邀请出席议会闭幕式，所到之处对方无不以贵族的礼节接待她。欧洲人没时间顾及对克拉拉的批评，也没兴趣探究她的财务管理。她沐浴在被人尊敬的氛围里，临走时大公夫人的话依然在她耳边回响。夫人说：“告诉那些在美国的人，告诉他们我多么爱你。”

在返回美国途中，克拉拉尽其可能地远离梅布尔等人。1902 年秋季的大部分时间，她不是在路上，就是与朋友讨论工作。她接受弗朗西斯·阿特沃特和谢尔登夫妇的鼓励和建议，在康涅狄格州住了一个月，此外，一有时间就逃回设在纽约的办公室。一个显著的变化是，她没在公开场合露面。9 月末，她接受美西战争退役官兵邀请，出席他们在底特律举行的团聚大会，风头盖过了和蔼可亲的战斗英雄兼总统西奥多·罗斯福。弗朗西斯写道：“每到一地她就被人认了出来，送给这位小女人的起立欢呼盖过了送给三军司令的。”

然而，理事会从来不对她起立欢呼，事实上，对她的存在也不予理睬。克拉拉也不理他们，尽可能少地与理事会发生接触。其他不论，最让克拉拉对理事会不满的是，他们对她在俄国期间外面发生的一场灾难应对不利。

5 月 8 日，马提尼克岛上的皮里火山喷发，4 万居民遇难。灾后的幸存者变得几乎一无所有，他们清理废墟，恢复生活，但身边没有一个朋友。理事会的借口是，他们一没有钱，二没有人，所以无法实施救援。克拉拉实施过不计其数的救援，她当时手里的钱款还不及 1902 年。她嘲笑理事会的借口，将这个插曲视为理事们无能的证据。其后，她又听说有人要在 12 月召开的年会上取代她，她对理事会就更不感兴趣了。梅布尔和穆赛希望接纳大批新会员，这些新来的人站在改革派一边，她们想借此强迫克拉拉下台。等她们收集到足够的票数后，就可以选出新的领导和委员会，让红十字会变得更企业化。

年会召开前几周，克拉拉听到风声。她将其视为个人攻击，对“那些追踪我、朝我射击的猎人”大加挞伐，急忙组织反击战。在斯蒂夫、玛丽·洛根夫人和其他几位助手的帮助下，她彻底修改了红十字会细则，规定会长有权指派各委员会，解散董事会，尤其是夺回理事会手里的控制权。她很清楚这种巨大变化可能造成的后果，她在日记里提了一句，“考虑到变化可能引起难听的批评，修改细则也许是不太明智的。”为了使草案获得通过，克拉拉联络了所有与她交好的红十字会会员，请他们出席会议，或把签字的委托票送给她。她没对大家透露口风说要在组织结构上进行大刀阔斧的修改，说她不过是希望“稍稍修改细则”，投票时希望大家意见一致。

等到 12 月 9 日，“最可怕的一天来临”，克拉拉手里几乎掌握了 100 张委托票。在阿灵顿酒店召开的会议证明，她原来的担心是必要的。反对派对克拉拉支持者提出的每个动议无不予以回击，对使用委托票提出质疑。下午选举官员、对细则投票时，反对派还要请新会员参加投票（他们中大部分人站在穆赛和梅布尔一边）。在理事会议上，经过一场暴风骤雨之后，上述问题才得以解决。虽然克拉拉占了上风，但对立的情绪日渐高涨，预示出未来的麻烦。梅布尔·博德曼也初次崭露头角，证明自己是头脑清醒的反对派领袖。克拉拉对梅布尔的发言方式极为不满，对穆赛以及“梅布尔所能控制的地方”也感到不满，指出梅布尔“站在那里说个不停，还不让别人把话说完”。梅布尔还巧妙地拉来了中间派手里的票，虽然如此，她仍然不能左右会议，因为克拉拉亲手拉来的委托票已经占了多数。会上，修改后的细则以微弱的多数票得以通过，不仅如此，克拉拉还迎来另一个胜利，她被选为终身会长。斯蒂夫和玛丽·洛根被选为副会长，在美国红十字会内部，反对派似乎已无立足之地。

克拉拉仿佛是经过一场漫长战役后凯旋的将军，她志满意得地回望那一年取得的成绩。在圣诞节来临时，她不禁沾沾自喜：“一年前，我再次陷入敌阵，有些敌人站在明处，另外一些还有待发现……”

> 投入战斗，在漫长而又艰苦的那一天，胜利一个接着一个，等到最后，夜晚带来了彻底胜利，我们的敌人被打翻在地，我们丢下武器，就睡在战场上。上帝那支规模不大的军队大功告成，我们的旗帜被拯救了，我们的旗帜在风中飘扬，我们更加坚信上帝。红十字自由了，落在朋友的手中。

显然克拉拉确信她的方法是合理的，她的支持者们也有如神助，她不觉得获得胜利的方式有什么丢人的地方，但其他人未必同意。在红十字会成员内部，一些人却相信，这次被人操控的会议足以证明克拉拉的为人还不够光明正大，过去他们对此还不敢说出来。就连克拉拉最坚定的支持者也担心，从严格的意义上来说，委托票即使不违法，使用委托票也不够光明磊落。通过马基雅维利式的手段达到目的，对克拉拉这个档次的女性来说，未尝不是因小失大。

梅布尔和穆赛这次对克拉拉的上下其手并不买账，提出不少谨慎的讽刺。她们此时已明确知道，克拉拉希望以其自己的方式来统治美国红十字会。12 月末，她们写信给西奥多·罗斯福，如同其前任总统，罗斯福总统也兼任红十字会顾问委员会的名誉会长。她们抱怨克拉拉在 12 月 9 日的年会上以高压的伎俩实现自己的意志，她们担心新通过的细则无法防止克拉拉或其他继任者的绝对领导。她们的信写得有理有据，信后还附有总统妹妹安娜·罗斯福·考尔斯的签名。罗斯福是半个军人出身，在古巴战争期间，美国红十字会的救援活动零零散散，对此他也曾表示过困惑和关注，再者，他对克拉拉也大不以为然（他在信中说过，“她在美西战争中所做的那种工作没给我留下好印象”）。不过，罗斯福对梅布尔·博德曼却大为仰慕。新年后数日，罗斯福采取行动，断绝官方与美国红十字会的所有往来。

1903 年 1 月 3 日，克拉拉收到罗斯福的来信，这封信对红十字会的事业造成了最大的打击。信中，总统指责克拉拉“松散的不当的”财务管理，批评她在 12 月 9 日大会上那些“很不规范的武断的程序”。他要求他的名字和所有内阁成员的名字从红十字会顾问委员会里撤下来，他还暗示要彻底断绝红十字会与美国政府之间的正式关系。

数日后，克拉拉写了一封谨慎的回信，但依然没有改变总统的想法。克拉拉在信里说了不少讨好对方的话，也发了不少牢骚，此外指出她使用委托票在技术层面没有违反红十字会章程的规定，请求总统继续关照红十字会。她设法吁请总统回顾传统，又以戏剧性的语言描述红十字会实施救助工作的经历。她在信中写道：“20 年来，起初小如火花的红十字会工作在我们手上已经发扬光大，变成熊熊烈焰，为整个国家，乃至各国可怕的挑战，照亮了救援工作的脚印，其中的艰苦程度和必要性，没有谁比总统先生更为清楚。”罗斯福连信也没回，还没等克拉拉从被拒绝的失落中回过神来，她又听说那23位不满的红十字会会员对国会也发出了相同的吁请，在陈述了遭遇后，请求国会支持改组红十字会。

玛丽·洛根被派去回答她们的吁请。在其反驳中，她指出总统不够公平，草率下结论，既没征求他身边顾问的意见，也没听取克拉拉的陈述。玛丽·洛根还指出，克拉拉对总统的反应颇感意外，那一小撮抗议者居然能诱使总统“拒绝和无视所有建议或不顾国际公约，而这个公约又是政府部门接受并承认的，20年来，他那些被人尊敬的前任也始终支持并提供建议”。红十字会的内斗变得越来越公开化，此后协会上层对梅布尔他们所谓的背叛表示强烈不满，其表达方式是，给国会吁请函上签名的23个反对派会员被暂停了会员资格。

内讧之初，梅布尔和她身后那些人好像对克拉拉个人并没抱有敌意。他们深受进步的时代精神感染，当时那20年是变革的时代，从孤儿院到大公司无一不在经历改革的浪潮。那时很流行专业至上主义，在社会、医药及其他领域，那些善良的非专业人士正在被专业人士所取代（讽刺的是，梅布尔·博德曼自己也是光荣的业余人士，虽然她对克拉拉自学成才的资格说三道四）。不论有没有克拉拉·巴顿，反对派都希望看到“在我们每个州出现一个红十字分会……按时收入钱款，这些钱款来自各分会的会费，手边还要掌握应急用的资金”。梅布尔希望接触她那些有钱的朋友，请他们提供资金，但她发现克拉拉横在路上。另一个会员乔治·博尔特迫切希望充实红十字会的钱袋子，几年前他就有这种想法，还毫不掩饰地对上了年纪的会长说，要是他请来列维·诺顿和威廉·道奇的话，“显然，这两位先生谁也不会考虑接受这种工作，除非你作为会长先退到后面”。梅布尔声称，要是克拉拉下台的话，她能请人认捐100万美元。在梅布尔写给玛丽·洛根的长信里，她敦促克拉拉的朋友协助其实现没有痛苦的下台。梅布尔对玛丽说：“我知道你将运用所有影响力请她接受终身荣誉会长的位置，领取年金……人们不停地敦促彻查红十字会的收支账目和管理方式……但我们没必要这么做，也不想这么做，要是巴顿小姐真正从红十字会的利益出发，真正从她自己的名字和声望出发的话，就应该同意接受名誉会长的位置。”虽然玛丽·洛根同意梅布尔的建议，但她说不动克拉拉。

梅布尔对暂停会员资格并不在乎，将其称为“小事一桩”，但其中也预示出她的重组战役将发生重大变化。她不再仅仅强调修改细则（发生国会吁请后克拉拉已经同意修改），她现在对克拉拉·巴顿发起了一场大规模的人身攻击。她派人赶往北牛津调查克拉拉可能拥有的财产和她父亲给她留下的现金。她在红十字园的陈年旧账里发现了蛛丝马迹，她还找出了约翰·莫兰，凡是莫兰提供的信息，她无不信以为真。不论证言多么荒唐，她也全部接受下来。那些目前与克拉拉失和的人，如安托瓦内特·玛戈特，哪怕在安德森维尔与巴顿有世仇的詹姆斯·摩尔上尉也被找出来协助她收集隐私。梅布尔记下每一句与克拉拉性生活相关的只言片语，如，指控克拉拉与亨利·威尔逊是三个混血儿子的父母；指控克拉拉在格林艾科与哈贝尔同住一个楼层，他们房间相连，可以作为行为不轨的证据。在这一系列调查中，梅布尔最重要的发现是，克拉拉在内战期间可能发生的费用与1868年国会奖励她的15000美元之间对不上账。后来梅布尔派出的人发现《叛乱战争官方记录》没提到克拉拉的救助工作，还有弗兰克·摩尔撰写的《战争中的女人》几乎也没提到克拉拉。于是梅布尔相信，所谓“战地天使”的工作，至多也是无足轻重的。她搜集的证据完全是大杂烩，其中既有真相、半真相、传说，也有流言蜚语，时至今日，仍然分不清她编织的那张指控的大网的真假。但梅布尔·博德曼却深信不疑。她转而把克拉拉·巴顿视为“从一开始就是一个精明的女投机者”，在梅布尔的后半生里，她始终念念不忘的是颠覆其前任的可信度，这种做法也让人感到莫名其妙。如，1961年在华盛顿特区新建成的全国总部大楼内，梅布尔强烈反对镶上一块纪念红十字会创始人的牌子。她说：“克拉拉与红十字会的关系，就像衣柜里的骷髅，如今衣柜的门已经关闭。”

梅布尔态度发生转变，反对派被暂停会员资格，面对这种局面，过去尚未站队的红十字会会员乃至公众也开始分成两个阵营。一个此前持中立态度的观察者写道：“无限期地停止华盛顿20几位著名人士的会员资格，又没有听证，生怕引起公众对传说中资金管理不善的关注，如此做法，在我看来太过荒唐，难免让人怀疑委员会一定是在遮掩真相。”乔治·凯南很早就是克拉拉阵营的出逃者，虽然他没有站在反对派一边。五年来他始终提倡改组的必要性，他不无伤心地写道:“她躲避、拖延，或把我的建议推到一边，也没有明确反对，后来我就不再提起。”所罗门斯是另一位不再支持克拉拉的社团创始人。虽然他曾对克拉拉说过，他的未来“与这个伟大而又古老的组织永远也无法割断，你永远是这个组织的领袖”，他将“与你和这个协会同在，不管你愿意与否”！但是他此刻感到协会必须改组。如同凯南，他也没有公开站在梅布尔一边，而是谨慎地按照自己的方式推进改组，他甚至给古斯塔夫·莫瓦尼埃写信，请对方以灵活的方式推进对美国红十字会的改组。萨拉·斯宾塞 、布雷纳德·沃纳和雷普恩上将站到了罗斯福总统和梅布尔一边，就连协会律师理查德·奥尔尼也指出红十字会“是退休的好地方”，此人也来自北牛津，与克拉拉是同乡。他们中大多数人不想伤害克拉拉，不过是希望她体面地辞职，接过传奇而伟大的高龄慈善夫人的称号。

玛丽·洛根在以上两方面与理查德·奥尔尼的意见相同。她坚信红十字会需要制度和新鲜血液，但她更相信不能羞辱克拉拉，也不能赶她下台。她担心克拉拉的经济状况，哪怕克拉拉反对，她也一再坚持为克拉拉“提供可观的资助”。当然，斯蒂夫也和洛根站在一起保卫他姑妈。面对新闻报纸、红十字会成员和国会，他是积极保卫克拉拉的发言人，他指出，任何人以为他们抛弃巴顿小姐，把红十字会交给“一小撮社会精英……他们不是糊涂，就是神经错乱”。对那些挑战克拉拉姑妈精力的人，他的回答同样铿锵有力。“事实上，巴顿小姐仍然聪明过人，比一枚鸡蛋里的能量还要饱满。她此刻退休，必将使红十字会分崩离析……从来也没有像现在这样迫切地需要她。”沃尔特·菲利普斯始终没有背叛，就连W. W. 霍华德也从沉默中走了出来，宣布“他个人强烈赞成红十字会原封不动。没有大型慈善组织，20年来的慈善工作也相当出色。在别人手里大型组织有存在的必要。克拉拉·巴顿健在时，有克拉拉·巴顿就足够了”。

格林艾科的管家在写给克拉拉侄子的信中提到:“她怎么感觉或思考或她的内心生活是怎么度过的，我知道的不比你多——大概也不多——因为我知道得太少。”在这次矛盾爆发的过程中，克拉拉自始至终镇定自若，对她周围的人来说，她的表现是无可挑剔的。克拉拉深知她的对手希望打垮她的斗志，她不能让对手得逞。她公开发表言论时，也显得意气风发、斗志坚定、从容不迫，对梅布尔他们的所作所为也从来没有公开批评。她所采取的姿态是不予理睬，仿佛当年她在教室里对付那些捣乱的男生。她对一位记者说："我没有表态，我感到这种沉默的尊严也是他们应该得到的。我对那几个在我身后连咬带叫的人，从来也没喊一句。毫无疑问，他们不仅要叫，还要咬，但我们的路线是继续前进，用我们的胜利埋葬他们的进攻。"克拉拉希望表现出一种形象：精力充沛又分寸适度，对胆敢批评她的人，用笑容来蔑视他们。她在一份备忘录里匆匆地写下几句话，大概是文章的底稿："我不知走了多少个小时，也不知走了多少英里，那接二连三的攻击不会打乱我的步伐……我依旧故我，将来也不大可能改变，如果还允许我活下去的话。"

那些批评如今让她进退维谷，不就是会长的位置嘛，要是放在几年前，她恨不能让出去才高兴呢。1900 年，她还能客观地评价自己，承认自己是上一代人里的最后一位，已经不适合与年轻人为伍，新一代人朝气蓬勃，接受过她所在领域的专业训练。一次，她对斯蒂夫承认："我没有新一代人的知识，干起活来笨手笨脚的，自然而然地就感到泄气和胆怯。"但这些话从别人嘴里说出来她就听不进去。她认为把会长做到底才是对她最好的证明——等到 1902 年那次会议以后，她认为辞职就等于投降，所以她才发誓永远不让梅布尔看笑话："我身上还有足够的力气和决心，坐在被闪电击中的原木上，宣布我还将继续坐在上面。"1901 年以后，无论是在公开场合还是在私下里，她从来也没承认对她的指控有任何真凭实据。有时她对反对派的做法感到震惊，其原因正是对手还没有提出任何足以使她严肃对待的把柄。

但克拉拉的内心并不平静："若不是亲历者的话，谁能知道一个敏感的人所承受的痛苦？"这是克拉拉在写给故乡一位朋友的信里说的话。"我何尝不羡慕犀牛那层厚厚的皮。"她在日记里，乃至对那些不会挑剔她的朋友们，吐露了她的真情实感。与对方的矛盾爆发后，她的通信多了起来，因为她要争取亲戚、学生、过去的同事和忠诚战友的支持。往日公开场合那种严谨的语言不见了，信中的语言变得格外尖酸刻薄。这种语言反映出克拉拉遭迫害后的情感和绝望。她把那一小撮反对派形容为“秃鹫和吸血鬼”，他们的指控不过是“捕风捉影，一派胡言”。公众，乃至不少朋友，竟然允许这种指控继续下去，她感到这是无以言表的耻辱。她被抛弃了，被包围了，她三十年来的工作被忽视了。她把美国红十字会比喻成孩子，这个孩子将送到“自我标榜的人手上，他们不了解这个孩子，也没为孩子做过什么，他们关心的就是想把孩子夺走”。她使用更戏剧化的语言，对另一个朋友说：“孤身一人，火线上的目标，我等待战果。”

批评造成的压力、自己的心灰意冷，凡此种种很难让克拉拉再对红十字会的管理工作报以热情。她解释说：“我过去对推进一项工作充满热情，最近这些日子，那些热情已经荡然无存。现在在我看来，如同把肩上的担子放了下来，但又不忍彻底松手，原来担子上的绳索和我还连在一起，我还无法彻底抽身出来。我认为，那些连在我身上的绳索，就是我能感到的所有联系。”与此同时，她还感到另外一种压力。非要把红十字会的工作做好不可，不让外人怀疑她作为会长的价值。这几乎是无法完成的使命，因为长期以来红十字会经济拮据，组织松散，现在又遇上内耗。从种种迹象来看，红十字会的名誉在社会上遭到严重损害。克拉拉还担心，与其竞争的其他协会可能把救援工作从她手里夺走。她的目标是建立全国网络，广泛争取支持，占住会长的位置，募集足够的钱款，如此一来，梅布尔的募捐计划就变得没有必要了。

还是在东59大街的办公室里，克拉拉酝酿出一个后来对这个国家大有好处的计划。她将推出的是“急救”教育计划。根据她的设想，公民要接受急救教育，知道如何在紧急情况下救助事故受害者。这个想法并不新鲜。数百年来，英国的约翰救护车兵团始终在普及急救工作。克拉拉早在1884年就考虑将急救和红十字会合在一起。她原来希望成立急救协会，收容红十字会，因为红十字会办得不太成功。急救社团的出现自然也有其目的——传授急救医疗技巧——同时收取小额费用。大多数的费用将转入国家总部。克拉拉希望她的设想能被人接受，她借此不仅可以提振红十字会，转移公众对其所遇矛盾的关注，同时还能增加财政收入。克拉拉预计：“等急救系统建立以后，红十字会就没有理由赶不上俄国的财富，但红十字会有100个理由超过俄国的财富。”1903年春，克拉拉谨慎地选择马萨诸塞州来实施这项计划，那里也是她的故乡。

80年后，如克拉拉·巴顿所预料的，“急救”已经成为美国红十字会的分支机构。但是在1903年,“急救”发展得还相当缓慢，最初开设的培训班人数不多，虽然消防员和警官提供了支持。克拉拉一再劝说工厂主派人接受培训，但培训项目并没有马上带来财政收入，一年后被迫下马。此后五年，急救的理念却断断续续地传了下来，克拉拉也偶尔提供支持，后来等军队参与进来，“急救”才与红十字会在1909年合在一处。

急救计划没有成功，美国红十字会却因此陷入入不敷出的困境。8月，克拉拉发现他们连每月付账单的钱也没有了。她没将此事通知理事会，而是决定掏自己的腰包。她也曾放下架子，用严谨的措辞写出不少求助信，希望洛克菲勒和卡内基这样的慈善家出手相助，但被他们三言两语地回绝了。等到12月，她被迫在写给国会的年度报告里填入可怜的音符，指出红十字会在即将过去的1903年，连一元钱的收入也没有,“理事会被迫自己动手撰写报告，再掏私人的腰包印刷”。

克拉拉仍然相信，现场救援能让红十字会得到不少援助，所以她希望不管哪里发生意外，红十字会能再度出现在救灾现场。为此她曾考虑赶往马其顿，那边又燃起土耳其的战火。来年他们又讨论日俄战场救援。克拉拉虽然对自己的智力和体力没有把握，但她对自己的能力却依然信心百倍：她还能把国家团结在自己的周围。她仍然拥有力量，让那些灾民感到敬畏、鼓舞和安心，她在救灾现场最后一次出现，就达到了这个目的。1903年12月，宾夕法尼亚州巴特勒所属一个不大的社区爆发伤寒。对这场流行病严重的程度，报上说法不一。克拉拉当即决定赶赴疫区，要亲眼看看那里的灾情。她装好印有红十字标志的行李，匆忙赶了过去，对理事会连声招呼也没打。在格林艾科与克拉拉同住的一个年轻人雷·希尔在她说出想法的那个早晨，正陪她吃饭。他亲眼见到克拉拉稳健而又有序的动作，三下两下就收拾好了行李，此时克拉拉容光焕发，也正是因此，她的忘我精神才为人称道。当时在场的人被那一历史性的场面震慑了。希尔对克拉拉的描述活灵活现，几乎捕捉到这位传奇式女英雄最后一次赶赴灾区的所有细节：

> 她走入黑暗，那是无边的夜空，与她相伴的是身上为数不多的几件行李和一个走在前面为她打灯笼的黑人小姑娘。我们拥在门廊上，注视她的离开。我们看见黑夜里唯独那盏灯笼发出摇曳而又明亮的光来，光线顺着长长的木板道向深处移动，木板道最后通向电车轨道。我们目不转睛地望着光亮在暗夜里朝前延伸，大概一直移动到巴特勒那边的灾区，那里的灾民一定在期盼一个伟大灵魂发出的光朝他们走来，那灵魂是从黑暗中走来的，带来了驱散恐怖的安慰、治疗和平静的精神。

克拉拉对巴特勒的视察仅仅持续了两天。她发现几乎所有居民都染上了传染病，但也发现所在州和当地慈善组织已经控制了疫情。她在镇议事厅里对救援人员发表演说，鼓舞大家的士气。之后她分发了几箱物资就离开了。以最小的代价收到最大的宣传效果，这是再好不过的机会。当地没要求捉襟见肘的红十字会提供钱款。克拉拉赶赴现场，这就为她和红十字会制造出一种强而有力的形象。克拉拉对谢尔登法官说，“无论从哪个角度来说，这次前往灾区都是以完满收尾的。他们当时正希望有人过去提振精神，那里的灾民最知道感恩。救灾工作有条不紊，对我们这边来说——谁也别想再批评我们不能赶赴灾区……我们过去后，还是按过去的程序展开工作——工作结束后就撤出。”

在内斗过程中，克拉拉几次提到，她相信自己之所以遇到麻烦，至少其中一部分原因与她的性别有关。她认为，假设她是个男人的话，红十字会里那几位忘乎所以的成员就不敢公然挑战她的权威。在她就任会长之后，她要想方设法引起政府高官的关注，因为她不得不依赖他们。她能在男人构成的官僚机构里如履平地，这与她在内战里的名声不无关系，此外政治力量强大的共和国大军也是她的后盾，再就是她令人印象深刻的语言表达能力。她对理查德·奥尔尼解释说：“我从事的工作不是那种普通妇女能完成的，也没有男人能理解我的工作。从来没有男人被派去做男人的工作，同时又以女人的能力和社会关系来束缚他。他又怎么能理解呢？”此时，在她的女性同胞那里她又感到自己处在不利的地位，那些女性同胞比她接受的教育多，比她更自信，她们在男性世界里出入自由，而那个世界克拉拉从来就没进去过。从她的角度来说——这也是开拓者传统的角度——那些不知天高地厚的新女性不把她的工作放在眼里，以为她取得的那些不大的成功不值一提。对此她尤为痛恨，同时让她感到滑稽和伤心的是，居然是那些女同胞要把她赶出红十字会，而她为她们已经工作了 40 年。

这方面她与女权运动的领袖们完全站在一个立场上，她们的态度不是幸灾乐祸，她们把红十字会内部的分裂视为人身攻击，因为被攻击的对象是她们仰慕的老夫人，还是她们事业的一位领袖。苏珊·安东尼接二连三地来信，用深情的语言表达对克拉拉的全力支持，不过对方明确暗示很乐意把妇女选举权运动的管理权传递给他人。为表达对克拉拉的忠诚，女权运动的领袖们专挑克拉拉予以表扬，请她出席会议、参加集会，在很多问题上也征求她的意见，如宽大处理离婚的法律条文或国际和平运动等。克拉拉对女权运动领袖的支持的回报是，积极投身她们的活动。

在古巴救援那几年，因为工作动荡，克拉拉曾拒绝参加女权主义者大会，但是现在但凡能从已经排得满满的时间表上抽出时间来，她就要参加她们的活动。在 1902 年和 1904 年，她在华盛顿租借的房间与女权活动离得更近，出席美国革命女儿大会、全国妇女委员会和妇女选举权协会安排的演讲和招待会。1904 年 2 月，她在格林艾科安排了一场招待会，款待 400 名女权主义者，不少人为了能与她握上手而乘坐冷飕飕的有轨电车赶过来。她就用可口可乐和奇闻轶事来款待她们。凡是遇上这种时刻，一定能出现不少动人的场面，如在 1902 年妇女选举权大会上，克拉拉就红十字会发表了演说，最后全场起立欢呼；1904 年 2 月 17 日，苏珊·安东尼表达了对克拉拉的景仰，其别开生面的方式把在场的人感动得热泪盈眶。苏珊把克拉拉请到台上，把手臂揽在红十字会会长的腰间，然后提到克拉拉为女权事业所进行的漫长战斗。当晚，克拉拉在日记里写下了那个场面。

> 她对听众说，1869 年在华盛顿召开的第一次妇女选举权大会上就有我。后来我又向士兵发出号召，请他们站在妇女一边，就如同我与他们站在一起——今晚在最后一次大会上，就剩下我们二人还站在一起。我

说了几句话就坐了下来。安东尼小姐说了一分钟，又走回来，散会前我们始终在一起——我们二人心里知道，这是我们面对华盛顿听众最后一次站在一起。

如同上述一次次打动人心的场面让人难以忘却，还有一个事实更让克拉拉不能忘怀：这种会议如今已遍地开花，与会者无数。因为性别的关系，少女时代的她没办法就学校改革提出自己的主张。等她发表演说时，她面对的听众看到女演讲人之后惊奇的程度与听她讲话不相上下。如今妇女可以集会、讨论、主持会议，乃至组织属于她们自己的协会，再也不必顾忌社会的眼色。“从过去走过来，对我来说多么有趣”，她连续开了几次大会后写到，

当初一位男记者坐下来后，摆弄手里才吸满墨水的钢笔，等待时机嘲弄女性，每当哪个小会议室或边远的地方要召开“妇女会议”，总少不了他的身影。他兴致勃勃地撰写文章，然后兴高采烈地走了出去，心想文章一定能让雇主满意。现在他坐在姑娘或女人身边，后者也在写文章。他要把自己知道的所有语法全部用上，生怕被演讲者批评和训斥，演讲者可不希望被引用的句子不合语法，所以她要求编辑，要是没有天才写手的话，至少也要派个水平高的过来。

1903 年秋，制订年会计划占据了克拉拉大部分时间。她对年会再次感到恐惧，因为会上要选举领导，通过另一套细则，讨论委托票等敏感问题。同年 11 月，她在给艾诺拉·加德纳写信时仍然心有余悸：“生死未卜。在会上要是我们能占上风的话，那是不幸中的万幸。要是输了，就是一败涂地。对我们来说，红十字会将不复存在。”为了减小对抗情绪，所有被暂停会员资格的成员又在暗中恢复了资格，他们也被邀请赴会。与此同时，克拉拉把她的支持者拉进会场。一年前克拉拉运用委托票赢得选举，这次她仍然不顾反对，劝说那些无法赴会的会员把票投给她。对那些答应赴会并保证支持她的会员，她协助订购半价车票。虽然

如此，她过去的不少朋友还是不能——或不想——参加会议。斯蒂夫和普罗克特参议员也无法到场，他们的缺席引起了格外关注。

12 月 8 日召开的大会比克拉拉预想的要平静得多。反对派没人到场，新的细则虽然对她的权力稍有限制，却轻易就通过了。在委托票问题上大家展开了激烈的辩论，但就连这个问题最后也没有解决。克拉拉继续担当终身会长，全会一致通过决议，对“执行官的操守和能力”表示信任。新的理事态度友好。梅布尔和她的朋友们批评说，大会人选不合理，因为凡是与会者，都是克拉拉的人。然而，克拉拉却将此视为对“协会会员的忠诚和奉献精神的有力证明”。不过也出现了一个不和谐的音符，有人提议请公平的第三方调查自约翰斯顿水灾以来红十字会的各项程序。为避免引发控告，克拉拉阵营以攻为守，他们自己提出请调查人员核查账目，询问当事人。大会指派了一个委员会，由普罗克特负责，但没有提出正式控告或专项指控。

克拉拉可能是怕丢面子，所以没有公开露面，好朋友的邀请也被她谢绝。按照她的猜测，调查必然围绕她展开：“他们所谓的‘红十字’，指的就是我。”她也不想对指控一概拒绝或极力保护自己：那么做反而有失颜面，好像心里有鬼。与此同时，她还担心没人站出来为她说话。她抱怨说：“没人过来找我，有人请我我也不去。凡是向委员会告状的人，我一个也不认识。”她的朋友并没像她想的那么消极。1903 年，弗朗西斯 · 阿特沃特出版发行了《红十字会公报》，其中的内容大多是歌颂会长的。同年，取名《红十字：与克拉拉 · 巴顿工作相关的部分事实》的书经约瑟夫 · 谢尔登编辑出版，而且流传甚广。这部作品简要介绍了克拉拉在战争和灾难现场所取得的成绩，以及她获得的奖励和评语。其中还将她描写成总统的密友和国王的朋友，多少有些言过其实。然而，克拉拉对这些帮助也不太可能领情。如同以往，每当她被批评时，她就以为自己是在孤军作战。

在两派之间促进“和谐”是调查委员会的明确目的，其方式是以客观的态度评判发生的矛盾。克拉拉对结果没抱多大信心，据她推测，委员会可能各打一板子，说双方各有各的理，既“不那么坏，也没那么好，虽然我们过去的工作还没坏到被人全盘否定的地步，但也没好到让反对派挑不出毛病的程度——最后，我们大家都是好孩子，不要再吵了”。不过，调查委员会最初的工作还不是为了和谐的关系。一连三个月，他们也没有指定听证的日期：大家冷眼相对，互相找茬，“还有几个委员会没有成立，可谓混乱、妨碍、丢人和压抑”。双方都在尽力争取支持者，寻找对自己有利的证据。反对派身后是罗斯福总统，克拉拉发现她在华盛顿几乎再也没有影响力了。克拉拉和斯蒂夫当初建议把总部迁到纽约，他们严重低估了华盛顿那些人的重要性。如今与协会相关的政府官员哪怕动动手指头，对克拉拉他们来说也招架不住，因为她在那边没有盟友。等到最后时刻再找人帮忙必定事倍功半，如此说来，还不如巩固从未破裂的旧关系。哈贝尔、加德纳夫妇、约瑟夫·谢尔登和玛丽·洛根与克拉拉坚定地站在一起，共和国大军也发来消息，“保证他们的服从与友谊”。她仰仗最多的是斯蒂夫，随着调查的临近，她催促斯蒂夫把全部力量投入战斗。克拉拉对他说：“这么长时间他们始终在抱怨、威胁、反扑，但是现在他们已经站在门外了，手已经放在门把手上了……我们或是坚持下去，取得胜利，或是马上投降，以失败告终，斯蒂夫，唯独你和我，也只有你和我，才能力挽狂澜，把这场风波平息下去，一劳永逸。”

因为那些指控没有真凭实据，四处传播的不过是流言蜚语，如“渎职和无能”，此外也有欺诈和乱花钱等暗示。在众多真实的或子虚乌有的指控里，后面的两项最为恶毒，也最不公平。上次在圣彼得堡，克拉拉在海军上将雷普恩面前拍拍衣兜，说“这就是红十字会的财政部”，她当时指的是花出去的钱，不是存进来的钱，海军上将当时还大吃一惊。克拉拉对自己的收入和支出到底有多少也不在乎，但她知道她为红十字会付出的比从红十字会得到的要多得多。很久以来让她头疼的就是为红十字会的工作花她自己的钱，她捐献过一个办公室、各种用品和她个人宝贵的时间。1900 年，据她估算，几年来为建立美国红十字会她大约花出去了 7.6 万美元，这还不算她付出的辛苦。她在红十字会会长任上得到的所谓好处——住在格林艾科等——与她付出的牺牲相比还不及九牛一毛。

批评克拉拉的那些人并非不承认她对红十字会所做的贡献。他们指控她生活浪费，公款娱乐。对那些了解克拉拉和在格林艾科被她款待的人来说，这一指控太过荒唐，几乎到了可笑的程度，因为克拉拉一生生活简朴，这是她早年就养成的习惯。她黎明即起，在昏暗的早晨就开始忙家务，然后才坐下来吃早饭、处理公务。据邻居们回忆，无论他们起得多么早或睡得多么晚，从来没在床上发现巴顿小姐。她每顿饭几乎是食不重味，吃的也就是奶酪、苹果、全麦面粉煮成的浓粥，但她对客人却不吝惜花钱。在 87 岁的年龄上，她还在忙家务，而且还能自得其乐。她偶尔才雇用人，但与用人碰到的麻烦和与下属碰到的麻烦如出一辙，所以她更乐意亲力亲为。夏季那六周让人感到窒息，其间她修好了一个破炉子，打扫了房间，为房子里的 12 个人洗衣服熨衣服，还不知做了多少顿饭，她从艰苦劳动中感到的就是满足。克拉拉在日记中写道："我太感恩了——我感恩是因为我还能劳动——我还不是不能自理的病人。"

克拉拉不去上床睡觉，她还要照顾周围的人，接纳那些生病或无家可归的朋友和亲戚。在 1900 年至 1904 年之间，有十几位寻求庇护的人来到格林艾科，寻求克拉拉的帮助。她事先告诉来者，说她生活简朴，请他们考虑好了之后再住进来，生怕他们发现这里"不合口味……感到无聊，进而反感，对我过这种穷日子大惊小怪"。她房子内没涂油漆的板子上盖的是平纹细布，而没有抹白灰，所以房间内乍一看如同仓库。这些房间里仅有少数的修饰才称得上装修。她认为买新衣服太虚荣太浪费，因为旧衣服还可以缝缝补补或以旧翻新，她的日记透露出一次次的织补、撕裂、缝边和翻新。等衣服上的一部分磨坏了，她就用颜色相近的布料补上去，但她对不对称的补丁、袖子或领口却从不姑息。伊迪丝·里修斯还记得克拉拉补过的一件衣服，上面有三种深浅明显不一的绿补丁，真所谓衣无完彩，上面还能看出好几代人的风格，衣服的底边镶了六英寸"最难看的、老式的、被虫子蛀了的水獭皮毛"，伊迪丝写道，"可怜的老人穿得如同阿斯特太太的绒毛玩具马，但她自己却很高兴，为自己的衣服而洋洋自得，不然的话，她怎么能身穿新英格兰的老款衣服，把手边零零碎碎的布料全用上，一块也不浪费呢？"

她做人可能特立独行，省吃俭用也到了吝啬的程度，批评她耽于享乐、花天酒地反而说明批评者还不了解她从小养成的习惯。

1904 年 3 月 13 日，克拉拉在写给斯蒂夫的信中说："敌人到底还是杀过来了。"

调查委员会已经组成（委员有雷德菲尔德·普罗克特、密歇根州国会议员奥尔登·史密斯、安斯沃斯将军，及一位态度不明朗的美国红十字会成员），听证会已经开始。反对派的指控集中在钱款使用不当上，这种指控并不严重，难免让人感到意外，因为此前梅布尔·博德曼扬言说，她不要和平，“要是她梅布尔不能如愿得到红十字会的话，她就把它毁了，再亲手建立一个”。梅布尔及其追随者抱怨说，19 世纪 80 年代的救援工作没有形成收支报告，募集的钱款直接送给了克拉拉，没有在红十字会财务部先行上账，在约翰斯顿、亚美尼亚，乃至加尔维斯顿，收支程序也不规范。梅布尔他们还反复强调印第安纳州红十字公园那桩交易，指控克拉拉占用捐给红十字会的房子，也没有规范的收支账目，使用捐给俄国的饥荒救济款来扩大房产。在委员们的追问下，反对派从慎重起见没有指责红十字会会长独断专行。反对派的一名律师指出：“我们并不指控任何人渎职……但我们确实认为不少工作太过草率。”委员会允许克拉拉两周后书面答复，然后再传唤证人。约瑟夫·谢尔登、斯蒂夫和克拉拉的律师 L. A. 斯特宾斯帮助她准备答复。他们按照律师的思路，仅就个别问题做出回答，虽然克拉拉也对红十字会现场救援工作进行了详细描述（她对自己的报告很满意，后来予以发表，取名《红十字会的历史：现场工作掠影》）。斯特宾斯和谢尔登谨慎地指出，在灾难救援过程中，没时间上报详细的收支账目，凡是对此感兴趣的人，可以查阅凭证和收据。此外，几任国务卿也不希望审阅这种报告，他们相信克拉拉在这方面的严谨作风。斯特宾斯指出，在加尔维斯顿，团队全部成员是按照艾伦·穆赛的建议实施救援的，此时艾伦·穆赛是反对派的重要成员，她不仅同意救援计划，在钱款花完、需要报账之后她才提出异议——这一说法也得到管委会会议记录的佐证。克拉拉也抓住这点不放，一再说明救援钱款应该直接捐到灾区，1902 年通过的细则虽有争议，也将上述做法写入其中，“条款是深思熟虑和自由公正的结果，而非草率或欺诈”。他们也为克拉拉处理红十字公园的程序进行了辩护，他们的依据是，那处房产是送给克拉拉的私人赠品，借予红十字会使用，房产捐赠时，红十字会还无法对其署名拥有，因此才写在克拉拉的名下，所以这种做法也是合乎逻辑的。他们还指出，与房产相关的所有做法事先均经过执委会的充分讨论。

为避免让加德纳夫妇尴尬，凡是与周围土地或土地归属权不清的纠葛，他们一字未提。

对方的指控一旦明朗，克拉拉的精神大为好转。她相信这次遭人痛恨的调查能证明她的清白，所以有人客客气气地劝她退休，避免继续丢面子，她一概拒绝。她把回复递交普罗克特参议员当日写道："好像世界上还有足够的真相来面对和推翻这些谎言。"她唯一担心的是新闻报纸对调查表现出了极大的兴趣，她在不同的时间要么把报纸视为骚扰，要么视为祝福，或者是控告记者诽谤的依据。她批评记者对不痛快的过去穷追不舍的做法——尤其是与她相关的过去——要是发现不了故事的话，那些记者就会自己动手编。总的来说，在红十字会内斗那几年，新闻报纸还是友好的，反复劝告反对派不要对高尚的巴顿小姐"搞小动作"（不过早期也有例外，值得一提的是《纽约先驱论坛报》，该报站在理事会一边，声称红十字会是"没有信誉的堕落的机构，需要与其肮脏的过去彻底地、一劳永逸地断绝关系"）。1902 年年会以后，即使以公平方式报道双方内斗的新闻，克拉拉也不能容忍。她拒绝接受所有采访，生怕她说的话被歪曲或暴露了她的年龄和焦虑。她痛苦地写道："1902 年年会以来，新闻报纸的所有批评都朝我扑了过来，如同排水沟里的污秽。"等到听证会的第三周，此时新闻报道的兴趣已相对减弱，克拉拉仍然要找律师探讨状告报社诽谤的可能性。

他们建议她不要在此时做得太多。自从 9 月以来，她就抱怨泌尿功能紊乱，她相信这是焦虑造成的，她的身体还很虚弱。他们也不让她为红十字会乐观地制订新计划，但同意她的意见，不在调查委员会面前露面，凡事请律师代理。但在短暂的间歇内，她相信污名很容易洗清，然后官复原位。她仍然乐呵呵的。此时约瑟夫·加德纳提醒她，以她的实力还无法对抗反对派、政府和新闻报纸，她轻松地写到，他们"不会比之前更凶猛了……他们和我一起打到岩层下面，约瑟夫，他们已经尝到我性格的坚韧，我能扛得住他们的钻头"。克拉拉一身轻松，期待调查早日结束，把可爱的孩子还给她。

不过，等到 4 月 26 日，克拉拉的信心遭到一次严峻挑战，因为约翰·莫兰出现在参议院核心成员会议室，调查正在里面进行。在调查期间，梅布尔手下的调查人员接触了不少人，其中唯独莫兰乐意亲自到场指控克拉拉。他这么做的动机尚不清楚。莫兰指证说，克拉拉狡猾地买下了红十字公园，所用钱款来自给约翰斯顿水灾和俄国饥荒灾民的捐款，目的是想暗地里据为己有，当时过户是经他办理的，使用了几个不同的名字和银行。他声称加德纳夫妇的"慷慨的礼物"不过是掩盖这些行为。他还指出，克拉拉想在约翰斯顿募捐500美元，希望在印第安纳建一栋房子。他暗示自己手里握有文件和通信，足以佐证他的指控，他还同意5月3日再次来委员会。

莫兰的证言是假的，不过因为克拉拉和加德纳夫妇之间的友谊，辩护一方进退维谷。如果克拉拉说出实话，加德纳夫妇希望从捐赠里赚钱，也没把那块土地前后的纠葛告诉她，那她可能被指控处置失当，不仅如此，她与约瑟夫和艾诺拉那份珍贵的友谊也将面临威胁。所以她拒绝提供1895年的日记，那上面记录了事情的原委，也能顿时拆穿莫兰的谎言。她也拒绝亲自到场作证。斯特宾斯和斯蒂夫找到莫兰，后者神气活现，还明确暗示他不反对收钱后闭嘴。斯特宾斯追问克拉拉给昔日员工写信的内容，这时克拉拉"直视对方的眼睛"，请他自己翻看她的书信备查簿。斯特宾斯这才知道克拉拉确实没有要隐藏的秘密，于是他揪住莫兰不放，吓唬他说，要是对方拿不出信件来，就和他一起去见普罗克特参议员。经过斯特宾斯的催促，普罗克特通知莫兰，5月3日必须把书信带来。

此时，克拉拉已经不再关注委员会的调查。莫兰的出现使她大失所望，她在信中说她要辞职，不希望再拖下去了。然而她并不怨恨这个男人，哪怕他多次占她的便宜。她感到遗憾的是，斯特宾斯和莫兰之间互相威胁，还说了粗话。她写道："我就让他这么去吧。我不怨恨他，他就是他，改不了，他天性是善良的，他对我也好过，我爱过他，也信任过他。"不过，这次调查是没法掩盖的，有人把听证会的文字材料泄露给各大报纸。为此，经斯蒂夫、朱利安·哈贝尔、加德纳夫妇及其他昔日的助手们同意，克拉拉计划红十字会大多数官员集体辞职，权力转交给副会长玛丽·洛根。她发现这次聚会与1900年夏天那次何其相似，但又大不相同，当初到场的人曾满怀希望，面孔如故，氛围却大相径庭："那一次仿佛婚宴，这次是葬礼。"两天后，因为预计莫兰可能再找麻烦，克拉拉在日记里仅仅写了一句又短又狠的话：“我写下了最后的正式签名。”

但在次日的听证会上莫兰没有露面。大概他是害怕斯特宾斯的威胁或者已经发现自己是在作伪证。普罗克特参议员发现莫兰逃之夭夭，气得脸色发白，再说，反对派一方也不能为他们信心满满的指控拿出证据来。一怒之下他宣布，这次调查是“我经历的最让人痛恨的过程。所有对巴顿小姐的指控全是凭空捏造。她彻底免于指控”。普罗克特提请把莫兰的证言从记录里撤走，当即结束调查。

刹那间，克拉拉还考虑过继续出任红十字会会长。现在彻底清白的她有时还希望率领红十字会在美国社会里走上一个无人质疑的高地。不过，她内心深处也知道，这场最终导致调查的风波并没因为普罗克特参议员的断然措施而宣告结束。一旦时机成熟，原来的矛盾还将浮出水面，她还将被卷入新的指控和新的调查。她不希望再次“徘徊在天堂和地狱之间”，于是决定乘胜退下来，不再与红十字会发生任何不必要的联系。她拒绝接受荣誉会长或年金，但唯独要求经过美联社登报还以清白。

1904 年 5 月 14 日，克拉拉・巴顿将其辞呈递交美国红十字会理事会。这是她一生中最痛苦的时刻。她面对这一时刻的勇气曾经让她不怕安蒂特姆的枪林弹雨、在各种国际会议上往来于男性代表中间。她用低沉而紧张的声音感谢所有支持过她、帮助过她的人，发誓继续协助促进红十字会的工作。虽然几位委员认为克拉拉的决定不正确——如玛丽・洛根就担心地说，过去两年的磨难“打乱了她的神经”，指出在这胜利的时刻不该考虑退下来，不然外人还以为吃了败仗——但理事会还是接受了她的辞呈。

1900 年以来，克拉拉原来希望轻轻松松地从她在红十字会扮演的角色上退下来，但事与愿违，这一过程既不轻松，也不高雅。她退下来后，不可避免地把红十字会交给了似乎充满敌意的反对派，所以这次突然决定难免为她的辞职重重地涂上了一层悲伤的色彩。会议结束后，克拉拉表情木然，目光迷离，不知将来何去何从，深感孤独无望。最后，她乘坐街车返回格林艾科。她在那里开始思考过去几个月的风风雨雨，还将面对不确定的未来。

（史国强　席　晗译）

第 18 章

Chapter 18

从红十字会退下来后，克拉拉一连几周不时隐隐作痛，仿佛丢失了孩子。如同长大的孩子突然扯断了与母亲围裙带子的联系，红十字会公然批评母亲的喜好和习惯，与她渐行渐远，最后变成陌路。正是那种对她个人的拒绝才让她伤心。一次，她对熟人说，其实她以前就相信红十字会早就可以独自闯世界了。不过，这是多年来一手抚育的婴儿，她眼睁睁地注视另外一双眼睛把怜爱的目光投向婴儿的成长，她发现亲生母亲对婴儿寄予的希望与建议被置之不理，这确实让她难以释然。她伤心地写道："我认为婴儿不必找后娘。"

1904 年夏，对自己未来的焦虑与克拉拉的伤感相伴相生。她 5 月已经同意成立过渡期管理委员会，该委员会由 12 名委员组成，其中 4 人来自她原来组建的执委会，4 人来自反对派，4 人是会长挑选的。玛丽·洛根接替克拉拉成为执行总裁。然而，等 6 月年会召开时，红十字会已经全部落入梅布尔·博德曼及其盟友的手里。他们强烈希望从国会再申请一张执照并继续调查克拉拉的账目。克拉拉已从心底感到厌倦，她无法再次面对对其行为的调查，不无伤感地咀嚼来自反对派的敌意，"那些心怀不满的人已经达到目的了，我相信他们余恨未消，原因是我还在。他们希望一次高级葬礼，他们也好过去送葬"。她要召集昔日的战友，希望在12月的年会上接受对方的挑战，但发现他们与她不相上下，已经无力再战，也不希望再参与进来，对过去一年发生的风波，涉及得越少越好。后来，梅布尔的几个支持者提议结束听证。B. F. 沃纳对梅布尔说：“凭我多年来与巴顿小姐的接触，虽然她后半生固执己见，但我知道在她漫长的事业里，她的服务对救援工作很有价值。”来自内部的压力，连同普罗克特参议员的推延，迫使梅布尔收回了继续调查的计划。

由威廉·雷普恩会长领导的新管理层在其他方面仍然在找克拉拉的麻烦。他们对克拉拉任会长期间购入的房产表现出兴趣，提出应将房产转至红十字会名下。他们最先关注的是1890年在科洛拉马高地购入的房产。购入这处房产的钱款主要来自约翰斯顿救灾的余款，但其中还有三分之一是克拉拉个人掏的腰包。红十字会新上任的官员愤愤不平，因为产权人写的是克拉拉·巴顿，哪怕克拉拉告诉他们，之所以写上她的名字，原因是当初红十字会在法律上还不能拥有财产。1904年6月，雷普恩要求将房产归还红十字会，克拉拉担心再次引发丑闻，同意过户，最后也没有得到补偿。不过，在红十字公园方面，克拉拉很容易就挫败了对方的企图，因为那处房产是送予她个人的，她索性又给加德纳夫妇退了回去。但她仍然放不下心来，因为红十字会还可能收回在格林艾科的房产。那年整整一夏天，克拉拉都在担心他们采取行动，果真如此的话，她将变得无家可归。

克拉拉的担心并非空穴来风，后来雷普恩在其回忆录里提到他“知道她在格林艾科的房子……但我们不知怎么才能要回来”。那处房产的所有人纠缠不清，这还是往好处说，建造房屋的木材是人们为红十字会救灾捐赠来的，似乎显然应该属于红十字会。巴尔特兹利兄弟曾经把这处房产赠与红十字会，但这么多年过来后，克拉拉个人也曾在资金上资助过二人，把原来的房产扩大了，此外还有好几张相互矛盾的契约，上面的产权人写的是克拉拉·巴顿，另外几张是她与哈贝尔共同拥有的，还有的是哈贝尔独自拥有。克拉拉不知道接下来将发生什么，所以匆匆忙忙地准备搬离格林艾科，可惜她不知道自己要搬到哪里。红十字会原来打算把克拉拉强行赶走，消息传出后引起一片哗然，他们担心严重损害新红十字会的形象，弄到这个地步梅布尔他们才无奈地同意，让上了年纪的人道主义者继续住在格林艾科。

然而，他们索要红十字会的记录，在这方面却是毫不留情的，因为记录还在克拉拉手上，他们对格林艾科房子里的东西也没放过。至于哪些是克拉拉个人的文件、写字台或其他用品，哪些又是红十字会的用品，过去从来都是一笔糊涂账。她生活的方方面面，既有公家的成分，又有私人的成分，互相纠缠在一起，谁也说不清楚。当初红十字会没有活动经费，克拉拉个人添上了大部分现金，协会才运转起来。不过，现在红十字会也可以说，那是克拉拉自愿捐赠的，捐赠一旦成立，再也不能收回。克拉拉也希望协助新来的红十字会秘书，此人被派过来清理办公用品，但克拉拉还是感到，他们提出的要求没有道理。克拉拉气愤地宣布："新红十字会对现在房子里的东西既不拥有权利，也没有关系，就像我身上穿的衣服，虽然我相信女士是可以向我要衣服的。"克拉拉手里的信件就更说不清了。她写给侄子和侄女那些表达爱意的信，她与哈贝尔之间那些谨慎的短信，写给银行员工的指示，凡此种种与协会的公文都混在一起，装在书信备查簿里。购买室内用品和新衣服所用支票的存根与购买红十字会用品的银行结单等回执也分不清彼此，那些正式的日记里面还有最为亲密的私语。克拉拉不停地在大纸堆里翻来翻去，把一箱又一箱的材料送交红十字会总部，但她依然害怕那些心怀敌意的会员过来索要剩下的材料。她尽可能把有用的材料留下，凡是能不交出去的，她一概不交。为此雷普恩大为恼火，他说，克拉拉送过去的材料"是一堆垃圾，早就该丢进垃圾篮子"。他和梅布尔相信，克拉拉之所以拒不交出大部分材料，因为里面有"她挪用公款的证据"。对他们来说，那些证据足以证明在克拉拉任会长期间，"红十字会内部无论哪个方面都没有责任、秩序或制度"。

在这些压力和上次羞辱的共同作用下，那年夏天克拉拉在感情上经历了一场剧变。她写道："世界对我来说相当黑暗……我需要建议和保护，可是我求助无门。"如同以往，一走了之是她最先的想法。当她听说对手们还要调查时，她马上给加利福尼亚的一个朋友写信，询问能不能在墨西哥生活。1904 年 7 月，形势更为严峻，她四处找朋友陪她去墨西哥。她希望再次投入工作，在墨西哥建立红十字会——因为那个国家还没有签署《日内瓦公约》——她还将得到昔日每次出国后受到的欢迎。她痛苦地发现:“我认为我热爱的和舍生忘死服务的那个政府已经对我关上了每一扇大门，他们用鄙视的目光透过窗户瞪着我。难道我还不应该离开吗?”

虽然告别的冲动“几乎比生活下去的牵挂更激烈”，但她仍然逐渐接受了在美国安度晚年的想法。露茜·布朗和她丈夫等朋友也反复劝她不要走。在那个艰难的夏季，他们夫妇二人过来与她同住，他们的意见是，以她83岁的高龄，在外生活将遇上不少麻烦。共和国大军各分会也在鼓励她，让她相信她在自己的祖国仍然是被人爱戴的，她出版的《红十字的故事》也颇受好评。凡此种种，多少平息了她愤恨的情感。

1907年克拉拉写道:“在接到罗斯福总统的信后我没有告别这个国家，急救是其中最大的原因。”分拣材料和平息情感结束后，她马上又遇到一个可怕的前景:从公共生活里退下来。克拉拉从来不知道清闲的日子怎么过。在很多方面是她自己先忙起来，再充分利用自己的时间，以此来抵御抑郁。她打消了前往墨西哥的想法之后，马上又在国内四处寻找公益工作。等到1905年年末，她已经高兴地在信里对朋友说“另一项工作朝我伸出手来，我接了过来”。

当然，几年前克拉拉已经开始提倡急救理念，她当初恨不能尽快拓宽红十字会的救助范围。那时提倡急救还有务实的原因，但她个人深信，把急救护理技能传授给美国人民是重要的。她对一位报社记者说:“一个伟大的民族在紧急关头却不知道如何救助伤者，无疑这是个可叹的弱点。”红十字会那些新领导有意回避急救项目，克拉拉对他们的决定大不以为然。1902年至1903年，爱德华·豪协助克拉拉建立了第一个急救协会，当时他找到她，建议她再成立一个与红十字会不同的组织，传授急救技能，克拉拉很乐意提供帮助。

不过，克拉拉不希望自己在未来的急救协会里扮演太招风的角色。她太不自信，认为发展中的急救组织要是与她发生牵连的话，不仅对他们不好，对她自己也不好，所以当爱德华建议她出任急救协会会长时，她不免犹豫再三。她对爱德华坚定地表示:“组建协会，亲自领导协会，这些我都经历过了，再也不想重复一次，哪怕我再年轻25岁。”朋友们还是一再敦促她考虑，说那将使她的生活更有趣，她也有责任协助开办第一批急救培训班。克拉拉赶紧发表声明，从中不难看出过去对她的伤害有多深。她反驳说："他们告诉我'我还欠这个世界的和这个国家的'，即使我不知道感恩，我也没发现在哪一方面我比其他人更欠这个世界和国家的。我总是把手里最好的和我所拥有的全部送予我的国家和人民，在我看来，那些回报还不足以让我用一生来承担义务。"后来爱德华再三告诉克拉拉，这是所有人的希望，大家一致同意她出来领导，而且还把会长的称呼改成了"名誉会长"，她才勉强接受下来。

美国全国急救协会于 1905 年 4 月成立，其设想与 1902 年实施的急救项目没有太大差别。其名义上的总部将教学和聘用合格师资交给各地方协会实施，但总部监督实施过程、传播急救信息。克拉拉和爱德华最终的希望是每个镇都能开设急救课，凡是与消防队相关的救护队和大工厂都能开班授课。他们还最早推出了"急救箱"，其中不仅有大家熟悉的绷带、夹板和碘酒，还有急救用的其他物品，如芥末硬膏。他们不想在越来越混乱的华盛顿吸引关注，所以把总部设在波士顿，再也不必做"政治游戏或国会的木偶"。在以后的 5 年里，克拉拉将与全国急救协会一同工作，她从这次扮演的角色里既能得到自由又能得到快乐。她把具体工作全部交给几位员工，转而从经济上支持协会，而且允许协会为宣传急救知识使用她的名字，自己却不要回报。她开始相信（历史也将证明）急救将"走入更多家庭，深入更多人心"，比红十字会帮助过的人还多，紧急救护将成为灾难援助中最有效的一部分。她反问："过去内战战地救护那几年，我们不都是急救吗……？在约翰斯顿、海群岛、亚美尼亚和加尔维斯顿，不也是急救吗？为数不多的救援人员仿佛创造了奇迹，秘诀又在哪里？不过是我们人数有限的救护队吸取了教训，知道怎么急救而已。"她苦口婆心地劝说铁路执行官、学校协会和教会领袖，让每个家庭、每个公司都参与急救培训，应对事故或突发病。一次，她乘独木舟赶赴夏令营，对高中生宣传上述原则的重要性。一位采访她的记者发现，她的热情足以感染他人。记者惊讶地写到，虽然克拉拉是从过去走过来的，但她讲的话题"不是过去的，而是未来的……她描述那些要实现的理想，此时她的脸上焕发出青春的热情"。沉睡在她胸中的人道主义理想再度燃烧。她要设法成立一个国际急救协会，但应者寥寥，对此她从容应对，先在美国宣传她的计划。她公开指出："一位身穿工作服的工人遇上身负重伤的工友倒在他前面，要是这位工人能够科学应对，在救护人员赶来前维持伤者的生命……一个 10 岁或 12 岁的男孩应该知道在童年发生的意外事故中如何抢救他的伙伴……当上述种种成为普通大众的常识时，他们将更安全、更富有、更幸福。"

在 1904 年和 1905 年，克拉拉在全国急救协会的工作很是清闲，所以她有时间静下心来考虑撰写一部自传。自从内战以来，不少出版人和记者就找过她，希望她用文字把那些感人的事迹写下来。这些建议被她一一敷衍过去，她有时还调皮地说，"她打算继续创造新的奇迹，而不是回顾过去。"然而，时光流逝，克拉拉自己也发现对那些她身上发生过的存在争议的事件，她应该有个明确的说法。《和平与战争中的红十字》与回忆录相仿，但她自己认为写得不满意，感觉内容不完整，结构安排不当。虽然克拉拉一次次回绝，但她从未彻底打消把一生的故事形诸文字的念头，所以她也没指定任何作家为其写传记。她保存了大量资料，每一封书信、剪报、菜单、讲稿，乃至不值钱的小饰品，她都一一收存起来，她不允许别人借用。她对一位希望写她传记的作家说："只要我活着，我生命的那些写照就是我的。它们是我的资本，唯独我才能使用。要是其他人以营利为目的借用的话，那就是剽窃。"她的日子并不宽裕，手上有时间，又希望澄清自己的过去，所以她才严肃地考虑要不要写自传。

1904 年至 1905 年的那个冬天，她终于动手了，但她发现这项工作要比她想象的困难。她从小写起，追溯父母的生活，还有她童年那些迷惑的、惊恐的日子。她不希望讨论不愉快的或太隐私的经历，为此，她没有提及父母之间那种暴风骤雨般的关系和姐姐多莉狂暴的神经病。她不稳定的童年变成了活泼的平凡的经历，影响她一生的不安全感不过是偶尔才提几句。写了几周后她没再继续写下去，希望缪斯找个时间再次光顾或更仁慈些。

一连两年，手稿锁在克拉拉的保险柜里，她连碰也没碰，但继续写下去的念头还是不时浮出水面。在她退休后的日子里，她写了几次，但用功不多。完成传记的想法和动力始终与她相伴。她对自己感到愧疚和不满，因为她没把与自己一生相关的话写出来，对此她几乎每天都要在日记里提上几句。

为找到平静的心态继续写作，也为了离波士顿的急救总部更近些，1905 年克拉拉在北牛津买下一栋建筑，那是一座古老的大房子，与道南那间矮小的、她在里面出生的木板房相比不知要高大多少。房子面积大，通风好，是殖民时期的遗存，上下 12 个房间，还有个大花园。她在装修上没太费功夫，她觉得住在里面已经很舒服了，如同她最早住过的“那个神圣而又古老的小镇”。即使红十字会马上夺走格林艾科的房子，现在克拉拉也有安身的地方了。不仅如此，在炎热的夏季，到凉爽的新英格兰小镇避暑，“顺着小径散步，凭吊那些倒塌的老房子，再看一眼当年的洞穴”，也不失为一种乐趣，因为那里收藏了她太多的童年记忆。后来几乎每到夏季，人们都能在北牛津榆树成荫的大街上发现克拉拉的身影。

炎热的夏天还不是克拉拉搬出格林艾科唯一的动力。在过去那些充满理想的日子里，巴尔特兹利兄弟把格林艾科视为学术讨论和舒适生活的天堂，但如今这个不大的社区已经变得面目全非。现在里面到处长满了齐腰深的荒草，盖上了不少小房子，而不是原来人们期盼的气派的大房子。这片土地卖给了姓萧的企业家，他脸型瘦长，双眼发光，当即把这里变成了游乐场。他也不再尊重巴尔特兹利兄弟原来在克拉拉的房子和游乐场之间那片缓冲区。相反，他在克拉拉的前院建起了过山车。克拉拉轻描淡写地对朋友说，“现在的格林艾科快要成康尼岛了。里面的设施一应俱全，”但她依然担心萧的动机不纯。还让克拉拉感到不满的是，社区内酗酒和犯罪频发。克拉拉的家被盗贼光顾了好几次。她的侄子绘声绘色地描述了其中一次。深更半夜传来声音，克拉拉穿着蓝色的长睡衣，睡帽紧紧地系在下巴上，手里还拿了一支玩具枪，蹑手蹑脚地在房间内走了一圈。她成功地抓住了盗贼，把他赶了出去，然后她又镇定地回到床上，把玩具枪塞到枕头下面。

秋天、冬天和春天还不像夏天那么难熬。此外，格林艾科是克拉拉拥有过的更像家的地方，她不想离开的时间超过一个季节。她和不爱说话的、身材不高的哈贝尔医生在这里安顿下来，过上了变相的家庭生活。他们没雇人，与他们相伴的还有那匹爸爸马、泽西牛和医生的宠物羊。克拉拉继续接纳那些需要帮助的朋友和亲戚，在家庭活动中表现出旺盛的精力。85 岁的她白天扫雪或耙树叶，晚上写信写到半夜。1906 年 4 月，她甚至亲手把房子刷了一遍。她和哈贝尔种下一大批果树和矮树，后来在秋季很多月份里，他们要花时间“绝望地采摘”，或制作樱桃罐头、果冻和葡萄汁。她喜欢把自己称为“牛奶女工”，不少邻居回忆说，克拉拉身着印花外衣，胸前别了好几个奖章，手拎奶桶从谷仓里走出来。一位记者惊讶地发现，这位伟大的女性头戴褪了色的宽边太阳帽，脖子上围着老式毛巾，毛巾上挂了一枚硕大的皇家珠宝，正趴在地上维修人行道。克拉拉轻松地回答说：“我的孩子呀，在经历了艰苦的一生后，要是我还没学会怎么用锤子的话，那该多丢人啊。”那位记者后来忆及此事，不无感慨地说，对著名的人道主义者来说，这个角色很合适。记者写道：“那是她一生的象征，她一生都在修理破裂的东西——破裂的肢体、破裂的生命——她的脸并未朝向世界，而是朝向需要她的工作，那颗充满同情心的大钻石在她的内心闪闪发光。”

那些不辞辛苦、长时间乘街车赶到格林艾科的记者发现，他们可以和克拉拉讨论几乎所有话题，但唯独不能提起 1904 年红十字会发生的那场风波或她对现在红十字会的看法。自从内斗开始后，克拉拉就不想公开评论，她到了生命的最后对这个话题依然是三缄其口。红十字会偶尔找克拉拉要材料，1905 年再次申请国会执照时，他们不得已把她也列为发起人，除此之外就没再理她。不到万不得已，克拉拉也绝对不找红十字会。不过，偶尔在短信和私语中，她还能表现出受到的深刻伤害，以及对红十字会持续的兴趣。

起初，朋友们一再敦促她对红十字会执行的新政策提出批评——如设立地方分会、不惜用救灾款设立基金——克拉拉对此却态度超然，摆出一副轻蔑的神态。她对朋友说：“官方的做法我一无所知，也可以说是不关心。”等到后来，对如何失去红十字会，她提出了好几种解释，外人询问时，她就重复那些释然的、但又自我专注的说法。她永远也不能接受梅布尔毫无根据的指控，相反，红十字会是被那些有钱有权的人“偷走的”，他们希望控制一个已经成功的协会：“我们的树苗长得又高又壮，树上的鲜花和果实是太大的诱惑了。”要说新红十字会取得了成绩的话，那是因为她打下了坚实的基础。红十字会那些领导人担心被人说成忘恩负义和挟私报复，才有所顾忌。克拉拉对一位朋友和记者说："红十字会怎么能不走到这一步呢？他们是国家的领袖——凭借人多钱多，抢走了发展20年的事业。红十字会从来没有一个污点，要是有的话，也是他们弄上去的。"

在克拉拉超然的姿态下面，是她对重组后的红十字会密切的关注。她收集的材料里有相当一批1904年后与红十字会相关的文章，从她的日记也可以发现，她知道红十字会的一举一动。她不无惋惜地看到这个组织染上了政治色彩（梅布尔·博德曼与罗斯福和塔夫脱总统关系密切），批评其募集资金的方式，她指出："红十字会被他们接管后已经沦落成声名狼藉的乞丐。我还没注意到他们做了多少真正的工作，要是还做过的话。但他们却四处伸手要钱，不放过任何场合。"克拉拉想到当初他们对救援工作的批评，再对照后来红十字会员工在1906年旧金山地震后被人评头品足，她多少也从中得到了满足。露西·黑尔·布朗医生走访地震现场后对红十字会的几次拙劣的表现写出详尽的描述，克拉拉把原信抄了几份，送老朋友们传阅。领导层办事拖拖拉拉的，没有马上赶赴灾区，克拉拉对此提出了最严厉的批评。后来红十字会拒绝援助密西西比州的龙卷风灾民，克拉拉说她相信他们"以其人品是不会干那些粗活的"，她还尖刻地说："他们花钱谨慎，不会把人民的钱款用在'不赚钱的地方'，这一次是'赚钱的痛苦……'。"

克拉拉虽然批评红十字会，但她并没完全放弃对协会的喜爱。他们无视她的存在，还教唆新会员反对她——"不顾事实，不过是遗传下来的敌人"，此时她被深深地伤害了。她对红十字会那种母亲般的情感是如此强烈，哪怕他们无视她的存在，她也要真心祝福红十字会。20年来，即使在退休后她依然想尽办法让红十字会生存下去，从长远的角度来说，她也只能希望红十字会越办越好。克拉拉最后承认："红十字会只能成长。我希望如此，那是我栽下的树。不论谁来收获，我都应该为庄稼而感到高兴才是。"在克拉拉被逐出红十字会后度过的最后5年里，她转而对灵性世界表现出浓厚的兴趣，与其他方式相比，以超自然为寄托，也是她排遣内心郁结最明显的方式。她一生中对那些不可触摸的现象相当敏感。她能强烈地感受到情绪的变化，在她的内心深处，那些影影绰绰的事件变成了物化的现实，而在别人那里那些事件不过是偶然才发生的。1904年，她拜访了山姆·巴顿，此后她对超自然现象愈发感兴趣。与山姆·巴顿相同，克拉拉也对通灵板上拼写出的信息信以为真。她相信多莉、母亲和几位旧友都在安慰她，于是她把这种神秘现象与宗教信仰联系在一起。“这些现象的意义我一无所知——但其存在是毋庸置疑的。我没发现这些现象有什么不好的地方。如果它们能向发出质疑的人们证明永生不死这一事实，那也没有什么不好的。”

没出一年，克拉拉又将其对神秘现象的兴趣向前推进，如她按时拜访通灵专家瓦内克夫人，她猜出了克拉拉的感情需要。在一间昏暗的客厅内，克拉拉坐在塞满靠垫的椅子里，瓦内克用魔法召唤各种形象，如昔日的总统、家庭成员和崇拜者。信息中反复出现的主题是歌颂克拉拉的工作，告诉她历史将赞美她而遗忘梅布尔·博德曼，敦促她完成自传，因为自传能在世人面前还她清白。克拉拉以绝对真诚的态度写下了她与亚伯拉罕·林肯、德皇威廉一世和格兰特将军的对话，他们都在安抚她，高度评价她的工作。这些伤感的日记表明她那颗受伤的心需要鼓舞和表扬。在她的余生里，她和哈贝尔还将请教瓦内克为他们提出实用性的建议，说些他们爱听的话。在瓦内克的影响下，哈贝尔最终将放弃所有遗产和格林艾科的房子。

对精神力量和人的智慧无法解释的力量，克拉拉深信不疑，因此她也对基督教科学发生了兴趣。当初在北牛津，那位普世教神职人员皈依了这种颇有争议的宗教，从那时起，她就被基督教科学吸引了。那位牧师为她讲解玛丽·贝克·埃迪30年来感人的宣教、普世教发展史、普世教对积极思想和完整生活的重视，乃至自我疗伤等教义。克拉拉亲自读过普世教的读物，也知道埃迪夫人是在恍惚中才形成她那些理念的，所以克拉拉很自然就和埃迪的信徒们走在了一起。克拉拉对玛丽·贝克·埃迪的崇拜也是顺理成章的，因为在众多方面她们的生活都有着相同的经历。埃迪出生在新罕布什尔州，比克拉拉才早几个月，她也如同这位著名的人道主义者，是后来才添上的孩子——在一个大家庭里，她最小，比上面的孩子差了几岁，不稳定的情感和羸弱的身子始终与她纠缠不清，如同克拉拉，她中年时期也有不少年是在抑郁中度过的。她的疾病也是在疗养院那种普通而又温馨的气氛里治好的，疗养院的经营者是缅因州波特兰的昆比大夫，这家疗养院与丹斯维尔杰克逊的疗养院有不少相同的地方。昆比的“自然疗法”的理论依据是借助上帝的干预，提倡一套复杂的信仰，如世界上的正反力量相依相生。埃迪的教义正是来自昆比的理论。等到 19 世纪 80 年代，埃迪已经完成其重要著作《科学与健康》，几乎完全凭借其人格力量在美国建立起基督教科学教。克拉拉被这个女人吸引了，因为她不顾偏见和嘲讽，居然独自创立了一门宗教。克拉拉认为埃迪是在世界上提倡健康与和平。她不止一次把埃迪称为“所有女人中最伟大的女性”。1910 年这位女教主逝世，克拉拉伤心地写下：“这种人，这种灵魂，这种思想已不复存在。”

时光流逝，克拉拉遇见了更多埃迪的信徒，他们的智慧、乐观精神和自我约束力深深地打动了克拉拉。她不无羡慕地写道：“我在他们中间发现了这个国家最善良和最聪明的人，而且这种人还在不断地走入他们的行列……”之后她又补充说，她相信这些人以耶稣的善良为楷模，“他们学得要比我知道的其他基督教会更好”。她为世上的各种痛苦找到了希望——克拉拉也认为，那些痛苦大多是自找的——她还向所有她能接触到的人推荐这种教义。抑郁的侄子和生病的朋友无不经过她的指点，读过报上的文章，不仅如此，她还反复劝他们“一读再读，你们将发现一种新生活、和平、幸福和健康”。克拉拉还四处求购相关的书籍和小册子，遇上那些知音后，她还要热情地与他们通信。

不过，她却没把上述教义当成信仰。克拉拉从来也不是世人所说的女信徒，她连父亲在北牛津信仰的普世教也没有加入，现在更不想放弃独立加入教会。她的个人信仰不过是热烈地相信正义和无处不在的上帝——以她的性格，与那么多人分享精神世界，她感到既不舒服，也没价值。一些宗教的教义更为神秘，克拉拉也承认，不反对一定程度上的神秘化。一次，她说，道理她是明白的，但她在精神上还感觉不到。一位朋友批评她有福音教派的倾向，克拉拉却退得越来越远。她指出：“我并没有特意提倡‘基督教科学’，我不是众多信徒之一。我仅仅观察而已……希望从中发现什么是我赞成的，或者什么是我反对的。”到她逝世为止，她的立场仍然没有发生变化，不过是个很投入的旁观者，不过是想把基督教科学的成分与其个人对神学的理解结合起来，而不是成为教会中活跃的信徒。

1907年，克拉拉在其精神指路人的坚持下，又拾起了没有写完的回忆录。一本完整的回忆录实在是巨大的任务，因为压力太大，她决定先发表第一章，对那些对她的全部生活经历感兴趣的读者来说，这册书多少像开胃菜。《我童年的故事》是一系列“小书”中的第一册，开本小，价钱低，是面对大众读者出版的。经过几周的编辑，弗朗西斯·阿特沃特的日报出版公司将其推出，书评家发现书写得很活泼，即使不太厚重。一位批评家将其称为“自传撩人的一小部分”。另一位则批评克拉拉浪费了一次撰写“伟大人类文献”的机会，但同时承认他发现书写得“清新阳光，简明扼要”。销量并不大，哪怕定价才50美分，但克拉拉还是很高兴，因为报纸对这部小书的关注往往是一部大回忆录才能得到的。

初战胜利使克拉拉增强了信心，数月后，她开始动手写下一部。从她在北牛津的教学岁月写起，到她1854年离开波登镇为止，其中穿插了不少奇闻轶事，语言风趣轻松，对人对事不加评判。1908年入秋后，克拉拉的大部分时间都坐在她过去那张卷盖式的写字台前，一遍又一遍地翻读通信和日记，写下那些已经被她忘了半个世纪的陈年旧事。第二卷写得很痛苦，虽然她已经写完下册，但她并没出版，因为她觉得这一册乏善可陈，也不会有多少经济回报。11月初，她决定放弃自传。她最后的评价是：“我越写越词穷，谁能放下手里的小说读这种平庸的垃圾？”

全国急救协会那些亟待处理的问题也使克拉拉没法静下心来写她的自传。急救协会在经济上捉襟见肘（克拉拉从其不多的收入中拨出了很大一部分），但他们的活动有声有色，在三分之二的州内开设了培训班和救护车队，他们发起的运动也开始影响保守的制造公司的安全政策，以及学校、教会和社区内的社团。确实如此，克拉拉也惊叹“让我感到神奇的是，这么几个人，资源又这么少，竟然创造了这么大的成绩”。她自己为急救工作出的力越来越小，不过是偶尔接受报纸采访，或是在6月召开的年会上露露面。急救协会仍然请她提供建议和支持，凡是遇到政策变化，一般先要请示他们的名誉会长。时间已经进入1908年，他们面临来自美国红十字会的严峻考验。急救协会始终也没被红十字会放在眼里，但是等到他们取得成绩后，红十字会的理事们又想把急救协会抢过去。红十字会的依据是，克拉拉 1902 年至 1903 年已经组织了不少急救方面的活动。急救协会的管理者们对这种以大压小的兼并方式大为不满，他们想要对抗到底，但克拉拉建议急救协会不要诉诸法律，因为她太知道红十字会背后那股政治势力了。从她个人的角度来说，一想到与她那些死对头发生龃龉，她就感到惊恐，但是她也知道，从长远的角度来说，急救协会的工作也做不好。双方对峙一年后，克拉拉写道:“我看是徒劳的。与红十字会竞争，什么也办不成。”红十字会的做法更坚定了克拉拉原来的想法：梅布尔是坐享其成，等人家把事办成了，然后占为己有。1909 年，在战争部的支持下，急救培训变成美国红十字会的一部分。此后不久，美国全国急救协会不声不响地解散了。

克拉拉一边撰写回忆录，一边协助急救协会走出困境。那几年对她来说还是属于私人的时间，因为她被公开批评过，所以仍然觉得要保护自己，她不希望更多地抛头露面，而是喜欢生活在她熟悉的、相对来说没人知道的格林艾科和北牛津。她甚至连很多最老的朋友也不接触，因为与红十字会的遭遇仍然让她感到隐隐作痛，生怕殃及那些熟人。1909 年，她表达了自己的心绪:“我想方设法不接触朋友，目的是怕引起他们的关注，我们之间的联系可能对他们造成伤害。”在她人生最后的 4 年里，她仅仅接受了两次采访。那两次都是女性记者，她们赶到她隐居的住所，找到这位过上隐居生活但谈吐不凡的老夫人，她用自己那些故事来款待她们（她那些外国勋章和皇家宝石，她总是放在身边的破柳条箱内，这是她最喜欢讨论的话题）。克拉拉偶尔看到自己的名字上了“世界最伟大的女性”或“健在的最伟大的人道主义者”榜单，也不免暗自高兴，但这些赞誉已经无法再打动她了。她在日记里毅然写道:“世界的歌颂又能怎么样？尤其是当我们离开以后，被称为名望的那个东西是多么空泛。”

好友和故旧的逝世让克拉拉的孤独变得更难以承受。玛丽·利弗莫尔和多伦斯·阿特沃特 1905 年逝世。此后几年克拉拉和世界还将失去亨利·杜南、露西·黑尔·布朗、塞缪尔·巴顿、尼古拉斯·森、玛丽·贝克·埃迪和乔治·普尔曼。1910 年，马克·吐温的去世让克拉拉悲痛不已，虽然她从未见过他。她宣称:“国家更贫瘠了……有些损失可以弥补，但永远不能复原。”朱利安·哈贝尔、加德纳夫妇、艾达·里修斯和大公夫人路易丝依然与她相伴，但是她的同代人已经退场。她越来越觉得自己仿佛是陌生世界里的幸存者。对此她若有所思：“乍一想，你几乎不知道把一位朋友放在哪一边。这个世界对我们来说似乎变贫瘠了，我们与他们相识相拥得太久。”

还有两个团体能继续劝说克拉拉在公开场合露面：女权主义者和头发已经变白的共和国大军成员。对后者，她仍然抱着一种特殊的爱和忠诚。1910 年，与克拉拉谈话的年轻记者风趣地写道，她继续把那些上了年纪的退役官兵称为“她的男孩”，说她与他们之间的关系“是她一生中最深的情感”，“提到那些退役官兵，说到她每年在聚会上见到他们时的快乐，她的目光先是一闪，然后因为泪水而变得模糊起来”。在 1909 年至 1911 年间，她参加了艾奥瓦、明尼苏达、萨拉托加、纽约、印第安纳的营地聚会，当然更少不了在波士顿和伍斯特安排的聚会。每逢阵亡将士纪念日和国庆日，克拉拉骄傲地与官兵们站在一起向死者默哀或为塑像揭幕。生病也不能阻止她参加这些集会，哪怕她的声音已经变得很弱，连续说不了几分钟，她也要站起来对老兵说话。温暖的战斗情谊、闪闪发光的军刀和骄傲的旧军装是克拉拉伟大力量和灵感的源泉，耳边响起的欢呼声“至少让人想到了过去”。到了生命的尾声，她相信两个老兵握手后再获新生，在她最后写的那些诗歌里，其中一首就是写给这种精神的：

> 为了铭记，你们才相遇，但愿你们为此相遇。
> 只要两位战友还能站立；
> 但愿他们枯萎的手还能拉在一起；清醒到最后一息。
> 让他们再活一次吧，再现昔日的壮举，
> 与胜利、荣誉和爱相伴，等到被召唤为止，
> 站入上面迎候的队列里，
> 上帝的荣耀迸发出来，照到那双复明后的双眼，
> 天堂里再次相聚，当年的 21。

在妇女选举权大会上，克拉拉也能受到热烈欢迎。此时克拉拉已被视为妇女运动的先行人，无论是在妇女选举权集会上，还是在女性主义者大会上，她的出现都被视为一种象征。1905 年，克拉拉赶赴波士顿参加新英格兰妇女选举权协会召开的大会，会上她与朱莉娅·豪和苏珊·安东尼再度相见，这是一次感人的重逢。多年后一名记者仍然清晰地记得克拉拉“出现在主席台上，主持人对观众介绍说，这三位女士是‘老禁卫军里硕果仅存的三位’，此时全场起立鼓掌致敬”。次年，在巴尔的摩全国妇女选举权协会大会上这一场面再度出现。然而，苏珊·安东尼因身体虚弱没能到场，克拉拉和朱莉娅为到场的人讲述了过去，鼓励女性继续她们的事业。面对数千听众，克拉拉致开幕词，高度赞扬她的老朋友苏珊·安东尼。她鼓励热情高涨的与会代表要从前人的困难里汲取信心，要在失望和嘲讽中继续前行。克拉拉用被称为清晰悦耳的嗓音对代表们说：“我想起了多年前参加的一次选举权会议，在最后一刻大会主席逃走了，因为担心听众反对。我们被骂成老乌鸦——玛丽·利弗莫尔、露西·斯通，还有我。我们不知道与会者怎么对待我们。不过，当玛丽·利弗莫尔面对会场时，下面鸦雀无声，自始至终没人捣乱。”演说结束后，当地为克拉拉·巴顿和她的同志安排了一次宴会。

巴尔的摩大会是克拉拉出席的最后一次重要的妇女选举权会议，但这绝不表明她对提高妇女地位的热情有所减弱。在她生命所剩不多的时光里，她对自己的性别表现出引人注目的兴趣和忠诚。克拉拉是她那代人里仍然健在的一位，朱莉娅和苏珊逝世后，她撰写长文悼念她们。她相信，她们的贡献不仅改变了妇女的社会地位，也改变了整个社会，她们应该是这个国家的女英雄，不仅仅是妇女的楷模。她的朋友逝世后不久，她就写道：“几天前有人对我说，世界上每一位妇女在苏珊·安东尼前面都应该脱下帽子。”

我没多想就脱口说出，“每个男人也应该脱帽”。我不收回说出的话。我相信她的工作更是为了男性的福祉，而不仅仅是为了女性。男人想要独自扛起世界的负担，要是有女人高效率的帮助的话，男人应该高兴，他们也必将高兴。眼下我说的话听起来还很新鲜、陌生，男人还无法理解。但等到这种帮助到来时，等到男人习惯时，他们会感激不尽的。变化即将来临。这个国家必将迎来妇女选举权，当妇女选举权到来时，这个国家一定是高兴的、骄傲的。

虽然克拉拉并非总是推崇那些女权战士的做法——“大帽子、尖尖的发卡、稀奇古怪的裙子，还有她们提出的那些无法自圆其说的设想”——但她依然对过去那些榜样和当下女权领袖非凡的能力充满信心。她很容易就为名人堂推荐了8位女性，比彻·斯托、柳克丽霞·莫特、露茜·斯通·布莱克威尔、弗朗西斯·加格、玛丽·比克戴克、阿比盖尔·亚当斯、多萝西娅·迪克斯、玛利亚·米切尔。她的烦恼是不能推荐更多的女性。玛丽·洛根希望撰写一部美国妇女史，克拉拉热烈欢迎她的想法。克拉拉写道：“从拍打五月花号甲板的风浪……到此时此刻，女人为了这个国家的福祉和光荣历史，如磐石般站立在那里，人们也可以补充说……她们的事迹没有被书写下来，她们没有被褒奖，几乎也没有得到认可。”对于未来，克拉拉抱有乐观主义的态度。她相信妇女地位的提高也将使方方面面受益，男人能活得更长，参议院能提高效率，等等，她们的工作前景和民权也将大为改善。克拉拉被女性从红十字会赶了出来，她对此仍然耿耿于怀，所以她对女性在社会上扮演更强大的角色没抱太大的热情。1911年，伦敦妇女选举权大游行的消息传来后，她感慨地说：“女性针对我个人的做法太过分，以致夺走了我本该分享的胜利喜悦。”出席大会和参加营地集会对克拉拉的身体造成了不小的压力，哪怕她已经减少了这方面的活动。其中的部分原因是外面一有集会，他们就免不了请她到场。她也不可能悄悄地走进会场，或者仅仅扮演投入的旁观者。他们主要请她发表演说、出席招待会或参加各种仪式。1906年，克拉拉在日记里指出，几乎没人注意到这些公开活动对她造成的压力。她抱怨说：“他们所有人就希望营造热烈的气氛，没人知道我要完成的工作和付出的代价，也没人过来帮我一把。我以这种方式战斗一生赢得的名字，他们都想从中分一杯羹。”她唯一的希望是断然拒绝外面的邀请，因为她发现在外面频频露面是她无法承受的。

公开场合的露面让克拉拉穷于应付，但在很大程度上，造成她疲劳的真正原因是她自己的固执，凡事非要亲力亲为不可，她一般要独自赶赴会议现场——88岁的她不顾1000英里的旅程，独自赶到芝加哥参加社会科学大会——她一再拒绝别人帮她提行李，上下火车也不让人搀扶，任何有损她自理形象的动作她一概拒绝。她在家里严格遵守几十年来养成的生活习惯。一位记者注意到，就连病后的克拉拉“也不用别人照顾。她非要平明即起，因为这是她的习惯。家里的大事小情她全要亲自处理，白天大部分时间写作，晚上大部分时间读书，因为这是她的习惯”。在睡觉和饮食方面，她也有自己的安排——对她未必总有好处。一个小女孩被母亲带去拜见这位伟大的女士，发现克拉拉午后3点在啃奶酪，而不是坐下来好好吃饭。小女孩见后大为震惊，妈妈赶紧对女孩说，巴顿小姐“想吃什么吃什么，想什么时候吃就什么时候吃”。女孩说：“什么是伟大，这才是活生生的榜样。”克拉拉最痛恨束缚，她想方设法掩饰自己，不让别人发现她体力不支。如此一来，她外出回来后总要染上支气管炎或是累得爬不起来。1910年，那是一次考验耐力的旅行，一路上她要不断握手寒暄。克拉拉在日记上写道：“心跳过速——浑身乏力。但这是幸福的一天，谁也不知道我是怎么过来的。”当身边的人劝她休息时，她却抢白人家：“你怎么能贬低我这么年轻的人，才过下午就让我休息？你让我休息，是不是神经不正常了？”她因岁月而变得衰老，对此她痛恨不已。总的来说她的身体是健康的，但小毛病不时与她纠缠。她的头发少了，经常感到目眩或头晕，还有些日子她的视力也变弱了。她最后依然是清醒的，不过昔日她那些毫无瑕疵的书信偶尔会出现句子错误或拼写错误，偶尔还忘记寄出重要的信件或急救技能证书。在她86岁生日时，她坦白说“大脑和四肢协调不好”，她担心四肢会越来越不听使唤。“我够不到东西，也躲不开东西。”最终她被迫放弃曾经喜爱的书信写作。她为写信而废寝忘食，但也通过写信维持了与众多朋友一生的联系。在她生命的最后几年里，仅有大公夫人、斯蒂夫和其他几个人能收到她的来信。

克拉拉想方设法给人留下年轻的印象，不让记者打探她所谓“90岁生日的永恒时刻”，但高龄也有其回报。她不像过去那么非要达到目的不可，很多日子是在朦胧的飘忽中度过的。她写道："这些日子也不值得形诸文字——日复一日没有变化。"大概这时她才在心理上找到了平静。经济上稳定，事业成功，也不必在不太接受女人的专业领域继续挑战自我，面临压力，她终于与自己达成了和解。怨恨消失了。神奇的是，快乐的往事浮现出来。她在日记里若有所思地提到1911年独立日同事的来访。"仿佛又回到了过去——但是我不希望再变回去。即使那些日子一定要再过一次的话，谢天谢地，我可不想再过了。哪怕浑身是劲儿，我也不想再过风风火火的日子，我更喜欢现在这样软弱无力。事实上，我不知道当初是哪儿来的那股劲儿才熬过来的。"

1908年年末，克拉拉脊椎受伤，这次她在床上断断续续地躺了将近一年。1910年春，她相信自己的伤病已无大碍，于是独自赶往芝加哥，但等她回来后却发现她的宿敌支气管炎又找上门来。她独自在北牛津度过夏天，应付连续不断的咳嗽，哄走来访的记者。她以为那些无法入睡的夜晚是食物造成的，便仅仅食用约翰逊医生推荐的玉米和黑麦粥，每日食用一到两次。这种食品的营养姑且不论，反正克拉拉恢复了体力，等到入秋以后，她可以返回格林艾科了。她到达后发现那里又是乱糟糟的——哈贝尔医生在与她相处这么多年后仍然不知道如何管理家务——她不得不亲自动手打扫房间。她忙了一秋，以她仅有的力气把里外打扫一新。

1911年1月，克拉拉身体已然虚弱，而且严重透支，这时传来消息说艾达·里修斯意外身亡。感情打击和身体疾病总是结伴而来，如哈贝尔医生所指出的，"这次噩耗是虚弱的她所无法承受的——脉搏微弱，几乎停顿"。一连数月，克拉拉染上肺炎，病得下不了床。患病期间她拒绝服药，有时陷入昏迷或无力吃饭。她有两次与死神擦肩而过。不过，当医生告诉她仅有一次存活的机会时，她马上对医生说："我要抓住这次机会。"春天来临，她可以坐起来了，她用好奇的目光扫视那一抽屉一抽屉的来信，这是外面的崇拜者和关心她的人听说她患病的消息后发来的慰问信。此时的她已命悬一线，但她的幽默感依然如故。等她能动笔写信后，她在信中告诉一位朋友，她不过是"部分地康复了，就说自己好了吧，我有时想，力气一定是用货车运来的，但不知被拉到哪儿去了，她们还不让我写信，我是在护理者的眼皮子底下偷出了这封信”。她的“护理者”也没法不让她种花种草或打扫房间，这些活儿她还在做，虽然她也承认浑身乏力，动一动就感到眩晕。克拉拉担心夏天的高温和格林艾科的噪音影响身体，于是不顾哈贝尔的明确命令，让斯蒂夫安排她于 1911 年 7 月返回北牛津。

哈贝尔知道后大发雷霆，因为他发现克拉拉住进了一座空房子，里面既没人照顾，也没有食品。他气愤地写信给斯蒂夫：“你把她一个人扔在那里，一个体弱多病的女人——伟大的克拉拉·巴顿——国家的财富。”但这些日子克拉拉也不需要什么。她一门心思做身后的安排。她联系北牛津公墓的守护人，在她死后照管家族墓地，又为自己设计了一座墓碑，上面的碑文是写给自己的。此前她已经把格林艾科的房产转到哈贝尔医生名下，一来是为了承认他一生所做的奉献，二来是提防美国红十字会将房产夺走。现在，她开始考虑在她结束自己的生命前，赠送她的其他财产，完成她必须履行的义务。客人们发现她搬回自己的宅院，感到既惊讶又伤心，因为这还是第一次。珀西·埃普勒牧师感到他在与“死人对话”，她的话是那么“庄严，那么有分寸”，日后这位牧师主持了克拉拉的葬礼，为她写出第一部传记。牧师写道：“她仿佛在活人以外的地方安顿下来，她活泼的精神已经荡然无存。空气中弥漫的是最后的尊严。”哈贝尔赶到北牛津，他也发现克拉拉变了，于是赶紧把她送回格林艾科，因为他可以亲自监护她的病情。

她昔日旺盛的精力已不复存在。克拉拉过上了第 90 个生日，此时记者们注意的是她强烈的独立性格和她长寿的秘诀——“少吃饭，多劳动”。但那些文章关注的是过去，不是未来。克拉拉感到烦躁不安，她为增强体力坚持食用生鸡蛋、乳酪和浓粥，但食量不大。1912 年 1 月，她又染上肺炎，这一次体质太弱，无法与疾病战斗。斯蒂夫确信，这将是他姑妈的最后一场疾病，所以他坚持让医生在用药上“尽可能地让她舒服”。医生建议用吗啡，克拉拉的侄子并没反对，不过哈贝尔却一再反对，后来他相信是吗啡要了女英雄的命。

此后一连数月，克拉拉在生死间徘徊，陷入服药后的半清醒状态。偶尔她鼓起力气读几页书——她还在“自修”古典文学——或是坐在那张核桃木的旧床上，那张床占满了房间。她一个字一个字地写完了生命中的最后一封信。她在写给大公夫人的信中说:“她们告诉我，我在改变世界。我最后的想法和希望是告诉你我始终如一地爱你和忠于你。”等克拉拉清醒时，斯蒂夫和她提到她的葬礼，还要帮她完成遗嘱。哈贝尔后来声称，斯蒂夫不应该劝说神志不清的病人依赖他。“在她生命垂危的时刻，她无力思考，无力说话，被迫点头同意。”无论她当时的状态如何，她是用颤抖的手在遗嘱上签名的，然后又昏了过去。

4 月 10 日，她突然清醒过来，对哈贝尔医生讲了她才做的梦。她又来到了战场，蹚过血水，注视那些痛苦的士兵忍受剧烈的伤痛。“我又爬了过去，哪怕让他们喝口水也好，湿润湿润他们干裂的嘴唇，我听见他们最后说到了母亲、妻子、恋人，但他们从来没有呻吟或抱怨。这时我醒了，听见自己在呻吟，原来是我的后背疼得要命。现在我躺在舒适的大床上，里外有人照顾。我还喊疼，真是太丢人了。”她再次从他身边溜走。在接下来的两天里，这位可怜的、恪尽职守的医生围在她的床边忙前忙后。最后，4 月 12 日上午 9 时，她再次睁开眼睛，对斯蒂夫、哈贝尔和照顾她的医生普莱特说了几句话。他们希望听到鼓励的话或感谢的话，但克拉拉没说，他们听到的是一个伟大但又困惑而不安的灵魂的最后呻吟。她嚷道:“让我走，让我走。”那一刻，她走了。

（史国强　席　晗译）

后 记

作家高尔基说:“人所固有的善良，这些东西唤起我们一种难以摧毁的希望，希望光明的、人道的生活终将苏生。”善是人的内在灵魂，恢宏万物的人道之心，亘古存在，源远流长。红十字运动之所以遍及全世界，为不同种族、民族，不同意识形态、政治制度、伦理道德，不同地域、时代的国家所接受，是源于世界不同文化的共性——善与博爱。因此，红十字运动是人类文明进步的产物，红十字精神是世界不同文化中伦理道德观念的结晶，是世界共有的人道财富。

时光荏苒，红十字运动始于战争并不止于战争。和平与发展成为当今时代的主题，可局部摩擦仍然存在，灾害总是不期而至，面临着新的人道危机，红十字事业仍然任重道远。2016年在筹备辽宁省红十字会第九次会员代表大会时，常务副会长秦国夫提议翻译一本国际上有关红十字运动的资料，以使中国民众更多的了解红十字运动的国际性。9月份一次北京会议后我专门到了北京国家图书馆，在一列列外文书目的检索中阅到了《职业天使克拉拉·巴顿》一书。初识克拉拉·巴顿，是在职业生涯中，我知道她是美国红十字会的创始人，为国际红十字运动发展做出巨大的贡献。可惜在中国只有少数人听说过她，了解研究她的人更少之又少。当我简略地翻看后，就有了一种要好好地、深深地读下去的欲望。于是，我向省会提议翻译该书，欣喜的是，大家都拍手称赞。适逢辽宁省红十字会换届大会，这正是此书出版发行、让更多志愿者和广大民众了解红十字精神的良好时机。为了更早与读者见面，我们立刻投入相关的翻译、出版工作。

克拉拉·巴顿的活动年代是19世纪中叶，书中描述的内容很多关系到美国国内战争，涉及当时的文化和历史背景，而且此传记作者伊丽莎白·布朗·普莱尔是美国著名的传记作家，文学造诣极高，语言优美，描写人物内心生动真实，书中采用的大量书信、日记在用词上也带有当时的语言方式。因此翻译此书就有较大的难度。在此，要特别感谢沈阳师范大学朱爱军、史国强、任承科、孙若红、张辉教授，山西长治医学院王冬鸥、天津大学姚海燕老师，他们在时间非常紧张的情况下，不辞辛劳地日夜伏案为本书做了最好的翻译和审译工作。感谢参与此书翻译的李思、洪心宇、邓岙华、张为粼、刘伟杰、高锐琦、孙凌笛、刘芳希、魏敏杰、夏琳、张昭烨、彭羽、张雷、依力夏提、宋闫芳菲、范文青、牛兴、吴东蔚、姜谷蓉、陈佳慧、张雨亭、苗海川、徐佳丽、蒋小凡、房诗竣（按参与的章节排序），他们都是红十字志愿者，大部分是在校大学生。感谢我的同事李洪涛、李双娥、周宇琦、马驰、李宏鹏、席晗，他们做了大量的翻译和组织工作，感谢辽宁人民出版社对本书出版的大力支持。正是你们的奉献和付出才有了这本书的中文版。在此，还要特殊感谢的是中国红十字会总会特别是总会联络部对我们的肯定支持，并帮助联系了美国红十字会。感谢美国红十字会为本书作序。

当译稿编审结束交付印制时，我完整地读完这本中文传记，也再次认识了这位伟大女性。以往光环之下的传奇形象变得更加生动灵性，似乎可以触摸到她的内心世界。更加感慨在当时的社会环境之下她的奋斗是多么艰难，而她所有奋斗的成果又是多么富有价值。所有参与此书翻译的人都被克拉拉所感动，对她心怀崇敬。他们说：我们不是在译一段文字、读一个故事，而是再现一个人物、感悟一种精神。

《职业天使克拉拉·巴顿》中文版终于要和读者见面了，日期定在了2017年5月8日。这一天是世界红十字日，是红十字运动创始人亨利·杜南的生日。更为特别的是，新修订《中华人民共和国红十字会法》将从5月8日开始施行，标志着我国的红十字事业将更上一个台阶。这也赋予了本书另一个意义，让克拉拉·巴顿的善良、智慧和坚韧不拔的奋斗精神鼓舞更多红十字工作者，让人道精神如泉水滋润每一朵心灵之花，让人道思想如种子深植人心，让人道行动如太阳驱逐所有的黑暗与苦难，让人道事业如大海激情澎湃、汹涌壮阔、奔流不息、蓬勃发展。这既是我们的期盼，也是我们奋斗的方向。红十字事业是造福人类的伟大事业，作为一个专职的红十字人，我以此为荣，以此为傲！

田　丽

2017年3月于沈阳